HEYNE <

THOMAS
OLDE HEUVELT

NOVEMBER

Roman

Aus dem Niederländischen übersetzt
von Janine Malz

WILHELM HEYNE VERLAG
MÜNCHEN

Titel der niederländischen Originalausgabe
NOVEMBER

MIX
Papier | Fördert gute Waldnutzung
FSC® C014496

Penguin Random House Verlagsgruppe FSC® N001967

2. Auflage
Deutsche Erstausgabe 10/2023
Redaktion: Sven-Eric Wehmeyer

Printed in Germany
Umschlaggestaltung: DAS ILLUSTRAT, München, unter Verwendung eines Originalentwurfs von DPS Design & Prepress Studio, Amsterdam. Davy van der Elsken
Satz: Uhl + Massopust, Aalen
Druck und Bindung: GGP Media GmbH, Pößneck

ISBN 978-3-453-32144-1
www.heyne.de

Für Siep Hendriks,
das hellste Irrlicht in der Dunkelheit

DIE BEWOHNER DER BIRD STREET

Familie Lewis da Silva
Luana Perreira da Silva
Ralph Lewis
Kaila Lewis da Silva, 15
Django Lewis da Silva, 10

Familie Wachowski
Joyce Wachowski
Marc Wachowski
Ethan Wachowski, 14
Liam Wachowski, 10
Harper Wachowski, 7
Seepy (Alpaka)
Sappy (Alpaka)

Der McKinley-Landsitz
Graham McKinley
Dorothy McKinley-Williamsburg
Juliette McKinley
Olivia Davis
Maurice McKinley

Der Aikman-Bungalow
Elizabeth Aikman
Harry Aikman

Das alte Nyholm-Haus
Graham »Gray Junior« McKinley
Laura Vaccarelli
Aurora Evangeline McKinley, 6
Richard »Ricky« Theodore McKinley, 1
Helmut (Windhund)
Schwarzwald (Windhund)

Ehemalige Bewohner
Arthur Nyholm
Linda Nyholm
Rover Nyholm

ERSTER TEIL
2022

»Das nächste Mal hast du den Vorsitz«,
sagte Oktober.
»Ich weiß«, sagte November. Er war blass und hatte dünne Lippen. Er half Oktober von dem Holzthron hoch. »Ich mag deine Geschichten. Meine sind immer zu düster.«

– Neil Gaiman

RALPH

**Die kranke Frau. Die Wohltäter aus der Bird Street.
Es ist nirgends schöner als daheim.**

3. November

Die Frau sah so aus, als wollte sie sterben. Sie sah auch so aus, als würde sie das in absehbarer Zeit ohnehin tun, wenn sie ihr an diesem Nachmittag nicht halfen. Dennoch war sie hier und ließ sich von den Bewohnern der Bird Street in den Wald tragen.

Sie hieß Ann Olsen Dickinson, doch das Wichtigste war, dachte Ralph Lewis, dass sie so aussah, als hätte sie ihren Frieden damit gemacht. Ralph und seine Nachbarin Elizabeth Aikman hatten in den letzten Wochen mehrere lange Gespräche mit Ann Olsen Dickinson geführt, aber Ralph hatte genug Erfahrung, um zu wissen, dass man die wahren Beweggründe erst in ihren Augen ablesen konnte, wenn die Stunde der Wahrheit schlug. Manchmal empfanden sie sich als Last für die Familie. Vor allem die Älteren und die chronisch Kranken. Wenn Ralph in ihren Augen irgendetwas anderes als selbstbestimmte Entschlossenheit entdeckte, blies er die Operation ab, auch in letzter Minute. Dann war es moralisch nicht zu verantworten. Ralph Lewis war Richter am King County Superior Court in Seattle, aber um das zu wissen, musste man kein Richter sein. Dafür musste man Mensch sein.

Ann Olsen Dickinson war bereit. Das war glasklar. Das wurde nicht nur an den Schäden deutlich, die die Krankheit ihrem Körper zugefügt hatte – die weißen Stoppeln auf dem kahlen Schädel, die spindeldürren Hände, das eingefallene Gesicht, das wie ein bleicher Mond aus ihrem Wollschal schaute. Nein, während sie sie im strömenden Regen auf der Sänfte zwischen den Lärchen hindurch trugen, befand sich Ann Olsen Dickinson in einem Zustand ultimativer Glückseligkeit.

Sie redete ununterbrochen. »Jetzt schaut euch das mal an!«, krächzte sie wie eine Krähe. »All die Lichter! Und die Musik! Habt ihr das alles für mich organisiert?«

Elizabeth, die ihr keine Sekunde von der Seite wich, lächelte unter ihrer tropfenden Regenkappe. »Natürlich, Ann. Alles muss perfekt sein. Drunter machen wir es nicht.«

»Es ist wundervoll.« Als sie einatmete, ertönte ein pfeifendes Geräusch, und sie bekam einen Hustenanfall. Elizabeth legte ihr eine Hand auf den Rücken, und als der Anfall vorbei war, schenkte sie dampfenden Tee in die Kappe ihrer Thermosflasche und reichte sie der kranken Frau. Diese nahm sie entgegen und führte sie langsam zum Mund. Das meiste landete in ihrem Schal, aber ihre spröden, eingecremten Lippen vermochten zumindest ein wenig von der warmen Flüssigkeit zu schlürfen.

»Du bist ein Schatz«, sagte sie heiser, als sie ihre Stimme wiederfand. »Ihr seid alle Wohltäter.«

Ralph spürte ein Kribbeln auf seinem Schädel, dort, wo sich die Nervenbahnen bündelten und die ersten unbehaglichen Vibrationen durch seinen Körper schickten. Elizabeth hatte nicht gelogen, alles musste perfekt sein. Sie wollten den Menschen, die sie in den Wald hinter ihrem Haus brachten, ein transzendentales Erlebnis bereiten.

Dieser Teil des Snoqualmie National Forest – das Reservat am Rand von Lock Haven, Washington, das mit einem hohen, überwucherten Drahtzaun abgetrennt und Eigentum des McKinley-Clans war – erstreckte sich meilenweit am Westhang der Cascade Mountains entlang. Es gab nur einen einzigen Weg hinein, der South Sunday Trail genannt wurde. Er begann auf dem Landgut der McKinleys, hinter einem rostfarbenen schmiedeeisernen Tor in einer Steinmauer, das das ganze Jahr hermetisch abgeriegelt war. In der letzten Woche hatten Graham McKinley Junior und sein Bruder Maurice (»diese Ekelpakete«, nannte Luana sie immer, und da war Ralph mit seiner Frau völlig einer Meinung) vom Tor und dem nahe gelegenen Generatorhäuschen aus Stromkabel von riesigen Spulen gerollt und im Gestrüpp verborgen. Starkstromkabel natürlich. Marc Wachowski, ihr Nachbar von gegenüber, hatte mit der Dekoration geholfen. Sie hatten über dreihundert LED-Leuchtkästen links und rechts vom Weg platziert, die sanft im Rhythmus der meditativen Klanglandschaften aus ebenso vielen Lautsprechern aufleuchteten, alle in wasserdichtem Gehäuse. Vom Tor aus hatten sie sich systematisch tiefer in den Wald in Richtung des Ruheplatzes vorgearbeitet. (»Exekutionsplatz«, nannte Maurice McKinley ihn stets. »Einer der Gründe«, so Luana, »aber sicher nicht der einzige, warum er ein Ekel ist.«) Zum Schluss hatten sie über zwölfhundert elektrische Windlichter aus dem Depot gebündelt an den Zweigen aufgehängt. Das Ergebnis war magisch: Zu dem Ort, an dem der South Sunday Trail in einer Lichtung endete, führte ein drei Kilometer langer Pfad durch rosa, blaue und grüne feengleiche Lichter, die im Takt der sich wiederholenden Klänge glühten. Wenn man die Augen zukniff, war es, als würde man einen Tunnel voller Irrlichter durchqueren.

Ralph stellte fest, dass so viele Blinklämpchen auf einem Haufen die Sinne austricksen konnten.

Beinahe hörte man den strömenden Regen nicht mehr.

Beinahe sah man die grimmigen, kahlen Novemberzweige nicht mehr, die wie Skeletthände die Ränder des Blickfelds streiften, oder was gerade außerhalb davon vorbeihuschte.

Beinahe vergaß man den Gestank nach Kellermoder und Klauenfäule.

Sie bildeten eine Prozession von sechs Personen.

Ralph und Harry Aikman trugen die altmodische überdachte Sänfte, auf die sie Ann Olsen Dickinson gehievt hatten. Harry vorne, Ralph hinten. Schwer war ihre Last nicht – die Frau war ausgemergelt. Aber das Terrain verlief bergauf und war nicht ohne Tücken, und durch den Regen waren die Griffe der Sänfte rutschig geworden. Harrys Frau Elizabeth dackelte wie ein treues Hündchen neben der Kranken her, doch immer öfter zwang der schmale Weg sie, dicken Baumstämmen auszuweichen oder durch knietiefes Unterholz zu straucheln. Einmal war sie schon ausgerutscht. Juliette McKinley, die erträgliche Schwester der unerträglichen Gebrüder McKinley, lief mit einer Laterne voran. Ihre Frau Olivia Davis bildete den Schluss des Zugs, und Ralph hörte sie nervös atmen. Olivia wohnte erst seit drei Jahren in der Bird Street und fühlte sich sichtlich unwohl. Das konnte er ihr nicht verübeln.

Ann Olsen Dickinson war eine gesunde Frau in ihren Sechzigern gewesen, als 2019 Gebärmutterhalskrebs bei ihr diagnostiziert wurde. Anfangs schienen die Operation und die darauffolgende Radio- und Chemotherapie anzuschlagen, und Ann waren noch zwei relativ gute Jahre vergönnt gewesen, wenngleich unter den Einschränkungen der Pandemie.

Aber vergangenen September hatten die Ärzte Metastasen in ihren Lymphdrüsen und ihrer Lunge entdeckt und ihr mitgeteilt, dass jede Behandlung nur noch die Symptome mildern, ihre verbleibende Zeit etwas ausdehnen konnte.

Woher die Nachbarn aus der Bird Street das wussten? Weil Elizabeth Aikman zum Team des Pflegedienstes zählte, das Ann Olsen Dickinson vom University of Washington Medical Center zugewiesen worden war. Sie hatte der Patientin Morphium verabreicht, das ihr nicht nur den Schmerz genommen hatte, sondern auch die Hemmungen, sich die Sorgen von der Seele zu reden. Und Elizabeth hatte ein offenes Ohr für sie gehabt.

»Stanley ist dahintergekommen, dass ich mich über Sterbehilfe informiert habe. Und stell dir vor: Er hat mich für unzurechnungsfähig erklären lassen! Was sagt man dazu? Da ist man einundvierzig Jahre lang verheiratet und dann das! Und alles nur, weil wir in dieselbe Kirche gehen wie dieses Würstchen von einem Arzt!«

Damit hatte ihr Ehemann, so überwältigt von seiner Trauer, dass er nur noch Rat bei Gott suchte, statt mit seiner Frau zu sprechen, ihr gemäß den Gesetzen im Bundesstaat Washington den Weg zu einem würdevollen, selbstbestimmten Tod versperrt.

»Dabei ist er meistens nicht mal da. Er geht nur noch spazieren, den ganzen Weg bis zum Sound, weil er es nicht erträgt. Der arme Mann, ich habe solches Mitleid mit ihm. Aber ich will nicht warten, bis sich die Metastasen noch weiter ausbreiten. Ich will nicht, dass mein Körper sich vor lauter Schmerz selbst zerfrisst. Das ist doch kein Leben?«

Nein, das war kein Leben, bestätigte ihr Elizabeth. Aber vielleicht konnte sie behilflich sein.

Nun war Ann Olsen Dickinson so mit Morphium vollgepumpt, dass sie keinerlei Schmerzen mehr hatte. Und nebenbei bemerkt auch keine Hemmungen mehr. Begeistert erzählte sie ihre gesamte Lebensgeschichte, während der Nachbarschaftsverbund aus der Bird Street sie immer weiter von der Zivilisation wegbrachte. Es war vor allem Elizabeth, die alles mit »Oooh« und »Aaah« kommentierte. Es war nicht so, dass Ralph sich nicht für Ann interessiert hätte (ihr Schicksal nahm ihn mehr mit, als ihm lieb war), aber durch seine Position hinter der Sänfte merkte er, dass er mehr auf die körperliche Anstrengung fokussiert war und seine Gedanken abdrifteten.

Er dachte an Wale. An die Orcas und Buckelwale, die sich am Puget Sound tummelten und die sie mit den Kindern vor drei Wochen dort beobachtet hatten. Da hatte es auch jede Menge »Oooh« und »Aaah« gegeben. Es war einer der vielen Wochenendtrips gewesen, die Luana und er mit grimmiger Entschlossenheit im Oktober organisierten. Andere Sonntagsausflüge gingen zum High-Trek-Adventure-Kletterwald bei Paine Field, das MoPOP sowie das Chihuly Garden and Glass Museum in Seattle, das Washington Serpentarium in Monroe und das Mini Mountain Indoor Ski Center in Bellevue. Django mit seinen zehn Jahren fand das alles noch super, vor allem den Leguan, den er in Monroe im Arm halten durfte: »Nicht, dass er mich noch ankackt.«

Die fünfzehnjährige Kaila hingegen musste sich Mühe geben, um sich nicht phänomenal zu langweilen. Sie behauptete, dass die obligatorischen Familienausflüge sie zu sehr aus ihrem Trainingsrhythmus im King County Aquatic Center rissen. Kaila Lewis da Silva (Ralph hatte darauf bestanden, den Kindern nach brasilianischem Brauch beide Nachnamen der Eltern zu geben und Luana damit überglücklich gemacht) war Turmspringerin. Und zwar eine verdammt gute. Ihre Trainer bereiteten sie auf die Spiele 2024 in Paris vor, und noch schienen die Sterne günstig für sie zu stehen, dass sie sich für Olympia qualifizierte.

»Außerdem«, hatte sie an einem Samstagabend im Oktober ungerührt angemerkt, »wollt ihr damit nur eure Schuldgefühle beruhigen, und ich habe keine Lust, dabei mitzumachen.«

Kaila war ein Schatz, ein absolutes Wunder von einem Kind, aber selbst in guten Phasen war sie immer noch ein pubertierender Teenager. Luana hatte sie daraufhin zurechtgewiesen und auf ihr Zimmer geschickt.

»Na schön!«, hatte Kaila gerufen, »da wollte ich sowieso gerade hin!« Dann hatte sie die Tür hinter sich zugeschlagen.

Schließlich hatte Django das Schweigen durchbrochen. »Die hat sie doch nicht mehr alle …«

Aber ihre Worte hatten wehgetan, da Kaila bei genauerer Betrachtung recht hatte. War es nicht tatsächlich so, dass Luana und er sich schuldig fühlten? Waren die Familienausflüge nicht der banale Versuch, etwas wiedergutzumachen, was nicht wiedergutzumachen war? Ein Nachmittag Whale Watching oder Snowboarden auf einem Laufband konnten nicht von den unschönen Erinnerungen an den Krisendienst im Fairfax, an die psychiatrische Abteilung im Seattle Children's Hospital oder die drei Wochen im Stillwater vor zwei Jahren ablenken.

Ach was, würde Kaila sagen.

Ralph hatte Kaila Zeit gelassen, sich abzureagieren, dann war er nach oben gegangen.

»Ich will nicht wieder in den Lockdown«, hatte sie gesagt, während sie nebeneinander auf dem Bett saßen. »Nicht jetzt, wenn alle meine Freunde zur Abwechslung mal nicht zu Hause bleiben müssen.«

»Ich weiß, Liebes. Wir stehen das gemeinsam durch. So wie immer. Und weißt du, warum?«

»Weil wir uns lieben, blablabla.«

»Ganz genau. Und hey, du willst doch deinem kleinen Bruder nicht allein den Kletterwald überlassen? Er wird die ganze Woche von nichts anderem mehr reden.«

»Wahrscheinlich schreibt er einen Song darüber. *Schu-bi-du, Seilbahn-juhu.*«

»Den *Bee-bop-Parkour-Blues*«, bekräftigte Ralph. Sie lachten. »Was meinst du? Sollen wir deine Lithium-Dosis schon mal etwas erhöhen?«

Kaila nickte missmutig.

Der Kompromiss war, dass sie ihren Freund Jackson mitnehmen durfte. Glücklicherweise ließ sich Kaila meist doch noch überreden. Manchmal mit Jax als Lockmittel. Aber vor allem, vermutete Ralph, weil danach nur noch Halloween kam – die letzte Chance auf einen schönen Abend.

Nach Halloween gingen alle Kinder der Bird Street in den Lockdown.

Dann kam der November.

Am 1. November begannen die ersten Restriktionen in diesem Teil von Lock Haven ... aber mit Sicherheit nicht die letzten.

Ralph lauschte auf den Regen, der auf die Kapuze seines Ponchos prasselte. Das vibrierende Unwohlsein, das er zuvor auf dem Kopf gespürt hatte, kroch nun seinen Körper hinab, wuchs zu einem regelrechten Grauen heran. Zum ersten Mal in diesem Jahr wurde er von dem Wissen durchdrungen, dass die Dunklen Tage angebrochen waren.

Jedes Jahr glaubst du, du könntest dem entgehen, dachte er. *Jedes Jahr denkst du, es wird schon nicht so schlimm werden. Aber das ist nie der Fall. Und nun ist es zu spät, um dich darauf gefasst zu machen. Es hat begonnen. Gott steh uns bei.*

Auf einmal wollte er nichts lieber, als zu Hause sein. Den ganzen Abend *Ticket to Ride* mit den Kindern spielen und Nachos Supreme und Luanas *pão de queijo* essen, hinter den runtergelassenen Rollläden, die den Regen und die Snoqualmie Woods und alles, was darin hauste, aussperrten. Ein Abend voller Wärme und Geselligkeit.

Juliette McKinely blieb stehen, und die Prozession hielt an. Auf dem Weg vor ihnen lagen aufgehäufte Äste.

Sie blockierten den Durchgang.

»Kommt ihr mit ihr daran vorbei?«, fragte Elizabeth. Als sie sich umdrehte, sah Ralph, dass ihr Gesicht aschfahl geworden war. Harry legte zögerlich den Kopf schief.

»Wir laufen drum herum«, sagte Olivia. Entschlossen schritt sie an der Sänfte vorbei, nahm Juliettes freie Hand und zog sie von den Ästen weg. Sie wechselten einen Blick, ehe Juliette nach einer Stelle suchte, über die sie ausweichen konnten. Links war der Hang zu steil. Rechts war es nicht viel besser, zumal dort aus der Erde ein Geflecht aus glitschigen Lärchenwurzeln ragte, aber es gab keine andere Option.

»Kommt ihr zurecht?«, fragte Ann Olsen Dickinson, als Harry Juliette folgte und die Sänfte nach hinten kippte. Er war auf einer Wurzel ausgerutscht, aber Olivia stützte ihn, während sich Ralph festhalten musste, weil nun das meiste Gewicht auf ihm ruhte. Die alte Dame stieß einen kurzen Schrei aus und lachte dann schallend: »Was stellt ihr denn mit mir an? Wäre es nicht einfacher, die Äste wegzuräumen? So viele sind es doch nicht.«

»Hier ist der Durchgang besser«, log Juliette.

»Ach, ach, so viel Mühe, und das alles nur für mich. Ihr Lieben, das wäre doch nicht nötig gewesen.«

»Doch, doch«, sagte Elizabeth, »Sie werden schon sehen, warum.«

»Und noch dazu bei diesem Mistwetter!« Ann Olsen Dickinson holte pfeifend Luft und fuhr fort. »Ich habe schon heftige Regenfälle erlebt, im Olympia National Park und im Pacific Rim, aber hier schüttet es mitunter auch ganz schön, was?«

»Alles wird gut.« Diesmal sprach Olivia. »Machen Sie sich keine Sorgen.«

»Sorgen? Was soll schon schlimmstenfalls passieren? Dass ich stürze und mir das Genick breche?«

Die meisten lachten mit ihr mit, aber Ralph dachte: *Nein, das ist nicht das Schlimmste, was passieren kann.*

Irgendwie schafften sie es, die Sänfte unfallfrei hinter der erste Reihe Lärchen an den Ästen vorbeizubugsieren und auf den Weg zurückzukehren. Ann Olsen Dickinson hatte recht: Es wäre einfacher gewesen, die Äste beiseitezuschaffen, denn der Stapel war gerade mal kniehoch, aber keiner von ihnen hatte es gewagt. Die scheinbare Zufälligkeit, mit der sie dort lagen, war zu künstlich, um ein Werk der Natur zu sein, aber niemand von ihnen hatte die Zweige dort abgelegt.

Und heute Morgen hatten sie noch nicht dort gelegen.

Zehn Minuten später erreichten sie ihr Ziel. Elizabeth Aikman stützte ihre Hände in den Rücken, drehte sich um und sagte: »Sehen Sie, Ann. Darum all die Mühe.«

Sie hatten einen windgeschützten Platz im Schatten zweier Hemlocktannen erreicht. Überall um sie herum war das Rauschen des Regenvorhangs zu hören, doch dieser wurde nun von Musik übertönt.

Keine Klanglandschaften mehr, sondern *It's Only a Paper Moon* von Ella Fitzgerald. Und, oh Wunder: Hier war es trocken. Wenn man genau hinsah, konnte man den Baldachin erkennen, der über die Freifläche gespannt war, aber im Dämmerlicht des Waldes wurde der Blick von Hunderten von Stimmungslichtern gefangen genommen, die wie ein Sternenhimmel über ihnen funkelten. Am Boden knisterten Flammen in Feuerkörben. Auf einer großen Leinwand war das Porträt eines Ehepaares mit drei Töchtern zu sehen. In der Frau erkannte Ralph eine jüngere Version von Ann Olsen Dickinson.

Und inmitten von all dem stand ein strahlend weißes Himmelbett.

Ann Olsen Dickinson hatte die Hände vor den Mund geschlagen, und auch wenn Ralph sie nur von der Seite sah, wusste er, dass sie weinte.

»Oh, wie schön!«, brachte sie hervor, während sie in die Mitte des Kreises aus Feuerkörben getragen wurde. »Das Bett, und dazu Ella!« Mit überraschend heller Stimme, die ohne den Krebs gut genug gewesen wäre, um einer Varietésängerin zu gehören, sang sie: »*Yes, it's only a canvas sky hanging over a muslin tree, but it wouldn't be make-believe, if you believed in me.*«

Ralph und Harry blieben neben dem Bett stehen, wo Juliette und Olivia wie Türsteher vor den durchsichtigen Vorhängen warteten. Elizabeth half Ann beim Aussteigen, auch wenn sie das offenkundig aus eigener Kraft gekonnt hätte. In ihren Mantel gehüllt hatte sie gewirkt wie ein in eine Serviette eingewickeltes Mäuseskelett, aber nun sah Ralph, dass ihr Körper dem Tode noch nicht so nahe war, dass er völlig aufgegeben hätte. Doch so weit wollte es Ann Olsen Dickinson gar nicht erst kommen lassen.

Sie stellten die Sänfte ab. Ralph streckte sich und gesellte sich zu den anderen rings um das Bett, wo Elizabeth Ann aus ihrem Mantel und unter die Daunendecke half.

»Wie herrlich das alles ist«, sagte sie. »Und so schön. Wie kann ich euch nur je danken?«

»Das ist nicht nötig, Ann«, sagte Elizabeth. »Wir sind froh, dass wir dir helfen können. Brauchst du noch etwas?«

»Ich hätte gern noch ein Schlückchen Tee.«

»Ich habe da etwas viel Besseres«, sagte Juliette. Aus der Aufbewahrungskiste neben dem Bett holte sie ein Tablett, worauf sie sechs Likörgläser und eine Flasche Crème de Cassis abstellte.

»Nein! Ein echter Gabriel Boudier!« Ann klatschte in die Hände. »Auf unserer Hochzeitsreise hatte Stanley ein Chateau am Ufer der Saône in Frankreich gebucht, da haben wir den jeden Abend getrunken! ›Genau wie Hercule Poirot‹, hat Stanley immer gesagt. Er sah zum Anbeißen aus, mein Stanley, in seinem Anzug ...« Erschrocken blickte sie aus der Erinnerung hoch. »Ich darf doch gar nicht mehr trinken.«

Nun lachten alle, sogar Olivia. »Wenn es einen Zeitpunkt gibt, den Rat der Ärzte in den Wind zu schießen, dann doch wohl jetzt, oder?«

Dem konnte Ann Olsen Dickinson nur beipflichten. Juliette schenkte die Gläser voll und ging mit dem Tablett herum. Ralph bekam einen trockenen Mund, als sie bei ihm ankam. Juliette bemerkte sein Zögern, wartete aber ungeduldig, wodurch er sich gezwungen sah, ein Glas zu nehmen. Sobald er den Alkohol roch, lief ihm das Wasser im Mund zusammen.

Ann streckte ihr Glas den Wohltätern aus der Bird Street entgegen. »Na dann prost! Auf das Leben!«

Sie hoben ihre Gläser. Ralph merkte, dass ihm ein Tropfen über die Schläfe lief – diesmal kein Regen, sondern Schweiß.

Das war nicht der richtige Moment. Wenn er jetzt trank, würde er beim Nachhausekommen geradewegs in die Garage marschieren und sich hinter das Steuer des Forester setzen.

Die Flasche Smirnoff unter dem Fahrersitz hervorholen und das dort ebenfalls versteckte Glas. Das Glas war reiner Aberglaube: Ralph trank nie aus der Flasche. Scheiß auf das Eis, scheiß auf die Zitrone. *Verdammt*, scheiß auf den Tonic, wenn's sein muss – aber trink niemals aus der Flasche!

Ralph Lewis würde unter Eid schwören, dass er kein Alkoholiker war, und es wäre die reine Wahrheit. Aber es war November. Und im November war alles anders.

Wenn er sich heute Abend einen hinter die Binde kippte, würde es nicht bei dem einen Glas bleiben. Dann würden sie kein *Ticket to Ride* spielen. Dann gäbe es keine Häppchen, keine Wärme und Geselligkeit mit den Kindern. Dann würde es Streit geben.

Mit einem Mal drehte er das Glas fest entschlossen über dem Waldboden um.

Er hatte widerstanden.

Diesmal zumindest.

»Ich hätte nicht gedacht, dass ich Angst haben würde«, sagte Ann. Ihre Stimme war nun wieder heiser, und Ralph musste sich anstrengen, um sie zu verstehen. »Aber nun fürchte ich mich.«

»Es gibt keinen Grund, Angst zu haben, Ann«, sagte Elizabeth.

Ralph wechselte einen Blick mit ihr, kniete sich neben das Bett und nahm Anns magere Hand in seine. »Sie wissen, dass Sie es sich jederzeit anders überlegen können, wenn Sie Bedenken haben.«

Doch sie wischte seine Bemerkung beiseite, als sei das nicht der springende Punkt. »Darf ich euch etwas fragen?«

»Natürlich.«

»Warum tut ihr das für mich?«

Diese Frage kam jedes Mal, und sie waren darauf vorbereitet. »Es ist schon lange her, da fiel ich in ein schwarzes Loch«, sagte Harry. »Psychisch, meine ich. Damals spielte ich mit dem Gedanken, mein Leben zu beenden. Da traf ich diese Menschen, und sie führten mich ins Licht zurück. Dafür bin ich ihnen bis heute dankbar. Denn Ralph hat recht, wissen Sie. Sie können es sich jederzeit anders überlegen. Wissen Sie, was mich damals zum Umkehren bewog?«

»Was denn?«

»Dass ich die Möglichkeit hatte, es zu tun.«

Ann nickte so heftig, dass man die Sehnen in ihrem Nacken knacken hörte. »Ich bin froh, dass Sie es aus dem Loch raus geschafft haben, Harry. Sie sind viel zu gesund, um schon zu gehen.«

»Das stimmt, aber nicht jeder hat diese Wahlfreiheit. Und es gibt Fälle, in denen der Death with Dignity Act nicht weit genug geht. Schauen Sie sich nur selbst an. Ihr Leidensdruck ist enorm, aber Sie sind, soweit ich das beurteilen kann, ganz und gar nicht unzurechnungsfähig. Somit bleiben Ihnen nur zwei Optionen: Entweder Sie halten bis zum bitteren Ende durch, oder Sie setzen Ihrem Leiden mit Gewalt ein Ende.«

»Sie meinen, indem ich mir eine Kugel in den Kopf jage?«, fragte Ann nüchtern. »Stanley hat oben eine Pistole im Tresor liegen. Ich habe mir nie etwas aus Waffen gemacht, aber wenn ich Elizabeth nicht kennengelernt hätte, hätte ich sie wahrscheinlich benutzt.«

»Sehen Sie. Wir finden, dass Patienten eine Alternative haben sollten. Einen friedlicheren Ausweg.«

»Genug von uns geredet«, sagte Elizabeth und klatschte in die Hände. »Wir haben noch eine Überraschung für Sie.«

Die Diavorführung. Die Musik wechselte von »It's Only

a Paper Moon« zu »Dream a Little Dream of Me«, und mit einem Klick auf ihre drahtlose Fernbedienung hatte Elizabeth die Fotoreihe von Anns Leben auf der Leinwand gestartet. Ralph spürte, wie ein plötzlicher Anflug von Wut seinen Körper durchströmte wie ein kalter Luftzug. *Sie ist zu schnell*, dachte er. *Sie sucht gar nicht das Gespräch mit ihr*.

Wenn es nicht November gewesen wäre, wäre es bei einem gewissen Unbehagen geblieben, aber nun brach eine unbändige Wut in Ralph hervor, über deren Heftigkeit er selbst erschrak. Oh, sie waren wie ein hinterhältiger Meuchelmörder, die Dunklen Tage. Wie ein Virus, das unbemerkt wütete, aber da alle mit denselben roten Flecken herumliefen, merkte man nicht, dass die Krankheit auch bei einem selbst ausgebrochen war. Und mit jedem Mal konnten sie ihr weniger Widerstandskraft entgegensetzen. Es waren die Dunklen Tage, die Elizabeth dazu trieben, in der Angelegenheit vorzupreschen, und es waren die Dunklen Tage, die Ralphs heftige Reaktion auslösten.

Und das jetzt schon.

Ralph verließ den Feuerkorbkreis und schloss die Augen. Zählte bis zehn. Als er die Augen wieder aufschlug, fühlte er sich etwas ruhiger. Er sah, dass Elizabeth Anns Hand genommen hatte, und in dieser Geste erkannte er aufrichtiges Mitgefühl, wodurch sich Ralph ein wenig für seinen Unmut schämte. Elizabeth stand unter demselben Einfluss wie er. Das durfte er nicht vergessen.

Auf der Leinwand zogen Bilder vorbei. Anns Töchter beim Schaukeln. Eine junge Ann, die den Kopf umwandte, mit wallendem Haar, das ihr wie Sonnenlicht über die Schultern fiel. Ann und Stanley vor dem Schloss in Frankreich – ja, er war ein attraktiver Mann gewesen. Wäre sie nicht so gebannt gewesen, hätte Ann vielleicht gefragt, wie sie an all das Bildmaterial herangekommen waren, aber das würde sie nicht tun. Das tat nie jemand.

Ralph lauschte auf die verstohlenen Geräusche von dem, was hinter der ersten Reihe von Hemlocktannen raschelte, laut genug, um Ella und den Regen zu übertönen. Hier, außerhalb des Lichterzirkels und mit einem Bein praktisch im nassen, kalten Wald, fühlte sich Ralph auf einmal verwundbar. Schnell gesellte er sich wieder zu den anderen ans Bett, wo man so tun konnte, als hätte man nichts gehört.

Ann weinte wieder, und nun war es Olivia, die ihr die Hand hielt. Zum ersten Mal an diesem Nachmittag sah Ralph aufrichtiges Bedauern in Anns Augen. »Stanley macht sich bestimmt schon Sorgen …«

Ja, das würde er. Selbst wenn Stanley an diesem Tag bis zum Sound gegangen war, wäre er inzwischen wieder zu Hause in Mill Creek angekommen, wo er das Bett seiner an Krebs im Endstadium erkrankten Frau leer vorgefunden hatte. Inzwischen würde er seine drei Töchter angerufen haben und die Polizei. Ja, vermutlich machte sich Stanley in diesem Moment große Sorgen.

Wenn es vorbei war, hatten sie Ann gesagt, würden sie sie auf demselben Grünstreifen hinter ihrem Haus zurücklassen, wo sie Stunden zuvor, warm eingepackt und auf ihren Spazierstock gestützt, in den Wagen gestiegen war, der dort außerhalb der Reichweite der Überwachungskameras auf sie gewartet hatte. Sie würden sie mitten auf den unbefestigten Weg legen, damit Passanten sie schnell fanden. Stur wie sie war, hatte sie wohl in ihrem Zustand das Haus verlassen, obwohl Stanley es ihr immer wieder verboten hatte. Dann war sie gestürzt und innerhalb kürzester Zeit an Unterkühlung gestorben. Und die Medikamente?, hatte Ann besorgt gefragt.

Keine Sorge. Die Wahrscheinlichkeit, dass jemand in ihrem Zustand auf eine Autopsie bestehen würde, war gleich null. Nicht, wenn die Umstände so eindeutig waren.

»Ich finde es entsetzlich, es auf diese Weise tun zu müssen«, hatte Ann gesagt. »Aber wenn Stanley sich so sträubt, muss man doch zu einer Notlüge greifen, oder?«

Nun, in der Stunde ihres Todes, tröstete Olivia sie. Danach trat Elizabeth an ihr Bett. Sie trug ein rotes Satinkissen. Darauf lagen zwei Injektionsnadeln.

»Da ist es, Ann. Das Schlafmittel. Und das ist ein Muskelrelaxans. Du wirst nichts spüren. Du schläfst binnen weniger Sekunden ein, wie normal auch, nur dass du danach nicht mehr aufwachst.«

Lange Zeit betrachtete Ann die Nadeln.

»Ich wage es kaum auszusprechen«, sagte sie zum Schluss mit bebender Stimme.

»Was denn, Ann?«, fragte Olivia.

»Ich muss ständig an unsere Hochzeitsreise denken. Das Chateau hatte einen Innenhof unter freiem Himmel, wo die Gäste abends aßen. Da war ein Chansonnier, der hübsche Lieder sang, begleitet von einem Pianisten, der damals älter war als ich heute. Und weißt du, was Stanley machte? Er zog mich vom Stuhl und tanzte mit mir durch den gesamten Innenhof, zwischen den Tischen hindurch. Alle lachten, alle klatschten, und ich habe mich in Grund und Boden geschämt. Nicht aber Stanley! So war er. Er brauchte mich nur anzuschauen, und schon fühlte ich mich wohl.«

»Das ist hinreißend, Ann«, sagte Olivia gerührt.

»Weißt du, was der erste Film war, den wir zusammen angeschaut haben? *Der Zauberer von Oz*. Das war im Pacific Crest Theater, bevor es umgebaut wurde. Und in dem Moment, als Judy Garland sagte: ›*Es ist nirgends schöner als daheim*‹, wusste ich, dass ich bei Stanley bleiben würde, bis der Tod uns scheidet.« Mit Tränen in den rot geäderten Augen und einer Hand auf dem Satinkissen sah sie ihre Wohltäter aus der Bird Street einen nach dem anderen an. »Stanley ist mein Zuhause. Ich glaube, ich möchte das hier doch nicht tun.«

Es entstand ein merkwürdig angespannter Moment, in dem Ralph beinahe physisch in der Luft greifen konnte, was das für sie bedeutete. Er dauerte vermutlich nur einen Sekundenbruchteil, doch in diesem Sekundenbruchteil sah Ralph ein groteskes Bild vor sich: Elizabeth, die die erste Injektionsnadel vom Kissen riss und sie in den Arm der Frau rammte, die vor Panik aufschrie.

Stattdessen zog Elizabeth das Kissen weg und legte es auf der Aufbewahrungskiste ab. »Ann, Liebes, natürlich«, sagte sie. »Das ist ganz und gar deine freie Entscheidung.«

»Es tut mir so schrecklich leid …«

»Wartet mal«, sagte Juliette. »Da wir jetzt schon so weit gekommen sind – sind wir uns sicher, dass das die beste Entscheidung ist?« Sie sah Olivias Gesichtsausdruck und fügte hinzu: »Für sie, meine ich?«

»Ann weiß, was das Beste für sie ist«, sagte Ralph. Er wandte sich an die todkranke Frau. »Das muss Ihnen nicht leidtun.«

»Aber all die Mühe, die ihr euch für mich gemacht habt. Das Risiko, das ihr für mich eingegangen seid! Und wer soll das alles aufräumen?« Sie erhob sich von ihren Kissen, als habe sie vor, das selbst zu übernehmen. Doch sie war zu schnell aufgestanden und bekam einen Hustenanfall.

»Darf ich euch wenigstens etwas geben für eure Mühen?«

Elizabeth beugte sich über sie. »Nein, Ann. Das können wir nicht annehmen. Wir tun das für dich. Für dich allein. Und darum muss ich dir eine Frage stellen.« Sie wechselte einen Blick mit Ralph, der keine Möglichkeit sah, einzugreifen. »Bist du dir ganz sicher? Denn Juliette hat nicht ganz unrecht. Du kennst die Gründe, warum du hier bist. Und was dich erwartet, wenn du nun abbrichst.«

»Ich weiß, Schätzchen«, antwortete Ann mit ihrer heiseren Stimme. »Aber ich bin mir noch nie einer Sache so sicher gewesen. Mit Stanley an meiner Seite stehe ich das durch. Ich will noch ein einziges Mal die Krokusse blühen sehen, und wenn mir das gelingt, habe ich das euch zu verdanken.«

Harry legte die linke Hand auf den Rücken seiner Frau und die rechte auf ihre Schulter. »Ich bin so froh, dass wir auch Ihnen den Weg zurück ins Licht weisen konnten.«

Er zog seine Frau zwar nicht vom Bett weg, dachte Ralph, aber es fehlte nicht mehr viel.

Ralph selbst empfand … Erleichterung? Oder war es etwas anderes?

Er wusste es nicht. Er wusste nur, dass er auf einmal enorm müde war.

Im Februar des darauffolgenden Jahres sollte Ann Olsen Dickinson ihnen eine Grußkarte schicken:

Dieses Würstchen von einem Arzt hatte mir noch sechs Wochen gegeben, aber ich habe die Krokusse blühen sehen! Auch wenn ich spüre, dass das Ende naht. Ich danke euch für die Zeit, die ihr mir geschenkt habt.

Dieselbe Ann Olsen Dickinson sagte nun: »Ich sage es noch einmal. Ihr seid Wohltäter. Alle zusammen.«

Während sie sich für den Rückweg bereit machten, holte Ralph sein Handy aus der Jackentasche. Er sah, dass er eine Nachricht von Luana bekommen hatte. *Wie ist es gelaufen? Ich liebe dich*. Er antwortete: *Hat es abgebrochen. Freu mich schon auf dich, Liebes. Auf dich und die Kinder. Bis bald.*

Keiner der Nachbarn machte sich in diesem Moment große Sorgen.

Es gab noch andere Kandidaten.

Und sie hatten noch Zeit.

Vorerst.

DJANGO

Wunderkind. Halloween in der Bird Street. Kaila und das Messer. Was mit dem Steinway geschah.

29. Oktober

Django Lewis da Silva kannte sämtliche Ecken der Bird Street so gut wie die Tasten seines Klaviers. Es gab Orte, an die er weniger oft kam – die allerhöchsten und allertiefsten Töne, der überwucherte Drahtzaun am Ende des Gartens –, aber das hier war sein Zuhause.

Trotz seines jungen Alters war sich Django bewusst, dass er ein Wunderkind war. Er würde das nie so sagen, weil ihn solche Zuschreibungen nicht interessierten. Aber genug andere übernahmen das für ihn, wie die verblüfften Jurymitglieder der Puget Sound School of Music, vor denen er nach eigenem Empfinden eine ziemlich schwerfällige Darbietung von »Ain't Misbehavin'« von Fats Waller abgeliefert hatte. Dennoch hatten sie ihm die Zulassung erteilt, sodass er ab Januar als jüngster Student aller Zeiten jeden Mittwoch an einem Exzellenzprogramm teilnehmen würde, für das ihn Direktor Green von der Carnation Elementary mit stolzgeschwellter Brust von der Schule freigestellt hatte.

Wenn man in der Bird Street wohnte, war es mehr oder minder selbstverständlich, dass man in irgendetwas gut war.

Liam Wachowski, Djangos bester Freund und Nachbarsjunge von gegenüber, hatte auf dem Dachboden die Space Needle gebaut. Gut zwei Meter hoch. Davor die Golden Gate Bridge, die sich von der Tür von Mrs. Wachowskis Arbeitszimmer bis zum Waschraum erstreckt hatte. Dad sagte, dass Liam später bestimmt mal Architekt werden würde. Das könne man an seinen beeindruckenden Bauwerken sehen. Django wusste, dass Liam anderen Kindern gegenüber lieber nicht verriet, dass er noch mit K'Nex spielte, aber von keinem Baumaterial hatte er so viel vorrätig (abgesehen von den signierten Exemplaren der Diätbücher seiner Mutter, die überall im Haus herumlagen und darauf warteten, verschickt zu werden, die sich aber laut seiner Mutter nicht zum Bauen eigneten). Dass der *New Day Northwest* einen Bericht über ihn und seine K'Nex-Konstruktionen gebracht hatte, war auch nicht sonderlich hilfreich gewesen. Die Reporterin hatte ihn ein »echtes Wunderkind« genannt.

Aber Liam wollte nicht Architekt werden. Er wollte Baseballprofi bei den Angels werden. Liam war zwar noch kein Mark Trout, aber er spielte in der Little League bei den Redmond Ridge und hatte einen Schlagdurchschnitt von .387.

Django wusste instinktiv, dass sein Nachbarsjunge seinen Traum wahr machen würde. Wenn man in der Bird Street wohnte, wusste man solche Dinge. Genauso wie er wusste, dass er selbst später Pianist werden und verqualmte Säle voll mit swingenden Menschen nach seinen Fingern tanzen lassen würde. Auf YouTube hatte er das Schwarz-Weiß-Video einer englischen TV-Show aus dem Jahr 1964 gefunden, die *Don't Knock the Rock* hieß und in der Jerry Lee Lewis ein Publikum aus Studenten, die sich um seinen Flügel drängten, in *a whole lotta shakin'* Wahnsinn trieb. Dass der »Killer« und er denselben Nachnamen hatten, war ein netter Zufall.

Am letzten Samstag vor den Dunklen Tagen durfte er vorne in Dads Forester sitzen, während dieser ihn zu Mr. Hendrickx in Lakewood brachte.

Mr. Hendrickx wartete bereits im Türrahmen des Bungalows. »Komm rein, junger Mann!«, sagte er mit seiner krächzenden Stimme, die nach Virginia Slims roch, die er den ganzen Tag qualmte, auch wenn seine Frau es ihm verboten hatte, wenn Django zu Besuch kam.

Django fand es lustig, dass er Dad »junger Mann« nannte, auch wenn es aus seiner Perspektive nur logisch war. Mr. Hendrickx war sechsundneunzig und beinahe blind. Man konnte sich kaum vorstellen, dass er einst den Krieg mitgemacht hatte. Er war genauso groß wie Dad, aber Mr. Hendrickx stand mager und gebückt da. Zuerst schüttelte er Dad die Hand, dann Django. Seine Finger fühlten sich steif und hart und unbeugsam an, als ob man eine Klaue ergriff. Django fand es traurig, dass der Mann keine normalen Hände mehr hatte.

»Das kommt von der Arthrose«, hatte Dad einmal gesagt, als Django danach fragte. »Weißt du noch, wie du letzten November so steife Finger hattest, dass du überhaupt nicht mehr spielen konntest? Mr. Hendrickx hat das das ganze Jahr über.«

»Aber er kann trotzdem spielen. Wie kann das sein?«

Dad hatte mit den Schultern gezuckt. »Alte Gewohnheiten legt man nicht so schnell ab.« Was das genau heißen sollte, verstand Django nicht. Wahrscheinlich wusste es Dad selbst nicht.

Mr. Hendrickx hatte ein altes Knight hinten in seinem Wohnzimmer, das er selbst stimmte. Django spielte an diesem Tag »It Don't Mean a Thing If It Ain't Got That Swing«. Wie immer wusste er nicht genau, was er tat oder wohin die Musik ihn führen würde. Er folgte einfach der auf und ab hüpfenden Bassline und konnte seine energiegeladene Melodie frei im Rhythmus anlegen. Mr. Hendrickx' große, glänzend schwarze Schuhe klopften auf den Fliesen im Takt mit. Dieses Klopfen, das fand Django herrlich. Eigentlich hätte er auch gerne Lackschuhe gehabt, damit ließ es sich viel wilder klopfen als mit seinen Nikes.

Als das Klavier verstummte, klatschte Mr. Hendrickx triumphierend in die Hände. »Unglaublich! Dieses Timing! Dabei ist er gerade mal zehn. Zehn! Ist das zu glauben?«

Dad lächelte bescheiden, Django sagte nichts. Es hatte nicht genau so geklungen wie bei Duke Ellington auf Spotify. Und auch nicht genau so wie bei Mr. Hendrickx. »Ich will so spielen können wie Sie.«

Mr. Hendrickx legte ihm die knochige Hand auf die Schulter und nahm neben ihm auf dem Hocker Platz. »Schlag dir das sofort aus dem Kopf, mein Junge. Ich will, dass du so spielst wie du selbst. Eines will ich dir über den Jazz verraten. Und damit meine ich den Swing der Dreißigerjahre, nicht den Bebop und den ganzen Hurenkram, der danach kam, dieses endlose Herumgejammere mit zwei Akkorden.« Er sah mit einem Augenzwinkern zu Dad, der grinste und ihm bedeutete weiterzureden. Wegen solcher Ausdrücke war Django so von dem alten Mann angetan. Er erklärte ihm alles, was er wissen wollte, und erzählte vom Krieg und von Hitler, der die Juden und Zigeuner vergast und nichts vom Jazz gehalten hatte. Davon, wie er als junger Soldat an der Front in Frankreich gekämpft hatte und dass sie abends mit den einheimischen Mädchen getanzt hatten. Davon, wie er bei lokalen Bands auf geheimen Partys gespielt hatte, während die Stadt brannte. Davon, wie die aus den Flugzeugen der Krauts abgeschossenen Granaten über sie hinwegflogen und in einiger Entfernung einschlugen, und davon, wie nahe Leben und Tod beieinanderlagen. Django hing bei diesen Geschichten gebannt an seinen Lippen.

»Vor dem Krieg hatte meine Mutter das Abspielen der Grammophonplatten von Coleman Hawkins und The Duke strengstens verboten, weil sie die Musik nicht ausstehen konnte. Und in Europa hatten die Deutschen den Jazz verboten. ›Negermusik‹ nannten sie das.«

»Das sagt man nicht«, rutschte es Django heraus, doch er schämte sich sofort dafür, dass er den alten Mann belehrt hatte.

»Ich glaube kaum, dass die Deutschen sich damals darum scherten, was man sagen darf und was nicht«, sagte Mr. Hendrickx. »Ich habe mir den Jazz selbst beigebracht, indem ich Radio hörte und auf Tanzabenden übte. Einfach durch Nachspielen. Genau wie du.«

Django war sieben gewesen, als er Mr. Hendrickx das erste Mal spielen hörte. Auf seinem Album, das man gemeinsam mit seinem Kriegstagebuch veröffentlicht hatte. Die Musik lief, wenn Mom kochte. Sie wiegte mit den Hüften zu den Nummern hin und her, die er später als »Lady Be Good«, »In the Mood« oder »Honeysuckle Rose« kennenlernen würde. Django hatte mit offenem Mund in der Tür gestanden und zugehört. Er hatte sich nicht vom Fleck gerührt. Dabei wollte er sich bewegen. Alles in seinem Körper hatte nach Bewegung geschrien.

Letztlich hatte Dads altes Keyboard sein Unvermögen, seinen Gefühlen Ausdruck zu verleihen, beseitigt – jedoch nicht ganz. Das kam erst, als Mom und Dad sein Talent entdeckten und ihn an Weihnachten mit dem Steinwayflügel im Hinterzimmer überraschten, der schon bald nicht nur eine Verlängerung seiner Finger werden sollte, sondern auch seiner Seele.

Popmusik ließ Django kalt, *American Idol* interessierte ihn nicht die Bohne. Doch der Swing hatte bei ihm einen Nerv getroffen.

So waren sie bei Mr. Hendrickx gelandet.

»Was ich damit sagen will«, sagte der alte Mann nun, »man kann ein und denselben Titel zweimal spielen, und es kommen zwei verschiedene Versionen dabei heraus. Die Musik ist durchdrungen vom Gefühl. Man lässt sich von den Akkorden leiten und improvisiert intuitiv. Wenn man es gut macht, ist es vollkommen abhängig von der eigenen Stimmung und der Atmosphäre im Saal. Und du spielst genau richtig, Django. Du setzt damit ein Statement. Wenn sie dir nicht zuhören, musst du ein Statement setzen. Der Jazz konnte einen durch den Krieg tragen, denn der Jazz bedeutete Freiheit. Jazz ist Freiheit mit *Groove*.«

Danach spielte Mr. Hendrickx, während Dad und Django nebeneinander im Sessel saßen und zuhörten. Es war Magie pur: sechsundneunzig Jahre hin oder her, wenn Mr. Hendrickx am Klavier saß, schmolz seine Arthrose dahin wie Schnee in der Sonne. Seine Finger bewegten sich geschmeidig über die Tasten. Eine langsame, sentimentale Melodie rollte durchs Zimmer, die immer mehr Akzente bekam, abschweifte, in tiefen Unterströmungen verloren ging, aber immer wieder wellenartig zu ihrer flimmernden Hauptlinie zurückkehrte. Mittendrin kam Mrs. Hendrickx mit Pralinen aus der Küche und sang mit. Keine Worte, sondern nur ein tiefes »*Jadadaldieda*«, das aber schön klang. Ihre Augen füllten sich mit Tränen. Django stellte sich vor, dass sie früher zu dieser Nummer getanzt hatte, als sie noch jung und hübsch gewesen war und ihre Gelenke noch mitgespielt hatten.

Auf der Heimfahrt versuchte Django mit dem Zeigefinger die Regentropfen von der Scheibe zu wischen, doch sie waren unerreichbar hinter dem Glas. Dads Playlist spielte die Stones und Pink Floyd.

»Altherrenrock«, schimpfte Django.

31. Oktober

An Halloween war es trocken und ungewöhnlich mild. Und doch spürte Django die dunkle Wolke des Novembers über sich hängen. Er fand das idiotisch. Wieso mussten sich alle plötzlich schlecht fühlen? Wieso durfte er nicht mehr hinten im Garten spielen? Und warum schien sich alles, was man mochte, unerklärlicherweise gegen einen zu wenden?

Das ganze Jahr über war Django ein optimistisches Kind, das genoss, was das Leben für ihn bereithielt. Aber es gab auch Dinge, die er nicht verstand, die größer waren als er. Die Dunklen Tage zum Beispiel. Mom hatte ihm erklärt, dass es in jedem Jahr eine gute Zeit und eine schlechte Zeit gab. Die Dunklen Tage waren eine schlechte Zeit. Glücklicherweise dauerte sie nicht lange, nur ein paar Wochen. Aber diese paar Wochen fühlten sich endlos an. In der Schule durfte man nicht darüber reden, sonst wurde man bestraft. Aber das Schlimmste war, dass man sich nicht dagegen wehren konnte. Man musste es hinnehmen und sich am besten an Halloween amüsieren, denn es war vorläufig das letzte Mal, dass man Spaß hatte.

Am Tag zuvor hatte es in der Küche der Wachowskis eine hitzige Debatte darüber gegeben, ob die Eltern als Aufsicht beim Süßes-oder-Saures dabei sein sollten.

»Wir sind fast elf!«, hatte Liam ausgerufen.

»Ihr seid zehn.« Mrs. Wachowski hatte ihren Sohn auf eine Art angelächelt, die klarmachte, dass sie nicht mit sich diskutieren ließ.

»Die Dunklen Tage beginnen doch erst nach Halloween«, hatte Django gesagt. »Was soll schon passieren?«

Dad hatte nichts davon hören wollen. »Den Dummen bestraft das Leben, Django.«

Am Ende hatten sie beschlossen, dass Django und Liam allein gehen durften, unter der Bedingung, dass sie kein Haus betreten und »möglichst in der Nähe« von Mr. Wachowski bleiben würden, was auch immer das heißen sollte. Mr. Wachowski würde Liams jüngere Schwester Harper und ihre Freundinnen begleiten.

Kaila würde genau wie Liams vierzehnjähriger Bruder Ethan eine Halloween-Party bei einem Klassenkameraden in Carnation besuchen. Sie hatte sich als Hexe verkleidet. Nicht mit spitzem Hut und langer Nase, sondern mit Eisenketten um den Körper und aufgemalten Nähten über Augen und Mund. Das habe sie in irgendeinem Buch gelesen, sagte sie. Django hatte angeboten, Nadel und Faden zu holen, damit es echter wirkte.

»Und was stellst du dar? Light aus *Death Note*, oder was?«, fragte sie.

»Ich bin der untote Jerry Lee Lewis«, sagte er empört. Er drehte sich um, um ihr den Pappmaschee-Klavierhocker zu zeigen, der an seinem Hintern hing.

»Oh. Ja. Klar. Das errät man auf den ersten Blick, Bruderherz.«

Django fand sein Kostüm gelungen: die Haare mit Brylcreem zu einer Pompadour-Tolle gegelt, offenes Oberhemd, Jackett, schiefer Mund und natürlich blutige Zombienähte.

Mom trug eine braune Afro-Perücke und einen Bart. Dad war vollkommen lächerlich aufgemacht: Mit seinem Wollschal um die Taille sah er aus wie ein Schaf.

»Ich bin Bob Ross«, sagte Mom.

»Und ich eine Happy Little Cloud«, sagte Dad. Sie konnten sich kaum halten vor Begeisterung über ihre Kostümidee.

»Bitte … was?«, fragte Kaila.

Mom schnappte sich eine Malpalette und einen Pinsel vom Tisch und posierte neben Dad. »So besser?«

»Sie sind zu jung«, sagte Dad. »Wetten, die Wachowskis kriegen sich nicht mehr ein vor Lachen?«

Und tatsächlich, die Wachowskis kreischten auf, als sie Liam vorbeibrachten. »Ihr seid zum Brüllen! Marc, das musst du sehen!«

Joyce Wachowski war Miss America (»Typisch«, hörte Django am Abend Kaila beim Zähneputzen zu Mom sagen) und Marc ein Tannenzapfen. Liam hatte bereits verraten, als was er gehen würde – als Demogorgon der Seattle Mariners. Sein Kostüm war ihm hervorragend gelungen: Baseballtrikot plus Gesichtsmaske in Form einer zähnefletschenden fleischfressenden Pflanze. Harper war eine gruselige Ballerina (das Gruseligste daran war, dass sie nicht ein einziges Mal aus ihrer Rolle fiel, stattdessen drehte sie wortlos Pirouetten durchs Zimmer).

»Und du, Ethan«, lachte Mom, »du bist doch der Feuerwehrhund von *Paw Patrol*?«

»Marshall-in-Cujo-Gestalt«, korrigierte Ethan sie und fletschte knurrend die Zähne.

»Django Lee Lewis, du siehst fabelhaft aus!«, sagte Mrs. Wachowski. »Los, spiel uns was vor.«

»Mom, wir müssen gehen«, sagte Ethan.

»Aber ein kleines Stück geht doch noch, oder? Luana sagt, dass Liam und Django zusammen umwerfend klingen.«

Ob sie umwerfend klangen, konnte Django nicht sagen, aber sie waren ziemlich gut, das schon. Sie gingen in das Hinterzimmer, wo er sich seinen Pappmaschee-Klavierhocker abschnallte und auf dem echten Platz nahm und Liam seine Demogorgon-Maske auf dem Steinway ablegte. Dann stimmte Django ein mitreißendes Intro an, das in Windeseile einmal quer über die Tastatur von den hohen zu den tiefen Tönen tänzelte. Plötzlich fing er es mit einem donnernden Riff der linken Hand ab und begann zu singen. »*You shake my nerves and you rattle my brain …*«

Liam stimmte mit ein. »*Too much-a love drives a man insane …*«

Django ließ das Klavier zwischen jedem Satz antworten. Arme ausgebreitet – die höchsten und tiefsten Töne, er wollte sie allesamt hören. Sein Zwerchfell bebte. Seine Füße stampften. Seine Zähne bissen in einem Grinsen auf seine Unterlippe.

»*You broke my will …*«

»*Oh, what a thrill …*«

»*Goodness gracious great balls of fire!*«

Danach konnte niemand mehr still sitzen. Liams Schultern schüttelten sich beim Refrain wie bei einer Vogelscheuche. Django stieß den Hocker unter sich weg, das hatte er bei Jerry Lee Lewis in einem YouTube-Clip gesehen. Die Glissandos fand er am tollsten, wenn er mit den Fingern blitzschnell die weißen Tasten hinunterfegen konnte. *Dive-bombs* nannte der alte Mr. Hendrickx sie, was ein sehr viel coolerer Name dafür war. Er hatte es ihm vorgemacht. Seine Finger seien nicht mehr so schnell wie früher, hatte er gesagt, aber kaum legte man ihm Albert Ammons vor, Lux Lewis oder Jimmy Yancey, schon war er nicht mehr zu bremsen, der alte Mr. Hendrickx.

Auch Django war nicht mehr zu bremsen. Mom und Dad und die Wachowskis tanzten durchs Zimmer. Selbst Kaila und Ethan lachten. Jazz mochte Freiheit sein, Boogie-Woogie war der reinste *Spaß*. Allein schon das Wort, dachte Django: Boogie-Woogie.

»Ihr klingt echt gut«, sagte Dad kurze Zeit später, als Django den Pappmaschee-Hocker wieder an seinem Gürtel befestigte. »Ihr solltet ein Duo gründen. Oder eine Band.«

»Vielleicht.«

Aber Django spürte instinktiv, dass Liams Stimme zu süß war für diese Melodien. Seine eigene Stimme auch, selbst wenn er sich noch so große Mühe gab, sie kratzig klingen zu lassen. Das war keine Musik für Kinderstimmen. Dafür brauchte man eine raue, verrauchte Stimme. Eine Stimme, der man das Leben anhörte. Wie der von Mr. Hendrickx.

»Ihr wisst Bescheid?«, sagte Mom, als sie das Haus verließen. »Punkt neun Uhr seid ihr wieder da. Dann lassen wir die Rollläden runter.«

»Das gilt auch für euch, Ethan und Kaila«, sagte Mrs. Wachowski. »Zehn Minuten nach halb neun stehe ich bei den Remlingers vor der Tür, und ihr kommt raus. Wenn ihr zwölf Minuten nach halb neun nicht da seid, rufe ich an.«

»Maaaann«, seufzte Ethan und verdrehte die Augen.

»Bleib cool, Scooby-Doo!«

Liam und Django fingen beim Bungalow der Aikmans an. Mr. und Mrs. Aikman hatten ihre Veranda mit ausgehöhlten Kürbissen und Spinnweben verziert und reichten ihnen Hershey's Kisses, Hot Tamales und Tootsie Rolls.

In der bogenförmig verlaufenden Bird Street standen fünf Häuser in einigem Abstand zueinander. Drei auf der Waldseite: der Bungalow der Aikmans, ihr eigenes Haus und die riesige McKinley-Villa. Auf der Lock-Haven-Seite befanden sich Liams Haus, ein kleiner Spielplatz und die Villa von Gray Junior und Laura mit-dem-schwierigen-Nachnamen. Vaxxerirgendwas. Mom und Dad nannten es noch immer »das alte Nyholm-Haus«. Django hatte die Nyholms nie kennengelernt, denn sie waren weggezogen, als er noch klein war. Aber ihr altes Haus hatte er noch vage in Erinnerung. Vor allem, dass es leer und dunkel war. Liam sagte, es sei abgerissen worden, weil es darin gespukt hätte. Django glaubte nicht daran, dennoch war er froh, dass dort nun eine helle, moderne Villa stand. Ein gruseliges Haus in der Straße reichte völlig.

Die Windhunde schlugen an, sobald sie klingelten, und sie hörten Gray durch die Tür hindurch drinnen brüllen: »*Helmut!*«

Das war auch so ein Ding: die Hunde der McKinleys. Sie hießen genauso merkwürdig, wie sie aussahen. Der andere hieß Schwarzwald.

Laura schien mit ihrem sechsjährigen Töchterchen Aurora auf Süßes-oder-Saures-Tour durch Lock Haven unterwegs zu sein, und Gray war mit Baby Ricky zu Hause geblieben. Ihr Haus war zwar nicht geschmückt, aber Gray gab Django und Liam je einen Reese's Peanut Butter Cup, insofern war alles cool.

Danach gingen sie über die Straße rüber zum Landhaus, das der Rest des McKinley-Clans bewohnte. Auch das war nicht geschmückt, aber es wirkte auch so unheimlich genug. Django bekam immer eine Gänsehaut, wenn er sah, wie es mächtig und still am Ende der langen Auffahrt aufragte. Durch den Efeu am Giebel sah es aus, als wäre es mit dem Wald verwachsen.

Django war noch nie drinnen gewesen, aber er wusste, dass es darin allerlei Bereiche gab, die Dad Flügel nannte; einen, in dem die alten McKinleys wohnten, einen für ihren jüngsten Sohn Maurice und einen für ihre Tochter Juliette. Juliette war lesbisch, was hieß, dass sie mit einer Frau namens Olivia verheiratet war. Django fand Olivia sehr nett. Sie war außerdem die einzige farbige Bewohnerin der Bird Street, neben Mom, Kaila und ihm. Vor ein paar Jahren waren sie bei ihrer Hochzeit gewesen, in den Gärten hinter dem Landhaus. Damals war es Frühling gewesen, und die Kirschbäume hatten geblüht.

Liam betätigte dreimal den eisernen Türklopfer, aber niemand öffnete. Dabei hätte Django schwören können, dass sich hinter der Gardine etwas bewegt hatte.

»Komm, wir brechen ein«, sagte Liam, »das wäre der Hammer!«

»Das traust du dich ja doch nicht.«

Liam dachte nach. »Nein. Aber wir könnten ihre Fenster mit Schlamm beschmieren.«

»Nein«, sagte Django. »Das will ich nicht.«

Als Django nach Hause kam, war ein stürmischer Wind aufgezogen, und tief über den Bäumen hing ein großer, gelber Mond. Dad und Kaila ließen die Rollläden an den Fenstern hinterm Haus runter. Django half mit den Fensterläden an der Hintertür und den oberen Fenstern. Man hörte den Wind daran rütteln, wodurch sie leicht klapperten. Der Schlüssel für die Hintertür verschwand in Dads Hosentasche. Später würde er ihn an den Haken hinten im Schrank seines Arbeitszimmers hängen. Das wusste Django, weil kleine Jungs immer wussten, wo ihre Eltern Dinge vor ihnen versteckten.

Dad hatte angeordnet, dass sich alle in der Küche versammeln sollten, sobald sie das Haus gesichert hatten. Dort duftete es nach frisch gebackenem Apfelkuchen. Da Django sein Kostüm noch etwas länger tragen wollte, war er als Erster runtergegangen.

Das heißt, nein, Mom war auch schon unten. Wie ein Geist huschte sie durchs Wohnzimmer und zündete Kerzen an, damit es gemütlicher wirkte. Ganz leise sang sie ein Lied. Django dachte bei sich, dass sie das wahrscheinlich tat, um den Wind nicht hören zu müssen. Sie hatte ihre Perücke und den Bart abgelegt, ihre Miene war angespannt. Falls sie ihn entdeckt hatte, ließ sie es sich nicht anmerken.

Mom und Dad hatten alle Spiegel im Haus entfernt. Auch die Glastüren vom Geschirrschrank fehlten. Wahrscheinlich lagen sie in der Scheune unter den Gartenstuhlpolstern, mit Kartons dazwischen. Genauso wie die Spiegel aus dem WC, dem Bad und dem Flur. Das große eingerahmte Familienfoto aus dem Italienurlaub, das normalerweise am Kamin hing, war durch ein Bild ersetzt worden, das Mama vor Jahren von Kaila und ihm vor dem alten Schaukelpferd gemalt hatte. Nur der große Wandspiegel im Wohnzimmer war zu schwer, deshalb hatten sie ein Laken straff um den Rahmen gespannt und Djangos Zeichnungen und Kailas Urkunden daran befestigt.

Im Vorzimmer spähte Django hinter der Gardine durchs Fenster. Die Bird Street lag still da. In der Scheibe starrte ein bleiches Gesicht mit hohlen Augen zurück.

Moms kalte Hand fiel auf seine Schulter. Schnell zog sie ihn weg und die Gardine wieder zu.

In der Küche stellte Dad die Kuchenform auf den Tisch und nahm das Geschirrtuch, mit dem sie bedeckt war, herunter. »Kinder, ihr wisst Bescheid. Von nun an werden wir uns ganz besonders umeinander kümmern.« Er holte das Küchenmesser hervor. »Wir passen aufeinander auf und sind besonders lieb zueinander.«

»Kumbaya«, seufzte Kaila.

Dad schnitt den Kuchen an. Er war innen noch schön saftig

und dampfte. Django kniete auf dem Stuhl und hatte die Ellenbogen auf dem Tisch abgestützt.

»Darf Kaila zu Hause wohnen bleiben?«, fragte Django.

Sie versetzte ihm einen Klaps gegen den Hinterkopf. »Blödmann, echt …«

»Kinder …«, sagte Mom.

»Jeder darf zu Hause wohnen bleiben«, sagte Dad. »Selbst du, Django. Zusammen kriegen wir die Dunklen Tage schon rum. So wie jedes Jahr.« Er verteilte den Kuchen, und Django bekam ein schönes großes Stück. Sie aßen mit schwarzem Plastikbesteck statt mit dem Stahlbesteck, weil das spiegelte. »Und, wer hatte das unheimlichste Halloween-Haus?«, fragte Dad.

Sie plauderten bestimmt eine halbe Stunde, und es war gemütlich. Dennoch fühlte es sich seltsam an. In ihrem Haus hatte sich etwas verändert. Etwas, das über die Laken und die Spiegel hinausging. Aber so sehr er sich auch umsah, konnte Django nicht genau bestimmen, was es war. Die Möbel waren dieselben, die Tapete war dieselbe, die Küche wohlvertraut. Kaila. Dad. Mom. Und dennoch.

Er blickte auf seine Kuchengabel, und mit einem Mal erkannte er es. Es war er selbst. Sein Blick war anders. Wie sollte er auch gleich auf die Dinge blicken, wenn er sie mit diesen Augen betrachtete, die ihm aus der Fensterscheibe entgegengestarrt hatten: zwei schwarze, tief liegende Höhlen in einer deformierten Maske, die sich nicht mehr wie sein eigenes Gesicht anfühlte.

Er sah, dass Mom den Mund verzog und Dad ihr die Hand aufs Haar legte.

Plötzlich wollte auch Django getröstet werden. Reichlich Trost gespendet bekommen. So wie wenn Mom sagte: »Komm, ich habe Suppe gemacht, die hilft immer«, und das, obwohl er nicht einmal hatte sagen müssen, dass es ihm nicht gut ging.

1. November

Hinter Liams Haus lag eine Weide mit zwei Alpakas. Nach der Schule gingen Django und Liam dorthin. Sie jagten die Tiere, indem sie schnell umherrannten und Fang-mich-doch spielten.

»Komm schon, Seepy«, rief Liam und schlug sich mit den Händen auf die Oberschenkel. »Psssssschhh. Du kriegst mich doch nicht! Psssssschh.«

Die Alpakas waren merkwürdige Tiere, mit dummen Schafsköpfen auf einem langem Hals, der aus dem Körper eines Esels ragte. Django musste immer über ihre schiefen Vorderzähne lachen, damit sahen sie ein wenig aus wie Mongolen. Mom war böse geworden, als er das zu Hause einmal gesagt hatte, aber Kaila hatte gegrinst und eine schiefe Schnute gezogen, woraufhin Django noch mehr hatte lachen müssen. Die Alpakas waren zahm und spuckten normalerweise nicht, aber er hatte entdeckt, dass sie nervös wurden, wenn man sich dicht vor sie hinstellte und auf- und abwippte und sie anblies. Die Kunst bei Fang-mich-doch bestand darin, rechtzeitig abzutauchen. Das tat Liam, sobald Seepy plötzlich den Kopf zurückzog und spuckte.

»Daneben!«, johlte er dann, zur großen Erheiterung von Django. Lachend wollte Liam das Tier umarmen, doch Seepy erschrak und galoppierte zusammen mit Sappy davon.

In der hintersten Ecke der Weide konnte man über den Zaun klettern. Von dort aus verlief ein Pfad, der einen am Grundstück von Gray Junior vorbei zum Spielplatz und zur

Bird Street zurückführte. Kaum waren sie dort angelangt, kam Dad auf der anderen Straßenseite über den Gartenweg angerannt. Er lächelte Django an, doch sein Gesicht war ernst.

»Django! Ich muss zum Fairfax. Es ist was mit Kaila. Kannst du bei Liam bleiben, bis Mom nach Hause kommt?«

»Darf ich nicht mit?«, fragte er.

Dad schüttelte den Kopf und warf Kailas Tasche auf die Rückbank. Sie stand unter Aufsicht und durfte nicht raus. Und er durfte nicht rein. »Sie braucht nur ein wenig Ruhe. Die Ärzte dort wissen, was sie tun.«

Das Fairfax war der Krisendienst, und dort wussten sie tatsächlich, was sie taten, denn das letzte Mal hatte Kaila auch wieder nach Hause gedurft. Dad sagte noch mehr, doch Django betrachtete den Forester und spielte in seinem Kopf »The Duke«. Mr. Hendrickx hatte recht gehabt: Die Melodie klang diesmal tatsächlich anders als vorhin. Doch er bekam sie nicht zu fassen, stets schien sie ihm zu entgleiten, genau wie die Regentropfen an der Rückseite der Fensterscheibe, als sie Samstag nach Hause gefahren waren.

»Liam, richte deinen Eltern bitte aus, dass ich sie von unterwegs aus anrufe.«

Django und Liam liefen am Bungalow der Aikmans vorbei, wo der Wald dichter war. Es roch nicht unangenehm, nach Erde und Holz und einem Anflug von Rauch, weil irgendwo ein Kamin brannte. In einigem Abstand vom Weg, hinter einem Waldstück, wo sie im Sommer manchmal Hütten bauten, stand der Drahtzaun. Man konnte ihn erst nicht sehen, doch weiter vorne näherte er sich dem Weg immer mehr an.

»Vorwärts, Jude«, schnauzte Django. »Geh weiter, sonst knalle ich dich auf der Stelle ab.«

Sie marschierten hintereinander her durch nasse Farne,

die ihre Hosenbeine streiften. Django drückte einen Ast zwischen Liams Schulterblätter. Das war sein Gewehr.

»Alter, die hätten doch nie gesagt, dass sie vorhaben, sie abzuknallen. Da wären die doch nie mitgegangen.«

»Weitergehen!«

Mr. Hendrickx hatte erzählt, dass die Nazis die Juden ihr eigenes Grab ausschaufeln hatten lassen. Dort wurden sie dann erschossen, damit sie direkt in die Grube plumpsten. Das hatte großen Eindruck auf Django gemacht.

Als sie den Drahtzaun erreichten, befahl Django Liam, sich umzudrehen. Er legte an und drückte ab. Liam ließ sich rückwärts gegen den Zaun fallen, sackte dramatisch zusammen und stöhnte, während er starb. *Er hat es verdient, so zu sterben, diese Ratte*, dachte Django. *Auf dem dreckigen Waldboden.*

Danach spielten sie abwechselnd auf Liams Samsung *Minecraft*. Das ging, weil das Display durch einen matten Bildschirmschoner nicht spiegelte. Sie saßen mit dem Rücken gegen den Zaun. Er federte leicht mit, wie eine Wand, die nachgab. Der Zaun war bestimmt zwei Meter hoch. Darüber ragten Stäbe hervor, zwischen denen drei Reihen Stacheldraht gespannt waren. Hier durfte man nicht durch.

Django hatte keine Ahnung, wie viel Zeit verstrichen war, doch als er hochsah, erschrak er. Das Licht unter dem Blätterdach hatte sich verändert. Zu dieser Jahreszeit schlich sich die Dämmerung oft unbemerkt heran. Vielleicht war Mom schon zu Hause. »Komm, wir müssen gehen.«

Liam wischte *Minecraft* weg. »Ich hab keinen Schiss, über den Zaun zu klettern«, sagte er. »Geht ganz einfach, guck.«

Er begann raufzuklettern, klemmte seine Finger und Schuhspitzen in die Zaunmaschen. Langsam, aber stetig. Django ballte die Fäuste und spürte ein unangenehmes Kribbeln. Liam kletterte immer höher, bis seine Hände den oberen Rand unterhalb des Stacheldrahts erreichten. Sie hoben sich blass gegen das kalte Eisen ab.

Niemals klettere ich über diesen Zaun, dachte Django. *Und ich gehe auch nicht in den Wald dahinter. Da verheddert man sich nur mit den Fingern im Stacheldraht, stürzt runter, und dann fallen einem die Finger ab. Plopp-plopp hört man sie auf den Waldboden fallen, aber man hat nichts mehr, um in der Dunkelheit nach ihnen zu tasten. Über den Zaun kriegen mich keine zehn Pferde.*

Liam stieß sich ab und sprang vom Zaun hinunter. Django sah ihn mit klopfendem Herzen an. »Ein anderes Mal«, sagte Liam.

Zu Hause hatte Mom Pfannkuchen gebacken. Niemand machte so leckere Pfannkuchen wie sie.

»Ich hoffe, dass Kaila noch heute Abend nach Hause kann«, sagte sie. »Wir heben ihr was auf, dann ist aller Kummer schnell vergessen. Wir fangen schon mal mit dem Essen an.«

Ihre Augen waren gerötet. Offenbar hatte sie auf dem Heimweg geweint. Nun verteilte sie Bananenscheiben auf den goldfarbenen Pfannkuchen und streute Zimt darüber. Django genehmigte sich eine große Portion Ahornsirup dazu. Normalerweise ermahnte Mom ihn, nicht zu viel über die Pfannkuchen zu schütten, aber heute ging alles drunter und drüber, und sie sagte nichts. Django nutzte die Gelegenheit, um sich Cherry Coke statt Milch zu schnappen. Mom schien es nicht einmal zu bemerken.

»Es ist so furchtbar für Kaila«, sagte sie. »Wir hatten überhaupt nicht damit gerechnet. So früh, meine ich. Du fühlst dich doch wohl wie immer, oder?«

»Welches Messer hat sie denn genommen?«, fragte er auf einmal.

»Django, das ist doch nicht wichtig. So etwas fragt man nicht.«

»Aber wollte sie sich umbringen, oder nicht?«

»Nein, so ist das nicht. Sie hatte nicht vor, sich etwas anzutun. Manchmal bekommen Menschen wie sie eine Psychose. Das heißt, dass sie die Kontrolle über sich selbst verlieren und nicht mehr wissen, was sie tun. Kaila hat gesagt, es ist, als ob sie sich von ihrem Körper loslöst und enorme Angstzustände durchlebt, weil sie gar nichts mehr fühlt. Darum hat sie sich geritzt – um etwas zu spüren.«

Kaila hat sich selbst am Bauch verletzt, dachte Django. *Mit einem Messer. Mit Moms großem Küchenmesser? Oder dem kleinen Schälmesser? Man rammt sich nur ein Messer in den Bauch, wenn man sich ein ungewolltes Baby wegmachen oder jemanden ermorden will. Aber nicht, um etwas zu spüren. Warum hört sie nicht einfach Jazz, wenn sie etwas fühlen will?*

»So«, sagte Mom. »Bist du satt? Trink deine Milch aus, dann räume ich ab, und vielleicht kannst du mir etwas vorspielen. Du darfst so lange auf deiner Konsole spielen, bis wir von Dad hören, ob Kaila wieder nach Hause darf.«

Es war das Brotmesser. Das mit den Sägezähnen. Ob es stark geblutet hat?

2. November

Kaila war bipolar. Das hieß, dass sie krank im Kopf war. Meistens ging es ihr gut, manchmal aber auch sehr schlecht. Vor allem während der Dunklen Tage. Gestern Abend war sie spät aus Fairfax nach Hause gekommen, und heute durfte sie zu Hause auf der Couch liegen bleiben. Aber da sie alle ein wenig durch den Wind waren, wie Dad sich ausdrückte, musste auch Django nicht zur Schule. Mom hatte sich in der Arbeit krankgemeldet. Dad ging sowieso nicht mehr arbeiten – er machte ein Sabbatical.

Beim Mittagessen saß Kaila im Bademantel am Küchentisch, die Haare hingen ihr strähnig ins blasse Gesicht. Django betrachtete ihren Bauch.

»Du musst ein bisschen mehr essen, Kaila«, seufzte Mom. »Heute Morgen wolltest du schon nicht frühstücken.«

»Mom, es nervt, wenn ihr mich so bemuttert. Jax ist genauso schlimm, der schreibt mir alle zwei Minuten, ob es mir gut geht und dass er mich liebt.«

»Er macht sich nun mal Sorgen um dich, Schatz«, sagte Dad. »Wie wir alle.«

»Ich bring mich schon nicht um, zufrieden? Mir geht's gut.«

Django schwieg, Mom starrte. Wenn man nicht mehr wusste, was man tat, ging es einem nicht gut. Die Medikamente sorgten dafür, dass sie sich besser fühlte, hatte Mom Django erklärt. Ganz gesund werden würde sie nie. Nur »stabil«. Es ging Kaila nicht gut, aber auch nicht so schlecht, dass sie außer Haus betreut werden musste, so wie vor zwei Jahren. Damals hatte man sie »eingeliefert«.

Django wusste nicht genau, was er zu Kaila sagen sollte. Er wagte nicht zu fragen, ob er den Verband anschauen durfte. Dann hätte er gesehen, wie groß das Loch in ihrem Bauch war, das sie sich zugefügt hatte.

Mom legte ihre Gabel hin. »Ralph, können wir heute Abend wirklich weggehen?«

»Natürlich«, sagte Dad. »Kaila schläft bei Jax. Seine Eltern wissen Bescheid, dass sie kommt. Und Jax passt doch gut auf dich auf, nicht wahr?«

Kaila verdrehte die Augen. »Etwas zu gut.«

»Ach, ich weiß nicht recht … Mir ist gar nicht wohl bei dem Gedanken, dass wir nicht einfach absagen können …«

»Mom, ernsthaft, bitte geht! Ich bin froh, wenn ich mal ein wenig aus dieser deprimierenden Atmosphäre hier rauskomme.«

»Na gut. Aber du rufst uns an, okay? Ich werde auch Jax bitten, uns anzurufen.«

Mom und Dad waren am Abend mit den Nachbarn zum Essen verabredet. Django und Liam durften bei Noah Stone übernachten. Das war gar nicht übel, denn Noah hatte *Psychonauts 2* auf der Xbox.

Als er später am Nachmittag aus dem Klavierzimmer kam, fragte Kaila: »Hast du da eben ›Sorry‹ gespielt?«

Django wurde knallrot. »Ich habe ein bisschen improvisiert.«

»Das klang echt cool, Brüderchen. Vor allem in deiner Version. Denn das ist mit Abstand die langweiligste Nummer, die er je rausgebracht hat.« Und dann lächelte sie ihn an. Er schwebte nach oben. Er hatte Kaila zum Lächeln gebracht. Er konnte es. Er war ihre Medizin.

The Duke oder The Beeb, wenn man es mit dem richtigen *Groove* spielte, klang beides super.

3. November

Dad zog den dunkelblauen Vorhang zu und gab ihm einen Kuss. Das Licht aus dem Flur strich über sein Bett. Sobald Dad weg war, war auch das Licht weg.

Django stand auf. Tauchte unter dem Vorhang hindurch und sah aus dem Fenster. Nun befand er sich in einer anderen Welt. Einer geheimen Welt. Der Welt der Bird Street. Der Wind flüsterte, und die Bäume wogten leicht in der Nachtluft hin und her. Auf der anderen Straßenseite brannten die Lichter in Liams Haus. Links die Außenlampe von Mr. und Mrs. Aikman. Rechts, beinahe unsichtbar hinter den Lärchen, die Laternen auf der Auffahrt des McKinley-Hauses. Doch die Straße lag dunkel da. So dunkel, dass man in der Regenrinne zwischen dem heruntergefallenen Laub tanzen oder sterben konnte, ohne dass es jemand mitbekam.

Aber nicht so an diesem Abend. Zwischen den Spielgeräten auf der anderen Seite stand Liams Mutter. Eine schwarze Gestalt mit langen herabhängenden Armen. Sie starrte geradewegs zu ihnen hinein. Django spürte, wie seine Kopfhaut zu kribbeln begann.

Nicht wegducken. Nicht bewegen. Dann kann sie mich nicht sehen.

Doch sie sah gar nicht zu ihm. Sie schaute nach links, an der Schaukel vorbei. Vielleicht sogar an den Häusern vorbei. Reglos stand sie da. Warum stand sie da?

Gleichzeitig war dieser Anblick nichts Ungewöhnliches: Alle Nachbarn in der Bird Street führten ein geheimes Doppelleben. Mrs. Wachowski schrieb tagsüber Diätratgeber, nachts aber war sie Spionin der Gestapo. Dann spürte sie versteckte Juden und Jazzgrammophonplatten auf. Mr. und Mrs. Aikman sammelten alte Manuskripte und Plakate, aber eigentlich waren sie SS-Offiziere. In hohen Lackstiefeln marschierten sie durch die Straße. An einer Kette zogen sie einen Tross aus nackten, ausgemergelten, mit Handschellen gefesselten Menschen hinter sich her. Die Gefangenen hatten eingefallene Wangen und hohle Augen. Maurice und Gray

Junior machten tagsüber irgendwas mit dem Computer und mit Geld. Nachts schrien sie auf Deutsch »*Helmut! Schwarzwald!*«, um ihren drögen Arbeitsalltag etwas aufzupeppen. Und dann war da ihr Vater, der alte Graham McKinley Senior. Er war der Schlimmste von allen. Graham McKinley war Hauptsturmbannführer. Django wusste zwar nicht genau, was das bedeutete, aber ihm wollte man nachts nicht begegnen.

Das waren die Nachbarn der Bird Street. Hinter ihren Häusern begann der hohe Drahtzaun mit Stacheldraht. Aber befanden sie sich auf der Innen- oder der Außenseite von dem, was dieser Zaun abschirmen sollte?

Django bewegte sich nicht, bis Liams Mutter vierzig Minuten später langsam den Spielplatz verließ. Sie verschwand in ihrem Haus. Bestimmt war sie müde, vermutete Django.

Was war eigentlich das geheime Leben von Mom und Dad?

4. November

Nach Schulschluss trank er ein Glas Milch und ging direkt zum Steinway. Öffnete die Tastenklappe. Setzte sich. Streichelte vorsichtig über das Elfenbein und strich geräuschlos mit dem Zeigefinger über die schwarzen Tasten. Stellte seinen Fuß auf das Pedal. Eine Schallexplosion ließ die Saiten flüstern wie das Echo eines fernen Sturms.

Im Frühling blickte man vom Klavierzimmer auf den grünen Garten. Im Sommer fiel die Morgensonne in schrägen Streifen herein wie die Beleuchtung in einem Konzertsaal. Nun saß er vor dunklen Holzrollläden. Was war dort, das er nicht sehen durfte?

Django begann zu spielen, »Mood Indigo«. Letzte Woche

hatte Mr. Hendrickx es ihm vorgespielt, und Django versuchte sich zu erinnern, versuchte die Bewegungen nachzuahmen, den Klang zu imitieren. Irgendwo in der melancholischen Melodie waren Violinschlüssel und Tonleitern verborgen, aber er konnte sie nicht finden. Er konnte keine Noten lesen. Wie er trotzdem spielen konnte, war ihm selbst nicht so ganz klar. Wenn er am Klavier saß, schien er tief in Gedanken versunken zu sein, aber das war er nicht. Es war, als ob er gar nicht im Raum anwesend wäre. Manchmal fühlte es sich an, als ob sein Geist vom Körper losgelöst war und ein anderer die Führung über seine Finger übernahm. Normalerweise gab er sich dem blind hin, aber an diesem Nachmittag fühlte es sich gruselig an. Er, Django, sollte schließlich das Lied beherrschen und nicht das Lied ihn. Jedes Mal, wenn es eine eigene Richtung einschlagen wollte oder ihm zu entgleiten drohte, versuchte er sich mit aller Macht zu überlegen, welchen Finger er für welchen Ton verwenden musste.

Er durfte sich nicht verspielen, er musste genau wissen, wohin der Arm die Finger führte und wohin die Handgelenke folgen mussten. Doch das befreiende Gefühl, das er sich davon erhoffte, trat nicht ein. Seine Finger verkrampften sich. Der Rhythmus wurde hölzern, die Melodie verbittert. In diesem Moment gab es für ihn nichts anderes als diese Nummer, aber es war nicht »Mood Indigo«.

Jazz konnte einen durch den Krieg tragen, aber konnte er einen auch durch die Dunklen Tage bringen? Wie sollte er Musik machen, als sei nichts gewesen, wenn jeder um ihn herum plötzlich so anders war?

»Es ist zu gefährlich«, hatte Dad gesagt. »Und der Zaun auch, halt dich von ihm fern. Es ist wie bei unserem Urlaub auf Vancouver Island. Wenn man zu nahe an den Klippen spielt, kann man runterfallen. Manche Dinge tut man nicht, weil man tief in seinem Inneren weiß, dass es nicht sicher ist.«

Der Wald hinter dem Zaun war zu gefährlich. Der Garten hinterm Haus war zu gefährlich. Django spürte es tief in seinem Inneren. Es war dort nicht sicher.

Nur noch ein paar Wochen, dann wären die Dunklen Tage vorbei. Bis dahin passten sie aufeinander auf.

Er versuchte, in das Lied zurückzufinden, aber seine Arme waren steif. Seine Finger hatten ihren eigenen Willen. Er versuchte sich vorzustellen, wie die Tänzer langsam umeinander wirbelten und bei jedem ersten und dritten Takt Akzente setzten, doch alles, was er vor sich sah, waren Reihen an Menschen, in Eisenketten gelegt, und Soldaten, die schrien. Ihm brach der Schweiß aus. Das Lied erklang immer lauter und lauter, wurde aggressiv, eine Obszönität, die Django gnadenlos aus den Tasten hieb, während das Tempo bedrohlich auf einen Punkt zusteuerte, an dem Djangos Muskeln der Anspannung nicht mehr standhalten würden. Wenn er es zu besänftigen wüsste, hätte er nicht diese schrecklichen Bilder im Kopf. Doch die Kolonne lief unerbittlich weiter, mit strengen Gesichtern. Wer nicht mehr wollte oder konnte, auf den ließen die Soldaten ihre Windhunde los. Die Soldaten mit den Gesichtern der McKinleys. Der Wachowskis. Der Aikmans. Moms und Dads.

Das alles spielte sich hier ab, in den Wäldern hinter dem Haus. Durften sie sich dem Zaun deshalb nicht nähern?

Stopp. Ich muss aufhören, solange ich noch kann.

Aber er konnte nicht.

Vor seinen Augen hing ein Schleier, durch den ein Bild davon hindurchschimmerte, wie er Liam durch den Wald vor sich hertrieb. Sie waren am Drahtzaun hinter dem Bungalow der Aikmans. Dahinter standen Menschen. Allerdings konnte man sie kaum noch als solche bezeichnen. Man konnte ihre Rippen sehen. Die Gestalten klammerten sich an den Draht. Als Django schoss, flog Liam rückwärts gegen den Drahtzaun, aber diesmal breitete sich ein Blutfleck an seinem Bauch aus. Liam sah ihn ungläubig an. Das konnte nicht sein, es war doch nur ein Spiel? Doch als er stürzte, landete er auf einmal auf der *anderen* Seite des Zauns. Die ausgemergelten Menschen streckten ihre Hände nach ihm aus.

Die Musik, die aus Djangos Fingern floss, war kein »Mood Indigo« und auch kein Jazz. Es war knallhart, es war virtuos, es war beängstigend, es war gespenstisch. Es kannte kein Nachgeben, kein Vergeben. Nur ein finsteres Beseeltsein, das sich nicht zähmen ließ. *Hör auf!* Djangos Kopf pochte, sein Gesicht glühte. Seine Augen traten hervor, doch er sah nichts. Der Schmerz in seinen Fingern bildete ein dissonantes Zusammenspiel mit den blinden Kräften, die sie hervorbrachten.

Jemand rief etwas.

»Django, was in aller Welt … oh Gott!«

Schnelle Schritte, dann wurde er gepackt. Die Beine des Hockers kratzten über den Boden, er fiel um. Die plötzliche Stille war wie ein Schock.

Das Elfenbein war blutverschmiert.

Ungläubig hielt sich Django die zitternden Hände vors Gesicht. Die Haut war aufgerissen. Fingernägel waren losgelöst. Blut lief an den Gelenken hinunter und über seine Handflächen und tropfte als runde Flecken auf den Boden, mit herzförmigen Ausläufern.

Er wurde umgedreht und blickte in Moms Gesicht. Sie nahm seine Handgelenke. Auf einmal warf er sich gegen sie, denn er weinte bitterlich.

Und doch entging ihm nicht, wie sie kurz die Luft anhielt.

Wie sich alles an ihr versteifte, während sie ihm die Hand in den Nacken legte. Sie drehte sich um und zerrte ihn aus dem Raum heraus.

Er warf noch einen letzten Blick auf den Steinway.

In dem spiegelnden, schwarzen Holz des Instruments sah er noch immer die hageren Gestalten, die ihn anstarrten. Unwillkürlich musste er an das Video von Jerry Lee Lewis auf YouTube denken, in dem sich die tanzenden Menschen um den Flügel drängten.

Nur tanzten diese Menschen nicht.

Sie streckten ihre Hände nach ihm aus.

Und Mom hatte sie ebenfalls gesehen.

LUANA

Die Zusammenkunft im Jagdzimmer. São Paulo. Fünf Optionen. Die Ankunft des Buchhalters.

2. November

Ihre Kinder waren ihr größtes Glück. Deshalb war es auch so unerträglich, sie anlügen zu müssen. Darüber, was sie heute Abend tun würden. Und darüber, was sie morgen tun würden, in den Wäldern hinter ihrem Haus.

Django war früh am Nachmittag mit Liam aufgebrochen, um bei Noah Stone in Carnation zu übernachten. Bis zu dem Moment, als Kaila zu Jax in den Bolt EV seiner Eltern gestiegen und sie zusammen weggefahren waren, hatte Luana sich zusammengenommen, doch danach verließ sie alle Kraft. Während sie ihnen nachschauten, hatte Ralph den Arm um ihre Taille gelegt. Nur gut, dass sie ihren Arm auch um ihn geschlungen hatte, denn sie hatte bei ihm dieselbe Zerbrechlichkeit wahrgenommen. Das würde ein schönes Bild abgeben, wenn sie beide hier zusammenklappen würden.

»Noch ein Jahr«, sagte Ralph, als der Bolt im Regen über den Waldweg verschwunden war.

»Sag das nicht. Daran will ich jetzt lieber nicht denken.«

Er drückte ihr einen Kuss auf die Stirn. »Gut, dann denken wir nicht daran. Komm, wir gehen rein. Uns umziehen.«

Doch sie musste daran denken. Nächstes Jahr würde Kaila sechzehn werden. Dann musste sie eine Entscheidung treffen. Wieder sah sie Kaila vor sich, gestern in ihrem Zimmer, mit dem Kartoffelmesser. Zum Glück hatte sie sich nicht ernstlich verletzt, doch der Schreck saß ihr immer noch in den Knochen: Wie sie Kaila festgehalten und sanft hin und her gewiegt hatte, während ihre Tochter sich ein durchtränktes Handtuch fest gegen den Bauch gepresst hielt. Wie sie leise auf sie eingeredet hatte, um sie aus ihrer Episode herauszuholen, und sie beide zum Krisendienst des Fairfax gefahren waren, weil Ralph ein letztes Mal vom Gericht aus unterwegs nach Hause war.

Ein letztes Mal. Das hat etwas Unheilvolles. Beinahe Prophetisches. Doch es stimmt: Den Spätsommer haben wir dieses Jahr komplett übersprungen. Die Hitze des Sommers ist verschwunden, und eine herbstliche Kälte hat Einzug gehalten. Der Wechsel der Jahreszeiten ging diesmal so schnell, dass wir es nicht bemerkt haben. Und nun wartet bereits der November auf uns.

Bei diesem Gedanken bekam sie Gänsehaut. Die sie noch immer nicht abschütteln konnte, als sie zwanzig Minuten später starr geradeaus blickend durchs Haus schritt, um den Anblick der leeren Zimmer zu meiden, in denen sie die Spiegel abgehängt hatten. Die Spiegel selbst vermisste sie nicht – sie musste nicht sehen, wie tief ihre Augenringe waren oder wie ihre Haut schlaff wie eine Gardine über ihre Jochbeine fiel. Doch ihre Abwesenheit erinnerte sie daran, dass sie alle Normalität hinter sich gelassen hatten. Nichts an all dem war normal.

»Was meinst du?« Sie hielt erst ein dezentes schwarzes Kleid mit der linken Hand vor den Körper, dann mit der rechten den dunkelblauen Rollkragenpullover.

»Liebling«, sagte Ralph und streifte die Folie von einer Zeitschrift, »das macht keinen Unterschied.«

»Komm schon.« Beide Kleiderbügel tanzten launisch in ihren Händen. »Das hilft mir nicht, jetzt entscheid dich für eins.«

»Der Rollkragenpullover. Der ist tausendmal spektakulärer.«

Normalerweise bereiteten solche Belanglosigkeiten Luana keinerlei Kopfzerbrechen, aber nun hielt sie die Kleidungsstücke auf Armlänge von sich weg und sah Ralph sauer an. »Das ergibt überhaupt gar keinen Sinn.«

»Dann hast du die Entscheidung schon getroffen.« Er küsste sie erneut, diesmal in den Nacken. Luana verkrampfte. Wie konnte er in aller Ruhe die Post durchgehen, während ihr allein beim Gedanken an den heutigen Abend graute und sie sich fragte, wie sie das Ganze überhaupt durchstehen sollte?

Wir reden nicht darüber. Dann existiert es auch nicht.

So machten sie das in Brasilien, und so machten sie das in der Bird Street. Luana Perreira da Silva war vor achtzehn Jahren nach Amerika gekommen und sprach nicht nur perfektes Englisch, sondern unterrichtete als Brasilien-Expertin auch kulturelle, literarische und anthropologische Fächer an der U-Dub in Seattle. Sie war zwar keine Expertin für Psychologie, aber dennoch war ihr bewusst, dass ihr Überlebensmechanismus all die Jahre derselbe geblieben war – Luana klammerte sich an ihren Verstand, indem sie sich in ganz banale Dinge flüchtete. Alles nur, um nichts empfinden zu müssen angesichts dessen, was da am Ende ihres Gartens, direkt hinter dem überwucherten Zaun, unweigerlich und unabwendbar näher rückte.

»Ich habe bei Pleasant Hill Cellars eine Flasche Wein besorgt«, sagte sie. Mit den Kleidungsstücken über dem Arm tippelte sie in Socken zur Kochinsel und hob eine Holzkiste hoch. »Ich weiß nur nicht, ob sie sich darüber freuen werden, die McKinleys sind immerhin Weinkenner.«

»Natürlich werden sie sich darüber freuen, Luana.« Ralph legte die Zeitschrift beiseite, kam zu ihr und nahm ihr die Holzkiste ab. »Lass mal sehen.«

»Er war auf jeden Fall teuer, dann dürfte er doch wohl gut sein, oder?«

»Uh, ein Cabernet Sauvignon von 2013. Damit kann man nichts falsch machen.«

Ralph fummelte am Deckel herum, und auf einmal ging der Riegel auf. Die Flasche rutschte aus ihrem Strohbett, glitt ihm durch die Hände und zersprang auf dem Küchenboden. Luana stieß einen Schrei aus, Ralph einen Fluch. Ein dunkelroter Fleck breitete sich auf den Kacheln aus und verbreitete einen wehmütig süßen Duft.

Sie schauten einander an. Luana biss sich auf die Lippen. »Bin gespannt, ob sie sich jetzt immer noch freuen werden, Herr Richter.«

Ralph musste lachen. »Das wird schon. Vorsicht, rühr dich nicht vom Fleck, sonst trittst du noch in die Scherben.«

Er nahm ihr die Kleider ab und legte sie auf den Küchentisch, wobei er mit der Schuhsohle eine Glasscherbe zertrat. Es fühlte sich gut an, dass sie zusammen darüber lachen konnten. Ein Unglück konnte schnell mal passieren, vor allem momentan. Doch dann spürte Luana, wie feuchtkalte Weinnässe in ihre Socken eindrang, und plötzlich war ihr mehr zum Weinen als zum Lachen zumute.

Das wird schon, hatte Ralph gesagt.

Doch es war November, und Luana wusste nicht, ob es wirklich werden würde.

Die Weinpfütze zu ihren Füßen glich einer Blutlache.

Es war kurz nach halb sieben, als sie ihren Regenschirm unter dem imposanten Portal des McKinley-Anwesens ausschüttelten. Das Vordach war groß genug, dass man darunter einen Valet-Parkservice hätte einrichten können, und der Asphalt war tadellos sauber, kein einziges Blatt lag darauf. Das musste das Werk des Gärtners sein, denn Luana war sich ziemlich sicher, dass sich die Söhne der McKinleys für derlei Arbeiten zu schade waren. Graham und Dorothy selbst waren zu alt dafür.

Sie stiegen die Steinstufen zum Eingang empor, und Ralph benutzte den Türklopfer, der hinter der Doppelflügeltür aus massiver Eiche dumpf nachhallte.

»*Tü-dü-dü-düü*«, sang Ralph leise und schnipste zweimal mit den Fingern – wie im Intro von *Die Addams Family*. Luana knuffte ihn in die Seite, während sie zur Überwachungskamera hinaufsah, die unauffällig im Schatten eines Balkens angebracht war. Hinter der Tür waren Geräusche zu hören.

»Richter! Herzlich willkommen!«, sagte Maurice McKinley mit ausgebreiteten Armen, als die Tür aufging.

»Hallo, Maurice.«

»Komm doch herein. Mein Dad wird sich freuen, dich zu sehen. Oh, hi, Luana, schön, dass du da bist.«

Ralph trat vor ihr über die Schwelle, wechselte vorher jedoch einen unsicheren Blick mit ihr.

Der Flur der McKinleys hatte die Ausmaße eines Ballsaals. Perserteppiche ergossen sich wie Wasserfälle über die Marmortreppen, die sich zu beiden Seiten nach oben wanden und auf dem Treppenabsatz wieder vereinten. Es gab auch einen Lift, da Dorothy immer stärker unter ihrer Parkinsonerkrankung litt. Mahagonivertäfelungen wechselten sich mit Steinsäulen ab, gekrönt von Bögen und neoklassizistischen Statuen. Sporadische Lichttupfen leuchteten im Halbdunkel, und ein Kronleuchter mit tausend Kristallen warf einen warmen Schein über die Decke.

»Wie laufen die Geschäfte, Kumpel?«, fragte Maurice Ralph. »Warte, ich nehme dir die Jacke ab.«

Ralph war gut darin, die Art von Doppelleben zu führen, das die Bird Street verlangte. Galant konterte er mit einem netten, nichtssagenden Witz. Beide Männer lachten herzhaft. Für Luana hatte Maurice keinen Blick übrig, weshalb sie regungslos in der Tür stehen geblieben war, die Jacke noch in den Händen. Sie dachte: *Kumpel. Die beiden sehen sich höchstens ein paarmal im Jahr, können sich gegenseitig nicht leiden, und er nennt Ralph »Kumpel«.*

Ralph nahm sie das nicht übel; das Doppelleben war sein Überlebensmechanismus. Und doch überraschte es sie, wie mühelos er in diese zweite Haut schlüpfte, sobald er die Türschwelle überschritten hatte. Bei Maurice lag die Sache anders. Maurice McKinley hatte etwas Schmieriges, genau wie sein älterer Bruder Gray. Die McKinley-Brüder liebten ihr Leben in der Bird Street so sehr, dass sie kein Doppelleben führen mussten. Die Bird Street verkörperte einfach das, was sie waren. Eigentlich tragisch, denn ihr Vater, der Patriarch des Clans, war trotz des Fluches, der auf ihrer Familie lastete, ein guter Mensch. Aber manchmal fielen die Äpfel eben doch weit vom Stamm. Und manchmal waren sie innen verfault.

Luana rieb sich die kalten Hände, doch ihr wurde nicht wärmer. Stattdessen breitete sich die Kälte in ihrem ganzen Körper aus.

»Komm, Ralph, lass uns weitergehen, die anderen sind schon alle da.«

Da Maurice sie noch immer komplett ignorierte, drückte Luana ihre Jacke mit einem vielsagenden Blick Ralph in die

Hände. Sie ging an ihm vorbei und schlug einen gekünstelten Tonfall an, während sie Maurice' Hände ergriff. »Hi, Maurice. Ich hatte eigentlich eine Flasche Wein für dich besorgt, aber leider ist sie uns runtergefallen. Andererseits wird Wein maßlos überschätzt, findest du nicht?«

Sie sah sein Entsetzen und schauderte. Diese Kälte passte nicht zu ihr. Sie empfand eine instinktive Abscheu dagegen, die sie aus Südamerika mitgebracht hatte. Aber erst im Dezember würde sie wieder sie selbst sein. Erst dann wäre sie nicht mehr damit konfrontiert, Teil von etwas zu sein, hinter dem sie nie gestanden hatte, dem sie sich aber auch nicht entziehen konnte.

Einmal im Jahr kamen sie alle zusammen, die Nachbarn der Bird Street. Stets am 2. November. Und stets im Jagdzimmer der McKinleys. Vier Familien, zwölf Erwachsene, keine Kinder – die waren anderweitig untergebracht –, nur Dorothy fehlte noch. Zwölf Erwachsene in Abendrobe, die zusammen plauderten und lachten. Majestätisch thronte über ihnen der riesige Kopf des Wildschweins am Kaminsims – eine Jagdtrophäe. Die Wachowskis. Das Ehepaar Aikman. Zwei Generationen der McKinleys. Und sie, die Lewis da Silvas.

Allesamt glückliche Menschen, dachte Luana, während sie in die Runde sah. *Alle restlos und unbestreitbar glücklich*.

Der Kamin am Ende des Tisches strahlte eine drückende Hitze aus, dennoch fröstelte sie unwillkürlich. Wie jedes Jahr fragte sie sich, wie sie sich ihren Nachbarn gegenüber verhalten sollte. Lieb von Ralph, dass er sich neben sie gesetzt hatte. Den Gin Tonic, den ihnen Paula, die Haushaltshilfe der McKinleys, anbot, hatte Ralph ausgeschlagen und um etwas Alkoholfreies gebeten. Luana hatte den Gin Tonic angenommen, um ihre Gefühle zu betäuben. Nun unterhielt sich Ralph mit Maurice und Harry Aikman, irgendeine Gerichtsanekdote. Vom Kopfende des Tisches aus hörte auch der weißhaarige Graham mit. Alle vier brachen in Gelächter aus, hoben ihre Gläser und prosteten Ralph zu.

Der Patriarch war einundachtzig Jahre alt. Die Zeit war auch an ihm nicht spurlos vorübergegangen, doch er hatte nichts an Kraft eingebüßt, im Gegenteil. Er saß vor einem Ölgemälde eines Mannes, in dessen jungem Antlitz eindeutig die Familienähnlichkeit erkennbar war. Luana kannte die Geschichte: Das war sein Vater John McKinley, den Graham wie einen Gott verehrte; dieser war wiederum der Sohn von James McKinley, dem Gründer von Lock Haven, den er zutiefst hasste. Luana betrachtete das Porträt und fragte sich, wie jemand mit einem so gütigen Gesicht so blind gewesen sein konnte für das, was er in Gang gesetzt hatte.

Zu ihrer Rechten saß Laura Vaccarelli, die gerade fertig gestillt hatte und Baby Ricky in den Schlaf wiegte. Für das Neugeborene hatten sie heute Abend eine Ausnahme von der Keine-Kinder-Regel gemacht. Luana konnte mit Laura wenig anfangen. Das dunkle Make-up um ihre Augen hatte etwas Furcht einflößendes. Sie war Direktorin der Jugendvollzugsanstalt King County Juvenile Correction Facility in Seattle und plante laut Ralph, sich 2024 bei den Vorwahlen zum US-Senat als Republikanerin aufstellen zu lassen. Aber zum Baby konnte sie einen Bezug herstellen, weshalb sie das Eis brach: »Er wächst und wächst, hm?«

»Oh, er entwickelt sich prächtig. Der Kinderarzt sagt, er ist seinen Altersgenossen auf allen Gebieten voraus. Wir sind so glücklich über unser kleines Dickerchen! Aber das brauche ich dir ja nicht zu erzählen, Luana. Du kennst das.«

Luana verschluckte sich fast an ihrem Gin, griff nach ihrer Serviette und lächelte höflich.

»Kannst du mir vielleicht kurz das Spucktuch abnehmen, damit ich ihn hinlegen kann? Sonst wacht er noch auf.«

Das Tuch roch nach Muttermilch, nicht unbedingt unangenehm, aber dennoch wurde Luana flau im Magen. Laura stand auf, legte Klein Ricky in den Kinderwagen und zog die Haube hoch. Er stand unter einem Jagdgemälde geparkt, dessen Anblick Luana gar nicht behagte. Männer auf Pferden, rennende Hunde. Eine tote Hirschkuh wurde von scharfen Zähnen an der Kehle gepackt. Die McKinleys entstammten einem Geschlecht von Jägern, erzählte Gray Junior nur allzu gern. Das Wildschwein über dem Kamin hatte er selbst geschossen.

Laura nahm ihr das Tuch ab und stopfte es in die Tasche. »Danke, Liebes, du bist ein Schatz. Ach, wie schön, dich mal wieder zu sehen.«

Es ist wahr, dachte Luana, *sie sind alle glücklich. Jeder auf seine eigene Weise.*

Die Wachowskis zum Beispiel. Marc leitete eine gut laufende Botox-Klinik in Bellevue. Joyce' letztes Buch hatte sechzehn Wochen auf der Bestsellerliste der *New York Times* gestanden, und letzten Juni hatte sie ihre Abnehmtipps bei *Good Morning America* präsentieren dürfen. Zweiundvierzig Jahre, drei bildschöne Kinder und noch immer einen traumhaften Körper – da fragte man sich schon, wie ihr das gelungen war. Auf ihren Taschen und seinen Hemden prangten die Logos von Vuitton, Cavalli und Hermès. Perfekt manikürte Fingernägel inklusive. Und für die Kinder gab es keine Pferde, sondern Alpakas. Die Wachowskis waren vielleicht nicht sonderlich tiefgründig, spendeten aber großzügig für Ärzte ohne Grenzen, das Seattle Children's Hospital und die Make-A-Wish-Foundation. Darüber sprachen sie gerne und hatten keinerlei Probleme damit, es offen zur Schau zu tragen.

Oder die McKinleys. Geld allein machte nicht glücklich, aber dieses Prinzip schien für die McKinleys nicht zu gelten. Maurice war ein aggressiver Daytrader in Kryptowährungen, was seinem Glück bestimmt keinen Abbruch tat. Gray leitete mehr als ein Dutzend Internetfirmen in der Pazifischen Nordwestregion und beschäftigte sechzig Mitarbeiter. Juliette war in der Pharmaindustrie tätig und flog für ihren Job durch die ganze Welt. Doch der Patriarch setzte dem Ganzen die Krone auf. Graham McKinley hatte von seinem Vater ein Vermögen geerbt, dessen Milchviehbetrieb von der Carnation Evaporated Milk Company übernommen worden war. Graham selbst war CEO bei Emerald Steel gewesen, eine Firma, die Ersatzteile für Boeing, Microsoft und verschiedene Schiffbaubetriebe lieferte, bis er das Unternehmen 2007, so hatte es Luana vernommen, für einen achtstelligen Betrag verkauft hatte. Geld, Karriere, Prestige: Es lief gut bei den McKinleys, und sie schienen aufrichtig glücklich zu sein.

Bei den Aikmans war es eine subtilere Sache. Es war nicht so, dass sie nicht gut betucht gewesen wären, es kümmerte sie nur wenig. Harry Aikman war die Art von Mann, die man niemals auf Antiquitätenbörsen oder Händlertagungen vermuten würde, der sich aber ständig dort herumtrieb, auf der Jagd nach seltenen Schätzen für seine Sammlung alter Bibeln und Manuskripte. Dennoch war es nicht das, was ihm das größte Vergnügen bereitete. Harry war ein in sich gekehrter Mensch und dessen größtes Glück seine Frau. Das wäre beinahe rührend gewesen, hätte Elizabeth Aikman anstelle ihres Mannes nicht so gut wie ausschließlich sich selbst geschätzt. Sie war enorm glücklich über die Reichweite ihres Urteilsvermögens und das Ausmaß ihres zwischenmenschlichen Mitgefühls. Abgesehen davon, dass Luana sich fragte, ob ihre Bird-Street-Ehe für Elizabeth nicht nur ein soziologisches und philosophisches Experiment darstellte, machte diese eigentlich destruktive Situation beide schlichtweg glücklich.

Und sie? Ralph war zum vierten Mal vom King County Superior Court als Richter im Amt bestätigt worden. Vor zwei Jahren war er verblüfft mit der Neuigkeit heimgekommen, dass Gouverneur Jay Inslee ihn für eine Anstellung im Washington Supreme Court in Betracht zog. Während ihn seine Freunde für verrückt erklärt hatten, weil er das Angebot abgelehnt hatte, wusste Luana, dass Ralph weiterhin mit alltäglichen Fällen zu tun haben wollte.

»Damit bin ich am glücklichsten«, hatte er erklärt.

Das waren die Bewohner der Bird Street. Allesamt erfolgreich. Vom Glück gesegnet auf Gebieten, wo andere scheiterten. Wissen. Reichtum. Ruhm. Macht. Schönheit. Und Liebe. Alles war subtil genug, um nicht unmittelbar ins Auge zu springen. Ein neutraler Beobachter würde den Zusammenhang womöglich als zufällig abtun.

Zumindest, wenn es dabei bliebe.

Aber das tat es nicht.

Maurice beispielsweise hatte unnatürlich viel Glück mit seinen Kryptowährungen. Dieses Gefühl wurde zusätzlich verstärkt, wenn man wusste, dass er in seiner Freizeit Unmengen mit dem Wetten auf Pferderennen verdiente, bei denen er statistisch gesehen das Ergebnis sehr oft korrekt vorhersagte. Ähnliche Beobachtungen konnte man auch über die anderen Bewohner anstellen.

Olivia Davis, die auf der anderen Seite des Tisches neben Juliette saß, war glücklich, weil sie lebte. Angesichts dessen, was in ihrer Bauchspeicheldrüse wütete, hätte sie längst tot sein müssen.

Und dann waren da die Kinder der Bird Street. Die großen kleinen Abwesenden des Abends. Nur wenn man als Außenstehender mit neutralem Blick darauf schaute, beschlich einen ein unheimliches Gefühl. Die Vorstellung, dass es so etwas wie perfekte Kinder gab, hatte in Luanas Augen etwas Schockierendes, Unangenehmes. Allesamt waren sie exzellent. Allesamt stachen sie heraus. Django war hochbegabt, genau wie Ethan, Liam und Harper Wachowski von gegenüber. Obwohl Kaila »nur« mittelmäßig abschnitt, glänzte sie, wenn es um Sprachen und kreative Fächer ging. Was den kleinen Ricky anging, würde man abwarten müssen, aber von seiner sechsjährigen Schwester Aurora Evangeline waren Werke ans Seattle Art Museum verkauft worden.

Django hatte seine Musik.

Kaila ihren Sport.

Allesamt ... glücklich. Kaila mochte an einer bipolaren Störung leiden, aber den Großteil des Jahres äußerte sie sich in einer Hypomanie, wodurch sie ihrerseits außergewöhnlich glücklich war.

Dennoch ...

Es ertönte ein Schlag, irgendwo im Inneren des Hauses. Einen Augenblick lang herrschte eine derart erdrückende Stille, dass Luana das Zischen des kochenden Saftes hören konnte, der aus den brennenden Birkenholzscheiten im Kamin tropfte. Sie sah Ralph erschrocken auf seine Uhr blicken. Ihm gegenüber am Tisch tat Marc dasselbe.

»Der Lift«, sagte Graham. »Das wird Mutter sein.«

Sichtbare Erleichterung brach sich auf den Gesichtern Bahn. Doch diese war nur von kurzer Dauer, denn nun erklang ein träges, schleppendes Geräusch aus dem Flur. Noch mal. Und noch mal. Als würde irgendwer eine Leiche hinter sich herziehen. Elizabeth Aikman stand auf und verschwand durch die Tür, kehrte jedoch einen Augenblick später kreidebleich zurück. Der Grund dafür wurde sogleich deutlich, als Dorothy McKinley-Williamsburg hinter ihr den Raum betrat.

Luana war schockiert von ihrem raschen Verfall. Das letzte Mal, dass sie Dorothy gesehen hatte, war vor ein oder zwei Wochen gewesen. Damals hatte sie ohne Hilfsmittel und aufrechten Ganges die Straße überquert. Nun humpelte sie über ihren Rollator gekrümmt, wobei sie ihren rechten Fuß wie ein totes Etwas hinter dem linken herzog. Sie hielt den Kopf gesenkt, doch der Vorhang aus goldenem Haar konnte nicht darüber hinwegtäuschen, dass sie nur noch aus Haut und Knochen bestand.

Marc Wachowski stockte der Atem. Jeder sah zu, wie Dorothy sich hinter Graham entlangschleppte. Niemand wagte ihr zu Hilfe zu eilen, wie es Elizabeth getan hatte. Niemand wagte als Erster etwas zu sagen.

Es war Juliette, die die Stille durchbrach. »Hallo, Mutter. Schön, dass du da bist.«

Daraufhin murmelten auch andere einen Gruß. Dorothy hob den Kopf, während sie sich auf den Stuhl an Grahams Seite sinken ließ. Es kam ein heiserer, unverständlicher Laut aus ihrem schief herabhängenden Mund, doch ihr eindringlicher Blick verriet, dass ihr Verstand noch so scharf war wie eh und je. Er war lediglich in diesem Novemberkörper gefangen.

Jetzt schon, dachte Luana und musste wieder an Kaila denken. Kaila und das Kartoffelmesser.

Deshalb wankte sie. Deshalb konnte sich Luana nicht wie die anderen auf den heutigen Abend einlassen oder einfach wie die restlichen elf Monate im Jahr ohne Gewissensbisse am Glück ihrer Familie erfreuen.

Es war viel zu früh. Die Dunklen Tage hatten sie kalt erwischt.

Und deshalb fürchtete sie, dass der Preis dieses Jahr viel zu hoch ausfallen würde.

Die Vorspeise: Lachsplatte. Geräucherter Sockeye-Wildlachs mit Wachteleiern, Kirschtomaten, Limetten und Lychees. Paula trug die festliche Schüssel herein und verteilte den Salat auf die Teller. Der Weißwein wurde aus den Kühlern geholt.

»Dorothy, du hast dich selbst übertroffen«, sagte Marc.

»Das kann man wohl sagen«, bekräftigte Laura. »Das sieht fantastisch aus, Mutter.«

Alle Nachbarn fielen in das Lob ein. Alle priesen Dorothy. Alle wussten, dass Dorothy gar nicht mehr imstande war, selbst zu kochen. Die alte Frau stammelte einen kaum verständlichen Dank. Luana nickte unbehaglich Paula zu, die sich, ohne ein Wort zu verlieren, in die Küche zurückzog.

Die glasigen Augen des Wildschweins sahen zu, wie sie aßen. Gray Junior erzählte von dem Hackerkollektiv, das er leitete, das die Missstände bei einer großen Versicherungsgesellschaft offengelegt und deren Eigentümer, einen mächtigen New Yorker Tycoon, zu Fall gebracht hatte, indem es seine Privatsammlung an Blackfacing-Selfies in Damenunterwäsche geleakt hatte. Beifang, nannte Gray Junior das, und die Wachowskis brüllten vor Lachen. Am anderen Ende des Tisches prahlte Elizabeth damit, wie Harry in einer französischen Abtei für umgerechnet dreihundert Dollar ein Manuskript aus dem 15. Jahrhundert ergattert hatte, das – wie sich nach gründlicher Untersuchung herausstellte – eines der frühesten gedruckten Bücher der Welt war. Harry wischte die Worte beiseite, legte dabei aber einen besitzergreifenden Arm um die Schulter seiner Frau, die genüsslich in die Runde blickte. Aus ihrem Blick sprach die untrügliche Intuition von jemandem, der die Schwäche eines anderen riechen kann wie ein Bluthund.

Luana versuchte, ein Wachtelei zu pellen, doch ihre Hände zitterten so stark, dass Schalen kleben blieben und es in der Mitte zerbrach. Draußen, an der Straßenseite, wo die Fenster nicht verrammelt waren, prasselte der Regenvorhang von den Dachrinnen, wodurch die Lichter in der Auffahrt verschwommen und unscharf wurden. Es gefiel ihr nicht, in diese Richtung zu schauen. Ganz und gar nicht. Die Außenbeleuchtung ließ man nur an, wenn man einen weiteren Gast erwartete, und ein Gast, der bei solchem Unwetter kam, führte mit Sicherheit nichts Gutes im Schilde.

»Wie geht es dir eigentlich, Luana?«, fragte Juliette unvermittelt. »Von dir haben wir heute Abend noch gar nichts gehört. Wie ist dein Jahr gewesen?«

Es wurde still, und sie spürte, wie sich die Aufmerksamkeit aller Anwesenden auf sie richtete. *Ja, wie ist dein Jahr gewesen? Wie ist es um dein Glück bestellt? Hast du nicht das ganze Jahr über kein einziges Mal an all das Elend denken müssen, das du in Brasilien zurückgelassen hast? Hast du nicht wieder ein ganzes Jahr lang frei von Schmerz gelebt, während dir die Ärzte nach dem Unfall gesagt hatten, du würdest für immer verkrüppelt sein? Oh, und das Wichtigste … Hast du dich nicht wieder ein ganzes Jahr lang an deinen Kindern erfreut? Daran, dass es ihnen so gut geht? Was für ein Glück, sie aufwachsen zu sehen! Abgesehen von dem Umstand, dass Ralph und du ihnen immer noch nicht erzählt habt, dass es sie eigentlich gar nicht geben dürfte.*

Sie spürte einen Stich im Becken und legte mit verkrampfter Miene die Gabel auf den Tisch. Es war die Stelle, wo der Knochen zertrümmert gewesen war. Sie konnte sich einreden, dass die verheilte Wunde bei kaltem oder nassem Wetter wieder schmerzhaft aufflammte, aber das war es nicht. Es wurde im November schlimmer. Und zwar jedes Jahr.

Ralph wollte ihr zur Seite springen, aber noch ehe er das Wort ergreifen konnte, sah sie, wie Olivia gegenüber am Tisch ihr zuzwinkerte. Es war ein subtiler Zuspruch, vermittelte ihr aber ein solches Verständnis und eine solche Wärme, dass Luana die Kraft fand, Juliette ein Lächeln zu schenken.

»Sehr gut, danke«, sagte sie. »Unser Jahr ist enorm gut verlaufen.«

Der Widerschein des Kaminfeuers flackerte in den krummen Eckzähnen des Wildschweins.

São Paulo, achtzehn Jahre früher.

»Prämature Ovarialinsuffizienz«, sagte die Gynäkologin. »Wir leiten eine Hormonersatztherapie ein, doch das ändert leider nichts an der Diagnose. Sie sind unfruchtbar.«

Sie menstruierte nicht mehr. Ihre Eierstöcke hätten vorzeitig ihre Aktivität eingestellt, hörte sie die Ärztin sagen. Luana starrte auf die Neonröhren. Sie war siebenundzwanzig und in den Wechseljahren.

Vier Jahre lang hatte sie mit keiner Silbe erwähnt, was in Cuiabá geschehen war, nicht einmal der Psychologin gegenüber, die sie besuchte, aber nun begriff sie, dass dies ihre Strafe war. Die Pistole, die in ihren Händen losging. Die Silhouette, die gegen die Tür fiel. Ursache und Wirkung. Der Mann war böse gewesen, aber auch er hatte eine Mutter gehabt.

Luana war in eine Mittelschichtsfamilie in São Paulo hineingeboren. Was sie nach Mato Grosso geführt hatte, war ihre Doktorarbeit zur sozialen Ungleichheit in den *Grilos*. Was sie an die Provinz gebunden hatte, war die Liebe. Sein Name war

Mosquito, er arbeitete als ungelernter Wachmann an einer Tankstelle und war eine so treue Seele, dass sie sich manchmal keinen Rat wusste. In seinen Armen, in der geografischen Mitte Südamerikas und lange vor Lock Haven im Bundesstaat Washington oder dem besonderen Pakt der Bird Street hatte Luana bereits entdeckt, dass ein Doppelleben nicht die Ausnahme, sondern die Regel war.

Bereits seit Wochen brodelte es auf den Straßen, dank einer Überfallserie auf die Polizei. Die Angst in den *Grilos* war zum Greifen gewesen. Polizisten und ihre Familienmitglieder wurden einfach so von Banden ermordet. Auf einmal war es nahe an sie herangerückt, als es João und Felipe traf, zwei Neffen ihres gemeinsamen besten Freundes Caio, eines Polizisten. Zuerst hatte sie es von Antônia, Mosquitos Schwester, gehört. Den Ruf nach *Jeitinho*. Mosquito hatte sie beschworen, sich keine Sorgen zu machen, als Luana plötzlich die Pistole aufgefallen war, die sich im Hosenbund unter seinem verschwitzten T-Shirt abzeichnete. Trotz der Hitze war ihr ein Schauer über den Rücken gelaufen. *Jeitinho*. Ein Mittelchen. Um Probleme zu lösen, jenseits des Rechts.

Mosquito war jedenfalls ehrlich gewesen. Eines Nachts hatte sie ihn gefragt, ob er schon mal jemanden getötet habe. Er hatte ihr Gesicht in seine großen Hände genommen, sie andächtig geküsst und bejaht. Weiter ausführen wollte er es nicht, aber Luana hatte es auch so begriffen: Hier gab es zu viele Morde, zu viel Gewalt. Richter wurden bestochen, Verbrecher freigelassen. Deshalb gründete die Bevölkerung eigene Milizen. Man beschützte seine Liebsten, denn eines würde man sich niemals nehmen lassen: seinen Stolz. Das Ehrgefühl war der wichtigste Halt in den *Grilos*. Und so rissen sie die Hütte von jemandem ab. Brachen jemandes Arm. Und manchmal gingen sie noch weiter.

»Wir knöpfen uns die Leute vor«, sagte Mosquito. »So läuft das hier nun mal.«

Aber stolz war er nicht darauf. Es war *feio*, sagte er. Hässlich.

Aus einem Impuls heraus hatte Luana gefragt, ob sie auch einmal mitkommen könne. Mosquito war abrupt hochgeschnellt. »Das willst du nicht, glaub mir!«, hatte er entgegnet. »Es ist ein schmutziges Geschäft. Wenn du mitmachst, selbst wenn du nur zuschaust, bist du hinterher befleckt. Dieser Fleck geht nie wieder weg.«

Warum hatte sie überhaupt gefragt? Sie hatte gar nicht mitgewollt. Sie hatte Mosquito verstehen wollen, das ja, aber mitgehen? Nein.

Zwei Monate später ging sie doch mit. Eigentlich war es gar nicht geplant gewesen, aber sie waren zu weit weg von zu Hause, und Luana bei Antônia abzusetzen, ging nicht, und wenn sie sich nicht beeilten, würde er überraschend heimkommen …

Es war fürchterlich schiefgegangen. Jeden weiteren Gedanken an diese traumatische Nacht schob sie mit Gewalt von sich, und zwar die nächsten vier Jahre lang. Sie ging zurück nach São Paulo, aber sie hatte solche Angst davor, dass die Erinnerungen sie einholen würden, dass sich die Anspannung in ihrem Körper festsetzte. Sie bekam Magenbeschwerden. Menstruationsbeschwerden. Schlafen ging zu dieser Zeit nur noch mit Cachaça, Schmerztabletten oder Heroin. Manchmal alles drei zusammen.

Und jetzt? Jetzt war sie also unfruchtbar.

Nach dem Besuch bei der Gynäkologin verfiel sie in eine schwere Depression. Sie konnte die Tatsache, dass sie keine Kinder bekommen konnte, nicht loslösen von dem, was in jener Nacht in Mato Grosso geschehen war. Der Schuss. Die

Silhouette, die an der Tür zusammensank. Ursache und Wirkung. Fortwährend fühlte sie sich beschmutzt und verspürte den unbezwingbaren Drang, sich zu waschen. Mosquito hatte recht gehabt: Es hinterließ Flecken. Sie war in eine Abwärtsspirale geraten, aus der es kein Entkommen gab. Und sie hatte das irrationale Gefühl, dass sie am Ende der Spirale etwas Schreckliches erwartete. Eine große, schwebende, formlose Kälte.

Nicht lange danach verstarben kurz hintereinander ihre Eltern. Zuerst ging ihr Vater, nach einer akuten Leberatrophie. Ihre Mutter lag zu diesem Zeitpunkt bereits im Krankenhaus. Der Krebs war ihr in die Knochen gekrochen und deformierte ihren zerbrechlichen Körper. Zuletzt schrie sie vor Schmerzen, mit blinden Augen, die sich, ohne etwas zu erkennen, an ihr Kind klammerten. Sie überlebte ihren Mann um zwei Monate.

Nun habe ich niemanden mehr, dachte Luana. *Keine Mutter. Keinen Vater. Keine Kinder. Mir wird kein Leben gegeben, da ich eines genommen habe.*

In einem ungewöhnlich klaren Moment verließ sie das Krankenhaus. Sie schloss die Augen gegen die blendende Sonne und lief geradewegs auf die Avenida Rebouças. Hinterher hätte sie nicht sagen können, ob es ein bewusster Selbstmordversuch gewesen war oder vielmehr eine Hingabe an das Leben: *Hier bin ich. Ich fordere dich heraus. Wenn ich auf der anderen Straßenseite ankomme, dann beginnst du von Neuem. Dann empfange ich dich mit offenen Armen.*

Und doch war sie nicht überrascht, als Chrom das Sonnenlicht zersplittern ließ, als Stahl und schmelzendes Gummi und heißer Asphalt unter ihr hindurchglitten. Schmerz war da keiner, nur das abscheuliche Geräusch von zu Bruch gehenden Dingen: Blech, Glas, ihr Körper. Später würde man ihr sagen, dass das Chevrolet-Logo auf ihren Oberschenkel eintätowiert war, nicht auf ihrer Haut, denn die war abgeschürft, sondern im Fleisch darunter. Sie brach mitten auf der Straße zusammen und spürte nichts mehr.

Es hatte einen seltsam stillen Moment gegeben, als sie wieder zu sich gekommen war. Sie lag in einer Blutlache. Lange konnte sie nicht bewusstlos gewesen sein, denn es war noch kein Krankenwagen da. Luana war sich darüber im Klaren, wie sie wie ein zerquetschtes Insekt auf der Straße lag, außerstande, sich zu rühren. Während der Wind wie ein kühlender Kuss über ihre aufgerissenen Lippen strich, begriff sie, dass ihr Leben all die Jahre unvermeidlich auf diesen Moment zugesteuert war, von dem Tag an, als die Waffe in ihren Händen losgegangen war. Doch der Tod jagte ihr keine Angst ein. Stattdessen fühlte sie nur tiefe Traurigkeit. Sie hatte all das nicht gewollt.

Ein Mann in Anzug hockte sich neben sie. Er blockierte die Sonne. Sein Gesicht konnte sie nicht sehen, denn es war von einem Strahlenkranz aus goldenem Licht umringt. Er hielt ein aufgeschlagenes Buch vor ihr Gesicht.

»*Du wirst sterben, Luana*«, sagte der Mann, der Schatten, die Sonnenfinsternis.

Sie war sich nicht sicher, ob er Portugiesisch gesprochen und was genau er gesagt hatte. Vielleicht hörte sie die Worte nur in ihrem Kopf. Was er sagte, klang weder bedauernd noch fröhlich. Es war eine Tatsache, mehr nicht. Ein simpler Handel.

»*Doch das muss nicht sein. Ich kann dir dein Leben zurückgeben. Ich kann dich glücklich machen. Es wird ein Leben voller Wohlergehen sein, ohne Schmerz, und all deine Wünsche werden sich erfüllen …*«

Sie sah seine bleichen Hände. Ein ungewöhnlich langer Finger deutete auf die leere, vergilbte Seite.

»Du musst nur unterschreiben …«

Luana wog ihr Leben auf der Waage ab, die ihr präsentiert wurde. Der Gedanke, der ihr kam, war so trivial, dass sie am liebsten darüber gelacht hätte: Sie hatte keinen Stift dabei. Doch als sie ihn aussprechen wollte, schoss ein Schwall Blut aus ihrem Mund. Eine ihrer Rippen hatte ihren rechten Lungenflügel durchstochen.

Außerdem war Luana Perreira da Silva Brasilianerin und somit mit genug Aberglauben aufgewachsen, um genau zu wissen, wen sie vor sich hatte.

Für diese Art von Vertrag war kein Stift nötig.

Die Suppe: Wild-Consommé. Doppelt gezogen in gerösteten Wildschweinknochen, mit einem Bouquet aus Lauch, Knollensellerie, gestoßenen Pfefferkörnen und diversen Pilzen. Salzwasser mit Geschmack, wenn man Luana fragte, aber es hieß, es sei ein Klassiker.

Es war Viertel nach acht, und die Gespräche waren verstummt. Die einzigen Geräusche waren das Klappern der Löffel, das Knacken des Kaminfeuers am ungedeckten Kopfende des Tisches, Dorothy, die schlürfte und zwischen den Bissen rasselnd Luft holte, und der Regen, der von einer Bö gegen das Fenster gepeitscht wurde.

Es geschah nicht oft, dass Luana an Brasilien zurückdachte. Es traf sie wie ein Schock, welch himmelweiter Unterschied dazwischen lag, wie weit weg ihr all diese Erinnerungen das Jahr über vorkamen und wie lebendig sie nun zutage traten.

Es war nicht weit mit dem Auto entfernt, höchstens eine Viertelstunde. Der Grillenchor war ohrenbetäubend, dort am Rande des Dschungels. Setz dich hinters Steuer, sagte Mosquito, damit du wegfahren kannst, falls es schiefgeht. Wieso, wenn es schiefgeht, wollte ich fragen, aber da waren sie schon weg. Sie hatten mich allein gelassen mit dem Ja-Sager auf dem Armaturenbrett: ein Plastik-Jesus mit einem Fußballtrikot der Canarinhos. Und einer Pistole auf dem Beifahrersitz. Und ich dachte: Wieso sollte es schiefgehen?

Luana versuchte ihre Gedanken zurückzudrängen, aber es gelang ihr nicht. Es war schiefgegangen, und zwar nicht zu knapp. Plötzlich war Geschrei zu hören gewesen. Sie hatte fünf Silhouetten gezählt, nein, vier. Nein, sechs. Sieben. Offenbar war er eher nach Hause gekommen und hatte Freunde mitgebracht.

Der Schuss zerriss die Nacht. Und dann war da ein Schädel, der nach hinten fiel. Eine Fontäne, die aus dem Hinterkopf sprudelte. Mosquito. Das musste Mosquito sein. Diese Fontäne war alles, was Mosquito einst gewesen war. Die Fontäne war das Leben, das ihm entwich. Dann versagten ihm die Beine, direkt vor Digão, der schrie. Mosquitos Leben hatte sich über ihn ergossen. Und dann …

Dann das Fenster, das nach innen zerbarst. Der Kugelhagel. Nur einen Bruchteil lang.

Die Silhouette, die auf das Auto zukam.

Luana ließ ihren Löffel fallen, und Bouillon spritzte über den Tisch. Erschrocken schaute sie auf, aus Angst, alle Blicke der Nachbarn auf sich gerichtet zu sehen, doch weit gefehlt. Sie aßen einfach weiter. Allesamt versunken in ihre eigene Traumasuppe. Das einzige Geräusch: das Pendel der Uhr, das die Zeiger Strich für Strich Richtung zehn Uhr kriechen ließ.

Ihr Handy leuchtete auf: eine WhatsApp-Nachricht von Kaila. Sie bingten gerade die vierte Staffel von *The Good Place*.

Zumindest dort war alles in Ordnung.

»Gut.« Graham McKinley brach endlich das Schweigen. »Wie sieht es aus?«

Das Hauptgericht war soeben serviert worden. Hirsch. Pastinakenpüree. Sauerkraut und Rote-Bete-Salat. Paula hatte man nach dem Auftischen nach Hause geschickt. Morgen würde sie zum Aufräumen wiederkommen, und danach hatte sie einen Monat bezahlten Urlaub, wie Luana wusste. Der alte Graham wollte während der Dunklen Tage mit seiner Haushaltshilfe kein Risiko eingehen.

»Wir haben fünf Optionen«, sagte Elizabeth Aikman, nachdem eine angespannte Stille eingetreten war. Es war ein fester Bestandteil des Rituals. Ralph war der moralische Kompass, aber der Patriarch musste seinen Segen geben. »Und ich möchte uns selbst zuallererst ein Kompliment aussprechen. Es ist den gemeinsamen Anstrengungen von uns allen zu verdanken, dass wir diese fünf gefunden haben. Das muss gesagt werden.«

Zustimmendes Gemurmel. »Alle fünf erfüllen das Profil.«

»Vier«, verbesserte Ralph.

Graham sah ihn an.

»Vier erfüllen das Profil. Einer fällt meines Erachtens aufgrund von ethischen Überlegungen komplett raus. Bei einem Zweiten kann man die Frage stelle, ob es in dem Fall wirklich besser aussieht«, fügte Ralph an.

»Gut, darin sind Ralph und ich uns uneinig«, sagte Elizabeth, die ihr Bestes tat, um ihre Irritation zu verbergen. Man begab sich auf dünnes Eis, wenn man ihre Kompetenz in Zweifel zog, doch es steckte mehr dahinter, vermutete Luana. Sie hatte früher am Abend gesehen, wie sie eine Tablette genommen hatte und war sich ziemlich sicher, dass es kein Mittel gegen Sodbrennen gewesen war. Nun hielt sie ihr Glas so fest umklammert, dass ihre Fingerknöchel weiß hervortraten.

»Natürlich ist es unser Anliegen, keine moralischen Bedenken aufkommen zu lassen über …«

»Nicht so voreilig«, unterbrach sie Graham. Er beschrieb mit zwei Fingern einen Kreis in der Luft. »Um wen handelt es sich?«

Elizabeth blickte mit verengten Augen zum Patriarchen. Dann stieß sie Harry an, der einen gefalteten Zettel aus seiner Brusttasche holte. Elizabeth entfaltete ihn. »Die Erste heißt Ann Olsen Dickinson. Siebenundsechzig Jahre, Lymphdrüsenkrebs im Endstadium, wohnhaft in Mill Creek. Ihr Mann hat sie aus religiösen Gründen für unmündig erklären lassen, sodass sie kein Anrecht auf Sterbehilfe hat.«

»Und, ist sie willig?«, fragte Graham.

»Wir treffen uns morgen. Alle Vorbereitungen sind getroffen.«

»Sehr gut.«

»Mrs. Dickinson birgt Risiken«, sagte Ralph, »aber die bewegen sich in einem akzeptablen Maß. Ihr Mann wird sofort Alarm schlagen, sobald sie vermisst wird. Und dann gibt es da die moralische Frage, weil sie direkte Angehörige zurücklässt.«

Maurice höhnte. »Ist es denn so viel moralischer, sie krepieren zu lassen? Zuzusehen, wie sie an ihrem eigenen Schleim erstickt, nur weil ihr Typ ein Rendezvous mit Gott hat?«

»Es ist nicht an uns, darüber zu urteilen«, sagte Ralph ungerührt. »Aber angesichts ihrer Diagnose habe ich sie genehmigt.«

Der Patriarch nickte und bedeutete Elizabeth, fortzufahren. »Der Zweite ist Garrett Wetzel. Sechsundachtzig Jahre alt, Witwer und Alzheimerpatient, wohnhaft im Bellevue Elderly Care Home. Kommt ebenfalls nicht infrage für Sterbehilfe, aufgrund von Unzurechnungsfähigkeit.«

»Pah«, murmelte Maurice. »Ich habe ihm drei Hausbesuche abgestattet, das letzte Mal mit Harry zusammen. Gesehen habe ich einen gut gepflegten Mann. Zwar vergesslich und zur Wiederholung neigend, aber sich seiner Krankheit vollständig bewusst. Er sagte, er hätte drei Kinder und fünf Enkel an der Ostküste, die ihn nie besuchen. Angeblich wegen Corona. Mr. Wetzel ist stark vereinsamt. Er hat einen Suizidversuch unternommen, indem er eine ganze Packung Ibuprofen mit Milch runtergeschluckt hat, und er sagt, er würde es abermals tun, wenn er nicht solche Angst hätte, wieder wach zu werden.«

»Dass er nie Besuch bekommt, haben wir verifiziert«, fügte Harry hinzu. »Das Problem ist nur, wie er ungesehen allein nach draußen kommen soll.«

Graham nickte. »Und die dritte Person?«

»Mary Beth Lambert, eine dreiundsechzigjährige Frau aus Chilliwack, Kanada. Gray hat sie dort aufgespürt, weil sie verbotene Pillen über eine südamerikanische Website bestellt hat. Es hat ein wenig gedauert, bis wir ein klares Bild von ihr hatten, aber Gray hat ein bisschen nachgeforscht und gehackt und ist auf etwas Interessantes gestoßen. Die Lieferanschrift für die Pillen lautet 26 Berkeley Avenue, aber Mrs. Lambert wohnt in der 62.«

»Und das ist kein Versehen?«, fragte Graham senior, während er ein Stück Hirsch in die Soße tunkte.

»Das glauben wir nicht. Was macht eine Frau, die vermeiden will, dass ihr Ehemann herausfindet, was für einen tödlichen Cocktail sie sich bestellt hat? Nicht zu den Nachbarn liefern lassen, denn die bringen das Zeug vorbei, und dann besteht die Gefahr, dass ihr Gatte die Tür aufmacht. Aber Nummer 26, das ist fast zwanzig Häuser weiter. Wie groß ist die Chance, dass die Leute dort Mrs. Lambert kennen?

Also ruft sie dort an, an dem Tag, wenn FedEx ihr Paket zustellt. Sie fragt, ob vielleicht etwas für sie abgegeben wurde. Kein Hahn kräht danach; der Absender hat einfach die Ziffern verdreht.«

»Clever«, grinste Maurice mit vollem Mund.

Elizabeth beachtete ihn nicht weiter. Stattdessen verschränkte sie die Hände und lehnte sich zurück. »Das Lieferdatum ist laut Trackingcode übermorgen.«

In Mrs. Lamberts Fall, so erzählte sie, war es Lungenkrebs, der gestreut hatte. Aufgrund der kulanteren kanadischen Gesetzgebung hätte sie problemlos Anspruch auf Sterbehilfe. Aber hinzu kam, dass sie und ihr Mann strenge Presbyterianer waren. Obwohl das momentan vor allem für ihren Mann zu gelten schien. Angesichts von Mrs. Lamberts ausgeklügelter Onlinebestellung schien sie manche Prioritäten auf den Prüfstand gestellt zu haben.

Von der anderen Ecke des Tisches aus sagte Gray: »Sollte es mit Mrs. Dickinson nicht klappen, dann fangen wir das Paket von Mrs. Lambert ab. Sie wird sich nur allein aus dem Haus wagen, wenn ihr Mann nicht zu Hause ist. Das ist unsere Chance, sie anzusprechen. Wir weisen sie auf die Risiken dieses dubiosen Mists hin und bieten ihr eine sicherere Alternative. Ich denke, wenn wir eine großzügige Spende an ihre Kirche zahlen, hat sie sicher ein offenes Ohr dafür.«

»Nummer vier kommt von Laura.« Elizabeth strich sich die Haare aus dem Gesicht. »Sie hat als Freiwillige beim St. Martin Shelter für Obdachlose die Lage sondiert. Laura?«

»Ein schüchterner Mann, Eric heißt er. Kommt nur ab und zu rein. Wir wissen nicht, wo er die restliche Zeit steckt, aber es kann nicht allzu weit weg sein, denn er ist in schlechter körperlicher Verfassung. Er lebt bereits seit Jahren auf der Straße und kämpft mit schweren Suchterkrankungen. Nachdem ich sein Vertrauen gewonnen hatte, beichtete er mir sein ganzes Elend. Gray hat mit viel Mühe seine alten Krankenakten ausbuddeln können. Stimmt's, Gray?«

»Jedes System lässt sich hacken«, nickte Gray. »Insbesondere bei Gesundheitseinrichtungen, die haben so viele Löcher wie ein Schweizer Käse. Eric heißt mit vollem Namen Eric Shellnutt und stammt aus Chatsworth, Illinois. Kämpfte schon jahrelang mit Suizidgedanken, bevor er vom Radar verschwand. Bipolare Störung. Ich würde sagen, das Ding ist geritzt.«

Luana verkrampfte, als der alte Patriarch mit einem Knall sein Glas auf dem Tisch abstellte, wodurch alle erschrocken in seine Richtung schauten. »Nichts daran ist geritzt, Junior!«

Er feuerte ihm die Worte entgegen, seine Lippen bebten.

Junior schlug die Augen nieder. »Tut mir leid, Dad.«

Ralph kniff Luana unter dem Tisch ins Bein. Wie immer ließ sie die Liste mit fassungslosem Entsetzen an sich vorüberziehen. Sie war nicht die Einzige: Gegenüber am Tisch starrte Olivia stumpf auf ihre Hände.

»Wie auch immer«, fuhr Laura unsicher fort, »er sagte jedenfalls, dass er bereits dreimal versucht hat, sich mit einer Überdosis das Leben zu nehmen, es ihm aber einfach nicht gelingt. Daraufhin habe ich ihm gesagt, dass ich womöglich eine humanere Lösung kenne.« Sie schob den Stuhl zurück und begann sich demonstrativ über den Kinderwagen zu beugen, als wolle sie verdeutlichen, dass das alles war, was sie dazu zu sagen hatte. Baby Ricky hatte den ganzen Abend noch keinen Ton von sich gegeben.

»Das wäre eigentlich ideal«, wagte sich Marc vor. »Wir erfüllen ihm seinen Wunsch, und er hinterlässt keine Spuren.«

»Das stimmt«, sagte Elizabeth, »aber es ist auch schwierig, mit Patienten dieser Art Absprachen zu treffen, insofern muss man mal schauen.«

Ralph verschränkte die Arme auf dem Tisch. »Ich muss wohl nicht erklären, wieso ich die Idee äußerst fragwürdig finde?«

»Das musst du tatsächlich nicht«, sagte der alte Graham, nun ruhiger. »Wahrscheinlich wird es dazu gar nicht kommen. Wir haben drei sehr gute Optionen, ihr habt hervorragende Arbeit geleistet. Gab es nicht noch eine fünfte Person?«

Luana versuchte Ralphs Blick zu erhaschen, aber er starrte weiterhin abwesend zu Elizabeth. Sie wollte ihm irgendwie bedeuten, dass sie hinter ihm stand.

»Ja«, seufzte Elizabeth schließlich. »Joyce hat jemanden beim Evergeen Shelter aufgetan.«

Joyce stellte ihr Weinglas auf den Tisch. »Die *Cosmopolitan* hat für ihren Raise Your Voice Awareness Month über Celebritys als Buddys in Obdachlosenheimen berichtet. So konnte ich das Nützliche mit dem Praktischen kombinieren. Hailee Steinfeld und Maya Musk waren auch dabei, das hat wirklich Spaß gemacht.«

Und das ist genau weshalb relevant?, fragte sich Luana.

»Dabei habe ich einen Mann aus Guatemala getroffen, der seit drei Wochen dort wohnt. Danilo soundso. Der Mann ist ein einziges Häufchen Elend. Seine Frau ist in Mexiko der Bandengewalt zum Opfer gefallen. Dann hat er irgendeinem Kojoten seine letzten Kröten abgedrückt, um sich und seine zwei Söhne über die Grenze nach Arizona zu bringen, aber der Typ hat den Truck in der Wüste zurückgelassen, und von den insgesamt sieben Migranten hat nur er überlebt. Irgendwie konnte er der Border Patrol entwischen und ist durchs System gerutscht. Was auch gut so ist, denn das System ist der letzte Scheiß. Seither ist er Richtung Norden weitergezogen. Irgendwann im Gespräch hat er mich angeschaut und mich gefragt, wieso Gott so zornig auf ihn ist.«

Es war still am Tisch. Luana las in Elizabeths Blick, dass sie sich fragte, was erschütternder war: die Geschichte des Mannes oder die Tatsache, dass er von allen möglichen Buddys ausgerechnet an eine wie Joyce geraten war.

Juliette fragte sanft: »Und er will nicht mehr?«

»Er will nicht mehr.«

»Gut, und hier ziehe ich direkt eine Grenze«, sagte Ralph. »Das überschreitet alle Kriterien, die wir selbst erarbeitet haben. Leute, illegale Migranten! Menschenschmuggel! Wir reden über Menschen mit Sprachbarriere, mit einer Geschichte, die wir nicht verifizieren und auch nicht wirklich begreifen können. Diesen Fehler dürfen wir nicht begehen.«

»Aber Ralph«, sagte Elizabeth, »das meinst du nicht ernst? Er hat alles verloren, was gibt es da einzuwenden?«

»Bei allem Respekt, Joyce, aber hast du den Mann ausdrücklich gefragt, ob er sich umbringen will? Und falls ja, in welcher Sprache hat er geantwortet?«

»*Yo hablo Español* …«, sagte Joyce mit erhobenen Handflächen und fürchterlichem Akzent.

Er schüttelte fassungslos den Kopf. »Und weißt du, wie man in seiner Kultur über Suizid denkt?«

Auf einmal meldete sich Dorothy zu Wort und murmelte heiser vor sich hin. Alle sahen sie an. Es dauerte ein wenig, bevor zu Luana durchdrang, was sie gesagt hatte.

Er ließe sich aber leicht weglocken.

Maurice durchbrach die Stille. »Sorry, Ralph, aber Mama hat recht. Die Idee ist gar nicht so übel. Keine sozialen Kontakte, nicht registriert, wird nicht vermisst, hat keine Priorität bei den Behörden …«

Luana konnte sich all das nicht länger anhören. Sie räusperte sich und fragte: »Wozu habt ihr Ralph überhaupt engagiert?« Sie sah ihre Nachbarn einen nach dem anderen an und blieb bei Elizabeth hängen. »Um eine möglichst humane Lösung zu finden und uns vor falschen Entscheidungen zu bewahren.«

Elizabeth sprach gemessen, anders als zuvor, beinahe aggressiv. »Luana, das ist mir durchaus bewusst, aber …«

»Vielleicht sollten wir Ralph dann seinen Job machen lassen.« So. Niemand würde es ihr danken, aber das musste einfach mal raus.

Elizabeth wollte etwas sagen, aber Graham kam ihr zuvor. »Hör mal, das ist eine furchtbare Geschichte. Natürlich möchte man am liebsten barmherzig sein. Wenn es der Wunsch des Mannes ist, aus dem Leben zu scheiden, würde ich alles in meiner Macht Stehende für ihn tun. Ralph hat recht. Ihr scheint eines vergessen zu haben: Wir können keine Barmherzigkeit zeigen.« Er beugte sich vor und hämmerte mit seiner vertrockneten, ledrigen Hand auf den Tisch, wodurch er seinen Worten das Gewicht eines Urteils verlieh. »Nicht hier.«

Alle waren still. Sie wussten es. McKinleys letztes Argument hatte alle anderen entkräftet. Es war nicht human, was sie taten. Es war ein notwendiges Übel.

Ein lauter Knall. Alle schraken hoch. Ein abgebrochener Ast, der mit einem Windstoß gegen das Fenster geknallt war. Es erinnerte sie alle daran, was dort draußen in der pechschwarzen Dunkelheit des fortschreitenden Abends näher und näher kam.

Der Nachtisch: Birnen-Crumble. Zimteis. Cointreau. Da Paula weg war, servierten Juliette und Olivia.

Es war zwanzig nach neun.

Sie bekam eine Textnachricht von Django. *Psychonauts RULEZZZ*. Und dann: *Keine Peanut Butter Cups*. Gefolgt von einem Haufen weinender Emojis. Luana schrieb zurück: *Wir besorgen dir morgen welche, Schatz. Viel Spaß bei Noah, schlaf schön.* Dahinter ein Herzchen. Django: *Du bist die beste Mama EVERRRR!!!* Dahinter ein Haufen Herzchen.

Plötzlich schossen ihr Tränen in die Augen. Sie bekam nicht genug Luft und sog sie japsend ein. Djangos Worte hatten die Schleusen weit geöffnet. Alles begann und endete letztlich mit den Kindern: ihre Reha, ihr Umzug nach Amerika, ihre Begegnung mit Ralph. Es war alles so verdammt gut gelaufen. Und dann, im Oktober 2006, die Entdeckung, dass sie in der elften Woche schwanger war. Drei Monate, nachdem sie in die Bird Street gezogen waren.

Weißt du noch, wie die Unterlippe deiner Gynäkologin bebte, als sie dir sagte, sie stehe vor einem Rätsel? Dass in der Medizin kein Fall einer spontanen Regeneration bekannt war? Es war wohl irgendwo eine Eizelle zurückgeblieben. Übersehen worden. Eine Stammzelle konnte sich theoretisch in eine Eizelle umwandeln. Sie spekulierte drauflos, sprach über einen Wahnsinnszufall, aber ihre Aufregung verriet alles. Und während du auf dem Ultraschall auf den sich bewegenden Fötus in deiner Gebärmutter schautest, sagte sie, diese Schwangerschaft sei nicht nur außergewöhnlich, sondern geradezu unnatürlich.

Unnatürlich.

Aber Kaila kam zur Welt und war kerngesund. Und fünf Jahre später war es erneut passiert, mit Django. Luana war unfruchtbar, aber dennoch hatte sich Ralph nach gemeinsamer Überlegung sterilisieren lassen, nur zur Sicherheit.

Zwei Kinder fanden sie genug.

Es ist *feio*, hörte sie eine Stimme in ihrem Hinterkopf sagen, während sie mit einem Knoten im Magen den Crumble in sich hineinlöffelte. *Wenn du mitmachst, selbst wenn du nur zuschaust, bist du hinterher befleckt. Dieser Fleck geht nie wieder weg.*

Die Stimme sprach in ihrer Muttersprache, aber sie hörte sie so glasklar, als ob es die letzten zweiundzwanzig Jahre nie gegeben hätte.

Es war dieser Ort, der für ihr Glück verantwortlich war, hatte Ralph gesagt. Die umzäunte Wildnis hinter ihrem Haus. Bereits im ersten Sommer hatte sie es am eigenen Leib festgestellt. Zum ersten Mal seit ihrem Unfall hatte sie schmerzfrei gehen können. Gut, dem war eine intensive und engagierte Reha vorausgegangen, aber die Leichtigkeit, mit der ihre Muskeln und Gelenke die alten Bewegungen wieder erlernt hatten, war fantastisch gewesen.

Aber das war nicht alles, nicht wahr? Seit Monaten, ja Jahren, war dein Körper nicht mehr so frei von Stress gewesen. Das eiserne Band um dein Herz hatte sich gelöst und war von dir abgefallen. Dein Blutdruck war ohne eindeutige medizinische Erklärung gesunken, das Herzrasen hatte aufgehört.

Ja. Noch zwei Jahre zuvor wäre sie am liebsten gestorben, aber von dem Moment an, da sie zu Ralph und seinen Eltern in die Bird Street gezogen war, hatte sie triumphiert: über ihre Depression, über ihr Brasilien-Trauma, über den Verlust ihrer Eltern und den Unfall.

Und du? Du wolltest es nicht zugeben. Nicht einmal, als Ralph dir eines Abends ins Ohr flüsterte: Siehst du, ich hab's dir doch gesagt! Nein, du warst zu pragmatisch für seinen Aberglauben. Trotz des Anflugs von Gänsehaut, der dich überkam, wenn du nur deinen Zeigefinger auf seine Lippen drücktest. Du fandest, das Glück hättest du dir nach all der Misere verdient.

Und ja, das Glück hatte sie sich verdient ... aber nicht auf die Art und Weise, die sie gemeint hatte. Ihre Schwangerschaft hatte das deutlich gemacht. Luana war zu pragmatisch gewesen, um mit Ralphs Aberglauben mitzugehen, aber aus demselben Grund kam sie nun nicht länger umhin. Denn für dieses Glück musste man keinen Preis zahlen … sondern eine Wahl treffen.

Und das hatte ihr Angst gemacht.

Denn du fühltest dich schlecht deswegen, aber nicht schlecht genug. Und du stelltest dir ständig die Frage: Wenn du wüsstest, dass dir alle Türen offen stehen, dass all deine Träume wahr werden, würdest du dann nicht bestimmte schlimme Dinge dafür in Kauf nehmen? Dinge, über die wir lieber nicht reden?

Luana brachte ihren Löffel zum Mund, unterdrückte ein Aufstoßen und legte den Löffel wieder hin. Natürlich hatte sie nie eine Wahl gehabt. Nicht angesichts des Wunders, das so klein und fragil in ihrer Gebärmutter heranwuchs. Da hattest du deine Antwort. Luana war eine angehende Mutter gewesen, und wie jede Frau in dieser Situation hätte sie alles getan, um ihr Baby zu beschützen, koste es, was es wolle. Und ehe sie es sich versah, war es November geworden.

Und ehe sie es sich versah, waren ihre ersten Dunklen Tage angebrochen.

Und als sie gesehen hatte, wer am 2. November in das Jagdzimmer der McKinleys gekommen war, um Schlag zehn Uhr … Abrupt schob Luana ihren Stuhl zurück. Sie murmelte eine Entschuldigung, ignorierte Laura und Ralph, die fragten, ob alles in Ordnung wäre, und lief am Tisch entlang, den Blicken ihrer Nachbarn ausweichend. Sobald sie das Jagdzimmer verlassen hatte, fing sie zu rennen an. Gerade rechtzeitig erreichte sie die Toilette am anderen Ende des Flurs. Dort sank sie auf die Knie und übergab sich.

Als es vorbei war, blieb sie lange Zeit an die Wand gelehnt

sitzen, die Stirn gegen die Knie gedrückt, mit einem sauren Geschmack im Mund.

Bis zuletzt hast du nicht geglaubt, dass es wahr ist. Obwohl Ralph dich davor gewarnt hatte, mit welcher Kraft es zuschlug. Aber selbst als die Depression in aller Heftigkeit zurückkehrte, selbst als deine Gedanken ein unheilvolles Eigenleben zu führen begannen, selbst als Ralphs Mutter auf der Treppe stürzte und sich den Knöchel brach und Ralph, der liebe Ralph, der immer geschworen hatte, auf dich aufzupassen, zu trinken anfing und dich nur noch anschnauzte … selbst da konntest du nicht glauben, dass ihr es wirklich tun würdet.

Aber Mitte November hatten sie einen gebückt laufenden Achtzigjährigen gestützt und in den Wald hineingeführt und dort Sterbehilfe geleistet.

Und morgen war es wieder so weit.

Jedes Jahr im November brachen die Dunklen Tage an. Dann regten sich die Snoqualmie Woods. Mit der Regelmäßigkeit der Jahreszeiten kehrte es zurück, wie ein bevorstehender Sturm.

Es begann unschuldig, wie ein Herbstblues.

Anwohner fühlten sich bedrückt. Bekamen Beschwerden. Wurden krank.

Doch schon bald wurde es schlimmer.

Finanzielle Schwierigkeiten. Streitereien. Missgeschicke. Und dann wurde es noch schlimmer.

Die Rechnung für ein Jahr voller Wohlergehen, beglichen mit ein paar Wochen des Gegenteils. Eine Zeit der Besinnung, um sich bewusst zu machen, was man alles verlieren kann. Das war der Preis, den sie für ihr Glück bezahlen mussten.

Das heißt eine Hälfte davon.

Die Dunklen Tage waren nur dadurch zu stoppen, dass

jemand in der Wildnis hinter ihrem Haus starb. War dieses Opfer gebracht, flaute das Verhängnis von selbst wieder ab, und die Dunklen Tage waren spätestens am 28. oder 29. November vorbei. Wenn Thanksgiving auf ein spätes Datum fiel, gab es bereits wieder wie gewohnt Kürbiskuchen und Truthahn-Dinner, und alles war *nett*. Gelang es ihnen nicht, wurde das Unheil immer schlimmer. Und schlimmer. Bis …

Es wurde leise an die Tür geklopft. Die Gästetoilette materialisierte sich wieder vor ihren Augen, ein glasiges Kaleidoskop. Ralph. »Geht's, Liebling?«

»Ja, geht schon. Ich fühle mich nur nicht so besonders.«

»Das tut mir leid.« Es blieb kurz still. »Es ist gleich zehn.«

»Ich komme schon.«

Luana stand auf und wusch ihr Gesicht. Es hing kein Spiegel über dem Waschbecken, vor dem sie sich hätte zurechtmachen können, was sie erleichterte, denn sie wusste nicht, ob sie in diesem Moment in einen Spiegel schauen konnte.

Die Selbstmörder, die Sterbehelfer: Es war die humanste Methode, sich ihres Lebens zu versichern. Das geringere Übel. Im persönlichen Archiv von Harry Aikman hatte Ralph ihr die Jahreswerte von Lock Haven gezeigt, die bis in die Sechzigerjahre zurückdatierten. Ein Stück weiter, in den Vierteln auf der anderen Seite der Carnation Avenue und Lennox Mountain Road, lag die Suizidrate im November sechsmal höher als im Landesdurchschnitt. Die Anzahl der Gewaltdelikte stieg auf das Zehnfache. Und dann war da noch die Anzahl an natürlichen Sterbefällen, die genau wie die Zahl an Unfällen und Krankenhausaufnahmen erschreckend hoch ausfiel. Die Statistiken waren öffentlich zugänglich für jeden, der einen Zusammenhang herstellen wollte. Aber das war das Unheimliche: Niemandem außerhalb der Bird Street schien der Zusammenhang je aufzufallen. Es war, als sei dieser Teil der Snoqualmie Woods ein blinder Fleck. Das Zentrum von Lock Haven lag weiter weg, dort war der Einfluss schwächer. Man erkannte es nicht, tat es ab als eine Art überlanger Blue Monday. Als Novemberblues. Aber die Zahlen logen nicht. Und den Rest des Jahres?

Lauter Mietskasernen. Überall in der kleinen Stadt.

Wenn sie, die Torwächter der Bird Street, nicht ihr jährliches Opfer darboten, griff der Fluch der Dunklen Tage um sich. Dann breitete er sich aus, wucherte wie ein Schimmel in der Psyche der Anwohner. Es würde Tote geben. Viele Tote.

Und es würde nicht aufhören.

Luana trocknete ihre Hände ab und entriegelte die Tür. Ralph hatte auf sie gewartet. Er griff sie am Handgelenk und rang sich ein wässriges Lächeln ab. Für ihn war es auch nicht leicht, wie sie erkannte. Kein Wunder, dass es ihnen dieses Jahr so schwerfiel. Ihre Gedanken drehten sich um Kaila.

»Komm«, sagte Ralph. »Alles wird gut werden.«

Doch das bezweifelte sie. Im April wurde Kaila sechzehn. Nächstes Jahr stand ihre Initiierung an.

Als sie ins Jagdzimmer zurückkamen, war der Tisch abgeräumt. Vor jedem stand nun ein großer leerer Kelch aus geschliffenem Kristall. Ein vierzehnter Kelch stand am ungedeckten Kopfende des Tisches, unter dem Wildschwein. McKinley starrte vom anderen Tischende ins Feuer, die meisten Nachbarn folgten seinem Blick. Um diese Zeit schienen die Flammen besonders wüst. In ihrem Lichtschein verbarg sich ein seltsamer, hypnotisierender Zauber.

Sie setzte sich, Tasche auf dem Schoß. Laura flüsterte ihr zu, ob es ihr gut ginge. Luana nickte, ohne sie anzusehen.

Eine Zeit lang hörte sie nur Dorothys rasselnden Atem. Die alte Dame saß schief zusammengesunken in ihrem Stuhl.

Luana war sich nicht sicher, ob sie wach war oder schlief, bis sie ihre bebende Klauenhand hob und die ihres Mannes ergriff.

Sie sah Marc Wachowski, der mit Daumen und Zeigefinger an seinem Ehering herumdrehte. Als ob er ihn abnehmen wollte, es sich aber jedes Mal wieder anders überlegte. Joyce tat so, als würde sie es nicht bemerken.

Im Kamin knallte ein Holzscheit, und einen Augenblick lang glühte der Kelch am Kopfende des Tisches rot auf.

Um fünf vor zehn erhob Graham McKinley sich. Er hatte eine Fernbedienung in der Hand und drückte auf einen Knopf. Ein mechanisches Rattern ertönte. Das Porträt seines Vaters schob sich nach links und offenbarte einen Tresor. Der Patriarch gab die Zahlenkombination ein, und der Tresor öffnete sich. Danach setzte er sich wieder.

Aus der Nacht stieg ein klägliches Wolfsgeheul auf. Es vergingen fünf lange, eisige, schauderhafte Sekunden, ehe Luana begriff, dass es die Windhunde von Laura und Gray waren, die auf der anderen Straßenseite wohnten.

Niemand sagte etwas.

Niemand sah den anderen an.

Alle warteten.

Dann ratterte der Zeiger, und es schlug zehn Uhr.

Nach dem dritten Schlag erklang aus dem Flur das monumentale Hämmern des Türklopfers. Zweimal. Luana musste an einen Satz denken, den ihre Mutter früher manchmal gesagt hatte, wenn sich kleinere Missgeschicke häuften: *Der Teufel klopft immer zweimal an.*

Elizabeth schaute zur Tür, kämpfte gegen den Impuls an aufzustehen. Dann erklang ein neuer, hallender Knall. Der Riegel, der aufsprang. Die Tür wurde geöffnet. Ein eisiger

Windhauch strömte ins Jagdzimmer, wodurch sich die Kronleuchter in Bewegung setzten und die Flammen im Kamin aufloderten.

Klein Ricky begann zu weinen. Luanas Herz hämmerte. Sie schaute seitwärts zu Laura, die ihre Augen geschlossen und ihre Hände so fest ineinander verschränkt hatte, dass ihre Knöchel weiß hervortraten. Sie murmelte ein Gebet. Zu ihrer anderen Seite packte sie Gray Junior am Arm und drehte sich sichtlich unwohl zum Kinderwagen um, brachte es aber nicht über sich aufzustehen. Von seinen Eltern hatte Ricky nicht viel zu erwarten.

Die Tür fiel zu. Aus dem Flur ertönte das geschäftsmäßige *Klick-Klack* von Schritten, die von Kalbsleder-Lackschuhen stammten. Sie kamen näher.

Ein ersticktes Schluchzen. Vielleicht war das Olivia. Oder Marc. Luana wusste es nicht, sie hätte nicht mal sagen können, ob es ein Mann oder eine Frau gewesen war. Ihr Blick klammerte sich an ihre eigenen zitternden Hände.

Plötzlich dämmerte es vor ihren Augen. Einen Augenblick lang war ihr, als ob Schatten ins Jagdzimmer hineinkriechen würden – nicht der Schatten eines Mannes oder eines Tieres, sondern die Schatten sich krümmender Weidenzweige. Sie kamen durch die Tür näher gekrochen, über die Decke, über die Eichenvertäfelungen, über das gewienerte Parkett.

Auch ihre Haut begann zu kriechen, ihr Skalp schien kreuz und quer über ihren Schädel zu krabbeln, die Haut am Rücken spannte sich. Alles kribbelte, als ob die Luft sich statisch aufladen würde. Alle Härchen in ihrem Nacken stellten sich auf.

Dann war die Illusion vorbei.

Der Buchhalter kam in demselben Anzug herein, in dem er ihr erstmals erschienen war, vor all den Jahren in São Paulo. Luana blickte ihn nicht an, doch aus den Augenwinkeln sah sie ihn näher kommen, groß, unheimlich groß, eine verschwommene Gestalt. Das Satinrevers, das schimmerte wie frischer Reif. Die Manschettenknöpfe, in denen sich das Feuer spiegelte. Der Rauch, der von seinen mageren Schultern aufstieg und einen glauben machen konnte, dass Regen aus seinem Anzug verdampfte.

Er lief auf ihrer Seite hinter dem Tisch entlang. Harry. Elizabeth. Ralph. Alle zuckten zusammen. Luana wagte es nicht, sich umzudrehen, doch nun roch sie ihn, während sich die Muskeln in ihrem Nacken verkrampften: der schwere Moschusgeruch seines Eau de Cologne, die nächtlichen Ausdünstungen und Dämpfe wie aus einem Brunnen im Wald.

Sie hörte, wie er atmete. Nicht rasselnd wie Dorothy, sondern gierig. Hungrig.

Sein Atem stockte hörbar, als er auf den Kinderwagen stieß.

Nun drehte sich Luana halb um. Sie musste einfach, denn Lauras erbarmungswürdiges Wimmern schnürte ihr das Herz so sehr zu, dass sie nicht ignorieren konnte, was hinter ihr geschah. Sie sah gerade noch, wie der Buchhalter sich in einer unnatürlichen, beinahe kindlichen Bewegung vornüberbeugte, nicht so, wie man es von einem erwachsenen Mann erwarten würde. Er schob eine samtbehandschuhte Hand unter die Haube des Kinderwagens. Sofern er eine Lunge hatte, sog sie nun stoßweise Luft ein. Ihm entfuhr ein unbestimmtes Geräusch von erregter Verwunderung, wie bei einem Kehlkopf, der versuchte, ohne Zunge, ohne Lippen, ohne Zähne zu reden: *hhoooohhhhh …*

Baby Ricky hörte mit einem Schlag zu weinen auf. Es erklangen gurrende Geräusche, aber Luana war sich nicht sicher, ob sie von Ricky oder vom Buchhalter stammten.

Gray hielt Laura fest. Schweiß glänzte auf seiner Stirn,

aber noch immer waren die beiden zu gelähmt, um einzugreifen. Einen Augenblick lang sah der Buchhalter schräg zu den frischgebackenen Eltern hoch und lachte vor unverhohlenem Entzücken. Ein glänzender Speichelfaden tropfte gleichsam als Glückwunsch von seinen Lippen.

Dann kam er in einer ebenso unnatürlichen, kindlichen Bewegung wieder hoch und setzte seinen Weg zum Kopfende des Tisches fort. Mit dem Rücken seines Samthandschuhs fegte er sich die Lippen trocken und schüttelte den Speichel ins Feuer, wo er zischend verdampfte.

Der Buchhalter klappte seinen Koffer auf und holte ein Buch heraus. Über seine Fliege hinweg blickte er in die Runde. Es war ein äußerst gewöhnlicher Mann, mit einem Gesicht, das man stets zu vergessen schien, wenn man gerade nicht hinschaute. Aber sobald er, das Buch in den Händen, seinen Blick auf Luana ruhen ließ, fühlte sie sich zurückversetzt in ihren ersten November in der Bird Street – ihre erste Zusammenkunft. Ralph hatte sie festhalten müssen, als sie gesehen hatte, wer da ins Jagdzimmer kam.

In dieser einen Sekunde hatte sie alles durchschaut. ER war derjenige, der neben ihr aufgetaucht war, als sie auf der Straße fast verblutet wäre. ER war es, der ihr das Leben zurückgegeben hatte.

Von dem Moment an, in dem sie aus dem Koma erwacht war, bis zu jenem, als sie ihm leibhaftig wiederbegegnet war, hatte sie geglaubt, dass es lediglich eine Art Fiebertraum in der Stunde ihres Todes gewesen war. Aber nun war ihr alles klar. Alles war vorherbestimmt gewesen. Ihr Umzug nach Amerika. Ihre Liebe zu Ralph. Ihre Schwangerschaft. Alles orchestriert.

In ihrer Erinnerung an jenen Traum aus Chrom und Glas und Sonne und Asphalt hatte sie, kurz bevor sie ohnmächtig geworden war, den Finger in ihr eigenes Blut getaucht und einen Strich über das Blatt gezogen. Doch als der Buchhalter ihr anderthalb Jahre später das aufgeschlagene Buch hinhielt, sah sie dort ihren vollständigen Namen stehen.

Luana Perreira da Silva

Geschrieben mit Blut.

Luana war es freigestellt worden, das Blatt herauszureißen und ins Kaminfeuer zu werfen. Auch jetzt, sechzehn Jahre später, unterbreitete sein abwartender Blick ihr dieses Angebot.

Mach nur, besagte der Blick. *Es ist deine freie Wahl.*

Aber damals hatte sie an das Baby in ihrem Bauch gedacht und es nicht getan. Nun dachte sie daran, wie sie Kaila gestern mit dem Kartoffelmesser vorgefunden hatte. Sie tat es wieder nicht.

Kaila und Django waren zwar kerngesund gewesen, hatten die Geburt aber nur knapp überlebt. Beide kamen blau zur Welt. Bei beiden hatte sich die Nabelschnur wie eine Schlinge um den Hals gelegt, gleichsam als Warnung vor dem, was sie erwarten würde, und es waren bange Minuten vergangen, ehe sie ihren ersten Atemzug getan hatten und das erlösende Geschrei auf der Geburtsstation erklungen war.

Und so bleibt alles beim Alten. Elf Monate Glück, ein Monat Verdammnis und Dunkelheit. Ein Pakt, akzeptiert und gemeinsam getragen durch absolutes Stillschweigen. Es spielt keine Rolle, wie schuldig du dich Kaila und Django gegenüber fühlst. Sie wissen es nicht. Wie schrecklich wird es für sie sein, wenn sie erfahren, dass hinter ihrem Talent Lug und Trug steckten, dass es finstere Gründe hat, weshalb sich für sie Türen öffnen, die anderen verschlossen bleiben.

Man kann sich durchaus fragen, was für Kinder sie geworden wären, wären sie an einem anderen Ort groß geworden; ob Django dann trotzdem Klavier gespielt hätte, ob Kaila dann trotzdem Kunstspringerin und bipolar gewesen wäre. Aber eines darfst du nie vergessen …

Dann hätte es sie nie gegeben.

Darum waren sie an den Pakt der Bird Street gebunden. Sie waren hier aus freien Stücken. Sie konnten jederzeit wegziehen. Den Kindern ihr größtes Glück nehmen, wäre unerträglich. Aber nicht so unerträglich wie die fortwährende Angst, dass ihr größtes Glück, die Kinder selbst, ihnen genommen werden könnte.

Noch so eine Redensart ihrer Mutter: *Der Teufel treibt stets ein falsches Spiel.*

Als der Buchhalter allen vergeblich das Buch angeboten hatte, legte er es wieder zurück in seinen Koffer. Ein Beben erschütterte seinen Körper, eine unnatürliche Verkrampfung, der Genugtuung geschuldet, und ihm entfuhr etwas, das wohl ein Lachen darstellen sollte. Luana dachte erneut: *Wie ein Kind. Er ist kein Mann. Er ist jemand, der vorgibt, einer zu sein. Doch es gelingt ihm nicht ganz. Eigentlich gar nicht.*

Danach holte er einen Kupferkrug aus seinem Koffer und zog den Korken ab. Nun lief er auf der anderen Seite des Tisches entlang – hinter Marc, Joyce, Olivia, Juliette – und schenkte einem nach dem anderen die Kelche mit dickem, blutrotem Wein voll. Es stieg Dampf daraus auf. Als er bei Maurice ankam, ergriff dieser als Erster das Wort, seit der fremde Gast aufgetaucht war.

»Für mich nur ein Schlückchen«, sagte Maurice. Seine Stimme klang heiser, war fast nicht wiederzuerkennen. »Ich glaub, ich habe schon zu viel getrunken.«

Der Buchhalter blieb reglos stehen. Zuerst bemerkte es

Maurice gar nicht, doch dann hob er den Kopf, und sobald seine Augen denen des Buchhalters begegneten, konnte er sie nicht mehr abwenden. Etwas geschah. Etwas ging vor sich zwischen ihnen in diesem stillen Moment, etwas, das Luana nicht richtig begriff, und doch war da etwas, etwas Unaussprechliches. Maurice erschauerte. Für Sekunden eine neuerliche Illusion: Es dämmerte um beide herum, es öffnete sich eine flackernde Dunkelheit, und Maurice schien mit der ihn umgebenden Finsternis zu verschmelzen. Mittendrin schwebte das Gesicht des Buchhalters in schwarzem Rauch. In diesem Rauch wippten Novemberzweige, glühten vier kleine weiße Augen, die Maurice anstarrten wie kalte Sterne, listig und grimmig.

Und Maurice? Ihm war der Schweiß ausgebrochen. Seine Augen quollen aus den Höhlen, und geplatzte Äderchen weinten winzige blutrote Tränen.

Luana konnte sich später nicht mehr erinnern, wie oder wann genau die Illusion zu einem Ende fand, doch als es so weit war, saß Maurice da, das Gesicht in den Händen vergraben, und der Buchhalter schenkte mit derselben gierigen Selbstbeherrschung wie zuvor seinen Kelch randvoll.

Juliette hatte die Hände vor den Mund geschlagen.

In Dorothys aschfahler Miene hing der Mund schief herab.

Niemand sonst erhob das Wort, als der Buchhalter ihre Kelche füllen kam. Niemand stellte Blickkontakt her. Der Krug schenkte weiter aus, nachdem er längst hätte leer sein müssen. Als alle Gläser gefüllt waren, schritt der Buchhalter in aller Ruhe zum Kopfende des Tisches, wo Graham McKinley saß, der seinerseits bleich geworden war und älter als je zuvor aussah.

Der Buchhalter beugte sich in den Tresor vor und holte das Artefakt heraus. Im Laufe der Jahre war es stets etwas anderes gewesen. Ein Mobiltelefon. Ein zerknittertes Foto. Ein künstliches Gebiss.

Dieses Jahr war es eine Brille mit Horngestell. Luana wusste, dass sie Richard Poulsbo aus Olympia, Washington gehört hatte, einem siebenundvierzigjährigen Manager bei Costco Wholesale, der an Myotoner Dystrophie gelitten hatte, einer erblichen Muskelerkrankung, aufgrund derer die Ärzte ihm nur noch wenige Jahre gaben. Angesichts seiner rapide abnehmenden Lebensqualität hatte Rich nicht so lange warten wollen, aber auch nicht gewagt, bei Budd Inlet Arms eine Pistole zu kaufen und sich den Lauf in den Mund zu stecken. Voriges Jahr hatten sie im Wald hinter den Häusern seinem Leben auf humanerem Weg ein Ende gesetzt.

Einen Augenblick lang hielt der Buchhalter inne, die Augen geschlossen, und schnüffelte intensiv an der Brille. Hielt die Luft in sich gefangen.

Luana sah, dass er wieder zu sabbern begonnen hatte.

Dann ließ er die Luft entweichen. Dunst schien von seinen Schultern aufzuwirbeln. Während er zum Feuer zurückging, die Brille zwischen Daumen und Zeigefinger, verzogen sich seine Mundwinkel zu einem wolfsartigen Grinsen hinter seinem weiß dampfenden Atem.

Er bedeutete ihnen aufzustehen. Das Rascheln von Kleidung, das Scharren von Stühlen. Alle erhoben sich. Dorothy gestützt von ihrem Ehemann.

Unter der Jagdtrophäe hob der Buchhalter seinen Kelch, und sie folgten seinem Beispiel. Zum ersten und letzten Mal an diesem Abend sprach er. Seine Stimme klang flüsternd wie die Novembernacht, kalt wie der Honigmond und gleichzeitig so gewöhnlich wie die eines Mannes oder Kindes. »*Im Glück leben. Freiwillig gegeben.*«

Der Patriarch hob sein Glas und sagte vollmundig: »Ja!«

»Ja«, brummte auch Dorothy. Graham nickte nur und blickte in die Runde.

»Ja«, flüsterte Maurice kaum vernehmbar.

»Ja«, sagte auch Juliette.

»Ja«, sagte Olivia.

»Ja«, sagten Joyce und Marc wie aus einem Mund.

Der Buchhalter nahm die andere Tischseite ins Visier.

»Ja«, sagte Harry.

»Ja klar«, sagte Elizabeth. »Wir müssen ja.«

»Ja«, sagte auch Ralph.

Luana hob nicht ihr Glas, sah den Buchhalter nicht an. Und auch keinen ihrer Nachbarn. Sie musste sich räuspern, ehe sie es über die Lippen brachte. »Ja.«

»Ja«, sagte Laura rechts von ihr.

»Ja«, sagte auch Gray Junior.

Die Augen des Buchhalters glänzten. Sie suchten den Blick des Patriarchen. Dieser hob erneut seinen Kelch und rief: »Meine Damen und Herren, danke!«

»Danke!«, riefen sie einhellig, und danach tranken sie. Luana verzog das Gesicht. Es schmeckte bitter, eisenhaltig, lebendig. Es hatte Körpertemperatur.

Der Buchhalter trank und trank, bis sein Kelch leer war. Er keuchte und fuhr sich mit Zunge über die Lippen. Danach warf er die Brille mit einer achtlosen Geste ins Feuer.

Draußen heulte der Wind.

Nach einer Weile barsten die Brillengläser in den Flammen.

KAILA

Springen. La vita è bella. Dunkle Tage.
Am Fußende des Bettes.

Sie stand am Rand.

Es waren zehn Meter.

Sie musste springen.

Kaila schloss die Augen, sog die Lunge voll Luft. Angst hatte sie keine. Sie hatte sich losgelöst von der Welt, die Geräusche verebbten, bis sie nur noch ihren ruhigen Herzschlag hinter den Schläfen hörte. Ihr Gehirn registrierte keinen Schmerz mehr, nur noch das Gefühl von Freiheit, das mit höchster Konzentration einherging. Augen offen. Auf Zehenspitzen. Brust raus, Pobacken zusammen. Dann flog sie.

Augenblicklich verlangsamte sich die Zeit. Wie bei einem Tanz krümmte sie ihren Körper, Lichtblitze und Wasser wechselten sich vor ihren Augen ab, begannen sich zu überschlagen, ein-, zwei-, dreimal. Sie hatte gerade noch genug Zeit, um sich bewusst zu machen, wie atemberaubend schnell die Oberfläche auf sie zukam, während sie den Körper streckte und die Hände über ihrem Kopf schloss, dann brach sie durch die Wasseroberfläche. Eine enorme Euphorie machte sich in ihr breit, während sie durchs Wasser schoss wie ein Pfeil, der sich zum Schluss bog und eine Rolle vollzog. Ihre Beine stießen sie nach oben, und sie schnappte nach Luft.

»Kaila!«

Sie schüttelte sich das Wasser aus den Ohren und schwamm zum Rand. Alejandro rief ihr von der Seite zu. »Absprung abschließen, bevor du dich zu drehen beginnst, du warst etwas zu früh dran. Durchgestreckte Arme vorschwingen, Bauchspannung halten. Ansonsten war es gut.«

Er unterstrich seine Anweisungen mit energischen Bewegungen und nickte ihr zu. Alejandro Fuentes war leidenschaftlicher Coach und Kaila seine beste Athletin. Jeder ging davon aus, dass sie in ein paar Jahren bei den Olympischen Spielen in Paris für die USA antreten würde, aber niemand wusste, dass sie das Springen eigentlich aus einem anderen Grund betrieb. Nur wenn sie flog, in vollkommener Beherrschung all ihrer Muskeln, fühlte Kaila sich lebendig. Dann schien es, als könnte sie dank ihrer Schnelligkeit ihrer psychischen Erkrankung entkommen. Und wenn sie dann die Wasseroberfläche durchbrach, war sie sie vollständig los. Seroquel, Lexapro, Lithium – keine Medizin war effektiver. Könnte sie nur immer unter Wasser bleiben, denn dort war ihre Depression passé. Doch die simplen Grenzen ihres Menschseins zwangen sie immer wieder an die Oberfläche zurück, um Luft zu holen. Sobald sie hochkam, holte die Realität sie ein.

Da bist du ja wieder! Kurzzeitig hatte ich dich verloren. Du kannst mich nicht besiegen, Kaila. Ach, hattest du das wirklich geglaubt? Wie niedlich.

Kaila kletterte an der Seite hoch und schlug ihre Gliedmaßen mit dem Mikrofaserhandtuch trocken. Dreieinhalb Salti vornüber aus dem Stand, darauf trainierten sie hin. Ihre Bauchspannung war nicht gut gewesen. Ihr fehlte der Fokus. Heute war ihr letztes Training; im November ließen ihre Eltern sie nicht springen. Es konnte zu viel schiefgehen. Dabei hatte sie es so nötig. Gerade jetzt.

Wieder hoch. Barfuß auf der Metallleiter. Oben auf dem

Turm, direkt unter dem Dach des Stadions. Elliott stand bereit für seinen Sprung, sodass Kaila sich die Zeit nahm, den Blick über die Fünfzigmeterbahnen schweifen zu lassen, wo sich die Wasserpolospieler Bälle zuwarfen. Jax winkte ihr von der Tribüne aus zu. Kaila winkte zurück, ohne zu ihm zu schauen. Er war fertig mit seinem Training und wartete auf sie.

Sie bereitete ihren Körper vor, versuchte ihren Kopf freizukriegen. Es fiel ihr schwer, sich nicht der Trägheit ihrer Gliedmaßen hinzugeben, mit all dem Lithium in ihrem Blut.

Elliott war gesprungen, und Alejandro rief: »Zehn!«

Das Signal, dass das Becken frei war. Kaila lief zum Rand.

Dort, mit den gekrümmten Zehen über der Kante und Tropfen, die zehn Meter tiefer ins Wasser fielen, wusste sie, dass sie eines Tages vielleicht springen würde, ohne ein Schwimmbecken unter sich zu haben. Sie würde an einem Punkt irgendwo hoch über der Erde stehen und die Tropfen von ihren Zehen tief unter sich in der Dunkelheit aufschlagen hören. Sie würde ihren Körper anspannen, die Arme ausbreiten, tief Luft holen und tapfer springen, mit vorgereckter Brust. Sie würde sich krümmen und das Leben sich überschlagen sehen, und dann würde sie sich strecken, um es endlich zum Stillstand zu bringen. Würde sie erschrecken, wenn sie im letzten Moment nicht die Wasseroberfläche sah, sondern schwarzen Asphalt? Sie würde ein glattes Loch hindurchrammen, wie sie es gelernt hatte. Und in der Dunkelheit, in der sie sich dann befand, würde sie nie mehr hochkommen, um Luft zu holen.

Kaila fürchtete sich vor diesem Gedanken, und gleichzeitig spendete er ihr Trost. Es war nicht so, dass sie sterben wollte, nicht wirklich. Der Gedanke war einfach da und gab ihr in gewisser Weise Kraft.

Falls es irgendwann nicht mehr ging.

Sie stand da, sie streckte sich, sie sprang. Bereits beim Absprung merkte sie, dass etwas schieflief.

Vor sich sah sie nicht das vertraute Bild aus Lichtblitzen und Wasser. Stattdessen Lichtblitze und Dunkelheit. Erneut die Zeitverzögerung, als der Körper instinktiv seine Drehungen vollführte. Doch nun durchfuhr sie panische Angst. Kaila versuchte sich daran festzuklammern, was oben und was unten war. Sie streckte sich aus der Drehung. Sperrte die Augen auf. Es befand sich kein Wasser im Becken. Dort standen Menschen. Das ganze Becken war voll von ihnen. Eine wogende See aus Köpfen, die mit Fallgeschwindigkeit näher kam. Sie starrten sie mit offen stehenden schwarzen Mündern an und grapschten mit schlaffen Händen nach ihr.

Kaila kniff die Augen zu und krümmte sich. Einen Augenblick später folgte der Knall. Sie schlug mit der Flanke aufs Wasser. Die schiere Wucht presste ihr die Luft aus der Lunge. Dann versank sie in Blau und Schmerz. Ihre Ohren sausten, ihr Kopf dröhnte. Mit schwachen Bewegungen der Handgelenke paddelte sie an die Oberfläche und stieß prustend Wasser aus.

»Oh Gott, Kaila, geht's?« Alejandro stand vor ihr, die Hände auf die Oberschenkel gestützt. Mühsam nickte sie und schloss die Augen gegen die Tränen. Ein klassischer Bauchklatscher. Nach diesem anmutigen Tanz in der Luft, nach diesem ultimativen Balanceakt reichte ein Fehler, und man klatschte mit der Wucht von sechzig Kilometern pro Stunde auf das Wasser. Das ultimative Versagen. Das Stadion hielt den Atem an, sie wusste, dass Dutzende von Augenpaaren auf sie gerichtet waren. *Lasst mich*, dachte sie, während die Welt sich zu drehen begann. *Lasst mich einfach. Lasst mich.*

»Geht's wirklich, Kleine? Komm mal kurz zum Rand.«

Der Schmerz in ihrer rechten Flanke brannte auf ihrer Haut. Rücklings versuchte sie zu schwimmen, ohne zu wissen, wie schwer ihre Blessuren waren. Ihre Halluzinationen. Die Köpfe, die Hände. Das alles gab es nicht. Und doch verfiel sie in akute Panik, als sie plötzlich an den Schultern gepackt wurde. All die Hände. Überall Hände, die an ihr zogen, an ihr zerrten. Sie wollte sich wehren, doch es war nur Alejandro, der sie auf den Beckenrand hievte, wo sie zähneklappernd liegen blieb.

»Was war das denn eben?«, fragte Jax. »Du hast dich völlig zusammengekrümmt, kurz bevor du das Wasser berührt hast.«

Im Rückspiegel erhaschte Kaila einen Blick auf die Tannenzweige, die vor der Laterne in der Auffahrt wehten. Jax hatte sie nach Hause gebracht. Unterwegs hatten sie Musik gehört, und jetzt wollte sie so schnell wie möglich aus dem Auto raus und reingehen. Einen Shake trinken und dann ins Bett.

»Ich weiß es nicht.«

»Du kannst von Glück sagen, dass es so glimpflich verlaufen ist. Das letzte Mal, als mir das passiert ist, konnte ich nicht mehr laufen. Zumindest nicht ohne erhebliche Probleme.«

Schweigend ließ Kaila die Worte über sich ergehen, doch es beunruhigte sie, dass seine vertraute Stimme sie nicht erreichte, sondern eher abstieß. Einen tolleren Freund als Jax Bridell konnte man sich nicht wünschen. Siebzehn Jahre. Waschbrettbauch vom ständigen Training. Dicker lockiger roter Haarschopf, unausstehlicher Humor und Queen-Fan seit dem Film *Bohemian Rhapsody*. Sie waren ineinander verliebt, und dennoch stimmte etwas nicht. Es war ein übler

Scherz: Kaila hatte alles, was ihr Herz begehrte, und sie erwog, ihrem Leben ein Ende zu setzen.

»Kay, ich mache mir Sorgen um dich.«

»Das ist echt nicht nötig. Es geht schon wieder.«

»Das meine ich nicht, und das weißt du genau.«

Echt, alles cool mit mir. Der Umstand, dass ich schon mein ganzes Leben lang an Selbstmord denke, ist ein Symptom, das ist alles. Ein passiver Todeswunsch, wie der Psychiater sagt. *Das hieß doch, dass es ihr momentan ganz gut ging?*

»Darf ich wirklich nicht mit reinkommen?«

»Du weißt doch, dass es unter der Woche nicht geht.«

»Ich meine auch nicht zum Übernachten. Einfach nur, um kurz noch ein bisschen bei dir zu sein.«

Kaila spielte mit dem Türgriff und zählte die Kratzer auf dem Zuziehgriff, um nicht loszuheulen. Sie brachte es nicht übers Herz, ihm zu erzählen, wie sehr dieser Gedanke sie erdrückte.

»Mama geht's nicht so gut und wollte früher schlafen gehen. Ein anderes Mal, ja?«

Seine großen blauen Augen – es brach ihr das Herz, wenn er sie so ansah. Dass ihr Herz noch nicht gebrochen war, war eigentlich erstaunlich.

»Na ja, das wäre jetzt eh kein schöner Anblick«, grinste er. »So rot, wie du vom Aufprall bist.«

Sie konnte sich noch ein schwaches Lächeln abringen, aber versteifte, als er sich zu ihr beugte und sie küsste. Zuerst auf die Stirn, dann auf ihre Nase, dann auf ihren Hals. Sie befreite sich aus seinen Armen und krächzte: »Bis Samstag.«

Sie riss die Tür auf und flüchtete hinaus, die Sporttasche am Henkel hinter sich herziehend. Jax beugte sich zu ihr rüber und rief ihr nach: »Warte, ich hab noch was für dich.«

Er reichte ihr etwas, ein geflochtenes Bändchen. »Bind dir

das um den Knöchel. Dann landest du immer auf beiden Füßen.«

Das ist genau das Problem, dachte sie.

»Sehr lieb von dir. Danke, ich werde es mir umbinden.«

»*Love you!*«

Kaila echote die Worte, sah sich aber auf dem Gartenweg nicht um. Sie hasste sich selbst, weil sie so schwach war, ihm die Antwort zu geben, die er hören wollte. Er musste allein klarkommen. Wenn sie ihm so antwortete, würde er anhänglich werden. Und sie wollte nicht, dass er litt, sollte sie eines Tages nicht mehr da sein.

1. November

»Hast du wieder öfter suizidale Gedanken?«

Kaila sah verwirrt hoch, während sie die Hand gegen den frischen Verband an ihrem Bauch drückte.

Der Psychiater seufzte. »Verspürst du öfter das Bedürfnis, dir das Leben zu nehmen?«

Nun sah sie ihn an, als sei er nicht ganz dicht. »Ich weiß, was suizidale Gedanken sind. Das hab ich ja gerade getan, weil ich mich wieder lebendig fühlen wollte.«

Kaila fand den Gedanken an Selbstmord ehrlich gesagt pathetisch, weil sie ihn mit Eigenbrötlern verband, die nichts mehr zu verlieren hatten, oder mit Verlierern, die Aufmerksamkeit wollten. Kaila war keins von beiden. Wenn sie daran dachte, ihrem Leben ein Ende zu setzen, dann aus einer rein nüchternen Überlegung. Der letzte pragmatische Schritt, falls sie ihre Krankheit echt nicht mehr im Griff haben sollte.

Aber das mit dem Kartoffelmesser war etwas anderes gewesen.

Es war das Lithium. Sie hatten für die Dunklen Tage ihre Dosis erhöht, doch das war nach hinten losgegangen. Die Antriebslosigkeit war in ihr Leben gewabert wie Nebel. Er hatte sie abgestumpft, ihr Denken umnebelt, sie unsichtbar gemacht. Bis sie heute Mittag nach der Schule auf ihrem Zimmer *La Dolce Vita* geschaut und mit einem Mal gemerkt hatte, dass sie ihren Körper nicht mehr spüren konnte. Sie wusste noch, dass sie aufgesprungen war und sich in die Wange gekniffen hatte. Mit den Fingerknöcheln auf ihren Kiefer geschlagen hatte. Nichts. Ihr Körper war ein betäubter Klumpen Fleisch gewesen, zu dem ihr Geist keine Verbindung mehr herstellen konnte, als ob er seine Daseinsberechtigung verloren hätte. Anita Ekberg watete durch den Trevi-Brunnen, und Kaila verlor den Verstand. Schöner Dienstagmittag. Willkommen, Panikanfall – schlag ruhig um dich und schlürf unbekümmert die Suppe in meinem Hirn leer.

Eine akute manische Psychose also. Nun gut.

Das Messer hatte ihr nur dazu gedient, wieder etwas spüren zu können.

Mom hatte sie gefunden. Sie fühlte sich schrecklich schuldig deswegen, denn sie hatte keinesfalls vorgehabt, ihrer Mutter Angst einzujagen. Die Schuldgefühle machten sie nur noch bedrückter. Das alles war so entsetzlich ermüdend. Manchmal dachte Kaila, es wäre wirklich einfacher, sie wäre tot.

Zurück in Fairfax. Dad hatte Mom abgelöst. Der Pfleger, der ihre Wunde desinfizierte, grinste sie an: »Als ob du von einem wilden Tier angefallen worden wärst. Grrr!«

Er krümmte drei Finger zu einer Klaue und zog Striemen in die Luft. Kaila sah ihren Vater flehend an. *Hilfe!*

Auf halbem Weg durch den Registrierungsprozess war ihr Gefühl zurückgekehrt. Der Schmerz brannte sich durch die Haut am Bauch. Dennoch war sie froh darüber, denn das hieß, dass sie wieder Kontakt zu ihrem eigenen Körper aufgenommen hatte.

Ein Aufnahmeplatz war nicht frei. Die Jugendpsychiatrie war ausgebucht wie ein beliebtes Airbnb. Die Pandemie, erklärte man ihnen. Kaila war erleichtert, denn sie war schon zweimal in der Klinik gewesen und wäre ehrlich gesagt lieber gestorben als geblieben. Es überraschte sie, dass ihr Vater sie darin unterstützte, bis ihr plötzlich klar wurde: In den Dunklen Tagen wollte er sie so lange wie möglich zu Hause wissen. Also überzeugte er den Psychiater davon, nicht in Stillwater anzurufen.

Der Mann erschrak, als Kaila ihm geradewegs in die Augen blickte und er sah, dass sie die Wahrheit durchschaut hatte: Er konnte ihr nicht helfen. Was das anging, hatte der Pfleger recht. Die Psychose war ein wildes Tier, und wenn es sie anfiel, konnte ihr niemand helfen. Es war möglich, sie zu stabilisieren, aber auch das gelang nicht immer. Die Krankheit steckte in ihren Genen. Dads Bruder Frank hatte es auch gehabt. Sie nannte ihn nie Onkel Frank, denn er war nie Onkel geworden. Lange vor Kailas Geburt war er auf das Dach eines Gebäudes in Seattle gestiegen und runtergesprungen. Das war am 9. November 1985 gewesen, laut dem Gedenkstein auf dem Kaminsims. Er war gerade mal ein Jahr älter geworden, als sie es jetzt war.

»Gut, du darfst nach Hause«, sagte der Psychiater. Er verschrieb ihr Seroquel. Kurz bevor sie gingen, sagte er: »Warum eigentlich am Bauch? Die meisten Menschen, die selbstverletzendes Verhalten zeigen, schneiden sich hier.« Er legte seine behaarten Hände auf seine Unterarme.

Kaila zuckte mit den Achseln. »Ich wollte nicht so ein hysterischer Teenager sein, der sich selbst ritzt. Mein Badeanzug bedeckt meinen Bauch, aber nicht meine Arme.«

3. November

Kaila liebte ihr Zimmer.

Alle Stimmen im Haus lösten sich in Luft auf, sobald sie die Tür des ehemaligen Lagerraums hinter sich zuzog. Es war, als würde man Narnia betreten. Sobald sie oben auf der steilen Treppe angekommen war, verdrängte die Stille alle menschlichen Laute, selbst wenn Django Klavier spielte. Hier oben hörte man nur das Ticken des Heizkessels und das Knacken der Dachsparren.

Ihr Zimmer befand sich direkt unterm Dach. Da sich hier einst der Dachboden befunden hatte, war es kein geradliniger Raum, sondern ein geheimnisvoller Speicher mit lauter Ecken und Nischen unter dem abschüssigen Dach, mit grob verputzten Seitenwänden und einem Geflecht aus Holzbalken, die in der Spitze zusammenliefen. Früher kam man über eine ausziehbare Bodenleiter herauf, doch die hatten sie abmontiert. An die Wände hatte sie Filmposter von Audrey Hepburn in *Frühstück bei Tiffany* und Sophia Loren in *Ein besonderer Tag* gehängt. Es gab auch ein gerahmtes Poster von *Das Leben ist schön* und ein Originalfilmplakat von *Boulevard der Dämmerung*, das sie im Hollywood Museum gekauft hatte. Na gut, außerdem hing dort auch ein Poster von *The Vamps*. Bradley Simpson war ihr *guilty pleasure*, weil er einfach *hot* war. Das gab sogar Jax zu.

Ihr eigenes kleines Reich. Hier musste sie sich weder mit anderen Menschen noch mit ihrer Krankheit auseinandersetzen. Sie wusste, dass es eine Illusion war, aber es war eine herrliche Illusion, wie in einer der fantastischen Filmszenen von Federico Fellini, in denen Träume Wirklichkeit wurden. Sollten die Figuren ruhig das Set betreten! Das hier war ihr Film. Sie war die Regisseurin, und rings um sie herum drehten die Kameras ratternd auf 16-Millimeter-Filmbändern.

Arezzo, Italien. Drei Monate früher.

Sie stand in der Mitte der von ockerfarbenen Palazzi gesäumten, schräg abfallenden Piazza Grande und streckte die Arme in den Himmel. War das schön! Sofort überfiel sie ein Gefühl der Ergriffenheit, als sie sich in der Toskana der Vierzigerjahre wähnte. Hier, wo ihr Lieblingsfilm *Das Leben ist schön* gedreht worden war, spürte sie das pulsierende Leben, lag die Welt ihr zu Füßen und erlebte sie ein verloren geglaubtes, überwältigendes Glücksgefühl. Sie tanzte von einer Gruppe deutscher oder englischer Touristen zur anderen und begrüßte sie ausgelassen mit »*Buongiorno, principessa!*«, während diese ihr verdutzt nachschauten.

Das kam von ihren Manien.

Mehr noch als die Olympischen Spiele war es Kailas Traum, eines Tages an die USC School of Cinematic Arts in Los Angeles zu gehen. Genau aus diesem Grund war dies der beste Urlaub ihres Lebens. Sie waren bereits in der Cinecittà in Rom gewesen, wo sie Originalrequisiten aus unzähligen Klassikern und die echten Kleider von Anita Ekberg bestaunt hatte. Aber das hier, dieses Kopfsteinpflaster, der Brunnen, dieses zum Leben erweckte Stück Filmgeschichte, übertraf alles.

Da war der liebe Django und schleckte an einer Eistüte. Dad und Mom tranken ein Stück weiter auf einer Terrasse einen Kaffee. »Komm mit!«, lachte Kaila und zog ihren kleinen Bruder an der freien Hand fort.

»Hey, was willst du von mir?«

»Wir müssen da rüber!«

Sie rannten zu der höchstgelegenen Ecke des Platzes. In der steilen Gasse sah sie ein Fahrrad vor einem Blumengeschäft stehen. Aus einem Impuls heraus schnappte sie es sich und sprang auf den Sattel.

»Los, auf's Lenkrad!«

»Kaila, spinnst du? Das gehört jemandem! Du kannst doch nicht einfach …«

»Wir bringen es doch zurück! Das wird lustig!«

Django zögerte. Dann grinste er und kletterte zwischen ihre Arme aufs Lenkrad. Sie hielt mit beiden Füßen auf dem Kopfsteinpflaster das Gleichgewicht. Er schlang ihr einen Arm um die Schultern. »Warte, ich sitze noch nicht richtig …«

Schlingernd fuhren sie los. Djangos Eis fiel zwischen die Speichen. »Mein Eis!«

»Du kriegst ein neues von mir.«

»Pass auf, wo du hinfährst!«

Doch da rollten sie schon hinunter, schneller und schneller. Hinter ihnen schrie eine Frau auf Italienisch Zeter und Mordio. Schon bald fanden Kailas Beine den Rhythmus der Pedale, und sie schwenkten aus der Straße hinaus, auf den steilen Platz.

»Oh Gott, Kaila, nicht so schnell!«

»Du kommst zu spät zur Schule!«, lachte sie und imitierte Benigni. »*Vai, vai!*«

»Oh Gooooott!«

»*C'è un cavallo! C'è un cavallo, tutti cavalli!*«

»Kaila, wir werden sterben!«

»Halt dich fest, Brüderchen!«

Mit bimmelnder Fahrradklingel sausten sie über den Platz, die Haare flatterten im Wind. Menschen sprangen beiseite. Kaila konnte nicht aufhören zu lachen, und Django konnte nicht aufhören zu kreischen. Wovor sollte er schon Angst haben? Sie flogen! Sie war unverwundbar, sie war unsterblich, sie konnte alles!

In Windeseile bog sie in das enge Gässchen am unteren Ende des Platzes ein. Gerade noch rechtzeitig wich sie einer

Touristengruppe und den ausgestellten Waren eines Wurstgeschäfts aus. Plötzlich war da panische Angst, als ob ihr eine große Finsternis auflauerte, vor der sie sich hüten musste. Vom einen auf den anderen Moment war Kaila aus ihrem Traum von ultimativer Freiheit hinaus- und geradewegs in einen gefährlichen Albtraum hineingeradelt. Kaila fuhr, als wäre der Teufel hinter ihr her. Sie sah, wie Django hochflog, als das Vorderrad gegen eine Unebenheit stieß. Sie sah, wie er übers Lenkrad und gegen eine Fassade geschleudert wurde, die seinen Schädel zermatschte. Sie sah sie beide frontal gegen ein Auto knallen und vornüber fliegen, als sie mit unverminderter Geschwindigkeit eine Geschäftsstraße kreuzten. All diese Dinge konnten passieren, mussten passieren … doch sie passierten nicht. Kaila schlug dem Teufel ein Schnippchen.

Erst viel weiter unten gelang es ihr, endlich anzuhalten. Sie brüllten beide vor Lachen. Und als Mom und Dad angerannt kamen, lachten sie noch immer.

Ihre Eltern schimpften. Was hatte sie sich dabei gedacht, Django hätte sich alle Zähne ausschlagen können, sie alle beide. *Wir hätten auch tot sein können*, dachte Kaila, noch immer lachend. *Einfach so tot.* Sie war perplex, als sie merkte, dass sie beim Lachen weinte. Vor Freude? Vor Angst? Vor Anspannung? Wer konnte das schon sagen?

Ihre Eltern waren ihr nicht lange böse. Das waren sie nie, wenn ihre Manien sie in Schwierigkeiten brachten. Dad ließ Kaila sich tausendmal bei der Besitzerin des Fahrrads entschuldigen, als sie mitten auf dem Platz in sie hineinliefen. Die Frau wetterte etwas von *carabinieri* und *criminali*, doch da drückte Kaila ihr plötzlich einen Kuss auf die Wange und sagte: »*La vita è bella!*«

Denn so war es.

Unerwartet wurde sie mit einer Umarmung belohnt.

Im Bett liegend sah Kaila Menschen zu, die aus fünfundsiebzig Metern Höhe hinabsprangen.

Es hatte nicht funktioniert bei Jax. Es war nett gewesen, einfach so an einem Dienstagabend bei ihm übernachten zu dürfen (normalerweise waren Mom und Dad diesbezüglich superstreng), aber Kaila hatte nicht gewusst, wie sie mit all seiner verkitschten, gut gemeinten Aufmerksamkeit umgehen sollte. Eigentlich hätte sie heute noch zum Essen bei ihm bleiben sollen, aber bei der Aussicht darauf war ihr übel geworden, und so hatte sie Jax gebeten, sie heimzubringen. Was er widerstrebend getan hatte. Sie war geradewegs hochgegangen, aber auch ihr Zimmer konnte ihr diesmal nicht den gewünschten Trost spenden. Stattdessen stürzte es von allen Seiten auf sie ein.

Es war also wieder mal so weit. November. Dabei war heute gerade mal der Dritte. Sie musste noch sehr lange durchhalten.

Sie legte sich aufs Bett, das Handy auf der Brust. Die matte Schutzfolie, die ihre Eltern ihr aufzwangen, hatte sie abgezogen, denn sie hasste sie, genau wie alle anderen Dinge, die sie an die Dunklen Tage erinnerten. Als rebellischer Akt machte es womöglich nicht viel her, aber Kaila fühlte sich vollkommen ermattet. Sie war zu müde, um schlafen zu können. Zu müde, um irgendetwas anderes zu tun, als apathisch von Video zu Video zu swipen.

Golden Gate Jumpers, wie sie auf YouTube hießen. Als wären es Engel, die noch im Fall eine Himmelspforte passierten, die von unserer irdischen in eine andere Welt führte.

Man sah einen Mann mit weißen Haaren in grauem, flatterndem T-Shirt, der über die Brüstung kletterte und sofort losließ. Dann kam ein blonder Junge in Schwarz, kaum älter als sie, der an der Stelle, wo der alte Mann gesprungen war, stehen blieb und sich zu fragen schien, ob wirklich alles zu spät war. Hinter ihm rollte der Verkehr aus und nach San Francisco. Ein Jogger kam vorbei, aber niemand schien den Jungen zu bemerken. Er war unsichtbar. Das heißt, nein, der Jogger hatte ihn doch gesehen. Vielleicht lief er weiter, um sich vor einem Trauma zu bewahren, sollte er vergeblich versuchen, den Jungen von seinem Vorhaben abzuhalten. Vielleicht ließ ihn die Ausweglosigkeit eines anderen auch kalt.

Die meisten Videos waren unscharf, mit dem Handy vom anderen Ufer aus per Zoom aufgenommen. Doch das des Jungen war mit einem Teleobjektiv gefilmt. Man konnte sein Gesicht sehen. Kaila spürte einen Knoten im Magen. Es fühlte sich übergriffig an, bei diesem finstersten, intimsten Moment seines Lebens zuzuschauen, in dem er beschloss, es zu beenden. Und gleichzeitig konnte sie die Augen nicht abwenden. Sie beobachtete sein Gesicht, als ob sie etwas von ihm erwartete, ein Zeichen der Solidarität vielleicht, einen verständnisvollen Blick. Er kam nicht.

Was ging wohl in den Köpfen dieser Leute vor, wenn sie sprangen? Dieser Gedanke ließ Kaila nicht los. Sie hatte einen Artikel gefunden, in dem Überlebende zu Wort kamen. Davon gab es vierunddreißig. Vierunddreißig von schätzungsweise rund zweitausend, auch wenn sie, um kein Medienspektakel zu veranstalten, offiziell bei 997 aufgehört hatten zu zählen. So gut wie alle erzählten, dass die Zeit beim Springen tatsächlich langsamer zu verstreichen schien. Und dass sie es bereut hatten, sobald sie das Geländer losgelassen hatten. Wenn Kaila daran dachte, zog sich der Knoten in ihrem Magen fester zusammen. Eine Frau sagte: »Ich dachte, es würde sich eine Art transzendentales Erlebnis einstellen, eine Ruhe, in der ich davonschweben würde. Doch stattdessen traf mich lediglich die schreckliche Erkenntnis, dass ich den größten Fehler meines Lebens beging. Und ich bat Gott um eine zweite Chance.«

Es gab einen Übergang, wusste Kaila. Einen vom Leben zur völligen Vernichtung. Es gab Menschen, die den Aufprall überlebten, aber mit ihrem zerschellten Körper nicht imstande waren, zu schwimmen, und im kalten Wasser der San Francisco Bay ertranken. Ihre gebrochenen Rippen hatten ihre Eingeweide bereits verquirlt wie ein Schneebesen, ihre Lungen waren mit Blut und Meerwasser gefüllt. Einige wurden vierzig Kilometer entfernt an den Farallon Islands angespült, angefressen von Haien, die Augäpfel von Krabben ausgelöffelt. Andere tauchten nie mehr auf.

Der Junge in Schwarz, der Junge, der kaum älter war als sie, ließ los, ohne dass sein Gesicht sein Geheimnis preisgegeben hätte. Im Sturz glich er einem Turmspringer: Kopf nach unten, Arme gestreckt. Mit zugeschnürter Kehle tippte Kaila auf das YouTube-Logo. Sie musste das Video abbrechen. Noch bevor der Junge das Wasser erreichte, war sie zurück auf dem Startbildschirm.

Da bekam sie einen Schock.

Die App war voll mit *Jumpers*. Trends: *Jumpers*. Sport: *Jumpers*. Gaming: *Jumpers*. Nirgends mehr die normalen Vorschläge für Filmausschnitte, Clips der Vlogger, denen sie folgte, oder andere Clickbait-Videos. Nur noch Standbilder von verlorenen Seelen, gefangen in den roten Gitterstäben der Brücke.

Sie swipte die App weg. Öffnete sie erneut.

Jumpers.

Mediathek: *Jumpers*.

Später ansehen: *Jumpers*.

Kaila klickte auf den Ausschalter und starrte ihr Spiegelbild im schwarzen Glas an. Was sie sah, war eine aschgraue, verzerrte Grimasse, nicht ihr eigenes Gesicht. Aus dem Nichts startete ein Video. Ein schockierender Anblick – ein Mädchen mit wehenden Haaren vor dem Gesicht steht auf dem Rand der Brücke. *JUMP, BITCH, JUMP!*, lautete der Titel. Auf einmal öffnete sich die Vollbildansicht, und aus dem Lautsprecher brüllte eine Stimme genau diese Worte, während die Kamera heranzoomte. Diesmal entdeckte Kaila tatsächlich ihr eigenes Gesicht, aber nicht in der Spiegelung des Displays, sondern hinter den wehenden Haaren.

Sie warf ihr Handy weg, das mit dem Display nach unten auf dem Teppich liegen blieb.

Doch der Ton lief weiter.

Zuerst war das zunehmende Rauschen des Windes zu hören. Dann das Klatschen, als würde ein Müllsack voll Wasser auf einem Betonboden zerplatzen.

»Kaila?«

In Socken sprang sie aus dem Bett und rannte über die knarzenden Dielen zum Treppenaufgang. Unten war es dunkel, die Fensterläden im Flur waren stets geschlossen, wodurch es so aussah, als ob ein grotesk verformter, nicht menschlicher Schatten auf dem Treppenabsatz stünde. Kaila fühlte, wie sich ihre Härchen aufstellten, und ihr wurde mit einem Mal so kalt, dass sie die Gänsehaut anfangs nicht einmal spürte.

Da löste sich der Schatten, und sie sah, dass es Mom war. »Ich wusste gar nicht, dass du schon wieder zurück bist«, sagte sie.

»Ich war müde«, murmelte Kaila. Das Herz schlug ihr noch immer bis zum Hals. Sie warf einen Blick über die Schulter. Das Handy war verstummt.

»War's schön?«

»Ja.«

Moms Stimme klang merkwürdig gleichtönig. »Alles gut sonst bei dir?«

»Ja.«

»Jax ist nicht mitgekommen?«

»Nein, der ist nach Hause.«

Ihre Mutter verhielt sich seltsam. Gar nicht wie sie selbst. Ihre Fragen fühlten sich routinemäßig an, eine Liste, die sie runterrasselte, ohne sich wirklich für die Antworten zu interessieren. *Alles gut sonst bei dir?* Das war eine bizarre Frage, dachte Kaila. Nicht mal grammatisch korrekt.

»Hast du deine Pillen genommen?«, fragte der Schatten auf dem Treppenabsatz.

»Ja.«

»Okay, dann ruh dich noch ein wenig aus, Schatz. Bald essen wir.«

»Ja. Das tun wir meistens.«

»Ja.«

»O…kayyy.«

Die Gestalt verschwand die Treppe hinunter.

Kaila verspürte auf einmal das starke Bedürfnis nach frischer Luft, aber das Fenster über ihrem Bett ließ sich nicht öffnen. Es blickte über den Garten hinterm Haus, und Dad hatte es vor ein paar Tagen von außen mit Holzbrettern verrammelt. Von innen war ein Hängeschloss angebracht, sodass es unmöglich aufging.

Sie hatte Angst. Die Dinge, die sie mitunter sah, beunruhigten sie. Sie wirkten so echt, beinahe übernatürlich. Aber es waren nur Wahnvorstellungen. Ihre Medikamente sollten sie eigentlich unterdrücken, aber auch die Medikamente machten ihr Angst. Oder wurde ihr diese Angst von ihrer Krankheit eingeflüstert?

Sie hatte das geflochtene Bändchen, das ihr Jax geschenkt hatte, um den Knöchel gebunden. *Dann landest du immer auf beiden Füßen*, hatte er gesagt.

Und doch konnte sie das Unbehagen nicht abschütteln. Sie schnappte sich ihr Handy und lief auf die andere Seite des Dachbodens. Im Erker über dem Schreibtisch war ein zweites Fenster, das zur Bird Street ging. Dieses Fenster war nicht verbarrikadiert (das war keines der Fenster auf dieser Seite des Hauses), also drückte sie den Fensterheber und sog die kühle Luft nach dem Regen ein.

Was war das an der Rückseite des Hauses, was sie nicht sehen durfte?

Kaila ertappte sich bei dem Wunsch, nicht über die Dunklen Tage nachdenken zu müssen. Sie spürte sogar einen instinktiven Widerwillen davor, die von Kindesbeinen an erlernten Gewohnheiten zu durchbrechen. Aber Kaila war kein Kind mehr. Sie war fünfzehn und konnte es nicht länger aussitzen.

Gemeinsam stehen wir die Dunklen Tage durch, hatte Dad gesagt.

Nur gab es kein »gemeinsam« im November. Weil sie sich veränderten. Und zwar nicht zum Guten. Sie zogen sich zurück, verloren einander aus den Augen. Allen guten Vorsätzen zum Trotz war Kaila während der Dunklen Tage auf sich selbst gestellt. Und es hatte bereits begonnen.

Ein frischer Wind wehte in ihr Zimmer, und sie zitterte unwillkürlich. Solange sie sich erinnern konnte, war sie in dem Glauben aufgewachsen, die Dunklen Tage seien etwas ganz Natürliches, wie der Wechsel der Jahreszeiten. Sie lagen eingebettet zwischen der Zeit, wenn die Bäume im Oktober ihre Blätter abwarfen, und dem ersten Frost im Dezember. *Wir fühlen uns alle etwas sonderbar. Genau wie die Natur müssen wir uns erst daran gewöhnen. Aber keine Bange: In drei, vier Wochen ist Thanksgiving, und dann ist es wieder vorbei. Weihnachten steht vor der Tür, darauf freuen wir uns doch, nicht wahr?*

Doch die Dunklen Tage hatten nichts Natürliches an sich. Genau wie das Muster ihres Krankheitsverlaufs, der unauflöslich mit ihr verbunden und höchst unnatürlich war.

Das ganze Jahr über war sie hypomanisch. In ihrem Fall ließ sich das mit Medikamenten hervorragend in Zaum halten. Sie kannte Hochs und Tiefs, aber grundsätzlich war Kaila stets enorm glücklich. Das war an sich schon ungewöhnlich für jemanden mit einer bipolaren Störung.

Wenn allerdings die Dunklen Tage anbrachen …

Außerdem hatte es mit diesem Ort zu tun. Nirgendwo sonst geschah etwas Vergleichbares. Es lag an der Wildnis, der Wildnis hinter ihrem Haus.

»Da gehen wir nicht rein«, hatte Dad an einem Herbstnachmittag gesagt, als sie noch klein gewesen war. Sie hatte am Zaun gestanden, und er war neben ihr in die Hocke gegangen. Mit den Fingern hatte Kaila die Blätter des Gartengeißblatts beiseitegeschoben und die Rauten des Maschendrahtzauns freigelegt. »Das ist lebensgefährlich. Dahinter sind tiefe Moore, eine Art Sumpf. Darin kann man stecken bleiben und ertrinken. Oder du verläufst dich im Wald und findest nie mehr den Weg zurück nach Hause. Darum steht der Zaun da, mit Stacheldraht obendrauf, siehst du? Denk nicht zu viel darüber nach. Es ist kein Ort für Kinder zum Spielen, genau wie die große Straße.«

Damit hatte er sie vom Zaun weggezogen. So hatte sie den Ort stets betrachtet: als Gefahr. So wie man von klein auf lernte, dass die Welt lauter Gefahren barg. Man dachte nicht weiter darüber nach.

Als sie älter wurde, hatte sie gefragt, wieso während der Dunklen Tage die Fensterläden geschlossen wurden und sie nicht in den Garten hinterm Haus durfte. »Er wird dann zu einem unheimlichen Ort«, hatte Dad gesagt. »Manchmal meint man Dinge zu sehen, hinter dem Zaun. Böse Dinge. Diese Dinge sind nicht echt, aber sie sorgen dafür, dass wir uns noch schlechter fühlen während der Dunklen Tage, darum ist es besser, nicht hinzuschauen.«

Aber nun wollte Kaila hinschauen. Nun, wo sie älter war, erschien ihr die Erklärung ihres Vaters unzureichend, ein Euphemismus für etwas Schlimmeres. Dad verschwieg ihr etwas. Beide Eltern, denn Mom war genauso beteiligt.

Draußen knackten Zweige, seufzte der Wind. Es war niemand auf der Straße.

Scheiß drauf, dachte Kaila. Plötzlich fest entschlossen zog sie ihre Sneaker an. Sie schob ihre Schulbücher beiseite, stieg auf ihren Schreibtisch und stütze sich mit den Händen auf dem Rahmen ab.

Relativ mühelos kletterte Kaila aus dem Fenster. Es regnete noch ein wenig, aber es war angenehm, wie eine erfrischende Dusche auf ihren erhitzten Wangen. Sie ließ sich mit den Sneakern voran auf die Dachschindeln hinab. Die Körnung sorgte für eine gute Haftung unter ihren Sohlen, wodurch es nicht so glatt war, wie sie erwartet hatte. Leichtfüßig stieg Kaila am Erker entlang und kletterte hinauf. Sie spürte, wie die Haut an ihrem Bauch spannte. Die Wunden unter dem Verband hatten sich geschlossen, würden aber bestimmt noch eine Weile wehtun.

Vom Erker waren es noch ein paar Meter bis zum Dachfirst. Es war nass und steil, doch indem sie ihr Gewicht nach vorn verlagerte und sich wie ein Affe auf allen vieren hochhangelte, war sie im Nullkommanichts oben.

Nein, indem sie nicht darüber nachdachte. Sobald man das tat, war es aus, und man fiel runter.

Na ja, dann hatte sie immer noch Jax' Knöchelbändchen. Falls sie fiel, würde sie auf jeden Fall sanft landen.

Es fühlte sich merkwürdig aufregend an, auf dem höchsten Punkt zu stehen, hier, mit der Bird Street zu ihren Füßen. Sie schlang ein Bein über den Dachfirst und setzte sich darauf wie auf den Rücken eines Esels. Nun konnte sie in aller Ruhe auf den Garten hinterm Haus blicken. Dort war es still. Die Gartenmöbel waren reingeräumt worden, und auf der Terrasse häufte sich das nasse Laub. Ein Stück weiter stand das Trampolin, wo sie im Sommer ihre Salti übte. Nichts schien anders zu sein als sonst. Nichts war zu sehen, was dort nicht hingehörte. Und dennoch hörte sie die unruhigen Bewegungen der Bäume auf der anderen Seite des Zauns. Der Wald schien voll mit geheimem Leben.

Manchmal meint man Dinge zu sehen, hinter dem Zaun. Böse Dinge. Diese Dinge sind nicht echt.

Kaila erschauderte und musste auf einmal an früher denken. Rover Nyholm von gegenüber hatte ihr ständig Geschichten erzählt. Was für ein hübscher Junge er doch gewesen war. Wie ein Fotomodel oder ein Engel. Aber Rover hatte auch etwas Hinterhältiges an sich gehabt. Er war bestimmt zehn, fünfzehn Jahre älter als Kaila gewesen und hatte ihr mit seinen Geschichten über Irrlichter und umhergeisternde Seelen, die sich als seltsame Lichtschimmer zeigten und nichts ahnende Passanten dazu verleiteten, in den Wald hineinzugehen, ordentlich Angst eingejagt. Kaila wusste genau wie die anderen Kinder aus der Nachbarschaft, dass die Snoqualmie Woods den Ruf besaßen, ein Wald zu sein, in dem es spukte, aber es war Rover, der all die gruseligen Details herumerzählte. Er hatte gesagt, dass man dran war, wenn man ein Irrlicht sah. Dann war man dem Tode geweiht.

Nicht lang danach hatte Dad ihr untersagt, mit Rover zu sprechen. Und am Tag danach waren die Nyholms weggezogen. Warum eigentlich? Kaila fiel auf, dass sie die Einzelheiten nie erfahren hatte. Das alte Haus hatte man abgerissen, und seither lebten Gray und Laura in der Villa, die an der Stelle errichtet worden war.

Leises Knacken. Das Seufzen des Windes. Ruckartig hob Kaila den Kopf.

Nichts. Nur das plötzliche, alles beherrschende Gefühl, dass etwas in ihrer Nähe war. Etwas, das sie beobachtete.

Unsinn, reiß dich zusammen.

Eine Bewegung erregte ihre Aufmerksamkeit, und sie schaute nach links.

Vom Dachfirst aus konnte sie ein Stück des Landguts der McKinleys sehen. Eine merkwürdige Prozession zog vom Waldrand in Richtung des großen Hauses. Kaila spürte, wie etwas hinter ihrem Gesicht kribbelte, als sie sah, dass Dad dabei war. Er und ihr Nachbar Harry, beide in Regencapes gehüllt, schleppten eine altertümliche Sänfte. Olivia und Juliette waren ebenfalls dabei, genau wie Elizabeth. Die Frau, die auf der Sänfte seitlich zusammengesackt dasaß, kannte sie nicht, aber Kaila sah sofort, dass sie tot war.

Das von Krankheit gezeichnete, blasse, eingefallene Gesicht.

Der klaffende Mund.

Wenn Kaila nicht so fest mit beiden Beinen im Sattel des Dachfirsts gesessen hätte, wäre sie wahrscheinlich runtergekippt, denn sie spürte, wie alles an ihr erschlaffte. Und dennoch besaß sie genug Geistesgegenwart, um zu denken: *Wenn ich sie sehen kann, können sie mich auch sehen. Und hier oben auf dem Dach falle ich doppelt auf.*

Vorsichtig ließ sich Kaila auf der Bird-Street-Seite bäuchlings auf die Dachschindeln sinken, bis sie gerade noch über den First schauen konnte. Ihre Hände bebten so heftig, dass sie sie mit aller Kraft gegen die Dachkante drücken musste, um sie unter Kontrolle zu kriegen. Der Regen fühlte sich nicht mehr belebend an, sondern eher eklig kalt und begann ihren Sweater durchzuweichen.

Der Tross war hinter ein paar Fichten verschwunden. Als Kaila sie wieder sehen konnte, waren sie näher gekommen, auf der Hälfte des Rosengartens. Wie eine Vogelscheuche schwankte der Leichnam der toten Frau im Stuhl von einer Seite zur anderen. Anfangs dachte sie, es käme daher, dass Dad und Harry dieses Trageteil nach rechts kippen ließen, aber dann erkannte sie, dass die Frau noch lebte. Sie hatte die Augen aufgeschlagen.

Krebs, schoss es ihr durch den Kopf. *So sieht ein Mensch aus, der eine Chemotherapie hinter sich hat. Die Frau ist todkrank, und Dad und die Nachbarn kommen mit ihr aus dem Wald hinter unserem Haus. Dem Wald, der uns verboten wurde.* Kaila war sprachlos. Was sollte sie damit anfangen? Sie hatte keinen blassen Schimmer, aber ihr erster Impuls war der von jedem fünfzehnjährigen Teenager, der Zeuge von etwas Ungewöhnlichem wurde: Sie kramte ihr Handy aus der Tasche, tippte auf das Kamerasymbol und begann zu filmen.

Die Gruppe hatte den Windschatten zwischen den beiden Flügeln des McKinley-Hauses erreicht, aber dennoch gelang es Kaila, fünfzehn Sekunden brauchbares Videomaterial zu drehen, ehe der mit Efeu überwucherte Dachvorsprung ihr die Sicht blockierte. In den letzten sieben Sekunden hatte sie reingezoomt, wodurch Kaila die ernsten Mienen ihrer vom Regen durchnässten Nachbarn hatte sehen können. Der Mund der kranken Frau war erneut aufgeklappt. Dann waren sie verschwunden. Seltsamerweise erleichterte sie das, denn es beschlich sie das Gefühl, dass sie Zeugin eines Geheimnisses geworden war, und mit einem Mal wünschte sie, sie hätte es nicht gesehen.

Wer war die kranke Frau? Und was hatten Dad und die Nachbarn mit ihr im Wald zu schaffen? Noch dazu bei Regen?

Vor ein paar Jahren, bei der Hochzeit von Olivia und Juliette, hatten sich Kaila und Ethan Wachowski, mit dem sie als Kind viel gespielt hatte, in den Gärten des McKinley-Anwesens verlaufen. Ganz hinten hatten sie in der mit Geißblatt überwucherten Mauer ein Tor entdeckt. Klein und abgeschlossen, mit schweren Riegeln davor. Aus dieser Richtung waren sie nun gekommen.

Aber warum?

Kaila war neugierig. Und diese Neugier ängstigte sie.

Es gab dort eine Wildnis, die im November um sich griff und auf unerklärliche Weise in eine Wildnis in ihren Köpfen umschlug. Aber wann waren Dinge, die man zu sehen glaubte, Wahnvorstellungen, und wann waren sie echt? Das, woran ihr Vater soeben teilgenommen hatte, war keine Wahnvorstellung gewesen.

Der Wind flüsterte, und Kaila blickte zum Waldrand. Die Wälder schienen sich zu heben. Abermals knackten die Äste. Dann sanken sie mit einem Seufzer hinab.

Es war, als würde die Wildnis atmen.

Bei Einbruch der Dämmerung hatte Kaila eine vollkommen logische Erklärung für das gefunden, was sie gesehen hatte. Die kranke Frau musste eine Verwandte der McKinleys sein, vielleicht eine Schwester des alten Graham, die noch ein letztes Mal das Familienanwesen hatte sehen wollen, bevor sie sterben würde. Ein Akt der Barmherzigkeit, bei dem Dad mitgeholfen hatte. Diese Erklärung hatte jedoch ihren Haken – warum waren Graham und Dorothy selbst nicht dabei gewesen, beispielsweise? –, aber ungefähr so musste es wohl gewesen sein, und Kaila sprang begierig auf den Zug auf. Sie beschloss, Dad einfach beim Essen danach zu fragen.

Aber beim Essen fehlte er, wie Django. Mom machte schnelle Käsemakkaroni, die sie zu zweit auf der Couch vor einer Folge von *RuPaul's Drag Race* aßen. Kaila hatte einen Bärenhunger, Mom hingegen bekam keinen Bissen runter. Sie schob die Nudeln auf ihrem Teller mit der Gabel hin und her, als läge nichts am rechten Fleck – als ob das bei Käsemakkaroni einen Unterschied machen würde.

Gegen acht Uhr kam Dad schließlich nach Hause. Er hatte nicht nur Django bei Noah abgeholt, sondern auch eine große Packung Cookie Dough bei Baskin-Robbins in Lock Haven besorgt. »Wir brauchen noch Löffel!«, rief er.

Django rannte zur Schublade, um sie zu holen. Dad umarmte Mom. Er tat das länger als gewöhnlich, wodurch etwas von ihrer Anspannung von ihr abzufallen schien.

Sie aßen am Küchentisch und löffelten zu viert aus derselben Eispackung. Django erzählte, dass Noah, Liam und er so spät zu Bett gegangen waren, dass sie morgens im Unterricht fast eingeschlafen wären, wofür Mrs. Buckner besonders wenig Verständnis aufgebracht hätte. Dad fragte, wie es bei Jax gewesen war, und Kaila antwortete, schön, aber sie sei müde gewesen und deshalb eher nach Hause gekommen.

»Sie war schon oben, als ich heimkam«, sagte Mom. »Du hast dich noch mal kurz hingelegt, oder?«

Kaila, die die Blicke zwischen ihren Eltern aufmerksam beäugte, nickte. Das war eine merkwürdig spezifische Frage. Beinahe, als wollte sie ihn beruhigen.

»Prima, Schatz.« Er lächelte. »Schön, dass ihr alle beide wieder da seid. Wer hat Lust auf eine Runde *Jenga*?«

Django, aufgekratzt wie immer, rief »Jaaaaa!« und wedelte mit seinem Löffel, sodass Eis durch die Gegend flog.

Dad musste darüber lachen, Mom reichte ihm eine Serviette. »Na, du musst den Becher schon festhalten. Hier, wisch das weg. Und mach dir den Mund sauber.«

»Und du?«, fragte Kaila. »Wie war dein Tag?«

»Ach, wie immer. Ich bin noch mal im Gericht gewesen.«

»Aber du bist doch im Sabbatical?«

»Das stimmt, aber ich wollte ein paar Akten abholen, die Miriam für mich rausgelegt hat. Die kann ich in Ruhe durchlesen in den kommenden Wochen.«

»Okay.« Sie nuckelte das Vanilleeis von ihrem Löffel, bis ein Stück gefrorener Teig übrig blieb. »Hast du jemanden von den Nachbarn gesehen?«

»Von den Nachbarn? Wieso das?«

»Einfach so. Ihr hattet doch gestern euer mysteriöses Essen?«

»Ach so.« Dad grinste, Mom nicht. Sie zupfte an ihrer Weste. »Es war ein netter Abend. Viel zu viel gegessen und viel zu viel getrunken.« Er schlug sich auf den Bauch. »Aber das gehört dazu. Ab jetzt wird einen Monat lang Diät gehalten.« Ihr Vater log. Er war heute nicht im Gericht gewesen. Und ihre Mutter deckte ihn. Das sah sie daran, wie angespannt sie zu ihm schaute. Mom verhielt sich schon den ganzen Abend seltsam und konnte sich nicht so gut verstellen wie er. Und mit einem Mal fiel Kailas selbst ausgedachte Erklärung für das, was sie heute Nachmittag gesehen hatte, wie ein Kartenhaus in sich zusammen. Denn wenn es etwas Unschuldiges gewesen war … wieso verschwieg er es dann vor ihr?

Manchmal meint man Dinge zu sehen, hinter dem Zaun.

Böse Dinge. Diese Dinge sind nicht echt, aber sie sorgen dafür, dass wir uns noch schlechter fühlen während der Dunklen Tage, darum ist es besser, nicht hinzuschauen.

Kaila musste nachdenken. Dass ihre Eltern sie belogen, änderte alles. Sie fragte sich, ob sie ihn direkt mit dem Handyvideo konfrontieren sollte, aber das würde ganz bestimmt zu Streit führen. Die Dunklen Tage hatten bereits begonnen, und Streit wollte sie keinesfalls, schon gar nicht in Djangos Gegenwart. Und vielleicht gab es doch noch eine logische Erklärung für all das, etwas, das ihre Zweifel zum Schweigen brachte, sobald es ihr endlich dämmerte.

Morgen. Warte bis morgen ab.

Und doch war nun alles anders. Sie spielten *Jenga*, alles schien normal wie immer, aber nichts war normal. Ihre Finger zitterten, und sie war die Erste, die den Turm einstürzen ließ. Dad und Django johlten, Mom klatschte in die Hände. Kaila lächelte milde, aber sie musste immerzu an den offen stehenden Mund der kranken Frau denken.

Schlussendlich fühlte es sich doch einigermaßen normal an, denn wenn man lange genug so tat, als ob, gewöhnte man sich an alles.

Sie spielten sechs Runden, und es war richtig gemütlich, bis Mom sagte, dass es genug wäre und Django sich bettfertig machen müsse. »Ach, Mom, nur noch einmal …«, bettelte er.

»Nix da. Du bist letzte Nacht schon viel zu spät ins Bett.«

Ein dramatischer Seufzer. »O…kay.«

»Ich komm dir gleich beim Beziehen helfen. Ich habe deine Bettwäsche abgezogen und gewaschen. Deine auch, Kaila.«

»Danke, Mom. Wenn er im Bad fertig ist, würde ich duschen gehen. Mir ist schon den ganzen Tag kalt.«

»Du wirst doch nicht etwa krank, Liebes?«

»Nein.« Die Kälte hatte einen anderen Grund.

Nach dem Duschen zog sie ihr Nachtshirt an – *NAMAST'AY IN BED* stand darauf gedruckt – und stieg mit in ein Handtuch gewickelten Haaren die Treppe zu ihrem Zimmer hinauf. In der rechten Hand trug sie ihren Taschenspiegel. Noch so eine bizarre, unerklärliche Sache an den Dunklen Tagen: Alle Spiegel im Haus waren abgehängt, und Dad hatte ihr verboten, einen im Zimmer zu behalten. Aber Dad war kein Teenager und konnte nicht nachvollziehen, dass es für sie unmöglich war, einen ganzen Monat ohne auszukommen. Insofern war ihre Haltung auch in diesem Fall: Scheiß drauf.

Sie kam hoch, und neben ihrem Bett stand ein Gespenst.

Im ersten Moment begann ihre Kopfhaut zu kribbeln, als ob eine alte Angst aus Kindertagen mit ihren kleinen, eisigen Zähnen zubiss. Dann sah sie, dass es Mom war. Sie hatte ihren blassrosa Satin-Bettbezug auf links gedreht und war mit Armen und Oberkörper hineingekrochen. Nun hielt sie ihn von innen an den zwei vordersten Zipfeln fest.

»Reichst du mir kurz die Bettdecke? So geht's am einfachsten«, sagte sie. Die Geisterhände zwickten demonstrativ zweimal zu.

»Okay, warte kurz«, sagte Kaila. Sie klappte schnell den Spiegel zu und schob ihn unter den neuesten Roman von V. E. Schwab auf ihrem Nachtkästchen. Glücklicherweise konnte Mom unter dem Bettlaken zumindest nichts sehen.

»Ich weiß, was du gesehen hast«, sagte sie unter ihrem Überwurf.

Kaila erstarrte. »W…was?«

»Was Dad gemacht hat. Es hätte ein Geheimnis bleiben sollen, aber ich weiß, dass du ihn dabei beobachtet hast, insofern ist es kein Geheimnis mehr. Schade. Nun müssen wir uns wieder was anderes ausdenken.«

Kaila wusste nicht, was sie sagen sollte. Mom stand regungslos am Fuß des Bettes wie ein Halloween-Gespenst ohne Löcher für die Augen. Sie hatte die Hände in den Zipfeln versenkt, als Kaila ihr kurz den Rücken zugekehrt hatte, um den Taschenspiegel zu verstecken. Plötzlich fand sie es unheimlich, dass sie zwar die Stimme ihrer Mutter hören, aber nicht ihr Gesicht sehen konnte, deshalb zog sie schnell die Oberdecke vom Bett und suchte die beiden Enden, um die Sache hinter sich zu bringen.

»Ich verstehe das nicht so richtig«, sagte sie unbehaglich. »Was für ein Geheimnis?«

»Es gibt gar kein Geheimnis. Das habe ich mir nur ausgedacht.«

Kaila schleppte die Bettdecke zum Gespenst. Sie hatte plötzlich Gänsehaut am ganzen Körper. »Was habe ich dann gesehen?«, fragte sie, und da Mom regungslos stehen blieb, fügte sie hinzu: »Hier, da sind die beiden Enden.«

Die beiden Geisterhände hoben sich. Kaila streckte ihnen die äußeren Enden entgegen.

Die unsichtbaren Hände umklammerten ihre Handgelenke. »Da sind Gruben im Wald«, sagte Mom, doch es war nicht länger ihre Stimme, die unter dem Bettüberzug hervorkam. Es war die Stimme einer völlig Unbekannten, rau und kratzig, gruselig und wütend. »Tiefe Gruben, gefüllt mit Ästen, und dort bringen sie uns hin. Wir wohnen in den Gruben, dort sind alle tot, und wir wollen, dass du bei uns wohnst. Dann können wir uns an deinem Leben wärmen.«

Sämtliche Luft war aus Kailas Lunge gewichen. Ihre Haut kribbelte, als würde man sie mit gefrorenen Nadeln stechen. Sie versuchte sich loszureißen, doch es ging nicht. Das Laken hielt sie mit eisernem Griff gefangen.

»Schneide das nächste Mal ein wenig tiefer«, sagte es.

»Schneide ein schönes, tiefes, dunkles Loch in deinen Bauch, und dann kriechst du hinein und kannst bei uns wohnen.«

Endlich konnte sich Kaila losreißen, wobei sie gierig Luft einsog. Mit einem Schrei wich sie zurück, doch dabei stolperte sie über ihre Füße und fiel mit einem Plumps auf den Teppich. Sie strampelte mit den Beinen, um rückwärts zu entkommen, verhedderte sich in ihrer Bettdecke, drehte sich auf den Bauch, ertastete die Dielen und zog sich vorwärts zum Treppenaufgang.

Wummernde Schritte. Sie sah sich um.

»DU BIST SO WARM, KAILA!«, brüllte das Ding unter dem Laken, während es auf sie zu rannte.

Mit jedem Schritt trat es auf den Stoff, sodass der Bettbezug immer weiter über den Kopf gezogen wurde. Kaila wollte nicht sehen, welche Abscheulichkeit sich darunter verbarg. Sie drehte sich winselnd um, klammerte sich am Rand des Treppenaufgangs fest …

… und wurde an den Schultern gepackt.

Sie schrie. Hyperventilierend schlug sie um sich, aber es war ihre Mutter auf der Treppe, die sie festhielt. »Kaila, Schatz, was ist denn? Was ist los?«

In Schockstarre blickte sie einen Moment lang geradewegs in die erschrockenen Augen ihrer Mutter. Dann sah sie ruckartig hinter sich.

Der Bettbezug lag inmitten des Dachbodens auf dem Boden.

Ihr Zimmer war leer.

RALPH

Kontrollverlust. Das Gespräch mit Kaila. Schlechte Neuigkeiten aus Kanada.

2. *November*

Ralph fuhr an diesem Freitagmorgen schon früh zum Camp Heron Market in Lock Haven, um Orangensaft und die neuen *Seriously-Sprouted!*-Zwiebel-&-Mohn-Bagels zu kaufen, die Kaila so gerne mochte. Auf dem Rückweg, bei der letzten Kurve vor seinem Haus, musste er voll in die Bremsen steigen. Ein Blitz in der Frontscheibe. Ralph riss es im Gurt nach vorne, die Bageltüte flog gegen das Handschuhfach. Mit quietschenden Reifen kam der Forester zum Stillstand.

Ralph stieg aus. »Himmel, Liam!«

Sein Nachbarsjunge von gegenüber sah ihn erstarrt an, das Mountainbike ausgebremst, ein Fuß auf dem Asphalt. Helm schief, Rucksack tief hängend. Auf dem Weg zur Schule.

»Da hat nicht mehr viel gefehlt, Junge. Du bist mitten auf der Straße gefahren!«

»Sorry, ich hab nicht richtig hingeschaut.«

Nein, du hast lieber Kunststückchen gemacht, dachte Ralph, *und bist auf deinem blöden Hinterrad balanciert*.

»Pass bitte besser auf, Liam. Das ist lebensgefährlich, vor allem um diese Zeit. Das nächste Mal hast du weniger Glück, und glaub mir, gegen ein Auto hast du keine Chance.«

»S…sorry, Mr. Lewis.«

Liam musste zusehen, dass er schnell wegkam. Er rollte vorwärts und schlingerte zur rechten Fahrbahnseite. Ralph sah ihm nach.

Du bist zu schnell gefahren. Du bist viel zu schnell gefahren. Du hättest um ein Haar ein Kind überfahren. Der Junge ist so alt wie Django. Du bist noch mal davongekommen, aber das hätte ins Auge gehen können.

Unbemerkt hatte es zugeschlagen. Wie ein Raubtier. Ralph war geschockt, damit hatte er heute Morgen nicht gerechnet. Er hatte sich beim Aufstehen besonders im Reinen gefühlt angesichts der Art und Weise, wie sie am Vortag mit Mrs. Olsen Dickinsons Rückzieher umgegangen waren. Sie hatten das Richtige getan. Während er den Staubteilchen in der Luft nachgestarrt hatte, hatte er sich bereit gefühlt für die Aufgabe, die in den kommenden Wochen auf ihn zukam. Er würde über Luana und die Kinder wachen und sich um seine eigenen Angelegenheiten kümmern. Mit Kaila hatten sie einen Fehlstart erlebt, aber das war nun unter Kontrolle.

Und trotzdem hast du bei Remlingers gehalten und eine Flasche Smirnoff aus dem Kühlregal genommen. Wie ein ordinärer Alkoholiker hast du dir gleich morgens Alk gekauft. Und Jody hat die Flasche kommentarlos in die Papiertüte gesteckt, als hätte sie nichts anderes von dir erwartet. Du hast zwar nichts getrunken, aber dein Mund ist ganz trocken, und du würdest ihn am liebsten durchspülen, stimmt's? Und das Schlimmste: Du hast dir nichts Schlimmes dabei gedacht.

Ralph setzte sich wieder hinters Steuer und rieb sich langsam über die Wangen. Es war ein Impuls gewesen. Er hatte nicht darüber nachgedacht.

»Grundgütiger«, sagte er flüsternd zu sich selbst. Er fuhr in die Auffahrt und stellte den Motor ab. In der Garage goss er den Wodka in den Abfluss. Sogleich fühlte er sich besser. Danach ging er auf die andere Straßenseite und klingelte bei den Wachowskis. Joyce machte auf. Er erzählte ihr, was eben geschehen war, dass er gerade noch hatte bremsen können. Liam war auf der falschen Straßenseite geradelt. Wäre das nicht gewesen, hätte es den ganzen Vorfall nicht gegeben. Er verschwieg, dass er zu schnell gefahren war.

»Was meinst du, sollen wir ab morgen die Kinder zusammen zur Schule bringen? Wir könnten uns abwechseln.« Joyce rieb sich abwesend übers Gesicht. »Das klingt gut, Ralph.«

Normalerweise brachten sie die Kinder erst in der zweiten Novemberwoche zur Schule. Und nicht für lange: Ab ungefähr der dritten Woche waren sie meist krankgemeldet. Aber in einigen Dingen konnte man nicht vorsichtig genug sein. Die Kinder waren diesen Monat besonders verletzlich.

Hast du den Schreck in ihrem Gesicht gesehen?, dachte er, als er wieder rüberging. *Auch sie hatte sich nichts Schlimmes dabei gedacht. Wir alle kommen vom Weg ab, aber wir sehen es nur bei denen, die uns nicht nahestehen, nicht bei uns selbst. Wir stellen unser eigenes Handeln nicht infrage, während wir in den Abgrund stürzen.*

Darin liegt die Gefahr.

Ralph starrte in das bleiche Herbstlicht über den Wäldern. Er funktionierte nur zum Teil, der ungeschriebene Buddycheck. Wie bei Bergsteigern, die in großer Höhe mit Sauerstoffmangel konfrontiert sind, achteten die Nachbarn der Bird Street gegenseitig aufeinander. Elizabeth Aikman, die mit selbst gebackenen Keksen mit Walnüssen aus ihrem Garten eine Runde um die Häuser drehte und sich erkundigte, wie es einem ging. Dorothy McKinley, die jeden Morgen das GIF eines Kätzchens mit Fragen wie »Alles gut bei euch?!?« schickte. Nicht auf Vember, der von Gray entwickelten App zum verschlüsselten Informationsaustausch, sondern in der Nachbarschafts-WhatsApp-Gruppe. Diese Konfrontation war schmerzhaft und beschämend, denn niemand gestand sich gerne ein, dass er die Kontrolle über sich selbst verlor. Aber es konnte auch helfen, es sich bewusst zu machen und die Kraft zu finden, sich zu widersetzen.

Zumindest vorübergehend. Denn irgendwann kommt der kritische Punkt, an dem jedes System versagt. So wie beim Bergsteigen die Höhe stets ihren Tribut fordert und das Denken unaufhaltsam beeinflusst, so war auch hier in der Bird Street ab einem gewissen Punkt jeder auf sich selbst angewiesen.

Die Frage ist, dachte Ralph, *wie nahe sind wir diesem Punkt schon gekommen?*

Kaila kam mitten am Vormittag mit ernstem Gesicht nach unten, sodass Ralph eigentlich schon hätte ahnen müssen, dass etwas nicht stimmte. Wenn sie nicht gerade zur Schule oder ins Schwimmbad ging und kein Film- oder Spieleabend geplant war, verhielt sich Kaila wie ein typischer Teenager und verließ kaum ihr Zimmer. Schon gar nicht für einen Plausch mit ihrem Herrn Vater und der Frau Mutter. Doch nun setzte sie sich zu ihm auf die Couch, wo er versucht hatte, sich auf sein E-Book auf dem iPad zu fokussieren. *Wolkenkuckucksland* von Anthony Doerr – aber er konnte sich nur schwerlich konzentrieren. Das Bild von Liam, der plötzlich in der Windschutzscheibe aufgetaucht war, ließ ihn nicht los. Vielleicht war Doerr auch zu schwere Kost für den November. Netflix bot dann oft Abhilfe.

»Hey, Dad«, sagte sie. Er legte sein iPad neben sich.

»Wie fühlst du dich heute, Schatz?«

»Ganz okay.«

Aber ihr Gesicht besagte das Gegenteil. Wachsamer Blick, bläuliche Lippen, dunkle Augenringe. Und doch schien es keine normale Stimmungsschwankung zu sein, die mitunter Kailas depressiven Episoden vorausging. Die Erfahrung hatte sie im Laufe der Jahre gelehrt, ihre Phasen zu erkennen und sogar erste Anzeichen wahrzunehmen, auch wenn diese subtiler geworden waren, je älter sie wurde. Luana merkte manchmal an, dass es ihr vorkam, als habe sie zwei Töchter. Da war einerseits das liebe, fröhliche Mädchen, in das sie beide vernarrt waren. Diese Kaila war witzig, anschmiegsam, immer auf der Suche nach Zuneigung. Na gut, vielleicht auch ein sensibles Kind ohne emotionale Stoßdämpfer, sodass alle Eindrücke heftiger auf sie einstürmten und sie schnell überreizt war. Aber Ralph liebte auch diese Eigenschaft an ihr, da es ihr die Fähigkeit verlieh, buchstäblich in allem das Schöne zu sehen und das Leben mit staunenden Augen zu betrachten, als ob sie ständig unter milden halluzinogenen Drogen stünde.

Aber dem gegenüber stand die andere Tochter. Das finsterste, beängstigendste Kind, das man sich vorstellen konnte. Der Kontrast war schockierend: Wenn hinter Kailas hübschem, liebem Gesicht der Dämon hervorkam, konnte man das buchstäblich beobachten. Ihre Lippen wurden schlaff, ihre Wangen teigig. Ihre Augen schienen wegzurollen. Sie wurde unerreichbar, als hätte jemand im Inneren den Ein-/Ausschalter umgelegt. Luana und er nannten das ihr Novembergesicht. Es war dann fast so, als ob unter Kailas Haut nur noch der Wind durch kahle Zweige fegte. Als ob sich hinter ihren Augen unterirdische Höhlen auftaten, in denen alles tot war und verweste.

Diese Kaila bekamen sie nur während der Dunklen Tage zu sehen.

Aber das hier … das hatte eine andere Qualität. Irgendetwas anderes lag im Argen, und Ralph ahnte nichts Gutes.

»Mama hat mir erzählt, dass du gestern Abend etwas durcheinander gewirkt hast, als du ins Bett gegangen bist. Ist irgendwas vorgefallen?«

»Nein.«

»Fühlst du dich ausgelaugt?«

»Geht schon.«

Sie hielt die Kapuzenkordel ihres Pullovers fest und wickelte sie um ihren Zeigefinger.

»Wo ist eigentlich Mom?«

»In der Küche, ihren Unterricht vorbereiten.« *Willst du, dass ich sie kurz rufe?*, dachte er, sprach es aber nicht aus. Wenn man bei Kaila zu direkt war, lief man Gefahr, dass sie dichtmachte. Aber er brauchte diesmal nicht lange darauf zu warten.

»Kann sie vielleicht kurz herkommen?«, fragte sie, beinahe beiläufig.

»Klar, ich hole sie.« Er stand auf und ging zur Küche. Unterwegs dachte er: *Es ist was mit Jax. Oder es hat mit dem Ritzen zu tun. Bestimmt ist es das.* Und doch merkte Ralph, dass er ungewöhnlich nervös war angesichts von Kailas außergewöhnlicher Bitte, mit beiden Eltern sprechen zu wollen – und Luana war es eindeutig auch. Schon von der Tür aus fragte sie: »Liebes, was gibt es denn, stimmt was nicht?«

Kaila sagte nichts.

Er setzte sich wieder auf seinen Platz und rückte ein Stück beiseite, damit Luana neben ihrer Tochter Platz nehmen konnte. Das tat sie jedoch nicht, sondern blieb im Türrahmen stehen. »Warte, ich setze kurz Tee auf, das wird dir guttun.«

Sie machte bereits Anstalten, als es aus Kaila herausbrach.

»Mom, jetzt setz dich kurz hin, ich versuche euch etwas zu sagen! Ich brauche deinen blöden Tee nicht.«

Luana und er wechselten einen Blick. Normalerweise würden sie Kaila für solch einen Pubertätsausbruch eine Standpauke halten, aber nun klopfte Luana ihre Hände ab, setzte sich hin und legte einen Arm um sie beide. »Sorry, Kaila, da bin ich. Was gibt's?«

Kaila begann zu weinen.

»Liebes, was ist denn? Hast du schlimme Gedanken? An ein Messer oder so?«

»Mom!«

»Was ist es dann? Was wolltest du uns sagen?«

Plötzlich durchbrach sie ihren inneren Widerstand. »Ich verstehe das nicht«, stammelte sie durch ihre Tränen hindurch. »Ihr habt gelogen. Ihr sagt immer, ihr würdet mich nie anlügen, aber ihr habt gelogen.«

»Worüber denn?«

»Ich wollte glauben, dass es eine gute Tat war, aber warum verschweigt ihr es dann?«

»Was verschweigen, Kaila?«, fragte Ralph.

»Gestern.« Sie zog ihr Handy aus der Tasche und wischte den Bildschirmschoner weg. Noch bevor sie das Video abspielte, schien ein heißer Draht hinter Ralphs Stirn aufzuflammen, wie der Draht einer altmodischen Glühlampe, die kurz grell aufleuchtete und dann durchbrannte.

Da waren sie. Die Nachbarn der Bird Street. Im Garten hinter dem Haus der McKinleys, mit Ann Olsen Dickinson auf der Sänfte. Kaila hatte sie gesehen. Wie zum Henker war das möglich?

»Ach, Liebes«, sagte Luana schockiert. »Liebes, was musst du erschrocken gewesen sein. Du hättest das gar nicht sehen dürfen.«

Ralph stand auf, rieb sich übers Kinn und setzte sich auf die andere Seite seiner Tochter. Er versuchte Luanas Blick zu erhaschen, und als das nicht klappte, tippte er seiner Frau hinter Kailas Schulter leicht, aber bestimmt an die Schulter. Sein Herz begann wie wild zu schlagen, weil er wusste, dass das, was sie nun sagen würden, enorm wichtig, wenn nicht gar lebenswichtig war. Sie waren unvorbereitet. Sie hatten vorgehabt, Kaila nächsten Sommer, wenn sie hypomanisch und glücklich war, in kleinen Dosen die Wahrheit zu enthüllen. Aber nicht so. Nicht während der Dunklen Tage, nicht in dem Zustand, in dem sich Kaila befand. Das war der denkbar schlechteste Moment, um den Schleier der Lügen, der sich über ihrem Leben ausbreitete, zu lüften.

»Wer ist die kranke Frau, Dad? Was habt ihr dort im Wald gemacht?«

Ihm gingen alle möglichen Dinge gleichzeitig durch den Kopf. Keinerlei Anflug von Wut, weil Kaila die Regeln gebrochen hatte. Sie hatte sich aufs Dach gesetzt, um in den Garten zu spähen. Darüber würden sie noch reden müssen … aber zuerst mussten sie die Schotten dicht machen. Sofern das möglich war. Sie standen weit offen, und der Geist ließ sich nicht mehr zurück in die Flasche stopfen. *Zwei Metaphern durcheinanderwerfen, dabei würdest du einen Doerr nie ertappen. Verdammt, dabei würde man mich auch nicht erwischen, wenn nicht November wäre.*

»Schatz …«, sagte er langsam. »Hast du mit dem Video irgendwas angestellt? Hast du es irgendjemandem gezeigt?«

»Nein.«

»Auch nicht Jax? Und hast du auch niemandem davon erzählt?«

»Nein. Was ist los, Dad? Du machst mir Angst.«

Ralph wägte seine Worte sorgfältig ab. »Du brauchst keine

Angst zu haben, Kaila. Danke, dass du gewartet und uns nicht vor Django darauf angesprochen hast. Er ist noch zu jung, um es zu begreifen. Du nicht mehr, fanden wir, deshalb wollten wir es dir nach den Dunklen Tagen erzählen. Wenn wir alle besser gewappnet sind für derart weitreichende Neuigkeiten, wenn du verstehst.«

»Ralph …«, setzte Luana an, aber er hob eine Hand. Es widerstrebte ihm, ihr das Wort abzuschneiden, aber wenn sie auch nur den geringsten Eindruck von Zweifel wecken oder sich gegenseitig widersprechen würden, dann war die Hölle los.

Er ergriff Kailas Hand und sagte: »Die Frau heißt Ann Olsen Dickinson. Sie hat Gebärmutterhalskrebs im Endstadium. Die Ärzte geben ihr noch schätzungsweise zwei Monate, aber Mrs. Olsen Dickinson hat enorme Schmerzen und weiß, dass sie, wenn es aufs Ende zugeht, noch viel schlimmer werden. Darum hat sie beschlossen, nicht so lange warten zu wollen.«

»So was dachte ich mir gestern schon.« Sie wischte sich mit der Hand die Tränen fort. »Dass ihr ihr einen letzten Wunsch erfüllt, oder so.«

»Das stimmt, Kaila. Ihr letzter Wunsch war es, hier zu sterben. Schmerzlos und selbstbestimmt.«

Sie sah ihn verständnislos an. »Ist sie tot?«

»Nein. Sie hat es sich anders überlegt. Wir haben ihr die Wahl gelassen.«

»Warte mal. Wolltet ihr ihr beim Sterben helfen?«

»Ja. Habt ihr in der Schule schon mal über Sterbehilfe gesprochen?«

»Nicht, dass ich wüsste …«, sagte sie zögerlich. Sie schien vollkommen verwirrt. Vielleicht war das gut, denn dann wären ihre Gedanken formbar.

»Wenn jemand unheilbar krank ist und nur noch leidet, ist es nach dem Death with Dignity Act im Bundesstaat Washington erlaubt, sich tödliche Barbiturate verschreiben zu lassen. Das ist eine Art Medikamentencocktail, den ein Patient selbst einnehmen darf, um sein Leben zu beenden, wenn er sich dafür entscheidet. Aber der Arzt darf nicht dabei sein und nicht aktiv dabei helfen. Das wäre Sterbehilfe, und die ist gesetzlich verboten. Ziemlich heikles Terrain.«

»Wieso?«

»Vor allem wegen der Kirche.« Er schwieg kurz, ehe er hinzufügte: »Und wegen der Konservativen.«

Das war ein berechnender Schachzug von ihm. Kaila stand noch am Anfang ihrer politischen Bewusstseinsbildung, aber Ralph hatte den Eindruck, dass die Trump-Ära sie und ihre Gen-Z-Altersgenossen eine Art beschleunigte progressive Entwicklung hatte durchlaufen lassen. Luana gegenüber hatte er mal gewitzelt, dass die halbe Klasse bisexuell oder genderfluid war. Luana hatte ihm einen Knuff in die Seite versetzt, aber auch darüber gelacht, da es stimmte. Er fragte sich manchmal, wo all diese Menschen gewesen waren, als er noch jung war; eine Frage, die ihm zwei Dinge bewusst machte: seine eigene beschränkte Perspektive auf die Sache sowie die Tatsache, dass man in ein Wespennest stach, wenn man über so etwas mit Kaila sprach. Kaila verabscheute alles, was nach konservativem Gedankengut roch. Das konnte ihm nun in die Karten spielen.

»Jedenfalls finden wir die Gesetze nicht human genug, auch wenn sie weiter gehen als in fast allen anderen Staaten. Es gibt genug Fälle von unerträglich leidenden Patienten, die aus bestimmten Gründen nicht für einen assistierten Suizid infrage kommen. Mrs. Olsen Dickinson ist so ein Fall. Ihr Hausarzt hat sie aufgrund religiöser Bedenken ihres Mannes für unmündig erklären lassen. Das ist enorm tragisch, weil sie dadurch gezwungen ist, ihren Leidensweg fortzusetzen.«

»Wie kann man nur?«, murmelte Kaila.

»Ich bin froh, dass du das sagst, denn wir denken genauso. Wir halten das für unmenschlich. Und solange die Gesellschaft keine progressiveren Lösungen dafür findet, haben wir als Nachbarn beschlossen, diesen Menschen zu helfen. Wir nehmen sie mit in den Wald hinter dem Zaun und geben ihnen die Medikamente, mit denen sie friedlich einschlafen können.«

In stiller Faszination beobachtete er, wie in Kailas Gesicht eine Veränderung stattfand: Ihre Angst wich einem unsicheren Lächeln, aus dem echte Bewunderung sprach. *Wow*, besagte dieses Lächeln. *Meine Eltern sind Teil von so 'ner Art Guerillabewegung, von der sich Black Lives Matter und Alexandria Ocasio-Cortez eine Scheibe abschneiden können, und ich kann es nicht mal meinen Freunden erzählen.*

Doch dann begegnete Ralph Luanas Blick, der ihn auf einen Schlag daran erinnerte, dass er Kaila manipulierte. Wenn es nicht so furchtbar wichtig gewesen wäre, hätten sie das beide widerwärtig gefunden. Nein, es WAR widerwärtig, daran bestand kein Zweifel. Aber welche Wahl hatten sie? Die Antwort darauf gab Luana. »Wir glauben, dass wir etwas Gutes tun, Liebes. Es tut mir leid, dass du auf diese Weise dahinterkommen musstest.«

»Das heißt, alle wissen darüber Bescheid?«

»Die Wachowskis, die Aikmans und die McKinleys, ja«, sagte Ralph. »Der heroische Nachbarschaftsverein der Bird Street.«

Sie lachte nicht über den Witz. »Aber warum dort?«

»Weil es natürlich strafbar ist. Darum habe ich auch nachgefragt, ob du irgendwem das Video gezeigt hast. Wenn jemand dahinterkommt, was wir tun, verlieren deine Mutter und ich und alle anderen Nachbarn nicht nur unseren Job – wir landen im Knast. Verstehst du?«

Sie nickte langsam. Die Erklärung war unzureichend – warum im kalten Wald, wenn sie es genauso gut im Haus der McKinleys tun konnten? –, aber Ralph hoffte darauf, dass Kaila zu überrumpelt war, um stutzig zu werden. Das war sie wirklich, denn anstatt nachzubohren, fragte sie: »Habt ihr wirklich schon mal Leute … sterben lassen?«

Luana nickte. »Ja. Wenn das ihr ausdrücklicher Wunsch war.«

»Vielleicht 'ne blöde Frage, aber was macht ihr dann hinterher mit ihnen, wenn sie tot sind?«

»Das ist keine blöde Frage«, sagte Ralph. »Nach Möglichkeit bringen wir sie zurück zu dem Ort, wo sie herkommen, damit es so aussieht, als seien sie eines natürlichen Todes gestorben.« Das war die erste knallharte Lüge, die er erzählte, aber er sah sich dazu genötigt, denn Kailas Fragen waren legitim und naheliegend. »Das geht natürlich nicht immer, zum Beispiel bei Hospizbewohnern. Dann lassen wir sie irgendwo in der Nähe zurück, als hätten sie einen Spaziergang unternommen und wären unterwegs zusammengebrochen. Wir setzen dann einen anonymen Notruf ab, damit niemand lange herumliegen muss.«

»Vielleicht sollten wir uns nicht allzu sehr bei den Details aufhalten«, sagte Luana, als hätte sie seine Gedanken gelesen. »Wie geht es dir damit, Kaila? Was denkst du über das, was Dad dir eben erzählt hat?«

»Ich finde es eine gute Sache«, formulierte sie nachdenklich. »Ich bin nur ein bisschen …«

»Du musst das Ganze noch ein bisschen sacken lassen, stimmt's?«

»Ja, das kann man wohl sagen.«

»Das ist völlig verständlich.«

»Aber ihr erlöst die Menschen von ihrem Leiden. So krass das auch ist, im Grunde kann es nichts Schlechtes sein, wenn sie das selbst wollen?«

Enorme Erleichterung machte sich in Ralph breit. Er sah zu Luana und dachte: *Du bist ein Engel. Du lässt sie ihre eigene Meinung bilden anhand dessen, was sie nun weiß, anstatt sie allzu sehr darüber nachgrübeln zu lassen, was sie noch nicht weiß. Debattierclubstrategie 101, vielleicht, aber verdammt effektiv.*

Kaila, die bis dahin starr zwischen ihnen gesessen hatte, rief das Video auf ihrem Handy auf und drückte auf den Papierkorb. Danach öffnete sie in ihren Alben »Zuletzt gelöscht« und löschte die Datei auch dort. Sie zeigte es ihren Eltern. »Es ist weg.«

»Danke, Liebes«, sagte Ralph. Er umarmte sie, was sie ausnahmsweise bereitwillig zuließ. »Wir möchten, dass du weißt, dass unsere Tür immer offen steht, wenn du reden willst. Wir beantworten dir all deine Fragen. Aber bitte versprich uns, dass du mit niemandem darüber redest. Auch nicht mit Jax. Denn unsere Zukunft hängt davon ab.«

»Ich verspreche es, Dad.«

Sie wandte sich an ihre Mutter. »Ich glaube, ich hätte doch Lust auf Tee.«

Es war gegen zwei nachmittags, und Ralph hatte das Gefühl, dass ihre Desinformationskampagne gewirkt hatte. Die Schadensbegrenzung war erfolgreich gewesen. Nach ihrem Gespräch am Vormittag war Kaila tatsächlich noch mal mit einer Frage an sie herangetreten, aber es ging nicht, wie er befürchtet hatte, um den Zusammenhang zwischen den Dunklen Tagen und den Menschen, die sie in den Wald führten. Stattdessen fragte Kaila, wie es war, jemanden aus nächster Nähe sterben zu sehen.

»Es hinterlässt jedes Mal wieder einen tiefen Eindruck«, antwortete er wahrheitsgemäß. »Vor allem beim ersten Mal, aber das Gefühl geht nie weg. Das ist nur menschlich, denke ich. Aber es ist an sich nicht gruselig oder schlimm. Es hat auch etwas Würdevolles, einem Menschen, der am Ende seines Lebens angekommen ist, dabei zuzusehen, wie er es hinter sich lässt. Aber ich habe natürlich nur Menschen sterben sehen, die sich dafür aus freien Stücken entschieden und ihren Frieden damit gemacht hatten.« *Aber stimmt das?*, fragte eine giftige Stimme in seinem Kopf. *Dass sie sich dafür entscheiden, okay, aber haben sie wirklich ihren Frieden damit gemacht? Euer Evaluationsprozess ist gründlich, aber machst du dir nicht etwas vor, wenn du zu wissen glaubst, was in jemandem vorgeht?*

»Haben sie je Angst?«, fragte Kaila. »Hast du je in ihren Augen gesehen, dass es ihnen wehtut? Oder dass sie im letzten Moment etwas sehen, was ihnen Angst macht?«

»Im Moment des Sterbens, meinst du?«

»Ja.«

»Nein.« Das war keine Lüge. Jedenfalls nicht ganz. Die Wahrheit war, dass sie meist die Augen geschlossen hatten, weil sie durch das Thiopental einschliefen, bevor ihnen das fatale Muskelrelaxans gespritzt wurde. Wählten sie eine abweichende Methode – einige taten das –, dann war es meist zu dunkel, um ihnen in die Augen blicken zu können.

»Man sieht, wie die Augen glasig werden und der Körper ganz still wird. Und dann sind sie einfach weg.«

»Okay.«

Aber auch das glaubt ihr nicht wirklich, oder?, höhnte die

Stimme unerbittlich, aber diesmal brachte er sie entschieden zum Schweigen.

Ralph fragte sich, ob er gut daran getan hatte, ihr das zu erzählen, aber laut Jen Okafor, der Jugendpsychiaterin, die Kaila jahrelang in Behandlung gehabt hatte, würden sie dem Thema umso mehr den Stachel ziehen, desto nüchterner sie mit ihr über den Tod sprachen.

Dass Kaila eine morbide Faszination für den Tod aufbrachte, war ihnen bereits in jungen Jahren aufgefallen. Sie war fünf gewesen, als Amy Masutani, ihre Grundschullehrerin aus der Carnation Elementary, sie an einem Tag Anfang November angerufen hatte, weil Kaila über Selbstmord gesprochen hatte. Kaila war ein tolles Kind, sagte Amy, ein Mädchen, das ihr Mittagessen mit Freundinnen teilte und Streithähne auf dem Schulhof auseinanderzog, aber an diesem Vormittag hatte sie auf der Fensterbank gesessen und gesagt, sie wolle aus dem Fenster springen. Amy hatte aufgewühlt geklungen. Keine Sorge, es war ein gekipptes Fenster gewesen, das sich nicht weiter öffnen ließ, aber Kaila war nicht einfach einem Impuls gefolgt oder hatte etwas Verrücktes gesagt, um aufmüpfig zu sein, wie Kinder eben manchmal so sind. Stattdessen, so erzählte sie, habe Kaila gesagt, es würde ihr nichts ausmachen, jetzt zu sterben. Amy hatte daraufhin entgegnet, dass sie das ziemlich schlimm fände. Kaila hatte geantwortet, dass es ihr Dad und ihre Mom auch schlimm finden würden, aber sie selbst nicht, denn dann würde sie nichts mehr fühlen.

Von da an war sie zu Jen Okafor gegangen, die bei ihr eine bipolare Störung diagnostiziert und ihr Prozac verschrieben hatte. Später dann Lithium.

»Gruselig ist, wie beiläufig sie davon anfängt«, hatte Luana bei einer Untersuchung in Jens Praxis einmal erzählt.

»Sie ist sechs, schlägt Räder durchs Zimmer und kuschelt mit ihrem kleinen Bruder im Laufgitter. Und im nächsten Moment spricht sie seelenruhig davon, sich mit Moms Kleid am Treppengeländer aufhängen zu wollen. Und zwar im selben Tonfall, in dem sie auch von den *Bubble Guppies* erzählt. Man könnte dann sagen, dass das nicht witzig ist ... ganz und gar nicht witzig sogar, aber was soll das bringen?«

»Sie ist noch ein Kind«, hatte Jen gesagt. »Sie ist neugierig, und auch wenn wir das Thema besorgniserregend finden, können wir ihr nicht die kindliche Neugier verübeln.«

Dennoch kündigten solche Bemerkungen oft schweres Fahrwasser an. Nicht lange nach Kailas dunklen Fantasien über Moms Kleid war gleich einem kalten Mond ihr Novembergesicht erschienen. Und damit hatte sich auch ihr Ton verändert. Bis zur Pubertät waren derlei Vorfälle harmlos verlaufen, aber mit zwölf hatte Kaila während der Dunklen Tage eine Packung Schmerztabletten mit einer Dose Cherry Coke runtergespült. Als Suizidversuch vielleicht ineffektiv, aber nicht als Versuch, ihren Eltern eine Heidenangst einzujagen. Ralph war sich zweier Dinge schmerzhaft bewusst. Erstens: Bei Menschen mit bipolarer Störung bestand ein erhöhtes Risiko für Selbstmord. Zweitens: Es lag in ihrer Familie.

Frank hatte es nicht angekündigt, stimmt's? Nachdem Mom und Dad ihn eingeweiht hatten, beschloss er, dass er nicht mitmachen wollte, und kletterte aufs Dach. Er ließ sich kopfüber hinunterfallen, direkt in die Auffahrt. Dasselbe verfluchte Dach, unter dem Kaila schläft ... auch das ist ein Detail, das ihr immer vor ihr geheim gehalten habt, nicht wahr? Und wohlgemerkt dasselbe Dach, von dem aus Kaila ihr Video gedreht hat. Und was glaubst du, wie es ihr schon sehr bald ergehen wird, wenn sie erst mal die Wahrheit kennt? Als jemand mit einem ausgeprägten Gerechtigkeitssinn?

Wieder diese Stimme, der Ralph am liebsten die Kehle durchschneiden würde, hätte sie denn eine.

Der einzige Pluspunkt bestand darin, dass es nur im November passierte. Wenn es ihnen weiterhin gelang, mit Medikamenten die schärfsten Ränder ihrer depressiven Episoden zu schleifen, hatte Kaila ein ganzes Jahr, um ihre Batterien wieder aufzuladen. Selbst Jen wusste das. »Das Seltsame an Kailas Depression ist, wie sehr sie an die Jahreszeit gebunden ist«, hatte sie einmal gesagt. »Saisonale Depressionen kennen wir auch von anderen Patienten, aber aus irgendeinem Grund hat sich Kaila jedes Mal gegen Weihnachten wieder vollständig davon erholt, während sich bei den meisten erst im Frühling eine Besserung einstellt, wenn die Tage länger werden und das Wetter schöner ist.« Jen hatte die Fingerspitzen aneinandergelegt. »Wir müssen dafür sorgen, dass Kaila widerstandsfähiger gegen die kürzeren Tage am Jahresende wird.«

Das versuchen wir, Jen, hatte Ralph gedacht. *Glaub mir. Dafür bringen wir jedes Jahr Opfer.*

Gegen drei verließ er das Haus, um Marc Wachowski zu helfen, einen Zaun durch die Alpakaweide zu ziehen, damit das Gras wachsen konnte. Ein paar Stunden zuvor hatte Steve Reuman angerufen, ein befreundeter Jurist aus dem Gericht, und gefragt, ob er Lust auf eine Runde Squash hätte. Ralph hatte größte Lust, das Angebot aber ausgeschlagen. Squash spielen sollte man im November besser lassen, wenn man sich keinen Muskelriss oder eine ausgekugelte Schulter zuziehen wollte. Indem er mit dem Zaun half, verschaffte er sich auf jeden Fall etwas Bewegung. Das Erste, was Marc fragte, war, ob er schon von der Sache mit Mary Beth Lambert in Kanada gehört hatte. Nein – durch die Ereignisse zu Hause hatte er ganz vergessen, Vember zu checken. Offenbar hatte Gray schlechte Neuigkeiten.

»Sie haben tatsächlich die Pillen aus Südamerika abfangen können«, sagte Marc. »Aber es ist völlig schiefgelaufen, als die Frau das Paket abholen wollte und Elizabeth sie ansprach.«

»Ach du meine Güte ... inwiefern?«

»Sie geriet in Panik. Vielleicht hatte sie es sich anders überlegt, auf jeden Fall war sie nicht darauf vorbereitet, darüber zu reden. Sie fing zu schreien an, sodass Elizabeth abhauen musste, weil von allen Seiten Nachbarn herbeigeeilt kamen.«

Ralph stieß einen Pfiff aus, aber es war keine Überraschung. Der Plan hatte von Anfang an allerlei Tücken gehabt. Persönlich setzte er seine Hoffnung auf Garrett Wetzel, den sechsundachtzigjährigen Witwer aus Bellevue. Mit ihm hatten sie am Achten einen Termin.

Marc senkte seine Stimme ein wenig. »Hast du das schon gesehen?« Er hielt ihm sein Handy hin. Es waren Überwachungsaufnahmen von Lauras und Grays Auffahrt, und man sah die Bird Street bei Nacht. Der Datumsstempel besagte, dass es der 2. November um 21:58 Uhr war. Ralph musste nicht zweimal hinschauen, um zu wissen, dass die Figur, die mitten auf der Straße lief, der Buchhalter war. Der Koffer. Die ungewöhnlich langen Gliedmaßen und der unnatürliche Gang, als ob ein Kleinkind im Körper eines Erwachsenen gefangen wäre.

Ein Schauer lief ihm über den Rücken.

»Er kommt aus südlicher Richtung, siehst du?«, sagte Marc. »Hier ist er vor deinem Haus, auf dem Weg zu den McKinleys. Das musst du dir anschauen.« Das zweite Video stammte von Marcs eigener Überwachungskamera. Man sah den südlichen Teil der Bird Street bis zu Ralphs Haus. »Ich habe das ganze Stück zwischen 21:50 Uhr und 22:10 Uhr geschaut. Nichts.«

Marc scrollte durch das Video. Nur windgepeitschter Regen. Nirgends war der Buchhalter zu sehen. Ralph schob Marcs Handy freundlich, aber entschieden beiseite. Was sollte er dazu schon sagen? Er hatte keine Lust, sich groß Gedanken darüber zu machen, was der Buchhalter war oder nicht war. Dieses Stadium hatten sie längst hinter sich.

Die Arbeit am Zaun war eine willkommene Abwechslung, und die frische Luft klärte seinen Geist. Sie schlugen die Pfähle mit Gummihämmern in den Boden und trugen Handschuhe beim Spannen des Stacheldrahts. Sie gingen äußerst vorsichtig vor, sodass keiner von beiden sich schnitt. Liam war inzwischen aus der Schule heimgekommen und jagte johlend die Alpakas auf die richtige Seite der Weide, sodass sie das Loch abdichten konnten.

Ralph erwähnte nicht, was am Vormittag passiert war, und der Junge schien dankbar zu sein, da er keine Standpauke von seinem Vater wollte. Als sie die Arbeit erledigt hatten, war etwas von der guten Laune, mit der er am Morgen aufgewacht war, zurückgekehrt. Ralph blickte zu den bewaldeten Hängen hinter seinem Haus und dachte: *Alles unter Kontrolle. Wir haben alles im Griff.*

Doch das musste er wieder zurücknehmen, als er nach Hause kam und Luana ihm erzählte, was mit Django passiert war. Django, der untröstlich mit in einen Verband gewickelten Händen in einer Ecke der Couch kauerte.

Er hat etwas Unheimliches im Klavier gesehen, sagte Luana. Und sie auch.

Lieber Gott. Der Steinway spiegelte. Sie hatten vergessen, ihn abzudecken.

Man sieht, wie die Augen glasig werden und der Körper ganz still wird. Und dann sind sie einfach weg.

Ralph schauderte, schüttelte den Gedanken jedoch ab.

Schade für Django, aber der Steinway war den Rest des Novembers tabu.

KAILA

Nachtgedanken. Rover Nyholm.

3. November

Kaila wurde im Schlaf von allerlei unangenehmen Träumen heimgesucht, aber der Albtraum, der sie aufweckte, war wirklich abscheulich. Darin war sie selbst von ihren Eltern und Nachbarn auf einer Bahre aus ineinander geflochtenen Knochen in den Wald gebracht worden, aber anstatt ihr eine tödliche Spritze zu verpassen, kippten sie sie von der Bahre in eine Grube voller Äste. Sobald sie hineinfiel, verwandelten sich die Äste in Hände, die sie in die Dunkelheit hinabzogen. Kaila setzte sich abrupt auf, wobei sie mit der Bettdecke kämpfte, in die sich ihre Beine verheddert hatten … und wurde sofort an das erinnert, was sich zwei Abende zuvor darunter versteckt hatte. *DU BIST SO WARM!*, brüllte die Gespensterstimme wieder – daraufhin hatte sie das Licht angeknipst, sich in einer Ecke ihres Bettes verkrochen, die Decke bis zu ihren Füßen weggestrampelt, während ihr das Herz bis zum Hals schlug und sie die Striemen spürte, die unter dem Verband bereits abheilten.

Halb drei, besagte ihr Handy. Scheiße. Bis es hell wurde, war es noch ewig hin. Die Nacht verströmte ihren kalten Atem durch den Dachboden. Kaila hörte den Wind am Dach rütteln, wodurch die Sparren knackten.

Früher am Abend hatte sie nicht einschlafen können, so sehr plagten sie die Zweifel angesichts dessen, was ihr Mom und Dad erzählt hatten.

Zuerst hatte sie gedacht, dass es bloß ihre eigenen Unsicherheiten waren, die sie wach hielten, denn sie wollte glauben, dass ihre Eltern die Wahrheit gesagt hatten.

Aber nun, tief in der Nacht, wusste sie es sicher: Es stimmte nicht. Kein verficktes bisschen. Erstens: Warum waren sie so nervös gewesen? Offensichtlich hatte Kaila sie mit dem Video völlig überrumpelt. Mom hatte kaum ein Wort herausgebracht. Dad hatte geschwitzt. Es verlief eine Ader zwischen seinem rechten Auge und seiner Schläfe, die ihn zum schlechtesten Pokerspieler der Welt machte, und während ihres Gesprächs hatte Kaila gesehen, wie die dünne Linie unter der Haut pulsierte. Gut, vielleicht waren sie erschrocken gewesen, aber das war kein Grund, weiterhin so angespannt zu sein. Und das brachte sie zu einer Schlussfolgerung: Wenn ihre Eltern gelogen hatten, dann war das, was in Wahrheit dahintersteckte, schlimmer.

Wie schlimm?

Wenn man erst einmal anfing, sich gewisse Dinge auszumalen, war alles Mögliche denkbar.

Sie brachten Menschen zum Sterben dorthin, hatten sie gesagt.

Das wollte ihr nicht in den Kopf. Das hier war nicht *Breaking Bad* oder *Robin Hood*. Es waren ihre Eltern, Ralph Lewis und Luana Perreira da Silva. Und die sollten gemeinsam mit den Nachbarn unheilbar kranke Menschen in den Wald hinterm Haus bringen, um ihnen ein Sterben in Würde zu ermöglichen? Dieser Idealismus war bewundernswert, aber Kaila glaubte nicht daran, dass sie es aus moralischen Beweggründen taten. Warum hatte sie dann nie gehört, wie sich Mom und Dad für Sterbehilfe aussprachen? Oder ihre Nachbarn? Sie hatte gegoogelt und nichts gefunden. Keine Lobbyarbeit von Joyce Wachowski in den Medien, kein Plädoyer von Dad im *Journal of Medical Ethics*, keine Kampagne der Aikmans zum Death with Dignity Act, nichts. Die McKinleys schwammen im Geld. Kaila wusste zwar nicht genau, wie Politik funktionierte, wusste aber sehr wohl, dass Geld Macht bedeutete.

Außerdem kam das Ganze demografisch nicht hin. Radikale Ideen erforderten radikale Taten, aber nicht bei Leuten wie ihnen – sorry, Dad, sorry, Mom –, einem typischen amerikanischen Upperclass-Ehepaar. Menschen, die gegen das System auf die Barrikaden gingen, waren jung, divers, anarchistisch.

Nicht ihre Eltern. Nicht ihre Nachbarn.

Und noch etwas.

Das Risiko war zu groß. Dad hatte gesagt, dass sie die Menschen nach dem Tod an ihren Wohnort zurückbrächten.

Aber Dad war Richter. Joyce Wachowski eine bekannte Autorin. Laura strebte eine politische Karriere an. Würden sie sich einem solch hohen Risiko aussetzen und Leichen durch die Gegend schleppen?

Nein. Die todkranke Frau im Wald. Hätte sie sich dafür entschieden, dort zu sterben, hätten sie sie an Ort und Stelle begraben.

Plötzlich hatte sie eine Eingebung, kalt wie eine Handvoll Eis.

Manchmal meint man Dinge zu sehen, hinter dem Zaun. Böse Dinge. Darum ist es besser, nicht hinzuschauen.

Kaila hatte noch nie etwas Böses am Zaun gesehen. Aber vor zwei Abenden hatte sie etwas Böses hier am Bett gesehen. Es hatte dort gestanden, unter dem Bettbezug … etwas, das ganz sicher keine Wahnvorstellung gewesen war.

Da sind Gruben im Wald. Tiefe Gruben, gefüllt mit Ästen, und dort bringen sie uns hin. Wir wohnen in den Gruben, dort sind alle tot, und wir wollen, dass du bei uns wohnst. Dann können wir uns an deinem Leben wärmen.

Ihre Hände zitterten so heftig, dass es ihr erst beim dritten Versuch gelang, das Display mit einem Wischen zu entsperren. Sie schickte Jax eine Nachricht: *Glaubst du an Geister?* Ein graues Häkchen. Jax hatte sein Handy auf Flugmodus gestellt. Das machte er immer, wenn er schlafen ging. Von ihm konnte sie im Moment keine Antworten erwarten.

Du vergisst das Allerwichtigste. Sie wollten sie nicht nur sterben lassen, sondern hier und jetzt. Im Wald hinter dem Zaun. Dem Wald, den wir nie betreten und in den Dunklen Tagen nicht einmal anschauen durften.

Ja, was zum Henker hatte es damit eigentlich auf sich? Sie konnte nicht glauben, dass die Bretter vor den Fenstern nur dazu dienten, dass Django und sie nicht sahen, wie ihre Eltern todkranke Menschen in den Wald brachten. Dafür gab es andere Mittel. Weniger paranoide Mittel.

Aber wozu dienten sie dann?

Zitternd stand Kaila auf und lief barfuß zum Schreibtisch. Sie schnappte sich ihr MacBook – gebraucht, aber prima zum Streamen –, nahm es mit ins Bett, setzte sich im Schneidersitz hin und googelte »Rover Nyholm«.

Rover hatte ihr früher Antworten gegeben.

Der Name war nicht allzu geläufig, insofern hoffte sie, ihn zügig zu finden. Wer weiß, vielleicht konnte er Licht ins Dunkel bringen.

Das tat er schneller, als ihr lieb war. Sobald sie auf »Bilder« klickte, bekam Kaila einen enormen Schock verpasst. Ganz kurz dachte sie, es müsse sich um einen anderen Rover

Nyholm handeln, nicht um den Jungen, der in ihrer Kindheit gegenüber gewohnt hatte. Aber dann sah sie die listigen Augen des Splitscreen-Fotos, auf dem eine jüngere und eine ältere Version von Rover nebeneinander abgebildet waren, und es bestand kein Zweifel mehr. Bestimmt ein gutes Dutzend Zeitungen hatten das Foto veröffentlicht. Die Überschrift beim ersten Treffer, einem Artikel der *St. Louis Post-Dispatch* aus dem Jahr 2016, lautete: FAMILIENDRAMA IN ST. LOUIS: EHEMALIGES FOTOMODELL ERSCHIESST ELTERN UND SICH SELBST.

St. Louis?, dachte Kaila begriffsstutzig. *Dort seid ihr also hingezogen.*

Sie überflog den Artikel, während sie das Gefühl hatte, dass die Hände aus ihrem Traum zurückgekehrt waren und sie überall berührten, ganz leicht: am Nacken, an den Armen, unter ihren Haaren. Obwohl das Schaudern ihren gesamten Körper ergriff und sie nicht mehr losließ, konnte sie die wichtigsten Fakten aus dem Artikel herausfiltern. Rover war aufgrund einer Crystal-Meth-Sucht bei der Modelagentur rausgeflogen, bei der er unter Vertrag stand. Seinen Eltern, die erst einige Jahre zuvor nach St. Louis gezogen waren, waren derweil nach der Insolvenz ihrer Investmentgesellschaft Nyholm Enterprises die Schuldner auf den Fersen. Rover hatte beide Probleme effektiv gelöst, indem er seinen friedlich schlafenden Eltern mit einem Jagdgewehr eine Kugel durch den Kopf gejagt, anschließend einen Teller Tuna Helper in der Mikrowelle aufgewärmt, sich zum Essen an den Küchentisch gesetzt und sich schließlich mit der letzten Kugel selbst gerichtet hatte.

Kaila war geschockt. Nicht nur durch Rovers grausame Tat – noch nie hatte sie etwas so Abscheuliches von jemandem gehört, den sie mehr oder weniger gut gekannt hatte –, sondern durch die dramatische äußerliche Veränderung, die

Rover durchgemacht hatte. Selbst der Artikel berichtete darüber, deshalb auch das Splitscreen-Foto. Links sah man ein Foto, das man auch auf Google fand, wenn man ein Stückchen runterscrollte. Ein Werbefoto für Davidoff, mit sinnlichen Lippen, Schweißtropfen auf der glatten Haut und gestylten Locken. So erinnerte sich Kaila an ihren ehemaligen Nachbarsjungen: als Adonis.

Rechts hingegen sah man das herangezoomte Überwachungsvideo-Standbild einer Tankstelle, einige Tage vor dem Drama. Kaila konnte kaum glauben, dass es sich um ein und dieselbe Person handelte. Es waren nicht nur Rovers leer wirkende Augen, seine ungesunde Haut und sein zurückgewichener Haaransatz. Die darunterliegende Knochenstruktur selbst hatte sich verändert, wodurch die frühere perfekte Symmetrie seines Gesichts völlig aus dem Lot geraten war. Die einst so ausdrucksstarken Jochbeine waren verschwunden. Die Augenbrauen verliefen anders. Der markante Kiefer war abgestumpft.

Es hätte ein äußerst wirksames Vorher-nachher-Foto für eine Keine-Macht-den-Drogen-Kampagne abgegeben, aber diese Veränderung war nicht auf Drogen zurückzuführen, dachte Kaila. Drogen konnten so etwas keinesfalls anrichten.

Rover Nyholm war hässlich geworden. Kaila hielt sich sonst mit Urteilen über das Aussehen anderer zurück, aber hier kam sie nicht umhin.

Mit wachsendem Unbehagen scrollte sie durch seine Modelfotos.

Bis 2014 war Rover Nyholm offenbar von großen Marken für Fotoshootings gebucht worden. Zwei Jahre später hatte er seine Schönheit verloren, und zwar auf eine derart drastische Art und Weise, dass Kaila an Dorian Gray denken musste, der mit einem Messer auf sein gemaltes Ebenbild eingestochen hatte. Und danach hatte er seine Eltern mit einem Jagdgewehr ermordet.

Und dazwischen?

War er den Drogen verfallen.

War seine Karriere gescheitert.

War die Firma der Nyholms den Bach runtergegangen.

2014 hatten die Nyholms ihr Haus in Lock Haven zurückgelassen, und es schien, als seien sie seither vom Unglück verfolgt gewesen.

Ein bisschen so wie in den Dunklen Tagen.

Kaila starrte auf ihren Bildschirm. Sie begann ihre Arme zu kratzen. Die unsichtbaren Hände waren inzwischen überall. Ihre Nervenenden standen sperrangelweit offen. Sie hatte das Gefühl, dass Schatten und Schemen sie überall anfassten, an ihren Schenkeln, ihren Schultern, ihren Hüften und ihrem Bauch. Es war furchtbar, wie ein Jucken, das nicht abklingen wollte, aber es war vor allem furchtbar, weil sie nicht mal sicher wusste, ob die Geisterhände nicht echt waren. Es wurde so schlimm, dass sie aus dem Bett sprang und sich mit klopfendem Herzen umschaute.

Ihr Zimmer sah aus wie immer, und doch war alles verkehrt. Das hatte nicht mit ihren Sachen zu tun, sondern mit der Luft.

Die Novemberluft, die durch die Ritzen zog.

Was war das für ein Ding an ihrem Bett gewesen?

Niemand redete je darüber, wieso sie die Spiegel abdeckten. Aber nun, tief in der Nacht, während die Dunklen Tage sie mit offenen Augen geradewegs durch die Fensterläden anstarrten, wollte sie darüber reden. Wäre doch nur Jax schon wach. Er würde ihr nichts vormachen.

Manchmal meint man Dinge zu sehen, hinter dem Zaun. Böse Dinge. Darum ist es besser, nicht hinzuschauen.

Manchmal sah man im Spiegel Menschen, die nicht da waren.

Einmal, sie war ungefähr zehn Jahre alt gewesen, hatte sie beim Essen etwas Böses gesehen. Sie hatte mit dem Löffel gespielt, den Stahl zwischen den Fingern gedreht. Auf der hohlen Seite sah man sich kopfüber. Auf der nach außen gewölbten Seite sah man sich richtig herum. Auf dem Kopf, richtig herum, auf dem Kopf … und dann hatte sie hinter sich einen grotesk großen Mann gesehen, der sich über sie beugte. Der Mann war eigentlich eher ein Schatten gewesen, eine schemenhafte Gestalt, die einem Mann ähnelte. Aber sie hatte seine Hände gesehen. Und seine Augen.

Sie hatte den Löffel fallen gelassen und geschrien. Es hatte niemand hinter ihr gestanden. Aber Mom und Dad hatten auch nicht gesagt, dass sie sich das nur eingebildet hatte, so wie gewöhnlich. Stattdessen hatten sie das schwarze Kunststoffbesteckset gekauft, womit sie seither während der Dunklen Tage aßen.

In Spiegeln sah man manchmal, wer hinter ihnen her war. Wer hier herumspukte.

Und angesichts dessen, was sie nun wusste …

Mom und Dad brachten Menschen in den Wald, um ihnen dort zu helfen, in Würde zu sterben. Aber wie konnte das würdevoll, wie konnte das etwas Gutes sein, wenn sie sie weiter verfolgten?

Kaila starrte zu ihrem Bett. Das Ding unter dem Bettbezug war kein Spiegelbild gewesen.

Mit einem Mal fiel ihr ein, dass sie ihren Handspiegel benutzt hatte, kurz bevor es geschehen war. Im Bad hatte sie ihre Hautpflegeroutine durchlaufen und den Taschenspiegel in der Hand gehalten, als sie zum Dachboden raufging. Sie wusste noch, wie sie ihn vor ihrer Mutter unter ihrem Buch versteckt hatte. Aber dann war es gar nicht ihre Mutter gewesen, dieses Ding unter dem Laken.

Sie leckte sich über die trockenen Lippen und starrte zum Nachtkästchen. Der Taschenspiegel lag noch immer da, mit dem Glas nach unten.

Aus einem Impuls heraus griff sie danach.

Sie wollte es wissen.

Wenn sie gesehen werden wollten, dann wollten sie auch gehört werden.

Vielleicht warteten sie darauf, dass ihnen jemand zuhörte.

Vorsichtig, auf alles vorbereitet, setzte sie sich wieder aufs Bett, verkroch sich in einer Ecke und drehte den Handspiegel langsam um. Sie sah den Balken im Dachfirst. Die schemenhaften Ecken des Dachbodens. Ihren Schreibtisch, den Treppenaufgang. Dann drehte sie ihn weiter und sah sich selbst.

Sie sah übel aus. Aschfahl. Verschwitzt. Verängstigt. Bestimmt zehn Minuten lang drehte Kaila den Spiegel in sämtliche Ecken und suchte den ganzen Dachboden damit ab. Sie hielt den Atem an, jedes Mal überzeugt, in einer der schattenreichen Ecken und Nischen jemanden stehen zu sehen. Sie wagte den Spiegel nicht mehr zurück zu sich selbst zu drehen, denn obwohl sie in einer Ecke an der Wand kauerte, wusste sie aus zahlreichen Horrorfilmen, dass in solchen Momenten etwas Schreckliches hinter einem auftauchte. Etwas, das seine bleichen Hände über ihre Schultern gleiten lassen würde. Und vielleicht würde es das Kartoffelmesser in der Hand halten.

Schneide das nächste Mal ein wenig tiefer. Schneide ein schönes, tiefes, dunkles Loch in deinen Bauch, und dann kriechst du hinein und kannst bei uns wohnen.

Aber Kaila sah nichts, und nach einer Weile kam sie sich blöd vor.

Sie legte den Spiegel weg, legte sich hin und zog die Decke

wieder über ihren Körper. Ihre Bettlampe wollte sie nicht ausknipsen, denn auch wenn es vielleicht lächerlich war, an Geister zu glauben – sie wollte nicht mit der Dunkelheit allein sein.

Es gingen Dinge vor sich, Dinge, an denen ihre Eltern beteiligt waren, die sie nicht begriff. Kaila nahm sich vor, nicht eher zu ruhen, bis sie wusste, was das alles zu bedeuten hatte. Und sie wusste, dass sie hellwach sein musste, um die Wahrheit herauszubekommen. Wenn hier etwas Übernatürliches vor sich ging, dann musste sie es von ihren krankheitsbedingten Wahnvorstellungen unterscheiden können.

Das Nichtfühlen, die vollkommene Erschütterung angesichts der Loslösung von ihrem eigenen Körper, wie es beim Vorfall mit dem Kartoffelmesser passiert war, war viel Furcht einflößender als die Depression während der Dunklen Tage. Furcht einflößender als jede Geistererscheinung. Nie mehr wollte sie dergleichen erleben. Darum hatte sie gestern Abend das erste Mal die Pille, die Dad ihr verabreichte, unter der Zunge behalten, bis er weg war, und sie dann ausgespuckt.

Lithium.

Sie hasste dieses Zeug.

LUANA

Der vergessliche Mann. Verfall.
Coming to America. Kater.

8. November

Am Dienstag hatte Garrett Wetzel eine Verabredung mit dem Tod. Aber Garrett Wetzel hatte Alzheimer und seine Verabredung vergessen.

Betäubt und zunehmend entsetzt hörte Luana sich Ralphs Bericht an, als er abends von den Aikmans zurückgekehrt war. Harry und Elizabeth hatten an diesem Vormittag ein Stück vom Bellevue Elderly Care Center an der Main Street entfernt in einem Ford Bronco mit Nummernschild aus Nevada gelauert. Um halb elf war das Personal mit jenem Teil der Bewohner, die gut bei Sinnen waren, losgezogen, um im Robinsglen Nature Park frische Luft zu schnappen. Normalerweise begleitete Garrett sie, weil er gerne Enten fütterte und eine Runde Rommé spielte, auch wenn »dieser Halunke John Glover« jedes Mal schummelte und Garrett schon seit Wochen darauf aus war, ihm »das Handwerk zu legen«.

»Ich habe schon gestern gesagt, dass ich mir Sorgen deswegen mache«, sagte Ralph. »Menschen, die ihrem Leben ein Ende setzen wollen, schmieden keine langfristigen Pläne. Aber Elizabeth sagte, Garrett Wetzel sei so dement, dass er die Hälfte der Zeit nicht mal mehr weiß, was er sagt.«

Luana sah ihn betroffen an. »Und das soll dich beruhigen?«

»Ich weiß. Alles äußerst dubios. Ich hatte schon befürchtet, dass es schiefgehen würde, aber welche Wahl hatten wir? Und sie haben einen Punkt: Demenz verläuft in Phasen. Patienten haben bestimmte Themen, die sie durcheinanderbringen, während sie bei anderen vollkommen klar sind. Laut Harry fällt Wetzels Todeswunsch in letztere Kategorie.«

Der Plan war gewesen, dass der alte Mann diesen Dienstagmorgen sagen sollte, dass es ihm nicht gut ginge und er im Bett bleiben wolle. Elizabeth hatte ihn bei ihrem letzten Besuch am Montag den Code für das Zahlenschloss neben der Tür auf seinem Gang auswendig lernen lassen (und zur Sicherheit ganz klein auf seiner Handfläche notiert, zusammen mit der verabredeten Uhrzeit). Als die Betreuer und die Bewohner des Pflegeheims gegangen waren, war das Personal nur noch schwach besetzt. Um Viertel vor elf würde UPS ein Paket für einen Bewohner abliefern, der zwei Monate zuvor verstorben war. Jane Mildred, die Empfangsmitarbeiterin, würde mit dem UPS-Lieferanten diskutieren, wie nun zu verfahren sei, und der Auslieferer würde sie fragen, ob sie nicht einen Hinterbliebenen des Verstorbenen anrufen konnten, was sie natürlich tun würde. Dieser UPS-Lieferant war Maurice McKinley. Und in dem Moment, da Jane anrufen würde und abgelenkt wäre, würde Garrett Wetzel unbemerkt durch den Vordereingang entkommen.

»Nur hat sich Garrett nicht blicken lassen«, erzählte Ralph. »Elizabeth hatte es schon befürchtet, weil er heute Morgen nicht an sein Handy ging, als sie ihn an ihren Termin erinnern wollte. Und als sie später wieder anrief, nahm er erst beim dritten Mal ab. Sie hörte Vögel und wusste sofort Bescheid: Er war in den Robinsglen-Park mitgegangen. Zuerst verstand er gar nicht, wieso sie anrief, so vertieft muss er in seine Partie Rommé gewesen sein. Bis er auf einmal rief: ›Ach, Herrgott, das hab ich ja völlig vergessen!‹ Da ist er augenblicklich aufgesprungen, als ob er seinem Termin noch nachzukommen versuchte, denn Elizabeth hörte im Hintergrund einen Betreuer fragen, wo er hinwolle. Sie musste sofort auflegen, weil der Pfleger ihm das Handy abnahm.«

»Oh Mann. Was für ein Schlamassel ...«

Am Nachmittag war Elizabeth dann zurück zum Heim gefahren, um Wetzel zu besuchen. Der alte Mann war betrübter denn je gewesen. Ob sie ihn nicht direkt mitnehmen könnten. Aber das wäre natürlich viel zu gefährlich. Sie würden warten müssen, bis sich die nächste Gelegenheit ergab, wenn das Heim unterbesetzt war. Nächste Woche.

»Ralph, nächste Woche ist der Fünfzehnte.« Luana hörte den Vorwurf in ihrer Stimme. »Das kann doch nicht sein? So spät waren wir schon seit Jahren nicht mehr dran.«

»Das ist mir klar. Aber was soll ich denn machen? Du kennst die Alternativen. Wir hatten heute einfach Pech.«

»Pech? Das Pech wird in den nächsten Wochen nur noch schlimmer! Wie konntest du es so weit kommen lassen, dass wir alles auf einen vergesslichen alten Mann setzen?«

»Luana ...«, hob er an, klappte dann aber den Mund zu. Ralph schien überrumpelt von der Erkenntnis, dass er ihr eine Antwort schuldig bleiben musste. So liefen die Dunklen Tage. Man konnte sich noch so gut darauf vorbereiten – ehe man es sich versah, waren sie in vollem Gange, all die zuvor sorgsam ausgearbeiteten Pläne stellten sich als lückenhaft heraus, und durch den wachsenden Druck gerieten moralische Bedenken immer mehr aus dem Blickfeld.

Das war Ralphs Schwachstelle, und es verletzte ihn, dass sie ihn dort angriff.

Sie seufzte und nahm ihn in die Arme. »Es tut mir leid. Ich weiß nicht, was in mich gefahren ist.«

»Ich schon«, sagte er stumpf.

Plötzlich fühlte sie sich verletzlich in seiner Umarmung. Der Auftakt der Dunklen Tage war genauso gewesen, wie sie es erwartet hatte: miserabel. War sie vorige Woche noch von den Dramen ihrer Kinder in Beschlag genommen, hatte sie die Auswirkungen gestern das erste Mal am eigenen Leib gespürt. Fünf Minuten, nachdem die Vorlesung über geopolitische Beziehungen zwischen den USA und Südamerika begonnen hatte, war ihr aufgefallen, dass sie vor Studierenden im dritten Jahr dozierte. Die Studierenden hatten darüber lachen können, Luana nicht. Es hatte eine Ewigkeit gedauert, bis sie die richtigen Unterlagen aus dem JSIS-Portal heruntergeladen hatte, und als sie es endlich geschafft hatte, war sie hoffnungslos unvorbereitet gewesen. Zwanzig Minuten später hatte sie in einem konfusen Vortrag über die brasilianische Literatur des 20. Jahrhunderts zum dritten Mal Coelho und Amado durcheinandergebracht, bis sich ein gut gelaunter Junge namens Shane O'Mearah gemeldet hatte. »Geht es Ihnen gut, Mrs. da Silva?«

»Ich glaube, nicht so richtig, Shane. Ich glaube, ich bekomme Migräne.«

Ein anderer Student hatte ihr eine Aspirintablette gegeben (was nicht geholfen hatte) und Shane daraufhin vorgeschlagen, statt der Vorlesung eine Gruppendiskussion über *Der Dämon und Fräulein Prym* zu führen, den Roman, den sie diese Woche gelesen hatten. Luana hatte sich einigermaßen gut gehalten, aber als die Studentinnen und Studenten am Ende der Stunde den Hörsaal verließen, hatte sie keine Ahnung gehabt, was genau sie da eben erzählt hatte.

»Ich habe Angst, Ralph«, sagte sie mit dünner Stimme.

»Das alles setzt mir zu. Und dann die Kinder … Meinst du, es wird alles gut?«

»Natürlich, Liebling.« Er küsste sie auf die Stirn. »Wir schicken Kaila einfach auf ein Internat in Ecuador, und Django geben wir zur Adoption an die Oompa Loompas frei. Du wirst sehen, alles wird gut.«

Sie prustete los und schlug ihm auf die Brust. »Arschloch.«

Es fühlte sich gut an, gemeinsam lachen zu können, aber dennoch konnte sie sich des Eindrucks nicht erwehren, dass sein Kuss distanziert gewesen war. Und dass sein Witz dazu gedient hatte, seine Zweifel zu übertünchen. Es war noch eine ganze Woche bis zum Fünfzehnten. Normalerweise sorgten sie dafür, dass sie das Opfer innerhalb der ersten Woche darbrachten. Dann wurde es nicht schlimmer. Das Unglück blieb stabil, beherrschbar und würde ein paar Wochen später von selbst abebben. Nun würden sie erst zur Monatsmitte wieder die Chance bekommen, es einzudämmen.

Was, wenn es nicht klappte?

Nein. Es war zu früh, darüber nachzugrübeln. Sie hatten verschiedene Optionen. Und es war erst der Achte.

10. November

Aber zwei Tage später ging es erneut schief, als sie in ihrem Büro auf dem Campus einen Essay las und halb bewusst, halb unbewusst hochschrak, weil sie ihre Muttersprache kaum mehr zu beherrschen schien.

Ralph hatte sie davon abhalten wollen, an diesem Donnerstag zur Universität zu gehen. Er machte sich Sorgen um sie. Die letzten Nächte waren unruhig gewesen – warum sollte sie sich dem Risiko aussetzen und sich auf den Weg machen?

Aber Luana war standhaft geblieben. Sie sagte, dass sie sich nach der Betriebsamkeit auf dem Campus sehnte, dass nach zwei Jahren Pandemie endlich wieder Leben und Trubel Einzug gehalten hatten, dass ihr beim Distanzunterricht das Zwischenmenschliche gefehlt habe, dass sie ihren Optima bei den Microsoft Studios in Redmond parken und mit der Buslinie 542 zum Campus fahren könne, damit sie den dichten Verkehr in der Stadt mied. Alles wahr, aber den eigentlichen Grund traute sie sich ihm gegenüber nicht auszusprechen: dass sie jede Chance ergriff, der bedrückenden Stimmung der Bird Street zu entfliehen. Letztlich hatte er seinen Protest aufgegeben, nicht aus Überzeugung, sondern aus der Einsicht, dass sie trotz allem fest entschlossen war, zu gehen. Er hatte sie ermahnt, vorsichtig zu sein, und sie hatte aufrichtige Sorge in seinen Augen gesehen.

Das war lieb von ihm, aber damit konnte sie gerade nichts anfangen.

Die Vormittagsvorlesungen liefen gut, aber beim Lesen der Essays über die sozialen Reformen innerhalb der Bewegung der Landarbeiter ohne Boden MST konnte Luana sich nicht mehr auf den Inhalt konzentrieren. Es war nicht so, dass ihre Gedanken zu Kaila oder Django oder zum bevorstehenden Opfer wanderten, was zumindest noch einen gewissen Fokus gehabt hätte. Stattdessen schwebten sie nicht greifbar über ihr und vermengten sich zu einem zusammenhanglosen Brei. Anfangs startete sie drei Anläufe, um einen Absatz zu lesen und sich vergeblich die Bedeutung eines portugiesischen Wortes in Erinnerung zu rufen, aber schon bald empfand sie die Worte selbst als feindselig. Was wollten sie von ihr, wieso quälten sie sie, wenn sie in dem Verfasser nicht einmal mehr einen ihrer eigenen Studierenden erkannte? Welche Relevanz hatten streberhafte Essays oder Studierende, die durchs Semester tänzelten, als gäbe es keinen November? Als wäre der November kein Krebsgeschwür, das sich jedes Jahr durch ihre Eingeweide und ihre Psyche fraß und Nutzlosigkeit streute wie Blutkonfetti; der eine Abwärtsspirale in Gang setzte wie pechschwarze Serpentinen, die geradewegs in den Schlund eines Müllschluckers führten und …

[…]

Hör auf damit.

Leise. Von Weitem.

Hey! Lass das!

Benommen sah Luana hoch. Ihr Büro nahm vor ihren Augen Gestalt an. Was war nur in sie gefahren? Sie schwitzte heftig und spürte ihren hämmernden Puls. Es war, als wäre sie für einen kurzen Moment ganz woanders gewesen. Nachdenklich rieb sie mit den Fingerspitzen über ihre Schläfen. Unter normalen Umständen hätte Luana nur ungern zugegeben, dass Ralph recht gehabt hatte – es war keine gute Idee gewesen, zur Uni zu kommen. Aber in diesem Fall scherte sie sich nicht darum. Sie wollte nur noch weg von hier.

Zehn Minuten später hatte sie sich für den Nachmittag krankgemeldet und lief über den Campus Richtung Montlake Bridge. Unterwegs flammten die Schmerzen in ihren alten Knochenbrüchen auf. Sie schaffte es gerade noch zur Brücke, musste sich aber ans Geländer klammern, um nicht zusammenzubrechen.

Während sie über den Lake Washington und auf die dahinterliegenden Cascade Mountains blickte, beschlich Luana das untrügliche Gefühl, dass ihre Vergangenheit sie einzuholen drohte. Eines nicht allzu fernen Tages würde sie wach werden und feststellen, dass ihre zweite Chance nur eine Illusion gewesen war. Dass die vergangenen achtzehn Jahre nur ein Mosaik aus Bildern gewesen waren, die vor ihrem inneren

Auge aufblitzten, während sie im grellen Sonnenlicht auf dem Asphalt der Avenida Rebouças verblutet war. Unsinn natürlich, aber sie konnte den Gedanken nicht abschütteln.

Nein, es ist nicht deine Vergangenheit, die dich einholt. Es ist der Buchhalter. ER ist es, der sich im Wasser zu deinen Füßen verbirgt. Im Wind, der deine Netzhaut austrocknet. In der Luft, die du einatmest. Denn all diese Dinge sind wirklich passiert, das ist ja der absurde Witz. Du wurdest getäuscht: In einem unbeobachteten Moment hast du deine Seele verkauft. Und er wusste, dass du ein interessanter Fall warst, weil er schon dabei gewesen war, als du in jener Nacht den Abzug gedrückt hast und die Gestalt zusammengesackt ist. Er hat es an dir gerochen. Ob jemand stark oder schwach ist, der Teufel riecht es meilenweit.

Ob das stimmte, wusste sie nicht, aber eines stand fest – von jenem Moment an war nichts mehr dem Zufall überlassen. Im Oktober, vier Monate nach dem, was sie ihr »Unglück« nannte, hatte sie einer Vorlesung an der Universidade de São Paulo eines gewissen Professor Dr. Calvin Brenner aus Seattle beigewohnt. Er hatte ein leidenschaftliches Plädoyer für die akademische Zusammenarbeit zwischen Nord- und Südamerika gehalten. Die Schmerzen waren an diesem Tag heftig gewesen, aber nach der Vorlesung war sie vor lauter Begeisterung auf ihren Krücken nach vorne gehumpelt, um ihn anzusprechen. Dr. Brenner war von ihrer Geschichte besonders beeindruckt und von ihren Erkenntnissen besonders angetan gewesen. Er hatte sie zu einem Drink eingeladen und anschließend zu einem Praktikum in den Vereinigten Staaten.

Und du, du warst erstarrt, weißt du noch? Denn wie solltest du das finanzieren? Und was würde aus deiner Reha werden? Doch Dr. Brenner sagte, um all diese Dinge würde sich die Uni kümmern. In Amerika gäbe es die die besten Physio-

therapeuten, hatte er gesagt. Du konntest deinen PhD auch in Seattle abschließen und in der Zwischenzeit Erstsemester unterrichten. Sie wäre genau die Richtige, weil sie ihr Land mit Haut und Haaren verkörperte – das waren die Worte, die er benutzte.

Luana hatte gesagt, sie müsse erst darüber nachdenken, aber das war gelogen gewesen. Mochte sein, dass sie das Land mit ihrer Haut verkörperte, aber alles, was sie darauf sah, waren Narben. Am nächsten Tag war sie mit dem Taxi zu seinem Hotel gefahren. Rennen konnte sie nicht, aber als sie die Lobby betrat, fühlte sie sich, als würde sie rennen. Sie hatte die Tränen nicht zurückhalten können, als sie Dr. Brenner sagte, dass sie sein Angebot annahm.

Aber schon damals hast du tief im Inneren gespürt, dass es zu schön war, um wahr zu sein, stimmt's? Denn so etwas passiert jemandem mit deiner Herkunft nicht. Jemandem mit deiner Vergangenheit. Aber du hast dich nicht davon beirren lassen. Denn das war deine zweite Chance.

Zwei Wochen später war sie ins Flugzeug nach Amerika gestiegen. Es regnete, als sie auf dem SeaTac ankam, und die Luft roch anders als zu Hause. Frischer. Dr. Brenner hatte sie abgeholt und war überrascht gewesen, dass sie nur einen Rucksack dabeihatte. In diesem Rucksack trug sie ihr gesamtes Leben. Er hatte darauf bestanden, ihr ein wenig zusätzliche Kleidung zu kaufen. Sie hatte gesagt, es wäre wirklich nicht nötig, er hätte schon mehr als genug für sie getan, aber zwei Tage später hatte er ihr die Klamotten in ihrer kleinen Campuswohnung vorbeigebracht.

Und du dachtest noch, dass sie dir nicht viel nützen würden, weil es Sommerbekleidung war. Noch dazu kurz, obwohl der Winter nahte. Wie konntest du jemandem begreiflich machen, dass du das nördliche Klima nicht gut verträgst, wenn es doch die Person war, der du überhaupt zu verdanken hattest, dieses Klima erleben zu dürfen? Also hast du sie aus Höflichkeit trotzdem angezogen, und er hat gestrahlt mit seinem Wolfsgrinsen, als du mit einer Krücke vor ihm auf und ab gelaufen bist, um sie zu präsentieren.

Die darauffolgenden Wochen hatten ganz im Zeichen ihrer ersten Vorlesungen vor amerikanischen Studierenden gestanden. Ein mulmiges Gefühl hatte sie erst bekommen, als sie bei einer Fakultätsfeier Gerüchte hörte. Ob sie das mit Dr. Brenners Frau nicht wisse? Sie war von der Hüfte abwärts gelähmt. Offenbar war das sein Ding. Sein Ding? Behinderungen. Seine vorherige wissenschaftliche Mitarbeiterin habe im Rollstuhl gesessen – Multiple Sklerose. Sie solle besser aufpassen. Luana hatte es nicht glauben können. Nicht Dr. Brenner. Man hatte sie aufgrund ihrer Qualifikationen an die Uni geholt, nicht als Fetisch.

Aber dann hatte Dr. Brenner eines Abends vor ihrer Tür gestanden und ihr Avancen gemacht. Als sie ihn abwies, war er zudringlich geworden, sie hatte den Alkohol in seinem Atem gerochen. Zu einem richtigen Übergriff war es nicht gekommen, dafür war er zu betrunken gewesen. Aber dennoch hatte Luana Todesängste ausgestanden. Brenner war wütend geworden, hatte ihr gedroht, er hätte sie hergeholt und könne ihre Anstellung jederzeit aufkünden lassen. Ihr würde sowieso niemand glauben, er hätte die alten Stichwunden auf ihrem Arm gesehen, sie solle es sich noch mal überlegen.

Da saß man dann. In einem fremden Land, in einer fremden Stadt. Und der Grund, weshalb man dort war, war *feio*. Hässlich. Wer oder was auch immer das inszeniert hatte, handelte nicht aus edlen Beweggründen … aber zu deinem Vorteil. Denn am nächsten Morgen hörte sie, dass Dr. Brenner während eines »Abendspazierganges« auf dem Zebrastreifen von einer 1962 C1 Corvette überfahren worden war. Der Professor war offenbar so klug gewesen, sich in seinem umnebelten Zustand nicht hinters Steuer zu setzen. *Die Geschichte machte auf dem gesamten Campus die Runde. Der junge Fahrer hatte der Polizei unter Tränen erzählt, dass er nicht wusste, wie ihm geschehen war. Es war in einem Anflug passiert: Wie er den Oldtimer seines Dads für eine Fahrt zum Montlake Boulevard aus der Garage geholt und plötzlich Lust gehabt hatte, aufs Gas zu treten. Als ob etwas in ihn gefahren wäre. Wie ein böser Geist, sagte er. Und du, du dachtest nicht an den großen Mann im Anzug, der anderthalb Jahre zuvor neben dir gekniet hatte, als du kurz davor warst, zu verbluten. Du hast dich lediglich gefragt, ob Dr. Brenner dieselben Knochenbrüche erlitten hat wie du damals.*

Ein Lastwagen donnerte dicht hinter ihr über die Brücke, und Luana schrak aus ihren Gedanken hoch. Wie lange hatte sie hier gestanden? Sie konnte sich kaum erinnern. Sie holte ihr Handy hervor und sah, dass es bereits gegen drei war. Gott, schon so spät. Die Nachmittagsvorlesungen waren bereits zu Ende. Es wurde Zeit, dass sie den Bus nahm, sonst würde Ralph sich Sorgen machen. Im November arteten solche Sorgen schnell darin aus, dass man sich verrückt machte.

Vorsichtig, die Hüfte so wenig wie möglich belastend, lief sie weiter zur anderen Kanalseite. Sie nahm sich vor, sich weniger in Gedanken zu verlieren. Die Grübeleien bewegten sich auf einer gleitenden Skala und konnten gefährlich werden. Und was brachten sie ihr wirklich? Nichts als Scham, als ob sie für den Fluch der Bird Street mitverantwortlich war. Aber das war sie nicht. Sie hatte sich verliebt, mehr nicht. Sie hatte sich in einen Mann verliebt, der alles hatte, was sie nicht besaß: einen Mann, der glücklich gewesen war. Und sie konnte ein wenig Glück gut vertragen. Konnte man ihr das verübeln, selbst wenn dahinter unverkennbar eine lenkende Hand steckte?

Denn genau wie Mosquito hatte auch dieser Mann ein Geheimnis gehütet.

Sechs Jahre und eine Halbkugel weiter stellt sich heraus, dass der Mann, in den du dich verliebt hast, genauso ist.

11. November

An jenem Freitag, dem Tag, bevor alles eskalieren sollte, wachte Luana vor der Morgendämmerung auf und roch, dass Ralph getrunken hatte.

Er befand sich noch im Tiefschlaf. Sie konnte sich nicht erinnern, dass er sich neben sie gelegt hatte. Gestern Abend war sie allein ins Bett gegangen, weil Ralph gesagt hatte, er sei zu rastlos, um sich schon schlafen zu legen. Er hatte noch etwas Netflix schauen wollen. Am liebsten hätte sie ihn angefleht, mit ihr zu kommen und sie im Arm zu halten. Er würde sie beschützen, hatte er versprochen. *Dann beschütz mich*, hatte sie gedacht. Aber Ralph war schon in seinen eigenen November abgetaucht, und sie hatte sich nicht getraut.

Er schlief in dem T-Shirt, das er gestern getragen hatte. Das sah ihm gar nicht ähnlich. Ralph war ein hygienischer Mensch, der sich am Ende des Tages stets auszog und duschte. Auf dem Hemd prangten Flecken, und er trug einen mindestens vier Tage alten Stoppelbart. Er schnarchte leise, und Luana überkam ein mulmiges Gefühl. Ralph schnarchte nur, wenn er trank.

Sie beugte sich zu ihm hinab, wich jedoch unverzüglich zurück. Der Geruch nach Wodka war so stark, dass man ihn als Gestank bezeichnen konnte. Wo hatte er ihn her? Kein

Alkohol mehr nach dem Umtrunk am Zweiten, das war die Regel. Die Reste hatten sie in der Spüle entsorgt. Er musste ihn heimlich gekauft haben.

Eine heftige Wut flammte in ihr auf, die an Hass grenzte. Sie stand auf, schnappte sich ihren Morgenmantel vom Bügel, schlüpfte hinein und ging hinunter. Mit bleichen Fingerknöcheln durchsuchte sie den Mülleimer unter der Spüle und danach den Abfalleimer in der Garage. Sie brauchte einen Beweis. Eine leere Flasche. Oder halb voll, egal. Sie wollte etwas, damit Ralph es nicht abstreiten konnte. Sagen, sie hätte es sich nur eingebildet.

Aber sie fand nichts. Nichts hinter dem Sofa, nichts zwischen dem Gerümpel in der Garage.

Schließlich blieb sie im Wohnzimmer stehen. Die Bretter vor den Fenstern klapperten hinterhältig im Wind.

Er hat sie im Garten vergraben. Weil er weiß, dass ich dort nicht nachschauen werde.

Was hatte er sich dabei gedacht? Wie konnte er so dumm sein, so unverantwortlich? Sobald Ralph zu trinken anfing, war alles vorbei. Das wusste er. Aus einem betrunkenen Abend würden zwei werden, dann noch einer, und dann würde es keine nüchternen Abende mehr geben. Ralph würde nicht mehr mit ihr reden. Er würde sie anschreien. Ihr Schmerz und ihre Scham hätten keinen Raum mehr. Es würde seine Entscheidungen beeinträchtigen, sowohl bezüglich der alltäglichen Dinge als auch Fragen von Leben und Tod. Und die Kinder …

Kaila. Kaila, die gestern den ganzen Tag mit ihrem Novembergesicht herumgelaufen war. Es war alles ihre Schuld. Alles war in Ordnung gewesen, bis sie gegen die Regeln verstoßen hatte und auf das Dach gestiegen war, um in den Garten hinterm Haus zu spähen.

Hätte sie das nicht getan, hätte sie nicht gesehen, was Ralph und die Nachbarn dort gemacht hatten. Dann hätten die Dunklen Tage für sie alle ruhiger begonnen, und Ralph hätte nicht unter einer solchen Anspannung gestanden.

Kaila mit ihrer ewigen Neugierde. Hätten sie sie in der Klinik doch nur dabehalten, als es letzte Woche so aus dem Ruder lief.

Luana blieb stocksteif stehen, die Hände an den Wangen, den Mund zu einem kleinen »o« aufgerissen, wie eine Freitagmorgenimitation von Edvard Munchs Gemälde.

»Lieber Gott …«, flüsterte sie in den schwach beleuchteten Raum. »Habe ich das gerade wirklich gedacht?«

Luana war angewidert von sich selbst. Allein die Vorstellung! Es war nicht Kailas Schuld, nichts von alldem war Kailas Schuld. Sie konnte Ralph vorwerfen, dass er sich nicht um seinen eigenen Verfall kümmerte, aber sie selbst war in der gleichen Abwärtsspirale gefangen.

Plötzlich erinnerte sie sich an etwas, das Ralph am Vorabend ihrer ersten Dunklen Tage gesagt hatte, damals vor all den Jahren. *Was den Rest des Jahres dein größtes Glück ist, wird sich gegen dich wenden. Nimm dich davor in Acht, Luana.*

Anfangs hatte es in ihren Ohren wie ominöses Geschwätz geklungen, aber als die Dunklen Tage zum zweiten Mal in Folge in vollem Gang waren, hatte sie alles zurücknehmen müssen. Kaila war sieben Monate alt gewesen, bis dahin war alles vorbildlich gelaufen, aber plötzlich hatte sie stark abgenommen. Tag und Nacht hatte das Baby in einem schwachen, hohen Ton geweint. Luana rieb ihr über die Lippen, wiegte sie, gab ihr die Brust, aber was sie auch versuchte, ihre Tochter wollte sich nicht beruhigen. Luana weinte auch viel in dieser Zeit. Am Anfang hatte Ralph sie noch getröstet. Später nicht mehr.

Eines Nachmittags beugte sie sich über die Wiege. Das Baby schrie ununterbrochen, die hilflosen Händchen zu Fäusten geballt. Luana war ratlos. Was war los? Wenn es doch nur endlich still wäre! Dieses Kind, dieses unnatürliche Kind, gezeugt durch den Tod eines anderen.

Es hätte nie existieren dürfen.

Plötzlich hatte sie glasklar vor sich gesehen, wie sich ihre Finger über dem Schädel des Babys spreizten und die Fontanellen eindrückten. Es erklang ein Ploppen. Ihre Finger sanken in den Kopf ein, dort, wo die Haut weich und zart war. Das Baby riss die Augen auf. Es begann am ganzen Körper zu zittern, während sich das Kissen unter dem kleinen Köpfchen rot färbte.

Luana hatte geschrien, und als sie ihren eigenen Schrei hörte, war sie aus ihrer Trance hochgeschreckt. Sie stand tatsächlich über Kaila gebeugt, die juckenden Fingerspitzen auf dem kleinen Köpfchen. Schnell hatte sie die Hände weggezogen, als hätte eine Schlange sie gebissen.

Und das Baby hatte furchtbar gekreischt. Mutter und Tochter in dissonantem Chor. Du warst durchs Zimmer gestapft, die Hände gegen den Kopf gestemmt. Diese Bilder, du musstest sie loswerden. Die Pistole, die losging. Die Gestalt, die zusammensackte. Deine Finger, die sich in Kailas Kopf drückten. Der alte Mann, den ihr ein Jahr zuvor in den Wald gebracht hattet und dessen Puls unter deinem Zeige- und Mittelfinger immer schwächer geworden war. Es war Gift durch deine Adern geströmt. Die Dunklen Tage waren Gift. Und du hattest dich nicht mehr an die Wiege getraut, weil deine tiefste Angst geweckt war: dass du deinem Baby etwas antun würdest.

Das hatte Luana Ralph nie erzählt. Auch danach nicht, als die Dunklen Tage vorüber waren und der Vorfall die diffusen Konturen eines schrecklichen, aber verblassenden Traums angenommen hatte. Niemals würde sie daran zurückdenken, hatte sie sich geschworen. Die Zeit war vergangen. Die Jahre kamen und gingen und mit ihnen alles, was für die Dunklen Tage charakteristisch war: der Selbsthass, der Kontrollverlust, die Opferbereitschaft. Aber am schlimmsten war der irrationale Hass auf die, die sie am meisten liebte: Kaila und Django. So hielt der Buchhalter sie bei der Stange. Das war es, was sie erwartete, wenn sie den Pakt aufkündigte.

Luana schwor sich noch etwas: Dass sie es nicht an Ralph und den Kindern auslassen würde. Sie würde diesem Impuls widerstehen. Plötzlich fest entschlossen, ging sie in die Küche, nahm ihr Handy und gab eine Kalendernotiz ein. *Ralph und die Kinder tragen keine Schuld.* Sie kopierte sie und ließ sich tagsüber alle drei Stunden daran erinnern. Sieben Tage die Woche, den gesamten restlichen November lang.

Das Häkchen für den akustischen Alarm war gesetzt.

Auch wenn ihre Gedanken der hypnotischen Spirale immer tiefer in die Dunkelheit folgten – ihre Kalender-App würde sie da rausholen.

Dann setzte sie Kaffee auf.

Django war der Erste, der zum Frühstück kam. Sie machte ihm sein Lieblingssandwich, den Banana-Dog: Erdnussbutter und Marmelade, Banane und Rosinen im Vollkorn-Hotdog-Brötchen, aber er aß es nur zur Hälfte auf. Er klagte über Schmerzen in seinen Händen. Der Klaviervorfall hatte ihn zwei Fingernägel seiner rechten Hand und drei seiner linken Hand gekostet, aber auf den Wunden hatte sich bereits eine Kruste gebildet, er hatte sich Gott sei Dank nichts gebrochen, und die Schwellungen gingen zurück.

Doch dieser Schmerz saß tiefer, fuhr durch seine linke

Hand bis zu seinem Handgelenk, und Django jammerte, als Luana seine Hand mit Arnikasalbe einreiben wollte. Sie hörte das Gelenk knacken und dachte: *Arthrose.*

»Ich glaube, ich kann so nicht zur Schule«, sagte er mit ernster Miene.

»Das kannst du sehr wohl. Mrs. Buckner weiß, dass du nicht schreiben kannst und hat dir erlaubt, das iPad zu benutzen. Und mit deinem Kopf ist alles in Ordnung, junger Mann.«

»Mit meinem Kopf ist nichts in Ordnung. Es dauert jetzt schon so lange! Wann wird wieder alles normal?«

»Nur noch ein paar Wochen, Schatz.«

»Ich will mein Klavier.«

»Ich weiß. Aber das sind deine Novemberhände. Ihre Superkräfte sind lahmgelegt. Vielleicht können Liam und Noah dir etwas auf den Verband malen.«

Sie zog die Bandagen fest und sah ihm mit blutendem Herz nach, als er den Gartenweg hinuntertrottete. Marc Wachowski wartete bereits in seinem BMW, um Liam und ihn zur Schule zu bringen. Marc winkte, sah aber genauso mies aus, wie sie sich fühlte. Die Wachowskis hatten ihrerseits einiges mitgemacht: Gestern Nachmittag war Ethan in ihrem Garten von Schwarzwald, Gray Juniors Windhund, der sich losgerissen hatte, in den Knöchel gebissen worden. So etwas tat er sonst nie, hatte Gray offenbar gesagt. Daraufhin hatten sie Ethan ins Primary Care in Lock Haven bringen müssen, damit er eine Tetanusspritze bekam, aber der Junge hatte eine allergische Reaktion entwickelt. Marc und Gray waren über die Frage, was nun mit dem Hund passieren sollte, in Streit geraten. Wenn ein Hund sich einmal als heimtückisch erwiesen hatte, blieb er heimtückisch, sagte Marc, und dann musste er eingeschläfert werden. Gray hatte geschnauzt, er solle sich nicht so idiotisch anstellen und wisse genau, woran es lag.

Und derweil lag Dorothy McKinley mit einer Lungenentzündung im Bett. Derweil war bei Harry Aikman nach zwei Regentagen über dem Bücherregal ein Wasserleck entstanden und hatte einigen Schaden angerichtet.

Luana schlurfte zurück in die Küche und sah, dass Ralph runtergekommen war. Er hatte dunkle Ringe unter den Augen und zitterte vor Müdigkeit. Ihre Blicke trafen sich, und damit war alles auf einen Schlag klar: Dass sie es wusste und er wusste, dass sie es wusste.

»Luana, ich …«

»Pscht.«

Ralph sah schweigend zu, wie sie zum Kühlschrank ging und ein Glas frischen Orangensaft einschenkte. Aus dem Küchenschrank über der Spüle holte sie die Tupperware mit den Nahrungsergänzungsmitteln. Sie nahm eine Multivitamintablette aus der Dose, eine Extradosis Vitamin B und eine Zinkkapsel. Und eine Aspirin. Das alles reichte sie Ralph, der die Pillen mit Orangensaft herunterspülte. Danach legte sie ihm die Arme um den Hals und sah ihn einfach nur an.

»Danke«, sagte er leise.

»Geh duschen. Du riechst, als hättest du unter einer Brücke geschlafen. Und lass uns nicht mehr darüber reden.«

Er nickte.

War es wegen Frank? War er der Grund, weshalb du dich genötigt gesehen hast, zur Flasche zu greifen? Wegen Frank und den Umständen seines Todes?

Aber diese Frage wollte sie ihm jetzt nicht stellen. Was es auch gewesen war, es war lediglich ein Katalysator. Wenn nicht Frank, dann etwas anderes. Letztlich steckte der November dahinter.

Er verzog sich nach oben, und Luana war stolz, wie sie die Sache gehändelt hatte. Es war alles in allem die annehmbare

Fortsetzung eines Morgens, der so furchtbar begonnen hatte. Sie hatte sich selbst in den Griff bekommen. Das hätte auch ganz anders ausgehen können.

Aber eine Stunde später schrak sie dennoch wieder aus ihrem betäubten Zustand, als sie merkte, dass sie noch immer in ihrem Morgenmantel in der Küche saß, an einem unaufgeräumten Frühstückstisch, und erkannte in dem Mann, der ihr gegenübersaß, kaum noch Ralph wieder. Er hatte geduscht, starrte aber benommen vor sich hin und kaute geistesabwesend an seinem Bagel. Ihr wurde übel davon. Er kaute wie ein Alkoholiker.

Luana meinte sich zu erinnern, dass Kaila irgendwann in der letzten Stunde ebenfalls nach unten gekommen war, ganz sicher war sie sich allerdings nicht. Da war noch eine andere, vage alarmierende Erinnerung, die sie plagte, etwas über das Versinken in Gedanken, aber die bekam sie nicht mehr zu fassen.

Und als ihr Handy sie um neun Uhr mit *Ralph und die Kinder tragen keine Schuld* benachrichtigte, fragte sie sich, was geschehen wäre, wenn Kaila etwas tiefer geschnitten oder Django härter in die Tasten gehauen hätte, sodass seine Fingerknochen zersplittert wären.

KAILA

Was im Camp Heron Market geschah.
Eltern haben Geheimnisse. Der Garten hinterm Haus.
Olivia.

11. November

An diesem Freitag bat Kaila Jax, das Training zu schwänzen und zu ihr zu kommen. Er traf um Viertel vor vier ein. Da ihre Eltern gesagt hatten, dass sie gegen halb fünf für eine Stunde verschwinden würden (das war alles – ganz ohne jede Zusatzinfo, überhaupt nicht verdächtig oder so), fuhren sie zuerst zum Camp Heron Market, um Skittles, Chips und Getränke zu holen. Genug Zeit, um rechtzeitig wieder zu Hause zu sein: eine Stunde sturmfrei war eine einmalige Gelegenheit, die sich Kaila nicht entgehen lassen wollte.

Links vom Eingang des Supermarkts lagen bereits die ersten gefrorenen Truthähne für Thanksgiving *(»You ain't seen stuffin' yet!«)* in der Auslage. Rechts, im Gang vor den Kassen, entdeckte Jax den *Den of Geek* zwischen den Zeitschriften und begann sofort darin zu blättern. »Yo, ich komme gleich, okay?«

»Von wegen. Ich sehe da auch noch *Popular Mechanics*, insofern muss ich dich wohl als vermisst melden.«

»Oh, was wirst du mich vermissen, Liebling.«

»Träum weiter. Welche Chips willst du?«

»Honey BBQ. Oder nein, Flamin' Hot Dill Pickle. Die sind der Hammer.«

Kaila ging mit ihrem Korb tiefer in den Supermarkt hinein. Sie hatte nun seit knapp einer Woche aufgehört, Lithium zu nehmen, und anfangs war sie so schwerfällig gewesen wie ein Dodo. Sie hatte ständig Kopfschmerzen gehabt, ihr war den ganzen Tag zum Kotzen zumute gewesen, und ihre Hände hatten wie verrückt gezittert. Die typischen Entzugserscheinungen, wie sie wusste, aber der befürchtete akute Rückfall in die Depression, vor dem im Netz gewarnt wurde, war ausgeblieben.

Seit gestern war sie außerdem weniger müde, aber was noch nicht verschwunden war, war ihr trockener Mund. Kaila hatte den ganzen Tag lang Durst. Darum nahm sie drei Frutly-Flavor-Variety-Packungen aus der Kühlung an der Rückwand *(»Hydration, Meet Juice«)* und legte sie in ihren Korb. Als die Tür des Kühlregals zufiel, sah sie sich selbst in der Spiegelung.

Und etwas Riesiges, das direkt hinter ihr stand. Kaila wich zurück, stieß mit den Schultern gegen das Kopfende der Regalreihe zwischen zweitem und drittem Gang und riss den Kopf herum. Dort war niemand. Ein Junge mit einem Skateboard unter dem Arm stand ganz vorn bei den Instant-Nudeln und suchte etwas im Regal, aber hier war sie allein.

Sie schaute erneut zum Kühlregal und dachte kurz, sie hätte es sich nur eingebildet. Grelles Licht glänzte in dem bunten Sortiment aus Flaschen, wodurch die Reflexionen in der Glastür nicht mehr als Konturen waren. Aber dann sah sie es erneut. Die riesige Gestalt, die über ihr thronte. Die schiefen, unproportionalen, ungefähr menschlichen Umrisse. Aber es war kein Mensch. Etwas so Riesiges konnte doch kein Mensch sein? Entsetzt machte Kaila ein paar Schritte nach hinten rechts, ohne das Ding in der Scheibe aus den Augen zu lassen.

Augenblicklich nahm es die Verfolgung auf.

Sie drehte sich um und rannte durch den Gang, und die Gestalt in der Kühlung rannte in gebückter Haltung mit ihr. Kaila sah die unfassbar langen Gliedmaßen, die schlackernden Arme, mit denen sie sich fortbewegte wie ein krakenartiges Wesen, das in seichten, stillen Gewässern lebte. Wie der Blitz rannte sie an Wasserflaschen, Pepsi, Energydrinks vorbei. Als sie sich dem Ende des Ganges näherte, wo die Wein- und Bierkühlung die Reihe abschloss, hörte sie es auch. Sie hörte die Flaschen mit jedem donnernden Schritt klirren, den es setzte, als ob sie jeden Augenblick aus den Regalen fallen könnten. Das geschah nicht. Stattdessen schwang die hinterste Tür auf, das Glas blähte sich mit einem blubbernden, saugenden Geräusch, und eine hochgewachsene, magere Gestalt in schwarzem Anzug stieg direkt vor ihr aus der Kühlung in die reale Welt.

Ein heftiger Schock des Entsetzens durchlief ihren Körper. Kaila war außerstande, auch nur einen Gedanken zu fassen. Diesmal stieß sie beim Zurückweichen so heftig gegen das Regal hinter sich, dass sie hinfiel, den Korb losließ und ihr Arm einen ganzen Schwung Doritos aus dem Regal fegte, ehe sie auf ihrem Hinterteil landete. Kaum begreifend, was vor sich ging, sah sie zu, wie das Ding, das eben noch eine Reflexion gewesen war, sich schüttelte. Es ähnelte nicht länger einem Weichtier, sondern einem Wolf, der ans Flussufer gekrochen war und sein Fell ausschüttelte. Doch statt Wasser stieg Rauch von seinen Schultern auf, der nach Sumpfgasen und verrottender Erde stank.

Das ist der Teufel, schoss es Kaila durch den Kopf. Sie glaubte nicht an Gott und ganz sicher nicht an den Teufel, aber sie wusste, dass die Kreatur, die aus dem Kühlregal gestiegen war, der Teufel war … oder etwas Artverwandtes.

Er trug eine schwarze Fliege und hielt einen Lederkoffer in der rechten Hand. Einen Moment lang dachte Kaila, dass er sie vielleicht nicht sehen würde, wenn sie ganz still wäre, aber dann drehte er ihr sein Gesicht zu, und ihr wurde klar, wie töricht dieser Gedanke war. Später würde sie sich nicht mehr an dieses Gesicht erinnern können, denn es war so gewöhnlich und austauschbar und gleichzeitig so eigentümlich, dass man es unmöglich beschreiben konnte. Sie würde sich nur daran erinnern, dass es lang und blass und der November selbst in diesem Gesicht gefangen war. Der Wind. Die Kälte. Der Regen. Und mehr.

»Hallo, Kaila«, sagte der Teufel mit einer Stimme, die überhaupt nicht zu diesem Gesicht passte. Seine Stimme war salbungsvoll und verführerisch und gefährlich und schien sowohl in ihrem Kopf als auch in der realen Welt zu erklingen. *»Es geht doch nichts über ein Treffen am Boden. So habe ich auch deine Mutter kennengelernt – auf dem Boden, in einer Lache ihres eigenen Blu-hu-hutes …«*

Bei diesem letzten Wort warf er scheinbar unkontrolliert den Kopf zurück und sog die Luft ein wie ein wildes Tier. Als er sie wieder ansah, tropfte ihm Sabber von der Unterlippe, die trüb im Licht der Kühlung glitzerte. Der Teufel stellte seinen Koffer neben sich ab.

»Ich möchte dir etwas geben. Den Willen zu leben. Aber pass gut auf ihn auf. Er gehört nur dir.«

Ehe sie es sich versah, beugte sich das Wesen herab und nahm ihre rechte Hand in seine. Bei der Berührung stöhnte Kaila auf, denn es fühlte sich an, als würde sie von etwas berührt werden, das schon seit Ewigkeiten tot war. Mit den Fingern seiner anderen Hand – gekrümmte, furchtbar lange

Finger – legte er etwas Kleines und Warmes in ihre Hand und schloss ihre Finger darum. Kaila war schleierhaft, wie es möglich war, dass er sein Gesicht so dicht vor ihres hielt, dass er sich so weit vornüberbeugen konnte, ohne auf sie zu stürzen, denn er stand mit beiden glänzenden Lackschuhen fest auf den Fliesen. Sie musste den Atem anhalten gegen den schwarzen Rauch, der von seinem Anzug aufstieg, und sie wollte gerade das Gesicht abwenden, als er abrupt in seiner Bewegung stockte. Er schaute runter, hatte ihre Hand in seiner vergessen, und begann zu schnüffeln. Er schnüffelte dicht über ihrem Bauch.

Dort, wo sich die Striemen vom Kartoffelmesser befanden.

Der Teufel sah wieder hoch, und seine Augen glitzerten obsidianschwarz, ohne Pupillen oder Iris – darin nur kahle, knackende Äste. Wieder sog er Luft ein und stieß ein aufgeregtes »*hooooooohhh*« aus, wobei der Speichel über seine Lippen auf ihren Pullover tropfte. Kaila war überzeugt, dass er sie aufreißen und ihre Eingeweide fressen würde. Selbst wenn er ursprünglich etwas anderes mit ihr vorgehabt hatte, würde er seinen Hunger nicht länger bezwingen können. Doch dann ertönte plötzlich eine Durchsage: »Judy, bitte zur Kasse«. Der Bann war augenblicklich gebrochen. Der Mann im Anzug hob den Blick, ließ Kailas Hand los und stand auf.

»*Mach mit, Kaila*«, sagte er. »*Sonst wirst du alles verlieren. Fast alles … und ich werde essen, was übrig bleibt.*«

Dann nahm er seinen Koffer und ging den Gang hinunter zu den Kassen.

Einige Augenblicke lang lag Kaila wie gelähmt da. Dann richtete sie sich ruckartig auf, um zu sehen, wohin er ging. Halb erwartete sie, er sei verschwunden, aber das war nicht der Fall. Er hatte beinahe das Ende des Ganges erreicht, und sie sah ihn nur noch von hinten, aber Kaila hätte schwören können, dass er sich verändert hatte. Er war zusammengeschrumpft, seine Proportionen wirkten menschlicher. Seine Gliedmaßen waren nicht mehr so unfassbar lang. Sie sah, dass er, ohne innezuhalten, an einer Frau vorbeiging, die ihre Einkäufe an der Kasse auspackte, und dass das Mädchen, das sich mit der Kassiererin – Judy? – beriet, ihn gedankenlos grüßte. Dann verschwand er hinter den Regalen außer Sicht. Kaila rannte zum nächsten Gang, sah aber nur noch, wie sich die automatischen Türen schlossen.

Er war verschwunden.

Sie öffnete die rechte Hand. Darin lag ein Stück schwarzes, ungeschliffenes, vulkanisches Glas. Das erkannte sie, weil sie vor einiger Zeit einen Ausflug in den Nationalpark in Oregon unternommen hatten. Von einem solchen Stück Stein würde man erwarten, dass es kalt war, aber es strahlte eine unangenehme Wärme aus.

Und hatte da etwas gepocht?

Nein. Der Stein drückte in eine Ader in ihrer Handfläche. Es war ihr eigener Herzschlag, den sie spürte.

»Wow, was ist denn hier passiert?«

Kaila erschrak. Jax war zu den Kühlregalen hinten im Supermarkt gekommen. Instinktiv schloss sie ihre Hand.

Pass gut auf ihn auf. Er gehört nur dir.

»Ich … äh.«

Ja, was war eigentlich passiert? Sie war vollkommen verwirrt.

Das Wesen, das aus der Kühlung gestiegen war, war nicht wie die Dinge, die man zu Hause in den Spiegeln sah. Dieses Ding hatte Macht gehabt. Und eine Warnung für sie. Darauf war sie nicht vorbereitet gewesen. Zu Hause vielleicht, aber nicht hier. Unbemerkt ließ sie den Stein in ihrer Hosentasche verschwinden. Da sie keine Ahnung hatte, was sie Jax sagen sollte, fragte sie: »Hast du den Typen gesehen?«

»Typ? Welcher Typ?«

»Der eben rausgegangen ist. Der Typ im Anzug.«

»Oh, der an der Kasse? War das nicht der Filialleiter?«

»Nein. War er …« Sie zögerte. »Ist dir nichts Merkwürdiges an ihm aufgefallen?«

»Kaila, was ist los? Hat er dich belästigt?«

»Jax, hast du irgendetwas Ungewöhnliches an ihm bemerkt?«

»Nein, ich habe nicht darauf geachtet. Was hätte mir denn Merkwürdiges an ihm auffallen sollen?«

Verwirrt hockte sie sich hin, um ihre Sachen wieder in den Korb zu legen und die Doritos zurück ins Regal zu stellen. »Ich weiß es nicht.«

»Geht es dir nicht gut? Hat das was zu tun mit deiner …?«

Er beendete den Satz nicht, aber das war auch nicht nötig. *Hat das was zu tun mit deiner Störung?* Jax hielt sie für verrückt. Er hatte keine Ahnung, wie er mit ihrer bipolaren Störung umgehen sollte. Letzteres konnte sie ihm schwerlich vorwerfen, verspürte aber trotzdem einen Anflug von Wut. Jax hatte manchmal echt ein Brett vor dem Kopf. So funktionierte eine bipolare Störung nicht. Der Mann im Anzug war echt gewesen, das Stück Vulkanglas in ihrer Hosentasche war der eindeutige Beweis. Sie bräuchte es ihm nur zu zeigen … aber sie tat es nicht.

Denn dadurch würde er ihr immer noch nicht glauben. Er würde denken, sie hätte es bereits vorher bei sich gehabt.

Und da war noch etwas. Ein weiterer Grund, warum sie es ihm nicht sagen wollte.

Es war etwas Persönliches gewesen.

Der Mann im Anzug war extra wegen ihr gekommen.

Und Kaila war neugierig.

»Komm mit nach Hause«, sagte sie. »Ich muss dir was zeigen.«

Ihre Eltern brachen gerade auf. Sie trafen sie im Flur an, wo sie ihre Mäntel anzogen.

»Hey, Mr. Lewis! Mrs. da Silva!«

»Hey, Jax«, sagte ihre Mutter abwesend. »Schön, dass du da bist. Kaila meinte, du würdest mit uns essen?«

»Klar, gern.« Kaila wollte seine Neigung, stehen zu bleiben und mit ihnen zu plaudern, schon im Vorfeld unterdrücken – Jax plauderte ständig mit allen und jedem – und zog ihn am Ärmel mit. Dadurch fiel sein Blick in die Küche und das Wohnzimmer.

»Yo, was ist denn mit all den Vorhängen und Fensterläden?«

»Wir renovieren die Fassade«, sagte Dad, »und haben Bretterverschläge angebracht, damit die Fenster nicht beschädigt werden.«

»Gut so, gut so! Meine Eltern haben letztes Jahr auch …«

»Jax, komm jetzt«, zischte Kaila.

»Wir sind gleich wieder da.« Mom sah müde aus, schaute sie nun aber direkt an. »Django ist in seinem Zimmer. Tu mir einen Gefallen und sag ihm kurz Hallo, ja? Er hat es schon schwer genug. Und er würde es nie zugeben, aber du weißt, wie sehr er dich mag.«

»Mach ich, Mom.«

»Oh, und hast du zufällig mein Handy gesehen? Ich kann es nirgends finden.«

»Hat Dad schon versucht, dich anzurufen?«

»Sechsmal.«

»Das taucht wieder auf. Du bist manchmal so ein Schussel mit diesen Dingen«, sagte Dad.

Sie zuckte abwesend mit den Schultern, dann gingen sie. Sobald die Tür hinter ihnen ins Schloss fiel, packte Kaila Jax am Handgelenk und zog ihn zur Eingangstür, sodass er fast stolperte. »Yo, was soll das?«

»Geh raus und tu so, als hättest du was im Auto vergessen. Ich will wissen, in welche Richtung sie gehen.«

»Warte mal, *wie bitte?*«

»Meine Eltern, Dummkopf!«

»Du spionierst deinen Eltern nach? Wieso?«

»Tu es einfach! Wenn sie dich sehen, dann sag, du hättest dein Handy vergessen. Du bist genauso so ein Schussel wie sie … das sagst du ihnen. Ich muss wissen, wohin sie wollen.«

»O…kaaaay«, sagte er mit hochgezogener Augenbraue, öffnete aber die Haustür und schlüpfte hinaus. Gut, manchmal hatte er zwar ein Brett vorm Kopf, aber er war auch ihr Held.

Ihre Eltern glaubten an offene Kommunikation in der Erziehung und waren selbst offene Bücher. Sie gingen nie »für eine Stunde weg«, ohne zu sagen, wohin. Das war wahrscheinlich wieder so ein Dunkle-Tage-Ding. Eines dieser geheimen Nachbarschaftstreffen. Und in der Bird Street bedeutete das nicht etwa einen geheimen Handel mit Cannabispflanzen oder gar einen – *iiih!* – Swingerclub. In der Bird Street bedeutete es, Leute in den Wald zu bringen, um sie dort einzuschläfern.

Sie hörte, wie sich Jax' Autotür öffnete, aber es waren keine Stimmen zu vernehmen. Kurz darauf schlug die Tür wieder zu. Für einen Moment herrschte Stille, bis plötzlich die Haustür aufging. »Jason Bourne, melde mich zum Rapport …« Jax legte eine Pause ein, um zu Atem zu kommen. »Sie haben mich nicht mal gesehen.«

»Wo sind sie hingegangen?«

»Sie sind nach rechts gelaufen. Sie sind in die Einfahrt von diesem großen, unheimlichen Haus nebenan rein.«

Na bitte, dachte sie. Das McKinley-Haus. Andere mögliche Ziele gab es nicht. Wenn man auf dieser Seite der Bird Street weiterging, landete man auf der Tolt Reservoir Road, die meilenweit in die Berge führte.

Jax hatte offenbar etwas in ihrem Gesicht gelesen, denn er fragte: »Kaila, sagst du mir jetzt endlich, was los ist?«

Sie sah ihn grimmig an. »Die Fassadenrenovierung, von der Dad gesprochen hat? Bockmist.«

»Was meinst du?« Er trottete ihr hinterher in die Küche.

»Sie arbeiten nicht an der Fassade. Dad hat dich angelogen.«

»Das kann ja heiter werden, wenn wir über die Mitgift verhandeln.« Er nahm ihren Klaps ohne Protest hin. »Aber warum?«

»Im November müssen alle Vorhänge und Fensterläden an der Rückseite geschlossen bleiben. Zuerst dachte ich, das wäre, damit niemand sieht, was sie da draußen mit den Nachbarn treiben, aber es steckt mehr dahinter.«

»Was?«

»Ich hatte gehofft, das gemeinsam mit dir herauszufinden. Schau dir das an.«

Sie kramte in ihrer Gesäßtasche und holte das iPhone ihrer Mutter heraus. Heute Morgen hatte sie es am Ladekabel in der Küche liegen gesehen und sogleich mitgehen lassen. Sonderlich handybeflissen war ihre Mom nicht, wie die meisten Menschen ihrer Generation. Sie hatte es offenbar gerade eben erst vermisst.

Kaila entsperrte das Telefon mit einem Wischen. Sie kannte den PIN-Code ihrer Mutter, da sie ihn für sie eingerichtet hatte. »Weißt du, was das ist?«

Sie klickte auf »Admin« und zeigte ihm die dort aufgeführten Apps. Die unterste hieß »Vember« und trug als Logo ein modern gestaltetes Schild mit dem Buchstaben N darin.

Jax nahm ihr das Handy ab. »Warte mal. Gehört das deiner Mutter?« Und als sie nickte: »Das hat sie gesucht!«

»Was du nicht sagst, Jason Bourne. Hilfst du mir nun oder nicht?«

»Bist du dir sicher, dass du darauf rumschnüffeln willst? Ich habe ehrlich gesagt kein gutes Gefühl dabei.«

»Ich würde nicht fragen, wenn es nicht sehr wichtig wäre.«

Er zögerte und wandte sich dann dem Display zu. »Vember?«

»Ja.«

Er tippte auf die App, und es erschien ein schlichter Login-Bildschirm. Allerdings wurde nicht nach einem *Benutzer* und *Passwort* gefragt, sondern nach einem Fingerabdruck.

»Wow, fett.« Mit einem Mal fasziniert, fing er an, Dinge auszuprobieren. Jax war ziemlich technikaffin, genau deshalb wollte sie es ihm auch zeigen. Die ganze letzte Woche hatten sie Fragen und Verdächtigungen geplagt. Am Mittwoch hatte sie ihre Neugierde dann nicht mehr unterdrücken können und sich heimlich in die Kommunikation ihrer Mutter mit den Nachbarn eingeklinkt, aber nichts gefunden außer der Nachbarschafts-WhatsApp-Gruppe und privaten Unterhaltungen mit Joyce Wachowski (darüber, Django und Liam zur Schule zu bringen) und Dorothy McKinley (Rezepte für Beef Wellington). Nichts Belastendes also. Aber das war nur logisch, denn die Dinge, die sie miteinander zu besprechen hatten, teilte man natürlich nicht über Apps, die ihre Daten speicherten.

Und dann war sie auf Vember gestoßen. Ein Logo mit einem N. Eh klar.

»Im App Store ist es nicht zu finden«, sagte sie, »und bei

Google auch nicht. Aber ich habe auf Dads Handy nachgeschaut, und er hat sie auch. Einer der Nachbarn von gegenüber heißt Gray McKinley und ist Softwareentwickler. Aber er scheint außerdem ein Hacker zu sein. Ich habe mich gefragt, ob das vielleicht sein Werk ist.«

Jax runzelte die Stirn. »Wenn du Grund zur Annahme hast, dass deine Eltern und eure Nachbarn etwas aushecken, dann ja. Es ist auf jeden Fall keine gewöhnliche App, sie ist nicht in ihren Einstellungen aufgeführt. Aber schau mal, sie hat trotzdem ein VPN, wie man sieht.«

»Ein was?«

»Ein Netzwerk, das deinen Internetverkehr über Server in der ganzen Welt umleitet und deine Daten verschlüsselt.«

»Und warum würde man so ein VPN wollen?«

»Na ja, wenn deine Eltern nicht zufällig kürzlich nach China oder Russland gereist sind und sich bei Facebook anmelden wollten, dann vor allem, um anonym zu bleiben.« Er sah sie mit vielsagendem Blick an. »Die Leute gehen damit ins Darknet. Kaila … was genau treiben deine Eltern? Das sieht nämlich nach illegalem Zeug aus.«

Ihre Ohren klingelten. Er bestätigte, was sie bereits vermutet hatte: Vember war irgendeine verschlüsselte Kommunikations-App, für die wahrscheinlich Gray den Code geschrieben hatte. So kommunizierten sie also über das, was sie dort draußen in den Wäldern taten. Denn ja, es war natürlich illegales Zeug. Und jetzt fühlte sich Kaila zwischen zwei Extremen hin- und hergerissen. Sie wollte nichts lieber, als sich Jax anvertrauen, denn sie hatte sich selten so allein gefühlt und verspürte das starke Bedürfnis nach einem Verbündeten. Aber es waren auch ihre Eltern. Dad hatte sie praktisch angefleht, es niemandem zu erzählen. *Unsere Zukunft hängt davon ab*, hatte er gesagt. Und selbst wenn sie sie angelogen hatten – was, wenn es einen guten Grund dafür gab? Vielleicht waren sie in etwas verwickelt, in das sie gar nicht verwickelt sein wollten.

Mach mit, hatte der Mann im Camp Heron Market gesagt. *Sonst wirst du alles verlieren. Fast alles … und ich werde essen, was übrig bleibt.*

Solange sie die volle Wahrheit nicht kannte, konnte sie Jax keine Spekulationen anvertrauen. Aber da war noch etwas.

»Würdest du etwas für mich tun?«

»Hast du Jason Bourne jemals Nein zu seiner Freundin sagen hören?«

»Nein, und den kleinen Wuschelkopf auch nicht.« Sie schlang ihre Arme um seinen Hals und küsste ihn auf die Lippen. »Deshalb bist du auch mein Freund.«

»Nicht wegen meiner irren Locken?« Er schüttelte theatralisch seine Haare. »Was soll ich tun?«

»Ich möchte, dass du in den Garten hinter dem Haus gehst.«

Sie standen in der schummrigen Garage. In ihrer Hand hielt sie den Schlüssel zur Hintertür, den sie aus dem Schrank im Arbeitszimmer ihres Vaters genommen hatte.

Die Sonne war inzwischen untergegangen, und da das Fenster an der Hintertür mit einer schwarzen Mülltüte abgeklebt war, kam das einzige Licht von der Tür zur Küche.

Rechts sah man die matt glänzenden Formen des Forester ihres Vaters und des Optima ihrer Mutter. Links die Werkbank, die gestapelten Gartenstühle und die abgedeckten Spiegel. Kaila erschauderte bei ihrem Anblick. Hier roch es, wie es immer in der Garage roch: feucht und modrig, mit einem Hauch von Motoröl. Aber jetzt fühlte sich alles anders an. Das lag daran, dass sie Angst hatte. Eine ausgewachsene Angst, die ihr schwer im Magen lag.

»Bereite mich kurz vor«, sagte Jax mit gedämpfter Stimme. »Haben die dort ein Meth-Labor in einer Scheune oder so?«

»Nein, das nicht.« Auch sie sprach leise. »Wir dürfen den Garten im November nicht betreten. Und zwar jedes Jahr. Wir dürfen nicht mal hinschauen. Da ist etwas am Waldrand. Und das gilt für alle Häuser auf dieser Seite der Straße.«

»Weißt du, wie verrückt das klingt?«

»Ich weiß. Früher habe ich nicht weiter darüber nachgedacht. Es war einfach eine Regel, so wie man die Mülltonnen wegen der Bären nicht draußen stehen lässt oder einen Schraubenzieher nicht in die Steckdose steckt. Aber das hier … das ergibt alles keinen Sinn. Ich will wissen, was es da zu sehen gibt.«

»Warum gehst du dann nicht selbst nachschauen?«

Kaila wollte es nicht zugeben, aber das war das Mindeste, was sie ihm schuldig war. »Weil ich mich nicht traue.«

»Hast du Angst, dass deine Eltern dahinterkommen?«

»Das ist es nicht.«

Plötzlich spürte sie, wie ihr Tränen in den Augen brannten. Sie merkte, dass sie ihre Angst kaum noch bändigen konnte, und das machte sie wahnsinnig. Das Schlimmste aber war, dass sie wusste, woher diese Angst kam: Es war der Pawlowsche Reflex, den ihr ihre Eltern von klein auf antrainiert hatten. Denn auch wenn es ihr bewusst war, änderte das nichts an der instinktiven, beinahe körperlichen Blockade, die sie verspürte. Für kein Geld der Welt würde Kaila einen Fuß in den Garten setzen. Sie wollte nicht einmal einen Blick hineinwerfen. Es war anders als damals, als sie auf das Dach geklettert war: Das war bei vollem Tageslicht gewesen. Nun wurde es dunkel, und sie steckten schon zu tief drin. Zu tief im November.

Sie wischte sich mit den Handflächen die Tränen aus den

Augen und sagte: »Hier passieren Dinge, die ich mir nicht erklären kann. Und ich habe Angst, dass du mich für verrückt hältst, wenn ich dir davon erzähle.«

Er ergriff ihre Hände. »Letzte Woche hast du mir nachts diese Nachricht geschickt, ob ich an Geister glaube. Hat es vielleicht damit zu tun?«

Sie brachte keinen Ton heraus und nickte nur.

»Gut, zum Glück. Denn die Antwort lautet Nein. Falls du aufgrund deiner brasilianischen Wurzeln anders empfindest, ist das okay, aber wenn es das ist, wovor du Angst hast, werde ich dir beweisen, dass du dir keine Sorgen machen musst. Mach ruhig die Tür auf.«

Du hast das Ding an meinem Bett nicht gesehen, dachte sie finster, sprach es aber nicht aus. Stattdessen drückte sie sanft seine Hand. »Danke, dass du mich nicht sofort abgeschrieben hast. Aber eines möchte ich klarstellen: Meine Mutter hat brasilianische Wurzeln. Ich bin einhundert Prozent Emerald City, Baby.«

Sie wandte sich zur Hintertür und drehte den Schlüssel im Schloss. Die Tür ging einen Spalt auf, und blassblaues Dämmerlicht fiel auf Jax' Gesicht, als er nach draußen spähte. Kaila blieb hinter der Tür stehen. Die kalte Luft, die aus dem Garten hereinströmte, roch nach Nebel und Unterholz und toten Dingen, und unwillkürlich versuchte sie, den Atem anzuhalten. Das war die Novemberluft. Die Gartenluft. Sie wollte sie nicht in ihren Lungen haben.

»Gut, und wonach suche ich?«

»Ich weiß es nicht. Dinge, die anders sind als normalerweise. Merkwürdige Spuren. Stellen, wo gegraben wurde, vielleicht.«

»Stellen, wo gegraben wurde? Lieber Himmel!«

»Ich glaube, du musst vor allem am Zaun nachschauen. Ganz hinten.«

»Und du bleibst in der Tür stehen und rufst mir zu, wohin ich mich bewegen soll?« Er zog die Tür weiter auf, sah aber überrascht auf, als sie mit ihrem Fuß und ihrer Schulter verhinderte, dass der Spalt breiter wurde.

»Nein«, sagte sie. »Ich kann das nicht. Du musst es tun.«

»Du kannst nicht mal hinschauen?« Er beäugte sie skeptisch. »Auch gut. Aber nachher musst du mir alles erzählen, okay? Ich habe keine Angst vor Spukkram, aber im Moment ein wenig vor dir, ehrlich gesagt.«

Sie nickte, und Jax schlüpfte hinaus. Prompt schob Kaila die Tür wieder zurück auf einen winzigen Spalt. »Sei bitte vorsichtig«, versuchte sie ihm noch nachzurufen, aber ihrer Stimme fehlte die Puste.

Kurz blieb es still.

Dann erklang es: »*Toni-hiiiiight … I'm gonna have myself …*«

»Jax! Halt die Klappe!«

»*A real good time*«, sang er unbeirrt weiter. »*I feel ali-hi-hi-hiiiive …*«

Sie schlug aufs Türblatt und zischte: »Jax, hör auf mit dem Quatsch! Mom und Dad sind nebenan, wenn sie hinter dem Haus sind, können sie dich hören!«

»Okay, okay«, murmelte er. Er klang nun weiter von der Tür entfernt. Danach wurde es still.

Kaila stieß Luft aus und begann am ganzen Körper zu zittern. Sie musste sich beherrschen. Es gab doch keinen Grund, sich so irrational vor ihrem eigenen Garten zu fürchten oder vor der Tatsache, dass sie Jax dorthin geschickt hatte, um nachzusehen? Derselbe Garten, wo sie sich im Sommer so gerne auf einem Handtuch im Gras sonnte, während die Vögel den Wald so friedlich und voller Leben erscheinen ließen?

Aber es gab natürlich einen.

Manchmal meint man Dinge zu sehen, hinter dem Zaun. Böse Dinge. Darum ist es besser, nicht hinzuschauen.

Wenn ihre Eltern und ihre Nachbarn anderen Menschen in den Wäldern hinter ihrem Haus zu einem selbst gewählten Tod verhalfen und es ihre Echos waren, die man manchmal in den Dunklen Tagen in den Spiegeln sehen konnte, dann sah man sie vielleicht auch am Waldrand.

Die Frage lautete: Waren sie gefährlich? Nur weil Dad gesagt hatte, es sei besser, nicht hinzusehen, hieß das nicht, dass sie einem etwas antun konnten. Oder? Bilder in einem Buch, hatten sie dem kleinen Jungen in *Shining* erzählt, konnten einem nicht wehtun. Aber sag das mal dem Blut, das die Tapeten in den Hotelfluren beschmiert hatte.

Wenn es hier wirklich etwas gäbe, das sie verletzen konnte, dann hätten Mom und Dad sie dem doch niemals all die Jahre ausgesetzt. Sie mochten verrückt sein, aber sie waren nicht verantwortungslos. Und die Dinge, die Kaila in den Spiegeln gesehen hatte, waren nie gefährlich geworden.

Schneide das nächste Mal ein wenig tiefer. Schneide ein schönes, tiefes, dunkles Loch in deinen Bauch, und dann kriechst du hinein und kannst bei uns wohnen.

Na ja, nicht wirklich jedenfalls.

Auf einmal musste sie wieder an Rover Nyholm denken. Rover, der mit seinen Eltern nach St. Louis gezogen war, wo er sich keine zwei Jahre später das Leben genommen hatte. Ein schrecklicher Gedanke kam ihr: Hatte er vielleicht unter dem Einfluss dessen gestanden, was hier in den Wäldern war? Hatte es ihn zu seiner Bluttat getrieben? Aber dahinter war keine Logik erkennbar. Zwei Jahre kamen ihr in dieser Hinsicht sehr lang vor.

Rover hat immer damit geprahlt, dass er dort in den Wäldern herumgestreift ist, weißt du noch? Und dann hat er von den Irrlichtern erzählt. Dass sie einen hypnotisierten und dazu verleiteten, in den Sumpf zu laufen. Sobald man eines gesehen hatte, sagte er, war man gezeichnet. Dann war man verloren.

Hatte Rover vielleicht Irrlichter gesehen? Kaila weigerte sich, das zu glauben. Sie hatte noch nie so etwas in den Wäldern hier gesehen.

Nein, aber du bist ja auch immer brav gewesen. Du bist nie über den Zaun geklettert. Und du bist im November nie in den Garten gegangen.

So wie Jax jetzt.

»Jax«, sagte sie leise, nahe am Türspalt. Sie legte die Fingerspitzen auf die Oberfläche und lauschte. »Jax!« Etwas lauter nun.

Die Stille knisterte beinahe, als stünde die Luft unter Hochspannung.

Warum sollten die Geister derjenigen, die ihre Eltern in den Wald gebracht hatten, böswillig sein, wenn sie ihren Tod frei gewählt hatten?

Weil sie in die Irre geführt wurden.

Aber von ihren Eltern?

Auf einmal hörte sie wieder diese Stimme, triefend und verführerisch wie das Gift der Wolfsmilch: *Mach mit, Kaila. Sonst wirst du alles verlieren. Fast alles ... und ich werde essen, was übrig bleibt.*

Sie leckte sich über die spröden Lippen, öffnete den Türspalt etwas weiter und rief, jetzt nachdrücklicher: »Jax! Ist alles in Ordnung?«

Es kam keine Antwort.

Ruhig bleiben. Er kann nicht einfach verschwunden sein. Es gibt keinen Durchgang im Zaun.

Aber eine andere Stimme flüsterte: *Er kann gut klettern.*

»Jax, verdammt noch mal!«

Ihre Angst, die bis dahin ihre Luftröhre wie eine lockere Hand im Griff gehabt hatte, drückte zu und drohte sie zu ersticken. Was sollte sie jetzt tun? Doch nachschauen gehen? SIE hatte Jax rausgeschickt. SIE war ihm Rechenschaft schuldig. Aber was, wenn …

»Kaila! Was machst du da?«

Mit einem Ruck drehte sie sich um. Django. Er stand im Licht des Durchgangs zum Haus. Kacke, sie hatte ihren kleinen Bruder ganz vergessen. »Pssst. Geh wieder rein.«

Er schaute mit großen, ängstlichen Augen an ihr vorbei. »Mach die Tür zu! Wir dürfen da nicht hin!«

»Ich gehe auch nirgendwo hin.« Sie zögerte. »Jax ist nachsehen gegangen. Aber ich höre ihn nicht mehr.«

Djangos Augen wurden groß. »Du hast deinen Freund in den Garten geschickt? Wow, klasse, Kaila. Du hättest ihn genauso gut in den Amazonas schicken können, um nachzuschauen, ob es dort Piranhas gibt.«

»Klappe, Giftzwerg! Lausch lieber mit.«

»Auf keinen Fall! Ich komme dieser Tür bestimmt nicht näher, falls du das gedacht hast.«

»Schisser«, rutschte es ihr heraus, aber sie bereute es sofort. Wie konnte sie Django vorwerfen, Angst zu haben, wenn sie selbst genauso verängstigt war? So wie er dastand, die bandagierten Hände hilflos vor der Brust, als hätte er sie in weiße Sportsocken gesteckt, bekam sie plötzlich Mitleid mit ihm. Und war er abgemagert? Ehrlich gesagt sah er schrecklich aus. Möglicherweise wurde dieser Eindruck durch das spärliche Licht in der Garage noch verstärkt, aber es machte ihr schmerzlich klar, dass sie in letzter Zeit nur mit sich selbst beschäftigt gewesen war und sich nicht darum gekümmert hatte, was die Dunklen Tage mit ihrem kleinen

Bruder angestellt hatten. Das würde sich nun ändern, nahm sie sich vor.

Sie wandte sich wieder dem Türspalt zu und lauschte. Irgendwo aus dem Wald rief eine Eule. Es war ein dünner, gespenstischer Ruf. Ansonsten war es still.

»Jax, antworte mir!«

»Hörst du etwas?« Sie warf einen Blick zur Seite. Django war doch näher gekommen und trat nervös von einem Fuß auf den anderen. »Hörst du etwas?«, wiederholte sie.

»Nein. Wie lange ist er schon weg?«

»Zu lange. Scheiße!«

Er stöhnte. »Wie konntest du nur so doof sein? Bald erwischen ihn die Jibblymowers, und dann ist es deine Schuld, wenn wir ihn nie wiedersehen …«

»Die Jibblymowers?« Sie starrte ihn an. »Was zum Teufel sind Jibblymowers, Django?«

»Das sind Kreaturen, die das ganze Jahr über schlafen und im November aus ihren Erdlöchern kriechen, und wenn man ihnen zu nahe kommt, ziehen sie einen runter, weil sie nicht wollen, dass man von ihrer Existenz weiß.«

Drei Sekunden lang hatte sie Jax völlig vergessen.

»Glaubst du das etwa?«

»Liam hat mir das erzählt!«

Plötzlich ertönten Schritte, die eilig näher kamen. Kailas Herz schlug ihr bis zum Hals. Die Hintertür wurde aufgestoßen, und da war endlich Jax, und einen Moment lang blickte sie an ihm vorbei in die blauviolette Dämmerung des Gartens, bis Django nach vorne sprang, die Tür mit der Schulter ins Schloss warf und sie alle drei in Dunkelheit hüllte.

»Jax, wo warst du? Warum hast du nicht geantwortet?«

»Hast du gerufen? Ich habe nichts gehört. Ich war ganz hinten, wie du gesagt hast.« Blasses Licht blitzte auf: Jax hatte sein Handy herausgeholt. Im Lichtschein sah er ein wenig wild aus. »Oh, hey, Django.«

»Hast du etwas gesehen?« Kailas Stimme zitterte.

»Nein. Das heißt ja. Nur den Garten, sonst nichts.«

»Hast du durch den Zaun geschaut?«

»Ja. Nichts. Allerdings lag da ein Haufen Äste, den noch niemand weggeräumt hat. Ich habe ein paar weggezogen, um nachzuschauen, ob jemand darunter gegraben hat, wie du gesagt hast, aber sie waren so ineinander verheddert, dass ich aufgegeben habe.«

»Und hast du die Lichter gesehen?«, fragte Django.

»Lichter?«

»Im Wald, hinter dem Zaun.«

Kaila spürte, wie sich ihre Eingeweide zusammenzogen, aber Jax nickte ernst. »Ja, klar, allerlei helle Lichter, von mindestens drei Ufos. Und Bigfoot hab ich auch gesehen.«

»Sehr witzig«, seufzte Django.

»Was hast du mit deinen Flossen gemacht, Maestro?«

Ihr kleiner Bruder zeigte seinen Verband und zog ein gequältes Gesicht. »Arthrose.«

»Echt? Mist!«

»Ja. Aber ich mach mir deshalb keine Sorgen. In zwei Wochen ist es wieder vorbei.«

»Arthrose? Das geht doch nicht einfach weg, oder?«

Kaila schob Jax beiseite, kniete sich vor ihren kleinen Bruder und legte ihre Hände auf seine Schultern. »Django. Woher weißt du von den Lichtern?«

»Hat auch Liam erzählt. So locken dich die Jibblymowers in ihre Höhlen. Sie zeigen sich als farbige Lichter, die dich verzaubern.«

Kaila wusste nicht, was sie darauf erwidern sollte, aber bevor ihr etwas einfiel, wurde die Vorderseite der Garage plötzlich in ein warmes gelbes Licht getaucht, und sie erstarrte. Die automatische Beleuchtung in der Einfahrt. Die funktionierte mit einem Bewegungssensor. »Scheiße, Mom und Dad!«

Sie stolperten beinahe übereinander, als sie zurück ins Haus rannten. Gerade noch rechtzeitig schafften sie es in die Küche; Kaila hatte gerade das Garagentor hinter sich zugezogen, als sie hörte, wie der Schlüssel in der Haustür gedreht wurde.

Dabei fiel ihr auf, dass sie den Schlüssel aus Dads Arbeitszimmer im Schloss der Hintertür vergessen hatte.

Selten hatte Kaila unter so großer Anspannung gestanden wie an diesem Abend beim Essen. Mom hatte über Kopfschmerzen geklagt und war mit einer Tasse Brühe nach oben gegangen. Dad hatte vietnamesisches Essen bei Sam's Noodle Town geholt und versucht, den guten Vater zu mimen, aber es war ein Kampf, bei dem er immer mehr Terrain an diesen anderen Vater, ihren Novembervater, verlor. Dieser riss keine peinlichen, gut gemeinten Witze. Dieser Vater war unberechenbar und beängstigend. Es war, als säßen sie mit einem bösartigen wilden Tier am Tisch, das beim geringsten Anlass um sich schlagen konnte. Und die ganze Zeit über dachte Kaila: *Mist, Mist, Mist, der Schlüssel.*

Mit der Ausrede, eine Cola für Jax zu holen, rannte sie schließlich nervös zur Garage. Der Schlüssel steckte noch im Schloss. So leise sie konnte, schloss sie die Hintertür ab und versteckte den Schlüssel in ihrer Hosentasche. Dann drehte sie sich um.

Ihr Vater stand regungslos in der Tür.

»Was machst du da, Kaila?« Sie wusste nicht recht, was sein ausdrucksloser Tonfall bedeutete. Hatte er gesehen, was sie getan hatte? Auch das war im Gegenlicht der Küche unmöglich zu sagen. Er war eine Silhouette, die unter Anspannung stand wie ein Drahtseil.

»Cola suchen.« Sie täuschte Unbeschwertheit vor, konnte aber ihre Nervosität nicht verbergen. »Für Jax. Wie gesagt. Weißt du, wo die Flaschen stehen?«

»Wie wär's mit da drüben?« Die Silhouette streckte einen Arm aus und zeigte auf den Vorratsschrank. »Da stehen sie immer.«

»Ja, da habe ich nachgeschaut, aber ich konnte sie nicht finden. Vielleicht habe ich sie im Dunkeln übersehen.« Sie ging an ihm vorbei und wollte zum Schrank, aber er hielt sie am Handgelenk fest.

»Kaila, ist alles in Ordnung? Du verhältst dich seltsam.«

Sie riss sich los. »Du benimmst dich selbst seltsam, Dad. Geht's dir gut?«

Aus der Nähe sah sie den matten Glanz in seinen Augen.

»Ja. Bringst du mir ein Bier mit? Da ist ein Sixpack im Kofferraum.«

Kaila zögerte. »Bist du dir sicher? Mom sieht es nicht so gern, wenn du trinkst, oder?«

»Siehst du Mom hier irgendwo?« Die Antwort traf sie so heftig wie der Biss einer Klapperschlange. Kaila war schockiert.

»Nein, aber ich dachte, vielleicht solltest du besser … während der Dunklen Tage …«

»Kaila, ich habe dich gebeten, mir ein Bier aus dem Kofferraum zu holen. Ich will nicht noch einmal fragen müssen.«

Widerstrebend ging sie um den Forester herum und öffnete die Heckklappe. Darin lag tatsächlich ein Sixpack Coors Banquet, und als sie eine Dose herausnahm, sah sie daneben eine Flasche Smirnoff liegen. In ihren Eingeweiden rumorte es. Deshalb also. Dad trank wieder. So viel zum Thema »besonders gut aufeinander aufpassen«.

Sie schritt am Forester vorbei, schnappte sich eine Colaflasche aus dem Regal und ging zur Tür, wo sie ihrem Vater die Bierdose barsch an die Brust drückte. »Du wehrst dich nicht mal dagegen. Wenn du es schon nicht für Mom oder mich tust, dann tu es für Django. Du widerst mich an.«

Sie ging an ihm vorbei in die Küche und machte sich auf einen Wutanfall gefasst – sie zuckte buchstäblich bereits zusammen –, der jedoch ausblieb. Stattdessen kam er kurz darauf benommen in die Küche geschlurft und stellte die Dose ins Spülbecken.

Diese Schlacht hatte sie gewonnen. Hoffte sie zumindest.

Als sie die Teller abräumten und Jax gerade auf der Toilette war, entschuldigte sich Dad fast unter Tränen bei ihr. Er sagte, er wisse nicht, was in ihn gefahren sei. Dass es an den Dunklen Tagen läge, dass er sich geschworen habe, sich mehr anzustrengen. Früher hätte Kaila Mitleid mit ihm gehabt und geglaubt, dass es nicht seine Schuld war, aber jetzt war sie sich dessen nicht mehr so sicher. Außerdem hielt sein Bedauern nicht lange an. Offenbar hatte sich ihr Novembervater dicht unter der Oberfläche versteckt und ihre unterkühlte Reaktion gespürt, denn als Django, Jax und sie den Großteil ihres Chocolate-Chip-Eises ausgelöffelt hatten, hatte er sich wieder zu ihnen an den Tisch gesetzt und gesagt, es sei Zeit für Jax, nach Hause zu gehen. Kaila hatte den Eindruck, dass es sich, so kindisch und primitiv es auch war, um einen Racheakt handelte, weil sie ihn verärgert hatte. Diesmal hatte sie sich selbst auch nicht unter Kontrolle, und das Ganze endete ziemlich unschön. Ein einziges Geschrei. Die Eispackung, die auf dem Küchenboden zerplatzte. Ein verängstigter Django, der in sein Zimmer rannte. Jax, der den Kürzeren zog und nun doch nach Hause ging. Die Küchentür, die sie so heftig zuschlug, dass sie sich aus den Angeln löste. Und ein lautstarker Streit zwischen Mom und Dad, der bis zum Dachboden zu hören war. Geschah ihm recht.

Sie weinte sich auf dem Bett in den Schlaf. Als sie aufwachte, war es Viertel nach elf, und im Haus herrschte tiefe Stille. Auf ihrem Handy waren lauter verpasste Anrufe und besorgte Nachrichten von Jax, aber sie brachte es nicht über sich, ihm zurückzuschreiben. Stattdessen lag sie da und starrte apathisch an die Decke.

Sie hatte Heimweh. Heimweh nach dem Oktober.

Die Ereignisse waren zu schnell aufeinander gefolgt. Sie hatte keine Zeit gehabt, um damit ins Reine zu kommen. Jetzt waren ihre Kopfschmerzen wieder da, und ihre Hände zitterten unaufhörlich. Eigentlich sollte sie das beunruhigen, aber sie merkte, dass es ihr egal war. Genau diese Gleichgültigkeit hätte eigentlich ihre Alarmglocken schrillen lassen müssen, da sie wusste, dass sie gefährlich abrutschte, aber sie hatte nicht die Energie, sich darum zu kümmern.

Sie holte das Stück Vulkanglas aus ihrer Tasche und hielt es über ihren Kopf. Auf einer Seite war der Stein scharf abgeschnitten, so scharf, dass man nicht viel Druck ausüben musste, um damit die obere Hautschicht zu durchdringen. Sie sah vor sich, wie hellrote Tropfen aus ihren Handgelenken perlen würden, wie Tau am Morgen ihres Todes.

Ich möchte dir etwas geben. Den Willen zu leben.

Was hatte die Kreatur damit gemeint? Der Teufel, der ihr in der Gestalt eines Mannes im Camp Heron Market erschienen war. Symbolisierte der Stein ihren Lebenswillen? Kaila schloss ihre Finger darum, da sie spürte, dass sie diesen Willen im Moment nur außerhalb von sich selbst suchen konnte. Prompt spürte sie wieder die seltsame Wärme, die er ausstrahlte. Sie hatte den Eindruck, dass sich etwas darin befand, etwas Pochendes, etwas Lebendiges. Und nun hatte sie ihre Zweifel, ob es sich wirklich um ihren eigenen Herzschlag handelte. Es erzeugte ein übles und verdorbenes Gefühl in ihrem Inneren.

Plötzlich musste sie daran denken, was er noch gesagt hatte: *Es geht doch nichts über ein Treffen am Boden. So habe ich auch deine Mutter kennengelernt – auf dem Boden, in einer Lache ihres eigenen Blu-hu-hutes …*

Ihre Mutter hatte den Teufel getroffen. Was hatte das zu bedeuten? Es konnte nicht anders sein, er musste den Unfall ihrer Mutter gemeint haben. Aber das war vor so langer Zeit passiert. Noch bevor sie nach Amerika gekommen war, bevor sie Dad kennengelernt oder von Lock Haven und den Snoqualmie Woods auch nur gehört hatte. So weit konnte der Einfluss von dem, was hier in den Wäldern hauste, doch nicht reichen?

Ach nein? Das Unglück, das Rover und seine Familie verfolgt hatte, hatte sie in St. Louis eingeholt.

Und da war noch etwas. *Das erste Mal*, hatte er gesagt. Das hieß, dass es nicht bei diesem einen Mal geblieben war. Zumindest nicht, wenn er die Wahrheit gesagt hatte. Davon konnte sie allerdings nicht einfach ausgehen. Hieß es nicht, der Teufel sei der Vater aller Lügen?

Meine Eltern können davon auch ein Lied singen, dachte Kaila starr.

Ihre Eltern und der Teufel. *Ach du Scheiße*. Es war Wahnsinn, es war viel zu lächerlich, um es in Worte zu fassen. Und dennoch …

Sie stand auf und lief über den Dachboden, schlurfend, um die knarrenden Dielen zu vermeiden. Sie wusste nicht genau, was sie antrieb. Sie schaltete das Licht aus und ging im Dunkeln zum Erkerfenster über ihrem Schreibtisch, wo sie den Vorhang aufzog. Sie hatte das Licht vorsichtshalber ausgeschaltet: Kaila hatte keine Lust, in der Spiegelung des Fensters zu sehen, was um sie herumstreifte. Sollte es ruhig unsichtbar bleiben.

Die Bird Street lag im Schein der Straßenlaternen still da. Beinahe augenblicklich wurde ihre Aufmerksamkeit von einer aufleuchtenden Zigarettenspitze auf dem Spielplatz gegenüber geweckt. Jemand saß auf der Schaukel und rauchte – jemand, der unter der Kapuze eines langen Mantels verborgen war. Kaila musste zweimal hinschauen, bevor sie Olivia Davis erkannte, und das auch nur an der Farbe der zittrigen Finger, zwischen denen die Zigarette steckte. Kaila mochte Olivia. Sie hatte immer das Gefühl, dass es zwischen ihnen ein unausgesprochenes Einvernehmen gab, das sich in einem subtilen Lächeln oder einem kurzen, aber herzlichen Gespräch auf der Straße ausdrückte. Das lag nicht daran, dass Olivia ebenfalls farbig war (obwohl das auch eine Rolle spielte), sondern an dem gemeinsamen Gefühl, Außenseiter zu sein: Kaila aufgrund ihres Alters und Olivia, weil sie erst seit ein paar Jahren in der Bird Street wohnte. Was für einen Bund ihre Nachbarn auch immer geschlossen hatten, Olivia war noch nicht lange Teil davon.

Plötzlich begann Kailas Herz zu klopfen. Kurz vor ihrer Heirat war Olivia zu Juliette in das alte McKinley-Haus gezogen. Warum eigentlich? Ein modernes, gleichgeschlechtliches Paar unterschiedlicher Herkunft, das dank Juliettes Job jede Menge Geld hatte. Warum sollten sie bei den hochbetagten Eltern oder Schwiegereltern wohnen wollen, selbst wenn es sich um ein so großes Landhaus handelte? Noch dazu ein *altes* Landhaus. Scheiß auf die Geschichte. Wenn Kaila an irgendetwas noch weniger glaubte als an den Teufel, dann an konservative Queere.

Und sie waren nicht die Einzigen. Maurice wohnte ebenfalls in der McKinley-Villa.

Genau wie Gray Junior und seine Frau Laura dort gewohnt hatten, bevor die Nyholms umgezogen waren. Jetzt lebten sie auf der anderen Straßenseite.

Und plötzlich dämmerte es ihr.

Grandpa und Grandma Lewis. Kaila hatte sie geliebt, sowohl Grandpas Geschichten als auch Grandmas Geduld, mit der sie sich ihre Erzählungen angehört hatte. Sie erinnerte sich, wie untröstlich sie gewesen war, als die beiden plötzlich gestorben waren, als sie neun war. Warum hatte ihr Tod einen solchen Einfluss auf ihr Leben gehabt?

Weil sie in ihrem Haus gewohnt hatten.

Unten war es dunkel, und Kaila konnte ungesehen aus dem Haus schleichen. Sie klemmte einen von Djangos Tretern zwischen die Haustür, damit sie nicht ins Schloss fiel. Dann eilte sie über die Straße.

Olivia schrak bei ihrer Ankunft hoch, als würde sie aus einer Trance erwachen, wodurch die Ketten der Schaukel rasselten und ihre Kapuze herabrutschte. Kaila stockte der Atem. Olivia Davis trug ihr Haar normalerweise zu Cornrows geflochten, doch jetzt hatte sie eine Glatze. Ihr Gesicht war eingefallen, eine graue Maske mit tief liegenden Augen, die ihren Blick nie länger als eine Sekunde auf etwas ruhen ließen.

»Oh, hey, Kaila.« Sie musste ihr den Schock angesehen haben, denn sie fügte hinzu: »Ich weiß, wie ich aussehe.«

»Olivia, bist du krank?«

»Sind wir im November nicht alle krank?«

»Nicht so.« Aber sie dachte an ihren Novembervater. An Djangos bandagierte Hände. An ihre eigenen Gedanken, die immer mehr dahin abdrifteten, sich vom Leben durch einen Aufprall auf dem Asphalt zu befreien. Olivia hatte recht.

Sie ließ ihre Zigarette in die Kuhle unter der Schaukel fallen, trat sie aus und stand auf. »Sorry, ich will eigentlich nicht, dass du mich so siehst. Ich muss weiter.«

»Ich weiß, was ihr tut«, sagte Kaila.

Olivia erstarrte. »Was meinst du?«

»Während der Dunklen Tage. Mit den kranken Leuten im Wald. Mom und Dad haben es mir erzählt.«

»Echt?« Wieder dieser scheue Blick, der ihrem kaum begegnen mochte. »Dann verstehst du ja, warum ich so aussehe.«

Das tat sie nicht – noch nicht, aber sie hatte das Gefühl, ganz nahe dran zu sein. »Wie kannst du das tun, Olivia? Du bist nicht mal von hier. Wie kannst du da mitmachen?«

»Ach, spar dir dein Urteil! Du kennst mich nicht, also misch dich nicht in Dinge ein, die du nicht verstehst, und lass mich in Ruhe.« Sie zog sich die Kapuze über den Kopf und ging in Richtung des McKinley-Hauses davon.

Kaila nahm die Verfolgung auf. »Dann hilf mir wenigstens, es zu verstehen!«

»Geh nach Hause, Kaila!« Sie beschleunigte ihre Schritte. »Ich mag dich, aber bitte geh nach Hause und rede mit deinen Eltern!«

»Meine Eltern haben einen Pakt mit dem Teufel geschlossen! Und du machst mit!«

Ruckartig drehte sich Olivia um, und Kaila wich zurück. Olivias Augen waren so voller Hass und Boshaftigkeit, dass Kaila ein Kribbeln auf dem Rücken spürte.

»Oh, du hast leicht reden. Ihr alle, mit eurem privilegierten Leben. Himmelherrgott, einen Monat im Elend und Selbstmitleid suhlen, ein Ausflug zum Krisendienst, weil ihr eure

Impulse nicht kontrollieren konntet, und schon könnt ihr wieder zu eurem perfekten Leben zurückkehren. Mach mal halblang.«

Kailas Unterlippe zitterte. »Du bist nicht du selbst. Das ist dein Novembergesicht.«

»Das«, fauchte Olivia und bohrte ihre Fingernägel mit Gewalt in ihre Wangen, »das ist das Gesicht aus der Zeit, bevor ich hierhergezogen bin. Begreifst du es nicht?«

Kailas Magen verdrehte sich, als sie sah, wie das Blut in Strömen an Olivias Fingern herunterlief.

»Ich lag schon auf der Palliativstation. Was glaubst du, wie es ist, wenn man dir sagt, dass sie nichts mehr für dich tun können? Dass es dich von innen auffrisst? Es fing in meiner Bauchspeicheldrüse an, aber dann war es überall, in meiner Lunge, in meiner Leber. Es bestand keine Chance mehr auf Heilung. Würdest du dann nicht auch nach jedem Strohhalm greifen?«

»Hat er dich geheilt?«

»Ja, und er wird es wieder tun, wenn die Dunklen Tage vorbei sind. Aber jeden November erinnert er mich daran, was auf dem Spiel steht.« Sie deutete auf ihr Gesicht. »Insofern frage ich dich: Habe ich nicht auch ein Recht auf ein wenig Glück? Warum solltest nur du ein Recht auf Glück haben?«

»Augenblick …«, stammelte Kaila. Ihr wurde schwindelig. »Ihr opfert im Wald Menschen im Tausch gegen Glück?«

Olivia stieß ein schrilles Lachen aus. »Ein Pakt mit dem Teufel, hast du das nicht vorhin gesagt? Hast du geglaubt, dass er dafür keine Gegenleistung erwartet?«

Die Welt wankte. Kaila hatte erneut das Gefühl, als würde sie ihren Dreieinhalb-Vorwärtssalto aus dem Stand üben, und es war kein Wasser im Becken. Die Dunkelheit raste auf sie zu, und dieses Mal schlug sie, wie so oft in ihren Träumen, geradewegs ein Loch in sie hinein.

Die letzten Puzzleteile hatten sich zusammengefügt.

Wie aus weiter Ferne hörte sie Olivias Stimme: »Deine Eltern haben es dir doch erzählt, nicht wahr? Kaila?«

Alles, was sie war. Ihr Glück. Ihr Talent. Die Vorbereitung auf die Olympischen Spiele.

Bezahlt mit dem Blut eines anderen.

Fabriziert von einem Monster.

Olivias Stimme kam jetzt von über ihr. Vage nahm Kaila wahr, dass ihre Beine nachgegeben hatten und sie mitten auf der Straße lag.

»Geht's wieder? Kaila, hast du mich reingelegt? Das hättest du nicht tun dürfen, es wäre Aufgabe deiner Eltern gewesen, dir das zu erzählen. Ich sage es noch einmal: Geh und sprich mit ihnen.«

Doch Kaila war nicht länger nach Reden zumute.

12. November

Am nächsten Morgen griff sich Kaila abermals das Handy ihrer Mutter und lud sich selbst in die WhatsApp-Gruppe der Bird Street ein. Auf ihrem eigenen Handy tippte sie eine Nachricht. Sie hatte die ganze Nacht sorgfältig darüber nachgedacht, las sie aber trotzdem mindestens zwanzig Minuten lang durch, um sicherzugehen, dass sie das, was sie sagen wollte, kryptisch genug formuliert hatte. Dann drückte sie auf Senden.

Ich weiß, was ihr tut. Was ihr all diese Jahre getan habt. Ich kann nicht damit leben, dass ihr für mein Glück

Unschuldige an diesen Ort bringt. Deshalb habe ich die Lösung für dieses Jahr. Nehmt mich.
Damit ihr lang und glücklich mit den Folgen leben könnt.
Danach sehen wir uns in der Hölle wieder.

DJANGO

Verwesung. Der Vorfall auf der Alpakaweide. Schreie von unten.

12. November

Django wickelte vorsichtig den Verband ab, um nachzuschauen, ob seine Hände noch da waren. Es konnte ja sein, dass sie letzte Nacht, als niemand hinsah, verschwunden waren, um einen anderen, passenderen Körper zu finden. Einen, den sie beim Klavierspielen steuern konnten. Er würde es ihnen nicht übel nehmen, aber schlimm fände er es schon. Mit Stümpfen konnte er nichts anfangen.

Sie waren immer noch da, und es war, als würden sie heute besonders stark schmerzen. Sie wollten ihn bestrafen. Bestrafen dafür, dass er sie nicht benutzt hatte. Nicht einmal für einfache Fingerübungen oder ein langsames Lied ohne allzu viele Streckungen. Aber er benutzte sie nicht, weil sie so wehtaten. Es war ein Teufelskreis, eine Schlange, die sich selbst in den Schwanz biss. Bei so etwas konnte man nicht gewinnen.

Die Wunden an der Außenseite waren verheilt. Die Haut an seinen Fingern spannte noch ein wenig, das war alles. Am meisten konnte man es noch an den abgerissenen Nägeln sehen: Erst war es blutig gewesen, dann verkrustet. Jetzt waren sie geschwollene rosafarbene Knubbel, doch es bildeten sich bereits kleine Halbmonde. Das waren die neuen

Nägel, die nachwuchsen. Jeden Tag ein bisschen mehr. Verrückt, wie ein Körper sich selbst reparierte. Nur sahen sie aus wie Zähne. Als ob man die Finger in den Haferbrei stecken könnte, und sie würden dann zu kauen anfangen.

Django erinnerte sich an den toten Schneeschuhhasen, den Liam und er letztes Jahr am Waldrand gefunden hatten. Marc, Liams Vater, hatte gesagt, er würde ein schönes Skelett abgeben. Sie hatten den Hasen in ein altes SpongeBob-Handtuch eingewickelt und ihn unter den Geißblattsträuchern beim Alpakastall vergraben. Beziehungsweise sie, falls es eine Häsin war. Ein Jahr würden sie warten müssen, hatte Marc gesagt, bis die Würmer und Insekten mit dem Abfressen der Knochen fertig waren und Gras auf dem Grab gewachsen war. Aber Liam und Django hatten nicht so viel Geduld aufbringen können und ihn nach ein paar Wochen erwartungsvoll ausgegraben.

SpongeBob war unter den dunklen Flecken kaum noch zu erkennen gewesen. Sobald Liam das Tuch aufgeschlagen hatte, war ihnen von dem Gestank des matschigen Kadavers die Luft weggeblieben. Es roch so, wie es manchmal im Sommer in der Mülltonne in der Garage roch, nur schlimmer. Viel schlimmer. Und all diese Würmer! Es wimmelte nur so davon. Diese Gefräßigkeit! Liam hatte es nicht mit bloßen Händen anfassen wollen, also hatte er die Gartenhandschuhe seiner Mutter angezogen. Django hatte es den Magen verdreht, als sein bester Freund die Gartenschere in das Loch im Bauch gerammt und mit einem feuchten Geräusch in das verrottende Fleisch geschnitten hatte, sodass die Maden herauskrabbelten.

»Whoah … das ist wie Pulled Pork«, hatte Django gesagt.

»Der Körper besteht aus lauter Fleischfäden«, hatte Liam bemerkt. »Siehst du das? Alles Fäden. Die hab ich auch in mir.

Und du in dir. Und wenn du tot bist, fressen die Würmer diese Fäden einen nach dem anderen auf.«

Eigentlich war Verwesung das Gegenteil von Heilung. Wenn Würmer dein Fleisch auffraßen, wenn es tot war, dann pflegten und versorgten sie es, solange es lebendig und gesund war. Django stellte sich vor, dass es in seinen Händen unter der Haut von Würmern wimmelte, die Fäden über seine Wunden spannten und seine Nägel Faden für Faden wachsen ließen. Darum juckte es auch so. Sein Fleisch war voller Maden. Sie heilten, aber manchmal fraßen sie auch. Tiefer in seine Gelenke hinein zum Beispiel. Es war ein erbitterter, fortwährender Kampf, der in seinem Körper wütete. Ein Kampf zwischen Fressen und Heilen, zwischen Abbauen und Aufbauen, durch Millionen winziger Tierchen, die Fäden spannen und verflochten, entwirrten und wieder verschlangen.

Django versuchte die Fingern seiner linken Hand mit denen der rechten zu beugen und hörte die Knochen knacken. Tränen stiegen ihm in die Augen. Er meinte nun auch zu sehen, was dort unter der Haut wimmelte. Es war entsetzlich. Schnell begann er, den Verband wieder um seine Hände zu wickeln. Er versuchte, den Gedanken zu verdrängen. Dennoch ertappte er sich dabei, dass er sich fragte, was man sehen würde, wenn man Mr. Hendrickx' Hände aufschneiden würde.

Uralte Hände, voller Gicht. Beinahe tot. Da sind bestimmt lauter alte Würmer drin. Groß und dick und hellbraun. Sie sind ein letztes Mal erwacht und haben Hunger.

Django klappte sein Taschenmesser auf – es gelang ihm erst im dritten Anlauf – und ritzte eine Kerbe in das Holzgestell seines Bettes. Jetzt waren es zwölf. Er merkte, dass es ihm gefiel, fest daran zu denken, wie viele Tage noch übrig blieben, bis die Dunklen Tage zu Ende waren, da man sich allerlei

Zahlen merken musste und man inzwischen auch nicht sicher sein konnte, an welchem Datum es genau vorbei wäre. Dadurch war sein Kopf voll und hatte keinen Platz mehr, um an Verwesung zu denken.

Ob Kaila auch Würmer gesehen hatte, als sie sich in den Bauch geschnitten hatte?

Es war Samstag, deshalb ging er nach dem Frühstück zu Liam. Aber die Wachowskis hatten mal wieder Streit und schickten die Kinder nach draußen, außer Ethan, für den das natürlich nicht galt. Da Django keine Bälle werfen konnte, gingen sie zur Alpakaweide, um kleine Nazis zu spielen. Harper schlenderte hinter ihnen her, aber Liam wollte nicht, dass sie mitmachte.

»Mädchen können keine Nazis sein«, sagte Liam. Er hatte einen Tiger Pop mit Kirschgeschmack im Mund, und der Lutscherstiel tanzte auf und ab.

»Doch« klagte Harper.

»Nee. Außerdem weißt du nicht mal, was das ist. Es gab doch keine Nazimädchen, oder?«

»Ich glaub schon, dass es die gab«, sagte Django und kramte in seinem Gedächtnis, »aber die haben nicht an der Front oder in den Lagern gekämpft. Sie mussten daheimbleiben und arische Babys auf die Welt bringen.«

»Ich wäre gern Mutter«, sagte Harper.

»Oder du kannst Jüdin spielen«, bot Django an. »Dann sind Liam und ich die Lagerkommandanten, und wir spielen, dass wir dich umbringen.«

Es war ein kalter Tag unter weißem Himmel, und sie standen ganz hinten auf der Weide, weit weg von den Häusern und dem Stall. Seepy und Sappy kamen immer näher, weil sie dachten, es gäbe etwas zu fressen. Liam erschrak sie laut brüllend, wodurch sie sich aufbäumten und davonrannten. Aber schon bald kamen sie wieder zurück, weil sie so dumm waren.

»Könnt ihr ein Geheimnis für euch behalten?«, fragte Liam mit einem Funkeln in den Augen. »Ihr müsst schwören, dass ihr es niemandem weitererzählt. Vor allem du, Harper.«

»Ich schwöre es.«

»Sag: Ich schwöre es, bei dem Leben meiner Mutter.«

»Ich schwöre es, bei dem Leben meiner Mutter.«

»Und wenn du es doch weitererzählst, zeigst du uns deinen Hintern, und wir dürfen draufhauen, bis er ganz rot ist.«

»Lass den Quatsch, Liam!«

»Versprich es!«

»Na gut, wenn's so ist, will ich dein blödes Geheimnis gar nicht wissen.«

»Es ist kein blödes Geheimnis.«

Er nahm den Lolli aus seinem Mund, schaute ihn kurz an und steckte ihn wieder rein. »Du musst es versprechen, du willst doch schließlich mitspielen, oder?«

»Na gut, dann verspreche ich es eben«, murrte Harper.

Django fragte sich, welches Geheimnis so besonders sein konnte, dass er dafür Harpers nackten Hintern sehen wollte. Das wollte er auf keinen Fall. Aber es war als Abschreckung nötig, das verstand er. Kleine Schwestern konnten nun einmal nichts für sich behalten.

Auch Django schwor, dass er das Geheimnis nicht verraten würde. Danach stellte sich Liam verschwörerisch mit dem Rücken zu den Häusern und zog den Reißverschluss seines Mantels auf. Als Django sah, was er zum Vorschein brachte, begann sein Schädel zu kribbeln. Es war eine Pistole. Der Stahl glänzte matt und kalt. Der Lauf war seltsam kurz.

»Die ist nicht echt«, rutschte es ihm heraus.

»Sollen wir wetten? Die stammt aus Dads Safe. Ich hab sie geklaut.«

»Das glaub ich nicht.« Aber er hatte Zweifel. Django wusste nicht genau, wie eine echte Pistole auszusehen hatte, auch wenn die hier wie eine Nachbildung aussah. Er wusste, dass Marc und Liam zu einem Ort in den Snoqualmie Woods gingen, den sie die »Range« nannten, um dort zu schießen. Als Django Dad gefragt hatte, warum sie das taten, hatte er gesagt: »Weil einige Männer es nötig haben, ihre Männlichkeit unter Beweis zu stellen, indem sie Dinge kaputt machen.« Danach war Django nicht schlauer als vorher – er wusste nur, dass Liam Spaß daran hatte, seine K'nex-Bauwerke nach einer Weile auseinanderzuschlagen. Django machte das ebenfalls Spaß. Er erinnerte sich aber sehr wohl daran, dass Marc einmal einen Arm um Liams Schulter gelegt und strahlend verkündet hatte: »Ich habe ihm beigebracht, wie man einen Ball wirft, ich habe ihm beigebracht, wie man einen Barsch fängt und putzt, und jetzt habe ich ihm beigebracht, wie man eine Pistole abfeuert.« Das war bei Django hängen geblieben, weil er hoffte, zwei dieser drei Dinge niemals tun zu müssen.

Insofern war es vielleicht doch eine echte Pistole. Harper schien das zumindest zu glauben, denn sie sagte: »Liam, Dad bringt dich um, wenn er das rausfindet.«

»Er findet es nicht raus. Und du wirst ihm nichts verraten, denn das hast du geschworen.«

»Ist das nicht gefährlich?«, fragte Django.

»Nee«, sagte Liam und setzte den Lauf gegen seine Schläfe. Der Lutscherstiel hüpfte auf und ab.

»Das wagst du nicht!«, rief Harper.

»Wetten doch?«

»Hör auf, Liam, ich mag das Spiel nicht. Du machst mir Angst!«

»Angsthase.«

Plötzlich spürte Django, wie ihm das Herz bis zum Hals schlug. Er brauchte nicht zu sehen, ob Liam sich traute. Er hatte gehört, dass manchmal Unglücke passierten, wenn Kinder mit Waffen spielten, die ihre Eltern herumliegen ließen.

»Liam, bitte!«, jammerte Harper. »Hör auf!«

»Peng«, sagte Liam leise und drückte den Abzug.

Ganz kurz meinte Django ein Aufflackern von Zweifel in Liams Augen zu sehen. Dann ertönte ein leises Klicken. Liam nahm den Lauf von der Schläfe und grinste. Django begann auch zu lachen, aber er wagte nicht zuzugeben, wie erleichtert er war.

»Dummkopf«, rief Harper.

»Ich weiß, was ich tue, Dad hat es mir selbst beigebracht. Außerdem ist sie nicht geladen. Dad hat gesagt, eine Pistole bewahrt man nie mit Kugeln darin auf, sonst passiert noch ein Unglück.« Er richtete sie nun auf Seepy, kniff ein Auge zu und drückte auf den Abzug. Die Waffe klickte erneut. »Peng!«

Das Alpaka schrak zurück, da Liam wild mit den Armen wedelte. Django spürte, wie es ihm heiß über die Schläfen lief. »Darf ich auch mal?« Aber wollte er das wirklich? Er wünschte, er hätte nicht gefragt, hätte sich mehr Zeit genommen, um darüber nachzudenken, aber Liam gab ihm bereits die Pistole, und Django klemmte sie zwischen seine Handballen. Sie war schwerer als erwartet. Er empfand eine stille Ehrfurcht davor. Ja, sie machte ihm Angst, aber sie erfüllte ihn auch mit einem neugierig machenden Gefühl von Macht. Er musste an die Bilder von deutschen Soldaten mit Helmen und riesigen Gewehren denken, und plötzlich begriff er instinktiv, wie so eine Waffe dich zu Dingen verleiten konnte, die du gar nicht tun wolltest.

Er versuchte die Pistole in seine rechte Hand zu nehmen, so wie es Liam getan hatte, mit einer Hand um den Kolben und den Zeigefinger am Abzug, aber das ging mit dem Verband nicht. »Mach du.«

Liam nahm sie entgegen. »Dann musst du das Opfer sein, wenn du sie nicht halten kannst.« Er richtete die Pistole auf Djangos Brust. »Stirb, Judenschwein! Wer ist dein Führer? Wer ist dein Führer?«

Django riss die Arme hoch. »Nein, nein, bitte lass mich am Leben! Ich putz dir auch die Schuhe! Ich wasch auch deine Uniform!«

»*Ich wasch auch deine Uniform!*«, schrie Liam und drückte dreimal auf den Abzug. Django stürzte zu Boden und zuckte noch kurz, ehe er tot liegen blieb. Sappy kam sofort schnüffeln, und Django hielt die Arme vors Gesicht, um ihre Schnauze wegzuschieben. Die war total schleimig.

Liam half ihm hoch. »Warte mal, in den Konzentrationslagern gab es doch keine Alpakas?«

»Nein«, sagte Django, »aber viele Nazis sind nach dem Krieg nach Südamerika gegangen, um sich vor der Polizei zu verstecken. Du könntest Mengele sein, der in Brasilien lebt und Experimente an Alpakas durchführt. Dann bin ich ein Geheimagent, der dich belauscht, indem er Wanzen an Seepy befestigt.«

Er schlich um das Alpaka herum, und sie spielten die daraus folgenden Szenarien durch, die stets damit endeten, dass Liam Django erwischte und erschoss. Vor der Pistole fürchtete sich Django schon bald nicht mehr: Sie war einfach zu einem Gegenstand geworden, mit dem man spielen konnte, genau wie ein Ast, der einer Pistole ähnelte. Er war gut darin: zu spielen, wie er starb. Jedes Mal wirkte es eine Spur echter.

»Ich will auch mitspielen!« Harper hatte Sappy aus einigem Abstand Gras gefüttert, sich aber nun wieder zu ihnen gesellt.

»Okay, dann schluck das, ungarisches Zigeunerweib!« Liam drückte den Lauf der Pistole gegen ihre Lippen. Sie winselte.

»Hör auf mit dem Blödsinn.«

»So haben die damals geredet, Dummerchen. Das ist doch nur ein Spiel.«

»Mir macht das aber keinen Spaß! Ich wollte doch Mutter sein.«

»Dann bist du eben eine Zigeunermutter, die aus dem KZ entkommen ist. Und jetzt bist du in Brasilien im Urlaub und begegnest Mengele. Du musst schon richtig mitspielen und unsere Befehle befolgen, sonst werfen wir dich in den Stacheldraht.«

Harper seufzte. »Okay.«

»Also gut.« Liam drückte erneut die Pistole gegen ihre Lippen. »Jetzt musst du den Mund aufmachen. Dann schiebe ich den Lauf rein. Nicht weit, nur ein Stück.«

Zögerlich sperrte Harper den Mund auf, und Liam schob den Lauf hinein.

Prompt zog sie den Kopf zurück. »Iiiih, das ist kalt und schmeckt widerlich!«

»Jetzt spiel schon mit, Schlampe!«

Django machte das Ganze keinen Spaß mehr. Er wusste, dass es nur ein Spiel war, aber es fühlte sich zu echt an. Wenn Django gut darin war, Sterben zu spielen, dann war Liam gut darin, Hass zu spielen, was sehr viel gruseliger war. »Vielleicht solltest du lieber nicht …«

»Doch, das ist doch voll witzig. Aufmachen!«

Harper öffnete ihren Mund. Liam schon den Lauf nun

ganz hinein. Harper versuchte zu sprechen, aber es kam nur »Mnngh-nnnng, mmhhhnng!« heraus.

»Wir haben eine Botschaft für deinen Götzen«, sagte Liam mit finsterem Blick und spannte den Hahn. »Hallo und tschüss!« Er drückte den Abzug. Die Waffe klickte. »PENG!« Er zog den Lauf aus Harpers Mund und gab ihr einen festen Stoß, wodurch sie nach hinten überfiel.Harper schlug die Hand vor den Mund, und Tränen traten in ihre Augen. »Aua, meine Zähne!«

»Du bist tot. Du kannst nichts mehr sagen.«

»Ich mach nicht mehr mit!«

»Ich mach nicht mehr mit!«, imitierte Liam sie mit Piepsstimme. Danach begann er wütend zu schreien. »Ich bin jetzt dein Gott! Hör auf deinen wahren Gott! Alle müssen sterben, alle!«

Wie von Sinnen begann er um sich zu schießen. Alles musste dran glauben: die Alpakas, Harper, Django, die Fenster der Häuser in der Ferne. Mitgerissen von Liams besessenem Verhalten ließ sich Django bereitwillig fallen, obwohl er merkte, dass ihm innerlich kalt geworden war. Er musste auf einmal daran denken, was er im Klavier gesehen hatte. An das blutige Loch in Liams Bauch, das immer größer geworden war, an die Arme, die ihn durch den Maschendrahtzaun gezogen hatten. Am besten schaute man nicht hin, hatte Dad gesagt, aber was, wenn man hinschauen musste, weil es wirklich geschah? Zum Schluss schoss sich Liam erneut selbst in den Kopf und ging stöhnend zu Boden. Die Pistole flog ihm aus der Hand und blieb im Gras liegen.

»Zombie-Apokalypse!«

Als stöhnendes Monster mit steifen Armen rappelte sich Liam hoch. Django ergriff begierig die Gelegenheit und folgte seinem Beispiel. Das war viel lustiger. Weniger echt.

Schon bald wankten die Jungen hintereinander her, auf der Suche nach Gehirn, während sie gurgelnde Geräusche von sich gaben. Django holte Liam ein und sprang auf ihn. Sie rollten wiehernd vor Lachen über den Boden und schnappten nach ihren Schädeldecken.

»Aufpassen wegen meiner Hände«, gluckste Django. »Die tun noch …«

PENG!

Der Schuss zerriss den weißen Himmel. Er saugte sämtliche Luft in das Loch, das er hinterließ. Kurz dachte Django, dass er wirklich nicht mehr atmen konnte, dass er in dem Vakuum ersticken würde. Ihm war sofort klar, was das für ein Laut gewesen war, aber er verstand nicht, wie das sein konnte. Die Pistole war doch nicht geladen gewesen, oder? Das hatte Liam selbst gesagt.

Dann gelangte Luft in seine Lunge, und die Geräusche strömten zurück in die Welt.

In der Ferne flog eine Tür auf.

Menschen begannen zu schreien.

»Harper!«, kreischte Joyce. »Harper! Oh Gott, Harper!« Die Pistole war losgegangen. Die Pistole, die in Harpers Mund gewesen war. Die sich Liam gegen die Schläfe gedrückt hatte. Gegen Djangos Brust.

Vieles von der Panik auf der Weide der Wachowskis an diesem Vormittag würde nur bruchstückartig in Djangos Erinnerung haften bleiben, aber das Blut sollte einen bleibenden Eindruck hinterlassen. Das Blut auf der Weide. Er sah es, als er sich aufrichtete. Als hätte er einen Schlag in die Magengrube bekommen, wandte er sich ab, aber es war zu spät. Er hatte es bereits gesehen. Sappy, die auf dem harten, abgegrasten Boden lag und rasselnd Luft holte. Dort lag auch Harper:

Ihre Beine ragten unter dem Alpaka hervor. Sie bewegten sich kaum. Sie lagen in einer großen Blutlache, die dick und ölig war und in der kalten Novemberluft dampfte.

»Harper! Liam! Harper!«

Marc kam herbeigestürmt. Er brüllte die Namen seiner Kinder. Joyce folgte ihm auf dem Fuße. In unmittelbarer Nähe war Liam aufgestanden und um Sappy herumgelaufen, aber als er sah, was dort war, vergrub er die Hände in seinen Haaren und begann zu weinen. Django hatte Liam noch nie weinen sehen.

Das Blut dampft, dachte Django. So viel Blut, ist jemand gestorben?

Ohne sich dessen bewusst zu sein, robbte er ein Stück auf den Ellenbogen von der Szene weg, sah Gray Junior herbeirennen und Laura mit Baby Ricky in den Armen am Tor zu ihrem Garten stehen. Es war ein seltsamer Anblick, wie alle Erwachsenen auf ihn zukamen. Sonst beachteten sie einen kaum. Wo waren sie gewesen, als es wirklich darauf ankam?

Um das Chaos komplett zu machen, galoppierte Seepy in großen Kreisen um das Geschehen. Das Alpaka gab ein lächerliches Geräusch von sich: ein hohes Kreischen auf halbem Weg zwischen einem panischen Esel und einem Quietscheentchen, und Django hatte plötzlich Angst, in hysterisches Lachen auszubrechen. Das würde einen guten Eindruck auf die herbeieilenden Retter machen!

»Django, alles in Ordnung?« Ohne eine Antwort abzuwarten, rannte Gray an ihm vorbei zu Liam, Harper und Sappy, und Django hörte ihn sagen: »Mein Gott.«

Er erreichte die drei im selben Moment wie Marc. Gemeinsam zerrten die Männer das Alpaka am Fell hoch. Das Tier brüllte. Wieso musste er auch unbedingt hinschauen? Hätte er das nur nicht getan! In Sappys Flanke klaffte ein großes

Loch, das durch rote klebrige Fäden mit dem Boden verbunden war. Eine Handvoll Maden und Fliegen krochen heraus. Django konnte sie schmatzen hören, während sie das Alpaka bei lebendigem Leib auffraßen: ein leises, knisterndes Geräusch, als würde man trockene Blätter in der Hand zerreiben. Es erfüllte seinen Kopf.

Marc zog Harper unter Sappy hervor. Das totenbleiche Gesicht. Jacke und Kleid voller Blut. Auch darauf wälzten sich Maden. Noch mehr Dinge, die Django nicht hatte sehen wollen. Joyce hatte sie nun auch erreicht und fiel auf die Knie. Sie riss ihrem Mann ihre Tochter aus den Händen. »Harper, Harper-Harper-Harper, Mom ist bei dir, Mom ist jetzt hier, es ist alles gut …«

Harper begann zu weinen. Sie war also nicht getroffen worden. Sondern Sappy. Harper hatte die Pistole genommen und auf Sappy geschossen, und sie war losgegangen. Jetzt tröstete Joyce sie, aber ihre Hände rieben immer wieder über die Maden auf ihrer Jacke. Sah sie die etwa nicht? Wie war das möglich? Und derweil raufte sich Liam immer noch die Haare, als litte er unter starkem Juckreiz. Und Seepy galoppierte wie ein Wahnsinniger um sie herum.

»Was ist passiert?«, fragte Gray verwirrt, aber niemand antwortete ihm.

Marc bückte sich und hob die Waffe auf. Er hielt sie in den Händen, als wüsste er nicht genau, was es war. Joyce wusste es. »Marc, wie sind sie an die Waffe gekommen? Wie verdammt noch mal sind die Kinder an die Waffe gekommen?«

Marc fummelte an der Waffe herum. Ein Klickgeräusch ertönte. Dann schob er sie in seinen Gürtel und wandte sich seinem Sohn zu. Er sprach leise. »Hast du sie aus dem Safe genommen, Liam?«

»Ich dachte, sie wäre nicht geladen …«

Eric schlug Liam mit der flachen Hand hart ins Gesicht. Liam schrie auf und ging zu Boden. Tränen stiegen Django in die Augen. Er verstand selbst nicht ganz, warum es das war, was ihn zum Weinen brachte.

»Lass ihn in Ruhe, du Mistkerl!«, schrie Joyce.

»Deine Schwester hätte tot sein können, verstehst du das? Wie kann man nur so unglaublich dumm sein?«

»Wir haben nur gespielt! Sie ist nie geladen, sagst du immer!«

»Marc, verdammt noch mal, war sie geladen?«

»Wie zum Teufel bist du an den Safe rangekommen?«, rief Marc.

»Er war offen!«

»Lüg nicht, Liam!«

»Ich lüge nicht! Ich kenne deinen blöden Code nicht, oder?«

»Ich wollte nicht schießen«, schrie Harper plötzlich, als hätte sie erst jetzt genug Luft in ihren Lungen, um Worte zu bilden. »Sie ist einfach losgegangen!«

Es folgte noch mehr Geschrei, aber Django wollte nicht weiter zuhören. Er wollte nur noch weg. Er stand auf und sah, dass noch mehr Leute angerannt kamen. Von der einen Seite Maurice McKinley und von der anderen die Aikmans. »Was ist passiert? Was ist passiert?«, schrie Mrs. Aikman immer wieder, die Hände vor den Mund haltend.

Schließlich sah er auch Dad. Er war der Letzte in der Reihe, aber er hatte die Aikmans bald eingeholt. Dad rief seinen Namen, und als er bei ihm war, warf sich Django in seine Arme und weinte. So hätte es enden sollen, Dad hätte ihn mit nach Hause nehmen, ihm einen warmen Kakao machen und ihn mit dem iPad und einer Decke auf die Couch setzen sollen, aber das tat er nicht. Sobald er begriffen hatte, was passiert war, ließ er Django los und begann Marc anzuschreien.

Marc schrie zurück. Sie gingen fast mit den Fäusten aufeinander los, und Gray Junior und Mr. Aikman mussten sich anstrengen, um sie auseinanderzuziehen. Aber alle Nachbarn schrien sich jetzt gegenseitig an.

»Hört auf, bitte …«, stammelte Liam immer wieder. Django stimmte ein, und bald waren sie ein zweistimmiger, jammernder Chor, doch niemand schenkte den Jungen Gehör. Es war, als wären alle Erwachsenen wie verhext und könnten nur einander hören. Erst als Sappy erneut ein Stöhnen hervorbrachte, schienen sie aufzuwachen.

»Das kann ich mir nicht anhören«, sagte Maurice. »Jemand muss das Tier erlösen.«

Django sah Marc an seinem Gürtel herumfummeln, und dann wurde er von Dad von der Weide geführt. Joyce tat das Gleiche mit Liam und Harper. Sie hatten den Stall noch nicht erreicht, als ein Schuss ertönte. Django zuckte zusammen, doch nur wenige Sekunden später folgte ein zweiter. Er fragte sich, ob Marc beide Alpakas erlegt oder beim ersten Mal danebengeschossen hatte. Aber Dad ließ ihn nicht hinsehen. Seine Hand lag in seinem Nacken, aber es fühlte sich nicht wie eine Geste der Fürsorge oder Liebe an. Dafür liefen sie zu schnell, und der Druck der Hand war zu fest.

Beim Stall musste Django plötzlich wieder an den Hasen denken, der dort unter der Erde lag. Von ihm wären jetzt nur noch Knorpel und Knochen übrig. Oder von ihr, falls es eine Häsin gewesen war.

Drinnen bekam Django nicht den Kakao und die Decke, die er gebraucht hätte. Drinnen gab es ebenfalls Geschrei, von Mom und von Kaila, und er musste direkt in sein Zimmer gehen, wo sie ihn den Rest des Tages allein ließen.

Er versuchte alles, um die Schreie auszublenden, denn seine

Ohren waren nicht hier, sondern unten. Er stopfte die Decke in den Spalt unter der Tür, er wickelte sich in die Decke wie in einen Kokon, er steckte sich die Finger in die Ohren. Aber nichts half, und wenn er seine Finger zu tief in die Ohren bohrte, tat es weh.

Schließlich legte er sich aufs Bett und versuchte, in seinem Kopf zu hören, wie Mr. Hendrickx »That Old Black Magic« spielte. Danach »If I Had My Way« und »On the Sunny Side of the Street«. Normalerweise half das, wenn er sich traurig fühlte, aber jedes Mal, wenn seine Gedanken im Rhythmus mitzuschwingen begannen, übertönten die Schreie von unten sie.

Die Schreie, die hinter den geschlossenen Fensterläden aller Häuser in der Bird Street zu hören waren.

Die Musik ist durchdrungen vom Gefühl, hatte Mr. Hendrickx gesagt. *Wenn man es gut macht, ist es vollkommen abhängig von der eigenen Stimmung und der Atmosphäre im Raum.*

Aber was, wenn deine Stimmung vergiftet und die Atmosphäre im Raum das Gift war?

Mr. Hendrickx hatte noch etwas gesagt, und daran musste Django an diesem Nachmittag immer wieder denken. *Wenn sie dir nicht zuhören, musst du eine Ansage machen.*

RALPH

Ein Abendspaziergang. Samuel und Amelia Lewis.

12. November

Ralph beschloss am Abend des Zwölften, seinen Widerstand gegen die Dunklen Tage aufzugeben. *Verdammt früh*, dachte er, aber die Bird Street war dieses Jahr auch verdammt spät dran. Luana hatte ihm die Wahrheit ins Gesicht geschrien: Nicht eines, sondern ihre beiden Kinder hätten heute tot sein können. So schlimm war es bisher noch nie geworden. Ralph war emotional erschöpft, unfähig, moralische Entscheidungen zu treffen, und sah keinen anderen Ausweg, als der verführerischen Stimme des Novembers nachzugeben, die immer lauter zu rufen begann: *Steck dir deine Moral dahin, wo es dunkel ist. Was du brauchst, ist der moralische Beistand der Flasche.*

Also zog er seinen Mantel an, ging in die Garage, holte die Flasche Smirnoff aus dem Kofferraum des Forester und kroch hinter das Lenkrad. Unter dem Sitz zog er das Glas hervor. Er hatte den Verschluss bereits aufgeschraubt und konnte den leicht schweißartigen Geruch des Wodkas riechen, als er die Stimme hörte.

Das ist es also, Ralph? Willst du so unsere Vereinbarung einhalten?

Es war sein Vater, Samuel Lewis, ehemaliger Richter

am Berufungsgericht von Washington, Abteilung I. Ralph schraubte die Flasche wieder zu. Sein Vater war bereits seit sechs Jahren tot, also sagte er: »Ich glaube nicht, dass dich das hier etwas angeht, Dad.«

Ach nein? Du weißt es besser, mein Sohn. Ich habe die Bird Street in deine Hände gelegt. Wenn du die Flasche jetzt wieder öffnest, ist das der Anfang vom Ende. Warte mal, da bewegt sich etwas neben mir. Ah, ja. Das ist deine Mutter, die sich im Grab umdreht.

Touché. Neben einem strengen Gerechtigkeitssinn hatte der Erste Richter Lewis auch eine Vorliebe dafür gehabt, die Leute mit seinem morbiden Humor zu schockieren, und das hatte sich offenbar auch nach seinem Tod nicht geändert. Ralph blickte auf die Flasche und dann auf das Glas. Aus einem Impuls heraus stieg er aus, ging um den Forester herum und drückte auf den Knopf, der das Garagentor öffnete. Im Laufe des Nachmittags hatte es zu regnen begonnen, und nun sah Ralph zu, wie der Wasservorhang von der Kante des Garagentors prasselte. Als die Öffnung groß genug war, ging er geradewegs hindurch und spürte, wie sein Haar und sein Mantel in wenigen Augenblicken durchnässt waren. Er ging weiter bis zum Ende der Einfahrt. Hier, in der Entwässerungsrinne, hatte sich das Regenwasser in großen schwarzen Pfützen gesammelt. Schmutzige orangene Blätter stauten sich am Gitter vor dem Gully, aber dahinter hallte das Wasser, das in den Abfluss floss, hohl nach.

Er hielt die Flasche und das Glas noch immer in den Händen. Nur Alkoholiker tranken direkt aus der Flasche, deshalb klammerte sich Ralph abergläubisch an das Glas.

»Okay, Dad«, sagte er laut. »Dann sag mir, was ich tun soll.«

Aber sein Vater schwieg. Minutenlang starrte Ralph weiter

auf die Reflexion der Straßenlaterne im schwarzen Wasser. Erst als eine Stimme ertönte – diesmal eine echte Stimme –, wurde ihm bewusst, dass er das Spiegelbild eines zweiten Mannes hinter sich sah. In der Pfütze und in der Flasche. »Ich hätte da eine Idee«, sagte die Stimme. »Stell die Flasche und das Glas auf dem Gully ab und geh mit mir eine Runde spazieren. Wenn wir zurückkommen und du immer noch Durst hast, kannst du sie meinetwegen austrinken.«

Ralph drehte sich um und sah Harry Aikman dastehen. Er trug einen dicken langen Mantel und einen schwarzen Regenschirm. Und da Ralph auch keine bessere Idee hatte, tat er, was Harry gesagt hatte, und ging mit ihm.

Sie bewegten sich in nördliche Richtung. Harry hatte Ralph angeboten, mit unter den Schirm zu kommen, aber die Nadeln der Hemlocktannen über ihnen bildeten ein Dach, und er wollte spüren, was hindurchtröpfelte. Rechts, auf der anderen Seite des Maschendrahtzauns, wurde der Hang steil und undurchdringlich. Es war stockdunkel im Wald, aber Harry hatte seine Krypton-LED-Stablampe dabei und leuchtete ihnen voraus. Schon bald erreichten sie die Brücke über den Tolt River und stießen auf der anderen Seite auf die unbefestigte Bergbaustraße, die bergauf zum Stausee führte.

»Ich war schon Ewigkeiten nicht mehr hier«, sagte Harry. »Immer noch unvorstellbar, dass die McKinleys die ganzen Baumstämme über diesen kleinen Scheißfluss flößen konnten.«

»Das Schmelzwasser von drei extremen Wintern habe das möglich gemacht, erzählen sie.«

»Schmelzwasser, von wegen. Da hat jemand Wettergott gespielt.«

»Jemand spielt jetzt gerade Wettergott, wenn du mich fragst.«

»Dann komm doch verflucht noch mal mit unter den Schirm, Ralph«, sagte Harry. »Kastei dich nicht selbst. Es nützt deiner Familie nichts, wenn du krank wirst.«

Ralph fragte sich, ob das noch einen Unterschied machen würde, da er bereits bis auf die Haut durchnässt war. Aber er rückte dennoch ein wenig näher an seinen Nachbarn heran.

»Wie geht es dir?«, fragte Harry.

»Was glaubst du, wie es mir geht?«

»Beschissen hoch drei. Wie uns allen.« Er schwieg einen Moment und sagte dann: »Elizabeth ist süchtig nach Medikamenten. Serax, ein Beruhigungsmittel. Sie schluckt die Dinger, als wären es Tic Tacs.«

»Echt?« Aber dann korrigierte sich Ralph. »Jetzt schon?«

»Ja, jetzt schon. Diesmal ist alles ›jetzt schon‹, ist dir das noch nicht aufgefallen? Es hätte mit dem alten Wetzel verflucht noch mal klappen müssen. Der Plan hätte wasserdicht sein müssen.«

»So wasserdicht wie die Tannen hier. Dienstag haben wir wieder eine Chance.«

Harry schnaubte. »Elizabeth ist total paranoid. Du weißt ja, wie viel Wert sie auf ihren Verstand legt. Alzheimer, das ist ihre Horrorvorstellung. Sie hat schreckliche Angst davor, es zu bekommen. In jeder Kleinigkeit, in jedem Furz sieht sie erste Anzeichen. Das macht mich wahnsinnig.«

Und wie behältst du das unter Kontrolle, Harry?, dachte Ralph, aber er sprach die Frage nicht aus. Es hatte Dunkle Tage gegeben, in denen Elizabeth mit blauen Flecken herumgelaufen war. Auch Harry hatte ein Glück, das sich gegen ihn wandte: seine Liebe. Aber welchen Sinn hatte es, ein »jetzt schon« hinzuzufügen?

»Tut mir leid, das zu hören, Harry. Sie kam heute Nachmittag vorbei, aber Luana hat sie weggeschickt. Luana meinte, sie hätte darauf bestanden, helfen zu wollen. Vielleicht hätten wir ihr etwas zu tun geben sollen.«

»Ihr steckt bis zum Hals in eurer eigenen Scheiße, da kann man keine aufdringliche Nachbarin gebrauchen. Und ich weiß, dass sie manchmal überdramatisiert.« Beinahe entschuldigend fügte er hinzu: »So ist sie nur im November, Ralph. Sie ist ein guter Mensch.«

»Das weiß ich doch.«

Der wahre Grund, warum Luana sie nicht reingelassen hatte, war, dass Elizabeths fürsorglicher, wohlmeinender Ton sie zu sehr daran erinnert hatte, wie sie die Leute begleitete, die sie in den Wald brachten. Das war zu bitter gewesen, nach dem, was Kaila bei WhatsApp geschrieben hatte.

»Also gut, jetzt aber wirklich.« Harry brachte den Lichtkegel näher heran und sah ihn von der Seite an. »Wie geht es dir, Ralph?»

»Ich glaube, ich werde wahnsinnig. Was für ein verdammtes Chaos. Ich komme da nicht mehr raus.«

Es stimmte: Es war zu viel gewesen. Wie um alles in der Welt sollte er den Sturm in Worte fassen, der in seinem Kopf tobte? Wo sollte er anfangen?

Die Antwort lautete: Irgendwo.

»Ich meine, welcher verdammte Idiot lässt eine geladene Waffe in einem offenen Safe liegen, wenn Kinder im Haus sind?«

»Tief durchatmen. Es ist ja noch mal gut gegangen.«

»Drüben bei den Wachowskis liegt ein totes Alpaka unter der Plane, aber es hätte genauso gut Django sein können. Verdammt, die Jungs haben eine halbe Stunde lang mit der Waffe herumgespielt, bevor sie losging, dabei war sie die ganze Zeit über geladen. Ist dir das klar? Und das im November, verdammt.«

»Sie haben Glück gehabt. Vielleicht war es eine Warnung.«

»Wenn ja, dann ist sie nicht angekommen. Das Arschloch hat es auf seinen Sohn abgewälzt.«

»Marc ist kein schlechter Kerl, Ralph. Er ist ein anständiger Kerl, der einen Fehler gemacht hat. Einen Fehler, der ihm von den Wettergöttern diktiert wurde, sozusagen.«

»Ja, damit waschen wir unsere Hände in Unschuld. Wir schieben es auf die Dunklen Tage. ›Wir können nichts dafür, es war nicht unsere Schuld.‹ Aber derweil sind unsere Kinder fast gestorben. Ich meine, Harper hat zwei Sekunden lang an der Waffe herumgefummelt und sie entsichert. Und weißt du, was das Schlimmste ist?« Ralph schüttelte angewidert den Kopf. »Die Unachtsamkeit der Wachowskis hätte Django das Leben kosten können. Und dann kommen wir nach Hause, und was machen wir? Luana und ich sind so in den Schlamassel mit Kaila vertieft, dass wir Django völlig aus den Augen verlieren. Den ganzen Nachmittag haben wir ihn allein gelassen. Haben ihn einfach vergessen. Und als es uns aufgefallen ist, haben wir ihn trotzdem wieder vergessen. Schöne Traumatherapie!«

»Ralph, es sind die Dunklen Tage. Ich sage es noch einmal: Du solltest dich nicht so sehr selbst kasteien.«

Aber Ralph kochte und wusste nicht, wohin mit seiner Wut, weil sie alle schuldig waren. Was blieb, war eine einzige Schlammschlacht. Respekt demjenigen, der sich widersetzen konnte.

»Es war eine .480 Ruger, hat Gray gesagt. Hast du gesehen, wie groß das Loch in dem armen Tier war? Es sah aus, als hätte jemand mit einer AR-15 geschossen. Ich meine … wer hat solch eine Waffe?«

»Lass uns jetzt nicht noch eine Diskussion über Waffenbesitz anfangen, Ralph. Wie geht es Kaila?«

»Sie schläft. Völlig erschöpft. Wie sich herausstellt, hat sie die Medikamente gegen ihre Depressionen abgesetzt. Auch das haben wir nicht bemerkt. Ich hatte einen Bruder mit derselben Störung, der sich, wohlgemerkt, umgebracht hat, und ich habe es nicht bemerkt.«

»Bu-hu«, schmollte Harry. Er rieb sich mit dem freien Zeigefinger unter dem Auge. »Warte mal, soll ich dir eine halbierte Zwiebel holen? Dann kannst du zwischendrin noch ein bisschen rumheulen.«

Ralph blieb stehen und sah ihn ungläubig an. Dann brach er in Gelächter aus. »Du bist so ein Arschloch, Harry.«

»Und du geißelst dich selbst. Die Dunklen Tage bedeuten Unglück, Ralph. Orchestriertes Unglück. Und du weißt, wer der Dirigent ist.«

»Wir hätten zumindest eine Reminder-Funktion einrichten sollen. Einen ausfallsicheren Failsafe-Mechanismus einbauen müssen. Das hatten wir uns vorgenommen.«

»Ja, so wie jedes Jahr, und trotzdem hast du es vergessen. Und wenn du es nicht vergessen hättest, wäre der Akku deines Handys leer gewesen, oder du hättest es aus Versehen stumm geschaltet.« Sie gingen weiter. »Im November sind wir alle Marionetten, Ralph. Marionetten des Teufels.«

»Du weißt, dass ich daran nicht glaube.«

»Na ja, dann eben des Buchhalters. Es macht keinen Unterschied. Es ist bedauerlich, dass Kaila dahintergekommen ist, und es ist bedauerlich, dass sie beschlossen hat, ihre Medikamente nicht zu nehmen. Mit dem Ergebnis müsst ihr jetzt umgehen.«

»Aber wie? Sie hat bloß die Wahrheit aufgedeckt, sonst nichts. Kaila hat entdeckt, dass ihr Leben eine einzige Lüge ist, und ist zutiefst enttäuscht. Kann man ihr das verübeln? Natürlich nicht! Und wir? Haben wir sie unterstützt? Von wegen! Wir waren wütend! Wütend darüber, wie sie die Bombe hat platzen lassen, wütend darüber, wie sie mit ihrer WhatsApp-Nachricht alles aufs Spiel gesetzt hat.«

»Zu Recht. Das war impulsiv und unverantwortlich.«

»Nein, war es nicht. Du hast doch gelesen, wie kryptisch sie sich ausgedrückt hat, oder? Sie hat sehr sorgfältig darüber nachgedacht und war sich bewusst, dass der Chat nicht verschlüsselt ist. Sie wollte uns nicht an den Pranger stellen. Sie wollte uns einen Schreck einjagen.«

Harry schwieg, denn auch er wusste, dass Ralph recht hatte.

»Das war der denkbar ungünstigste Zeitpunkt, zu dem Kaila es hätte erfahren können, aber es ist nun mal geschehen. Ihre ganze Welt wurde auf den Kopf gestellt.« Seine Stimme wurde heiser. »Sie droht mit Selbstmord, Harry.«

»Ich weiß. Es tut mir schrecklich leid für dich.«

Ralph räusperte sich und fuhr mit festerer Stimme fort: »Luana und ich sind das Gespräch völlig falsch angegangen. Wir hatten uns nicht unter Kontrolle, es war, als würde eine Bombe hochgehen. Es sind so viele böse Worte gefallen, dass ich wirklich dachte, wir würden da nicht mehr rauskommen. Also sag mir, wie sollen wir damit umgehen, wenn wir nicht einmal unsere Impulse im Griff haben?«

»Deeskalieren, wie immer. Ich nehme an, ihr habt geredet, nachdem ihr fertig wart mit Schreien.«

»Ja, aber sie wollte nicht zuhören.«

Harry zuckte mit den Schultern. »Sie wird darüber hinwegkommen. Das muss sie, wenn ihr klar wird, dass ihr Vorschlag Wahnsinn ist. Es ist aus genau demselben Grund unmöglich, aus dem sie so wütend auf euch ist.«

»Ja, und weißt du, wovor ich Angst habe?« Ralph blieb wieder stehen und sah ihn an. »Dass sie, sobald sie das merkt, nicht länger warten wird.«

Wenn es Kailas Absicht gewesen war, ihnen Angst einzujagen, dann hatte sie das mit Bravour geschafft. Ihre Drohung hatte alte schmerzhafte Erinnerungen zutage gefördert, die Ralph lieber begraben hätte: an seinen Bruder Frank, der sich sieben Tage nach seiner Einweihung in den Pakt im Jahr 1985 das Leben genommen hatte, und an seine Eltern, die Ralph in den letzten Tagen des Jahres 2016 die moralische Verantwortung für die Bird Street hinterlassen hatten. Samuel und Amelia Lewis waren auf dem Sterbebett bei bester Gesundheit gewesen. Ralph hatte sein November-Sabbatical einige Wochen verlängert, um am Ende bei ihnen zu sein. Seine Eltern hatten nur widerwillig zugestimmt, unter der Bedingung, dass das Leben so unbeschwert wie möglich weitergehen sollte, dass das letzte Weihnachten zwanglos und gemütlich sein und es den Kindern zuliebe kein Drama geben würde. Richter Lewis und seine Frau wollten die volle Kontrolle über das Ende haben – sogar über den Zeitpunkt, an dem getrauert werden durfte.

An einem warmen Augustnachmittag hatten sie Luana und Ralph in ihre Pläne eingeweiht, nicht lange, nachdem die Nachricht über die Nyholms die Bird Street erreicht hatte. Ralph vermutete, dass die Tragödie in St. Louis nicht die unmittelbare Ursache für den letzten Wunsch seiner Eltern gewesen war, ihn jedoch beschleunigt hatte.

»Es ist schön gewesen, Ralph«, sagte seine Mutter. »Dein Vater ist jetzt vierundsiebzig, und ich werde im September fünfundsiebzig. Wir haben in unserem Leben mehr Glück gehabt, als wir uns hätten wünschen können, und sicherlich mehr Glück, als uns zusteht. Aber Kaila und Django werden älter und brauchen Freiraum. IHR braucht Freiraum.«

»Aber wir hatten doch eine herrliche Zeit zusammen«, protestierte Luana. »Und die Kinder sind verrückt nach euch!«

Das stimmte, aber Ralph hatte sie auch gelegentlich darüber schimpfen hören, dass sie ein Haus mit ihren Schwiegereltern teilen musste. Ralph hatte seinerseits ab und an darüber geklagt. Es war stets erträglich gewesen, und jahrelang hatten sie in völliger Harmonie zusammengelebt (die Bird Street diktierte schließlich, dass sie alle glücklich damit waren), aber jeder wusste, dass es aus der Not geboren war. Und es stimmte: Die Kinder wurden älter. Bald würde Kaila in die Pubertät kommen.

»Es ist unvermeidlich«, sagte Amelia und umarmte Luana, als diese in Tränen ausbrach. »Du musst die Dinge ihrem natürlichen Lauf überlassen.«

Aber Ralph dachte: *Nichts daran ist natürlich.*

Wegziehen war keine Option, das hatten die Nyholms bewiesen. Es war nicht so, dass die Bewohner bestraft wurden, wenn sie aus dem Pakt aussteigen wollten. Bei ihrer Zusammenkunft am 2. November hielt der Buchhalter jedem von ihnen sein Buch mit einer fast hinterhältigen Treuherzigkeit hin. Es stand ihnen frei, die Seite mit ihrem Namen herauszureißen und im Kamin zu verbrennen, vorausgesetzt, man nahm das Geheimnis mit ins Grab. Genau das hatten Arthur Nyholm und seine Familie zwei Jahre zuvor getan. Die Last sei zu groß für Lindas Gewissen gewesen, hatte Arthur verkündet. Er zog seine Ehe diesem, wie er sagte, besudelten Glück vor.

»Ach ja?«, hatte Maurice McKinley angemerkt. »Und wer sagt uns, dass du es nicht ausplauderst? Wer sagt uns, dass du uns nicht alle verrätst?«

Es war eines der wenigen Male, dass Ralph den Buchhalter laut sprechen hörte, aber was er sagte, ließ ihn wünschen, es wäre nicht passiert: »Ich weiß, was in all euren Seelen vorgeht, denn ich habe kleine Stücke davon gegessen. Fordere mich nicht heraus, Abtrünniger, sonst reiße ich sie dir raus und fresse sie auf.«

Eine Entweihung des Pakts war gleichbedeutend mit der Verbannung und dem Verfall der unnatürlichen Früchte, die man aus dem Abkommen erntete. Was blieb, war ein Leben, wie es ohne die Bird Street gewesen war. Innerhalb kürzester Zeit hatte Rover begonnen, so auszusehen, wie er ohne übernatürliche Eingriffe ausgesehen hätte, woraufhin er seine Verträge mit Modelagenturen verloren und die Abwärtsspirale begonnen hatte. Arthurs außerordentlicher Investitionserfolg war auf ein normales Maß geschrumpft, und Nyholm Enterprises war pleitegegangen. Und Linda? Die Autopsie hatte ergeben: Wenn nicht Rovers Kugel ihr Gehirn zerstört hätte, hätte es wenig später der pochende Tumor in ihrem Frontallappen getan.

Ralph hatte an die Fernsehsendungen denken müssen, in denen Prominente oder reiche Firmenchefs für kurze Zeit ihr Leben mit normalen Amerikanern tauschen. Billige Unterhaltung, die naturgemäß nicht der Realität entsprach, denn es bestand jederzeit die Möglichkeit, in ihr altes Leben zurückzukehren. Wenn es diese Fluchtoption nicht gab ... dann erst konnte man von Reality-TV sprechen.

Oder, wie Luana es ausdrückte: *Der Teufel treibt stets ein falsches Spiel.*

Samuel und Amelia Lewis hatten es vorgezogen, ihr Schicksal selbst in die Hand zu nehmen. Ralph war zu schockiert gewesen, um sich damit abzufinden, und hatte nach praktischen Lösungen gesucht. Die Bird Street lag auf dem Gebiet des Mount Baker-Snoqualmie National Forest, sodass es nicht möglich war, vom Staat Land zu kaufen, das an die fünf bestehenden Parzellen angrenzte. Ein Stück des Privatgrundstücks der McKinleys hinter dem Maschendrahtzaun zu erschließen, kam nicht infrage: Auf dem Papier mochte das Land den McKinleys gehören, aber in Wirklichkeit gehörte es zu etwas viel Älterem. Sie konnten natürlich ein Gartenhäuschen auf ihrem eigenen Grundstück errichten, aber Ralph hatte eine zukunftsträchtigere Alternative gefunden: Marc Wachowski war bereit, den hinteren Teil der Alpakaweide zu verkaufen, auf der ein bescheidenes Haus gebaut werden konnte. Hier könnte das Ehepaar Lewis seinen Lebensabend verbringen, und nach ihrem Tod würde das Haus weiteren Generationen der Bird Street zur Verfügung stehen.

Aber sein Vater hatte nichts davon wissen wollen. Anfang September hatte er Ralph im Garten in der Nähe des Zauns beiseitegenommen. »Wir wollen nicht weg«, hatte er gesagt, »und wir wollen auch kein neues Haus. Wir wollen Buße tun, verstehst du das nicht?«

»Aber was soll das bringen?«, fragte Ralph düster. »All die Leute, die wir in den Wald gebracht haben. Man kann sagen, dass wir keine Wahl hatten, dass die Alternative schlimmer gewesen wäre. Aber damit haben wir uns selbst ins Verderben gestürzt.«

»In gewisser Weise hast du recht. Aber es gibt auch so etwas wie ein Gewissen, und das zählt. Wir können weiterhin dafür sorgen, dass es auf die am wenigsten verwerfliche Weise geschieht.«

»Aber ist das so? Ist es das, was uns antreibt?«

»Uns schon, zumindest möchte ich daran glauben, ja«, sagte der Erste Richter Lewis entschieden. »Und deshalb ist es an der Zeit, dass du den Stab übernimmst. Graham wird älter, und du weißt, wie seine Söhne sind. Wehe, wenn Leute wie sie ans Ruder kommen. Moralische Korruption ist die größte Gefahr für dieses System. Glück macht blind, Ralph. Es ist wie der Graue Star auf der Seele. Die Bird Street braucht einen Pförtner, der die moralische Messlatte hochhält, sonst dauert es nicht lange, bis hier im Wald wieder jedes Jahr Menschen ermordet werden. Menschen, die sich den Tod nicht selbst ausgesucht haben. Du weißt, dass das früher vorgekommen ist.«

»Aber du bist dieser Pförtner, Dad.«

»Nein«, sagte sein Vater. »Das bist du.«

Aber Ralph weigerte sich, das zu akzeptieren, und schließlich kamen ihm, mehr oder minder zu seiner eigenen Überraschung, die Tränen. Sein Vater war nie der kuschelige Typ gewesen, aber nun umarmte er seinen Sohn.

»Du kannst es dir auch wünschen«, sagte Ralph, als das Schlimmste vorbei war. »Wenn euch das wirklich glücklich macht, dann wünscht euch, zusammen einzuschlafen und nie mehr aufzuwachen, und es wird geschehen. Warum auf diese Weise?«

Sein Vater sagte: »Deine Mutter und ich haben unser Leben in den Dienst des Teufels gestellt. Wir wollen ihm nicht auch noch unseren Tod schenken.«

Die Dunklen Tage kamen, Trump wurde zum Präsidenten gewählt, und zu Thanksgiving war die Zeit des Unheils zumindest in der Bird Street endgültig vorbei. In den darauffolgenden Wochen wurde im Hause Lewis da Silva viel Zeit gemeinsam verbracht, und Weihnachten wurde zum glücklichsten Fest, an das sich Ralph erinnern konnte. Er wollte glauben, dass sie aufrichtig glücklich miteinander waren, aber an manchen kühlen Abenden ließ ihn der Gedanke nicht los, dass sie nur glücklich waren, weil man es ihnen vorschrieb. Dann dachte er wieder daran, wie Arthur Nyholm es genannt hatte: ein besudeltes Glück.

Am 27. Dezember fuhren Samuel und Amelia Lewis mit der Fähre zum Turtleback Mountain Resort auf Orcas Island. Am Morgen des 28. Dezembers fand ein Zimmermädchen an der Tür ihrer Suite einen Zettel, auf dem stand: *Bitte erschrecken Sie nicht. Wir sind tot. Holen Sie Ihren Manager.* Genau das tat das Zimmermädchen. Als die Hotelmanagerin an die Tür klopfte und keine Antwort erhielt, rief sie die Polizei. Gemeinsam betraten sie das Zimmer und fanden Mr. und Mrs. Lewis eng umschlungen auf dem Bett liegend vor. Der Gerichtsmediziner stellte fest, dass die beiden seit mindestens 12 Stunden tot waren. Auf der Bettdecke wurde ein zweiter Zettel gefunden, auf dem zu lesen war: *Wir, Amelia und Samuel Lewis, haben dieses Ende in Liebe und bei vollem Verstand gewählt. Wir haben jeder 15 Gramm Seconal eingenommen, das wir von einem Drogendealer erhalten haben, den wir, wie Sie sicher verstehen, nicht anschwärzen werden. Wir möchten uns aufrichtig bei dem Hotelpersonal und den Behörden für die entstandenen Unannehmlichkeiten entschuldigen. Der Koffer enthält einen Umschlag mit einem persönlichen Abschiedsbrief an unsere Familie. Könnten Sie sie bitte informieren?* Dahinter die Namen und Telefonnummern.

Der vermeintlich persönliche Abschiedsbrief war so formuliert, dass die Behörden ihre vorgeschriebenen Ermittlungen schnell abschließen konnten. Niemand würde je erfahren, dass es sich bei der fraglichen Drogendealerin um Elizabeth Aikman, die Nachbarin des verstorbenen Ehepaares, gehandelt hatte.

Zwei Dinge hatte Ralph zu seinem Bedauern nie mit seinen Eltern besprechen können. Jedes Jahr während der Dunklen Tage kamen sie wieder hoch, um ihm durch den Kopf zu spuken – so auch jetzt.

Das Erste war Franks Selbstmord. Es war zu schmerzhaft,

um darüber zu reden. Nie hatten sie ihren Frieden damit gemacht, dass sie sich für zu reich gesegnet gehalten hatten, um vorherzusehen, dass ihnen etwas derart Schreckliches bevorstehen könnte. Sie waren doch schließlich vom Glück begünstigt? Selbst wenn sich das Glück im November gegen sie wandte, konnten sie doch den Rest des Jahres auf ihr Glück zählen, und nicht einmal der Teufel würde sie mit solchem Schmerz belasten? Widersprach das nicht grundsätzlich dem Prinzip von Glück?

Und doch war es geschehen.

Ralph hatte versucht, mit seiner Mutter darüber zu sprechen, am letzten Todestag ihres ältesten Sohnes, den sie miterleben sollte. »Was ist eigentlich geschehen an dem Tag, als Frank starb?«

»Ich weiß es nicht«, hatte Amelia gesagt. »Ich habe nicht die leiseste Ahnung. Wirklich nicht.«

»Du hast ihn gefunden, Mom.«

Ein leichter Schock. »Was?«

»Du hast ihn gefunden.«

»Wer hat ihn gefunden?«

»Du. Du hast ihn gefunden.«

»Habe ich das?« Kurze Stille. Ihre Augen füllten sich mit Tränen. »Daran kann ich mich gar nicht erinnern. Nein. Und weißt du …« Sie lächelte; ein liebevolles, mütterliches Lächeln. Sie hatte wieder ihre Maske aufgesetzt. »Ich glaube, ich konnte nur deshalb weitermachen, weil mir die Erinnerung fehlt, Ralph. Ich weiß es nicht mehr.«

Aber in ihren alten, feuchten Augen hatte er einen kurzen Moment lang die Wahrheit gesehen. Was Amelia nicht gekonnt hatte, war, Trauer zu empfinden. Das war noch schmerzhafter.

Denn sie war glücklich gewesen.

Die zweite Sache, über die er nie mit seinen Eltern hatte sprechen können, war Buße. Und das brachte ihn zurück zu Kaila.

Soweit er das nachvollziehen konnte, hatten seine Eltern mit Frank dasselbe vorgehabt wie Luana und er mit Kaila: An seinem sechzehnten Lebensjahr hatten sie ihn in den Bird-Street-Pakt einweihen wollen. Zunächst musste das gut geklappt haben, denn Franks Name wurde am 2. November 1985 in das Buch des Buchhalters eingetragen, womit er offiziell aufgenommen war. Doch dann hatte er am 9. November seinem Leben ein Ende gesetzt. Was genau in dieser Woche vorgefallen war, wusste er nicht, denn Ralph war erst 14 Jahre alt gewesen. Schuldgefühle, Gewissensbisse und Unsicherheit könnten eine Rolle gespielt haben, aber Ralph vermutete, dass die Wahrheit einfacher war: Eine bipolare Störung konnte sich blitzschnell von einer schlummernden Gefahr in eine gnadenlose Todesfalle verwandeln.

Aufgrund der Art und Weise, wie Frank es getan hatte, war Ralph so gut wie überzeugt davon, dass er aus einem Impuls gehandelt hatte. Und sein Selbstmord hatte auf seinem eigenen Grundstück stattgefunden, nicht im Wald hinter dem Zaun.

Sein Tod wurde in jenem Jahr nicht als Opfer gezählt.

Kailas Handeln war berechnender gewesen. Das Aufdecken der Wahrheit hatte ihr nicht nur auf einen Schlag den Boden unter den Füßen weggezogen, sondern auch tiefe, existenzielle Zweifel in ihrer ohnehin schon instabilen Psyche gesät. Welche Daseinsberechtigung hatte sie, wenn andere dafür sterben mussten? Und warum sollten sie in der Bird Street einen größeren Anspruch auf Glück haben als anderswo? Diese Fragen hatte sie ihnen entgegengeschrien. Und ihre Reaktion war weniger irrational, als es auf den ersten

Blick schien: Sie konnte nicht damit leben, also wollte sie das Opfer sein. Damit sie mit ihrem Leben das eines anderen retten konnte.

Das war Buße. So weit waren nicht einmal Samuel und Amelia Lewis gegangen. Sie hatten ihr Pulver in einem Glas Milch auf Orcas Island aufgelöst. Nicht im McKinley-Reservat.

Warum nicht?

Weil sie alle wussten, dass sie den Menschen, die sie in die Wälder brachten, mit ihrem letzten Wunsch alles andere als einen Gefallen taten.

Im November wurden die Wälder zu Jagdgründen.

Wer dort starb, fand keine Ruhe.

Etwas machte Jagd auf sie.

Ernährte sich von ihren Seelen und ihrer Menschlichkeit.

Was übrig blieb, *was jedes Jahr unmenschlicher wurde*, verfolgte sie in Spiegeln, wie ein schlechtes Gewissen, das einen, sobald man sich in ihr Gebiet verirrte, packen und vernichten konnte.

Worüber niemand in der Bird Street sprechen wollte, nein, sprechen konnte.

Aber Kaila wollte darüber reden. Es war das Allererste, worüber sie hatte reden wollen, nachdem sie es erfahren hatte.

»Wie kann das etwas Gutes sein?«, hatte sie geschrien. »Wie könnt ihr damit leben?«

Ralph hatte nicht geantwortet, sondern an die Worte des Buchhalters denken müssen: *Ich weiß, was in all euren Seelen vorgeht, denn ich habe kleine Stücke davon gegessen. Fordere mich nicht heraus, Abtrünniger, sonst reiße ich sie dir raus und fresse sie auf.*

Die wandernden Seelen in den Snoqualmie Woods waren

nicht die einzigen, die jedes Jahr ein bisschen weniger menschlich wurden.

Der Teufel trieb immer ein falsches Spiel.

Sie waren umgekehrt und liefen nun zurück. Der Regen prasselte unvermindert auf Harrys Schirm. Sie schwiegen eine Weile, und Harry hatte den Mantelkragen über seine untere Gesichtshälfte gezogen, sodass er ein wenig wie ein Bandit aussah. Als er sprach, klang seine Stimme gedämpft: »Soll ich dir mal was verraten?«

»Schieß los.«

»Ich habe auch eine geladene Pistole im Safe. Aber nur im November.«

Ralph starrte ihn ungläubig an. »Warum das?«

»Das ist *meine* Failsafe-Absicherung.«

Er wusste nicht, was er darauf antworten sollte, deshalb wartete er, bis Harry wieder das Wort ergriff. Das tat er, nachdem er schildkrötenartig den Hals aus dem Kragen streckte.

»Hör mal, Ralph. Deine Tochter überlegt, sich umzubringen, und du rennst rum und suhlst dich im Selbstmitleid. Sie fühlt sich nicht ernst genommen, weil du es nicht tust. Das liegt daran, dass du ihr keine Empathie entgegenbringst.«

»Ich verstehe sehr gut, dass sie …«, begann er, doch Harry unterbrach ihn.

»Du verstehst es, ja, du bist ein kluger Kopf, aber das ist etwas anderes. Du hast dafür Sympathie, aber keine Empathie. Du kannst dich nicht hineinversetzen, weil du selbst nie so empfunden hast.«

»Nein«, seufzte Ralph. »Das stimmt. Ich verstehe in der Tat nicht, warum manchen das Leben so aussichtslos erscheint, dass sie freiwillig aussteigen wollen.«

»Ich schon. Und du weißt, warum.«

Ralph wusste es. Harry Aikman war der einzige Bewohner der Bird Street, der buchstäblich und metaphorisch auf beiden Seiten des Maschendrahtzauns gestanden hatte. 1991 hatte die Nachbarschaftsvereinigung den damals depressiven Einzelgänger aus Seattle in den Wald gebracht. Am Ende hatte er es sich anders überlegt. Eine deutlich jüngere Elizabeth, die damals noch Brennett hieß, hatte Harry so liebevoll begleitet wie jeden anderen auch und ihm damit genau das gegeben, was ihm stets gefehlt hatte.

Jeder Mensch hatte eine Zukunft, wenn man ihm nur genügend Aufmerksamkeit schenkte. Dieser Gedanke stimmte Ralph mit einem Mal finsterer als je zuvor.

»Was Kaila braucht«, sagte Harry, »sind ihre eigenen Wohltäter, die ihren Wunsch ernst nehmen. Eine eigene Pistole im Safe, die sie verweigern kann, gerade weil sie ihr angeboten wird.«

Lange Zeit schwieg Ralph. Schließlich sagte er: »Ich kann nicht, Harry. Sie ist meine Tochter.«

»Aber was ist die Alternative?«

»Ich wünschte, ich wüsste es. Wir haben noch nicht einmal die Hälfte des Monats hinter uns, und ich traue meinem eigenen Denken schon nicht mehr. Was, wenn ich die falschen Entscheidungen treffe?« Frustriert kickte er einen Kieselstein davon. »Sie schläft jetzt, Luana ist bei ihr. Wir haben ihr Lithium gegeben. Und kontrolliert, ob sie es auch geschluckt hat, natürlich. Und Seroquel. Für den Moment ist es gut, nicht mal eine Bombe könnte sie aufwecken. Aber was ist morgen? Wir wagen nicht einmal, sie allein zu lassen.«

»Und eine Klinikaufenthalt kommt natürlich nicht infrage.«

»Unmöglich. Sie ist wie eine geladene Waffe, wer weiß, was ihr gegenüber dem Krisendienst alles herausrutscht. Sie ist wütend. Und das zu Recht.«

»Sprich mit ihr, Ralph. Und hör ihr zu. Vielleicht kann Graham ihr seine Sicht auf die Dinge schildern. Ich bin mir sicher, er wäre dazu gern bereit.«

Sie hatten die Brücke über den Tolt River erreicht, und Ralph blieb im strömenden Regen stehen. Auf der anderen Seite begann die Bird Street. Harry drehte sich um und sah ihn fragend an. Der Strahl seiner Krypton spiegelte sich in einer Pfütze zu Ralphs Füßen.

»Wie hast du geschafft, es zu akzeptieren, Harry?«

»Was?«

»Was du gesagt hast. Was wir hier tun.«

Er zuckte die Achseln. »Utilitarismus. Der Zweck heiligt die Mittel. Man entscheidet sich für das kleinere Übel, um das größere Übel abzuwenden.«

»Um ein Haar wärst du einer von ihnen gewesen. Man könnte sagen, Elizabeth wollte dich an ein Monster verfüttern.«

Harry grinste. »Da kannte sie mich noch nicht. Jetzt weiß sie es besser.«

»Vielleicht würden all diese armen Seelen dasselbe sagen. Egal, wie sehr wir uns unsere Handlungen schönreden, wir sind alle von den Früchten dieser Vereinbarung getrieben. Und wir nehmen die Opfer in Kauf, weil uns sonst unser Glück genommen wird. Macht uns das nicht zu durch und durch schlechten Menschen?«

Harry schwieg und klappte seinen Schirm zusammen. Nun standen sie beide im Regen. »Ich habe in meiner Sammlung eine Erstausgabe einer alten Anthologie von Robert Silverberg, die eine Geschichte von Ursula K. Le Guin enthält. Sie heißt ›Die Omelas den Rücken kehren‹. Sie handelt von der utopischen Stadt Omelas, in der die Menschen in Glückseligkeit und perfekter Harmonie zusammenleben. Doch dieses Gleichgewicht hängt von einem unglücklichen Kind ab, das in den Kerkern unter der Stadt in Schmutz, Elend und Dunkelheit dahinvegetiert. Sobald die Bürger alt genug sind, werden sie nach unten geführt und vor die Wahl gestellt, es zu akzeptieren und zu bleiben oder für immer wegzugehen. Was, meinst du, passiert?«

»Alle bleiben«, seufzte Ralph.

»Fast alle. Es gibt einige, die weglaufen, daher der Titel. Aber die große Mehrheit bleibt, ja. Überrascht es dich wirklich, wie leicht Menschen die Augen vor Ungerechtigkeit verschließen, wenn sie selbst dadurch glücklicher werden? Wir alle wollen ständig neue, preiswerte Kleidung, aber wer denkt dabei wirklich an die Kinder am anderen Ende der Welt, die sie unter erbärmlichen Bedingungen herstellen, zumindest so lange, bis mal wieder eine Fabrik abbrennt und sie bei lebendigem Leib verbrennen? Niemand von uns sieht gerne Videos von einem erschöpften Eisbären, der einsam auf einer letzten Scholle treibt, Bilder von Dürren in Afrika, vom Verschwinden der Regenwälder, aber wir weigern uns, auf unsere billigen Flugtickets, unsere Massentierhaltung, unsere fossilen Brennstoffe zu verzichten. Wach auf, Ralph. Das ist die menschliche Natur.«

Ralph wollte heimkehren. Er weigerte sich zu glauben, dass der Mensch ausschließlich schlecht war. Er selbst gab sich Mühe, Gutes zu tun. Das war die Aufgabe, die ihm sein Vater übertragen hatte.

Aber konnte er darauf noch vertrauen, im November?

»Hast du uns verziehen?«, fragte er schließlich.

Harry sah ihn unergründlich an. »Würdest du dir selbst verzeihen?«

Nachdem sie sich verabschiedet hatten, ging Ralph zurück ins Haus. Er hängte seinen durchnässten Mantel über die Heizung und stellte seine Schuhe davor. Unten war es dunkel, aber oben auf dem Treppenabsatz fiel ein gelber Lichtschein durch den Spalt der Dachbodenluke. Er fand Luana in einen Schlafsack gewickelt am Fußende von Kailas Bett vor, wo sie auf ihrem iPad Netflix schaute. Sie stand auf, nahm ihre Kopfhörer ab und sah ihn mit einem Ausdruck an, der alles zu bedeuten schien: Bedauern, Unsicherheit, unerfüllte Sehnsüchte und Streitlust.

Er nickte zu dem unförmigen Haufen auf dem Bett hinüber und formte mit den Lippen die Worte: *Schläft sie?*

»Tief und fest«, sagte Luana leise.

Ralph schlich sich auf feuchten Socken zu seiner Frau, kniete sich hin und küsste sie. Etwas von der Anspannung schien aus ihrer Haltung zu verschwinden, und nun lächelte sie traurig.

»Du bist klitschnass.«

»Ich bin mit Harry ein Stück gegangen. Ich geh kurz duschen, um mich aufzuwärmen. Danach löse ich dich ab. Du brauchst Schlaf.«

»*Du* brauchst Schlaf, Ralph. Du bist hundekaputt. Außerdem bleibe ich hier. Ich will da sein, wenn sie aufwacht. Du kannst dich neben mich legen, wenn du willst, aber dann spürst du morgen deinen Rücken nicht mehr.«

»Das ist mir egal.«

»Seien Sie nicht albern, Herr Richter. Geh schlafen. Morgen hast du wieder Dienst. Da solltest du fit sein.«

»Na gut.« Er küsste sie erneut. »Danke.«

Er duschte, bis die Kälte endlich aus seinen Knochen wich, kroch nackt unter die Decke und schlief fast sofort mit dem leicht beklemmenden Gedanken ein, dass er etwas vergessen hatte. Mitten in der Nacht schrak er vom Geräusch des Regens auf dem Dach hoch. Dadurch wurde zumindest ein Teil seines Gehirns wach genug, um sich zu erinnern, was es gewesen war, was er vergessen hatte.

Er schlafwandelte die Treppe hinunter und schloss die Haustür auf. Nicht einmal der ungemütliche Regen und der Wind auf seiner Haut konnten ihn wecken, obwohl ihm ein Schauer über den Rücken lief. Er ging die Einfahrt entlang. Mit den Füßen knöcheltief im schmutzigen Wasser bückte er sich zum Gully am Straßenrand und hob die Wodkaflasche und das Glas auf. Das Glas war bis zum Rand mit Regenwasser gefüllt. Achtlos leerte er es, doch dabei rutschte es ihm aus den Fingern und zerbarst auf dem Asphalt in Scherben.

Einen Moment lang blieb er mit geneigtem Kopf stehen, als würde er nachdenken. Dann schraubte er den Verschluss der Flasche ab, setzte sie an die Lippen und trank.

KAILA

Niemandsland. Die Geschichte von Graham McKinley. Der schwarze Stein.

13. November

Kaila träumte, sie würde ihrem Leben ein Ende setzen. Wie, das war nicht wichtig. Wichtig war nur, wo: in den Wäldern hinter ihrem Haus. Während sie spürte, wie das Leben aus ihr herausfloss, begrüßte sie die Dunkelheit mit einem erleichterten Lächeln auf den Lippen: endlich Gewissheit. Doch als ihr Körper schließlich aufhörte zu atmen, ihr Blut geronnen war und die sterbenden neurologischen Signale in ihrem Gehirn ein letztes Mal aufgeflackert waren wie verwirrende Bilder auf einem hakenden Filmprojektor, wurde ihr klar, dass es damit nicht aufhörte. Da war zwar Dunkelheit, und diese Dunkelheit war allumfassend, aber darin war sie *bei Bewusstsein.*

Und nicht allein.

Dies war die Novemberdunkelheit, in der sie umherirrte, unfähig, das Leben loszulassen. Irgendetwas war immer in der Nähe. Auf der Suche. Auf der Jagd. Sie konnte es atmen hören wie ein hungriges wildes Tier. Alles, was sie tun konnte, war, sich im Unterholz zu verstecken, sich fürchtend, sich bewusst seiend … in einem feurigen blau-weißen Schein aufleuchtend.

Auf einmal wurde es ihr klar. Sie war eines von Rovers Irrlichtern. Einer von Djangos Jibblymowers. Überall um sie herum leuchteten die Flämmchen auf, nervöse Sumpflichter, die erlöschen wollten, aber nicht wussten, wie sie es anstellen sollten. Außerhalb ihres Traums, in ihrem Bett, stöhnte Kaila laut auf, weil sie das Gefühl hatte, dass unzählige Hände über ihre Haut tasteten.

Wach auf. Das hier war kein Traum, sondern ein Albtraum. Ihr einziger Trost bestand darin, dass man aus jedem Albtraum irgendwann aufwachte. Das Herz schlug einem bis zum Hals, man war schweißgebadet, aber man merkte, dass es nicht real gewesen war.

Dann wach auf. Und zwar sofort.

Das Schreckliche war, dass sie es nicht konnte.

Als sie schließlich doch erwachte, geschah dies nicht mit einem Ruck, sondern dumpf und langsam. Das Erste, dessen sich Kaila bewusst wurde, war das Spätvormittagslicht in ihrem Zimmer. Das Zweite war ein untrügliches Gefühl von Déjà-vu. Sie roch das Parfüm ihrer Mutter, nicht frisch, sondern verflüchtigt, als hätte es sich nach einem Tag mit ihrem eigenen Geruch vermischt. Es erinnerte Kaila daran, wie ihre Mom früher zu ihr ins Bett gekrochen war, wenn es ihr schlecht ging, damit sie mit dem Gesicht an der Schulter ihrer Mutter einschlafen konnte. Es hatte eine Zeit gegeben, in der eine Mutter am besten half, wenn man an schlimme Dinge dachte. Dann merkte sie endlich, woher das Déjà-vu kam: Ihre Mutter lag tatsächlich neben ihr. Etwas kräftiger als früher, aber noch immer mit demselben Geruch. Sie schlief auf der Seite, ruhig atmend, den rechten Arm um Kailas Taille gelegt.

Plötzlich war Kaila hellwach. Sie spürte ihr Herz schlagen, auf der Höhe ihrer Brust und höher, bis zu ihrem Hals. Es war unmöglich, sich der Umarmung hinzugeben, denn damit würde sie anerkennen, wie alles bis gestern gewesen war. Aber es war auch unmöglich, sich ihr zu entziehen, denn sie wünschte, sie könnte zurück, könnte so tun, als ob all die schlimmen Dinge nicht geschehen wären. In diesem Niemandsland blieb Kaila liegen, völlig erstarrt.

Nach einer gefühlten Ewigkeit streckte sie ihren freien Arm vorsichtig zum Nachttisch und tippte auf ihr Handy. 10:36 Uhr. So spät schon. Uff, diese Medikamente. Kaila erkannte die vertraute Schwere auf ihrer Stirn, direkt über ihrem Nasenrücken. Sie versuchte, ihre Augen zuzudrücken, aber das würde sie nicht zulassen.

Sie sah ihre Mutter an.

Bin ich die Tochter, die ich bin? Oder die Tochter, die sie wollte?

Mom war unfruchtbar gewesen. Und trotzdem gab es Django und sie. Dabei hätte das gar nicht möglich sein dürfen. Das Wissen, dass sie aufgrund des Wunsches ihrer Mutter zum Leben erweckt worden war, drückte nicht nur auf ihre Stirn, sondern auch auf ihr Gefühl von Individualität. Wenn man nur der Wunsch eines anderen war, dann lebte man für diesen anderen Menschen. Konnte sie das? Kaila hatte gestern den ganzen Tag darüber nachgedacht, kam aber zu keinem Ergebnis.

Sie wandte sich ab. Regentropfen glitten über das Erkerfenster nach unten. Sie bewegten sich schnell, als hätten sie es eilig. An diesem trägen, gedämpften Morgen spürte Kaila keine Eile, keine Dringlichkeit mehr. Ihre Pläne waren gestern, zusammen mit allem, was sie ausgemacht hatte, aus dem Blickfeld geraten. Dann konnte sie sich genauso gut der Apathie hingeben. Alles vertagen, um eine Lösung für die

Pattsituation zu finden: die Umarmung annehmen oder ablehnen. Keine Entscheidung war auch eine Entscheidung.

Wer *hatte* sie eigentlich zum Leben erweckt?

Kaila merkte, dass sie in ihrer Faust, am Ende des Arms, der unter der Umarmung ihrer Mutter gefangen lag, das Stück vulkanisches Glas spürte. Hatte sie es die ganze Nacht festgehalten? Ohne dass es Mom aufgefallen war, als sie sich zu ihr gelegt hatte? Das war unmöglich. Wenn man einschlief, entspannten sich die Muskeln, und die Faust lockerte sich.

Und doch war es so.

Irgendwie spendete der Stein ihr Trost. Kaila konnte nicht genau sagen, warum, da sie nun wusste, wer ihn ihr gegeben hatte. Trotzdem fühlte sich der Stein wie ein Zuhause an. Sie ballte die Faust um ihn und schloss die Augen.

Versuchte, nicht zu atmen, ihr Herz nicht klopfen zu lassen.

Aufgeben oder kämpfen. Gleich werde ich mich entscheiden. Gleich.

Doch das brauchte sie nicht: Ihr Vater ersparte ihr unbeabsichtigt die Unannehmlichkeit, als er um elf Uhr hochkam, um zu sagen, dass sie zum alten Mr. McKinley gehen würden. Mom schreckte aus dem Schlaf hoch, als er durch die Luke nach oben kam, und zog schnell ihren Arm weg, wodurch Kaila die Gelegenheit bekam, aufzustehen und so zu tun, als hätte sie es nicht bemerkt. Dad sah verlegen aus, Mom enttäuscht, und keiner von beiden wusste, wie er sich verhalten sollte. Die ganze Situation war unbehaglich. Sie hatte zwar nicht gerade auf einen Vortrag von Mr. McKinley gewartet, aber alles war besser als das hier.

»Was wollen wir hier eigentlich?«, fragte sie, als sie kurz darauf unter dem Portal der Villa die Steinstufen zur Haustür hinaufstiegen. In der Zwischenzeit hatten sie kein Wort miteinander gewechselt, abgesehen davon, dass Dad sie gezwungen hatte, Lithium zu schlucken. Er sah mies aus: dichte Bartstoppeln, dicke Tränensäcke und gerötete Augen. *Du verkaufst deine Seele an den Teufel als Ausrede dafür, dich im November volllaufen zu lassen. Gut gemacht, Dad.*

Er drehte sich um, und sie erschrak über den Ausdruck in seinen Augen.

»Mr. McKinley wird dir etwas mitteilen, das hoffentlich dafür sorgt, dass du dir deinen idiotischen Plan aus dem Kopf schlägst. Und an deiner Einstellung arbeitest, Lady. Du musst uns nicht verstehen. Du musst nicht einmal mit uns einer Meinung sein. Aber du musst deine Mutter auch nicht mit so viel Abscheu anschauen.«

Damit wandte er sich ab und klingelte. Kaila konnte im Moment wenig Respekt für ihren Vater aufbringen; dennoch merkte sie, dass seine Emotionen sie verletzten. ER war verletzt, so viel war klar. Trotz allem tat ihr das weh.

Maurice McKinley (auch bekannt als Maurice McKotzbrocken, wie ihn Ethan Wachowski und Kaila früher nannten) öffnete die Tür und sah sie an, als wäre sie eine Kuriosität. Natürlich. Jeder in der Bird Street hatte ihre WhatsApp-Nachricht gelesen. Jeder wusste, dass es bei den Lewis da Silvas hoch herging, und nun würden sie alle anstarren. Sie blickte so verächtlich zurück, dass Maurice erschrocken die Augen niederschlug.

»Komm rein, Ralph«, sagte er schnell. Sein Blick huschte scheu zu Dad, dann an ihnen vorbei, als ob er erwartete, noch jemanden in der Einfahrt zu sehen. »Mein Vater wartet oben in der Bibliothek auf euch.«

»Gut, danke.«

Kaila war noch nie im Haus der McKinleys gewesen. Es sah

genauso aus, wie sie es erwartet hatte: wie Keyhouse Manor aus der Netflix-Serie *Locke & Key*, mit hohen Decken, alten Möbeln, ausgestopften Tierköpfen und Geheimtüren, die überall und nirgends hinzuführen schienen. Allerdings roch es hier streng: nach Bohnerwachs, Lufterfrischer, alten Menschen und dem nahenden Tod.

»Wie geht es deiner …« *Mutter*, wollte Dad wahrscheinlich fragen, aber in diesem Moment wurde Dorothy McKinley von Juliette in den Flur gerollt, und seine Worte erstarben auf seinen Lippen. Auch Kaila bekam einen Schock. Mrs. McKinley hing krumm und mit geschlossenen Augen in ihrem Rollstuhl, und Kaila hätte nicht einmal mit Sicherheit zu sagen gewagt, ob sie tot oder lebendig war, wenn ihr Sauerstofftank nicht ein schwaches, rasselndes Geräusch von sich gegeben hätte.

»Oh, tut mir leid«, sagte Juliette, die sie flüchtig ansah. »Ich wusste nicht, dass ihr schon da seid. Komm, Mutter, ich bringe dich ins Bett.« Und damit verschwand sie mit ihr durch eine Tür in einen anderen Flügel, als würde sie eine Leiche entsorgen. Kaila sah ihnen entgeistert nach und dachte: *Ist es das wert?*

»Mutter geht es nicht gut«, sprach Maurice das Offensichtliche aus, während er auf einer der breiten Marmortreppen vorausging. »Wir hoffen alle, dass sie sich nach Dienstag stabilisiert.«

»Oh je, Maurice. Das ist furchtbar.«

»Wird schon wieder.«

Aber Kaila fragte sich, ob er wirklich daran glaubte. Maurice schien selbst an einem schweren Fall von Dunklen Tagen zu leiden: Sein Hemd war falsch geknöpft, und auf der obersten Treppenstufe stolperte er über seine eigenen Füße und musste sich am Geländer festhalten, um nicht zu fallen. Oben angekommen, huschten seine hohlen Augen wieder an ihnen vorbei die Treppe hinab, als ob er sich von etwas verfolgt wähnte. Kaila fühlte sich unwohl, wollte nichts mit den dunklen Fantasien zu tun haben, die ihn quälten. Mitleid hatte sie nicht mit ihm, denn Maurice war genauso mitschuldig wie sie alle.

»Ah, da seid ihr ja!«

Am Ende des Flurs stand Graham McKinley. Er trug etwas, das am ehesten einem Kimono aus dunklem Satin ähnelte. Er sah alt und gebrechlich aus, mit lila geäderten Flecken auf den Wangen, hatte aber dennoch etwas Imposantes an sich, so wie ein altes Buch imposant sein kann. Der Adlerblick in seinen Augen war warm, und es lag ein verspieltes Lächeln auf seinen Lippen.

»Willkommen in unserem Haus, Kaila. Ein Jahr zu früh, aber besser zu früh als zu spät, nicht wahr?«

Sein Vater schüttelte ihm die Hand, und Kaila folgte seinem Beispiel. Sie hatte es nicht vorgehabt, aber sie konnte sich nicht dagegen wehren. Der Händedruck von Mr. McKinley war überraschend kräftig.

»Habt ihr schon Tee oder Kaffee getrunken?«

»Nein«, sagte ihr Vater. »Ich hätte gerne einen Espresso. Einen doppelten, falls du einen hast.«

»Natürlich. Und wir haben einen köstlichen Ingwer-Kürbis-Kuchen. Ein altes Rezept von Dorothy, aber Juliette hat ihn gebacken. Darf ich euch ein Stück anbieten?«

»Das klingt gut.«

»Wunderbar. Maurice, für mich einen koffeinfreien Kaffee und ein Stück Kuchen, aber nicht zu groß, bitte. Kaila, was möchtest du?«

Sie hatte genauso wenig vorgehabt, etwas von Mr. McKinley anzunehmen, aber sie hatte noch keine Zeit zum Frühstücken gehabt, und Ingwer-Kürbis-Kuchen klang plötzlich enorm gut. Sie wandte sich an Maurice, setzte einen verächtlichen Gesichtsausdruck auf und sagte: »Du hast bestimmt keinen Latte macchiato, oder?«

»Ich kann Milch aufschäumen«, antwortete er bedächtig.

»Gut, dann nehme ich den und ein Stück Kuchen.«

Er verzog sich, ohne noch etwas zu sagen. Es hatte Kaila stille Genugtuung verschafft, ihn anblaffen zu können. Maurice McKinley schien nicht die Art von Mann zu sein, der gerne Befehle von einem Mädchen entgegennahm. Schon gar nicht von einem farbigen Mädchen.

Sein Vater hatte diese Dynamik nicht bemerkt oder so getan, als hätte er es nicht bemerkt. Stattdessen lud er sie in die Bibliothek ein. Ein erstaunlich gemütlicher Raum, wie sich herausstellte, mit Bücherregalen bis zur Decke, die nur an der Stirnseite von einem Kamin unterbrochen wurden, in dem ein Feuer knisterte. Am Kaminsims hing ein Ölporträt eines Mannes mit dem gleichen scharfen Blick wie McKinley.

»Das ist John McKinley, mein Vater«, sagte der alte Mann. »Unten im Jagdzimmer hängt noch ein Porträt von ihm. Man kann getrost behaupten, dass seiner in diesem Haus liebevoll gedacht wird. Von ihm und seinem Vater, meinem Großvater, möchte ich dir heute erzählen, Kaila. Komm, setzen wir uns ans Feuer. Eine gute Geschichte sollte schließlich am Feuer erzählt werden, nicht wahr?«

Vor dem Kamin standen drei Ledersessel, die anscheinend für diese Gelegenheit dorthin gestellt worden waren, und auf McKinleys Aufforderung hin nahmen sie Platz. Kaila sank tief in den berauschenden Duft des Leders. Sofort fühlte sie sich schwer – das blöde Lithium begann zu wirken.

Jetzt kann ich nirgends mehr hin.

Sie tastete in ihrer Hosentasche nach der vertrauten Form

des Vulkanglases. Niemand brauchte zu wissen, dass es sich dort befand, solange sie es nur wusste.

»Du hast es also herausgefunden«, sagte McKinley. Er beugte sich verschwörerisch zu ihr. »Sag mir, was denkst du?«

Kaila spürte, dass sie rot anlief, und schaute ihren Vater an, doch von ihm bekam sie keine Hilfe.

»Komm schon, spuck es aus und sei ehrlich. Wir haben nichts davon, wenn wir uns gegenseitig anlügen.«

»Okay«, sagte sie langsam. »Ganz ehrlich? Ich weiß nicht einmal, wo ich anfangen soll.« Sie schwieg kurz. »Nein, ich weiß es. Ich finde es abscheulich. Ich finde euch abscheulich. Euch alle.«

McKinley klatschte in die Hände. »Siehst du. Fantastisch, das ist eine ehrliche Antwort. Damit können wir etwas anfangen. Deine Nachricht gestern, war die auch ehrlich gemeint?«

»W…was?«

»Willst du wirklich dein Leben als diesjähriges Opfer hergeben?«

Seine Adleraugen ließen sie nicht los, sodass sie gezwungen war, den Blick zu senken. Dad zappelte nervös mit den Füßen. Sie war auf vieles vorbereitet gewesen, aber nicht auf solch eine direkte Konfrontation.

»Ich weiß es nicht.«

»Gut, das ist verständlich. Hier, mach das auf.«

Er beugte sich zum Beistelltisch hinunter und reichte ihr eine antike Schachtel. Sie hielt sie mit beiden Händen vor sich und betrachtete sie nervös.

»Graham, was …«, begann ihr Dad, aber der alte Mann hob eine Hand und nickte ihr zu. Sie öffnete den eisernen Verschluss und dann den Deckel. Darin befand sich ein Kissen aus rotem Samt, auf dem zwei gefüllte Spritzen lagen.

Kaila sah zu dem alten Mann hoch.

»Da ist es, Kaila. Wenn wir an den Tod denken, denken wir immer an etwas Schmerzhaftes und Gewalttätiges, einen gut platzierten Messerstich oder einen Schuss, aber diese beiden Spritzen hier können dir deinen Wunsch erfüllen, so einfach ist das. Sofern es dein Wunsch ist, natürlich. Zuerst die farblose und dann die gelbliche, aber davon wirst du nichts merken, weil du schon schläfst. Es ist völlig schmerzfrei.«

Kaila spürte, wie ihr das Herz bis zum Hals schlug. Dad hatte die Hand vor den Mund geschlagen.

»Mach schon, nimm die erste raus«, forderte McKinley sie auf.

Sie tat es. Erneut besaß sie nicht den Willen, sich ihm zu widersetzen. Als sie die Spritze zwischen den Fingern hielt und sah, wie sich der Schein des Feuers darin spiegelte, vergrub ihr Vater sein Gesicht in den Händen und begann mit bebenden Schultern zu weinen. Es sollte sie alarmieren, erkannte sie vage, aber es war zu weit weg, genau wie die Bibliothek, das Knistern des Kamins und die Augen von McKinley.

War es das? War der Tod etwas derart Banales, gefangen in ein paar Tropfen farbloser Flüssigkeit?

»Es würde uns gut zupasskommen«, erklang die schwebende Stimme McKinleys. »Wir haben dieses Jahr ein wenig Pech, darf ich wohl sagen. Nachher, nachdem ich dir erzählt habe, was ich dir erzählen will, können ein paar deiner Nachbarn dich in den Wald mitnehmen, und es ist im Handumdrehen erledigt. Also überlege dir die Antwort gut, denn später werde ich dir die Frage noch einmal stellen.«

Bislang hatte Kaila Selbstmord als eine rein theoretische Möglichkeit betrachtet, dem Leben ein Ende setzen zu können, wenn sie nicht mehr weiterkam. Nie war sie so buchstäblich greifbar geworden wie in diesem Moment, da sie sie in den Fingern hielt. Kaila blickte wie hypnotisiert auf die Flüssigkeit in der Spritze.

Wollte sie das? Wollte sie das wirklich?

Plötzlich von Entsetzen erfüllt, versuchte sie die Spritze zurückzulegen, aber ihre Muskeln reagierten nicht auf das, was ihr Gehirn ihnen befahl. Stattdessen begann ihre Haut zu kribbeln. Mit zunehmender Panik dachte sie an den Stein in ihrer Hosentasche.

Ich möchte dir etwas geben. Den Willen zu leben.

Ihr Spiegelbild war stark verzerrt in dem bauchigen Plastik der Spritze, aber darin sah sie die Hände, die über ihr Gesicht krochen, wie um sie willkommen zu heißen. Es waren unzählige, und sie kamen immer wieder.

Mit einem gedämpften Schrei ließ sie die Spritze los. Sie fiel auf den Teppich. McKinley stand überraschend geschmeidig von seinem Sessel auf, hob sie auf, nahm ihr die Schachtel ab und verstaute die Spritze darin.

Als er sich wieder setzte, sah er sie fasziniert an. Sein Lächeln war verschwunden, aber sein Blick war nicht unfreundlich. »Du hast uns allen einen ziemlichen Schreck eingejagt. Vor allem deinem Vater. Vielleicht war das deine Absicht. Vielleicht war es dein Hilfeschrei. Wenn dem so ist: Er wurde erhört.«

Kaila verstand jetzt: Er hatte nie vorgehabt, ihr die tödliche Injektion anzubieten. Aber als Schocktherapie war es äußerst effektiv gewesen.

»Was nun, Kaila? Wirst du deinen Vater jetzt trösten, oder muss dein alter Nachbar das übernehmen?«

Unbehaglich blickte sie von McKinley zu ihrem Vater, der immer noch schluchzend auf seinem Sessel saß. Sie hatte ihn seit der Einäscherung ihrer Großeltern nicht mehr weinen sehen, aber damals war sie noch klein gewesen, und er hatte ihr trotz seiner eigenen Trauer Trost gespendet.

Er hat Angst. Richtig Angst. Angst, mich zu verlieren.

Plötzlich konnte sie es nicht länger ertragen. Sie ging zu ihm und schlang die Arme um ihn. »Es tut mir leid, Dad.«

»Nein«, schniefte er, nahm sie in den Arm und drückte sie an sich. »*Mir* tut es leid. So furchtbar leid, Kaila.«

»O...kayyy«, sagte Maurice, der mit einem Tablett hereinkam. Darauf standen drei dampfende Tassen und ebenso viele Kuchenstücke. Er sah sie an, als würde er einen Fetisch-Porno schauen: mit fasziniertem Ekel.

»Stell es hin«, sagte McKinley. »Ich kümmere mich darum. Danke, Maurice. Du kannst gehen, und mach die Tür hinter dir zu. Das hier ist eine Privatangelegenheit.«

Maurice gehorchte mit sichtlichem Widerwillen und verschwand. Mr. McKinley reichte jedem Kaffee und Kuchen und gab Dad seine Serviette, mit der er sich das Gesicht abtupfte. Kaila ging wieder zurück an ihren eigenen Platz, aber sie verspürte ein Bedürfnis und streckte ihrem Vater die Hand hin. Dieser ergriff sie dankbar.

»Also«, sagte McKinley, als er sich wieder gesetzt hatte. »Besser?«

»Ja«, antworteten sie gleichzeitig und mussten ein wenig lachen. Plötzlich spürte auch Kaila Tränen in den Augen. Es *war* besser, erkannte sie. Aber noch nicht ganz.

»Schön. Dann hör gut zu.«

Sie griff mit der freien Hand in ihre Hosentasche und schloss sie um den Stein.

»Mein Großvater James war zweiundzwanzig, als er in das Snoqualmie Valley kam«, begann Graham McKinley. »Das war 1892. Er kam mit seinem drei Jahre älteren Bruder Francis aus Kalifornien. Zu dieser Zeit hieß Carnation noch Tolt, was dir vom Tolt River ein Begriff sein dürfte. Das kommt vom Snoqualmie-Wort ›*túlq*‹, dem Namen, den die Ureinwohner dem Fluss gaben.«

Er hielt kurz inne, um einen Bissen von seinem Kuchen zu nehmen, kaute schnell und mit leisen Genussgeräuschen.

»In jenen Jahren bestand Tolt aus einer Kirche, einer kleinen Schule und einigen Häusern. Im Tal gab es Milchbauernhöfe und an den umliegenden Hängen Sägewerke, die die Schiffbauindustrie von Seattle belieferten. James und Francis gründeten ein solches Sägewerk, um auf den Erfolgszug der Region aufzuspringen. Doch kaum ein Jahr später setzte die Panik von 1893 dem ein Ende.«

»Das war ein Börsencrash«, erklärte Dad.

»Genau, und zwar der schwerste bis zu dem von 1929. Den Brüdern stand das Wasser bis zum Hals, was zu großen Spannungen führte. Außerdem brannte Francis mit Catherine Bligh durch, der Frau, auf die mein Großvater ein Auge geworfen hatte, was die Sache nicht besser machte. Als drei Jahre später Gerüchte die Region erreichten, im Yukon sei Gold gefunden worden, begann der Klondike-Goldrausch. Davon hat man euch bestimmt in der Schule erzählt, oder?«

Kaila zuckte mit den Schultern. »Ich kenne es von Dagobert Duck.«

McKinley verschluckte sich fast an seinem Kuchen. »Charlie Chaplin, das geht ja noch, aber Dagobert Duck? Unglaublich. Was bringen sie euch nur heutzutage bei?«

Kaila hielt klugerweise ihren Mund.

»Wie auch immer, viele zog es daraufhin nach Norden. Francis wurde vom Goldrausch gepackt, sehr zum Ärger von James, der sich mit dem Tal angefreundet hatte.« Ein weiterer Bissen, mehr Genussgeräusche. »Und jetzt fragst du dich natürlich, woher ich das alles weiß.«

Er stellte seinen Teller auf den Boden und nahm ein in

Leder gebundenes Notizbuch vom Beistelltisch. »Dies ist das Tagebuch meines Großvaters. Es ist das einzige Buch in meiner Sammlung, das wahrscheinlich mehr wert ist als irgendein Werk in Harry Aikmans Sammlung, denn es ist unsere eigene Entstehungsgeschichte.«

Trotz allem war Kaila fasziniert. Sie kannte solche alten Tagebücher nur aus Filmen. Graham reichte es ihr nicht, vielleicht weil er es für zu kostbar hielt, sondern blätterte vorsichtig darin. Vergilbtes Papier; verschnörkelte, schlecht lesbare Handschrift: ja, genau wie in den Filmen.

Natürlich hätte ihr klar sein müssen, was nun folgte.

»Hier. 28. Oktober 1896. James schreibt, dass er eines Nachmittags den Tolt flussaufwärts entlangwanderte und seltsame Lichter ihn immer tiefer in die Wildnis führten. Irrlichter, nannte er sie. Dort, am Flussufer, traf er den Teufel. Dieser schenkte ihm einen Goldklumpen, der das künftige Glück symbolisieren sollte, und schlug ihm einen Handel vor. Mein Großvater, Gott möge ihm verzeihen, schnitt sich in die Fingerspitze, schrieb seinen Namen mit Blut in ein Buch und besiegelte den Pakt. Ich nehme an, dein Vater hat dir von diesem Buch erzählt?«

Kaila nickte mühsam.

»Eine Woche später hatte Francis seine Pläne für den Treck nach Yukon festgezurrt. Mein Großvater lockte seinen Bruder mit dem Goldnugget und dem Versprechen auf mehr in die Wälder. Er schlug ihm mit der Schaufel den Schädel ein und begrub ihn an Ort und Stelle. Zu Catherine sagte er, dass Francis nach Yukon gegangen sei, aber dass er, James, sich von nun an um sie kümmern würde. In jenem Winter kam die Nachricht, dass Francis im Norden umgekommen war und James eine große Geldsumme zugesprochen wurde. Von diesem Geld baute er ein Haus in den Wäldern in der Nähe der Stelle, an der er den Teufel getroffen hatte, und nannte es Lock Haven. Dieses Haus«, sagte Graham McKinley, »steht genau hier.«

»Wenn Sie vom Teufel sprechen«, sagte Kaila und musste sich räuspern, »meinen Sie dann buchstäblich den Teufel?«

»Dazu komme ich gleich. Lass mich erst zu Ende erzählen. Ich glaube, das wird viele deiner Fragen beantworten.«

Kaila wechselte einen Blick mit ihrem Vater. Sie konnte kaum glauben, dass sie sich hier eine Geschichte über teuflische Pakte und übernatürliche Kräfte anhörte und ihr Vater erwartete, dass sie das glaubte ... was sie, bis zu einem gewissen Grad, auch tat. Es ging gar nicht anders, nach dem, was sie im Camp Heron Market gesehen hatte.

Mach mit, Kaila. Sonst wirst du alles verlieren. Fast alles ... und ich werde essen, was übrig bleibt.

»Innerhalb von drei Jahren gelang es James, einen Großteil des unzugänglichen Waldes rund um Lock Haven zu roden und den erfolgreichen Milchviehbetrieb Lock Haven Dairy aufzubauen. Er brachte Arbeiter in die Gegend, die Stadt wuchs, und James heiratete Catherine. Man könnte sagen, dass es für meinen Großvater sehr gut lief. Ein bisschen zu gut, natürlich. Catherine erzählte er nie von seinem Pakt, aber jedes Jahr im November, wenn es mit dem Land und James' Leben bergab ging, bekam er erneut Besuch vom Teufel und nahm jemanden mit in den Wald, um ihn zu töten. Meist wählte er einen chinesischen Arbeiter, denn die würde natürlich niemand vermissen. Einmal, das war 1900, ging es gerade noch gut aus, als seinem Opfer fast die Flucht gelang. Er schreibt darüber in seinem Tagebuch, als ob er das Ganze ziemlich lästig fand. Aber nach dem Opfer kehrte sein Glück immer wieder zurück.«

»Netter Kerl, Ihr Großvater«, platzte Kaila heraus. Sie

nippte an ihrem Latte macchiato. Kramte in ihrer Tasche nach dem Stein.

McKinley lachte. »Du wirst mich nie sagen hören, dass er das war. Dass es andere Zeiten waren damals oder ähnlichen Unsinn. James McKinley hat seine Seele an den Teufel verkauft, und das korrumpierte ihn. Tatsächlich wurde Catherine ein Jahr später schwanger, und James ging es finanziell so gut, dass er übermütig wurde. Er glaubte, den Teufel überlisten zu können, und erschoss Anfang November eine Kuh im Wald. Ein paar Wochen später, nachdem die Dunklen Tage immer dunkler geworden waren, wurde mein Vater geboren. Doch bei der Geburt traten Komplikationen auf, und auf dem Sterbebett sagte Catherine, sie verstehe nicht, wieso sie sterben müsse. Sie müsse betrogen worden sein … betrogen vom Teufel, der ihr doch Jahre des Glücks versprochen hatte.«

»Nein, oder?«

»Oh doch. Und James begriff es nun endlich auch. Catherine hatte ebenfalls einen Pakt mit dem Teufel geschlossen. All die Jahre hatte sie gewusst, dass James jedes Jahr im November im Wald ein Opfer darbrachte. Es stellte sich heraus: Francis hatte sie jahrelang misshandelt, und das war ihr einziger Ausweg gewesen. Sie war froh, dass James diesen Schuft getötet hatte. Aber wie konnte es sein, dass sie nun im Sterben lag, wo er doch zweifellos Anfang des Monats ein neues Opfer dargebracht hatte?«

»Ups«, sagte Kaila.

»Allerdings ups. James wurde klar, dass er mit der Kuh einen enormen Fehler begangen hatte. Er hatte das Schicksal seiner Frau besiegelt. Angesichts der drängenden Zeit sah er keine andere Möglichkeit, als sie in den Wald zu bringen, wo er sie liebevoll ihren letzten Atem aushauchen ließ und sie beerdigte.«

Kaila beugte sich vor. »Moment mal, er ließ also seine eigene Frau, Ihre Großmutter …«

»… als Opfer zählen, ja. Ich weiß, was du denkst. Aus seinem Tagebuch geht nicht hervor, ob er sich der Konsequenzen für diejenigen, die dort starben, bewusst war. Er erwähnt ein paar Male Geistererscheinungen, aber er tat solche Vorfälle als Schuldgefühle ab, die ihn verfolgten.« Er schürzte die Lippen und fügte hinzu: »Du fragst dich vielleicht, ob das einen Unterschied macht.«

Aber Kaila dachte: *Schneide das nächste Mal ein bisschen tiefer*, und wusste, dass es sehr wohl einen Unterschied machte. *Schneide das nächste Mal ein wenig tiefer. Schneide ein schönes, tiefes, dunkles Loch in deinen Bauch, und dann kriechst du hinein und kannst bei uns wohnen.*

»Mein Vater war anders.« McKinley klappte James' Tagebuch zu und winkte zu dem Porträt auf dem Kaminsims hinüber. »John McKinley war brillant, und das war sowohl sein Glück als auch seine Achillesferse. Er lernte bald das Muster der Dunklen Tage kennen, als sich sein Glück gegen ihn wandte und er jeden November das Gefühl hatte, verrückt zu werden. Auch die Liebe seines Vaters wandte sich gegen ihn, was sich in ziemlich schwerer Misshandlung äußerte. Und dann, im Dezember, ging das Leben weiter, als ob nichts geschehen wäre. James hat zu jener Zeit kein Tagebuch mehr geführt, aber mein Vater hat mir Jahre später alles erzählt. Und er erzählte noch etwas. Jedes Jahr im November bekam er Besuch von seiner Mutter. Er wusste, dass sie es war, weil ihr Porträt im Flur hing. Er wusste auch, dass sie tot war, weil sie aus den Spiegeln kroch und Blut aus ihren Augen lief. Er sagte, es kam ihm so vor, als wollte sie ihm etwas sagen, hätte aber keine Stimme. Und jedes Jahr wurde ihr Aussehen monströser.«

Kaila sah zu, wie ihr Vater seinen Ingwer-Kürbis-Kuchen aß, und betrachtete ihr eigenes Stück. Plötzlich hatte sie keinen Hunger mehr.

»Der Wohlstand meines Großvaters wuchs beständig. Die Eisenbahngleise kamen, und die Holz- und Milchwirtschaft florierte. Die Lock Haven Dairy ging in der Carnation Evaporated Milk Company auf, und Tolt, Washington wurde nach ihr benannt. John wurde unterdessen in die Geschäfte seines Vaters eingearbeitet. 1918, als er 16 Jahre alt wurde, beschloss James, ihn in den Pakt einzuweihen, damit auch sein Sohn eine glückliche Zukunft haben würde. Aber John war rechtschaffen, genau wie du, Kaila. Er war angewidert von der Korruption seines Vaters und verstand endlich, was seine Mutter ihm all die Jahre klarzumachen versucht hatte: dass James aus Habgier auch ihre Seele verdammt hatte.«

»Ich glaube, ich kann mir denken, wie es endete«, sagte Kaila.

»Das meint man«, sagte McKinley, »aber es gab eine Wendung. Als James Anfang November seinen Sohn in den Wald mitnahm, um dort jemanden zu töten, brachte John seinen Vater um und rettete die andere Person. Diesen Teil hast du wahrscheinlich vorhergesehen. Jedenfalls erschien ihm der Teufel und sagte, John sei sein ganzes Leben lang für den Pakt vorbestimmt gewesen, weil er bereits in den Genuss seiner Vorteile gekommen sei. Aber mein Vater muss gedacht haben: *Pah, schöner Vorteil.* Und da war noch etwas. Er glaubte nicht, dass dieses Wesen der Teufel war. Zumindest nicht im klassischen, christlichen Sinne. Und hier kommen wir zu deiner Frage von vorhin, was diese Gestalt eigentlich ist. Darf ich davon ausgehen, dass du uns glaubst, wenn wir sagen, dass dieses Wesen wirklich existiert?«

»Ich, ähm …« Kaila zögerte. »Ich denke schon.«

»Es ist bedauerlich, dass du es jetzt erst erfahren hast und nicht schon vor dem Umtrunk am 2. November, denn das ist traditionell der Tag, an dem er uns besucht. Deshalb konntest du ihn noch nicht mit eigenen Augen sehen. Aber ich versichere dir, dass es ihn wirklich gibt.«

»Okay.« Kaila spürte plötzlich, wie ihr das Herz in der Kehle schlug. Denn Graham täuschte sich. Er hatte sie besucht. Sie speziell.

Dad sah sie prüfend an. »Ist alles in Ordnung, Kaila?«

Kacke, die Medikamente machten ein offenes Buch aus ihr. Sie hatte ihre Mimik nicht unter Kontrolle. Sie musste auf der Hut sein. Schnell nickte sie.

»Unser Besucher ist eindeutig ein übernatürliches Wesen«, fuhr McKinley fort. »Es gibt Übereinstimmungen mit dem christlichen Teufel, aber er unterscheidet sich in mindestens zwei essenziellen Punkten ganz erheblich. Erstens haben wir ihn nie dabei ertappt, dass er religiöse Begriffe verwendet. Gott, Engel, Sünden, Himmel, Hölle – nichts. Es ist verständlich, dass James seine Begegnung für ein Rendezvous mit dem Teufel hielt, denn das war sein gottesfürchtiger Bezugsrahmen. Doch er war es nicht. Und der zweite Grund, weshalb wir davon überzeugt sind, ist, dass der Teufel laut christlicher Lehre auch über das Leben nach dem Tod herrscht. Unser Pakt hat aber nur Auswirkungen auf unser Leben selbst. Von einem etwaigen Leben nach dem Tod war nie die Rede. Wir wissen nicht einmal, ob uns nach diesem Leben etwas erwartet.«

Außer jene, die man ihm opfert, dachte Kaila. *Auf die Jibblymowers wartet sehr wohl etwas.*

Erstmals mischte sich Dad in die Geschichte ein. »Es könnte auch umgekehrt sein, dass dieses Wesen das Vorbild für das christliche Teufelsbild war. Vielleicht ist es sehr alt und hat sich jetzt hier niedergelassen. Vielleicht gibt es auch mehrere. Wir wissen es nicht.«

»Genau«, sagte McKinley. »Und weil er rein geschäftsmäßig agiert, gab ihm mein Vater einen neuen Namen: der Buchhalter. Das verwandelte ihn in einen überschaubareren Gegner. Aber das ändert nichts an der Tatsache, dass er Macht hat! Und zwar jede Menge. Wenn mein Vater nicht unterschrieb, so drohte der Buchhalter, würde ihm das Glück entgleiten. In seinem Fall bedeutete das, dass er den Verstand verlieren würde. Und das brachte ihn auf eine Idee. John McKinley argumentierte, dass er eine solche Entscheidung nur bei vollem Verstand treffen könne, und bat den Buchhalter, nach den Dunklen Tagen wiederzukommen und ihn erneut zu fragen. Das tat er. Und hier kommt die Wendung. Mein Vater überlistete im Gegensatz zu seinem Vater den Teufel. Bevor sein Verstand in jenem November allzu sehr nachließ, überlegte er sich nämlich Folgendes. Erstens blieb ihm keine andere Wahl, als sich selbst zu opfern. Zweitens wollte er nicht, dass jemand diese Macht missbrauchte, wie es sein Vater jahrelang getan hatte. Und drittens war er sich sicher, dass es dazu kommen würde. Er wusste, dass Menschen im Kern korrupt sind. Der Buchhalter bräuchte nur einem neuen Opfer die Aussicht auf grenzenloses Wohlergehen zu eröffnen, und schon wäre jemand bereit, dafür zu töten. Was man brauchte, war eine Reform.«

Plötzlich begriff Kaila alles. Sie konnte sich ein Grinsen nicht verkneifen. »Er hat sich also euer System ausgedacht. Das Beste vom Schlimmsten.«

McKinleys Blick verfinsterte sich, eindeutig beleidigt. »Mein Vater sorgte dafür, dass nur Menschen ausgewählt wurden, die ohnehin im Sterben lagen, damit es keine weiteren unnötigen Toten geben würde. Außerdem wollte er andere an seinem Glück teilhaben lassen. Er ließ fünf einfache Arbeiter und ihre Familien, die nicht wohlhabend waren, nach Lock Haven kommen und erzählte ihnen von dem Pakt. Die Familien Brennett, Wachowski, Nyholm, Chow … und Lewis.«

»George Lewis«, sagte Dad. »Der Vater deines Großvaters.«

»Jeder hatte die freie Wahl, mitzumachen oder wegzugehen, und das sollte immer so bleiben. Jeder von ihnen hatte das Gefühl, eine moralische Zwickmühle in etwas zu verwandeln, das zumindest ethisch vertretbar war. Gemeinsam konfrontierten sie den Buchhalter, und er stimmte zu.«

»Wen wundert's?«, sagte Kaila. »Noch mehr Seelen zum Korrumpieren.«

Hinter McKinleys gelassener Maske brodelte nun der Zorn. »Das wage ich zu bezweifeln. Ja, es wurden weiterhin Opfer gebracht, aber es wurden nur noch Sterbende aus den Hospizen geholt. Später wurde das Ganze modernisiert, indem man Menschen auswählte, die Sterbehilfe in Anspruch nehmen wollen, wie du weißt.«

»Und Selbstmörder, richtig?«

»Nur wenn es wirklich keine andere Möglichkeit gibt. Du hast das als das Beste vom Schlimmsten bezeichnet, Kaila, und damit magst du recht haben. Aber wir haben keine Wahl. Selbst wenn wir uns einer nach dem anderen opfern würden, was moralisch vielleicht das Richtige wäre, würde sich zehn Jahre später dieselbe Frage wie bei meinem Vater stellen: Was, wenn der Buchhalter wieder jemand anderen findet, der ihm sein Futter liefert? Jemanden, der die moralische Messlatte nicht hochhält? Die Bird Street braucht Wächter, Kaila. Wir sind diese Wächter.«

»Sie sprechen von Futter«, rief Kaila aus. »Hören Sie sich eigentlich selbst zu? Vielleicht wollten sie sterben, diese Menschen, aber das wollten sie bestimmt nicht. Sie wollten nicht von einem Monster gejagt werden!«

»Nein«, sagte McKinley. Seine Augenlider zuckten. »Leider können wir das nicht verhindern. Verstehst du nun, warum ich dir die Frage, die ich dir zu Beginn unseres Gesprächs gestellt habe, nicht noch einmal ernsthaft stellen kann? Auch du würdest zu Futter werden.«

Kaila wollte etwas sagen, war aber zu sehr angewidert, um die richtigen Worte zu finden. Stattdessen fragte sie: »Wer seid ihr, um zu entscheiden, wer dort stirbt? Warum Menschen, die sterben *wollen*, die Ruhe suchen? Warum nicht Menschen, die es *verdient* haben?«

»Und wie willst du das anstellen?«, fragte Dad. »Zum Tode Verurteilte aus dem Gefängnis entführen? Ganz abgesehen von den praktischen Aspekten – erkennst du nicht, welche ethischen Konsequenzen das hat? Denn wer ›verdient‹ es zu sterben, Kaila? Damit spielst du Gott.«

»Aber ihr spielt doch schon Gott!«

»Nein. Wir können nur das Leben beurteilen und versuchen, das am wenigsten Verwerfliche zu tun. Was danach kommt, liegt nicht in unserer Hand.«

Kaila spuckte die Worte fast aus. »Die Spiegel lügen also?« *Volltreffer*. Beide Männer schwiegen.

Kaila wandte sich an McKinley. »Wie ist er gestorben?«

»Mein Vater?« Er winkte ab. »Ich wüsste nicht, was das zur Sache tut.«

»Dann ist es ja auch nicht schlimm, wenn Sie es uns erzählen.«

Dad seufzte. »Graham, du hast selbst gesagt, dass es keinen Sinn hat, wenn wir hier und heute nicht vollkommen ehrlich zueinander sind. Erzähl es ihr.«

Mit sichtlichem Unbehagen lenkte er ein. »Also gut. In

späteren Jahren bekam er Gewissensbisse. 1969 schoss er sich in den Kopf.« Er sah ihren fragenden Blick und fügte hinzu: »Ja, *dort*.«

»Er fühlte sich also schuldig«, sagte Kaila. »Ihr Vater glaubte, etwas Gutes zu tun, aber er hat alle Familien in die Verdammnis geführt. In Wirklichkeit hat der Teufel *ihn* überlistet, nicht wahr? Und als er das merkte, waren alle schon zu sehr in den Pakt verstrickt, um noch aussteigen zu können. Wie meine Mutter. Django und ich sind ihr größtes Glück. Deshalb würde sie uns verlieren, wenn sie sich entscheiden würde, auszusteigen. Wir würden sterben.«

»Kaila, das wir wissen nicht.«

Das war Dad, aber sie hob ihre Hand und sagte: »Ich weiß es. Jeder hier hat ein Glück, das sich im November gegen einen wendet. Ich weiß, was Ihres ist.«

McKinley sah sie nur an, und nun erkannte sie, dass das, was sie zuvor für Wut gehalten hatte, in Wirklichkeit ein tiefes, grundlegendes Schuldbewusstsein war.

»Die Schuld Ihrer Familie. Das ist Ihr Unglück. Ihr Vater, Ihre Großeltern … Sie müssen damit leben, dass sie im November hinter Ihnen her sind. In den Spiegeln.«

»Ja«, sagte McKinley. »Das stimmt.«

Nach dem Besuch bei den McKinleys ging Kaila wieder aufs Dach, um in den Garten hinter dem Haus zu schauen. Der Regen hatte aufgehört und war in einen feuchten Nebel übergegangen, der weiter oben an den Hängen die Sicht auf den Wald nahm, aber das war es nicht, was sie beunruhigte.

Dort lagen Ästestapel.

Drei.

Zwei in der Mitte des Rasens. Einer, der nahe gelegenste, fast bei der Terrasse. Kaila saß rittlings auf dem Dachfirst und starrte sie mit trockenem Mund an. Vor zwei Tagen hatte Jax *einen* Asthaufen gesehen. Ganz hinten, beim Zaun. Wären es drei gewesen, hätte er es bestimmt gesagt. Er hatte daran herumgefummelt, um zu sehen, ob jemand darunter gebuddelt hatte, aber bald aufgegeben, weil die Äste »so verheddert« waren.

Da sind Gruben im Wald. Tiefe Gruben, gefüllt mit Ästen, und dort bringen sie uns hin.

Ein kalter Wind zerrte an ihrem Haar, und Kaila verkroch sich tiefer in ihren Kapuzenpulli. Sie betrachtete den schwarzen Stein in ihrer Hand. Die vertraute Form, die scharfe, gezackte Kante, die so angenehm in die Haut schnitt, wenn sie ihre Faust schloss.

Hielt der Stein wirklich ihren Lebenswillen gefangen? Oder hatte der Buchhalter sie angelogen? Das Goldnugget, das er James McKinley gegeben hatte, hatte seinen Preis gehabt, und der war hoch gewesen. Zu hoch.

Dennoch hatten Dad und Mr. McKinley verzweifelt um ihr Verständnis geworben. Und sie verstand es durchaus. Sie verstand, dass sie gewaltig am Arsch waren. Sie alle waren vom Buchhalter betrogen worden, und jetzt blieb nur noch das Beste vom Schlimmsten. Kaila hatte Verständnis geäußert, um das Gespräch endlich beenden zu können. Das Lithium hatte inzwischen reingekickt, weshalb es sie immer mehr Mühe kostete, sich zu konzentrieren. Aber eine Frage wollte sie noch beantwortet haben, und sie hatte sie fast beiläufig gestellt. »Besucht der Buchhalter euch jemals persönlich?«

»Niemals«, hatte Dad gesagt. »Wir sehen ihn nur einmal im Jahr. Am 2. November, Schlag zehn Uhr. Ansonsten lässt er sich nicht blicken. Du brauchst keine Angst vor ihm haben.« Aber er hatte sich ihr gezeigt, und Kaila musste ständig daran denken, was er zu ihr gesagt hatte, als er aus dem

Kühlregal gestiegen war: *Es geht doch nichts über ein Treffen am Boden. So habe ich auch deine Mutter kennengelernt – auf dem Boden, in einer Lache ihres eigenen Blu-hu-hutes …*

Er hatte natürlich von Moms Unfall gesprochen. Vor langer Zeit, in São Paulo. Es war denkbar, dass der Buchhalter auch bei zukünftigen Partnern der Bewohner auftauchte, um sie für den Pakt zu gewinnen. Es war sogar logisch, dass er dies in Momenten tat, in denen sie keine andere Wahl hatten, als einzuwilligen. Wie Mom, als sie auf der Straße zu verbluten drohte.

Aber sie, Kaila, brauchte nicht rekrutiert zu werden.

Warum war er ihr dann erschienen und hatte ihr den Stein gegeben?

Warum war sie in den Augen eines Monsters etwas Besonderes? Die Frage ließ sie nicht los.

Zu Hause hatten ihre Eltern alles mit ihr nachbesprechen wollen. Immer reden, reden, reden, das machte sie wahnsinnig. Ja, sie verstand es. Ja, sie liebten sie. So viel Bedauern, so viel Bedauern. Sie wollten ihr die Gewissheit geben, dass sie weiterhin zu Hause wohnen konnte, dass sie nicht rund um die Uhr überwacht werden musste, solange sie ihre Medikamente nahm. Weiterhin reden würde. Es wurde viel gekuschelt. Ja, ja, ja, *kaboombaya*, alles nur, damit sie sie loswurde. Sie hatte eine Weile im Bett gelegen, und als ihre Eltern schließlich aufhörten, alle fünfzehn Minuten nach ihr zu schauen, weil sie gesagt hatte, sie wolle endlich schlafen, war sie aufs Dach gestiegen.

Hier, oberhalb der Bird Street, wirkte alles tot. Der verkümmerte Rasen. Die kahlen Äste, die über den Zaun hingen. Die leeren Blumentöpfe, die wie zerbrochene Urnen am Rande der Terrasse standen.

Vor allem aber die Asthaufen. Warum lagen sie dort?

Das war also ihr Leben, wurde ihr klar: Hier konnte sie alles erreichen, was ihr Herz begehrte. Die Olympischen Spiele, für die sie ihr ganzes Leben lang trainiert und auf die sie hingefiebert hatte: so gut wie in der Tasche.

Aber war das ihr Verdienst?

Ich möchte dir etwas geben, hatte der Buchhalter gesagt. *Den Willen zu leben. Aber pass gut auf ihn auf. Er gehört nur dir.*

Aus einem Impuls heraus warf Kaila den Stein so weit weg wie möglich. Sie beobachtete, wie er einen lautlosen Bogen durch den Novemberhimmel beschrieb. Dann verschwand er in den Büschen auf der anderen Seite des Zauns.

Sie fühlte sich sofort besser.

Doch das war nur von kurzer Dauer.

Nach dem Abendessen fühlte sich Kaila deprimierter als je zuvor. Mom und Dad bemerkten es und löcherten sie mit Fragen, aber sie murmelte nur, dass es an den Medikamenten und dem Stress der letzten Tage läge. Sie nahm brav eine Seroquel ein, um den Qualen von *Jenga* oder *Ticket to Ride* zu entgehen, und zog sich in ihr Zimmer zurück, wo die Wände sofort auf sie einstürzten.

Oh Gott. Das hat sie nicht gewollt. Sie hatte es wirklich versucht: für andere zu leben. Fröhlich sein für Django, für Jax, für ihre Eltern. Sie wusste nicht mehr, wie sie es aushalten sollte. Das Leben fühlte sich an wie ein tiefer, schwarzer, klaffender Abgrund.

Du könntest wieder aufs Dach gehen. Und dieses Mal runterspringen. Du kennst die Technik. Vorbeugen, Kopf nach unten, Körper durchstrecken. Nur die Arme dicht an die Seiten pressen. Es ist nicht hoch, aber es dürfte reichen.

Was sie davon abhielt, war, dass sie keine Energie hatte,

aus dem Bett aufzustehen. Stattdessen starrte sie todmüde und hellwach in den Schein der Straßenlaterne an der Decke. Ihre Fäuste ballten sich krampfhaft zusammen.

Augen zu. Augen auf.

Oh Gott. Oh Gott, oh Gott.

Ihr Handy ließ sie hochschrecken. Jax' Bild erschien auf dem Display. Strahlendes Lächeln, Zähne perlweiß. Sie ging nicht ran. Sie wusste, sie sollte es tun, sollte eigentlich Alarm schlagen, weil ihr der Boden unter den Füßen wegzubrechen drohte, aber sie konnte Jax' Angst nicht ertragen. Jen Okafor war seit Ewigkeiten ihre Psychologin, und sie konnte sie Tag und Nacht anrufen, aber es war Sonntagabend, und sie hatte bestimmt Besseres zu tun.

Ihre Eltern? Zu ihnen konnte sie nicht gehen. Sie hatten das alles angerichtet.

Der Stein. Sie musste ihren Stein zurückbekommen. Den Stein, den der Buchhalter ihr gegeben hatte. Zumindest *er* hatte sich um sie kümmern wollen. Sie hatte sich geirrt: Der Stein enthielt tatsächlich ihren Lebenswillen. Und sie hatte ihn weggeworfen.

Was hatte sie nur getan?

Als sie aufwachte, spürte sie ein Gewicht auf ihrer Bettdecke. Ihr erster Gedanke war, dass Mom sich wieder zu ihr gelegt hatte, oder vielleicht war sie gekommen und hatte ihr Handy auf den Nachttisch gelegt, weil es oft vorkam, dass Kaila mit dem Telefon in der Hand einschlief. Aber dann nahm sie den penetranten Tiergeruch wahr und schlug die Augen auf.

Auf ihrer Bettdecke saß ein Fuchs.

Fassungslos und unfähig sich zu bewegen, blickte Kaila direkt in seine bernsteinfarbenen Augen. Sein rotes Fell war zerzaust und mit Schlamm und geronnenem Blut bedeckt. Er schnüffelte und brachte seine spitze Schnauze bis auf kaum zehn Zentimeter an ihr Gesicht heran. Sie konnte den widerlichen Gestank von rohem Fleisch riechen, wie Hackfleisch, das ein paar Tage ohne Folie im Kühlschrank gelegen hatte. Sie sah, dass der Fuchs etwas zwischen den Zähnen hielt.

Es war das Stück Vulkanglas.

Der Fuchs nickte zaghaft und ließ den Stein los. Er fiel auf den Saum ihrer Bettdecke. Kaila wollte ihre Arme heben, um das Tier zu streicheln, aber es versteifte sich sofort und sprang geschmeidig vom Bett.

Sie richtete sich auf und sah dicht am Boden einen Schatten über den Dachboden schießen. Erst als der Fuchs auf ihren Schreibtisch und durch das offene Fenster sprang, sah sie seinen zotteligen Schwanz anmutig hinter ihm verschwinden. Die weiße Spitze am Ende war das Letzte, was sie von ihm sah, aber sein Schatten im Laternenschein an der Decke blieb noch eine Sekunde länger. Kaila war sich fast sicher, dass er nicht die Gestalt eines Fuchses, sondern die eines Menschen gehabt hatte. Eines Mannes mit Gliedmaßen, die sich in Rauch auflösten.

Dann war er weg.

Der Stein war ihr von der Brust auf die Matratze gerutscht. Nun hob sie ihn hoch. Er war noch klebrig von Speichel.

Es war ihr Stein. Sie hatte ihn zurück.

ER hatte ihn ihr zurückgegeben.

Tränen der Erleichterung stiegen Kaila in die Augen, während sie sich schwor, sich nie wieder von ihm zu trennen.

Nach einer Weile stahl sich ein frostiges Lächeln auf ihre Lippen. Es blieb so lange dort, dass schließlich der Sabber vom Kinn tropfte.

LUANA

Schweigen als Waffe. Ein strenger Winter. Boi da cara preta.

14. November

Am Montagmorgen rief Luana bei der Campusverwaltung an, um mitzuteilen, dass ihr Covid-Test positiv ausgefallen war (keine Sorge, Marly, nur leichte Symptome, aber zu kaputt, um aus der heimischen Isolation über das Onlineportal zu unterrichten), und meldete sich für den Rest des Novembers krank.

Covid hatte sie zwar nicht, aber ihre Symptome waren auch keineswegs leichter. Ihr Becken hatte ihr seit Jahren nicht mehr so zugesetzt. Der anhaltende Schmerz an der Stelle, an der der zertrümmerte Oberschenkelkopf mit Stiften wieder in die Hüfte eingesetzt worden war, machte das Gehen enorm ermüdend. Doch das, was mit Kaila am vergangenen Wochenende passiert war, war noch schlimmer. Mit Kaila UND Django – ihn hätte sie fast vergessen. Wie konnte man als Familie nach einer so tief einschneidenden Sache weitermachen? Konnte es so etwas wie ein »normales« Leben überhaupt noch geben?

Doch beim Frühstück in der Küche stellte sich dann ein Moment der Ernüchterung ein. Ralph saß unkonzentriert über einer Akte, Django kam herein und fing an, auf dem iPad von einem Video zum nächsten zu wischen, Kaila schlurfte herein, um sich Eier zu braten. Und niemand sagte ein Wort. Nicht einmal Guten Morgen.

Was ist denn hier los?, wollte Luana schreien. *Gehen wir so miteinander um? Ist das alles nicht passiert, oder was?*

Sie selbst hatte sich mit ihrem *pingado* abgemüht (die Milch war übergekocht und die Kaffeemaschine verstopft), aber nun sah sie ihre Familie der Reihe nach entgeistert an.

Ralph sah verwahrlost aus; er hatte einen Kater, vermutete sie, und das machte sie wütend.

Django hämmerte mit den Fingerspitzen, die blass aus seinem Verband ragten, auf den Bildschirm. Irre flinke Fingerchen. Wo sie wohl sonst noch gewesen waren? In Harper Wachowskis Unterhose? Luana würde es in Anbetracht der Art von Erwachsenenspielen, die sie da drüben offenbar öfter spielten, nicht wundern.

Kailas Bewegungen hingegen waren träge und benommen. Die Medikamente hatten ihre Emotionen gedämpft, was hieß, dass auch ihr Todeswunsch unterdrückt wurde, aber das machte sie nicht weniger gerissen. Kaila manipulierte sie. Als sie die Eier aufschlug, ließ sie die meisten Schalen in die Pfanne fallen, fischte sie aber nicht heraus. Sie bat nicht einmal um Hilfe. Sie starrte nur mit diesem stupiden Blick vor sich hin. Luana war sich fast sicher, dass das nur gespielt war. Dass sie sie verhöhnen wollte.

Sieh nur, wie unkoordiniert ich bin! Siehst du, wie elend es mir geht? Ihr seid schuld, dass ich wieder Medikamente nehme!

Tja, junge Dame, wollte sie ihr zurufen, *wenn das so ist, dann iss doch die Eierschalen mit, denn ich werde dir nicht etwas anderes machen!*

Als Kaila sie auf dem Weg zum Kühlschrank anrempelte und noch immer nichts sagte, war sich Luana sicher. Mit ihrem strafenden Schweigen hatte sie es ihr unter die Nase reiben wollen. Wie sie ihr Leben ruiniert hatte. Es war zum Verrücktwerden. Wer sagte denn, dass diese ganze Selbstmorddrohung nicht auch nur gespielt war? Luana erwog, etwas zu Ralph zu sagen – *Merkst du, was deine Tochter da abzieht?* –, verzichtete jedoch darauf. Er musste die Demütigung am eigenen Leib erfahren. Sie wollte, dass er genauso wütend war wie sie.

Django hatte aufgehört zu hämmern, hielt das iPad schräg in beiden Händen und schaute konzentriert ins Glas. Was trieb der Junge da?

»Da kommen Fäden aus ihrem Mund«, glaubte sie ihn sagen zu hören, aber nein, so etwas Unsinniges, das musste sie sich eingebildet haben.

Mit *ihrem* Kopf stimmte schließlich alles. Oder? Ja, davon war sie überzeugt. Sie dachte so klar wie eh und je. Auch bemerkte sie an sich das Bedürfnis, über alles reden zu wollen.

Aber du hast es nicht getan. Warum eigentlich nicht? Hast du Ralph Guten Morgen gesagt, als du die Küche betreten hast? Hast du die Kinder gegrüßt?

Luana versuchte sich zu erinnern, konnte es aber nicht. Lange Zeit starrte sie in den luftleeren Raum. Als ihr Handy einen Signalton von sich gab, erschrak sie so heftig, dass es ihr aus der Hand glitt. Mit einem unterdrückten Fluch fischte sie es aus der Spüle.

Ralph und die Kinder tragen keine Schuld, stand da.

Enttäuscht sah sie auf. Kaila war nirgends zu sehen. Sie hatte ihre Eier offenbar mit nach oben genommen. Django war auch weg, das iPad lag auf dem Küchenboden, die Schutzfolie war abgerissen, der Bildschirm ein Spinnennetz aus Rissen. Nur Ralph saß noch da, vertieft in seine eigenen Sorgen. Er sah seltsam aus. Alles in der Küche sah seltsam aus.

Unscharf, verschwommen, als würde sie durch ein Vergrößerungsglas schauen, auf dem eine Wasserschicht lag.

Was hatte sie alles über die anderen gedacht? Sie wusste es nicht mehr … nur, dass es *feio* gewesen war. Hässlich.

Langsam, ganz langsam, führte Luana die Hand zum Mund. Instinktiv spürte sie, dass die gleitende Ebene, auf der sie sich bewegten, einen Kipppunkt erreicht hatte, an dem die Dinge unkontrollierbar wurden. Und plötzlich bekam sie furchtbare Angst.

Die Türklingel. Sie konnte sich nicht daran erinnern, zur Tür gegangen zu sein, nur dass sie sie öffnete und Elizabeth Aikman dort stehen sah. »Hi, Luana. Wie geht es dir heute Morgen?«

Luana rieb sich das Gesicht, während Elizabeth neugierig an ihr vorbei ins Haus spähte. Es lag eine dicke Schicht Grundierung auf ihren Wangenknochen, und es schien, als wollte sie damit etwas verbergen.

Kompensation. Sie kommt hierher, weil sie das Leid anderer Leute aufsaugen will. Hinterhältige Blutsaugerin.

»Elizabeth, es ist gerade echt schlecht. Ich …«

»Ich war auf dem Weg nach Bellevue, um noch ein letztes Mal alles mit unserem Garrett Wetzel durchzusprechen. Aber du hast ein so furchtbares Wochenende hinter dir, und da wollte ich dir meine Hilfe anbieten.«

UNSER Garrett Wetzel, dachte Luana. Bei diesem Wort bekam sie eine Gänsehaut.

»Das ist nett von dir, aber es geht schon wieder.«

Elizabeth klammerte sich an den Türrahmen. Ihre Hand sah aus wie eine Klaue. »Ich will aber helfen.«

»Wir brauchen momentan keine Hilfe«, schnauzte sie sie an, und Luana sah, wie Elizabeth die Augen zusammenkniff. »Sorg einfach dafür, dass dieser Albtraum morgen ein Ende hat.«

Diesmal war Garrett Wetzel fest entschlossen, in den Tod zu gehen. So fest entschlossen, dass er die Nachbarn in der Bird Street gar nicht brauchte. Am Nachmittag ging Elizabeth noch bei ihm vorbei, um den Plan durchzusprechen. Doch am Abend erhielt sie einen Anruf von einer Pflegerin des Altersheims, da sie die einzige Person war, die den alten Mann in letzter Zeit besucht hatte. Wetzel hatte kurz vor acht Uhr, während er auf Hulu Wiederholungen von *Seinfeld* schaute und eine Dose Bohnen in Tomatensoße löffelte, einen Schlaganfall erlitten und war auf der Stelle gestorben.

Scheiß die Wand an, schickte Maurice auf Vember.

Noch am selben Abend trafen sich Ralph, die McKinley-Brüder und die Wachowskis im Bungalow der Aikmans zum Krisengespräch. Luana blieb bei den Kindern, aber kurz nach elf rief Ralph sie an und fragte, ob sie nicht doch kommen könne. Da Kaila dank des Lithiums schon Stunden zuvor beim Schauen von *Boccaccio 70*, mit Anita Ekberg und Sophia Loren, in tiefen Schlaf gesunken und Django sich wie üblich hin und her gewälzt hatte, aber nicht aufgewacht war, als sie eine Weile am Fußende seines Bettes gestanden hatte, hielt sie es für sicher, sie allein zu lassen.

Die Nachbarn erwarteten sie mit gespannten Gesichtern im Wohnzimmer, das mit modernen Möbeln und Vitrinen voller alter Bücher eingerichtet war. Schnell verstand Luana, warum man sie gerufen hatte: Danilo. Danilo Soundso aus Guatemala.

»Lopez«, klärte Joyce hinter ihrem Rosé auf. »Ich habe mir inzwischen seinen Namen gemerkt. Erst letzte Woche habe ich ihn ins Happy Lemon in Issaquah auf einen Bubble Tea mitgenommen. Das war echt nett.«

»Igitt, kein Wunder, dass er sterben will«, stöhnte Maurice und warf den Kopf in den Nacken. In seinem Anzug sah er aufgedunsen aus, und Luana fragte sich, wer ihm wohl eingeflüstert hatte, dass es eine gute Idee wäre, bei dieser Gelegenheit eine Krawatte zu tragen.

»Kein Grund, so schroff zu sein«, schnauzte Joyce ihn an. »Es ist ziemlich tragisch, was ihm widerfahren ist.«

»Ach ja? Vielleicht hättest du die Beine für ihn breit machen sollen, dann hätte er einen Grund, weiterzuleben.«

Marc rammte ihm den Zeigefinger ins Gesicht. »Maurice, ich schwöre, noch ein Wort zu meiner Frau, und du kannst dir deine Zähne aus dem Schoß ziehen. Kein Scherz.«

»Leute, Leute, lasst uns bitte Ruhe bewahren.« Elizabeth war aufgestanden. »Gebt Ralph erst mal Gelegenheit, Luana auf den neuesten Stand zu bringen, okay?«

»Wenn er mit dem ganzen Wein in der Birne noch ein gerades Wort rausbekommt«, sagte Maurice. Er sah Luanas Blick und legte die Hand an die Lippen. »Ups, hätte ich das nicht sagen sollen? Sorry!«

»Ralph?«, fragte sie leise.

Er setzte sich auf die Rückenlehne des weißen Ledersofas, schlug die Augen nieder und sah sie dann direkt an. »Schatz, es tut mir leid. Es geht darum, dass wir Danilo Lopez in den Wald bringen müssen und dich fragen möchten, ob du uns dabei hilfst. Wegen der Sprache.«

Gray nickte. »Ralph sagte, du sprichst neben Portugiesisch auch gut Spanisch.«

»Tomayto, tomahto«, seufzte Maurice.

»Warte mal kurz«, sagte Luana. »Der Einwanderer, der seine ganze Familie beim Grenzübertritt verloren hat? Den hatten wir doch ausgeschlossen, oder?«

»Das stimmt. Aber die Sanduhr läuft ab, und wir haben keine Optionen mehr.« Ralphs Blick schweifte abermals ab. Er kämpfte eindeutig mit dem moralischen Dilemma. Und dem Wein … darüber würden sie später noch ein Wörtchen reden müssen.

»Was ist mit der Frau aus Kanada?«

Elizabeth schüttelte energisch den Kopf. »Unmöglich. Die hat das letzte Mal einen solchen Aufstand veranstaltet, dass wir fast verhaftet wurden. Zu gefährlich.«

»Und wer war noch mal der Fünfte? Dieser süchtige Mann aus dem Obdachlosenheim, hatte den nicht Laura im Auge?«

»Eric Shellnutt aus St. Martin«, sagte Gray. »Ralph hatte auch bei ihm Einwände, aber die sind jetzt sowieso hinfällig. Wir haben seine Spur verloren.«

Joyce, eindeutig beschwipst und vielleicht schon betrunken, hob ihr Glas. »Man könnte auch sagen, dass Laura zu sehr mit der Presse beschäftigt war, um ihre Arbeit richtig zu machen. Anders als einige von uns.«

»Oh, weil du ja so ein Engel bist, mit deinem Bubble Tea«, blaffte Gray. »Hast du deinem illegalen Freund noch ein paar Diät-Tipps gegeben? Vielleicht kann er sich zu Tode hungern.«

»Ich sag's ja bloß!«

»Sonst wäre er Laura zugeteilt worden, Gray«, pflichtete Marc seiner Frau bei.

Luana wusste, wovon die Wachowskis sprachen. Letzte Woche war durchgesickert, dass der stellvertretende Direktor der Jugendstrafanstalt von King County zwei Richter bestochen hatte, damit sie jugendliche Straftäter strenger verurteilten, um die Belegungsrate zu erhöhen. Laura hatte ihn unverzüglich suspendiert, musste sich allerdings vor der Presse verantworten, was einen hässlichen Fleck auf ihren politischen Ambitionen für das Jahr '24 hinterließ.

»Aber dann muss doch jemand schnellstmöglich nach St. Martin, um Shellnutt aufzuspüren«, sagte Luana verwirrt.

»Ja, das sollten wir tun«, sagte Ralph, »aber er kann genauso gut verschwunden sein. Und wir können nicht länger warten. Luana, du weißt, wo wir stehen. Nicht nur Kaila, nicht nur Dorothy. Wir alle. Wenn nicht bald etwas geschieht, geht es schief.«

Luana sah sich in der Gruppe um und stellte fest, dass es stimmte: Sie sah Menschen im Verfallsprozess. Körperlich, geistig und moralisch. Jeder von ihnen.

»Wie konnte es nur so weit kommen?«, fragte sie. »Waren wir denn derart naiv?«

»Pech, Luana«, sagte Elizabeth. »Wir haben Pech gehabt. Das ist alles, sonst nichts.«

»Das meinst du doch nicht wirklich, oder?«

»Durchaus. Aber wir können später analysieren, welche Fehler wir gemacht haben. Jetzt gilt es zu handeln.«

»Aber gibt es denn keine Alternativen? Gray, du suchst doch auch weiter, nehme ich an?« Der älteste McKinley-Bruder antwortete nicht. Er starrte ins Leere. »Gray?«

Marc rüttelte ihn sanft an der Schulter. »W-was?«

»Wach auf, Gray.«

»Ich bin wach.« Beschämt setzte er sich gerade hin und drehte sich zu Luana um. »Was hast du gefragt?«

»Ob du noch nach Alternativen suchst?«

»Jeden Tag. Aber du weißt, wie schwierig es ist, gute Sterbehilfebefürworter zu finden. Das braucht Zeit, und die haben wir nicht.«

»Und Elizabeth hat recht«, pflichtete Marc ihm bei. »Wir haben jeden Tag mehr Pech – wer also sagt uns, dass es gut geht, selbst wenn wir jemanden finden würden? Es ist Murphys Gesetz.«

»Bleiben die Möchtegern-Selbstmörder«, sagte Gray, »Reddit ist voll davon. Aber so jemanden haben wir bereits mit Danilo. Er ist sicher, einfach, un-re-gis-triert, muss ich noch mehr sagen? Moralisch beschissen, ja, aber die ganze Situation ist beschissen!«

Maurice warf erneut den Kopf in den Nacken, sodass sein Adamsapfel auffällig zitterte. »Blablabla … Leute, müssen wir die Hausfrau wirklich von A bis Z einweihen?«

»Wie bitte?«, rief Luana erstaunt aus.

»Wir hatten dieses Gespräch schon, bevor du gekommen bist, also könntest du vielleicht einfach tun, was man dir sagt?«

»Du Sexist! Ich habe verdammt noch mal eine respektable Karriere! Kannst du das von dir auch behaupten?«

»Schätzchen, es gibt Wochen, in denen ich mehr verdiene als du das ganze Jahr über, insofern solltest du vielleicht einfach die Klappe halten.«

»Hast du sie nicht mehr alle?« Luana wusste, dass sie sich nicht aufregen sollte, aber sie hatte sich nicht mehr unter Kontrolle. Plötzlich standen alle Nachbarn auf und schrien sich gegenseitig an. Ralph zog Maurice an seiner Krawatte zu sich heran, sodass sein geschwollenes Gesicht rot anlief. *Ein Waschlappen im Anzug*, dachte Luana unwillkürlich. *Das ist er*. Was Maurice Ralph an den Kopf knallte, hörte sie nicht, aber sie sah die Reaktion: Ihr Mann holte aus und schlug ihm auf die Lippe. Ralph hatte noch nie jemanden geschlagen. Marc und Gray zogen die beiden auseinander, und Maurice sah ungläubig auf das Blut an seinen Fingern, aber damit war das Geschrei noch nicht vorbei. Das geschah erst, als Harry Aikman, der bis dahin geschwiegen hatte, sein Weinglas zu Boden warf.

»Hört auf damit!«, rief er. »Der Erste, der jetzt noch einmal etwas Irrelevantes sagt, FLIEGT aus meinem Haus!«

Sie starrten ihn an, als ob eine Bombe eingeschlagen hätte. Niemand hatte Harry je so gesehen … niemand außer Elizabeth natürlich. Luana war schockiert darüber, dass er offenkundig ein teuflisches Lächeln unterdrückte.

»Wir werden es folgendermaßen machen«, fuhr er fort. »Gray, du nimmst Laura morgen mit nach St. Martin und versuchst, Shellnutt aufzuspüren. Wir geben dem Ganzen drei Tage, und in der Zwischenzeit geht Joyce jeden Tag ins Evergreen Shelter, um sich Lopez warmzuhalten. Zu dir hat er ein Vertrauensverhältnis aufgebaut. Wenn wir bis Donnerstag nichts von Shellnutt gehört haben, nehmen wir Lopez mit für ein Beurteilungsgespräch. Donnerstag ist der …«

»Der siebzehnte«, ergänzte Elizabeth eifrig.

»Gut, das ist noch rechtzeitig. Wenn dann alles zu passen scheint, bringen wir ihn noch am selben Tag rauf. Klar?«

»Klingt nach einem Plan«, sagte Ralph leise.

Auch die anderen murmelten zustimmend, aber Harry sah nur Luana an, da sie sie zum Übersetzen brauchten. Widerwillig nickte sie.

Drei Tage. Drei Tage, um sich darauf vorzubereiten. Drei Tage, um Shellnutt zu finden. Aber war er wirklich ein viel besserer Kandidat? Nein. Süchtig, depressiv … bipolar.

Das Ding ist geritzt, hatte Gray gesagt. Luana hoffte, nein, betete, dass sie eine Alternative finden würden.

15. November

Aber am nächsten Tag …

16. November

und an den Tagen danach …

kam keine Nachricht. Hinterher konnte sich Luana nur an sehr wenig von diesen Tagen erinnern. Die Zeit verging wie im Fluge, und sie dachte sich nichts dabei. Erst am Freitag würde sie etwas unternehmen müssen.

Von Eric Shellnutt hatte man nichts mehr gehört, und eine Alternative war nicht aufgetaucht. Danilo Lopez hingegen hatte Joyce' Angebot, sein Lebensende zu arrangieren, mit beiden Händen ergriffen: Laut Joyce war er unendlich erleichtert gewesen und hatte ihr gesagt, wenn sie eine Waffe für ihn hätte, würde er sie sich sofort an die Schläfe halten und abdrücken.

Dass es Freitag wurde und nicht wie vereinbart Donnerstag, lag daran, dass Marc angeblich mit einer 19-jährigen Kellnerin im EZ Hideout in Duvall fremdgegangen war. Joyce hatte das Beurteilungsgespräch mit Lopez einen Tag lang hinausgezögert und ihn als Druckmittel eingesetzt, um die Wahrheit aus ihrem Mann herauszuquetschen.

Danilo Lopez erzählte ihnen von den sagenumwobenen Mayatempeln von Tikal, wo seine Vorfahren Jadeschmuck, Keramik und Jünglinge opferten, die hochrangige Verstorbene ins Jenseits begleiten sollten; von seinen Eltern, die während des Genozids 1983 auf den Zuckerrübenplantagen ermordet worden waren, und von seinen beiden Jungs denen er in einem verschlossenen Chevy G20 in der Sonora-Wüste Luft zugefächelt hatte, die aber dennoch der Hitze erlegen waren. Er sagte: »Es gab niemanden in diesem Van, für den man hätte sterben müssen. Nur den Wunsch, in dieses Land zu kommen, und der ist jetzt tot.«

Luana hatte Gewissensbisse. Schwere sogar. Aber Lopez passte auf das Profil, und sie hatten keine andere Wahl.

Denn es waren Dinge geschehen. Schlimme Dinge.

Die sechsjährige Aurora Evangeline erzählte, dass sie beim Sammeln von Tannenzapfen »von Lichtern verfolgt« worden und in der Nähe der Brücke über den Tolt River in einen Entwässerungsgraben gefallen sei. Sie hatte sich den Knöchel gebrochen, und sie konnten noch von Glück reden, dass Gray und Laura sie gefunden hatten.

Dorothy McKinley wurde in künstlichen Schlaf versetzt, um ihrem fragilen Körper die Möglichkeit zu geben, ihre Atemwegsinfektion zu bekämpfen.

Luana hatte aus Kailas Zimmer alle scharfen Gegenstände entfernt, die sie finden konnte: Scheren, Stifte, Einwegrasierer, Bilderrahmen. Danach alle Schnüre und Ladekabel. Außerdem war sie fest entschlossen gewesen, den Suchverlauf ihres Handys zu überprüfen. Dazu hatte sie jedes Recht, denn Kaila war ihr Kind. Es war wichtig, sich das vor Augen zu halten, egal, was sie sonst noch zu sein vorgab. Aber sie bekam nicht einmal die Gelegenheit dazu. Kaila hatte sie erwischt und hysterisch geschrien, während sie sie die Treppe hinuntergejagt hatte. Es hatte keine menschlichen Worte zwischen ihnen gegeben, zumindest keine, die Luana hätte verstehen können.

Die Dunklen Tage waren ein Labyrinth, in dem sich alle verirrten. Danilo Lopez war ihr Ausweg.

Über Lopez' Lebensgeschichte hatten sie nichts herausfinden können, also gab es für ihn kein transzendentales Abschiedserlebnis. Gray wollte den Tunnel mit den Stimmungslichtern über dem South Sunday Trail beleuchten, um ihm wenigstens einen denkwürdigen Abschied zu bereiten, aber er brachte den Generator nicht zum Laufen und gab auf.

Der November war bereits zu weit fortgeschritten. Es war, wie es war.

Joyce, Gray, die Aikmans, Ralph und sie begleiteten Lopez

zur Ruhestätte. »Du kannst auch anstelle von Ralph gehen«, hatte Elizabeth angeboten, aber Luana hatte Ralphs Handgelenk umklammert und gesagt, auf keinen Fall. Sie traute ihm nicht über den Weg, aber sie brauchte jemanden, der sie körperlich unterstützte, sonst würde sie wahrscheinlich nicht mal den Weg zurückschaffen.

Es ist falsch, spukte es ihr ständig durch den Kopf, unter dem stillen Druck des Waldes. *Es ist falsch, es ist ganz und gar falsch*.

Aber sie konnte nicht sagen, was genau falsch war. Selbst als Joyce auf der Lichtung die Pistole aus ihrer Tasche nahm, sie entsicherte und spannte, dämmerte es ihr nicht.

Joyce reichte Danilo die Waffe. Luana fragte sich, ob das dieselbe Waffe war, mit der Harper letzte Woche das Alpaka erschossen hatte, und spürte, wie ihre Kopfhaut kribbelte, als ob tausend winzige elektrische Ströme gleichzeitig aktiviert würden.

Der Schuss. Und dann die Silhouette, die zusammensinkt.

Luana bekam keine Luft mehr. Ralph hielt sie fest, sie hyperventilierte.

Setz dich hinters Steuer, hörte sie eine Stimme auf Portugiesisch sagen, *damit du wegfahren kannst, falls es schiefgeht*.

»Luana, geht es dir gut?«

Aber sie sah nur den Ja-Sager auf dem Armaturenbrett: den Plastikjesus im Fußballtrikot der Canarinhos.

»Danilo …«, stammelte sie mühsam, »*tem certeza disto?*« Und als ihr auffiel, dass sie Portugiesisch gesprochen hatte und Danilo sie verständnislos ansah, wiederholte sie es auf Spanisch: »*¿Estás muy seguro?*«

Ja, sagte er. Er sei sich sicher.

Minutenlang stand er mit der Waffe an der Schläfe da. Er knurrte. Er weinte. Er schrie.

Schlussendlich ließ er die Waffe auf den Waldboden fallen.

Gray fluchte leise. »Tu du es für ihn, Joyce.«

»Ich werde diesen Mann nicht erschießen!«, brüllte sie.

»Ja, was weiß ich, jemand muss ihm doch helfen!«

Genau das tat Luana. Sie hielt ihn fest. Sie tröstete ihn. Sie redeten lange und ausführlich, und als sie sich zum Schluss auf Englisch an Ralph und die anderen wandte, sagte sie: »Er will nicht.«

»Elender Wichser«, zischte Gray hinter vorgehaltener Hand.

Luana dachte an Kaila. Sie wollte nicht, dass Lopez starb. Sie wollte nur, dass ihre Qualen ein Ende hatten. Sie war mental, körperlich und moralisch völlig erschöpft und musste sich anstrengen, fand jedoch die Kraft zum Sprechen: »Wir helfen diesem Mann nicht mit einer Kugel. Wir helfen ihm mit einem Ticket zurück in sein Heimatland und einem finanziellen Polster für den Neuanfang.«

Und so führten die Nachbarn der Bird Street Danilo Lopez zurück ins Licht. Als sie das Tor in der Mauer des McKinley-Anwesens erreichten, dankte er ihnen tausendmal für das, was sie für ihn getan hatten. Luana, die sich vor Schmerzen krümmte, blickte düster in die Runde und bot an, den Puffer aus ihren eigenen Ersparnissen zu bezahlen, aber als man Graham Senior erzählte, was passiert war, wollte er davon nichts hören und sagte zu, die Kosten zu übernehmen.

Am nächsten Tag saß Danilo Lopez auf einem Delta-Flug über LAX nach Guatemala City. Er würde nie erfahren, wovor er um ein Haar entkommen war.

19. November

Als Luana am Samstag wieder an die Waffe dachte, wurde ihr klar, was falsch gelaufen war.

Keiner von ihnen hatte in Betracht gezogen, dass es eine humanere, weniger gewaltsame Methode für Lopez' Selbsttötung gab als die Ruger aus dem Tresor der Wachowskis. Sie hatten die Barbiturate. Warum hatte niemand daran gedacht?

Natürlich. Joyce war infolge von Danilos eigener Bemerkung auf die Idee mit der Waffe an der Schläfe gekommen. Aber das war bloß eine Redensart gewesen. Etwas, das man sagt, wenn man davon spricht, sich umzubringen. Niemand griff ein, als die Idee Gestalt annahm. Lieber Gott, dachte sie. *Wir sind nicht mehr zurechnungsfähig.*

24. November

Schon im Oktober hatte Luana Thanksgiving komplett durchgeplant. Da das Fest in diesem Jahr auf ein frühes Datum und damit vor das Ende der Dunklen Tage fiel, hatte sie alle Einkäufe bereits in der letzten Oktoberwoche erledigt. Sie hatte damit gerechnet, dass Ralph und sie sich zu ausgelaugt fühlen würden, um zu kochen, und so hatte sie bereits die Füllung für den Truthahn und die Preiselbeersoße zubereitet. Das Essen musste nur noch aufgetaut und in den Ofen geschoben werden. Wie vereinbart würden sie alle besonders gut aufeinander aufpassen und lieb zueinander sein. Ralph würde den Kamin entzünden, und dann würden sie Spiele spielen. Einen Film anschauen, den Kaila aussuchen durfte, und ein Stück von der Macy's Parade, weil Django die so mochte. Sobald der Truthahn angeschnitten war, durften die

Kinder den Wunschknochen brechen. Und da ohnehin all ihre Wünsche in Erfüllung gingen, wünschten sich beide, dass die Familie die letzten Dunklen Tage gut überstehen würde.

Aber nichts von alldem geschah.

Es gab keinen Truthahn und keine Macy's Parade. Niemand achtete aufeinander, und niemand war an diesem Thanksgiving dankbar oder lieb. Die Realität war, dass sie alle allein und isoliert in ihrer eigenen Novemberblase steckten.

Es hatte ein weiteres Nachbarschaftstreffen gegeben. Oder vielleicht war das gestern gewesen. Oder morgen. Was machte das schon? Sie waren zu spät dran, das war die simple Wahrheit. Ihre Möglichkeiten waren ausgeschöpft, sie hatten niemanden mehr im Auge, insofern waren sie zu spät dran.

Wer wird als Erstes sterben? Dorothy McKinley? Das wäre am fairsten. Sie hatte ein langes, glückliches Leben gehabt.

Aber genau deshalb würde sie es nicht sein. Dorothy wäre eine glückliche Wahl … und das Glück hatte sie verlassen. *Sag mir, wer wird es sein? Ralph? Django vielleicht?* Plötzlich kam Luana eine Idee. Wenn es hart auf hart käme, könnten sie dann nicht abstimmen? So funktionierte doch eine Demokratie. Wenn man mit dem Flugzeug in den Bergen abstürzte und die Rettung ausblieb, musste man schließlich auch untereinander anfangen, um zu überleben, oder?

Und die McKinleys waren dieses Jahr noch glimpflich davongekommen.

Sollte es zu einem Nachbarschaftsgericht kommen, dann war es von größter Wichtigkeit, dass Kaila nichts davon mitbekam. Luana konnte sie mit dem Argument in Schutz nehmen, dass sie minderjährig und noch nicht Teil des Pakts war, aber sie wusste, dass die Nachbarn, wenn sie erst mal Blut rochen, sie wie Haie umkreisen würden. Ein einziger Schnitt, eine einzige blutende Wunde, und sie würden sie zur Schlachtung freigeben.

Kaila durfte gegenüber den Nachbarn nichts sagen, was sie auf die Idee bringen konnte, dass sie infrage kam. Sie war jung und unbesonnen und nicht in der Lage, die Konsequenzen ihres Handelns abzusehen. Luana hatte sich seit dem Wochenende der Konfrontation nicht mehr getraut, ihre Todessehnsucht anzusprechen, und es war schwer zu sagen, ob Kaila sie hinter sich gelassen hatte. Aber sie wollte auf Nummer sicher gehen, weshalb sie ihr ständig Lithium verabreichte und sich vergewisserte, dass sie die Tabletten auch schluckte. Und zwar so viele, dass sie manchmal den Überblick verlor. Nachmittags wusste sie oft nicht mehr, ob sie Kaila morgens eine Pille gegeben hatte. Dann gab sie ihr sicherheitshalber noch eine. Manchmal erinnerte sie sich auch und gab ihr trotzdem noch eine. Manchmal zwei.

An diesem Thanksgiving-Nachmittag schlich Luana sich auf den Dachboden und fand Kaila schlafend auf dem Bett vor. Sie sah krank aus. Sie war stark abgemagert und schlief in letzter Zeit fast ständig.

Als Luana ihre Tochter ansah, durchströmte ihr Herz eine intensive, schmerzhafte Liebe. Ein altes brasilianisches Wiegenlied, das ihre Großmutter ihr früher auf ihrem *sítio* außerhalb von São Paulo vorgesungen hatte, kam ihr in den Sinn. Es hieß *Acalanto* – Wiegenlied. Leise begann Luana es zu singen: »*É tão tarde, a manhã já vem. Todos dormem, a noite também.*«

Es ist schon spät, der Morgen dämmert bereits. Alle schlafen noch, sogar die Nacht.

Hätte sie sich nur damals etwas anderes gewünscht. Dann würden sie jetzt nicht in dieser Misere stecken.

Dann würde Kaila jetzt nicht so sehr leiden.

»Só eu velo por você meu bem. Dorme anjo, o boi pega neném.«

Mein Schatz, nur ich wache über dich. Schlaf, Engel, dann kommt der Ochse und holt dich.

Eine Träne fiel von ihrer Wange auf Kailas Stirn.

Wäre es nicht ein Akt ultimativer Mutterliebe, dem Mädchen zu geben, was es wollte?

Aber nicht im Wald, wo Kaila ihre Seele verdammen würde, und nicht durch ihre eigene Hand. Sie würde es tun müssen. Eine letzte Geste der Liebe, um ihr Kind zu befreien. Schnell und schmerzlos. Ralphs Hammer aus der Garage wäre genau das richtige Werkzeug. Ein Schlag, direkt über der Nase – ihre Träne hatte die Stelle markiert –, sodass die Knochensplitter schnell in ihr Gehirn getrieben wurden.

»Boi boi boi, boi da cara preta. Pega esta menina que tem medo de careta.«

Ochse Ochse Ochse, schwarzgesichtiger Ochse. Nimm dieses Mädchen, das sich vor einer Grimasse fürchtet.

Ihre Sicht verschwamm, und ihr wurde für einen Moment schwindelig, bis sie sich wieder konzentrieren konnte. Nein. Den alles verzehrenden Schmerz bei der Aussicht darauf, ihr Baby loslassen zu müssen, den würde sie nicht ertragen können. Dann würde sie auch Django töten müssen, und Ralph, und danach sich selbst.

Luana schwor sich, ihre Familie bis zum Äußersten zu schützen. Gemeinsam würden sie das durchstehen. Sie mussten nur noch ein bisschen durchhalten.

Sie wollte schon gehen, sah aber im letzten Moment, dass Kaila etwas in ihrer Faust verborgen hielt. Wie war es möglich, dass sie ihre Hand im Schlaf so krampfhaft zusammenballte?

Sie beugte sich über sie und begann an ihren Fingern zu zupfen. Luana stieß sofort auf Widerstand.

Was war das?

Kaila stöhnte, aber ihre Medikamente hielten sie im Schlaf gefangen.

Schließlich gelang es Luana, es herauszuziehen. Es war ein Stein.

Und ein gemeiner noch dazu. Ein Stück vulkanisches Glas, wohlgemerkt. Vielleicht aus dem Souvenirladen am Mount Saint Helens National Monument – das war schon ein paar Jahre her. Eine scharfe, gezackte Kante. Damit könnte sich Kaila unschön schneiden.

Siehst du: Du kannst ihr nicht vertrauen.

Luana schob den Stein in ihre Gesäßtasche und schlich vom Bett ihrer Tochter weg.

DJANGO

Pulled Pork. Drei Versuche. Great Balls of Fire.

25. November

Pulled Pork hat ihn geweckt. Pulled Pork war aktiv, wenn die meisten Menschen schliefen und nur die krabbelnden Dinge unter der Erde wach waren. *Hopp, hopp, Django. Es ist von größter Wichtigkeit, dass du genau zuhörst.*

Mit einem Stöhnen stand er auf. »Was?«

Aber er hörte es schon. Schreie vom Dachboden. Zombie-Kaila. Andere Mom. Und Papokalypse. Seufzend ließ er sich zurück auf das Kissen fallen.

Tagsüber war Pulled Pork eine Ansammlung aus Knochen, zusammengehalten von Sehnen und schmutzigen Fellstreifen. Jetzt saß sier auf seiner Bettdecke und sah dem gehäuteten Kaninchen noch am ähnlichsten, das Django letzten Sommer in der Vitrine einer italienischen Metzgerei gesehen hatte: blutig und ohne Ohren. Nur dass bei Pulled Pork ständig fleischige Fäden über die Löcher in den Flanken gesponnen wurden, in einem steten Kampf gegen die Verwesung. Seit dem Alpaka-Zwischenfall hatte Django Hausarrest, aber das letzte Mal, als er dagegen verstoßen hatte, war er nachts losgezogen, um den Schneeschuhhasen beim Stall der Wachowskis zum zweiten Mal auszugraben: eine Qual für seine Hände, aber er hatte es geschafft. Diesmal war sier in einem viel weiter fortgeschrittenen Zustand der Verwesung – sier, darauf hatte Pulled Pork bestanden.

»Bist du eigentlich ein Er oder eine Sie?«, hatte Django gefragt, als er den Kadaver in seinem Zimmer aus dem halb vergammelten SpongeBob-Handtuch gewickelt hatte.

Ich bin sier, hatte Pulled Pork herablassend gesagt. *Viele Hasen sind nicht-binär, wir werden selten danach gefragt. Du brauchst deswegen gar nicht so komisch zu gucken.*

Django wusste, was nicht-binär bedeutete: dass man kein Junge war, aber auch kein Mädchen. »Deshalb gucke ich gar nicht komisch. Ich hatte nur nicht erwartet, dass du mir antworten würdest.«

Nun, es wäre unhöflich, das nicht zu tun.

Seitdem weckte ihn der Hase fast jede Nacht. Es war ermüdend.

»Was ist los?«, flüsterte Django.

Die Zeit drängt. Wenn es dem Ältestenrat nicht bald gelingt, warmes Fleisch darzubringen, wird Er, der die toten Dinge jagt, sich rühren.

»Der … wer?«

Das darf ich dir leider nicht verraten, sagte Pulled Pork. *Aber es herrscht große Unruhe unter uns.*

»Unter toten Dingen?«

Sier rümpfte die Überreste der Nase über den vorstehenden Vorderzähnen. *Wir sind viele, unterschätze das nicht. Wie wir bei uns in Louisiana sagen: Wir sind die härtesten Hurensöhne, die je aus einem Fleischarsch geschissen haben.*

Es war seltsam zu hören, wie der normalerweise so eloquente tote Hase Jerry Lee Lewis paraphrasierte, komplett mit dickem Südstaatenakzent. Django stand auf. »Ich habe auch ein Problem. Meine Eltern und meine Schwester sind verrückt geworden. Nicht nur ein bisschen, sondern richtig irre.«

Noch mehr Geschrei durch die Wände, das eindeutig von der echten Kaila kam. Nicht von der Zombie-Kaila, die die ganze Zeit über betäubt war und einen nicht mal zu sehen schien, wenn man direkt vor ihr stand. Die echte Kaila war durchgedreht. Ein dumpfer Schlag. Etwas zersplitterte. Pulled Pork sah nachdenklich hoch und wandte sich dann an ihn.

Er, der tote Dinge jagt, hat ein Auge auf den Schwestermenschen geworfen.

»Pah. Wusste ich doch schon immer, dass sie so gut wie tot ist.«

Das ist nichts, worüber man sich lustig machen sollte, Django. In seinen Augen ist sie etwas Besonderes. Sie schwebt in großer Gefahr. Ihr alle.

»Aber was kann ich tun? Keiner hört mehr auf mich.«

Bring sie zur Vernunft. Es ist Eile geboten.

»Meine Schwester bemerkt mich nicht mal.«

Ich meine alle, du Idiot!

Django seufzte. Und was, wenn ich das nicht tue?«

Die Augenhöhlen des Hasen wurden glasig. *Dann sehe ich Dunklere Tage voraus, die nie mehr enden. Wir werden gezwungen sein, aus unseren Löchern zu kriechen, die Jibblymowers und die toten Dinge und alles andere, was krabbelt; gejagt von Dem, der immer hungrig ist. Wir werden uns nicht länger vom Zaun aufhalten lassen. Wir werden in eure Häuser eindringen und warmes Fleisch aus euren eigenen Reihen holen. Die Zeit der Verwesung wird …*

»Ja, ja, ja«, murmelte Django. Pulled Pork sah verstört auf. »Ich bin müde. Lass mich in Ruhe, ja?«

Er drehte sich auf die Seite und zog sich die Bettdecke über die Schulter, sodass Pulled Pork vom Bett fiel.

Danach ließ sier nichts mehr von sich hören.

Am nächsten Morgen wachte er auf und hatte eine ganz simple Lösung für all ihre Probleme: Sie mussten umziehen. Ja, natürlich! Warum hatte er nicht schon eher daran gedacht? Das würde allem Ärger ein Ende setzen. Der Nervensäge Pulled Pork und sierer Prophezeiung: Wenn tote Dinge aus ihren Höhlen kommen, um dich runterzuziehen, dann hau ab.

Die erste Person, der Django die Idee unterbreiten wollte, war seine Mom. Aber sobald er die Küche betrat, sah er, dass es aussichtslos war: Die Andere Mom hielt das Zepter in der Hand. Dass er dennoch an seinem Plan festhielt, war sein Todesurteil.

Die Andere Mom und Kaila stritten immer noch. »Du verstehst das nicht!«, schrie Kaila unter Tränen. »Ich kann es nicht erklären, aber ich *brauche* ihn!«

»Hör endlich auf mit diesem Unsinn!«, schrie die Andere Mom zurück.

»Dann sag mir wenigstens, wo er ist!«

»Nein, werde ich nicht! Erst, wenn du dich an die Regeln hältst!«

»Gib ihn zurück!«

»Hallo«, versuchte Django dazwischenzugehen.

»Benimm dich ein bisschen, verdammt!«

»Gib ihn zurück! Gib ihn zurück! Gib ihn zurück!«

Django hatte schon öfter Streit zwischen ihnen miterlebt, aber noch nie so heftig. Kaila hatte die Selbstbeherrschung verloren. Das erschreckte Django ein wenig, aber er wagte es trotzdem, die Andere Mom am Ärmel zu zupfen. »Darf ich vielleicht kurz mit der echten Mom sprechen?«

»Django, was machst du denn hier?«, fragte sie, als sähe sie ihn zum ersten Mal. Vielleicht war das auch so. Vielleicht existierte die Andere Mom in einer Dimension, in der es ihn nicht gab. Ihre Augen waren keine Knöpfe wie im Film, aber sie waren dunkel und schwebten eindeutig in einer anderen Dimension.

Django wollte etwas sagen, aber in der halben Sekunde, in der er sie abgelenkt hatte, war Kaila zum Messerblock gelaufen. Die Andere Mom rannte ihr hinterher, aber es war zu spät. Kaila hatte das Fleischmesser aus dem Block gezogen und hielt es sich an den Hals. »Ich tue es!«, schrie sie. »Ich schwöre. Ein Schritt näher, und ich tue es. Gib ihn mir zurück!«

»Kaila«, sagte die Andere Mom mit erhobenen Händen. »Leg das Messer weg. Wir können darüber reden.«

»Gib mir meinen verdammten Stein zurück!«

Django blickte nervös auf den glänzenden Stahl. »Mom, vielleicht solltest du ...«

»Ralph! Komm sofort her! Kaila, lass das Messer los!«

»Hallo?« Django stellte sich auf Zehenspitzen und winkte vor dem Gesicht der Anderen Mom herum. »Erde an Mrs. Luana Perreira da Silva?«

»Django, mach, dass du wegkommst. Ralph! Sofort!«

Plötzlich verlor auch er die Beherrschung und schrie: *»Seht ihr denn nicht, dass es völlig auf der Hand liegt, dass wir wegziehen müssen?«*

KLATSCH.

Ihre Hand war vorgeschossen, und Django sah ihren wütenden Gesichtsausdruck, ehe er den Schmerz auf seiner Wange spürte. Es war, als ob sie von innen heraus brennen würde. Tränen stiegen ihm in die Augen.

Sie hatte ihn geschlagen. Mom hatte ihn noch nie geschlagen.

Dad stürmte in die Küche, erfasste mit einem Blick die Situation und stürmte auf Kaila zu. Django taumelte rückwärts. Die Tränen strömten ihm nun über die Wangen, aber er schaute weiter zu, denn wenn Kaila sich wieder schneiden würde, wollte er es sehen. Sie tat es nicht. Sie ließ sich überwältigen, das Messer fiel scheppernd aus ihrer Hand, und sie begann wild um sich zu schlagen. Dad (oder war es Papokalypse?) und die Andere Mom mussten ihr Äußerstes geben, um sie zu bändigen.

Alle schrien nun, auch Django: »*Ich hasse euch! Ich hasse euch alle!*«, aber niemand hörte ihn. Bevor er aus der Küche rannte, sah er sich noch einmal um. Er wünschte, er hätte es nicht getan, denn er sah, dass die Andere Mom Kaila die Nase zuhielt und Dad ihr mit Gewalt eine Pille zwischen die Lippen schob und ihr eine Hand auf den Mund presste.

Die Papokalypse also.

26. *November*

Am Samstagabend unternahm er einen zweiten Anlauf, diesmal mit Dad. Es lief nicht viel besser. Er fand ihn in der Garage, wo er wie ein Geist auf dem Steinboden saß. Der erste Schock traf ihn, als Django sah, dass Dad das Laken, mit dem der gerahmte Flurspiegel abgedeckt gewesen war, heruntergezogen hatte und mit dem Rücken dagegen gelehnt saß. Der zweite Schock traf ihn, als er merkte, dass Dad nackt war. Django hatte seinen Vater oft nackt gesehen, aber in dieser Umgebung hatte es etwas Unheimliches. Zwischen seinen gespreizten Beinen stand eine halb leere Schnapsflasche. Er hielt den Hammer in der Hand, den er bei Gericht benutzte, und schlug den Kopf mit einem dumpfen *Plomp* in die Handfläche.

»Dad?« Ein weiterer Schock: Als er aufblickte, sah Django

im Lichtschein aus der Küche, dass er weinte. Durch die Tränen hindurch wurde er mit einem leeren Blick angestarrt, in dem nichts darauf hindeutete, dass er ihn erkannte.

Bestimmt Papokalypse.

Mit spröden Lippen näherte sich Django, eine Hand halb über und vor seinen Augen, um den Blick in den Spiegel zu meiden.

»Warum hast du das Laken weggezogen? Das ist gefährlich!« *Plomp. Plomp. Plomp.*

»Das spielt keine Rolle mehr«, sagte Papokalypse mit einer Stimme, die so tot war wie die von Pulled Pork. »Nichts ist mehr wichtig. Begreifst du das nicht?«

Plomp.

»Ich wollte eigentlich mit dir reden, Dad.«

Der Geist auf dem Boden packte die Flasche am Hals und schwang sie sich entgegen. Django hörte das Schwappen des Alkohols und sah, wie Tropfen auf Dads haarige Schenkel spritzten. Dann hörte er ihn trinken. Er konnte es hinter dem Verband seiner Hand nicht sehen und war dankbar dafür.

»Aaarrrggh«, keuchte das Gespenst. Er stellte die Flasche zurück.

Django nahm seinen ganzen Mut zusammen. »Was würdest du davon halten, wenn wir …«

»Ich wollte dich nie. Dich und Kaila. Ihr wart Moms Wunsch. Und euretwegen können wir nicht mehr von hier weg. Weißt du, was ich davon halte?«

Django brachte nichts heraus. Plötzlich holte Papokalypse mit dem Hammer aus und zerschlug die Flasche mit einem Schrei. Django zuckte zusammen, als ihm die Glasscherben um die Füße flogen.

Das Gespenst auf dem Boden begann zu lachen.

Ohne etwas zu sagen, verließ Django die Garage.

Versuch Nummer drei folgte unmittelbar darauf: Django schlich sich auf den Dachboden. Mit Kaila wegzulaufen, war die einzige Option, die ihm noch blieb. Kaila würde wissen, wohin. Sie würde sich um ihn kümmern.

Aber fast sofort sah er, dass auch das schwierig werden würde: Das hier war Zombie-Kaila. Das konnte man an ihren halb geschlossenen Augen, ihrem halb geöffneten Mund und ihrem Gesicht erkennen, das wie ein zusammengefallener Pudding aussah. Und da war noch etwas: Sie lag gefesselt da. Ihre Arme lagen V-förmig ausgebreitet über ihrem Kopf und waren mit Hanfseilen zu beiden Seiten an den Beinen des Bettes festgebunden. An ihren Handgelenken waren blutige Einschnitte zu sehen.

»Djannngo … bissudas?«

Ihre Stimme klang träge, zäh und irgendwie triefend. Es verursachte ihm ein Jucken am ganzen Körper. Django konnte ihre Beine unter der Decke nicht sehen, aber daraus, wie still sie dalag, schloss er, dass auch um ihre Knöchel ein Seil gebunden sein musste. Vorsichtig ging er näher ran. »Warum liegst du so da?«

»Mommun Dad habbenda getaan. Sie sind Mmmonster. Schnell. Hillmir loszukommen.«

Er versuchte, an den Knoten zu pulen, aber sofort schoss der Schmerz durch seine Finger. »Ich schaffe es nicht, Kaila.«

»Geh runner. Hol die Schere ausser Küchennschubblade. Odder ein scharfes Mmmessser. Dann sch-schnneiden wir es susammen durch.«

Django sah sie unbehaglich an. »Wenn ich dich losbinde, laufen wir dann zusammen weg?«

»Nnnein«, sagte Zombie Kaila. »Hattt keinnn Sinn. Es steckkkt in unsermm Bluut.«

»Und was machst du dann, wenn du frei bist?«

»Dann geh ichh aufsss Dach unn springe runnner. Dassis der einzzzige Weg hier rauss.«

»Aber ich will gar nicht, dass du das tust«, sagte Django.

»Willst du mmmit? Wir können zusammenn springnn. Dasswär … auch besser für dich. Ich kannich auch werfen, wennu dich nichh trausst.«

»Das will ich nicht!«

»Oh, weissu was?« Ihre Augen schienen aufzuleuchten, und die Worte sprudelten nun schneller heraus. »Ich machess mittm Messer. Dann kannssu zuguckenn, wie ich mich schneidde. Ichh habb geseehn, wie duu neugierig meinenn Bauchh beäugtt hass. Ichh schneidde ein ganss tiefess Lochh und dann kriechenn wir hineinn und wohnenn darinn.«

»Hör auf, Kaila.« Jetzt liefen ihm die Tränen über die Wangen. »Du bist nicht du selbst. Die Dunklen Tage bringen dich dazu, all diese Dinge zu sagen.«

Ein hohles Grinsen erschien auf dem Gesicht von Zombie-Kaila. »Ichh waar nnoch nie sso ssehr ichh sselbst.«

28. November

In den folgenden zwei Tagen drehten sich Djangos ungestüme Gedanken nur noch um Musik. Nicht um Jazz, denn Jazz ist Freiheit, hatte Mr. Hendrickx gesagt. Django dachte an Boogie-Woogie. Früher dachte er, Boogie-Woogie sei lustig, aber das war er nicht. Boogie-Woogie war Aggression.

Django spürte die Aggression. Er spürte sie in heißen, knallroten Pulsen durch sein Blut pumpen. Sogar in seinem Traum an diesem späten Montagabend spürte er sie und wartete auf den richtigen Moment, um auszuflippen.

In seinem Traum spielten The Killer und er auf einer Tanzparty in Nazideutschland. Zwei glänzende Steinways voller fettiger Fingerabdrücke standen sich auf der Bühne gegenüber, vor einem roten Hakenkreuzbanner, das verkündete: *Django & Jerry Lee Lewis beim Nazi-Hop!* Django saß so nahe an The Killer dran, dass er seine Brylcreem riechen konnte. Er hieb in die Tasten wie ein Berserker, und Django – mit herausgestreckter Zunge und ausgebreiteten Armen – ging bis zum Äußersten, um mit der treibenden Progression der linken Hand Schritt zu halten: diesem gefährlichen, aggressiven Boogie-Beat, der immer die Septime ausließ, aber die Quinte und Sexte wiederholte und das tanzende Publikum in den Wahnsinn trieb. Sie spielten »Whole Lot of Shakin' Going On«, sie spielten »Wild One« und »I'm On Fire«, und im Saal wirbelten rasende, uniformierte deutsche Soldaten tote Mädchen herum, tote Mädchen mit leeren Augenhöhlen und schlammigen Haaren und Blut auf den Kleidern, die wie Vogelscheuchen gegeneinander klatschten.

Plötzlich, wie das in der Traumlogik so ist, standen sie in den Kulissen zwischen den Künstlern, die an diesem Abend auftraten: Buddy Holly and The Crickets, die Chantels ... sogar Chuck Berry mit seinem schwarzen Bleistiftbart und der weißen Gibson. Sie alle verrotteten.

Spiele ich so gut?, keuchte Django.

Jerry Lee kniete vor ihm und hatte irgendwie das Gesicht von Mr. Hendrickx. *Du spielst genau so, wie es sein sollte, Django. Ich kann deine Wut spüren. Was habe ich noch mal gesagt? Wenn sie nicht auf dich hören, musst du eine Ansage machen.*

Wut, das war es. Django spürte, wie sie wie Elektrizität aus seinen Poren strömte. Es kribbelte in seinen Fingerspitzen.

Da war der berühmte Discjockey Alan Freed mit seinem karierten Jackett und der roten Fliege, aber sein Kopf war der von Joseph Goebbels. Er schimmelte. Freed wollte, dass Chuck Berry die Show beendete, denn Chuck hatte sechs Nummer-eins-Hits und Jerry Lee nur einen. Jerry Lee war wütend, denn sein Song war im Moment die Nummer eins, und er hatte es verdient, als Letzter aufzutreten. Django leckte sich die Lippen, ballte die Fäuste, und in der realen Welt, in seinem Bett in seinem Zimmer, tat er genau dasselbe: Er ballte die Fäuste, durch seine Arthrose hindurch.

Eine Ansage, murmelte er in den Kulissen seines Traums, in der Realität seines Bettes kam es ihm als Flüstern über die Lippen: »Eine Ansage …«

Jerry Lee kam auf ihn zu, in der Hand eine Coca-Cola-Flasche mit einer farblosen Flüssigkeit. *Ich werde dieses Kätzchen von der Bühne pusten*, sagte er. Sein Gesicht war nicht mehr das von Mr. Hendrickx, sondern das von Django selbst.

Meine Damen und Herren, schrie Goebbels, dessen Gesicht zerlief wie eine schmelzende Kerze, *er ist den weiten Weg aus Ferriday, Louisiana zu uns gekommen, um die Sterne vom Himmel zu spielen: Django Lee Lewis!*

Django stellte die Colaflasche auf den Flügel und dachte daran, wie Pulled Pork zuvor den Killer paraphrasiert hatte. Er selbst kannte ein besseres Zitat und brüllte es ins Publikum: *Wenn ich in die Hölle komme, dann spiele ich dort Klavier!*

Dann ließ er das donnernde Riff der linken Hand durch den Raum rollen. Eine blonde Locke, die sich aus Jerrys Pompadour gelöst hatte, tanzte hitzig vor Djangos Stirn, und er sang: *You shake my nerves and you rattle my buh-rain …* Er schmetterte das Intro, und der Saal tobte. Django spielte, wie er noch nie gespielt hatte. Er spielte mit Gewalt. Aus den Tiefen seiner Wut entlud sich ein Sturm auf der Tastatur, der das Publikum in den Wahnsinn trieb. Die Türen im hinteren Teil des Saals flogen auf, und Beamte der Sicherheitspolizei stürmten herein, um die tanzenden Toten vergeblich zur Ordnung zu rufen. Als das nicht gelang, begannen sie ihre Mauser-Pistolen leer zu schießen. Überall gingen sie zu Boden, aber nicht so Django. Die Kugeln konnten ihn nicht treffen. Seine Musik machte ihn unantastbar. Boogie-Woogie war sein Kraftfeld.

Django arbeitete auf den Höhepunkt hin, doch kurz bevor dieser kam, wurde er am Kragen gepackt. Sie hatten die Bühne gestürmt. Jetzt zerrten sie ihn vom Klavier weg. *Nein! Lassen Sie mich los! Ich muss meine Ansage machen!* Aber es waren zu viele, und sein Widerstand brachte nichts. *Django*, hörte er, und er schrie: *Nein-nein-nein-nein!* und hörte wieder: *Django! Wach auf!*, und er …

… setzte sich ruckartig auf, jeder Nerv war bis zum Äußersten gereizt, jeder Muskel angespannt. Er merkte, dass die Stimme real war: Sie gehörte Pulled Pork. Sier saß auf seiner Bettdecke und hob belehrend die Vorderpfote. *Es ist mir zu Ohren gekommen, dass du dich noch eklatant wenig um meinen Auftrag gekümmert hast. Habe ich etwa Chinesisch gesprochen?*

»Fick … dich!«, brüllte Django. »Du verdammtes … verdammtes … verdammtes … Arschloch!«

Aber hör mal, wir können doch über alles reden … quietschte der tote Hase, doch Django sprang aus dem Bett, wodurch sier durch die Luft geschleudert wurde. Er schrie vor Schmerz, als er seine Hände Hulk-mäßig aus den Bandagen schälte. Sobald sie frei waren, packte er den Kadaver vom Boden an den Hinterpfoten und schleuderte ihn mit aller Kraft gegen die Wand. Knochensplitter flogen umher, aber in Djangos Erleben spritzte süßlich riechendes, giftiges Blut auf seine Brust und seine Wangen, und Maden zappelten auf dem Boden. Mit verzerrter Miene zermalmte er sie unter seinen nackten Fußsohlen und malte sich mit ihrem Blut Indianerstreifen ins Gesicht.

»Ich habe es ... so dermaßen ... satt!«, brüllte er in sein leeres Zimmer. Mit einem Karatetritt stieß er die Tür auf, und Django sauste, nur in Unterhose, in blindem Zorn die Treppe hinunter.

Seine Schreie hallten durch die abgedunkelte untere Etage, während er Stühle umstieß und im Vorbeigehen mit einem Ruck das Laken vom Wandspiegel zog. Er blieb nicht stehen, um die Toten zu betrachten, die ihn aus dem Glas anstarrten. Stattdessen rannte er weiter in die Garage, wo er zuerst die Scheinwerfer des Forester mit dem Gerichtshammer seines Vaters einschlug und dann den Benzinkanister für den Rasenmäher und eine Packung Streichhölzer aus dem Regal holte.

Im Klavierzimmer riss er das Laken vom Steinway, und nun sah Django die Toten, die Geister der Snoqualmie Woods, die Jibblymowers: deformierte, magere Gestalten, die im spiegelnden schwarzen Holz ihre Hände nach ihm ausstreckten.

»Ihr könnt mich auch mal!«, schrie Django und spritzte einen Schluck Benzin unter den Deckel des Flügels. »Ihr könnt mich alle mal!«

Er zündete ein Streichholz an, sah zu, wie die Flamme wuchs, und warf es in den Flügel. Ein trockenes »PAMM!« erklang, das sämtlichen Sauerstoff aus dem Zimmer fegte. Das Inferno war unmittelbar. Django spürte, wie seine Augenbrauen versengten und seine Augen austrockneten, und kurz war ihm, als hätte er selbst Feuer gefangen. Dann sprang er in die Hitzewolke, kickte den Hocker weg und hämmerte das Klaviersolo aus »Great Balls of Fire« in die Tasten. Seine Hände sahen aus wie die krummen Klauen von Mr. Hendrickx, aber er spürte keinen Schmerz, und noch nie hatte er so virtuos gespielt wie in diesem Moment.

Dies war sein letztes Stück. Dies war seine Ansage. Die Flammen glühten rot auf, flackerten gegen Djangos glatte braune Haut und spiegelten sich in seinen Augen, wo sie unzählige grapschende Hände verzehrten.

Django spielte die Sterne vom Himmel, aber er hatte das Gefühl, bereits in der Hölle gelandet zu sein.

RALPH

Panik. Ein Geschenk des Himmels. Levi.

28. November

Ralphs Schlaf wurde von Schreien (Django?) und Lärm (das Klavier?) geplagt, aber er war erst schlagartig wach, als der Rauchmelder losging.

»Ralph?«

Luana, ein unförmiger Haufen unter der Decke.

Rauch.

Ja, er konnte es riechen. Er warf die Decke ab und taumelte zur Tür, doch noch ehe er sie erreichte, sah er es schon: Rauch quoll unter dem Spalt durch. Sofort schaltete er auf einen reinen Reaktionsmodus um.

Schon auf dem Treppenabsatz schlug er den Arm vor die Nase, weil der Rauch ihm den Atem raubte. Er rannte die Treppe hinab, und oh Gott, unten war es noch viel schlimmer. Eine pechschwarze Wolke wölbte sich unter der Decke. Spontan schnappte sich Ralph einen Schal vom Kleiderständer und presste ihn sich auf Nase und Mund.

Das Klavier. Django spielte Klavier. Aber konnte man das noch Musik nennen? Sein Stück bildete ein dissonantes Zusammenspiel mit dem heulenden Alarm und der anschwellenden Feuersbrunst. Es klang bösartig und beängstigend, aber es swingte dennoch mit Djangos typischem Boogie-Beat.

»Django!«

Durch das Wohnzimmer ins Klavierzimmer: der Schlund der Hölle. Der Flügel brannte lichterloh. Die Glut der Hitze war schrecklich; Ralphs Haut schien zu dünn zu sein, um ihr standzuhalten. Flammen loderten bis zur Decke. Auch die Vorhänge standen in Flammen, und das Feuer drohte auf die Holzverschläge vor den Fenstern überzugreifen. Und trotz allem stand sein Sohn da und hämmerte mit ausgebreiteten Armen in die Tasten.

Er sieht aus wie besessen.

Nein, er sieht aus wie der Teufel.

Ralph schoss herbei und packte den Jungen unter den Achseln. Sein erster Impuls war, ihn sofort wieder loszulassen, denn er sah aus, als hätte er sich die Haut verbrannt. Dann riss er ihn vom Klavier los. Im selben Moment hörte er ein zischendes *ZOIIINK!* Und noch einmal. Ralph brauchte eine Sekunde, um zu begreifen, dass im Inneren des Flügels Saiten rissen.

Ralph zerrte Django aus dem Klavierzimmer und quer durchs Wohnzimmer. Der Junge fing an zu schreien und wie wild zu treten. Ralph wollte ihm etwas zurufen, aber er hatte den Schal fallen lassen und so viel heißen Rauch eingeatmet, dass er ihn ausspie. Sie stolperten in die Küche und wälzten sich auf dem Boden.

»Dad?« Djangos Stimme, heiser und pfeifend. Er sah verdattert zu ihm auf, als sei er aus einem Traum erwacht.

»Django … mein Gott, Junge, was hast du getan?«

»Ralph!« Licht blitzte auf und wurde durch den Rauch getrübt. Luana stand in ihrem Nachthemd in der Tür. Sie hatte den Feuerlöscher aus dem Flurschrank dabei. »Mein Gott, Ralph, geht's ihm gut?«

Ralph warf einen Blick auf seinen Sohn, der heftig röchelte.

Schwarze Galle tropfte sein Kinn herab, und Tränen aus seinen blutunterlaufenen Augen zogen Schlieren durch den Ruß in seinem Gesicht. Genau wie seine Brust, sein Bauch und seine Arme glühten sie feuerrot, als wäre er in der prallen Sonne eingeschlafen. Er hielt seine gekrümmten Hände über Kreuz vor der Brust und zitterte vor Schreck, aber Ralph konnte keine Verbrennungen entdecken. »Mit ihm ist alles in Ordnung«, keuchte er, »aber nicht mit dem Klavierzimmer. Wir müssen …«

Aber Luana hatte sich bereits umgedreht und raste davon. »Luana, pass auf!«

Scheiße. Scheiße-Scheiße-Scheiße. Ralph sah sich ratlos um und wusste nicht, was er tun sollte. Dann ließ er seinen Sohn los, riss das Schränkchen unter der Spüle auf, schnappte sich einen Eimer (wobei Lemi-Shine- und Bio-Drain-Flaschen über den Boden rollten) und stellte ihn in die Spüle unter den Wasserhahn. Mit drei Sätzen war er durch die Küche gesprintet, über Django hinweg und auf dem Weg ins Klavierzimmer. Seine Lunge brannte. Er kam gerade noch rechtzeitig, um zu sehen, wie Luana den brennenden Flügel mit Schaum bekämpfte. Auch um zu sehen, dass es nicht für die Vorhänge reichen würde.

Wir werden am Rauch ersticken.

Innerhalb von zwei Sekunden war Ralph wieder im Wohnzimmer. Die doppelte Terrassentür. Zwei Sekunden lang zögerte er: Die plötzliche Sauerstoffzufuhr würde das Feuer weiter anfachen. Aber der Rauch ließ ihm keine andere Wahl. Entriegeln, Schloss drehen, aufschieben. Die hölzernen Bretterverschläge dahinter waren von innen mit einem Vorhängeschloss gesichert, und der Schlüssel hing oben in seinem Arbeitszimmer. Dafür war keine Zeit. Ralph stieß mit der Schulter dagegen und hörte das Holz splittern. Die Bretterwand flog nach draußen, und sofort schlug ihm die Kälte entgegen, ebenso wie die Welle köstlicher, nebliger Nachtluft. Seine Lungen sogen sie jauchzend ein.

»Ralph, nicht in den Garten …« Luana stolperte ins Wohnzimmer und krümmte sich in einem Hustenanfall. Sie taumelte auf ihn zu und klammerte sich an ihn. »Mach das zu …«

»Geht nicht, wir ersticken sonst. Der Rauch!«

»Lieber Gott, Ralph, sieh nur …« Er folgte ihrem Blick. Der Bewegungsmelder hatte die Giebellampe angeknipst.

Der Hinterhof war voller Asthaufen.

Es waren Dutzende.

Einen Moment lang starrte Ralph darauf, wie gelähmt von einer so archaischen Todesangst, dass seine Sicht verschwamm. Dann riss er seinen Blick los und packte Luana an den Schultern. »Stell Django unter die kalte Dusche. Seine Haut muss abkühlen. Und mach vorne alles auf.«

Sie nickte und starrte ihn an, die Augen von großen dunklen Ringen umgeben.

»Luana? Es ist nicht seine Schuld. Es sind die Dunklen Tage.«

Wieder nickte sie, diesmal grimmig. »Ich weiß, Ralph.«

Sie rannten in die Küche, wo Luana sich um Django kümmerte. Der Eimer lief bereits über, und als Ralph ihn am Griff schwappend aus der Spüle hob, eine Karaffe unter den Wasserhahn stellte und mit dem Eimer ins Klavierzimmer rannte, waren Luana und Django schon weg.

Der Schaum hatte das Feuer im Flügel gelöscht, aber in den Vorhängen griffen die Flammen noch immer um sich. Ralph schüttete den Eimer darüber, duckte sich vor dem Funkenflug weg und lief zurück in die Küche. Daraufhin folgte die Karaffe, während sich der Eimer wieder zu füllen begann. Es funktionierte: Schon beim zweiten Eimer sah Ralph, dass er das Feuer unter Kontrolle bekam. Das Gefühl von Triumph verschaffte ihm eine Klarheit, die ihm in den letzten zwei Wochen gefehlt hatte. Er dachte an Luanas letzten, grimmigen Blick und stellte fest, dass auch sie zum ersten Mal seit Langem wieder ganz sie selbst zu sein schien. Vielleicht lag es am Adrenalin, daran, dass sie sich im Überlebensmodus befanden, oder daran, dass es ihnen gelungen war, im Angesicht des Wahnsinns doch noch ein Stück ihrer selbst wiederzufinden. Wie auch immer, es gab Ralph einen Funken Hoffnung.

Er rannte hin und her, bis die letzten Flammen gelöscht waren. Außer Atem blieb er stehen, um den Schaden zu begutachten. Dachte sich, *scheiß drauf,* und ging ins Wohnzimmer. Er zog den Schürhaken aus dem Messingständer am Kamin und holte mit einem gezielten Schlag den Rauchmelder von der Decke.

Es wurde still im Haus.

Abgesehen davon, dass der nächtliche Luftzug durch die untere Etage wirbelte – Luana hatte offenbar die Haustür geöffnet – und die Vorhänge sich nach außen wölbten wie in einem alten Schauerroman.

Abgesehen davon, dass Luana die Treppe heruntergestürmt kam: »Ralph! Ralph, wo ist Kaila?« Sie betrat das Wohnzimmer, die Augen groß und weiß im Halbdunkel.

Ralph wusste nicht, was er sagen sollte. »Ist sie nicht oben?«

»Nein, ich habe nachgesehen, ihr Zimmer war ... oh Gott, Ralph ...«

Luana hatte die Hände vor den Mund geschlagen. Ralph folgte ihrem Blick, und ihm stockte der Atem. Der große Spiegel. Erst jetzt bemerkte er, dass das Laken heruntergezogen worden war.

Er sah Luana und sich selbst gespiegelt, kaum mehr als

Silhouetten. Aber selbst in dem schummrigen Licht konnte er sehen, wie seine Augen in ihren Höhlen anschwollen, bis sie herausquollen. Er konnte sehen, wie sich sein Mund zu einem stummen Schrei öffnete. Einen Moment lang erweckte der gerahmte Spiegel den Eindruck eines mittelalterlichen Gemäldes von einem Irrenhaus, in dem sie die Insassen waren, mit vor Entsetzen verzogenen Grimassen. Denn zwischen ihnen spiegelte sich eine hellere Fläche: die offenen Terrassentüren. *Im Nebel am Waldrand tanzten blaue Lichter. Und mitten auf dem Rasen, zwischen den Asthaufen, ging Kaila an der Hand einer riesigen, deformierten Gestalt davon.*

Luana begann zu schreien, was seinen Bann brach. Mit einem Ruck drehte er sich zum Garten um. Da war Kaila. Er sah die blauen Lichter hinter dem Waldrand, aber von der Gestalt fehlte jede Spur.

»Kaila! Komm zurück!«

Er sah wieder in den Spiegel, und da war er. Groß. Schockierend. Unmenschlich. Ruhig führte er Kaila zum Zaun. »Luana, zurück!«, brüllte er.

Luana kam seiner Aufforderung nach, und mit einem Schwung schlug Ralph den Schürhaken gegen den Spiegel. Das Schreckensbild zerfiel mitsamt dem Spiegel in Scherben. Jetzt gab es nur noch die Realität, mit der man sich auseinandersetzen musste.

Ralph warf den Schürhaken beiseite und rannte mit Vollgas in den Garten.

Diese Lichter, was sind das für Lichter?

Sie waren überall.

Und die Asthaufen. Ralph vollführte einen Schlenker, um einem auszuweichen, und schnitt sich an einem Ast die Fußsohle auf. Einen Moment lang dachte er, er würde fallen; er würde mitten auf dem Haufen landen, und dann würden

Hände hochkommen und ihn packen, er würde nach unten gezerrt und schreiend wahnsinnig werden, und so würde er in seinem eigenen Garten sterben.

Aber dazu kam es nicht. Kurz vor dem Maschendrahtzaun hatte er Kaila erreicht und packte sie. Auf einen Schlag erloschen die tanzenden Lichter im Nebel hinter dem Waldrand, und falls es etwas gab, etwas Raubtierhaftes, das nur in den Spiegeln zu sehen war, dann spürte Ralph diese Präsenz nicht.

Doch als er sie umdrehte, stellten sich seine Nackenhaare auf. Kailas Augen waren aufgerissen. Eines war pechschwarz und starrte zum Waldrand. Das andere war braun und sah ihn flehend an.

»Daddy ... bitte halte mich zurück ...«

Ralph würde nie vergessen, was er sah: Kailas Hand schwebte nach oben, als würde sie jemand packen. Und als er sie mit einem Ruck zu sich zog, hätte er schwören können, einen Gegendruck zu spüren.

Was auch immer es war, Ralph war stärker. Und er tat genau das, worum Kaila ihn gebeten hatte.

29. November

Der Tag, an dem sie endlich gute Nachrichten erhielten, brach mit der gleichen merkwürdigen Klarheit in seinem Kopf an wie der Abend zuvor. Der Nebel hatte sich gelichtet, und der Himmel über der Bird Street war stahlgrau und voller Erwartungen. Auch Ralph fühlte sich so. Wenn er später an diese letzten Novembertage zurückdenken würde, hätten sie ihren Schrecken als unheimliche Erinnerungen längst verloren, aber was ihm im Gedächtnis bleiben sollte, war, dass er den ganzen Tag über gespürt hatte, dass etwas im Gange war.

Der Tag begann mit der Beseitigung der Trümmer. Der Rauchschaden im Erdgeschoss war so groß, dass sie eine professionelle Reinigungsfirma hinzuziehen mussten, aber das würde noch warten müssen. Luana und er versuchten so gut sie konnten, den Gestank zu vertreiben, aber egal, wie viel Febreze sie versprühten, egal, wie viele Duftkerzen sie anzündeten – solange sie nicht richtig lüften konnten, würde der Rußgeruch hängen bleiben. Und lüften konnten sie nicht. Nicht jetzt, wo die Terrassentüren wieder geschlossen waren, mit Müllsäcken vor den Fenstern, weil es die Bretterverschläge aus den Angeln gebrochen hatte.

Als sie fertig waren, sah er Luana verloren zum ruinierten Steinway hinüberstarren. »Was für ein Chaos«, sagte sie. Sie fing zu kichern an.

Sie hatte recht. Es war ein einziges Chaos. Ralph ging zu ihr hinüber und nahm sie in die Arme. Zuerst versteifte sie sich, aber dann ließ sie sich bereitwillig trösten. Auch das war ein Novum: ein Moment der Zweisamkeit zwischen ihnen. Dennoch wusste er, dass es gefährlich wäre, zu glauben, sie seien wieder ganz die Alten. Sie befanden sich im Auge des Sturms, das war alles. Django hatte sie wachgerüttelt. Er hatte ihnen eine Chance gegeben.

Beinahe hätte er uns noch mehr gegeben, dachte er, als er über Luanas Schulter den Kanister neben den Überresten des Flügels stehen sah. Er war noch zu drei Vierteln voll. *Man konnte es ein Wunder Gottes nennen, dass er nicht explodiert war. Ich glaube nicht, dass Luana ihn gesehen hat, sonst hätte sie einen Herzinfarkt bekommen.*

Ralph beschloss, sie zu verschonen, doch auf einmal sah er verwundert hoch.

Sie hatten Glück gehabt.

Weißt du noch, wie du gestern Abend dachtest, Django

hätte ausgesehen wie ein kleiner Teufel, wie er vor dem Flammenmeer spielte?

War es denn wirklich Django gewesen, der ihnen eine letzte Chance gegeben hatte? Falls der Buchhalter seine Hand im Spiel hatte, falls Django gestern Abend tatsächlich zum Instrument des Buchhalters geworden war, dann hatte er offenkundig ein Interesse daran, den Pakt aufrechtzuerhalten. Jeden Tag konnte der Moment kommen, an dem ihre Zeit um war, und dann konnte er sie einen nach dem anderen umkommen lassen. Aber das Opfer musste noch immer erbracht werden.

Und wir müssen es zu ihm bringen. Nutz also diese Chance!

Ihr kleiner Pyromane selbst lag ausgeknockt im Bett. Ralph hätte sich ohrfeigen können: Warum hatte er sich in den letzten Wochen so wenig um die Bedürfnisse seines Sohnes gekümmert? Die Dunklen Tage durften keine Ausrede sein. Er schämte sich dafür. Django hatte unter Schock gestanden, und dafür war er verantwortlich. Zum Glück hatte er nur Verbrennungen ersten Grades erlitten. Luana hatte seinen Körper mit kühlender Lotion eingerieben. Die leichten Brandwunden würden noch eine Zeit lang gerötet bleiben, aber es war nichts wirklich Ernstes. Nachdem er ein Schmerzmittel genommen hatte, war er tief und fest eingeschlafen, ohne ein Wort herauszubringen. Am frühen Morgen war er aufgewacht, hatte etwas von warmem Fleisch und *Pulled Pork* geplappert (was seltsam war, weil er keinen Hunger verspürte) und war dann wieder weggedämmert.

Falls etwas über uns wacht, dann lass es so gnädig sein, dass er den ganzen Vorfall vergessen hat. Der Geist eines Kindes konnte sich diesen Luxus leisten.

Ralph konnte das nicht: Vor seinem geistigen Auge sah er immer wieder, wie Kaila weggeführt wurde.

Und das war ganz sicher nicht der Buchhalter. Kaila ging an der Hand eines Toten. Eine der Seelen, die ihr im Laufe der Jahre im Wald habt sterben lassen.

Luana und ihm war schleierhaft, wie es Kaila gelungen war, rauszugehen. Sie hatten sie an ihr Bett gefesselt, um sie vor sich selbst zu schützen; ein schreckliches, aber notwendiges Übel. Als sie auf dem Dachboden nachgesehen hatten, hatten sie entdeckt, dass die Seile um ihre Handgelenke durchgenagt zu sein schienen.

Es war physisch unmöglich, dass sie das selbst getan hatte.

Nein, sie war nicht sie selbst gewesen. Die Luken hatten offen gestanden, und die Toten stürzten sich sofort auf die schwächste Beute.

Aber dennoch hatte Kaila ihm gesagt, dass sie leben wollte. Trotz der Hinterhältigkeit ihrer Krankheit und dem Gift der Dunklen Tage hatte sie ihn angefleht, sie aufzuhalten. Und Ralph schwor sich, dass er alle, wirklich alle Hebel in Bewegung setzen würde, um ihr diese Chance zu geben.

Als er am frühen Abend Grays Nachricht über Vember erhielt, sprang ihm das Herz beinahe aus der Brust.

Wir haben jemanden, lautete sie.

Er hieß Levi, und seinen Nachnamen wollte Ralph vergessen.

Gray hatte ihn am Abend zuvor auf Reddit aufgespürt, etwa zur gleichen Zeit, als bei den Lewis da Silvas der Feueralarm losgegangen war. Und wieder beschlich Ralph das Gefühl, dass hier unverkennbar eine lenkende Hand am Werk war.

Sie hatten sich erneut im Bungalow von Harry und Elizabeth versammelt. Neben Ralph und den Aikmans waren nur Gray, Juliette und Marc anwesend. Was ihn freute, denn im Laufe des Nachmittags war doch wieder ein kühler Wind in seinem Kopf aufgezogen, und ohne den ausgleichenden Alkohol hatte Ralph größte Mühe, ihm standzuhalten.

Gesprächen mit mehr als einer Person konnte er kaum noch folgen. Auf seine eigenen Gedankengänge konnte er sich gar nicht mehr konzentrieren.

Er wusste es: Das Netz begann sich wieder zuzuziehen.

»Sein Post war anders als die der anderen«, sagte Elizabeth. »Gray hat ihn mir direkt weitergeleitet.«

»Keine Sensationslust«, bestätigte Gray.

»Aber auch keine Aufmerksamkeitsheischerei. Du weißt schon, das Gejammer von jemandem, der sich wertlos fühlt, vermeintlich keine Freunde hat und den Schuldruck nicht mehr aushält.«

Gray nickte. »Das Internet ist voll davon. Gib ihnen ein paar gute Noten, lad sie in der Pause auf eine Pizza ein, und am Wochenende sind sie wieder ganz die Alten.«

»Moment mal«, sagte Ralph und griff sich an die Stirn. »Über welches Alter reden wir?«

Harry war der Einzige, der ihn ansah. »Ist das wichtig?«

»Er ist sechzehn«, sagte Elizabeth leise.

Marc warf die Arme in die Luft. Juliette stand auf, ging davon und blieb angewidert vor dem Bücherregal stehen. Ralph brachte kein Wort heraus. Er war fassungslos.

»Bevor ihr vorschnell urteilt«, sagte Elizabeth schnell, »ich habe eine Stunde mit ihm gechattet und anderthalb Stunden mit ihm telefoniert …«

»Doch hoffentlich abgesichert?«, fragte Marc.

»Was denkst du denn?«, sagte Gray. »Wir haben ihm unsere Hilfe angeboten unter der Bedingung, dass er eine Datei herunterlädt, die wir ihm geschickt haben. Kurz gesagt, eine Art Spionagesoftware. Das hat der Junge auch verstanden. Ich habe jetzt die Kontrolle darüber, was auf seinem Handy vor sich geht. Ich kann löschen und verschlüsseln, was ich will.«

»Und darauf verlässt du dich? Ausgerechnet jetzt?«

»Wir müssen!«, platzte Elizabeth heraus. »Ich habe mit ihm gefacetimed. Gott, ich bin immer noch mitgenommen. Es ist eine schreckliche Geschichte …« Das war ihr anzusehen: Nun, da das große Wort ausgesprochen war, unternahm sie keinen Versuch mehr, ihre Gefühle zu verbergen. »Ich habe ihm versprochen, es für mich zu behalten, und ich möchte diesen Wunsch respektieren. Aber wirklich, wenn sich jemand seiner Sache sicher ist, dann dieser Junge.«

»Elizabeth, das kann nicht dein Ernst sein«, sagte Ralph.

»Wir haben keine Alternative. Die Zeit ist um.«

Marc fuhr sich durch die Haare. »Mein Gott, der Junge hat eine Internetspur von hier bis Tokio hinterlassen. Wenn was schiefgeht, werden wir gehängt.« Er lief augenblicklich rot an. »Das war ein ungewolltes Wortspiel.« Es herrschte eine geladene Stille zwischen ihnen. Ralph war schwindelig.

»Außerdem sind die Risiken zu groß«, sagte Marc. »Wenn er seine Meinung ändert oder uns hängen lässt, sind wir aufgeschmissen.«

»Siehst du eine andere Lösung?«, fragte Elizabeth. »Ich habe ihn allen Tests unterzogen, habe ihm alle Alternativen aufgezeigt, verflucht, ich habe versucht, es ihm auszureden.«

Bei diesen Worten brach sie in Tränen aus. Harry rückte unbehaglich näher, aber er legte keine Hand auf ihren Rücken. Ihre Tränen schienen ihn genauso zu verunsichern wie Ralph. Ralph glaubte, dass sie aufrichtig waren, bezweifelte aber, dass sie wirklich konsequent versucht hatte, dem armen Jungen die Idee aus dem Kopf zu schlagen. Nicht, wenn der Druck so groß war. Obwohl sie keine Kinder hatte, wusste Elizabeth genau, wie man mit Heranwachsenden umzugehen hatte. Wenn man zu viele Dinge sagte, die sie nicht hören wollten, verlor man sie. Vielleicht war ihr selbst gar nicht bewusst gewesen, dass sie dieses Risiko nicht eingegangen war.

»Er wird es so oder so tun«, sagte sie durch ihre Tränen hindurch, »ob nun hier oder woanders. Dann ist es doch besser, wir machen es für ihn so human wie möglich.«

»Human?«, sagte Juliette. »Das nennst du human? Das ist ein Kind, verdammt! Da können wir doch nicht mitmachen?«

Marc pflichtete ihr bei. »Können wir nicht mehr tun, um jemand anderen zu finden? Jemanden, der älter ist? Notfalls lassen wir einen Junkie an einer Überdosis sterben.«

»Wir haben gesucht! Das weißt du doch! Aber die Zeit ist um, verstehst du? *Die Zeit ist um.* Es ist fast schon ein Wunder, dass wir in letzter Minute noch jemanden gefunden haben.«

Aber wenn das ein Wunder ist, wie sieht dann eine Strafe aus?, dachte Ralph.

»Es ist *so* falsch, dass wir in diesem Zustand darüber entscheiden müssen«, sagte Juliette.

Plötzlich ließ Elizabeth die Maske fallen. Die tiefen, schönen Furchen rissen auf und legten eine düstere Hysterie frei. »Ich hatte keine andere Wahl, oder?«, schrie sie – sie schrie tatsächlich. »Was hätte ich denn tun sollen, sagt mir das bitte? Was hätte ich tun sollen?«

In diesem Moment begann das iPhone in ihrer Hand schrill zu piepen. Ihre Augen wurden groß und reflektierten das Display.

»Das ist er. Er will facetimen.« Sie stand auf und bedeutete den anderen, still zu sein. Während sie aus der Bibliothek eilte, berührte sie das Display, und bei den letzten Sätzen, die Ralph von ihr hörte, lag nur noch Wärme in ihrer Stimme: »Hallo, Levi. Was gibt's, Junge?«

Die anderen blieben zurück wie Überlebende einer Explosion. Ralph wusste nicht, was er gruseliger finden sollte: ihren plötzlichen hysterischen Ausbruch oder die ebenso plötzliche Rückkehr zu vollkommener Beherrschung. Denn was von beidem war ihr wahres Gesicht? Ralph konnte es nicht sagen. Er hatte mit seinem eigenen bröckelnden Wertesystem alle Hände voll zu tun. Der Sturm war angeschwollen, und jede moralische Überlegung schien davonzuwehen wie leere Phrasen, die ihre Bedeutung verloren hatten.

Einem Kind in die Verdammnis helfen.

Einem Kind helfen.

Ein Kind.

Juliette hatte recht: Es war in jeder Hinsicht falsch, dass sie in diesem Zustand über derlei entscheiden mussten.

Und doch ... Dorothy McKinley war ins Koma gefallen und ins Snoqualmie Valley Hospital eingeliefert worden. Sie lag an ein Beatmungsgerät angeschlossen, und die Ärzte hatten Graham geraten, sich auf das Schlimmste gefasst zu machen.

Olivia Davis hatte vor zwei Tagen starke Schmerzen im Unterleib gespürt, genau an der Stelle, an der vor Jahren ihr Tumor verschwunden war.

Ethan Wachowskis allergische Reaktion auf seine Tetanusspritze hatte sich verschlimmert, und die Ärzte zweifelten an ihrer Diagnose. Schwarzwald, der Übeltäter, war getestet worden und sauber, aber Ethan zeigte erste Anzeichen von Tollwut.

Und dann war da noch Kaila.

Kaila, die ihn angefleht hatte, sie aufzuhalten.

Der Buchhalter hatte ihnen vielleicht eine letzte Chance gegeben, aber wenn sie diese nicht nutzten, würden sie einer nach dem anderen sterben. Zuerst in der Bird Street. Danach außerhalb. Die Dunklen Tage würden sich ausbreiten wie ein Tintenklecks.

Er wird es so oder so tun, ob hier oder woanders.

Levi war ihr Glücksfall.

Und ihre letzte Chance.

Darum war es Ralph, der einer Sache die Scham nahm, die die anderen nicht zu tun wagten ... denn es war Ralph, der die moralischen Entscheidungen traf. »Wir werden es tun«, murmelte er. »Bei Gott, wenn wir es schaffen, ihn dazu zu bringen, dann werden wir es tun.«

Elizabeth blieb über vierzig Minuten lang weg. Als sie zurückkam, sagte sie, alles sei in Ordnung. Levi kam aus Salem, Oregon und würde morgen um ein Uhr am Greyhound-Busbahnhof in Portland stehen. Sie und Harry würden ihn abholen.

Sie zeigte den anderen den anonymen Post, durch den Gray auf ihn aufmerksam geworden war.

Er fiel kurz und bündig aus: *Wie lang muss das Seil sein, damit man sich das Genick bricht und nicht erstickt?*

Als Ralph vom Nachbarschaftstreffen nach Hause kam, ging er geradewegs auf den Dachboden. Das fahle Licht der Sterne, das durch das Fenster an der Vorderseite hereinfiel, warf gespenstische Schatten. Kaila schlief unruhig, unter dem Einfluss von Lithium und Seroquel. Es bedrückte ihn, sie so zu sehen: gequält, gepeinigt, jetzt nicht mehr mit Hanfseilen, sondern mit Lederriemen gefesselt. *Zu deinem eigenen Besten*, hatten sie gesagt, und verängstigt, mit Tränen in den Augen, hatte sie diesmal zugestimmt.

Er beugte sich über sie und küsste ihre heiße Stirn. »Nur noch ein bisschen durchhalten«, flüsterte er. »Ich verspreche, dass es bald ein Ende hat.«

Danach ging er hinunter.

Luana war noch nicht im Bett. Sie stand wie eine Fata Morgana im offenen Fenster des Schlafzimmers. Sie war aus dem goldenen Nebel des Badezimmers in die Dunkelheit getreten. Auf halbem Weg war ihr das Handtuch herabgerutscht, und etwas daran, wie sie nackt in der kalten Novembernacht stand, mit dem Rücken zum Zimmer, vermittelte den Eindruck, dass sie es nicht einmal bemerkte. Ihr war warm in der kalten Luft, umhüllt von blass leuchtenden Wölkchen, die von ihren Armen und Schenkeln aufstiegen.

»Warum hast du die Fensterläden geöffnet?«, fragte Ralph leise.

Luana sagte nichts, schien ihn nicht einmal gehört zu haben. Vielleicht suchte sie in der Dunkelheit nach einer Rechtfertigung für das, was sie vorhatten. Vielleicht suchte sie die Kälte, um ihre Gefühle zu betäuben.

Ralph blieb dicht hinter ihr stehen und unterdrückte den Drang, an ihr vorbei in den Garten zu schauen. Das war der Körper, den er liebte. Ihre Schulterblätter deuteten wie hervorstehende Knochen auf ihn, Dampf stieg von ihrer fröstelnden Haut auf. Er wollte nichts lieber, als in diese Wolke eintauchen, sich darin einhüllen und völlig in ihr aufgehen. Alles andere, die morgige Aufgabe, würde er hinter sich lassen. Die Vorstellung besaß eine fatalistische Anziehungskraft.

Schließlich sagte sie: »Bitte sag, dass du gute Neuigkeiten hast.«

Ralph erzählte ihr alles, und sie hörte schweigend zu. Zum Schluss zog sie die Fensterläden zu, schloss das Fenster und drehte sich endlich zu ihm um. Er erlitt einen Schock. Ihr Gesicht war grau, die hängenden Augen lagen in dunklen Höhlen. Es sah aus, als wäre es verflucht.

Sie zog ihn an ihren mit Gänsehaut bedeckten Körper und flüsterte ihm ins Ohr: »Sorg dafür, dass es morgen geschieht. Sorg dafür, dass es richtig gemacht wird.«

Ralph konnte nicht in Worte fassen, wie kalt ihm dabei zumute war.

30. November

Der Junge sah ganz und gar nicht aus, als wollte er sterben. Dunkle Windjacke über einem blauen Urban-Outfitters-Sweatshirt. Ausgelatschte Converse-Turnschuhe. Weißer Streifen einer Calvin-Boxershorts über seiner tief sitzenden Jeans. Er hätte ein Klassenkamerad von Kaila sein können.

Vielleicht hatte er ein etwas düsteres Gemüt. Vielleicht war er ein wenig in sich gekehrt, denn als Ralph gegen halb sechs das Haus der Aikmans betrat, saß er mit Ohrstöpseln auf dem Sofa und hörte Musik. Das Handy war ein altes, modifiziertes iPhone von Gray. Prima für Spotify, aber nicht fürs Nachrichtenschreiben. Elizabeth hatte es dem Jungen zu Beginn der Fahrt geschenkt, denn sein eigenes Handy lag auf dem Grund des Columbia River, damit während seiner letzten Reise nach Norden keine Ortung möglich war. So hatte Levi seine Existenz aufgegeben und sich in einem fremden Bundesstaat, einer fremden Wildnis verloren.

Natürlich gab es Anzeichen. Die Älteren, die unheilbar Kranken, redeten oftmals wie ein Wasserfall und blickten auf ihr Leben zurück. Die Depressiven nicht. Sie waren tiefe, stille Gewässer.

Man merkte es daran, wie langsam Levi reagierte, wenn sie ihn etwas fragten. Oder an der niederschmetternden Schwärze, die ihn umgab und Ralph an Kailas dunkelste

Zeiten erinnerte. Ralph wusste kaum, wie er sich verhalten sollte; die Situation hatte ihm den ganzen Nachmittag über wie ein Stein im Magen gelegen. Er dachte nur: *Armes Kind. Du willst das doch gar nicht, das ist nur eine Laune, die wieder vergeht, wenn du dir etwas Zeit gibst.*

Was hatte ihn dazu getrieben? Die Scheidung der Eltern? Mobbing? Verunsicherung? Eine Veranlagung zur Depression, eine bipolare Störung, wie bei Kaila? Und war das wirklich wichtig? Er wollte sterben, und sie hatten noch eine Rechnung zu begleichen.

Harry kam mit zwei flatternden Blättern Fotopapier herein. »Tadaa!«, strahlte er.

Es war Levis Wunsch gewesen, ein gutes Porträtfoto zu machen, und so hatten sie ein professionelles Set-up mit einer Dia-Leinwand und guten Blitzlichtern arrangiert. Ralph hatte ein mulmiges Gefühl in der Magengegend, als ob Levi sich durch sein Bild einen Platz im Gedächtnis seiner Lieben sichern wollte. Er versuchte sich vorzustellen, wie es wäre, ein Porträtfoto von Kaila zu bekommen, das am selben Tag aufgenommen wurde, an dem sie ihr Leben beendet hatte. Das Foto wäre ein Schlag ins Gesicht für seine Eltern. Aber es gab Levi ein Gefühl des Abschlusses, und darum ging es jetzt.

Harry zeigte ihm die Fotos, und Levi biss sich auf die Lippe. »Sie haben immer gesagt, dass ich lächeln soll.«

Er steckte die Kopfhörer in seine Tasche und zeigte widerwillig das erste Foto, auf dem er mit einem breiten Lächeln in die Kamera blickte. Dabei begann er selbst zu lachen, zum ersten und letzten Mal an diesem Nachmittag.

Elizabeth und Harry stimmten ein.

»Aber das andere, das ist doch toll, oder?«, sagte Elizabeth.

Der Junge starrte es eine Weile mit tiefem Stirnrunzeln an. »Meinst du, sie werden sich fragen, was ich in dem Moment gedacht habe, als das Bild aufgenommen wurde? Was in mir vorging?«

Ralph wandte sich ab, konnte nicht zuhören.

Mir würde das zu viel werden. Was du in diesem Moment gedacht hast, wäre zu intim, um es mit allen zu teilen. Ich würde dein Bildnis ausschneiden und die Umrandung einrahmen und auf den Sarg legen. Merkwürdigerweise würde es nicht einen Moment lang so aussehen, als hätte es dich nie gegeben. Im Gegenteil, die ganze Aufmerksamkeit wäre auf den Abwesenden gerichtet. Denn das war es, was von dir übrig blieb: ein Loch im Karton, ein leerer Umriss.

Kurz darauf bekam Levi einen Heulkrampf. Elizabeth eilte augenblicklich zu ihm, um ihn in den Arm zu nehmen. »Ich will, dass es aufhört«, sagte der Junge schwer verständlich zwischen langen, herzzerreißenden Schluchzern. »Es ist zu viel. Ich will das nicht mehr.«

Das brach Ralph endgültig das Herz. Eine unergründlich tiefe Traurigkeit überkam ihn, abgewechselt durch unendliches Widerstreben. *Levi, oh Levi. Vielleicht haben sich deine Eltern und Freunde ungewollt von dir entfernt, aber wir sind die Letzten, die dich umstimmen können, und willst du das überhaupt? Vielleicht ähneln wir den kleinen Lichtlein, die auf der anderen Seite des dunklen Wassers flackern, wohin du so gerne gehen würdest, um getröstet zu werden, ohne etwas erklären zu müssen, aber es kommt dir so weit weg vor, und du traust dich nicht mehr.*

Wenn er doch nur könnte. Wenn er doch nur eingreifen könnte.

Aber Ralph dachte an Kaila. Er dachte an Django und Luana und tat nichts.

Elizabeth ließ den Jungen ungehindert unter ihrem Arm Schutz suchen. Sie wiegte ihn, streichelte seinen Kopf und drückte ihn an die Wärme ihres Busens. Ralph sah, dass sie zu kämpfen hatte, aber sie hielt Levi so lange fest, wie er es brauchte. Als er sich schließlich verlegen von ihr löste, fasste sie ihn an den Schultern und sagte in verständnisvollem Ton: »Du bist dir sicher, nicht wahr?«

»Ja«, sagte Levi und rieb sich die roten Flecken auf seinen Wangen. »Ich will einfach nur meine Ruhe.«

Manche Lügen entziehen einem Raum sämtliche Luft, wenn man sie aussprach, so wie diese hier: »Gut«, sagte Elizabeth. »Dann werden wir dir dabei helfen.«

»Danke«, flüsterte Levi.

Die geschäftliche Abwicklung. Elizabeth beriet sich mit Levi darüber, was er in seinen Abschiedsbrief schreiben wollte, ließ ihn zwei Versionen von Hand schreiben und die beste auswählen. Sie erinnerte ihn daran, sofern er einverstanden war, auch die Passwörter seiner TikTok-, Insta- und Gmail-Konten anzugeben, damit seine Mutter seine Kontakte informieren konnte; etwas, das sie in ihren Abschiedsbriefen immer vergaßen. Als er fertig war, faltete er das Papier in der Mitte und steckte es zusammen mit seinem Porträtfoto in einen Umschlag, auf den er seine Heimatadresse schrieb.

»Den übergeben wir gleich der Post«, sagte Elizabeth in demselben verständnisvollen Ton. »Darüber musst du dir keine Gedanken machen.« *Denn war der Brief erst mal abgeschickt, gab es keinen Weg zurück*, bedeutete das implizit.

Ralph starrte in den Kamin. Wie alles andere im Bungalow der Aikmans war auch dieser geordnet: zwei Holzscheite, die über Kreuz auf einem berußten Rost lagen und schwelten. Wenn sie später aus dem Wald zurückkehrten, würde Elizabeth den Brief dem Feuer übergeben. Inklusive Fotos. Es gab keine andere Möglichkeit: In einem Fall wie diesem hatten sie keine andere Wahl, als spurlos alles verschwinden zu lassen.

»Hast du sonst noch einen Wunsch?«, fragte Harry.

Levi sah ihn an, als hätte er ihn nicht verstanden. Wieder diese langsame Reaktion, als ob er nur halb anwesend wäre. Er war zu jung und zu schockiert, um ihnen Fragen zu stellen: Warum sie das für ihn taten? Ob sie sich nicht in juristische Schwierigkeiten brachten? Fragen, auf die die Menschen normalerweise Antworten haben wollten.

»Etwas Besonderes zu essen oder so«, erklärte Harry. »Wir können uns etwas liefern lassen.«

»Ach so. Nein, brauche ich nicht.« Er fühlte sich unwohl. »Können wir gehen?«

Harry und Elizabeth wechselten Blicke. »Also … du musst schon etwas essen, Levi«, sagte Elizabeth. »Sonst verträgst du die Schmerzmittel nicht. Die machen dich ruhiger.«

Jetzt verstand er. Ralph fragte sich, ob er einen Bissen herunterkriegen würde. Während Elizabeth in der Küche ein Erdnussbutter-Marmeladen-Sandwich strich, nutzte Ralph die Gelegenheit, um das orangefarbene Polypropylenseil, das es bei Ace Hardware in Carnation mit einem Durchmesser von 3/8 Zoll gab, aus dem Flur zu holen. Er wusste, dass es dort lag, weil er es selbst dorthin gelegt hatte.

Harry war nicht schnell genug, um ihn aufzuhalten.

»Schau, Levi, das ist es«, sagte Ralph. Er zählte demonstrativ zwei laufende Meter ab und drückte sie ihm in die Hand.

So lang muss das Seil sein, um dir das Genick zu brechen. Tatsächlich werden die Halswirbel durch den Schlag buchstäblich aus der Wirbelsäule gerissen. Gut, dass die Muskeln und Sehnen im Nacken ziemlich zäh sind. Es hat allerdings Fälle gegeben, bei denen die erhängte Person wegen der Länge des Stricks vollständig enthauptet wurde.

Ralph wollte, dass er es sah. Dass er es fühlte. Dass er die Struktur des Seils durch die Finger gleiten ließ und es in sich aufnahm, damit ihm klar wurde, was er tat. Das war das Mindeste an Ausweg, das er ihm anbieten konnte.

Aber wenn es überhaupt eine Wirkung erzielte, dann nur auf die Menschen um ihn herum. Elizabeth kam mit dem Sandwich und einem Glas Wasser herein und erstarrte im Türrahmen. Harry saß blass in seinem Stuhl. Ralph starrte Levi weiterhin geradewegs an und hoffte auf eine Reaktion, auf das geringste Signal, dass er diesen Weg nicht gehen wollte. Aber Levi schaute unbeeindruckt auf das Seil in seinen Händen.

Ralph legte noch eine Schippe drauf. »Weißt du, wie man eine Schlinge knüpft?«

Wieder zuckte der Junge verständnislos mit den Achseln. »Keine Ahnung.«

Ralph nahm ihm das Seil ab, setzte sich neben ihn und zeigte es ihm. Noch bevor er den Knoten fertig gebunden hatte, stellte Elizabeth das Brett mit einem Knall auf den Couchtisch. »Vielleicht können wir das später erledigen. Ich habe dir was Leckeres mitgebracht.«

Sie versuchte, Ralphs Blick zu erhaschen, aber er ließ sich nicht abbringen und fuhr fort. Als die Schlinge gebunden war, hielt er sie Levi hin. Aufmerksam starrte der Junge auf die schlaffe, baumelnde Schlinge vor seinem Gesicht, schien in Gedanken auszuprobieren, ob sein Kopf in den eigens für ihn ausgesparten Platz passte.

»Sieht amtlich aus«, sagte Levi schließlich mit einem leichten Zucken der Mundwinkel. Sie wurden beide durch das Zuschlagen einer Tür aufgeschreckt. Elizabeth war in der Küche verschwunden.

Levi nahm ihm den Strick ab, und Ralph sagte: »Iss was.«

Als er die Küchentür aufstieß, sah er Elizabeth, die im Halbdunkel mit zitternden Fingern zwei Tabletten zwischen ihre Lippen schob. Sie erschrak und ließ eine ganze Sammlung Medikamentenstreifen zu Boden fallen. Noch ehe sie sich gefangen hatte, kniete er neben ihr nieder und hob sie auf. Serax, wie Harry ihm vor einiger Zeit erzählt hatte. Offenbar vom Arzt über mehrere Monate verschrieben.

Sie nahm einen Schluck Wasser und zischte: »War das wirklich nötig? Dieses Theater mit dem Seil?«

»Er bekommt es ohnehin zu sehen, Elizabeth.«

Ralph gab ihr die Tabletten zurück, und sie sah ihn eindringlich an.

»Du wolltest, dass es misslingt, nicht wahr? Du hättest es erst im Dunkeln tun sollen. Dieses Risiko hättest du nicht eingehen sollen.«

»Und ob. Und wenn du das anders siehst, solltest du besser gleich zu Hause bleiben.«

»Ich komme mit, Ralph. Wage nicht, mich aufzuhalten.«

»Dich nicht. Aber was ist mit ihm? Was, wenn er wirklich nicht mehr will?«

Elizabeth schwieg.

Die Wolkendecke war aufgerissen, und über den Snoqualmie Woods war es bereits Nacht. Zum ersten Mal lag Frost in der Luft. Eiskristalle tanzten wie schimmernde Nadelstiche im Schein von Harrys Krypton-LED. Jetzt gab es keinen Zweifel mehr: Die Dunklen Tage näherten sich ihrem Ende.

Zu viert gingen sie die Einfahrt hinunter. Es war, als hätte die Kälte eine ernüchternde Wirkung auf Levi, denn wie aus dem Nichts begann er zu reden. »Verrückte Vorstellung«, sagte er, »dass man alles zum letzten Mal tut. Zum letzten Mal drinnen sein. Zum letzten Mal das Tageslicht sehen.«

»Wie ist das für dich?«, fragte Elizabeth, die keinen Augenblick von seiner Seite wich.

»Verrückt. Dass jetzt alles zu Ende ist.« Die Schlinge hing ihm locker über die Schulter. »Vielleicht ist es eine Erleichterung. Vorgestern, bevor ich diesen Post auf Reddit veröffentlicht habe, bin ich aus Versehen in eine Reißzwecke getreten. Ich habe es nicht mal gemerkt, bis ich überall Blut auf dem Teppich sah. Die Spitze steckte komplett drin. Da wusste ich Bescheid. Es wird nicht wehtun.«

»Wir werden dafür sorgen, dass es nicht wehtut«, sagte Elizabeth leise. »Es geht ganz schnell.«

Levi blieb stehen und betrachtete die Mondsichel, die tief über dem Haus der Wachowskis stand. Ralph stellte sich vor, wie das Oxazepam in seinem Blut, das von den sechs Tabletten stammte, die Elizabeth ihn hatte schlucken lassen, sich in seinem Gehirn ausbreitete und der Realität die scharfen Ränder nahm. »Mir ist gerade eingefallen, dass ich nie wieder eine Folge von *Riverdale* sehen werde. Nicht, dass mich das einen Scheiß interessieren würde.«

Elizabeth mahnte Levi geduldig, weiterzugehen.

Die Bird Street lag trügerisch still da. Ralph stellte sich vor, wie alle Nachbarn hinter den dunklen Scheiben in den Haustüren oder im Spalt zwischen den Vorhängen nach draußen spähten. Alle würden den Jungen sehen, aber niemand würde die Polizei rufen, trotz des AMBER-Alerts, der inzwischen herausgegeben worden war. Alle Nachbarn wussten, wer er war und was er vorhatte. Erneut fühlte sich Ralph überwältigt davon, was für ein Wahnsinn das Ganze war. Der Impuls, es zu vereiteln, war groß, aber gerade als er den Mund öffnen wollte, ließ ihn ein ungewöhnlich kalter Windstoß aus dem Wald erschaudern, als ob die Luft plötzlich von etwas anderem als dem Wind in Bewegung gesetzt wurde.

Die Härchen in Ralphs Nacken und an seinem Rücken stellten sich auf. *Ich werde verrückt. Lieber Gott, bitte lass mich verrückt werden. Ich glaube, sonst kann ich das hier nicht zu Ende bringen.*

Sie gingen an seinem eigenen Haus vorbei zu dem der McKinleys und betraten das Anwesen durch den Rosengarten. Mit seinen geschlossenen Fensterläden und Holzpaneelen wirkte das große Haus wie eine Festung.

Auch auf dem Rasen der McKinleys lagen Asthaufen. Nicht so viele wie zwei Nächte zuvor in seinem Garten, aber immerhin bestimmt ein Dutzend, die wie seltsame Maulwurfshügel anmuteten. Harry und er wechselten einen Blick, und selbst in der Dunkelheit konnte Ralph sehen, dass alle Farbe aus seinem Gesicht gewichen war. Ralph versuchte, das Unbehagen abzuschütteln, und schickte Luana eine WhatsApp. Wenig später leuchtete sein Handy auf: *K & D unruhig. Bitte sag mir Bescheid, wenn es vorbei ist.*

Sie gingen weiter zu dem unauffälligen Tor in der mit Gartengeißblatt bewachsenen Mauer am hintersten Ende des Anwesens. Im Schein von Harrys Krypton-Lampe stießen sie auf die Leiter, die Gray am Nachmittag dort aufgestellt hatte. Als Harry sie auf die Schulter nahm, fragte Levi: »Wofür ist die?«

»Um auf den Baum zu kommen, natürlich«, antwortete Harry.

»Das ist ja krank.« Mehr noch als die Schlinge, die über seiner Schulter hing, schien ihn die Leiter plötzlich mit der Realität seines Plans zu konfrontieren. Er zögerte abermals. »Müssen wir wirklich in den Wald rein?«

»Da hinten gibt es keine Wege«, sagte Elizabeth und schloss auf. »Zumindest nicht für Spaziergänger.«

Der Junge sah sie mit aschfahler Miene an.

»Liebling, so entdeckt dich niemand, und du jagst niemandem einen Schrecken ein. Das ist ein Privatgrundstück. Morgen früh rufen wir die Polizei an und behaupten, wir hätten dich beim Feuerholzsammeln gefunden.«

Levi schien nicht überzeugt, folgte Elizabeth aber trotzdem durch das Tor. Ralph ging als Dritter, und als Letzter kam Harry mit der Leiter.

Unter dem dichten Dach der Nadelbäume war es stockdunkel, und ohne Harrys Taschenlampe hätten sie kaum die Hand vor Augen gesehen. Levi drehte sich orientierungslos um die eigene Achse und zuckte zusammen, als ihn der Ast einer hohen Tanne im Nacken berührte. Wie von der Tarantel gestochen begann er um sich zu schlagen. Im Wald herrschte bereits Nacht, und mit der Nacht kam die Stille. Es war, als würde sie ihre Finger nach Levi ausstrecken.

»Im Dunkeln gruseln wir uns alle ein wenig«, sagte Elizabeth. »Hier, nimm noch zwei, das wird dich beruhigen.«

Sie drückte zwei Tabletten aus dem Streifen und reichte sie Levi. Er schluckte sie mit Wasser aus ihrer Flasche. Elizabeth versuchte zu lächeln, aber es gelang ihr kaum. Ralph wusste nicht, ob es wirklich einen Unterschied gemacht hatte, denn als Harrys Lichtstrahl über Levis Gesicht huschte, sah er keine Spur von Ernüchterung. Nur Entsetzen und Abscheu.

Schweigend begannen sie, dem Weg zu folgen.

Das Gelände stieg an. Harry hatte zwischen den dicht an dicht stehenden Bäumen einige Mühe mit der Leiter, also half Ralph ihm mit dem anderen Ende. Levi stapfte schwerfällig hinter ihnen her. Als Ralph sich zu ihm umdrehte, dämmerte ihm, dass überhaupt kein Überprüfungsprozess stattgefunden hatte. Warum fiel ihm das erst jetzt ein? Er wusste nichts über den Jungen. Nicht, wer er war, nicht, was seine Motive waren. Er hatte sich allein von Elizabeth leiten lassen.

Wirklich, wenn sich jemals jemand seiner Sache sicher war, dann dieser Junge.

Es ist eine schreckliche Geschichte ...

Ich habe ihm versprochen, es für mich zu behalten, und ich möchte diesen Wunsch respektieren.

Er wird es so oder so tun, ob hier oder woanders.

Es ist eine schreckliche Geschichte ...

Dieser AMBER-Alert gefiel Ralph gar nicht.

Die Tatsache, dass er abgesetzt worden war, bedeutete, dass sich jemand um den Jungen sorgte.

Ralph sah vor sich, wie irgendwo in Salem, Oregon zwei hochnervöse Eltern bereits Levis Freunde anriefen, um zu erfahren, ob sie etwas von ihrem Sohn gehört hatten ... und versuchte, das Bild gewaltsam zu verdrängen.

Es war zu spät. Sie konnten nicht mehr zurück.

Man kann immer zurück, sagte eine Stimme in seinem Kopf. *Solange er noch atmet, kannst du es verhindern.*

Aus dem Westen, womöglich von fern aus dem Tal, ertönte der Ruf eines Eistauchers.

Zwanzig Minuten später erreichten sie die Hinrichtungsstätte. Der Baldachin, der während der Zeremonie mit Ann Olsen Dickinson die Lichtung überspannt hatte, war entfernt worden, sodass der Blick nun auf den riesigen alten Ahornbaum fiel. Dicke, knorrige Äste verliefen fast waagerecht in alle Richtungen und waren von Moos überwuchert.

Harry schob die Leiter gegen einen Ast, der rund vier Meter über ihren Köpfen hing. Während Ralph die Leiter festhielt, kletterte Harry hinauf, um das Seil zu befestigen. Er zählte zwei Meter von der Schlinge ab. Den Rest wickelte er mehrfach um den Ast und band es ab, bevor er wieder herunterkam.

Ralph wollte nicht in Levis Gesicht unter der baumelnden, knallorangenen Schlinge sehen, aber er musste. Unter der Oberfläche brodelte es. Ralph wünschte, er hätte es nicht gesehen, aber das, was vorhin noch festzustehen schien, schien nun dem Zweifel zum Opfer gefallen zu sein.

Es ist ein Akt der Verzweiflung. Er ist sich nicht sicher. Greif ein. Du musst eingreifen.

»Ist die Länge wirklich ausreichend?«, fragte Levi kaum hörbar.

»Ja, keine Sorge«, sagte Elizabeth. »Am besten setzt du dich auf den Ast, damit du dich gerade nach unten fallen lassen kannst. Es gibt genügend Äste zum Festhalten, das sollte also klappen. Harry wird die Taschenlampe ausschalten, damit du nichts sehen musst, wenn du springst. Das macht es vielleicht ein bisschen weniger unheimlich.«

Levi rührte sich nicht. Elizabeth legte ihm eine Hand auf die Schulter. »Wie fühlst du dich, Liebling?«

»Okay«, murmelte er. Er schien sich entschieden zu haben. »Na dann … danke. Für alles.«

Er streckte seine Hand aus, und Elizabeth schüttelte sie. »Schon gut«, sagte sie mit einem beruhigenden Lächeln. »Nur noch ein paar Minuten, dann kannst du all das hinter dir lassen.«

»Schon gut«, sagte auch Harry, als Levi ihm die Hand schüttelte.

Dann wandte sich Levi an Ralph und sagte: »Danke.«

Ralph schüttelte ihm die Hand, aber sein Blut pochte in seinem Schädel, in seiner Brust, in seinem ganzen Körper. Was waren die richtigen Worte in einem solchen Moment? Was konnte er ihm trotz seines Zögerns mitgeben, trotz der Tatsache, dass sie an einer Grenze standen, die er nicht überschreiten wollte? Es widerstrebte ihm, ihn anzulügen, deshalb sagte er nicht, es sei schon gut. Er musste sich zweimal räuspern und sagte dann: »Bist du dir wirklich ganz sicher?«

Levi antwortete nicht und kletterte mit zitternden Beinen die Leiter hinauf. Oben angekommen, leuchtete Harry ihm mit der Taschenlampe, während Levi sich an den Ästen über seinem Kopf hochzog und seine Beine über den dicken Ast schwang, an dem das Seil befestigt war. Als er eine bequeme Balance gefunden hatte, beugte er sich hinab und hob die Schlinge hoch.

»Kannst du die Lampe kurz ausschalten?«, rief er mit dünner Stimme. »Damit ich sehe, wie dunkel es ist?«

Harry knipste die Krypton aus, und eine monumentale Dunkelheit hüllte sie ein. Die Stille wog schwerer als zuvor, schien sich nach innen zu wenden.

»Okay, so ist es gut. Mach sie wieder an.«

Harry kam seiner Bitte nach. Im Aufblitzen des Lichts sah Ralph Elizabeth, deren Blick sich an den Jungen klammerte. Er sah auch Harry, der scheinbar ruhig war, obwohl sich sein Mund zu einem Strich verzogen hatte. Und er sah Levi, oben im Baum, der seinen Kopf durch die Schlinge steckte und den Knoten in seinem Nacken festzog.

»Okay, schalte es aus.«

Es wurde wieder dunkel, und in dieser Dunkelheit sah Ralph das Nachbild der Beine, die über den Ast baumelten. Er begann am ganzen Körper zu zittern. Es war, als ob die Dunkelheit plötzlich die Gefühle und Gewissensbisse zuließ, die er die ganze Zeit über zugunsten des Selbsterhalts weggeschoben hatte. Nicht denken, nicht fühlen: Das war die einzige Art, wie sie diese Aufgabe erfüllen konnten. Nicht umdrehen, wenn man in der Dunkelheit lief. Nun aber drang die Realität zu Ralph durch. Er steckte seine zitternde Faust in den Mund und biss sich auf die Knöchel, um einen Schrei zu unterdrücken. So stand er da in der stockdunklen Nacht, und die Minuten krochen dahin. Und die ganze Zeit über erwartete er, jeden Moment das Rascheln von Levis Kleidern beim Absprung zu hören, gefolgt von dem Sekundenbruchteil, in dem es still sein würde; eine erwartungsvolle Stille, die anschwoll wie ein fürchterlicher Sturm, und dann das Knacken.

Doch es kam nicht.

»Ich traue mich nicht«, tönte es.

Ralphs Beine wurden weich.

»Och, Jungchen.« Die Stimme von Elizabeth. »Möchtest du, dass ich dir noch ein bisschen Mut zurede?«

Langes Schweigen, vielleicht eine Minute. »Weiß nicht.«

»Komm einfach runter.«

Das Licht blitzte auf. Ralph sah, dass Levi mit einem Ausdruck abgrundtiefer Angst an dem Knoten in seinem Nacken herumfummelte und sich die Schlinge vom Kopf riss, die Wangen nass von Tränen. Er ließ das Seil los, als hätte er sich daran verbrannt.

»Ach, Jungchen«, sagte Elizabeth wieder. Sie wollte Levi unten an der Leiter auffangen, aber sobald er sich nach unten vorgearbeitet hatte, drehte er sich weg, beugte sich vornüber und erbrach sich über den Waldboden.

»Ganz ruhig. Das ist nicht schlimm. Dieser Schritt ist für niemanden leicht. Selbst wenn man fest entschlossen ist.«

Elizabeth stützte ihn, als er sich endlich aufrichtete, und ließ ihn Wasser trinken. Er spuckte es aus, und es tropfte sein Kinn herab. Er wischte es sich mit dem Ärmel seiner Jacke ab. Sein Gesicht war blass, als hätte er akut Schüttelfrost, und es dauerte eine Weile, bis er seine Stimme wiederfand. »Mir ist schwindelig.«

»Ich weiß, wie du dich fühlst.« Wieder diese tröstliche Wärme in ihrer Stimme, die dich beruhigen, die dich vergiften, die dich widerstandslos führen konnte. »Hast du Angst bekommen?«

»Ja.«

»Du merkst überhaupt nichts, Levi.«

»Das weiß ich, aber …«

»Wenn man sich das Genick bricht, spürt man überhaupt nichts mehr. Und innerhalb von null Komma drei Sekunden ist man bewusstlos. Das hast du gestern bei FaceTime selbst gesagt. Was sind schon null Komma drei Sekunden?« Sie schnippte mit den Fingern.

Levi hatte genug Mut gesammelt, um sich aus der Verlegenheit zu retten. »Ich saß da oben. In der Dunkelheit. Mit dieser Schlinge um den Hals. Und ich dachte an zu Hause. Ich dachte …«

»Das ist auch nicht fair. Ach, Junge, ich kann mir so gut vorstellen, wie hoffnungslos du dich gefühlt haben musst. Und es geht nicht vorbei. Es wird nur noch schlimmer. Ich kann mir gut vorstellen, dass du mit diesem Gedanken nicht weiterleben willst. Nicht weiterleben *kannst.*«

»Aber …«

»Du weißt ja.« Elizabeth legte ihre Hände auf Levis Schulter, liebenswürdig wie eine Mutter, die ihrem Sohn die Prüfungsangst ausredet. »Die Situation wird nur noch schwieriger, wenn sie … na, du weißt schon. Wenn es alle erfahren. Denk nur daran, wie es in der Schule laufen wird. Und dann dein Vater …«

Ein greller, alarmierender Blitz, als ob Ralph einen Augenblick lang etwas Entsetzliches erblickt hätte – aber es war genauso schnell wieder verschwunden. Harry hielt die Krypton die ganze Zeit zu Boden gerichtet und starrte auf seine Füße, sodass Ralph Levis Gesicht nicht deutlich sehen konnte. Aber er konnte erahnen, welcher Ausdruck darauf lag.

»Solltest du es mir nicht eher ausreden?«, fragte der Junge.

»Ja, und das kann ich für dich tun«, sagte Elizabeth geduldig. »Aber ich habe nicht den Eindruck, dass du das willst. Es ist richtig, was du bei dem Entschluss gefühlt hast, aus allem aussteigen zu wollen. Es ist echt. Niemand kann dich dafür verurteilen. Wie kann man dich für etwas verurteilen, das überhaupt nicht deine Schuld ist?«

Levi sagte nichts.

»Wirklich. Nur dieser eine Schritt, und dann bist du frei von allem. Nie wieder Schmerzen.« Sie kramte in ihrer Jackentasche und zog den Serax-Streifen heraus. »Hier, da hast du noch zwei. Das wird dir die Furcht nehmen.«

»Echt, das brauche ich nicht.«

»Levi. Noch zwei. Du zitterst wie Espenlaub. Hier, Harry, leuchte uns mal.«

Im Schein der Taschenlampe drückte Elizabeth zwei Tabletten aus dem Streifen und reichte sie Levi. Willenlos nahm er sie und schluckte sie mit Wasser herunter.

»Gut so, das ist das Beste für dich. Das macht alles wieder gut.« Sie drückte dem Jungen fest die Schulter und sagte dann: »Sollen wir es noch mal versuchen, Levi?«

Ralph fragte sich, ob Levi es hörte. Seine Augen schienen in seinem Gesicht zu schweben. Wie betäubt, vielleicht vor Ungläubigkeit. Derselben Ungläubigkeit, die Ralph in diesem Moment in Panik versetzte und lähmte. Aber es geschah wirklich: Levi ließ sich zurück in die Dunkelheit führen. Er dachte: *Elizabeth?*

»Geh schon. Es wird alles gut werden. Ich helfe dir da durch.«

Und das tat sie. Levi nickte und kletterte wieder die Leiter hinauf, während Elizabeth ihm ruhig zuredete. »Gut. Schön vorsichtig. Halt dich gut fest. Siehst du, alles gar nicht so schwer. So sitzt du gut, ja. Und jetzt das Seil. Mach die Schlaufe etwas größer. Genau. Du weißt, dass du das Richtige tust. Nur noch ein kurzer Moment, und du hast alles hinter dir. Keine Sorgen mehr, du kannst alles loslassen. Ein bisschen fester, ja … so ist's recht. Sollen wir die Lampe wieder ausmachen? Harry, schalt die Lampe aus.«

Es war wieder dunkel geworden. Und in dieser Dunkelheit begriff Ralph, dass es nicht die Dunklen Tage waren, die er in Elizabeths Stimme hörte, sondern menschlicher Wahnsinn.

»Du weißt, dass du dich traust, Levi. Du musst nur nach vorne rutschen.«

Diesmal dauerte es nicht lange. »Nein. Ich will nicht.«

Neben ihm ein unterdrückter Fluch. Das war Harry, und die Taschenlampe ging wieder an. Ralph sah Levi, mit baumelnden Beinen, die Schlinge um den Hals, in die Tiefe blickend und den Kopf schüttelnd. In der dunkelsten Stunde seines Lebens hatte er die Gründe für seine Existenz auf einem Ahornzweig ausbalanciert und beschlossen, auf der richtigen Seite davon abzusteigen.

Aber dann.

Aber dann.

»Hör zu, du kannst jetzt nicht mehr zurück«, sagte Elizabeth.

»Was meinst du …?«

»Nach all dem Aufwand, den wir für dich betrieben haben.«

Levi blickte mit großen dunklen Augen in die Tiefe. Er hielt sich am Holm der Leiter fest und machte Anstalten, nach unten zu rutschen.

»Nein, kommt gar nicht infrage.« Beherzt schritt Elizabeth nach vorn und verpasste der Leiter einen kräftigen Stoß. Das Ungetüm kippte nach hinten, und Harry konnte gerade noch zur Seite springen, bevor sie knarrend vom Waldboden abgefangen wurde. Levi stieß einen Schrei aus. Er ruderte mit den Armen, um das Gleichgewicht zu halten.

Es gelang ihm. Doch ohne die psychologische Fluchtoption der Leiter verlor Levi die Selbstbeherrschung. Anstatt die Schlinge vom Hals zu nehmen, klammerte er sich wimmernd und mit versteiften Gliedern an den Ast, auf dem er eben noch relativ gelassen gesessen hatte.

»Du wirst es jetzt tun, Levi!«

»Hilfe!«

»Tu es! Spring!«

Ralph raufte sich die Haare. Gab kehlige Laute von sich, in denen er sich selbst nicht wiedererkannte. Aber er stand immer noch wie angewurzelt vor Schreck an seinem Platz.

»Tu es!«, kreischte Elizabeth. Sie hatte die Augen weit aufgerissen.

Das Lichtspiel der Krypton erweckte den Eindruck, als wären sie tiefschwarz. Harry sah seine Frau ungläubig an. Wie eine Verrückte hüpfte sie auf und ab. Wedelte mit den Armen. Kratzte sich kurze, wütende Striemen über die Wangen. »*Tu es, du wertlose Schwuchtel! Du bist nichts wert, du bedeutest nichts! Du bist eine elende, dreckige Schwuchtel! Beende dein Leben und erspar deiner Mutter diese Scham!*«

Endlich verstand Ralph, und damit war der Bann gebrochen. Elizabeth hatte nicht vorgehabt, ihnen Levis Motiv zu verraten. Der Junge haderte mit seiner Sexualität. Statt ihm zu helfen, sich zu outen, hatte Elizabeth ihn in den Tod geführt.

»Um Gottes willen, Elizabeth, hör auf …«, wollte er sagen, aber in diesem Moment ließ Levi sich fallen.

Sorg dafür, dass es morgen geschieht, hatte Luana gesagt. Sie hatte sein Gesicht in die Hände genommen und ihm ins Ohr geflüstert: *Sorg dafür, dass es richtig gemacht wird*.

Aber es war nichts richtig daran.

Levi hätte sich wieder aufrecht hinsetzen sollen, bevor er sprang. Hätte er es nur getan! Aber er war verängstigt gewesen, hatte nicht mehr klar denken können, und das Seil hatte sich unter seinem Körper verheddert. Es verfing sich hinter einem Ast und verkürzte seinen Fall um mindestens einen halben Meter. Der Ruck schüttelte seinen Körper wie eine Stoffpuppe hin und her, brach ihm aber nicht das Genick.

Was Ralph dann sah, würde ihn für immer verfolgen. Es war ein Fluch, dass Menschen stets hinsehen mussten. Auch wenn niemand solche Schreckensszenen sehen wollte und unsere natürliche Reaktion darin bestand, den Blick abzuwenden, gab es immer diesen Moment, in dem wir es mit eigenen Augen sehen mussten, um es zu glauben. Ralph glaubte, dass dies der Grund war, warum Harry die Krypton nach oben richtete. Und er konnte nicht wegsehen. Wer hätte das schon gekonnt? Es vergingen vielleicht zwei Sekunden, bis es Harry gelang, die Lampe auszuschalten. Aber zwei Sekunden reichten für ein ganzes Leben voller Albträume.

Levis Gliedmaßen zuckten unkontrolliert, während sein Körper nach Sauerstoff rang. Blut sprudelte seitlich aus seinem Gesicht und färbte das orangene Seil rot. Die Wucht des Seils beim Sturz hatte ganze Fleischstücke herausgerissen. Levis Gesicht schwoll an. Seine Zunge hing ihm aus dem Mund, und seine Augen quollen hervor. Sie füllten sich mit Blut.

Dann wurde es dunkel. Ralph hörte Elizabeth schreien. Er hörte Harry fluchen. Aber vor allem hörte er Levi pfeifen. Er hörte das Knirschen des Seils, er hörte das Rascheln der Kleidung bei jedem Zucken seines Körpers. *Aber vor allem hörte er Levi pfeifen.* Der beißende Gestank von Urin erfüllte die Dunkelheit. Andere Gerüche kamen hinzu, Gerüche, die

Ralph nicht beschreiben konnte. Elizabeth hatte sich weinend abgewendet. Nicht weit von da, wo Ralph stand. Harry rief ihren Namen, tastete sich suchend vor. Nicht so Ralph. Wie gelähmt stand er da. Das Geräusch eines Menschen, der gegen das Ersticken kämpfte, war mit nichts zu vergleichen. Die ganze Zeit über lauschte er und sah das Nachbild von Levis großen, blutunterlaufenen Augen vor sich, die ihn fassungslos anstarrten.

Es dauerte drei lange Minuten, bevor es still wurde.

Und still blieb.

Ralph wurde sich vage bewusst, dass sich seine Augen an die Dunkelheit zu gewöhnen begannen. Bemerkte die kahlen Novemberzweige und die Sterne, die in einem fernen, kalten Universum leuchteten.

Nach einer Weile löste sich ein Schatten aus der Dunkelheit und schaltete die Lampe an. »Ralph, es tut mir so schrecklich leid.« Harrys Stimme brach. »Niemand hat das gewollt. Es ist so furchtbar, was der Junge …«

Ralph schlug mit einer Faust zu, die nicht ihm zu gehören schien. Die Faust traf Harry auf der rechten Gesichtshälfte am Kiefer. Harrys Kopf flog gurgelnd nach hinten, und er ging zu Boden. Der Lichtkegel der Krypton rollte über den Boden.

Ralph spürte eine kribbelnde Hitze in seinem Handgelenk. Er verstand nicht recht, was passiert war. Nur, dass er Durst hatte. Großen Durst, aber nicht auf das, was unter dem Fahrersitz des Forester lag, wie er feststellte.

Beim Gedanken an Alkohol drehte sich ihm auf einmal der Magen um.

Harry rappelte sich auf. An seinem Kiefer klebte etwas Dunkles. Blut. Er klopfte seine Hose ab, nahm die Taschenlampe und tastete die dunkle Stelle ab. Er war äußerst verlegen. Vielleicht wollte er diesen Schmerz spüren. Vielleicht war es eine Art Buße.

»Hör mal, Ralph, vielleicht wäre es gut, wenn du die Schaufel holst und …«

Etwas raschelte, und Harry richtete den Lichtstrahl erschrocken nach oben. Ein Zittern lief durch Levis Beine. Seine Brust bebte. Noch mal. Zweifellos Muskelreflexe, die auf den Anstieg des Kohlendioxidgehalts in seinem Blut zurückzuführen waren, aber es sah schaurig aus. Als sich Harry wieder zu Ralph umdrehte, war er totenbleich.

»Ralph …«

»Du gehst und holst eine Schaufel«, sagte er. »Und nimm Elizabeth mit.«

»Bist du sicher, dass …«

»Geh!«, schrie er. Wie konnte er Harry klarmachen, dass er hierbleiben musste, bei Levi? Es war ein Anspruch, dem er gerecht werden musste, eine Erwartung, die er erfüllen musste. In den letzten Wochen war alles von Zweifeln durchsetzt gewesen, aber das erkannte Ralph nun klar und deutlich: Der tote Junge oblag seiner Verantwortung. Levi war der bittere Kelch, den er leeren musste.

Also gingen Harry und Elizabeth. Sobald sie in der Dunkelheit verschwunden waren, setzte er sich unter die beiden baumelnden Beine, den Kopf zwischen den Knien. Ralph hörte das leise Knarren des Seils, das sich ganz langsam ausdrehte. Immer dumpfer, bis es schließlich nahezu still hing. Augen schließen. Nach einer Weile gelang es ihm, alles aus seinem Kopf zu verbannen.

Irgendwann stand Ralph auf und richtete die Leiter auf. Er kletterte sie halb hoch, um Levis Puls zu fühlen.

Der Herzschlag war noch da. Er wusste, dass Levi hirntot war, aber sein Herz schlug noch, wenn auch schwach.

Zehn Minuten später war auch das verschwunden. Und als Ralph dieses Mal seinen Puls fühlte, nahm er ihm das Lederarmband ab, das der Junge getragen hatte, und steckte es in seine Tasche.

Als er nach Hause kam, stellte Ralph mit Schrecken fest, dass es erst Viertel vor zehn war. Seinem Empfinden nach konnte es nicht mehr lange dauern, bis es im Osten dämmerte.

Luana war großartig. Besser, als er es von ihr erwarten durfte. Sie fragte nicht, was passiert war. Sie tolerierte seine Unnahbarkeit und verstand seine Abwehrmechanismen. Es war noch zu früh, um darüber zu reden. Falls er es jemals tun würde. Luana spürte das und vermittelte ihm die Zuversicht, seinen Widerwillen stillschweigend zu überwinden und wieder zu lernen, mit sich selbst und anderen Menschen zu leben.

Er schlich sich auf den Dachboden und betrachtete Kaila eine ganze Weile. Sie schlief tief und fest. Sobald Luana Harrys Nachricht erhalten hatte, dass es vorbei war, hatte sie die Lederriemen, mit denen Kaila ans Bett gefesselt war, entfernt. Jetzt sah sie friedlich aus. Das Lithium würde sie noch eine Weile schlafen lassen, und das war gut so. Ralph küsste sie auf die Stirn und ging leise die Treppe hinunter.

Auch Django schlief friedlich. Luana hatte seine Brust noch mal mit Salbe eingerieben, aber die Rötung war bereits abgeklungen. Ralph küsste auch seinen Sohn und verließ das Zimmer.

An ihrem Schlafzimmerfenster waren Eisblumen entstanden. Er hauchte gegen das Glas und sah zu, wie der Strauß schmolz und in langen Bahnen herabtropfte, langsam wie Tränen. Dann entriegelte er das Fenster und öffnete die Fensterläden.

Der Rasen, der Maschendrahtzaun und der Wald dahinter

waren mit einer dicken Schicht Raureif bedeckt. Er blickte auf eine Landschaft, die im Sternenlicht glitzerte.

Die Asthaufen waren verschwunden.

Ralph ließ das Fenster offen. Luana würde frieren, aber er überließ ihr alle Decken. Er lag nackt auf dem Bett, sein Körper steif und kalt, und beobachtete, wie sich der Vorhang im Luftzug wölbte.

Er wollte das Fenster nicht schließen. Auf diese Weise konnte er näher bei Levi sein.

Und so zogen, zwischen Wachen und Schlafen, bruchstückhafte Bilder der letzten Episode im Wald an ihm vorbei.

Ralph war überrascht gewesen, dass Harry mit Elizabeth zurückgekehrt war, da man nach ihrem Zusammenbruch kaum noch etwas mit ihr anfangen konnte. Auf der Leiter stehend hatte er die Leiche festgehalten, während Harry das Seil über ihren Köpfen durchschnitt. Harry hatte helfen wollen, Levi herunterzuheben, aber Ralph wollte nicht, dass er oder Elizabeth ihn anrührten.

Sie hatten den toten Jungen in eine Hängematte aus Segeltuch gelegt und den Leichensack dann oben mit Isolierband verklebt. Danach hatten sie sich wieder auf den Weg gemacht.

Der Wind hatte geflüstert. Die kahlen Äste über ihren Köpfen hatten die eisige Luft in immer neue Bahnen gelenkt. Wo sie konnten, hatten sie die Leiche gezogen, sie aber zumeist tragen müssen, Ralph vorne, Harry hinten. Es war mühsam gewesen, aber nach einer Weile hatte sich der Wald gelichtet. In der Ferne lag ein dunkles Gewässer. Old Scratch's Hallow nannte es sich. Es gab noch andere Namen für diesen Ort, aber früher hatte er so geheißen – warum sollten sie das jetzt ändern?

Und überall hatten Asthaufen gelegen.

An einer freien Stelle hatte Ralph dann das Grab ausgehoben. Stunde um Stunde hatte er mit der Schaufel den sumpfigen Boden beackert, bis seine Muskeln schrien und der Schweiß ihn frösteln ließ. Erneut hatte Harry ihm Hilfe angeboten, aber er hatte ihn angefaucht und angeknurrt, und als sein Nachbar noch immer darauf bestand, hatte Ralph seine Schaufel gegen ihn erhoben.

Es war seine Aufgabe, das Grab zu schaufeln.

Die ganze Zeit über hatten die Wälder den Atem angehalten. Einmal war über dem Wasser ein einsames Heulen erklungen. Vielleicht ein Vogel. Vielleicht auch nicht.

Irgendwann war das Loch so tief, dass nur noch Ralphs Schultern und Kopf herausragten. Das genügte. Er hatte Levis Leiche hineingeschleift, seine Augen geschlossen und ihn mit der Plane zugedeckt. Danach hatte er es, gemäß der Tradition, mit Ästen aufgefüllt, die Harry und Elizabeth am Waldrand gesammelt hatten.

Ein Grab: nichts weiter als ein Asthaufen, der in der ersten Nacht bewacht werden musste, damit die Toten Ruhe fanden.

Doch kaum war Ralph fertig und hatte sich für den letzten Schritt des Rituals neben den Asthaufen gesetzt, legte Harry ihm eine Hand auf die Schulter. »Das geht so nicht, Junge. Geh zu deiner Frau. Geh zu Kaila. Wir werden über ihn wachen.«

Lange hatte Ralph gehadert, ob er ihnen diese Aufgabe übertragen konnte. Aber er war mit seinem Latein am Ende gewesen. Er hatte nicht mehr klar denken können.

Und so war er gegangen.

In den frühen Morgenstunden bemerkte Ralph, dass sich Luana an ihn schmiegte.

Eine Stimme flüsterte: »Ich kann nicht schlafen.«

Er legte den Arm um sie, aber als er einige Zeit später aufwachte, war ihm eiskalt, und er hielt das Urban-Outfitters-Sweatshirt in den Armen, in dem Levi begraben war. Es war feucht und starrte vor Dreck.

Ralph schrie. Luana schreckte auf und versuchte alles Mögliche, um ihn zu beruhigen, aber Ralph sah sie nicht, Ralph hörte sie nicht. Ralph sah nur die baumelnden Beine vor sich in der Dunkelheit.

Hörte nur Levis Pfeifen, während er erstickte.

Das war das erste Mal, dass der Junge in diesem langen Winter zu ihm zurückkehrte, aber es würde gewiss nicht das letzte Mal sein.

ZWEITER TEIL
2023

»Nothin' lasts forever, even cold November rain.«

– Guns N' Roses

RALPH

Salem, Oregon. Ein guter Vater.

Winter

An dem Tag, an dem Ralph die Fußspuren im Schnee fand, fuhr er nach Süden.

Es war der 21. Januar, und abgesehen von einer kurzen Frostperiode Anfang Dezember hatte ein milder Winter mit regelmäßigem Wechsel von Regen und Sonnenschein geherrscht, wie es in den letzten Jahren im Puget Trough westlich der Kaskadenkette die Regel gewesen war. Doch in dieser Nacht war die Temperatur weit unter den Gefrierpunkt gefallen, und am nächsten Morgen, einem Samstag, lagen rund vierzig Zentimeter Schnee. Noch bevor Luana und die Kinder aufgestanden waren, zog Ralph seinen Daunenmantel an, holte die Skistiefel und die Schneeschaufel aus der Garage und öffnete die Tür, die zum Garten hinterm Haus führte.

Er stockte, als er die Spur menschlicher Schritte sah, die quer über den Rasen zur Küchentür führte. Ralph stapfte an der Fassade entlang in die entsprechende Richtung. Die Spur schien vom Maschendrahtzaun bis hierher zu führen, mit tiefen Abdrücken. Es war eindeutig, dass die Person, die sie hinterlassen hatte, in gerader Linie zur Küchentür gelaufen war.

Und dort hörten sie einfach auf. Der Schnee war von der

Türklinke gewischt worden. Ralph rüttelte daran, aber die Tür war verschlossen.

Vorsichtig folgte er der Spur zurück. Die Abdrücke waren nicht immer gleich scharf umrissen, weil beim Herausziehen des Schuhs Schnee hineingerutscht war. Aber es waren einige gute Abdrücke darunter, und Ralph erkannte das schachbrettartige Profil einer Turnschuhsohle aus Gummi.

Die Spur begann nicht am Maschendrahtzaun. Sie kam von dahinter, vom Waldrand. Aber die Person, die sie hinterlassen hatte, war nicht über den Zaun geklettert, sondern schien geradewegs hindurchgegangen zu sein. Ein Fußabdruck wurde durch den Zaun buchstäblich in der Mitte durchtrennt. Die Fußspitze befand sich im Garten, die Ferse auf der Waldseite. Als wäre jemand durch den Garten gelaufen und der Zaun erst hinterher aufgestellt worden.

Ralph lauschte der Stille und drehte sich zur Hintertür um. Sein Atem bildete Wolken in der klaren, eisigen Luft.

Wenn er in der Küche nachschauen würde, würde er dort Pfützen aus geschmolzenem Schnee finden?

Ja, davon war er überzeugt. Ebenso wusste er, dass er auf ein Schachbrettmuster stoßen würde, wenn er eine Google-Bildersuche nach dem Profil von Converse-Turnschuhen startete.

Eine Rotrückenmeise ließ sich in einiger Entfernung im Schnee nieder, blies sich zu einer flauschigen Kugel auf und beobachtete ihn. Ralph kannte den kleinen Vogel: Es war ein territoriales Tier, das in ihrem Garten brutal zwischen den größeren Eichelhähern und Spechten herrschte. Django hatte ihn Mr. Jibbly getauft, und er und Luana fütterten ihn mit Samen und Käsestücken, sodass er fast zahm geworden war.

Ralph lächelte bei diesem Gedanken – und unterdrückte das Lächeln dann energisch.

Solange er konnte, hatte er sich dem Glück widersetzt, das ihn in diesem Winter aus jeder Ecke anzuspringen schien und versuchte, seine Schuldgefühle und seinen Kummer zu verdrängen. Und doch überkamen sie ihn immer wieder: kurze Momente reinen, intensiven Glücks, in denen Levi und die schrecklichen Dinge, die sie im Wald getan hatten, nicht mehr im Vordergrund seiner Gedanken standen. Wenn er mit Luana schlief. Wenn abends am Küchentisch einer von ihnen etwas sagte, woraufhin Kaila und Django unbeschwert lachten. Wenn er morgens in den Forester steigen wollte, um zum Gericht zu fahren und der Ruf eines Wanderfalken durch den strahlend blauen Winterhimmel schallte.

Oder wie jetzt beim Anblick der Rotrückenmeise. Was auch immer am frühen Morgen durch den Schnee zu seinem Haus geschlichen war, Mr. Jibbly berührte ihn tiefer.

Darum hinterließ er an diesem Morgen auf dem Küchentisch einen Zettel für Luana und fuhr nach Salem, Oregon, wo zwei Menschen noch immer vergeblich auf die Heimkehr ihres Sohnes hofften.

Für die Fahrt benötigte er vier Stunden. Er verließ die I-5 und bog nach rechts in ein Wohngebiet ab, dann nach links und dann wieder nach rechts. Das Navi brauchte er nicht, um sein Ziel zu erreichen: Auf Google Street View war er schon Hunderte Male hier gewesen.

Es war eine typisch amerikanische Straße mit typisch amerikanischen Häusern, in denen die Leute den Schnee von ihren Gartenwegen schippten und Kinder Schneemänner bauten. Er fuhr langsamer. Vor dem grauen Holzhaus mit einer kahlen Papier-Birke im Vorgarten blieb er stehen. Ralph wusste, dass er nicht zu lange dort halten durfte. In solchen Gegenden waren die Nachbarn wachsam.

Nicht halb so wachsam, wie sie sein sollten, wenn sie wüssten, wer ich bin. Wenn sie wüssten, dass ich bei ihm war, in diesen letzten Momenten seines Lebens.

Mein Gott, Ralph, was machst du hier?

Hätte Levi noch gelebt, wäre seine Besessenheit von dem Jungen regelrechtem Stalking gleichgekommen, das war ihm klar. Aber er hatte keine bösen Absichten, und außerdem war der Junge nicht mehr am Leben. Ralph stalkte einen Toten. Er stalkte ihn von ganzem Herzen, weil es das Einzige war, was er tun konnte.

Er hatte immer wieder Levis Abschiedsbrief gelesen – den er im Safe seines Arbeitszimmers aufbewahrte, nachdem er ihn von den Aikmans zurückgefordert hatte –, in der Hoffnung, neue Bedeutungen zwischen den Zeilen zu entdecken. Er hatte die beiden Porträtfotos endlos durch seine Hände wandern lassen, sie aus jedem Blickwinkel betrachtet und sich die Zähne an dem Lächeln ausgebissen – dem Lächeln, zu dem Harry ihn ermutigt hatte. Levis Lächeln war voller Versprechen, nicht hinsichtlich dessen, wer er gewesen war, sondern wer er hätte werden können, wenn Ralph das Drama verhindert hätte, das sich an jenem dunklen Novemberabend in den Snoqualmie Woods abgespielt hatte. Er hatte das Internet durchforstet und war frustriert, dass außer den Meldungen über sein Verschwinden nichts über ihn zu finden war. Keine Sportvereine, die seinen Namen in den Wettkampfergebnissen veröffentlicht hatten, keine Einträge in Jugendtheatergruppen oder außerschulischen Aktivitäten an der McKay High. Es schien, als wäre Levi völlig anonym durchs Leben gegangen, was das Geheimnis seines Todes nur noch größer machte.

Natürlich gab es seine TikTok- und Instagram-Konten, aber die waren auf privat gestellt. Anders sah es bei den Facebook-Profilen seiner Eltern aus. Ihre Videoaufrufe rund um sein Verschwinden waren herzzerreißend. Die Aussage des Greyhound-Fahrers, der Levi nach dem AMBER-Alarm als einen seiner Fahrgäste auf der morgendlichen Fahrt von Salem nach Portland erkannt hatte, gab ihnen Grund zur Annahme, dass ihr Sohn weggelaufen war. Sie bettelten ihn an, ein Lebenszeichen zu senden. Nach Hause zu kommen. Was auch immer geschehen war, es gab nichts, was sie nicht gemeinsam lösen konnten. Sie würden ihn immer lieben. Vor allem im dunklen Blick des Vaters erkannte Ralph den Jungen wieder, und obwohl er sich damit quälte, spielte er die Videos immer wieder ab.

Es gab drei davon. Die ersten beiden von Anfang Dezember wurden ziemlich oft geteilt; nicht genug, um zu sagen, sie seien viral gegangen, aber das örtliche Statesman Journal und KPXG-TV hatten sie aufgegriffen. Der letzte Aufruf stammte von kurz vor Weihnachten und war praktisch verhallt; als Reaktionen darauf kam nicht viel mehr als distanzierte Herzchen oder ein »Wir beten für euch« von Freunden. Inzwischen war klar, dass Levi sich in einen dieser typischen amerikanischen Teenager verwandelt hatte, die wie vom Erdboden verschluckt waren.

Gut für die Nachbarn der Bird Street, aber es hatte Ralph deprimiert.

Eines Abends loggte er sich mit dem Passwort, das Levi in seinem Brief hinterlassen hatte, bei Instagram ein. Die Hitze stieg ihm in den Kopf, als er durch seine Fotos scrollte, aber der echte Schock kam, als plötzlich Chat-Nachrichten von einem Mädchen namens Ava Torres aufploppten: *OMG* und dann: *LEVI* und dann: *Du bist online!!! Wo zum Teufel bist du????*

Ralph hatte sich ausgeloggt und sein Handy weggeworfen, als hätte er sich daran verbrannt.

In den Tagen danach musste er immer wieder den Drang unterdrücken, sich erneut einzuloggen und Levis Eltern eine Nachricht zu schicken. Oder an Ava Torres, wer auch immer sie war. Um sie wissen zu lassen, dass es ihm gut ging. Oder dass es ihm schlecht ergangen war. Dass es nicht an ihnen gelegen hatte. Dass er sie liebte. Irgendwas.

Er hatte es nicht getan. Es wäre unmoralisch und nicht zuletzt gefährlich gewesen.

Und doch war er jetzt hier.

Er starrte das Haus an. Fummelte an dem Lederarmband herum, das er am Handgelenk trug, und fragte sich, was Levis Eltern wohl in ihren vier Wänden taten. Er fragte sich, was Levi selbst getan hätte, wenn er noch am Leben wäre.

Was zum Teufel machst du hier, Ralph?

Er wusste es nicht. Er wusste, dass es für ihn keinen Abschluss gab, keine Katharsis. Dafür hätte er mit den Eltern sprechen und zugeben müssen, was sie getan hatten, und das war unmöglich. Levis Tod war der Fluch, mit dem er leben musste. Die Ironie wollte es, dass er nicht nur dem natürlichen Trauerprozess unterworfen war – aus Verleugnung wurde Kummer, aus Kummer wurde Trauer, aus Trauer schließlich Akzeptanz –, sondern auch der übernatürlichen Kraft, die diesen Prozess beschleunigte: der Kraft des Glücks, die die Bird Street ihnen bescherte. Sie glättete die schärfsten Ränder der Trauer und dämpfte den tiefsten Schmerz, noch ehe er dazu bereit war. Ralph verstand es, aber er akzeptierte es nicht. Er weigerte sich, Abschied zu nehmen von den Gefühlen, die ihn zu einem Menschen machten. Er trug eine Wunde, die durch teuflische Intervention geheilt wurde, und alles, was Ralph tun konnte, war, den Schorf weiter aufzukratzen.

Vielleicht war er deshalb hier.

Während er am Steuer des Forester vor einem fremden Haus in Salem, Oregon saß, dachte Ralph Lewis über Schuld nach. Über juristische Schuld und seelische Schuld, über Gefühle, die er eigentlich empfinden sollte, aber nicht spürte. Er dachte über die soziopathische und demenzartige Kraft von Glück nach, die dafür sorgte, dass man Dinge nicht vergaß, aber auch nicht fühlte. Und er war so in Gedanken versunken, dass er hochschrak, als an das Fenster geklopft wurde.

Er erkannte ihn sofort. Levis Vater.

Einen Moment lang erwog er, Gas zu geben und davonzufahren. Dann ließ er das Fenster herab und zog instinktiv den Ärmel seiner Jacke runter, um das Lederarmband zu verbergen.

»Geht es Ihnen gut, Sir? Sie sehen ein wenig blass aus.«

Ralph musste sich räuspern, um etwas herauszubringen. »Ich … ich glaube, mir ist ein bisschen schwindelig.«

»Ah! Ich habe Sie schon eine Weile hier stehen sehen und dachte mir: Schau besser mal nach, was los ist. Kann ich etwas für Sie tun?«

»Nein, es geht schon wieder. Es tut mir leid.«

»Seien Sie nicht albern. Möchten Sie vielleicht eine Cola? Das ist zwar ein klebriges Gesöff, aber meine Frau sagt immer, wenn einem schwindelig ist, gibt es nichts Besseres als diesen Zuckerkick.«

»Es … es tut mir leid. Wirklich.«

»Ach was, machen Sie sich deshalb keine Sorgen.«

Ralph fuhr los, aber hinter der nächsten Kurve musste er den Forester anhalten, weil seine Hände zu stark zitterten, um das Lenkrad zu halten. Tränen trübten seine Sicht. Er weinte noch, als er zurück nach Norden gefahren war und abends in Luanas Armen lag. Sie hielt ihn im Arm und fragte nicht, weil sie bereits wusste, was ihn quälte, und sie sagte ihm auch nicht, er müsse loslassen, weil sie befürchtete, die Zeit würde dafür sorgen.

Am nächsten Tag ging Ralph zu Graham McKinley.

Einen Tag später erhielt The Trevor Project, eine gemeinnützige Organisation, die sich für die Selbstmordprävention bei LGBTQ-Jugendlichen einsetzt, eine anonyme Spende in Höhe von fünfhunderttausend Dollar. Der größte Teil stammte von McKinley, aber fünfzigtausend kamen aus Ralphs eigenen Ersparnissen. Er hatte darauf bestanden.

Das Ziel war nicht, irgendetwas zu erkaufen.

Manchmal hat man etwas, um die Welt ein klein wenig besser zu machen.

Ralph versuchte in diesem Winter, ein guter Vater zu sein, und mit der Zeit gelang ihm das auch.

Djangos Arthrose klang ab, und er erinnerte sich kaum noch an die Brandnacht. Ralph hielt das angesichts der Umstände für eine gesunde Reaktion. Sein Sohn hatte die Dunklen Tage mit derselben Widerstandskraft hinter sich gelassen, mit der er sie akzeptiert hatte.

Im Dezember wurde das Erdgeschoss renoviert. Es war ein Glücksfall gewesen, dass sie einen Bauunternehmer gefunden hatten, der neue Aufträge suchte, nachdem ihm die Genehmigungen für ein Gemeindeprojekt einen Strich durch die Rechnung gemacht hatten. Im Klavierzimmer wurden die Vorhänge ausgetauscht und die Wände neu verputzt. Alles bekam einen neuen Anstrich, und Luana und er suchten neue Vorhänge aus. Django hatte sich zu seiner großen Frustration zunächst mit seinem alten Keyboard begnügen müssen, aber über einen Schriftführer im Obersten Gerichtshof war Ralph zu Ohren gekommen, dass das Restaurant Eleven in Seattle gerade umgestaltet wurde. Für die lächerlich geringe Summe von sechshundert Dollar durfte er den Yamaha-Flügel aus dem Speisesaal übernehmen.

Wieder so ein unheimlicher Glücksfall, der ihm in die Hände spielte, aber es war das perfekte Weihnachtsgeschenk.

»Oh-mein-Gott-Mom-Dad-ihr-seid-die-Besten!«, hatte Django ausgerufen, als er das Tuch wegzog und sich in dem lackierten Holz nichts als die Weihnachtsbeleuchtung spiegelte.

»Eines musst du versprechen«, hatte Kaila gesagt. »Kein ›Great Balls of Fire‹ mehr. Ich hasse dieses Lied.«

Sie hatten alle gelacht, und Django hatte sofort mit einer Weihnachts-Swing-Improvisation begonnen, die er »Burn This House Down« nannte. Es wurde ein schöner Abend, und zum ersten Mal wurde Ralph klar, dass die Dunklen Tage definitiv hinter ihnen lagen.

Wie jedes Jahr war Kailas Depression in einen hypomanen Zustand umgeschlagen, in dem sie sich energiegeladen, unverwundbar und euphorisch fühlte. Manchmal hatten sie alle Hände voll mit ihr zu tun, aber alles war besser als ihre Apathie im November. Nicht alles war vergessen und vergeben: Kaila würde Zeit brauchen, um zu akzeptieren, wovon sie ein Teil werden würde, aber diese Gespräche konnten bis später im Jahr warten. Luana und er sicherten Kaila zu, dass sie sich in ihrem eigenen Tempo damit auseinandersetzen durfte, und sie taten alles, was in ihrer Macht stand, um zu verhindern, dass sie sich in diesem Prozess von sich selbst entfremdete.

Ihr Weihnachtsgeschenk war ein zweiwöchiges Trainingslager in Seoul im Februar. Am Abend, bevor sie sie und Jax nach SeaTac brachten, erwischte Kaila ihn dabei, wie er am Schreibtisch Levis Fotos anstarrte. Er schaffte es nicht mehr rechtzeitig, sie zu verstecken.

»War er das?«, fragte sie neugierig.

Ralph wusste nicht, was Kaila von den letzten Novembertagen mitbekommen hatte, aber sie war nicht dumm und zu ihren eigenen Schlüssen gekommen. Er überlegte, ob er sie anlügen sollte, tat es aber nicht. »Er war ein Jahr älter als du. Du weißt, welches Chaos herrschte. Es war eine Notlösung.«

»Klingt wie aus einem Manga. Er sieht ein bisschen aus wie einer dieser Manga-Jungs.«

Das war etwas, wofür sie im Vorfeld ihrer Koreareise ein Interesse entwickelt hatte. Sie sah, dass er sich quälte, und tat etwas, das sie seit bestimmt zwei Jahren nicht mehr getan hatte: Sie setzte sich auf die Armlehne seines Stuhls und lehnte sich an ihn. Er legte den Arm um sie. Sie schwiegen eine Weile und sahen sich gemeinsam sein Foto an. Dann gab sie ihm einen Kuss.

»Danke, dass du seinen Wunsch erhört hast.«

»Trotzdem wünschte ich, es wäre anders gelaufen.«

»Früher hat Mom immer gesagt, wenn jemand stirbt, wird er ein Licht am Himmel. Er ist jetzt ein Licht im Wald.«

Dieser Gedanke war besser als jeder andere, und Ralph hielt eine Weile an ihm fest.

Kailas Trainingslager war eine großartige Erfahrung, und sie kam reifer und weiser nach Hause, als sie hingefahren war. Ralph genoss die routinemäßige Abwechslung zwischen dem Leben daheim und den Fällen, die er vor Gericht bearbeitete. Luana hatte ihre Vorlesungen wieder aufgenommen. Jeden Mittwoch brachte er Django zur Puget Sound School of Music in Tacoma, wo sein Sohn das Exzellenzprogramm besuchte. Manchmal schlossen sie noch einen Besuch bei Mr. Hendrickx an, aber nicht mehr so oft wie früher. Das stimmte ihn ein wenig wehmütig.

Den Nachbarn ging er konsequent aus dem Weg. Ralph wollte Elizabeth nicht begegnen und wusste nicht, was er tun würde, wenn es doch dazu käme. Das Unvermeidliche ereignete sich bei der Beerdigung von Dorothy McKinley am 24. März.

Dorothy hatte sich von der Lungeninfektion, die sie im November fast umgebracht hatte, vollständig erholt, und wie jedes Jahr waren die Symptome ihrer Parkinsonerkrankung nach den Dunklen Tagen abgeklungen. Aber die Auswirkungen auf ihren Körper waren dieses Mal unübersehbar, erzählte Graham später. Sie hatte zusehends abgebaut: Ihr Haar war dünner geworden, ihre Hände waren plötzlich voller Altersflecken. Dorothy McKinley hatte das nahende Ende gespürt und damit ihren Frieden gemacht. Graham war dankbar, dass ihnen noch ein ruhiger, glücklicher Winter vergönnt war. Am letzten Abend hatte er seiner Frau einen Gutenachtkuss gegeben, und ein Schlaganfall hatte im Schlaf mit einem Fingerschnippen den Rest erledigt. Django hatte wissen wollen, ob Mrs. McKinley Schmerzen gelitten habe, und Ralph hatte entgegnet, nein, einen besseren Tod könne man sich eigentlich nicht wünschen.

Elizabeth begegnete er bei der Totenwache im McKinley-Haus, als schwarz gekleidete Nachbarn, alte Geschäftspartner und entfernte Verwandte der Toten die letzte Ehre erwiesen.

»Ralph«, sagte sie und nickte ihm zu, als sie am Sarg vorübergeschritten war.

»Elizabeth«, sagte er.

Mehr nicht. Er wechselte mit Harry einen unbehaglichen, verständnisvollen Blick. Immerhin musste er jeden Tag damit leben, was passiert war, als seine Frau im Wald die Maske hatte fallen lassen. Ralph fragte sich, wie er das schaffte, aber anscheinend gab es einen Weg, denn sie waren immer noch zusammen … und dem Anschein nach glücklich. Das galt nicht für alle. Bei der Totenwache erfuhr er, dass Olivia und Juliette sich im Januar getrennt hatten. Olivia war fortgegangen, ohne sich zu verabschieden, aber sie hatte im Jagdzimmer zwischen den Hauern des Wildschweins fünf zusammengerollte, vollgeschriebene Blätter hinterlassen. Darin kam sie zu dem Schluss, dass es ihr lieber wäre, an einem Tumor zu sterben, als mit dem zu leben, was sie im November getan hatten. Was aus ihr geworden war, wusste niemand, aber es ließ sich unschwer erraten.

Der Winter verstrich. So sehr sich Ralph auch dagegen sträubte, so sehr es ihm auch widerstrebte, reihten sich immer mehr Tage aneinander, an denen er einfach nur glücklich war. Die Schuldgefühle waren immer noch da, aber eher abstrakt, und schließlich verblasste auch das, ebenso Levi, wie ein Geist.

Doch einige Tage nach Dorothy McKinleys Totenwache erhielt er eine WhatsApp von einem unbekannten Absender. Darin stand: *Das Seil hätte länger sein müssen. Sie sagten, es sei lang genug, es würde schnell gehen, aber das hat nicht gestimmt.*

Ralph starrte die Nachricht lange an und fragte sich, ob auf dem Grund des Columbia River in Portland, Oregon kurz ein altes Handydisplay aufleuchten würde.

KAILA

Girls' Day in Seattle. Gute Dinge. Fuchs.

Frühling

Am 7. April wurde Kaila sechzehn. In Lock Haven, Washington hieß das, dass sie laut Gesetz ihren Führerschein machen (*bitte her damit!*), wenn sie wollte, Jax heiraten (*auf gar keinen Fall*), sich als Organspenderin registrieren lassen (*prima*) und die Schule verlassen konnte (*hm … nein*).

Es hieß außerdem, dass sie ab November Sterbehilfe leisten durfte, um Menschen an ein Monster zu verfüttern. Bis dahin hatte sie den Gedanken weit von sich geschoben, aber nun begann die Aussicht darauf sich in ihr aufzublähen wie ein Ballon, und als Mom sie am nächsten Tag zum Girls' Day in die Innenstadt von Seattle mitnahm, beschloss sie, das Thema anzusprechen.

Wenn sie nur wüsste, wie.

Schweigend schlenderten sie über den Pike Place Market, während Kaila eine Poké-Bowl-to-go aß und Mom eine Muschelsuppe aus einer ausgehöhlten Sauerteigbrotkugel löffelte. Im Waterfront Park saßen sie auf einer Bank mit Blick auf die Elliott Bay und das Riesenrad und tranken Erdbeer-Rhabarber-Ingwerbier aus Plastikbechern. Und sie wusste immer noch nicht, wie sie das Thema anschneiden sollte.

»Okay, spuck's schon aus«, sagte Mom schließlich. »Ich weiß, was dich umtreibt, ich kann dich denken hören, und es ist ohrenbetäubend.«

Kaila seufzte, gefangen im Niemandsland zwischen dem Wunsch, erwachsen zu sein, und dem Gefühl hoffnungsloser Überforderung, aber momentan war sie froh, dass ihre Mutter sie immer noch durchschaute wie keine Zweite. »Fühlt es sich für dich nicht manchmal an, als würdest du schummeln?«

»Was meinst du damit?«

»Bald in Indiana«, sagte sie. »Wenn ich gewinne. Wenn ich ausgewählt werde. Ist das dann aufgrund meiner Leistung?«

Mom zog eine Augenbraue hoch und schien überrascht zu sein, dass es das war, was sie quälte. Aber Kaila wollte nicht über die moralischen Fragen reden (sie hatte allmählich zu akzeptieren gelernt, dass das, was ihre Eltern taten, unvermeidlich war) und auch nicht über die Entscheidung, die ihr bevorstand (weil die Alternative angesichts ihrer schlummernden Depression zu gefährlich war). Sie wollte über die Konsequenzen reden. Im Juni fanden in Indianapolis die Auswahlwettbewerbe für das olympische Team für Paris 2024 statt, und Kaila war die jüngste Teilnehmerin.

»Natürlich wird es dein Verdienst sein, Schatz. Und wer sagt, dass es so einfach wird? Du musst dich erst mal qualifizieren.«

Sie sah ihre Mutter ungläubig an. »Sei nicht so naiv«, platzte sie heraus.

Das brachte sie zum Lachen. »Ich bewundere dein Selbstvertrauen.«

»Natürlich werde ich mich qualifizieren, und das weißt du. Das ist es ja gerade. Unser Glück ist Doping. Es ist unehrlich. Würde ich auch gewinnen, wenn ich woanders wohnen würde?«

»Das wirst du erst wissen, wenn du es ausprobierst. Aber du irrst dich. Ja, die Sterne stehen günstig für dich, und ja, du hast Glück, dass dir ein Körper gegeben ist, der solche außergewöhnlichen Leistungen vollbringen kann. Das ist ein großes Privileg, Kaila. Nimm es an. Du schummelst nicht. Du bist fest entschlossen. Leidenschaftlich. Du trainierst jeden Tag hart, um deine Ziele zu erreichen. Noch mal: Ich bewundere dich.«

»Blablabla ...« Sie rollte mit den Augen.

»Damit will ich sagen, dass Glück nichts Absolutes ist. José Saramago hat einmal geschrieben, dass kein Mensch alles erreichen kann, was er sich wünscht, außer im Traum ... insofern gute Nacht.«

Sie lachte, aber Kaila lachte nicht mit.

»Du hast einen Traum und das Glück auf deiner Seite, aber du musst dich auch anstrengen. Du hast es verdient, Kaila.«

»Unser Glück ist nicht vergleichbar damit, in einem reichen Land oder einem weißen Viertel der Oberschicht geboren zu sein, Mom.«

Ihre Mutter seufzte, stand auf, ging zur Brüstung und beugte sich darüber. »Wenn ich mich jetzt fallen lasse und in die Bucht plumpse, was würde wohl passieren?«

»Ich müsste mir eine Mutter ohne motorische Beeinträchtigung suchen?«

»Ha ha. Glück hin oder her, ich wäre genauso unterkühlt wie jeder andere auch. Und was, wenn ich nicht auf der Stelle schwimmen würde?«

Jetzt seufzte Kaila. »Dann würdest du ertrinken.«

»Genau, das ist mein Punkt. Wir sind nicht unsterblich, wir sind keine Übermenschen, wir bekommen nur einen kleinen Anstoß. Es ist an dir zu entscheiden, was du damit anfängst, denn das ist es, was uns ausmacht. Das hat auch Saramago gesagt: Streng genommen treffen wir keine Entscheidungen, die Entscheidungen formen uns.«

Kaila war sechzehn Jahre und einen Tag alt und konnte den Impuls nicht unterdrücken, das letzte Wort zu haben. »Die Entscheidung, sich darauf einzulassen, formt uns auch.«

Sie wusste, sie hatte sie damit mundtot gemacht, fühlte sich aber eigentlich schuldig deswegen. Auch für sie war es nicht leicht. Sie respektierte, wie viel Geduld ihre Mutter mit ihr hatte, als sie sich wieder neben sie setzte und einen Arm um ihre Schultern legte. »Hör zu. Macht es dir Spaß?«

»Was?«

»Wenn du springst. Wenn du all diese Salti und Schrauben schaffst und den Wind an dir vorbeisausen spürst. Wenn du ins Wasser eintauchst. Macht dir das Spaß?«

Kaila dachte an die Euphorie, daran, wie sie sich im Flug immer lebendig gefühlt hatte – Dinge, die sie nie in Worte hatte fassen können. »Ja«, sagte sie einfach.

»Manchmal genügt das. Es ist ehrenwert, dass du dir all dieser Dinge bewusst bist, aber mach dich nicht verrückt deshalb. Genieß ein bisschen.«

Kaila nahm einen zittrigen Atemzug. »Ich will auf die Filmhochschule.«

»Ach ja? Und wo?«

»Die USC in L.A.«

»Was für ein schönes Ziel, auf das du hinarbeiten kannst, Kaila.«

Sie sah ihre Mutter an. »Geht das denn?«

»Natürlich. Dein Vater ist nach Berkeley gegangen. Alle McKinleys haben an der Ostküste studiert, und du weißt, wie viel Juliette reist.«

»Aber sitzt man nicht in der Bird Street fest?«

»Irgendwann lässt man sich dauerhaft nieder, ja. Aber

natürlich hat man die Möglichkeit, auszufliegen. Zum Studieren. Man kann das Semester auf dem Campus verbringen und im November nach Hause kommen.«

Kaila blickte ins Leere. »Vielleicht könnte das der Titel für meinen ersten Film werden. Für die Zulassung, du weißt schon. *Coming Home for November.*«

»Uuuh, klingt das gut.«

Aber Kaila wusste nicht, ob sie derselben Meinung war.

Der Frühling verging, und Kaila genoss das Leben. Nach dem Memorial Day brach eine lange Periode warmen Frühlingswetters an, in der sie sich an der Sonne erfreute und nur selten an die Dunklen Tage dachte, die nun ebenso weit in der Vergangenheit wie in der Zukunft lagen. Nun, da sie sechzehn war, machten ihre Eltern weniger Aufhebens darum, wenn sie bei Jax übernachtete, und nach einer Ansprache über verantwortungsbewusste Entscheidungen durften sie sich sogar ein Hotelzimmer in Indianapolis teilen. Kaila genoss ihre verantwortungsbewussten Entscheidungen – ganz wunderbare Entscheidungen sogar –, und Jax und sie waren verliebter denn je.

Natürlich qualifizierte sie sich für das Auswahlteam, mit einem sauberen Dreieinhalb-Salto rückwärts vom Zehner und einem perfekt ausgeführten Zweieinhalb-Salto rückwärts mit Doppelschraube vom Siebeneinhalber. Jax flog ihr in die Arme, als er von der Tribüne gestürmt kam und ihr sein iPad in die Hand drückte, auf dem ihre ebenfalls jubelnden Eltern und ihr kleiner Bruder über Zoom zugesehen hatten. Da sie sie nicht umarmen konnten, umarmten sie sich gegenseitig, und Dad schniefte sogar ein wenig.

»Wir fahren nach Pariiiiiiiis!«, sang Django. »Ich werde so viel Baguette essen, bis mir schlecht wird!«

Daraufhin prusteten alle los.

Im Juni half sie Django, Videos für seinen neuen YouTube-Kanal *Mr. Djangoman* zu drehen. Er hatte fast unverzüglich Erfolg damit: Seine Vierzigerjahre-Swing-Version von Lady Gagas und Bradley Coopers »Shallow« und seine Boogie-Version von Harry Styles' »Watermelon Sugar« wurden Zehntausende Male geklickt. Aber der echte Durchbruch erfolgte mit »Great Balls of Fire«. Doch wieder dieser Scheißsong.

Django kam am nächsten Morgen verwirrt nach unten und zeigte ihr das iPad. »Ich kapiere das nicht«, sagte er.

Unter dem Clip stand: *2,1 Mio. Aufrufe – vor 16 Stunden.*

»Heilige Scheiße …«, sagte Kaila.

»Achte auf deine Sprache!«, rief ihre Mom, aber als sie es auch sah, stieß sie ein noch schlimmeres Schimpfwort aus. Erneut ein Grund zu feiern im Hause Lewis da Silva. Dann kamen die Anfragen herein, so viele, dass die Puget Sound als Agentur fungieren musste. Die meisten lehnten sie ab, aber als die Redaktion von James Corden anrief und ihm anbot, in einer der letzten Folgen der *Late Show* aufzutreten, sagte Django zu, und Mom und Dad erlaubten es ihm. Die zwei Tage in L.A. mit der ganzen Familie wurden zu einem Fest.

Django durchlief seinen Ruhm ohne eine Spur von Arroganz. Am liebsten sah er sich zu Hause mit Kaila Reaktionsvideos auf YouTube an. Kaila verstand den Erfolg ihres kleinen Bruders: Viele Leute fanden es urkomisch, einen zehnjährigen Virtuosen zu sehen, der zu Altherrenmusik auf seinem Klavier abging. Es hatte etwas Entwaffnendes an sich. Und er war gut. Kaila hasste diese sauberen, glockenhellen, perfekten Kindersingstimmen, aber Djangos Stimme hatte etwas Heiseres, etwas Raues. Er hatte Ecken und Kanten.

In diesen glücklichen Tagen war es für Kaila fast unvorstellbar, dass es so etwas wie ihren Todeswunsch gegeben hatte. Aber es gab Zeiten, in denen sie an den Jungen auf Dads Foto dachte und an alle, die ihm vorangegangen waren. Dann legte sich etwas Dunkles über sie, wie eine Wolke vom Kaskadengebirge an einem sonnigen Nachmittag plötzlich Schatten werfen konnte.

Natürlich erzählte sie Django nichts davon. Sein Leben war schön und frei und noch voller Überraschungen, und sie wollte es ihm nicht verderben.

Manchmal musste man ein wenig genießen, solange man konnte.

Manchmal glaubte Kaila, den Buchhalter zu sehen.

Das erste Mal geschah es im Trainingslager in Seoul. Sie war kurz vorm Absprung, als sie den Bruchteil einer Sekunde lang meinte, ihn auf der Tribüne sitzen zu sehen. Dunkler und größer als die Menschen ringsum. Sein Gesicht war in Rauchschwaden verborgen, wie kahle Novemberzweige, die sich im Wind wiegen, doch sie wusste, dass er lächelte. Da waren ihre Beine bereits automatisch abgesprungen.

Ihr Sprung endete nicht mit einem Bauchklatscher, sondern war perfekt. Mit klopfendem Herzen tauchte sie auf und suchte mit den Augen die Tribüne ab, aber er war nicht da. Natürlich nicht, hatte sie sich gesagt. Sie befand sich schließlich auf der anderen Seite der Welt. Bestimmt würde er hier nicht nach ihr suchen.

Ein anderes Mal sah sie ihn nicht, sondern roch ihn nur. Sie und Jax waren auf der Abschlussfeier seines besten Freundes in Redmond, und auf einmal wurden die Gerüche von Dreamsicle-Punsch und Teenagerschweiß von einer starken aromatischen Halluzination in den Hintergrund gedrängt, einem Phantomgeruch, der unverkennbar seiner war. Der Rauch, der von seinen Schultern aufstieg. Der moschusartige

Duft seines Eau de Cologne. Verrottendes Holz. Sie hatte sich erschrocken umgesehen, und einen Moment lang war die Musik gedämpft gewesen, einen Moment lang glaubte sie, die tropfende Stimme zu hören: *Ich will dir etwas geben. Es gehört nur dir.*

Jax hatte gefragt, ob alles in Ordnung mit ihr war. War es nicht. Der Geruch war den ganzen Abend um sie herum geblieben. Ganz nahe. Manchmal sogar in ihr.

Kaila konnte nicht feststellen, ob solche Wahrnehmungen echt oder Ausgeburten ihrer Manien waren. Aber an Abenden, an denen sie sich allein fühlte, wenn ihre Hypomanie sie erschöpfte und ihr bewusst war, dass sie nicht immer zwischen Realität und Fantasie unterscheiden konnte, nahm sie das schwarze Vulkanglas aus ihrem Schmuckkästchen und drückte es an ihr Herz.

Wie der Stein zu ihr zurückgekehrt war, wusste sie nicht mehr. Als sie sich das erste Mal von ihm getrennt hatte, hatte ihn ein Fuchs zurückgebracht. Aber das zweite Mal, nachdem ihre Mutter ihn mitgenommen hatte?

Keine Ahnung. Und es spielte auch keine Rolle.

Das Wichtigste war, dass der Stein ihr Trost spendete.

Trost … und ein geheimnisvolles Gefühl der Zugehörigkeit, das sie nicht einordnen und dem sie nicht widerstehen konnte, das sie aber nichtsdestotrotz faszinierte.

Als sie am letzten Frühlingsabend eine Runde joggen ging, entdeckte sie am Waldrand einen Fuchs. Er stand totenstill zwischen dem hohen Gras und beobachtete sie.

Sie blieb stehen. »Fuchs«, rief sie leise. »Bist du es?«

Der Fuchs duckte sich ins Unterholz und lief davon.

DJANGO

Mood Indigo. Gruben im Wald. Eine Botschaft aus Louisiana.

Sommer

Im Juli, nicht lange nach ihrem Kalifornienurlaub, teilte Dad ihnen mit, dass Mr. Hendrickx gestorben war. Django durfte bei der Beerdigung spielen. Er bekam eine Krawatte und endlich ein Paar schwarze, glänzende Lackschuhe, damit er den Rhythmus mitklopfen konnte, wie Mr. Hendrickx es immer getan hatte. Unter dem Flügel auf der Bühne lag ein Teppich, aber Django bat darum, ihn zu entfernen, denn er glaubte, Mr. Hendrickx hätte es so gewollt. Dieses Klopfen musste man hören.

Er wusste nicht genau, was er spielen würde, bis er hörte, wie es aus seinen Fingern kam. Das Lied hieß »Mood Indigo«, und obwohl Django zum ersten Mal in seinem Leben nervös war, fand er die Melodie dort wieder, wo sie immer gewesen war: durch einen Schleier aus zerfließenden Akkorden schimmernd. Es wurde nach und nach vertrauter, und Django ließ sich bereitwillig von ihr mitreißen. Er wusste, dass es gut war, als er das warme »*Jadadal-dieda*« von Mrs. Hendrickx in der ersten Reihe hörte, die sich die roten Augen mit einem Taschentuch abtupfte. Sie sah an diesem Tag uralt aus, und Django begriff, dass auch sie nicht mehr lange zu leben hatte.

Das war gut so, dachte er, denn nach fast einem Jahrhundert zusammen sollte man nicht zu lange allein bleiben.

Es folgte kein Applaus, das gehörte sich nicht auf einer Beerdigung, aber danach kam ein Video von Mr. Hendrickx, der »Farewell Blues« spielte, und Django, der bis dahin nicht geweint hatte, drückte sein Gesicht an Dads Anzug und ließ seinen Tränen freien Lauf.

»Wie schön«, flüsterte Dad.

»Es ist das letzte Mal, dass ich ihn spielen höre.«

»Nein, mein Sohn. Du wirst ihn jedes Mal hören, wenn du spielst.«

»Ich traue mich sehr wohl«, sagte Liam.

»Es ist aber verboten.« Das war Harpers Stimme.

»Na und, es ist so vieles verboten.«

Sie standen an der Aussparung, die Liam und er unter dem Maschendrahtzaun ausgehoben hatten. Liam steckte seine Finger zwischen die Rauten, damit er die unteren Metallenden hochziehen konnte. Eigentlich hatte Harper recht. Überall in der Bird Street durften sie spielen, aber vier Orte waren verboten: unten an der Waldstraße nahe des Camp Heron Market (zu weit außer Sicht und zu viel Verkehr), vor der Tür von Joyce Wachowskis Arbeitszimmer (sie könnten sie beim Schreiben stören), in Djangos Garten am Zaun (Mannomann) und in dem Waldstück hinter dem Bungalow der Aikmans (ebenfalls Mannomann).

Da waren sie nun. Django hörte gerne auf seine Eltern, vor allem, wenn es um die Dunklen Tage ging, aber er war inzwischen elf, es war August, es war heiß, und die Wälder waren voller summender Libellen. Er war neugierig geworden.

»Wer geht zuerst?«, fragte Liam. »Entweder halte ich ihn für dich hoch, oder du hältst ihn für mich hoch.«

»Geh du ruhig.«

»Gut.« Liam machte Anstalten, sich zu ducken, aber Harper hielt ihn zurück. »Ich will das nicht. Es ist verboten.«

»Okay, aber dann musst du wieder zurück nach Hause. Wir gehen rein, und allein darfst du hier nicht spielen.«

»Ich will nicht nach Hause.«

»Dann musst du mitkommen. Schau mal, es geht ganz leicht.«

Er ließ sich auf die bloßen Knie fallen und kroch durch die Kuhle. Django zog das straffe Netz so weit wie möglich nach oben, und Liams T-Shirt verfing sich nur einmal an den gezwirbelten Metallspitzen. Auf der anderen Seite rappelte er sich auf.

Liam stand hinter dem verbotenen Zaun. Django spürte eine Ader unter seinem Augenlid pochen.

»Jetzt du.«

Diesmal hielt Liam das Netz hoch, und nun ließ sich Django hinab. Auf dem Bauch, die Nase unmittelbar über dem Boden, erfüllte ihn der herrlich schwüle Geruch des Waldes: Brombeeren, Tannennadeln und schwarze Erde. Django war nicht so superdünn wie Liam, aber Liam war stark genug, um das Netz hochzuziehen, und Django schaffte es, sich unter dem Zaun durchzuschlängeln, ohne sich Striemen an Schultern oder Beinen zu holen. Er stand auf und blickte zurück.

Eben noch hatte er dort gestanden. Jetzt stand er hier. Es war verrückt, wie wenig Unterschied es zwischen zwei Orten geben konnte, und doch war alles anders.

»Komm schon, Harper«, befahl Liam. »Da ist doch nichts dabei.«

Widerwillig begann sie, unter dem Zaun hindurchzukriechen. Auf halbem Weg ließ Liam das Netz los, sodass sich die Spitzen in den Hintern ihrer Jeans gruben.

»Jetzt steckst du fest!«, krächzte er.

»Liam, du Ratte! Mach keinen Unsinn!«

»Das war doch nur Spaß.« Er zog den Maschendraht wieder hoch. »Nichts passiert.«

Harper war so klein und dünn, dass die Spitzen nicht einmal ihre Jeans durchbohrt hatten. Im Handumdrehen stand sie neben den beiden.

»Und jetzt?«, fragte Django.

»Jetzt gehen wir auf Erkundungstour.«

Der Wald war grün und braun und voll von stillem Licht. Anfänglich gingen sie in einer geraden Linie vom Zaun weg, doch bald zwangen sie dichte Farne und das unregelmäßig ansteigende Gelände dazu, davon abzuweichen. Am einfachsten war es, den Rinnen der ausgetrockneten Bäche den Hügel hinaufzufolgen. Manchmal konnte man noch ihre sandigen Spuren zwischen den oberirdischen Wurzeln sehen. Manchmal sahen sie dunkle Tümpel, über denen der Geruch von feuchten Algen hing. Alles übte eine pestkranke Anziehungskraft aus, wie ein Wald aus einem Märchen.

Liam hatte sich eine geniale Methode ausgedacht, um sich nicht zu verlaufen: Er bohrte immer wieder einen Ast als Wegweiser aufrecht in den Boden, schön tief und fest, und achtete darauf, dass man, wenn man zurückschaute, den jeweils vorherigen Wegweiser immer noch sehen konnte. Wasserdichte Methode, dachte Django. Und viel schlauer als die Kieselsteine von Hänsel und Gretel, denn Kieselsteine glänzten im Mondlicht überhaupt nicht (die Brotkrümel wären natürlich auch total blöd gewesen, das hätte sich jeder Schwachkopf denken können).

Sie trugen Wünschelruten aus gegabelten Ästen und suchten zuerst nach verborgenem Gold aus der Zeit, als Dagobert

Duck am Klondike Gold gewaschen hatte, und dann nach Jibblymowers.

»Woher wissen wir, dass wir etwas gefunden haben?«

»Ach, das merkst du von selbst«, sagte Liam. »Dann schlägt die Wünschelrute aus.«

Django wusste nicht genau, was das bedeutete, aber er vertraute darauf, dass es so war. Sobald sie die heikle Grenze des Zauns überschritten hatten, fühlte er sich ausgeglichen. Alles kam ihm liebenswert und vertraut vor: die schattigen Fleckchen am Hang, die Hummeln in den gelben Blüten, die Grillen im Laub. Der Wald gehörte zu ihm, nicht nur, weil er an seinen Garten grenzte oder er schon immer hier wohnte. Er fühlte sich dort als Teil eines Geheimnisses, das die Quelle seines Lebens bildete.

»Warte mal …«, sagte Liam. Er blieb stehen und schaute konzentriert auf die Spitze seiner Wünschelrute. »Nein, es ist doch nichts.« Sie gingen weiter.

»Hast du sie jemals gesehen?«, fragte Django.

»Die Jibblymowers? Nein, nie. Aber ich weiß, dass sie da sind.«

»Woher weißt du es dann?«

»Weil Ethan es mir erzählt hat. Er hat sie auch nie gesehen, aber er hat es wiederum von dem Jungen, der im Haus von Gray und Laura gewohnt hat. Der hat sie gesehen.«

»Ich auch«, schaltete sich Harper ein und gab ihr Bestes, um mit ihnen Schritt zu halten.

»Lüg nicht, Dummerchen.«

»Ich lüge nicht!«

»Wann hast du sie gesehen?«

»Letzten Winter.«

»Das glaube ich dir nicht.«

»Mir egal, ob du mir glaubst, aber ich habe sie gesehen.«

Jetzt drehte sich Liam sicherheitshalber doch zu seiner kleinen Schwester um. »Wo?«

»Auf der Weide. Als Sappy unter der blauen Plane lag und es die ganze Zeit so stark geregnet hat. Mom hat mir gesagt, ich soll nicht so viel aus dem Fenster schauen, wenn es mich traurig macht. Aber ich hab es trotzdem gemacht, weil ich sowieso traurig war. Und ich wollte Sappy sagen, dass es mir leidtut.«

»Was hast du dann gesehen?«, fragte Liam, trotz seiner Ungläubigkeit neugierig. Und ein wenig verunsichert, meinte Django zu erkennen.

»Lichter. Sechs Stück, ich hab sie gezählt. Sie hingen ganz still um Sappy herum.«

»So ein Käse.«

»Überhaupt kein Käse. Warum sollte ich lügen?«

»Wie sahen sie aus?«

»Wie kleine Lämpchen im Nebel. Denn zu der Zeit war da gar kein Regen, nur Nebel, der ganz tief über dem Boden hing. Und der Mond schien hell, sodass man alles gut beobachten konnte.« Harper kletterte über einen umgestürzten Baumstamm, und Liam stützte sie, ohne nachzudenken. »Sie sahen aus wie Kerzenflammen, nur in Blau.«

»Und was ist dann passiert?«

Sie haben angefangen, sich zu drehen. Einige wurden lang und kurvig, wie Gespenster. Ich weiß auch, warum.«

»Warum?«

»Weil sie wussten, dass ich sie beobachte.«

Django spürte ein Kribbeln im Nacken, das ihm die ganze Wirbelsäule hinablief. Es war unangenehm, als ob jemand einen Eiswürfel in sein Shirt geschoben hätte.

»Wenn das wahr ist, was du sagst«, sagte Liam, »dann wirst du bald sterben.«

»Nicht wahr!«

»Doch wahr. Wenn du Jibblymowers siehst, verzaubern sie dich, und du bist verflucht. Dann hast du Unglück und stirbst. Nicht wahr, Django?«

»Vielleicht nicht«, sagte Django, vor allem, weil er Harper nicht erschrecken wollte. »Wir wissen es nicht sicher.«

»Doch. Ethan hat es mir gesagt. Eines Tages wirst du sie wiedersehen, dann führen sie dich immer tiefer in den Wald hinein, bis du dich verirrt hast, und dann ziehen sie dich in ihre Höhlen.« Er senkte seine Stimme. »Vielleicht schon heute.«

»Du bist blöd! Ich geh gleich nach Hause und erzähl alles!«

»Ganz allein?«

Django sah, dass Harpers Lippen bibberten. »Aber wenn man stirbt, sobald man sie sieht«, mischte er sich schnell ein, »warum suchen wir dann überhaupt nach ihnen?«

»Um ihnen in die Eier zu treten!«, johlte Liam und rannte vorwärts, während er wütend mit der Wünschelrute gegen die Farne schlug und einen Karatekick in die Luft trat.

»Liam ist verrückt«, vertraute Harper ihm ganz sachlich an.

»Ich weiß«, sagte Django.

Aber Liam war auch lustig und klug und sein bester Freund. Blitzartig sah er plötzlich eine Weggabelung vor sich. Auf dem einen Pfad würde Liam zu einem erfolgreichen Baseballspieler bei den Seattle Mariners heranwachsen. Er würde zu den Dodgers wechseln und die World Series gewinnen, und vielleicht würde er danach einen prestigeträchtigen neuen Wolkenkratzer entwerfen. Auf dem anderen Pfad würde er als Jugendlicher an einem Novembertag mit einer AR-15 die Cedarcrest High School betreten, den Gewehrlauf auf seine Mitschüler richten und seine Magazine leer ballern.

Django blieb stehen. Es war, als hätte ihn ein Schlag getroffen. Auf einmal fühlte sich die Sommerhitze unter dem Blätterdach klamm und klebrig an. Nicht mehr angenehm, sondern bedrückend. Er bekam eine Gänsehaut.

»Es stimmt aber«, sagte Harper leise. »Dass ich sie gesehen habe.«

»Das glaube ich dir.« Django musste sich räuspern.

»Auch, dass ich sterben muss?«

»Nein. Das glaube ich nicht.«

Sie beschleunigten ihre Schritte, um Liam einzuholen, und als es ihnen gelungen war, blickte Harper atemlos zurück. »Ich kann den vorherigen Wegweiser nicht mehr sehen.«

»Doch«, sagte Liam, »dort unten, hinter den beiden verdrehten Bäumen. Da kommen wir her.«

»Aber ich sehe ihn nicht.«

Django spähte den Hang hinab, der mit abgerissenen, hellgrünen, moosbewachsenen Ästen übersät war. Harper hatte recht. »Meinst du, wir sollten umkehren?«

»Nein«, sagte Liam, »wir finden es schon.«

Er begann, einen neuen Ast in die Erde zu drehen, ging aber eher schlampig vor. Der Ast fiel immer wieder um.

»Ich will nach Hause«, beschwerte sich Harper.

»Jammer nicht! Du durftest mitkommen, unter der Bedingung, dass du nicht herumjammerst.«

»Aber wo gehen wir überhaupt hin?«

»Immer der Nase nach! Wenn man eine Entdeckungstour unternimmt, weiß man nicht genau, wohin man geht. Das ist ja der Sinn der Sache.«

»Ich finde Entdeckungstouren blöd.«

»Ich finde dich blöd.«

Liam hatte das Bohren aufgegeben, daher versuchte Django es an einer Stelle, wo der Boden weicher war. Er fragte sich, wie weit der vorherige Wegweiser wohl zurücklag. Wirklich besorgt war er noch nicht. Man musste einfach dem Hang bergab folgen: immer bergab, dann kam man von ganz allein zum Zaun.

Es würde ihnen nichts passieren. Sie waren schließlich Glückspilze.

Sie streiften weiter durch flacheres Gelände, zwischen Waldriesen hindurch, deren Stämme rot und so dick wie Schulbusse waren. Nach einer unbestimmten Zeit blieb Liam stehen. »Hey, ihr müsst mal kurz hinhören.«

Django legte den Kopf schief. Hier herrschte eine tiefe Stille, die die Luft zu verdicken schien. Kein Wind war zu hören. Die Tannenwipfel hingen unbeweglich und unendlich hoch über ihnen. Aber auch der Chor der Libellen und Grillen von zuvor war nicht mehr zu vernehmen.

»Man hört gar nichts. Nicht einen einzigen Vogel.«

»Nein«, sagte Django. Wieder musste er an einen Wald aus einem Märchen denken, aber jetzt besaß die Vorstellung nicht mehr denselben aufregenden Reiz. Märchenwälder waren anfangs lustig, aber irgendwann verirrte man sich darin, und dann kam immer etwas aus dem Dunkel, das einen fressen wollte.

Er öffnete den Mund, um vorzuschlagen, sich auf den Rückweg zu begeben, als Liams Augen groß wurden. »Whoah, was ist das denn?«

Er fing an zu rennen, die Wünschelrute vor sich her wedelnd.

»Liam, warte!«

»Ich will nach Hause!«, brüllte Harper plötzlich.

Zwei Sekunden lang blieb Django unschlüssig stehen. Dann packte er Harper am Handgelenk und rannte mit ihr hinter Liam her. Ihm gefiel die Vorstellung nicht, mit einem schreienden Kind allein im Wald zu sein. Was auch geschah, sie mussten zusammenbleiben.

»Liam, halt!«

»Ich will nach Hause ich will nach Hause ich will nach Hause!«

»Wir gehen gleich nach Hause! Aber jetzt musst du dich beeilen!«

Aber Harpers kurze Beine konnten nicht schneller laufen; sie stolperten über den Waldboden, und Django zog sie hinter sich her, um Liams flatterndes weißes T-Shirt nicht aus den Augen zu verlieren. Sie brüllte, keine Worte, sondern das lange, unverständliche Kreischen eines Babys in Panik.

Dann erblickte Django es auch.

Der Wald lichtete sich, und vor ihnen lag eine Landschaft, die in jeder Hinsicht schön hätte sein müssen, es aber nicht war. In der Ferne glitzerten weite Moorseen, in denen sich bewaldete Berge spiegelten. Die zum Ufer hinabfallende Ebene war durchzogen von sich windenden Wurzeln ohne Stämme und Stümpfe, hohen Büscheln verdorrten Grases und niedrigen Heidepflanzen. Und überall lagen Asthaufen. Dutzende, vielleicht hundert. Sie sahen aus wie Nester für Kondore oder Donnervögel oder die fliegenden Reptilien aus *Jurassic World*.

Liam war jenseits des Schattens am Waldrand stehen geblieben, und endlich holten sie ihn ein. Er drehte sich triumphierend zu ihnen um. »Siehst du, es war gut, dass wir weitergelaufen sind. Sonst hätten wir das nie entdeckt!«

Harper hatte aufgehört zu weinen. Sie wischte sich mit dem Armrücken die Augen trocken und schaute sich verwirrt um.

»Was sind das für Asthaufen?«, fragte Django.

»Da bin ich überfragt.«

»Meinst du, Menschen haben sie hingelegt?«

Liam musste so was wissen. Liam war der Baumeister.

»Das muss so sein. Das ist nichts Natürliches.«

»Aber warum?«

»Vielleicht ist das ein alter Indianerfriedhof.«

»Wow …« Das eröffnete eine Schatztruhe voller fetter Ideen. »Vielleicht haben Moorgeister sie aufgehäuft. Oder Druiden.«

»Was sind Druiden?«, fragte Harper.

»Alte Männer mit langen Bärten, die weiße Magie betreiben. Wie Gandalf.«

»Oder schwarze Magie, wenn sie böse sind«, fügte Liam hinzu.

»Ja, das kann auch sein, jedenfalls errichten sie lauter irre Ritualstätten, um dort zu zaubern. Und so sehen sie aus.«

»Ich sehe keine Männer mit langen Bärten«, sagte Harper und blickte über das Wasser.

Django fiel auf, dass es auch hier völlig still war. Kein Lüftchen wehte. Kein einziger Vogel rief über das Moor. Hinter ihnen stand die Sonne tief und brannte in ihren Nacken. Es musste schon spät sein. Alles flimmerte an diesem heißen Augustnachmittag. Alles hatte eine warme Farbe: der Himmel, das Wasser, die trockenen Moose. Und doch fühlte sich alles falsch an.

Tot, das ist das richtige Wort. Alles fühlt sich tot an.

Ein Stück weiter lag etwas zwischen den Asthaufen. Liam rannte darauf zu. »Igitt! Django, komm mal!«

Django folgte ihm, und auch Harper machte Anstalten, aber Liam hob die Hand. »Nein, du nicht, Harper.« Etwas in seiner Stimme strahlte genug elterliche Autorität aus, um seine Schwester zögern zu lassen. Im selben Moment sah Django es und schirmte sie mit dem Körper von dem Anblick ab. Es war ein Elch, in einem fortgeschrittenen Zustand der Verwesung.

Sein Geweih ragte noch aus dem Kopf, aber er hatte keine Augen mehr. Überall wimmelte es von Würmern und Fliegen. *Warmes Fleisch*, dachte Django wie aus dem Nichts, scheinbar bedeutungslose Worte, die eine ganze Lawine von verschütteten Erinnerungen auslösten. Da war der vertraute Geruch von Ammoniak. Der Geruch von verrottendem Fleisch. Da begannen sich die Fäden zu spinnen, von den Löchern in der Flanke des Tieres bis zur Erde und zurück.

Nein … er bildete es sich nur ein. Es waren nicht die Dunklen Tage. Doch diese fühlten sich plötzlich sehr nahe an.

»Weg«, sagte Django, aber er musste sich räuspern, um weiterzusprechen. »Wir müssen von hier verschwinden.«

»Was ist da?«, fragte Harper.

»Ein totes Tier«, sagte Liam, blass um die Nase. »Es ist völlig verrottet. Bleib besser dort, Harper. Es stinkt!«

Er bohrte mit der Spitze seines Astes in die Flanke, und Django wandte sich ab. »Liam.«

Liam kam auf ihn zu und nickte grimmig. Mit gedämpfter Stimme fragte er: »Jibblymowers leben doch in Höhlen? Meinst du nicht …« Er beendete seinen Satz nicht, sondern nickte in Richtung des nächsten Asthaufens.

Djangos Zunge klebte an seinem Gaumen. Jetzt stocherte Liam mit seinem Stock zwischen den Ästen herum. Irgendwie war das sogar noch schlimmer als beim Elch.

»Nicht«, murmelte er. »Du darfst es nicht stören …«

Aber Liam war neugierig. Er wühlte mit der Spitze seines Turnschuhs darin herum. Die Äste waren alt, grau, fast weiß und spröde wie die Knochen alter Menschen. Django hörte mehrere unter Liams Sohle knacken.

Dann ging alles ganz schnell. Liam verlagerte sein Gewicht nach vorne, sodass er auf dem Holzstapel stand, in der Erwartung, er würde einbrechen. Stattdessen versank er darin, als wäre es Treibsand. Zuerst bis zu den Hüften. Dann bis zu den Schultern. Er schlug um sich, aber bekam nur tote Äste zu fassen, die mit ihm herabstürzten, als hätte sich der Boden unter ihm aufgetan. Es ging langsam genug, dass Django das wachsende Entsetzen in seinem Gesicht genau verfolgen konnte. Der Blick in Liams Augen, er würde ihn nie vergessen. »Hilfe …«

Django schoss auf ihn zu. Er dachte nicht nach. Er ließ sich fallen, schürfte sich die Knie auf und packte Liams Handgelenk, doch Liams Schwung zog ihn weiter nach vorne, und so landete Django auf ihm, mitten auf dem Stapel. Äste stachen ihn am ganzen Körper. Durch das zusätzliche Gewicht knickten sie ein wie Schilf, und Django hatte das Gefühl, er wäre in ein Luftloch geraten. Im Bruchteil einer Sekunde sah er, was unter ihm wartete. Ein tiefes, dunkles Loch. Voller Äste.

Nur gab es keinen Boden.

Er schrie. Unter ihm schrie Liam. Über ihm schrie Harper, aber das war inzwischen weit weg. Es wurde blitzschnell dunkler und dunkler. Und während Django tiefer in die Höhle fiel, dachte er: *Jibblymowers. Jibblymowers leben in Höhlen. Jibblymowers und die Toten Dinge und alles andere, was krabbelt.*

Gejagt von Dem, der immer hungrig ist.

Vielleicht dauerte der Sturz nur ein paar Sekunden, doch er kam Django unglaublich lang vor. Als sie plötzlich still dalagen, schien die Welt selbst zum Stillstand gekommen zu sein.

Langsam füllte sie sich wieder mit Geräuschen. Sein stoßweiser Atem. Liams Stöhnen. Das Summen des Blutes in seinen Ohren. Harper, die wieder zu brüllen angefangen hatte, in weiter Ferne. Sehr viel näher ein Ast, der laut knackte wie ein Gewehrschuss. Sie sanken wieder. Django stieß einen Schrei aus. Nur ein kleines Stück.

»Au«, stöhnte Liam.

Weit über seinem Kopf, vielleicht acht Meter entfernt, sah Django ein rundes Loch mit Tageslicht. Es sah aus, als befänden sie sich auf dem Grund eines Brunnens. Erdwälle erhoben sich senkrecht. Aus ihnen ragten hängende Wurzeln und ein Wirrwarr verschlungener Äste. Sie mussten mitten hindurchgefallen sein – nur begriff Django sofort, dass das, was er sah, unmöglich war.

Die Äste waren bei ihrem Sturz gebrochen. Das hatte er gehört. Das musste so sein, sonst hätten sie nicht in den Schacht fallen können. Nach den Gesetzen von allem, was normal war, hätten die Äste unter ihnen landen und das raue Bett bilden müssen, auf dem sie jetzt lagen. Allerdings war hier gar nichts normal. Denn über ihren Köpfen hatte sich ein Spinnennetz aus Wurzeln geschlossen.

Als ob sich das Loch wieder gefüllt hätte.

Als ob die Äste lebendig wären.

Ruckartig blickte Django nach unten und sah erst jetzt, wie prekär ihre Lage war. Sie hatten den Boden noch gar nicht erreicht. Sie hingen irgendwo auf halbem Weg, weil die dicken Wurzeln und Äste unter Liams ausgebreitetem Körper offenbar stark genug waren, um sein Gewicht zu halten. Django befand sich vielleicht einen Meter über ihm. Er hätte schwören können, dass er Liam gerade noch unter sich gespürt hatte (dessen war er sich sicher, sein Arm hatte sich in Liams Seite gebohrt, als er versucht hatte, sich aufzurichten), aber auch zwischen ihnen verflochten sich bereits Wurzeln. Verzweifelt und in Todesangst blickte Liam zu ihm auf. Seine Arme und Beine waren mit Striemen übersät, und Blut lief ihm über die Stirn.

»Liam! Liam, geht's?«

»Ich glaub nicht! Ich kann mich nicht bewegen, sonst

bricht alles!« Aber er bewegte sich doch, und ein stämmiger Ast knackte weg. Mit einem verängstigten Schrei sackte Liam wieder ein Stück tiefer.

»Nicht bewegen!«, rief Django.

»Scheißescheißescheiße!«

Liam weinte, und das machte alles noch schlimmer. Er selbst war abgesehen von ein paar Schrammen nicht verletzt, da Liam als sein Stoßdämpfer fungiert hatte. Aber die Wurzeln knackten unter seinem Rücken, und Django musste an einen Zeichentrickfilm denken, in dem sich der Held auf dünnem Eis bewegte, das immer mehr Risse bekam. Das war lustig gewesen, ganz anders als ihre gegenwärtige Situation. Wenn er hinabsackte, würde er gegen Liam stoßen wie eine Billardkugel. Wie weit würden sie dann noch fallen? Wie tief reichte der Schacht in die Erde?

»Kannst du hochklettern?«, erklang Liams zittrige Stimme.

Der Schacht war zu breit, um sich mit dem Rücken gegen die Wand und je einem Fuß zu beiden Seiten hochzustemmen. Ganz, ganz vorsichtig führte Django seine Hand zum Erdwall und packte eine Wurzel am Ansatz. Er zog mit einem Ruck daran. Die Erde bröckelte, aber die Wurzel war stark genug, und Django konnte sich ein kleines Stückchen in die Höhe ziehen.

Sofort brach der Ast unter seiner Hüfte.

Blitzschnell griff Django mit der freien Hand nach einer anderen Wurzel. Seine Beine schwangen frei, und mit einem dumpfen Stöhnen blieb er an beiden Armen hängen. Liam wandte sich ab, um dem auszuweichen, was auf ihn herabrieselte, während Djangos Füße einen dicken Ast fanden.

Es war hoffnungslos. Es war, als würde man versuchen, auf ein Kartenhaus zu klettern.

»Ich schaffe es nicht.«

»Hast du dein Handy dabei?«, fragte Liam.

Wider besseres Wissen klopfte er mit einer Hand auf seine Hosentaschen. Meist nahm er es nicht mit, wenn er draußen spielte. »Nein. Du?«

»Ich auch nicht.« Wieder wechselten sie Blicke, und jetzt spürte Django, wie Panik in ihm aufstieg. Zwischen ihnen waren weitere Wurzeln gewachsen, einige so dick wie Arme. Er hatte sie nicht wachsen sehen, er hatte sie nicht wachsen gespürt, aber trotzdem war es passiert. Was, wenn Liam sich nicht mehr hindurchwinden konnte? Was, wenn er ihn bald nicht einmal mehr sehen könnte?

Er schaute hoch und rief: »Harper! Harper, bist du da?«

Stille.

Liam fing an, mit ihm zu schreien. Harpers rundes Gesichtchen erschien in dem Loch. Sie weinte immer noch hemmungslos.

»Harper!«, rief Liam. »Du musst aufhören zu weinen und zuhören!«

»Ich kann euch nicht sehen!«, jammerte sie.

»Wir sind hier! Schau, zwischen den Ästen! Harper, du musst Hilfe holen! Wir sitzen fest und kommen nicht mehr raus!«

»Aber ich weiß nicht, wohin ich gehen soll!«

Django dachte nach. »Harper! Siehst du das Wasser und die Berge?«

Sie blickte zurück, ihr Gesicht verschwand für einen Moment aus dem Loch. »Ja«, hörten sie sie leise sagen.

»Stell dich mit dem Rücken zum Wasser und geh geradeaus vom Wasser weg. Dann kommst du zum Waldrand, und danach gehst du immer den Hang hinab. Vielleicht findest du Liams Wegweiser, aber wenn du sie nicht findest, gehst du einfach weiter runter. Dann kommst du automatisch zum Zaun.«

Es blieb kurz still. »Ich trau mich nicht!«

»Du musst, Harper!«, rief Liam, und Django vernahm die Verzweiflung in seiner Stimme. »Sonst kommen wir hier nie wieder raus!«

»Aber Hänsel und Gretel sind auch der Spur gefolgt und kamen an das Hexenhäuschen!«

»In Lock Haven gibt es keine Hexen!«, rief Django.

Liam dämpfte seine Stimme. »Was ist mit Mrs. Aikman?«

Django dachte einen Moment lang nach. »Außer vielleicht Mrs. Aikman«, rief er, »aber wenn du bei ihrem Haus bist, brauchst du nur noch die Straße zu überqueren!«

»Aber ich will nicht allein gehen!«

Django schlug frustriert gegen den Erdwall, erschrak aber, als sich die Äste, auf die er sich stützte, bewegten. Harper war sieben – wie sollte man einer Siebenjährigen mit logischen Argumenten kommen? »Hör zu«, rief er, »jetzt ist es noch hell, und du kannst leicht zurückfinden! Du musst nur bergab laufen! Aber wenn du noch länger wartest, wird es dunkel und kalt, und dann kommen die Hexen aus dem Wasser und die Wölfe!«

»Und Jibblymowers!«, rief Liam. Django vertraute er an: »Vor denen hat sie Angst.«

»Und Jibblymowers«, rief Django hinauf. »Dann bist du dort besser aufgehoben als hier. Du *musst* Hilfe holen, so schnell du kannst!«

Lange blieb es still. »Okay«, ertönte es dann nervös.

»Gut so, Harper! Klasse!«

»Dann gehe ich jetzt!«

»Und Harper?«, rief Liam. Sie blickte noch ein letztes Mal nach unten. »Keinen Lichtern hinterherlaufen.«

Ihr rundes Gesichtchen verschwand aus dem Loch, und es wurde still.

»Glaubst du, sie wird den Weg finden?«, fragte Django nach einer Weile.

Liam sah ihn nur an, sein Gesicht blass und verängstigt. Vielleicht war es besser, diese Frage nicht zu beantworten. Vielleicht war es besser, einfach abzuwarten.

Nein, war es nicht. Nach einer kurzen Zeit, die sich anfühlte wie eine Ewigkeit, dachte er, er würde verrückt werden, wenn er nichts unternahm, und so wagte er einen weiteren Versuch, aus der Grube zu klettern. Er schlug dünne Äste über seinem Kopf weg, zog sich an anderen hoch, aber was er auch tat, sie brachen oder lösten sich, und er musste furchtbar aufpassen, nicht tiefer zu sinken.

»Es hat keinen Sinn«, sagte Liam, als er aufgab. Seine Stimme klang seltsam. Nicht nur, weil sie jetzt von weiter unten kam oder Django die Niedergeschlagenheit darin hören konnte.

Es hatte geklungen, als käme die Stimme aus einem Grab.

Wie viel Zeit vergangen war, wusste er nicht, aber das Licht hatte sich verändert. Der honiggelbe Himmel des Augustnachmittags war dem Weltuntergangsglühen der untergehenden Sonne gewichen. Der Tag war ausgeblutet, und hier unten in der Höhle hatten sich seine Augen bereits an die Dunkelheit gewöhnt.

Django konnte nicht fassen, wie das geschehen konnte. Wie sich ihr glücklicher Sommer urplötzlich in dieses düstere Märchen verwandelt hatte. Wie sie in einem Moment sorglos spielen und im nächsten unter der Erde zwischen Würmern und Käfern und schleimigen Kreaturen, die in Höhlen leben, gefangen sein konnten.

Es war schrecklich, völlig hilflos warten zu müssen, aber es war noch schrecklicher, dass sie kein Wort mehr miteinander gewechselt hatten. Es war, als ob der Schock sie stumm gemacht hatte. Django musste seine ganze Konzentration aufbringen, um seine immer wieder aufflammende Panik einzudämmen. Warum war Harper noch nicht mit Hilfe zurückgekehrt? Wie würde es ihnen ergehen, wenn keine Rettung kam? Was, wenn die Jibblymowers kämen? Natürlich konnte er sich nicht auch noch um Liam kümmern, sondern hatte alle Hände voll mit sich selbst zu tun.

Aber das war nicht das Einzige.

Es war Liams Idee gewesen, in den Wald zu gehen. Liam hatte angefangen, die Aussparung unter dem Zaun zu buddeln. Liam hatte weiter Druck gemacht, auch nachdem sie sich verlaufen hatten und Harper Angst bekommen hatte. Und es war Liam, der in dem Asthaufen herumgestochert hatte. Wenn irgendjemand schuld daran war, dass sie hier festsaßen, dann Liam.

Es spielt keine Rolle, wessen Schuld es ist. Ihr habt beide gegen die Regeln verstoßen und müsst jetzt den Preis dafür zahlen. Denn Harper hat sich den Knöchel verstaucht oder wurde von einem hungrigen Wolf gefressen, und es gibt niemanden, der euch zu Hilfe eilt.

Er riss sich von diesem Gedanken los. Er sollte sich besser irgendwie warm halten. Oben war zwar Sommer, aber hier, unter der Erde, war es kalt, und seine Muskeln wurden bereits steif. Sich warm zu reiben, kam bei dem fragilen Gleichgewicht der Äste nicht infrage. Also zog er die Muskeln zusammen und entspannte sie. Genau wie vor dem Klavierspielen.

Es half nichts, und Django erschauderte unwillkürlich.

Du hättest nicht auf Liam hören dürfen. Liam sagte, die Jibblymowers würden euch in ihre Höhlen locken, aber dank ihm sind wir jetzt hier. Er war es. Er hat dich an diesen schrecklichen Ort gelockt.

Was ist das überhaupt für eine Höhle?

Instinktiv spürte Django, dass sie nicht gegraben worden war, zumindest nicht von Menschen. Nicht mal von Druiden. Sie war einfach da.

Und sie war falsch.

In der Ferne, vielleicht sogar hoch oben über dem Wasser, ertönte ein schriller, hysterischer Schrei. Django stellten sich buchstäblich sämtliche Haare auf, und er spürte, wie seine Netzhaut austrocknete. Es war ein hohes Gackern, das wie eine Sirene anstieg und ebenso plötzlich in ein heiseres Schluchzen kippte. Django kannte keinen Vogel, der solche Laute von sich geben konnte – aber an einen Vogel hatte er auch nicht gedacht.

Es wurde still, und der Himmel über dem Loch war nun tiefviolett. Darin leuchteten Blitze auf. Django erkannte sie als die ersten Glühwürmchen, die umherflogen. Keine Irrlichter, das war doch zumindest was. Trotzdem sickerte die Kälte bis in seine Knochen, und das Zittern wurde unkontrollierbar.

Er sah hinunter. Aus der Dunkelheit starrte ihn Liam direkt an. Seine Lippen waren blaulila verfärbt, seine blasse Haut war deutlich geädert, sein Blick kalt, konzentriert und vorwurfsvoll. »Du hast mit Catherine gefickt«, sagte er.

»W…was?«

»Ich hab Gold gewittert im fernen Norden. Du hast mir meine Frau gestohlen.«

Djangos Herz sank von seiner Brust in seinen Magen. Mit Liam stimmte etwas nicht, ganz und gar nicht. Django konnte den Blick nicht von ihm losreißen. Liams Augen glühten vor verbissenem Zorn. Er versuchte, seinen Namen auszusprechen, aber was über seine Lippen kam, war ein heiseres Flüstern ohne Bedeutung.

Ein hohles, furchterregendes Grinsen spaltete Liams Gesicht in zwei Hälften. Es war, als wäre eine Maske gefallen, und nun sah Django, dass es gar nicht Liam war, mit dem er im Dunkeln saß, sondern ein Fremder. »Es ist zu spät«, sagte der Unbekannte. »Ich kann dich nicht mehr retten. Jetzt bist du mit mir in der Dunkelheit, und wir warten darauf, dass sich unsere Knochen vermengen.«

Die Welt geriet ins Wanken, und alle Äste stürzten über ihn ein. Nur waren es keine Äste, es waren Knochen, Knochen mit Sehnen, die im sterbenden Licht bleich glänzten. Django verfiel in schreckliche Panik und griff krampfhaft um sich. Der Schacht kippte zurück und schoss geradewegs in die entgegengesetzte Richtung. Unkontrolliert begann er sich einen Weg nach oben zu bahnen, aber was er auch tat, alles riss oder zerbrach, und Django arbeitete sich nur noch weiter in den Abgrund vor. Mit jeder Bewegung sank er tiefer zu dem Ding dort unten, das einmal sein bester Freund gewesen und nun etwas völlig anderes war, jenes Ding, das er direkt unter sich lachen hörte. Vor seinen Augen tauchten Flecken auf, seine Ohren brummten, und in dem Versuch, seine geistige Gesundheit zu bewahren, pumpte sein Herz alles Blut aus seinem Gehirn. Django verlor vor lauter Angst das Bewusstsein.

Völlig desorientiert wachte er auf. Klappernde Knochen. Jemand rief seinen Namen. Plötzlich alarmiert, wurde er sich seiner selbst und seiner Umgebung bewusst. Er lag noch immer in der Höhle in einem Netz aus knarrenden Wurzeln. Das war also kein Traum gewesen. Und was er hörte, waren Äste, keine Knochen. Liam bewegte sich. Aber war es wirklich Liam?

»Django! Django, bist du wieder da?«

Es war Liam. Seine Stimme klang verweint. »Ich bin's, Liam.«

»Du bist durchgedreht.«

»Ich weiß. Es geht wieder. Bitte halt mich fest.«

Denn genau das machte sein Freund mit ihm. Django spürte dessen Hände an seiner Taille. Er musste bis knapp über ihn gesunken sein, und nun hatte Liam seine Arme um ihn gelegt. Vielleicht, um ihn zu trösten. Vielleicht, weil er sich selbst nach einer Umarmung sehnte. Normalerweise wäre ihm das peinlich gewesen, aber jetzt ließ Django es nur allzu gern zu. Eine Geste der Wärme. Ein Zeichen, dass sie immer noch Freunde waren.

Django tastete vor und ergriff eine von Liams Händen. Die Hand klammerte sich an ihn. Sie fühlte sich kalt an.

»Sorry«, sagte Liam leise. »Es ist meine Schuld, dass wir hier festsitzen. Ich hätte nicht so sehr drängen sollen.«

Ein Schauer durchlief Django, vom Scheitel bis zu den Fußsohlen. Liams Stimme.

Sie erklang von unten, noch immer mindestens anderthalb Meter entfernt.

Django blickte hinab und sah im Halbdunkel Liams Hände, die sich fahl und schmutzig und mit Erde verkrustet vom Gelb seines T-Shirts abhoben.

Es waren drei Hände.

Er ließ die Hand los, und ein wütender Krampf durchzuckte ihn wie eine elektrische Ladung. Augenblicklich brach der Ast, auf dem seine Füße ruhten, und Django schoss einen halben Meter in die Tiefe. Es ekelte ihn, es juckte ihn, er zappelte, er wand sich, denn es war, als spürte er die Hand noch immer wie ein Echo in seiner eigenen, und erst jetzt dämmerte ihm, wie schwach und tot sie sich angefühlt hatte.

»Liam!«

»Huuuuh …«, stieß Liam aus. »Was machst du denn da?«

»Ich mache gar nichts!«

»Doch, du hast mich angefasst!«

Plötzlich kribbelte alles. Sein Nacken. Seine Haare. Unter

seinen Armen. Überall wurde er berührt. Überall gestreichelt. Ruckartig schaute er hoch.

Die Hände waren überall. Sie drängten aus dem Erdwall, über ihm, unter ihm, um ihn herum. Sie griffen nach ihm. Django stieß einen Schrei aus, und die meisten von ihnen schossen zwischen den Wurzeln davon, als hätten sie sich vor ihm erschrocken.

»Was zum Teufel!«, rief Liam. »Was ist hier los? Hier ist etwas!«

»Hier auch!«

»Was zum Teufel ist das?«

Django spähte abwärts, und die Welt dämmerte vor seinen Augen. Die Dunkelheit war voller schwebender Hände. Sie tasteten über Liams Körper. Über seine Arme, unter seinem Shirt, über sein Gesicht, durch seine Haare. Liam wand sich und schrie.

Was Django tat, war nicht rational. Es war reiner Instinkt und das Einzige, was er tun konnte. Er beugte sich vornüber, das Gesicht nach unten, und brüllte, so laut er konnte. Lauter als Little Richard bei »Good Golly Miss Molly«. Lauter als James Brown bei »I Feel Good«. Verdammt, lauter als The Killer bei seinen wildesten Auftritten in der *Steve Allen Show*.

Wie Ratten bei einer Überschwemmung schossen die Hände in alle Richtungen davon und verschwanden. Liam schnellte hoch und schlug schreiend um sich. Er riss den Kopf in die Höhe.

»Jetzt!« brüllte Django. »Raus hier!«

Getrieben von blinder Panik packte Django die Wurzeln an der Basis, stellte aber diesmal sicher, dass er seine Füße auf hervorstehende Äste stellte. Unter ihm tat Liam das Gleiche. Vielleicht war es die schiere Todesangst, die es den beiden Jungen ermöglichte, über sich hinauszuwachsen, die sie in die Lage versetzte, das zu tun, was ihnen zuvor nicht gelungen war: sich Stück für Stück durch den Schacht nach oben zu winden. Django tastete, schlug tote Äste aus dem Weg, knurrte, wandte knurrend sein Gesicht ab und tastete nach neuen, kräftigeren Wurzeln, an denen er sich hochziehen konnte. Der Bau war inzwischen so dicht zugewuchert, dass er überall Halt fand. Manchmal hatte er den Eindruck, er würde stecken bleiben und weder vor noch zurück können, wie eine Fliege im Spinnennetz hängen und Liam den Weg versperren, und sie würden beide elendig zugrunde gehen. Aber dann brüllte er erneut und riss die Wurzeln mit aller Kraft entzwei, drehte und wand sich und fand doch noch einen Weg.

Hände sah er keine, aber er spürte sie. Er spürte sie überall. Sie streichelten über seinen Rücken und seine Waden. Und dann schrie Django, er trat nach ihnen, und irgendwann sang er. Was, daran würde er sich später nicht mehr erinnern, aber er sang, bis er heiser war, und lachte. In diesem dunkelsten Moment seines Lebens spürte Django eine freudige Erregung durch seinen Bauch strömen, und obwohl er später seinem Vater alles Erlebte erzählen würde, ließ er diesen Teil aus, denn selbst mit elf Jahren spürte er, dass er in diesem Moment dem Wahnsinn nahe gewesen war.

So zog er sich schließlich über den Rand der Höhle. Django blieb flach auf dem Bauch und mitten in den Ästen liegen, völlig außer Atem. Der Boden war erstaunlich warm. Es war inzwischen dunkel geworden, und die Sterne leuchteten am Himmel. Hier oben war schwüler Spätsommerabend – warum sollte er nicht für eine Weile die Augen schließen? Einfach liegen bleiben, den Mücken zuhören und vielleicht ein Nickerchen machen.

Da wurde er am Arm gepackt und mitgeschleift. Liam.

»Weg hier«, sagte er. »Sofort.«

Von ihrem Herumirren durch den Wald erinnerte er sich später kaum an Einzelheiten. Was ihm in Erinnerung blieb, war die ungeheuerliche Dunkelheit. Es war unmöglich, sich zu orientieren, abgesehen davon, dass das Gelände an einer bestimmten Stelle immer steiler abzufallen begann. Django versuchte, sich nur auf das Rascheln von Liams Schritten im Unterholz zu konzentrieren. In regelmäßigen Abständen stolperte einer von ihnen über einen Baumstumpf oder einen toten Baumstamm, dann halfen sie sich gegenseitig auf und setzten ihren Weg langsamer fort. Es war wie eine Schnitzeljagd mit verbundenen Augen durch einen riesigen Hindernisparcours.

Sie redeten nur das Nötigste. Etwas hatte sich zwischen ihnen verändert. Für immer, vermutete Django, obwohl er nicht genau sagen konnte, warum. Er musste ständig an all die Hände denken. Daran, wie sie über Liams Körper geglitten waren.

Als ob sie ihn markiert hätten.

Völlig unerwartet stießen sie schließlich gegen den Maschendrahtzaun. Aber sie waren an einem ganz anderen Ort gelandet, denn es war nach wie vor stockdunkel. Liam sagte, sie müssten dem Zaun nach rechts folgen, und so bahnten sie sich einen Weg durch dichtes Gestrüpp, bis sie endlich den gelb-orangen Schein von Straßenlaternen durch die Bäume schimmern sahen. Sie fanden die Aussparung im Gebüsch hinter dem Bungalow der Aikmans.

Sie überlegten, wohin sie gehen sollten: Liams oder Djangos Haus. Sie fragten sich, wessen Eltern am wütendsten sein würden. Aber sie mussten natürlich wissen, wie es Harper ergangen war, und gingen deshalb zu Liam.

Harper war nicht nach Hause zurückgekehrt.

Und ihre Eltern waren wütend.

Natürlich wurden sofort Mom und Dad herbeigerufen. Sie schrien. Wie konnten sie nur so dumm sein. So unverantwortlich. Sie kannten die Regeln. Aber schon damals sah Django auch etwas anderes in Dads Augen. Er machte ihm keine Vorwürfe, er machte sich selbst Vorwürfe. Irgendwann musste so etwas ja passieren.

Dad, Marc, Gray Junior und Mr. Aikman gingen mit Taschenlampen in den Wald, um Harper zu suchen. Mom nahm Django mit und sagte ihm, er dürfe sein Zimmer nicht mehr verlassen. Er wälzte sich im Bett herum, aber keine Position fühlte sich wirklich gut an. Danach erfand er ein kompliziertes Innenwandsystem aus Speichenrädern, Rollen und Drachenschnüren an seinen Fingern, die unten im Klavierzimmer die Hämmer der Tasten in Bewegung versetzten, sodass er auf diese Weise vom Bett aus Klavier spielen konnte.

Er musste eingeschlafen sein, denn später wurde er von Dad geweckt. Er sagte, man hätte Harper gefunden. Im Wasser, halb am Ufer. Sie litt an Unterkühlung und konnte sich nicht erinnern, wo sie war oder wie sie dorthin gekommen war, lediglich daran, dass sie blaue Lichter gesehen hatte.

»Habt ihr die auch gesehen?«, fragte Dad und setzte sich auf den Bettrand.

»Nein«, sagte Django.

»Sie hätte tot sein können. Begreifst du das? Ihr habt sie allein in den Wald geschickt. Da hätte alles Mögliche passieren können. Sie hätte in einen Graben fallen oder sich den Kopf an einem Stein stoßen können. Sie hätte ertrinken können. Ein Bär oder ein Berglöwe hätte sie anfallen können.«

Oder etwas anderes, dachte Django. Er wollte es laut aussprechen, aber das war nicht nötig, denn er sah es bereits in Dads Augen.

Sie schwiegen eine Weile, und Dad drehte Locken mit Djangos Haaren, was Django immer sehr gerne mochte. »Was geht eigentlich in euren Köpfen vor? Ihr kennt doch die Regeln. Der Wald ist gefährlich.«

»Aber wir haben Glück gehabt. Wir dachten, uns würde nichts passieren.«

Dad sah ihn lange und unergründlich an und schüttelte dann den Kopf. »Gegen Dummheit ist kein Kraut gewachsen.«

Am nächsten Morgen beim Frühstück wurde seine Strafe besprochen: zwei Wochen Hausarrest, bis zum Ende der Sommerferien. Und einen Monat lang kein Taschengeld. Und Django musste bei allen möglichen blöden Aufgaben im Haushalt helfen. Mom und Dad hatten sich mit den Wachowskis ausgetauscht, und Liam würde die gleiche Strafe erhalten. Trotzdem waren sie nicht mehr böse auf sie, nicht wirklich. Der Albtraum der letzten Nacht schien bereits verblasst zu sein, wie etwas, das schon vor längerer Zeit geschehen war. Vielleicht während der Dunklen Tage im letzten Jahr. Mom tat so, als sei sie eine der Geschworenen, und Dad fällte sein Urteil wie ein echter Richter, indem er mit seinem Hammer auf den Küchentisch schlug und alle zum Lachen brachte.

Liam und er würden für den Rest der Sommerferien nicht mehr miteinander spielen können, aber Django bemerkte, dass er darüber nicht traurig war. Sie hatten ihm das Klavier nicht weggenommen, das war das Wichtigste.

Nach dem Frühstück, als Django den Ofen mit einem Schwamm und einer Flasche Mr. Clean Magic Eraser schrubbte, kam Mom mit dem iPad zu ihm.

»Ich habe eine Nachricht für dich.«

»Von wem?«, fragte Django.

»Puget Sound hat es mir geschickt«, sagte Mom, was keine Antwort war. Sie öffnete eine Datei. Es war ein Video, aufgenommen mit einem Handy.

Der Mann war uralt und trug eine rote Glitzerjacke. Sein Südstaatenakzent schlug noch schwerer als früher durch, und er lispelte wegen seines Schlaganfalls, aber Django erkannte ihn sofort.

»Howdy, howdy, howdy«, sagte er. »Jemand hat mich auf deinen Auftritt in der *Late Show* aufmerksam gemacht, und ich habe dich spielen sehen. Und dann habe ich mir deinen Videokanal *Mr. Djangoman* auf YouTube angesehen. Ich muss sagen, es gibt nicht mehr viel, wozu ich mit meinem Fuß wippen kann, bei all dem Hippie-Mist heutzutage, aber du triffst alle Saiten richtig, Django. Du spielst mit Bällen, und du spielst mit Feuer, genau wie ich früher.« Er kicherte und schmatzte mit den Lippen. »Man nannte mich den ersten ›wilden Mann‹ des Rock 'n' Roll, aber du kannst mit Stolz sagen, dass du der zweite bist. Wäre ich zehn Jahre jünger gewesen, hätte ich dich nach Louisiana eingeladen, und du hättest mein Schützling werden können, aber ich fürchte, meine Zeit als Pianist liegt hinter mir. Ein Mann kann nicht alles Glück der Welt haben, Django, aber dennoch möchte ich dir sagen, dass es nichts gibt, was du nicht erreichen kannst, solange du es mit Feuer tust. Nimm diesen Rat von deinem guten Freund Jerry Lee Lewis.«

LUANA

Squamish Treehouses. Kailas Drehbuch. Saisonende.

Herbst

Der erste ihrer traditionellen Oktoberausflüge ging zu den Squamish Treehouses, einer exorbitant stimmungsvollen Baumhausunterkunft vier Autostunden entfernt in British Columbia. Um es Kaila schmackhaft zu machen, hatten sie einen Tag in Vancouver angehängt, aber als ihnen Feuerstellen den Weg durch das dunkle Tal zu ihrer Hütte wiesen, die wie ein Raumschiff im Landeanflug zwischen den hohen Douglastannen funkelte, sah Luana auch in ihren Augen das kindliche Staunen, das sie von früher so gut kannte. Es war der mit Abstand glücklichste Moment ihres Herbstes. Django sprang jubelnd aus dem Forester, dicht gefolgt von Kaila, und gemeinsam rannten sie in den Lichtkegeln ihrer Stirnlampen den Weg hinunter.

»Es klingt zwar klischeehaft«, sagte Luana zu Ralph, der auf dem Beifahrersitz grinste, »aber es ist perfekt.«

»Ich weiß. Ich bin ein wandelndes Klischee. Aber manchmal schüttele ich noch eine Überraschung aus dem Ärmel.«

»Ach ja? Dann bin ich gespannt, was du heute Abend noch so an Überraschungen ausschüttelst.«

Es wurde ein fantastisches Wochenende. Selten hatte Luana so sehr das Gefühl gehabt, nach Hause zu kommen.

Zu Hause war der Ort, wo man mit geliebten Menschen war und den man nicht mehr verlassen wollte. Hier in Kanada schienen die Dunklen Tage weiter weg zu sein als je zuvor, und die Lewis da Silvas hatten die beste Zeit ihres Lebens.

Sie grillten Hotdogs an Stöcken und saßen bis in die frühen Morgenstunden am Feuer, mit Glühwein für Ralph und Luana, Chai-Tee für Kaila und warmem Apfelcider für Django. Sie spielten *Werwolf*, redeten über alles, nur nicht über die Dunklen Tage, und es wurde viel gelacht. Und als die Kinder schliefen, hatte Ralph in dem Bett aus geschnitzten Baumwurzeln tatsächlich noch eine Extraüberraschung für seine Frau parat – keine schlechte Leistung, fand Luana, nach siebzehn Jahren Ehe.

Natürlich war es eine Illusion: Die Dunklen Tage waren den ganzen Herbst über präsent. Ihr Leben war mit ihnen verflochten. Und im September hatte Luana ganz bewusst gespürt, wie sich die Waage an jenem Punkt neigte, an dem die Aussicht auf den kommenden November schwerer zu wiegen begann als der Rückblick auf das vergangene Jahr.

Es geschah an dem Tag, an dem sie in ihrem Arbeitszimmer an der U-Dub mit Danilo Lopez in Guatemala telefonierte. Es ginge ihm gut, erzählte er ihr. Das finanzielle Polster hatte es ihm ermöglicht, eine Wohnung in Puerto Barrios am Golf von Honduras zu mieten, und er arbeitete in einem Restaurant, das die Passagiere karibischer Kreuzfahrtschiffe bediente. Jeden Tag radelte er vor Tagesanbruch zwanzig Kilometer zu einem Ort namens San Francisco del Mar, um den Sonnenaufgang über dem Meer zu beobachten. Das erinnerte ihn daran, dass jeder Tag es wert war, am Leben zu sein. Und obwohl er seine Frau und seine Kinder mehr vermisste als alles andere, hatte er sich in eine Frau verliebt, die dort Muscheln putzte.

Lopez bedankte sich und bat sie, auch den anderen zu danken, was sie aber nicht tat. Luana weigerte sich, sich selbst und ihre Nachbarn als die Wohltäter zu sehen, die er aus ihnen machte. Sie versicherte ihm, dass ein einzelner Mensch selbst imstande war, sein Glück wiederzufinden, und mit diesem Gedanken konnte sie den letzten Winter hinter sich lassen.

Ralph hatte damit noch mehr Schwierigkeiten. Es gab Momente, da sah sie ihn mit diesem dunklen Blick vor sich hinstarren und wusste, woran er dachte: an das, was mit dem Jungen im Wald geschehen war. Das Trauma hatte ein tiefes Loch hinterlassen, und Ralph hatte sich subtil, aber nachhaltig verändert, dessen war Luana sich ziemlich sicher. Sie war dankbar dafür. Es erleichterte sie, dass sie nicht als skrupellose Glückszombies durchs Leben gingen. Wenn diese Last der Preis war, den sie zu zahlen hatten, nahm sie ihn gerne in Kauf.

Nach dem Gespräch mit Lopez hielt sie einen Vortrag über das brasilianische Cinema Novo, einer der neuen Kurse in diesem Herbstsemester, in den sie sich mit Begeisterung gestürzt hatte. Als die Studenten danach aus dem Hörsaal strömten, sah sie, dass eine Sprachnachricht von Ralph eingegangen war. Kaila hatte eine Entscheidung gefällt, sagte er. Sie würde sich initiieren lassen.

Es hatte sich den ganzen Sommer über angekündigt, und Luana war darauf vorbereitet gewesen, aber sie war immer noch überwältigt von dem Mix an Emotionen, den es in ihr auslöste. Erleichterung, ja, aber vor allem Angst, und eine tiefe Wehmut angesichts der Zukunft ihrer Tochter. Kaila hatte bereits durchscheinen lassen, dass sie sich ebenso wie ihr Vater dafür einsetzen wollte, dass das Opfer weiterhin auf die humanste Art und Weise stattfinden würde. Aber wie konnte dieses Schicksal das Humanste für Kaila sein?

Als Luana spät am Nachmittag nach Hause fuhr, schien ihr die tief stehende Sonne über den Spiegel in die Augen, und sie dachte mit einem Schaudern: *Ja, nun ist es wirklich so weit. Der letzte Winter spielt keine Rolle mehr; verarbeitet oder nicht. Was zählt, ist das, was bevorsteht.*

Natürlich waren bereits Vorbereitungen getroffen worden, damit sich die Fehler des letzten Jahres nicht wiederholten. Ralph hatte die moralischen Bedingungen verschärft: Es kamen nur Patienten im Endstadium infrage, die ihr Ende beschleunigen wollten, und auch nur dann, wenn sie keinen Lebenspartner hatten. Die Ausbeute: sieben Kandidaten, vier von ihnen vielversprechend, und noch anderthalb Monate Zeit für den Auswahlprozess. Vor allem Elizabeth hatte sich in diesem Jahr sehr angestrengt.

Luana wusste all diese Dinge und hatte Vertrauen in sie, aber das trug nicht dazu bei, ihre Bedenken zu zerstreuen. Ihre Gedanken waren bei Kaila und dem komplizierten Spagat zwischen den Dunklen Tagen und ihrer bipolaren Störung, einem Minenfeld, durch das sie sie wie jedes Jahr unbeschadet bringen mussten. Aber Kaila war in einem Alter, in dem sie nicht mehr kritiklos von ihren Eltern annahm, was gut für sie war. Sie würde anfangen, ihre eigenen unüberlegten Entscheidungen zu treffen. Im Laufe des Jahres kämpfte ihr Glück hinreichend gegen die Probleme an, die ihr hypomanischer Zustand hervorrief, aber würde sie den Kräften standhalten, die sie im November so unnachgiebig in die Depression stürzten?

Vielleicht wird es gar nicht so schlimm werden, dachte Luana, als sie die Stahlbrücke über den Snoqualmie River passierte und sich auf den Weg nach Lock Haven machte. *Sie mag sechzehn sein, aber vorläufig ist sie noch ein Kind. Wir können ihr immer noch helfen.*

Im Oktober würden sie schrittweise eine schützende Dosis Lithium in ihrem Blut aufbauen. Am 3. November würden sie jemanden in den Wald bringen, der alle Kriterien erfüllte. Es würde gleich beim ersten Mal klappen, wie es so oft der Fall gewesen war. Und danach stand nichts Schlimmes mehr zu befürchten – nicht der Albtraum vom letzten Jahr. Gemeinsam würden sie die Dunklen Tage aussitzen. Und im nächsten Jahr stand Kaila Großes bevor. Die Olympischen Spiele in Paris. Ihre Abschlussprüfung an der Cedarcrest High.

Es war September, das letzte Licht der untergehenden Sonne leuchtete in glühenden, prächtigen Spätsommerfarben, und Luana vertraute auf dieses Licht und auf die Liebe.

Eines Abends, eine Woche später, kam Kaila zu ihr und bat sie, den ersten Entwurf des Drehbuchs für ihr Zulassungsprojekt zu lesen.

»Jetzt schon?«, rief Luana. »Du bist zu früh dran, du hast noch anderthalb Jahre Zeit, oder?«

Kaila zuckte mit den Schultern. »Einen Film zu machen braucht eine Menge Zeit. Und ich war inspiriert.«

Luana sagte, sie würde es mit dem größten Vergnügen lesen, doch das stimmte nicht. Es erwies sich als ein nihilistischer Urban Noir über ein Mädchen namens Alicia, das in einer Mittelschichtsfamilie in der Vorstadt aufwächst und von den Eltern misshandelt wird, woraufhin sie wegläuft, um in Hollywood ihr Glück zu suchen. Doch schon am ersten Abend verirrt sie sich in den schattigen Straßen von Skid Row, wo ihr ein Mann, dessen Gesicht man unter seinem Kapuzenpulli nie sieht, Heroin anbietet. Im Handumdrehen ist sie süchtig und lebt auf der Straße. Alicia wird mehrmals wegen kleinerer Vergehen verhaftet – Diebstahl, Störung des öffentlichen Friedens, Drogenbesitz –, aber eines Abends wirft sie einen Ziegelstein von einer Überführung auf ein vorbeifahrendes Auto und verletzt dabei ein Kleinkind schwer. Sie entkommt der Polizei, aber an diesem Punkt schlägt das Drehbuch in regelrechten Horror um, als Alicia in derselben Nacht von einer Ratte gebissen wird und Schaum vor dem Mund hat. Panisch sucht sie ihren Dealer auf, doch der vergewaltigt sie. Anstatt sich von ihm abgestoßen zu fühlen, zieht es sie erst recht zu ihm hin, und im letzten Akt führen sie gemeinsam ein verkommenes und gewalttätiges Leben, immer auf der Flucht, während beiden Schaum über die Lippen quillt. Es endet damit, dass Alicia im Dunkeln in seinen Armen liegt, ihm »Ich liebe dich« ins Ohr flüstert und zuerst eine Spritze in seinen und dann in ihren Arm sticht, vermutlich, um ihnen eine Überdosis zu verabreichen.

Luana las Kailas Drehbuch mit Entsetzen. Es war das zynische Porträt einer einsamen Antiheldin voller Entfremdung, Desillusionierung, Pessimismus und moralischer Verderbtheit, ohne jegliches Mitgefühl oder einen Hoffnungsschimmer am Ende. Nichts erinnerte an die Schönheit und Leidenschaft des italienischen Kinos, dem sie in den letzten Jahren so zugetan gewesen war. Es war eine Verherrlichung des moralischen Verfalls, die Luana, wenn sie ehrlich war, schockierte.

Bevor sie mit Kaila darüber sprechen wollte, ließ sie es Ralph lesen. Sein Urteil fiel erstaunlich milde aus. »Ich lese da vor allem pubertäre Aggressionen heraus«, sagte er achselzuckend. »Nichts, was es nicht schon in tausend Songs, Filmen und Videospielen gibt, die sie in diesem Alter konsumieren.«

»Beunruhigt dich das denn nicht? Das ist doch pervers! Ich finde nicht, dass es das Richtige für Kaila ist.«

»Vor ein paar Wochen hat sie für unseren Filmabend *Midsommar* ausgesucht. Du bist schon früher ins Bett, weil du am nächsten Morgen zur Uni musstest. Das war auch gut so, denn ich glaube, du hättest den Film nicht durchgehalten, so grausam war er.«

»Aber sie war nach eigener Aussage *inspiriert*«, sagte sie. »Was inspiriert sie dazu, so etwas zu schreiben?«

»Schatz, sie wird erwachsen. Ihre Hormone spielen verrückt, ihr Blick auf die Welt weitet sich, und sie lernt, dass das Leben nicht immer so märchenhaft abläuft, wie es einem als Kind vorkommt. Ich finde daran nichts seltsam.«

»Meinst du nicht, dass das alles damit zu tun hat?« Sie gestikulierte wild durch die Gegend: zum Haus, zu dem, was außerhalb ihrer vier Wände lag, zu der Jahreszeit, die immer näher rückte.

»Natürlich werden diese Dinge eine Rolle spielen«, sagte Ralph. »Genauso wie die Angst vor ihrer Depression. Aber wenn Kaila geneigt ist, solche Frustrationen in etwas Kreatives umzuwandeln, halte ich das für eine äußerst gesunde Art, damit umzugehen.«

»Vielleicht hast du recht. Ich mache mir nur Sorgen um sie. Wie das alles wird.«

»Sie ist hervorragend in der Schule. Im Schwimmbecken sogar noch besser. Wenn ihre Leistungen darunter leiden würden, okay, aber das ist nicht der Fall.«

»Noch nicht«, sagte sie.

»Nein, noch nicht. Aber auch da werden wir ihr durchhelfen.«

»Das sagen wir jedes Jahr.«

Er sah sie unergründlich an. »Ich lasse nicht zu, dass sich das letzte Jahr wiederholt, Luana.«

»Ich weiß. Manchmal vermisse ich einfach unsere Kaila, die am liebsten durch den Trevi-Brunnen gewatet wäre.«

Er zog sie an sich und kicherte. »Das war schön, damals in Rom. Wenn wir sie nicht aufgehalten hätten, hätte sie es wirklich getan. Und diese Kaila gibt es immer noch. Und es wird sie immer geben. Elf Monate im Jahr.«

»Elf Monate im Jahr«, stimmte sie zu.

Letztlich suchte Luana das Gespräch mit Kaila, aber das Gespräch mit Ralph hatte dafür gesorgt, dass sie milder urteilte und das Drehbuch sachlich bewertete. Der Genrewechsel in der Mitte käme zu sehr aus heiterem Himmel, meinte sie, und der Zuschauer könne stärker mit Alicia mitfühlen, wenn ihr Leben nicht von Anfang an eine Aneinanderreihung von Negativität wäre. Kaila wusste ihren Rat zu schätzen, überraschte sie aber mit der Aussage: »Ich weiß auch nicht. Ich habe schon ein neues Drehbuch angefangen. In dem hier war jede Menge Scheiß drin.«

Dieser abrupte Sinneswandel: Auch das war Hypomanie.

Luana war dankbar. Manchmal lösten sich die Dinge von selbst.

Am Morgen, als sie in ihrem Squamish Treehouse aufwachten, fuhren sie mit der Sea-to-Sky-Gondel in die Berge und wanderten über die Hängebrücke zum Aussichtspunkt, von dem aus sie den Fjord und die schneebedeckten Gipfel überblickten. Dort, weit weg von den Touristen an der Bergstation, teilten sich die vier die Schönheit der Natur mit einem pummeligen Gelbbauchmurmeltier, das um Futter bettelte.

Für Kaila und Django war es die perfekte Kulisse für einen TikTok-Film. Sie entschieden sich für »Anaconda« von Nicki Minaj und tanzten, inspiriert vom wackelnden Hintern des Murmeltiers, wobei Ralph und sie abwechselnd das Handy halten musste, während sich der jeweils andere schlapplachte.

Als Luana ihre Kinder in diesem Moment der absoluten Glückseligkeit betrachtete, stellte sie sie sich als Erwachsene vor. Ganz abseits der Goldmedaillen, die Kaila gewinnen, und der Konzerte, die Django noch während der Highschool geben würde, sah sie sie als vollwertige Menschen, im mittleren Alter, vielleicht mit eigenen Familien, vielleicht mit eigenen Häusern an anderen Orten. Sie sah all das vor sich und dachte: *Wie schön sie sind.*

In diesem Augenblick, mit dem fröhlichen Lachen von Ralph und ihren Kindern im Hintergrund, überfiel Luana plötzlich eine so starke Vorahnung von Dunkelheit, dass sie ins Wanken geriet. *Das alles wird nie eintreten. Sie werden in der Bird Street sterben. Kein eigenes Leben, kein eigenes Glück. Sie waren mein Traum. Und ich bin die Kette, die sie an die Bird Street fesselt.*

Luana verkroch sich tiefer in ihrem Kragen, als ein kalter Windstoß hindurchfegte, der das Saisonende ankündigte. Sie schauderte. Sie sah sich um und betrachtete die unberührte Landschaft, die vor ihr lag. Alles sah aus wie zuvor. Was in aller Welt war nur in sie gefahren? Ralph und die Kinder schienen sich keiner Gefahr bewusst zu sein.

Es gibt auch nichts, dessen man sich bewusst sein müsste. Das ist alles nur in deinem Kopf. Schalte ihn einfach ab.

Sie tat es, und es war erstaunlich einfach. Was vor ihnen lag, was mit der Unaufhaltsamkeit eines Schiffes auf dem Weg in den Heimathafen auf sie zusteuerte, lag noch rund vier Wochen in der Zukunft, aber als Django und Kaila auf dem Pfad aus grauen Felsplatten vor ihnen herumsprangen und Ralph und sie ihnen entspannt folgten, hatte Luana ihre Vorahnung bereits vergessen.

Sie war an einem Ort, den sie nie wieder verlassen wollte, mit den Menschen, die sie liebte, und sie war vollkommen glücklich.

RALPH

Empfang. Driving Home for November. Verkettung der Ereignisse.

31. Oktober

Ralph Lewis leitete seinen Untergang und den Untergang von allem, was er liebte, nicht zu Hause in Lock Haven ein, sondern vierzig Kilometer westlich davon in Seattle, und zwar schon am Vorabend der Dunklen Tage.

Natürlich pflegten sie an Halloween ihre Traditionen – das rituelle Schließen der Fensterläden und das Abnehmen der Spiegel waren die wichtigsten –, aber in diesem Jahr lief alles ein wenig anders ab. Das Oberste Gericht organisierte einen Empfang zum Abschied einiger Kollegen, und da sowohl das Gericht als auch die Unterkunft ausgebucht waren, mussten sie auf den Halloween-Abend ausweichen. Für Django war diese Entgleisung kennzeichnend für die Art von Langweilern, mit denen sein Vater zu tun hatte: kein Leben, kein Spaß (»Schuldig im Sinne der Anklage«, gab Ralph unumwunden zu). Normalerweise hätte Ralph diese Art von Treffen gerne geschwänzt, aber diesmal waren drei Dinge anders: Einer derjenigen, die sie verabschiedeten, war Steve Reuman, ein angesehener Anwalt und einer seiner besten Freunde; die fragliche Unterkunft war das Sky View Observatory im obersten Stockwerk des Columbia Centre (noch luxuriöser und glamouröser wäre kaum möglich gewesen); und am nächsten Tag begann sein November-Sabbatical, weshalb eine solche Party auch für ihn ein schöner Übergang in die Dunklen Tage wäre.

»Ich weiß nicht, vielleicht sollte ich es einfach ausfallen lassen«, hatte er am Küchentisch gezögert. Aber Luana erkannte sein Widerstreben … und in dem Moment hatte Kaila den Wunsch geäußert, mit Jax zu einer bis spät abends dauernden Halloween-Party in Redmond gehen zu dürfen, jetzt, da sie sechzehn war. Und Django wollte eigentlich mit Liam und Noah Stone in Carnation auf Süßes-oder-Saures-Tour gehen. Noahs Vater würde sie im Auge behalten, sie durften dort übernachten und am nächsten Tag von dort aus zur Schule. Luana protestierte zwar, dass sie schon zwei Tage später (am Abend des Treffens in McKinleys Jagdzimmer) bei den Stones übernachten würden, witterte aber selbst plötzlich die Chance, mit Blick auf den November, einen Abend für sich zu haben.

»Aber sind Noahs Eltern wirklich einverstanden?« fragte sie und brachte den Schwall aus Djangos Mund sofort zum Verstummen: »Nein, sag nichts, ich rufe sie selber an.«

»Wir könnten dieses Jahr doch alle mal was anderes machen«, sagte Ralph. »Du könntest derweil ein schönes Bad nehmen, mit diesem neuen Badesalz, das so gut riecht. Ein Buch lesen.«

Luana schlug die Hand vor den Mund. »Und wir könnten die Nicht-bei-Jax-an-Wochentagen-übernachten-Regel ausnahmsweise vergessen und auch Kaila rausschmeißen. Ups, habe ich das gerade wirklich gesagt?«

Kailas Augen wurden groß. »Oh, geht das? Bitte-bitte-bitte?«

»Dann sorge ich dafür, dass ich gegen zehn zu Hause bin,

um die Fensterläden zu schließen. Und danach haben wir das Haus für uns allein.«

»Igitt, nicht, dass ihr noch ein Baby zeugt«, sagte Django.

»Pass bloß auf«, sagte Luana. »Das wäre nicht das erste Mal.«

Die Sache war entschieden und die Kinder begeistert. In gewisser Weise stimmte es Ralph wehmütig, mit ihrer langjährigen Tradition zu brechen, aber sein Instinkt sagte ihm, dass das symbolische Schließen der Fensterläden vielleicht ausgedient hatte. Es maß der Sache zu viel Gewicht bei. Und außerdem freute er sich darauf. Mehr als in anderen Jahren. Selbst wenn dieses Mal alles reibungslos verlief (und danach sah es angesichts der gründlichen Vorbereitungen aus), würde es trotzdem schwer genug werden. Ein letzter Abend, an dem sie sich an ein wenig unbeschwertes Glück klammern konnten, würde ihnen allen guttun.

Mit dieser Funktion begann sich Ralph in den Tagen darauf dem Empfang zu nähern: ein symbolischer Abend im Zeichen des Übergangs, ein Moment des Lichts vor der Dunkelheit, ein Ritual zum Saisonende, das eher einen festlichen als ernüchternden Charakter haben durfte.

Und so kam es, dass er Lust auf einen Umtrunk bekam.

Der Empfang begann um fünf Uhr. Da es in Strömen regnete, ging er mit Steve und seinen überaus zuverlässigen Rechtsexpertinnen Liz Gorinsky und Miriam Weinberg unter großen schwarzen Regenschirmen Richtung Wolkenkratzer.

»Passendes Wetter für Halloween«, sagte Steve, der schreien musste, um den Lärm der 4th Avenue zu übertönen.

»Passendes Wetter für deinen Abschied«, rief Ralph zurück. »So habe ich mir deine Karriere immer vorgestellt.«

Steve lachte. Es waren nur zwei Häuserblocks, aber es

fehlte nicht viel, und sie wären völlig durchnässt angekommen, denn der Wind blies den Regen in fast horizontalen Böen durch die Straßen. Aber als sie aus dem Aufzug stiegen, konnte selbst das Sauwetter den Panoramablick auf die Elliott Bay und die Space Needle nicht trüben.

Die Observatory Bar war lang, modern, atmosphärisch mit rosa und gelben Lampen beleuchtet und bereits gut gefüllt. Kellner in Smokings (Django hätte sie »Pinguine« genannt) gingen mit Tabletts voller Kanapees zwischen Kollegen umher, die Ralph mehr oder weniger gut kannte: Richter, Schriftführer, sonstige Juristen, Anwälte, Mitarbeiter, Leute aus dem Sekretariat – Männer und Frauen, die mit einem Glas in der Hand in ihrem jeweiligen Grüppchen verharrten, bis sie genug Alkohol intus hatten, um auf Rotation zu gehen. Ralph hörte, wie sie jene Bemerkungen im Juristenjargon austauschten, die der Grund waren, warum er solche Partys normalerweise mied: *Ja, unglaublich, dieser Stau an Zivilverfahren* und *Ja, die Budgets sind das dritte Jahr in Folge geschrumpft.* Ralph fühlte sich fehl am Platz, und als sich seine Gruppe in Erwartung der obligatorischen Reden in die Menge mischte, schlenderte er zur Bar.

Sie schenkten eine breite Palette exklusiver Cocktails aus, von denen der Kill Bill (Crystal Head, Passionsfrucht, Limette, Mango, würziger Honig) und der Mezcal Telekinesis (rauchiger Mezcal mit Szechuanblüten) am interessantesten klangen.

Der Barmann bestätigte das. »Der Mezcal erzeugt ein prickelndes und elektrisierendes Mundgefühl, als würden Sie Ihre Zunge an das Ende einer Neun-Volt-Batterie halten.«

»Also gerade so, dass man keine Halluzinationen kriegt«, scherzte Ralph.

»Nein, Sir«, sagte er ernsthaft, »dafür garantiere ich.«

»Gut, dann machen Sie mir einen.«

Während der Barmann mischte, schrieb Ralph eine WhatsApp nach Hause. Luana ließ es sich gut gehen, wie sie schrieb. Sie hatte sich Essen von Sam's Noodle Town liefern lassen, die Klingel abgestellt und wollte tatsächlich ein Bad nehmen. *Genieß es, Liebling*, schickte er. *Pass auf dich auf*, schickte sie zurück.

Ralph hielt sich selbst nicht für einen Trinker. Aus seiner Erfahrung mit Fällen, in denen Alkoholismus eine Rolle gespielt hatte, wusste er, dass es so etwas wie mäßigen Alkoholkonsum nicht gab: Entweder man trank oder man trank nicht. In letzter Zeit war er nicht hundertprozentig trocken gewesen (da hatte es dieses eine Glas Wein zum Essen und den Glühwein am Feuer in Kanada gegeben), aber er *trank* nicht. Seine Alkoholprobleme traten nur in den Dunklen Tagen auf. Nur dann überkam ihn der Durst wie ein Heißhunger. Und nur wenn die Dunklen Tage nicht allzu dunkel waren, konnte er widerstehen. Letztes Jahr war es furchtbar schiefgelaufen. Aber letztes Jahr war alles schiefgelaufen.

Dieses periodische Verlangen machte ihn in seinen Augen jedoch nicht zum Alkoholsüchtigen. Er hatte aufrichtig in sich hineingehorcht, ob er sich damit etwas vormachte, aber es würde sich nicht aufrichtig anfühlen, sich bei einem Treffen der Anonymen Alkoholiker hinzustellen und zu sagen: »Hallo, ich bin Ralph und Alkoholiker.« Die Wahrheit wäre: »Hallo, ich bin Ralph, und jeden November werde ich zum Alkoholiker.« Damit konnte er unmöglich ankommen.

Aber heute Abend machte Ralph sich keine Sorgen. Der Mann, der in drei Tagen hinter seinem Haus eine Verabredung mit dem Tod hatte, hieß Bill Nielsen und hatte von seinem Onkologen eine Prognose von drei Monaten erhalten. Einen Partner mit irgendwelchen Vorbehalten gab es nicht, dafür war sein offizielles Gesuch um Sterbehilfe abgelehnt worden, weil er aufgrund einer früheren Zwangsneurose als nicht mehr zurechnungsfähig galt. Harry Aikman zufolge war er nicht nur pragmatisch, sondern auch so agnostisch wie nur möglich. »All das Leiden, schönen Dank auch«, hatte Nielsen gesagt. »Ich entscheide gerne selbst, wann mich die Würmer beseitigen dürfen. Und ich muss zwar noch paar Rechnungen begleichen, aber danach bin ich bereit.«

Die Chance, dass Nielsen es sich anders überlegen würde, war gleich null. Damit würden die Dunklen Tage bereits im Keim erstickt. Das Unglück würde mild ausfallen, das Risiko, dass Ralph unkontrolliert trank, gering. Außerdem war heute Abend noch nicht November. Heute Abend würde es keine Konsequenzen haben, wenn er sich ein wenig gehen ließ.

»Dann lass dich auch ein bisschen gehen«, motzte er sich selbst an. Immer dieses ewige Internalisieren. Du musst nicht ständig unter Anspannung stehen.

»Haben Sie etwas gesagt, Sir?«, fragte der Barmann.

Ralph lächelte entschuldigend. »Nein, ich war nur in Gedanken versunken.«

»Das sind wir alle manchmal. Einen Mezcal Telekinesis, Sir.«

Ralph probierte, schmeckte, dass der Barmann nicht zu viel versprochen hatte, und zwinkerte. »Uh, ich glaube, ich kriege schon Halluzinationen.«

»Genießen Sie den Trip, Sir.«

Und das tat Ralph.

Als die Reden vorbei waren (Ralph hatte etwas über Steve Reuman gesagt und in den richtigen Momenten die Lacher auf seiner Seite gehabt) und die Musik etwas lauter geworden war, hatte er sich bereits seinen vierten Drink genehmigt. Der zweite war der Kill Bill gewesen: gut, aber zu viel Schnickschnack für seinen Geschmack. Deshalb wurde der dritte Drink sein Favorit: Wodka Tonic auf Eis mit Limette. Und als er sich beim vierten Drink dabei ertappte, dass er einen Wodka *ohne* Tonic bestellte, dämmerte ihm plötzlich, dass er vielleicht einen nicht allzu vernünftigen Kurs eingeschlagen hatte. Außerdem war es bereits kurz vor acht. Es würde keinen guten Eindruck auf Luana machen, wenn er am Vorabend der Dunklen Tage betrunken nach Hause kam.

Er drängte sich zur Bar, wankte und hielt sich an jemandes Schulter fest. Er entschuldigte sich, und der Barmann lächelte ihn freundlich an. »Noch einen Wodka für Sie, Sir?«

»Das hättest du wohl gern, Lloyd. Eine Cola bitte.«

»Eine Cola, Kumpel?« Das war Steve, der wie aus dem Nichts hinter ihm aufgetaucht war und ihm den Arm um die Schulter legte. »Das ist doch kein Leben! Amüsiere dich ein bisschen, das ist mein Abschied!«

»Noch so ein Cocktail, und ich kann mich von meiner Frau verabschieden«, sagte Ralph, und Steve brüllte vor Lachen.

Er arbeitete sich durch die Meute bis zu den Panoramafenstern vor und staunte eine Weile darüber, wie sich mit Einbruch der Dunkelheit die Stimmung in der Bar verändert hatte. Die verregneten Lichter der Skyline tröpfelten diffus durch die Spiegelung der plaudernden Menschen. Das Hier und Jetzt stand im Vordergrund. Die Außenwelt existierte nicht. Dahinter steckte eine nette Symbolik: Wenn man trank, wurde die Welt introspektiver.

»In der Spiegelung sehen wir alle aus wie Gespenster«, murmelte er und hielt sein Glas ans Fenster.

Eine halbe Stunde später hatte er zwei Cola getrunken und das Schlimmste des Rausches hinter sich.

Ralph beschloss, dass dies der richtige Zeitpunkt zum Aufbruch war. Wenn er noch länger bliebe, würde er sich entweder besaufen oder verrückt werden, und beides kam nicht infrage. Er verabschiedete sich von einigen Leuten, aber als er gerade in den Aufzug steigen wollte, hielt ihn Miriam am Arm zurück. »Ralph, nimmst du ein Uber?«

Er winkte mit dem Handy. »Natürlich. Unten bestelle ich eins.«

»Soll ich dich begleiten? Du siehst aus, als ginge es dir nicht gut.«

»Nein, nein. Viel Spaß auf der Party. Vielleicht wird ja noch gesungen.«

»Bitte nicht. Ich finde es gar nicht gut, dass du einen ganzen Monat lang weg sein wirst, Ralph.«

»Ich weiß. Ohne meine strahlende Präsenz wird das Gericht nicht dasselbe sein.«

Sie kicherte. »Frohes Thanksgiving, Ralph. Grüß Luana von mir.«

»Dir auch, Miriam. Und grüß Lydia. Wir sehen uns im Dezember.«

Doch als er in der Lobby stand und sein Daumen über der Bestätigung seines Abholortes schwebte, fiel ihm auf, dass es eigentlich ziemlich unpraktisch war, den Forester hier in Seattle stehen zu lassen. Ralph hatte bereits alle Akten, die er während seines Sabbaticals durcharbeiten wollte, daheim, und er hatte keinerlei Absicht, ein weiteres Mal in die Stadt zu fahren. Morgen wollte er die Einkäufe für die Dunklen Tage erledigen. Luana hatte Vorlesungen und brauchte den Optima. Er könnte natürlich mit ihr fahren, um den Forester abzuholen, aber dann müsste sie entweder ins Zentrum (was ein ziemlicher Umweg war) oder vom Campus ein Uber nehmen. Beide Optionen schienen ihm unnötig umständlich zu sein.

Und so viel hatte er nun auch wieder nicht intus. Gut, wenn

man ihn anhalten würde, würde er den Alkoholtest nicht bestehen, und eine etwaige Vernehmung würde eine hässliche Angelegenheit werden: King County schätzte es nicht, wenn seine Beamten ihre Vorbildfunktion beschmutzten.

Aber das würde nicht geschehen. Die Dunklen Tage hatten schließlich noch nicht begonnen.

Solche Garantien waren nur die kleinen Vorzüge, die man genoss, wenn man in der Bird Street wohnte. Und morgen? Da sah die Sache schon anders aus. Aber nicht heute Abend.

Ralph fühlte sich bemerkenswert erfrischt, nachdem er die schlecht belüftete Bar verlassen hatte. Trotzdem ging er schnell zum Automaten und holte sich einen großen Kaffee.

Um auf Nummer sicher zu gehen.

Es waren drei Blocks zu Fuß bis zur Goat Hill Garage. Als er dort ankam, hatte sich sein Schirm dreimal im Wind umgestülpt. Beim letzten Mal hatten sich die Rippen so stark verbogen, dass Ralph ihn in die Mülltonne am Eingang warf und sich den Regen aus dem Gesicht wischte.

Im Gericht gab es speziell zugewiesene Plätze, aber er meinte sich zu erinnern, dass diese heute Morgen besetzt gewesen waren. Zwei Stockwerke suchte er ab, ehe er auf die Idee kam, den vertrauten Stellplatz zu überprüfen, und ja, dort wartete der Forester auf ihn. Ralph schmunzelte. *Du Esel*, dachte er.

Er warf seine Tasche auf den Rücksitz, setzte sich hinter das Lenkrad und zog die Tür zu. Im Rückspiegel starrte Levi ihn an.

Es kam zu einer verzögerten Reaktion, bei der er spürte, wie sich der Druck hinter seinen Augäpfeln aufbaute und sein Gehirn zu registrieren versuchte, was er sah. Dann drehte er sich mit einem Ruck um. Der Rücksitz war leer.

Wieder schaute er in den Rückspiegel, aber diesmal war niemand zu sehen.

»Jesus Christus«, murmelte er laut. Er rieb mit der rechten Hand über sein Gesicht, als sich das Nachbild auf seiner Netzhaut kristallisierte: Levis Augen, die sich anklagend auf ihn hefteten.

Er kramte im Handschuhfach, fand eine Flasche Wasser und kippte sie hinunter. Danach fühlte er sich ein wenig besser.

Was machst du denn da? Du bist betrunken. Steig aus und nimm ein Uber.

Ralph startete den Wagen und fuhr rückwärts aus dem Parkhaus. Die Garage wäre seine Teststrecke. Wenn er den Forester hier unbeschädigt hinausmanövrierte, konnte er getrost nach Hause fahren. Wenn nicht, würde er den Wagen stehen lassen.

Er schlug sich vorbildlich. Seine Reifen berührten nicht einmal die erhöhte Kante am Ausgang, als er seinen Parkausweis scannte.

Die Schranke ging hoch, und Ralph fuhr los.

Nachdem er den Freeway hinter sich gelassen hatte, jagte der Forester mit hundertzehn Stundenkilometern über die 202 dem Fernlicht seiner Scheinwerfer hinterher, und Ralph sang lautstark »Baba O'Riley« von The Who mit.

Er konnte sich nur schwer erklären, wieso er so aufgekratzt war, jetzt, wo er doch pünktlich zum November nach Hause fuhr. Normalerweise bekam er dabei immer ein flaues Gefühl im Magen. Vielleicht hatten die Ereignisse des letzten Jahres ihn dazu gebracht, seinen Frieden mit der bevorstehenden Aufgabe zu schließen, denn so schlimm wie damals konnte es nicht werden, sodass er es ohne inneren Widerspruch akzeptierte. Auf den ersten Blick wirkte es vielleicht fast wie religiöse Hingabe, aber das war es nicht. Es ging um Zugehörigkeit. Die Bird Street, seine Familie, die Aufgabe: Er war für sie verantwortlich, und sie gehörten zu ihm. Womöglich würde es ein wenig düster werden, aber selbst diese Dunkelheit war ein Teil von ihm.

An der Shell-Tankstelle in Sammamish Point hielt er an, um eine Packung Kaugummi gegen die Alkoholfahne zu kaufen, und nun fühlte sich Ralph nüchtern und selbstbewusst genug, um Luana gegenüberzutreten. Ja, er hatte etwas getrunken (vielleicht einen Drink zu viel), aber das war kein Problem. Er hatte sich ein klein wenig gehen lassen. Er hatte nicht über die Stränge geschlagen.

Der strömende Regen bildete Wasserfälle zwischen dem Wedeln der Scheibenwischer. Ralph fuhr langsamer, nahm die Tolt Hill Road nach Carnation und Two Rivers Hill nach Lock Haven. Erst als er die trostlose Halloween-Dekoration auf den Veranden sah, dachte er an Django und Liam. Die armen Jungs. Ihr Halloween war buchstäblich ins Wasser gefallen. Django hatte sich so sehr darauf gefreut: Er wollte als Mandalorian aus der *Star-Wars*-Serie auf Disney+ gehen. Es war schon kurz vor zehn, aber Ralph fragte sich, ob vorhin wohl mehr auf den Straßen los gewesen war als jetzt. Nicht bei dem Wetter. Er hoffte nur, dass Noahs Eltern ihre eingekauften Süßigkeiten einfach für die Jungs in Schälchen gefüllt und die beiden ein paar Spiele gezockt hatten.

Kaila hatte es diesbezüglich mit Sicherheit leichter gehabt. Wenn man älter wurde, verlagerte sich das aufregende Leben mehr nach drinnen. Kinder hingegen erlebten ihre Abenteuer auf der Straße, Wetter hin oder her.

Am Camp Heron Market bog er rechts ab und fuhr die Forststraße hinauf. Zwei Kilometer weiter würde sie in die

Bird Street übergehen. Noch einmal drückte Ralph aufs Gaspedal. »Baba O'Riley« lief auf Repeat; manche Lieder verdienten es, der Soundtrack eines Abends zu sein, und Ralph trommelte auf dem Lenkrad mit. Jetzt, wo er fast zu Hause war, spürte er dieses sonderbare, heitere Gefühl der Zugehörigkeit noch stärker. Es lag in den Wäldern, die sich im Unwetter so ungestüm bewegten; es lag auf der Straße, die er so gut kannte, und es lag im Verstreichen der Zeit, die den Oktober in den November übergehen ließ und der Leim war, der all diese Elemente zusammenhielt.

Du freust dich darauf, nicht wahr? Du hast Lust darauf.

Ja, es war verrückt, doch es stimmte. Ihm wurde klar, dass er sich auf die Dunklen Tage freute, wie Kinder sich auf Weihnachten freuten. Nicht auf das Opfer, sondern auf das innige Gefühl, als Familie ein Kollektiv zu bilden. Gemeinsam würden sie sich wieder einigeln. Drinnen würde es warm und gemütlich sein. Sie würden Spiele spielen und nicht darauf hören, was draußen gegen die Fensterläden schlug. Die Kinder wurden älter. Diese Momente musste man auskosten.

Schwarzer, nasser Asphalt glitt zwischen den Bäumen hindurch. Schatten von Baumstämmen huschten mit hoher Geschwindigkeit über den Zaun auf der rechten Straßenseite.

Hatten sie noch Alkohol im Haus? Bestimmt standen noch Weinflaschen in der Garage. Vielleicht könnten Luana und er sie gleich gemeinsam leeren. Noch mehr Symbolik für das Übergangsritual.

Er dachte gerade daran, wie glücklich er Luana damit machen würde, als die Straße eine Kurve beschrieb und Ralph einen Blitz in der Windschutzscheibe sah. Alles ging furchtbar schnell. Plötzlich ertönte dieses widerliche *BONK*, nicht mal besonders laut, eigentlich kaum hörbar neben The Who, doch er spürte es mit jeder Faser seines Körpers. Fast im gleichen Moment spritzte roter Schleim gegen die rechte Seite der Frontscheibe. Einen Augenblick lang war er dort zu sehen, ein Kringel, ein Fragezeichen, das im Regen zerlief. Dann wischten die Scheibenwischer es fort.

Ralph stieg nicht in die Bremsen; er war geistesgegenwärtig genug, um zu bedenken, dass er bei dieser Geschwindigkeit mit ziemlicher Sicherheit ins Schleudern geraten und den Forester um einen Baum wickeln würde. Stattdessen bremste er pumpend, aber die Reifen quietschten dennoch, er flog dennoch in seinen Sicherheitsgurt, seine Tasche schlug dennoch gegen die Rückenlehne seines Sitzes.

Er stand still.

Seine Hände umklammerten das Lenkrad. Die Knöchel weiß. Sein Kiefer verkrampft. Er spürte, wie seine Netzhaut austrocknete, so intensiv starrte er auf die Stelle, an der kurz zuvor noch das rote Fragezeichen zu sehen gewesen war. Blinzeln konnte er nicht. Hätte er in den Rückspiegel geschaut, hätte er gesehen, dass der Innendruck seiner Augäpfel so hoch war, dass die Äderchen platzten und das Weiße rot färbten. Aber er schaute nicht in den Spiegel. Er schaute nicht einmal auf das, was sich innerhalb oder außerhalb des Wagens befand. Seine Augen waren blind, der Blitz in der Windschutzscheibe hatte sich eingebrannt.

Das war kein Reh. Kein Tier.

Ganz, ganz langsam ließ er das Lenkrad los. Seine Hand beschrieb einen gemächlichen Bogen zum Audioknopf, und er schaltete die Musik aus. Stille kann nicht ohrenbetäubend sein, und doch kam es ihm so vor: das Plätschern des Regens, das Quietschen der Scheibenwischer, der Leerlauf des Motors und das Echo von The Who: all diese Dinge waren Stille.

Zitternd atmete er ein.

Vielleicht ist es gar nicht so schlimm. Der Aufprall war

nicht hart. Was auch immer es war, vielleicht hast du es nur gestreift.

Aber er sah wieder den roten Schleim vor sich, den dunklen Blutfleck, der auf die Frontscheibe gespritzt war.

Du bist zu schnell gefahren. Du bist viel zu schnell gefahren.

Ralph öffnete die Tür und stieg im strömenden Regen aus. Er ging um die Motorhaube des Forester herum. Das Auto spiegelte sich gespenstisch in der tiefen Pfütze am Straßenrand. Das Glas des rechten Scheinwerfers war zerbrochen, aber die Glühbirne funktionierte noch. Ein Blechschaden, aber nichts Schwerwiegendes. Nichts, was auf einen schweren Zusammenstoß hindeutete.

Wieder spürte Ralph einen Hoffnungsschimmer.

Sein Blick wanderte weiter, am Auto vorbei nach hinten.

Da lag etwas. Auf dem Seitenstreifen. Dreißig Meter weiter hinten. Es gab keine Laternenmasten; vierhundert Meter weiter vorne begann die Straßenbeleuchtung, und noch mal hundert Meter weiter stand der Bungalow der Aikmans. Auf diesem Straßenabschnitt wurde es nachts so dunkel, dass Elizabeth sich bei der Gemeinde darüber beschwert hatte.

Jetzt war nur noch der rote Schein der Rücklichter zu sehen.

Ralph ging auf Bleifüßen in diese Richtung.

Bereits in zwanzig Metern Entfernung erkannte er, dass es ein Mountainbike war. Einer der Gummigriffe des Lenkers ragte starr in die Höhe.

Das habe ich nicht erwischt. Unmöglich. Ich bin bestimmt siebzig gefahren. Da wäre viel mehr beschädigt.

Noch mal zehn Meter weiter sah er, dass es ein Kinderfahrrad war.

Ralph schlug die Hände vor den Mund.

Lass es nicht Django sein. Ich bitte dich. Lass es nicht

Django sein. Lass mich wenigstens noch dieses Glück haben …

Mit zitternden Händen zog er sein Handy hervor und schaltete die Taschenlampe ein. Das Mountainbike gehörte tatsächlich nicht Django. Einen Moment lang blieb er stehen, denn das Fahrrad war nicht verbogen oder auch nur beschädigt, abgesehen von einem platten Hinterreifen. Er hatte es tatsächlich nicht getroffen. Stattdessen schien es einfach umgefallen zu sein. Aber was war dann …

Ralph schaute nach links und sah es.

Ihm wurde schwindelig. Es war, als würde die Welt in perlgrauen Schleiern seitwärts kippen. Erst ein stechender Schmerz in seinem Knie nötigte ihn, sich und seine Umgebung wieder bewusst wahrzunehmen: In einem Ohnmachtsanfall war er offenbar auf der nassen Fahrbahn zusammengebrochen. Stöhnend richtete er sich auf und stolperte zum Straßenrand.

Im Graben, gegen den Drahtzaun geworfen, lag ein Körper.

Ralph war kein Arzt, aber er erkannte auf den ersten Blick, dass er nicht mehr am Leben sein konnte. Er war in eine braune, durchnässte Decke gewickelt, die nun mit Schlamm und nassen Blättern beschmiert war. Seine Beine ragten verdreht darunter hervor.

Ralph kam näher und sah eine grüne Maske mit großen schwarzen Mandelaugen und Gremlin-Ohren, die sich bereits mit Regenwasser zu füllen begann. Zwei Sekunden später erkannte er das Plastikgesicht als das von Baby Yoda.

Oh Gott, diese Maske. Die Maske ist mit Blut vollgelaufen …

Ralph kniete nieder, als ihm die Wahrheit in übelkeiterregenden Wellen entgegenschlug. Django hatte sich heute Abend als Mandalorian verkleidet. Es war klar, dass sein Geführte dann Baby Yoda wäre, sodass Django ihn zu ihrer großen Belustigung auf dem Rücken hätte tragen können, wenn sie von Tür zu Tür gingen.

Vorsichtig zog er die Maske ab.

Es war Liam Wachowski.

Lange saß Ralph mit der verstümmelten Leiche des Nachbarsjungen in den Armen im Regen am Straßenrand. Er hatte es nicht übers Herz gebracht, ihn am Zaun liegen zu lassen – nicht an diesem Ort. Aber weiter reichte sein Plan nicht, und so war er durchnässt und frierend auf dem Seitenstreifen sitzen geblieben und wiegte ihn.

Sein Schwindelgefühl hatte nachgelassen, aber stattdessen hatte sich ein tiefes, intensives Grauen in ihm breitgemacht. Für rationale Gedanken war kein Platz mehr, seine Selbstbeherrschung verließ ihn, und Ralph war für unbestimmte Zeit nur noch Zuschauer seiner eigenen Panik. Er weinte, er zitterte, er schrie und schrie. Er verkrampfte seine Hände hilflos ineinander. Mit tief hinuntergezogenen Mundwinkeln schlug er mit den Fäusten auf die Brust des Jungen und murmelte immer wieder die eine Frage: »Warum?«

Nach und nach tauchten aus diesem Zustand der absoluten Verzweiflung auch andere Fragen auf.

Was zum Teufel hatte Liam hier zu suchen? Mitten auf der Straße, zu dieser verfluchten Scheißstunde, bei diesem verfluchten Scheißwetter?

Wie um alles in der Welt konnte das passieren?

Und wie konnte das heute Abend passieren?

Es war noch nicht November!

Sie hatten verdammt noch mal eine Abmachung!

Aber sofort schoss ihm durch den Kopf, was er zu Django gesagt hatte, als er und Liam im letzten August in den Wald gegangen und in diesem Brunnen stecken geblieben waren: *Gegen Dummheit ist kein Kraut gewachsen.*

»Was habe ich getan?«, murmelte er. »Mein Gott, was habe ich getan? Was zum Henker habe ich nur getan?«

Vor seinem geistigen Auge begann sich ein vages Szenario abzuspielen. Aus irgendeinem Grund hatte Liam beschlossen, nicht mehr bei Noah Stone übernachten zu wollen. Warum, wusste er nicht. Genauso wenig, weshalb die Stones ihn hatten gehen lassen. Aber hier war er gelandet, allein in der Dunkelheit; etwas, das ein elfjähriger Junge nicht einfach so zum Spaß tun würde, also hatte er sich offenbar dazu genötigt gefühlt. Er war nach Hause geradelt, hatte sich aber einen Platten geholt. Warum hatte er beschlossen, sein Rad zu schieben und zu Fuß zu gehen? Kein Handy dabei. Akku leer. Solche Dinge passierten, es waren Kinder. Wäre es in Lock Haven passiert, hätte er bei einem Bekannten geklingelt, damit sie zu Hause anriefen, insofern lag es nahe, dass es gerade erst passiert war, auf der Forststraße. Es gab Schlaglöcher im Asphalt. Vielleicht war er über einen knorrigen Ast gefahren.

Wie zum Teufel konnten die Stones ihn allein losschicken?

Vielleicht haben sie es gar nicht getan. Vielleicht haben sich die Jungs gestritten. Django und Liam haben sich diesen Herbst auseinandergelebt. Weißt du noch, als Luana meinte, in der Grube müsse irgendwas vorgefallen sein? Etwas, über das Django nie ganz hinweggekommen ist? Aber du hast ihn nie danach gefragt. Es schien nicht wichtig zu sein, du warst von deinem Glück geblendet.

Vielleicht haben sie sich gestritten, Liam war in einem Wutanfall abgehauen, und Noahs Eltern wussten von nichts. *Vielleicht wusste er aber auch selbst nicht, warum er das tat. Vielleicht hörte er den Ruf der Kraft in den Wäldern und konnte nicht anders, als ihm zu folgen. Diese lenkende Kraft, die auch dafür gesorgt hat, dass du zu viel getrunken und dich entschieden hast, kein Uber zu nehmen, sondern dich hinters Lenkrad zu setzen.*

Nein, er weigerte sich, so etwas zu glauben. Eine solche Kraft existierte nicht. Er hatte seine Wahl getroffen und Liam seine. Sie waren für die Konsequenzen ihres Handelns selbst verantwortlich.

Wie auch immer es abgelaufen war, Ralph hatte Liam nicht gesehen, und Liam hatte den Forester im Regen zu spät gehört. Wäre er rechts von seinem Fahrrad gelaufen, wäre vielleicht nichts passiert. Aber er war links von seinem Fahrrad gelaufen, und das Auto hatte ihn mit hoher Geschwindigkeit von hinten erfasst. Er war über den Lenker geflogen, mit dem Kopf gegen den Stamm einer Hemlocktanne gestoßen und gegen den Zaun geknallt. Auf jeden Fall war es schnell gegangen.

Ja, es ging schnell. Liam wäre fast zu Hause gewesen. Und du wärst auch fast zu Hause gewesen. Und doch führten euer beider Wege zu diesem fatalen, verhängnisvollen Punkt. Aber immerhin gab es einen schwachen Trost gegenüber Levi: Wenigstens ging es schnell.

Das Schwindelgefühl kehrte zurück, und mit ihm begann das Frösteln. Er zitterte nicht vor physischer Kälte, sondern vor einem viel elementareren Frösteln, einem Frösteln in seiner Seele. Und als das schließlich vorbei war, gab es nur noch die Stille.

Ralph schaute die Straße hinab nach links. Dann nach rechts. Wie lange hatte er hier schon gesessen? Er wusste es nicht. Warum kam niemand?

Weil du noch niemanden angerufen hast.

Und dann: *Was wirst du tun, Ralph?*

Dort, in diesem Moment, drang die volle Bedeutung seiner Tat zu ihm durch, wie eine Kette von Ursache und Wirkung, die er von Hand einholte: Konsequenzen wie geschmiedete Glieder, die wiederum neue, größere Konsequenzen nach sich zogen.

Wie kein Zweiter wusste er, wie streng die Gesetze für rücksichtsloses Fahren im Staat Washington waren. Jemanden unter Alkoholeinfluss zu überfahren galt als fahrlässige Tötung, für das es ohne mildernde Umstände lebenslang gab. Ralph hatte diese Strafe selbst schon einmal verhängt und stand moralisch voll dahinter, denn ein solches Verhalten machte Idioten zu Mördern und Unschuldige zu Opfern. Und ihm fielen keine mildernden Umstände ein, die für ihn gelten würden. Liam war ein Kind. Er war Richter am Obersten Gerichtshof. Das würde einen Riesenskandal geben. Ralph war bereit, die Konsequenzen für sich selbst zu tragen, aber was ihn zurückhielt, war der Gedanke an seine Familie.

Das nächste Mal, wenn er seine Kinder sehen würde, würde er hinter Glas in der Haftanstalt sitzen. Und einen orangen Overall tragen. Doch genau da lag das Problem.

Würde er seine Kinder dort sehen?

Bis dahin wäre es November.

Die Panik, die Trauer, die Wut … alles wäre außer Rand und Band.

Die Dunklen Tage. Das Opfer.

Kaila würde den Schock nicht überstehen.

Würden Luana und die Kinder nach so etwas Schrecklichem noch in der Nachbarschaft geduldet werden? Oder würde man sie verbannen?

Und was dann? Dann würde Luana ihr größtes Glück genommen werden.

Dann würden ihnen die Kinder genommen werden.

Konsequenzen, die größere, unabsehbare Konsequenzen nach sich zogen. Dies war eine Tragödie, bei der es nur Verlierer gab, und er war dafür verantwortlich. Verantwortlich für die Zerstörung seiner Familie. Als Mensch musste man Verantwortung übernehmen ... aber das würde Liam auch nicht zurückbringen.

Wenn doch nur jemand anhalten würde, damit er beichten konnte, was er getan hatte. Dann würde man ihm alles abnehmen: nicht nur diesen zerschmetterten Körper, sondern auch die Last, die daran hing. Dann würde ihm die Entscheidung abgenommen werden.

Aber es kam niemand.

Hitze stieg ihm in den Kopf.

Die Energiebahnen schienen sich nach innen zu wenden.

Mit rasendem Herzen stand er auf. Im Tod war Liam federleicht, und Ralph konnte ihn mit einem Arm an sich drücken, um die Heckklappe des Forester zu öffnen. Die braune Decke seines Baby-Yoda-Kostüms war hochgeschoben und schützte seinen Kopf. So vorsichtig wie möglich legte er die Leiche in den Kofferraum. Schob die Füße zusammen. Schlug die Klappe zu. Dann schnappte er sich die Maske aus dem Graben, warf sie auf den Rücksitz und lud das Mountainbike ein.

Ralph fuhr nach Hause.

Die Uhr auf dem Armaturenbrett zeigte 22:39 Uhr, als er in die Einfahrt einbog. Mit der Fernbedienung an der Sonnenblende öffnete er das Garagentor. Ralph schaffte es, beherrscht hineinzufahren und neben Luanas Optima zu parken, aber sobald er den Motor abstellte und das Garagentor hinter ihm zuzog, begannen seine Hände zu zittern.

Mein Gott, was hast du getan? Es hätte ein furchtbarer Un-

fall bleiben können. Eine Tragödie sondergleichen, für die du die Verantwortung tragen musst, womit du aber mit der Zeit zu leben lernen kannst. Aber diese Chance ist nun vertan.

Ralph lauschte dem Ticken des abkühlenden Metalls im Motor.

Auf das Tropfen des Regenwassers aus dem Kühlergrill.

Liam Wachowski. Sein Nachbarsjunge von gegenüber. Der Sohn von Joyce und Marc. Eingewickelt in einer Decke in seinem Kofferraum.

Er erkannte sehr wohl, dass er nicht mehr wusste, was er tat. Dass er aus Panik und nicht aus Vernunft gehandelt hatte, dass sich Dummheit an Dummheit reihte und er einen Weg eingeschlagen hatte, von dem es kein Zurück mehr gab. Hier galten andere Gesetze als die der Moral. Von allen Seiten schlich er sich an und überfiel ihn: der drohende Wahnsinn. Er balancierte auf einem schmalen Balken darüber hinweg, und eine einzige Unachtsamkeit würde das Ende von allem bedeuten. Jetzt musste er den Konsequenzen seines Handelns ins Auge sehen.

Zuallererst das Geständnis gegenüber seiner Frau.

Er stieg aus, blieb aber stehen.

Er konnte sich nicht durchringen, reinzugehen.

Er wusste, dass sie auf ihn wartete. An der Tankstelle in Sammamish hatte er ihr seine voraussichtliche Ankunftszeit per WhatsApp mitgeteilt, die er inzwischen um vierzig Minuten überschritten hatte. Luana war nicht der Typ, der sich schnell Sorgen machte (sie würde denken, dass er an der Tankstelle in Carnation oder für einen Burger bei Tipsy Cow gehalten hatte), aber heute Abend wäre es anders, am Vorabend der Dunklen Tage.

Ralph betastete seine Taschen. Er hatte sein Handy auf dem Beifahrersitz liegen lassen. Er war sich sicher, dass er mehrere verpasste Anrufe von Luana sehen würde, wenn er aufs Display schaute.

Minuten später setzte er sich in Bewegung. Er lauschte auf das *Schmatz-Schmatz-Schmatz* seiner Schritte. Es klang wie ein schwerfälliges Meerestier, das sich aus der Brandung an den Strand schleppte.

Er öffnete die Küchentür. Sofort schlug ihm der warme, süße Duft des Ofens entgegen. Luana hatte Apfelkuchen gebacken.

Ralph blieb nach drei Schritten in der Küche stehen und hatte plötzlich das Gefühl, sich übergeben zu müssen. Sein Magen zog sich dreimal aggressiv zusammen, aber außer einem sauren Rülpsen, bei dem er den Alkohol schmeckte, kam nichts heraus.

»Ralph, bist du das?«, hörte er aus dem Wohnzimmer.

Was sollte er zu ihr sagen? Wie sollte er es sagen? Er hatte nicht die leiseste Ahnung. Ihr Leben würde sich für immer verändern.

Er hörte ein Geräusch; sie war aufgestanden und kam Richtung Küche. Wie es sich anhörte, in Pantoffeln. Nur noch ein paar Sekunden. Ein paar Sekunden, in denen sie in Unwissenheit leben konnte. Ein paar Sekunden, bevor diese Blase des gestörten Glücks endgültig platzen würde.

Luana betrat die Küche, und was auch immer sie sagen wollte, kam ihr nicht über die Lippen.

»Ralph? Was ist passiert? Oh Gott, Ralph, bist du verletzt?«

Er sah an sich hinab. Sein Anzug war durchnässt und schlammverschmiert. Die Ärmel hingen schlaff herunter, und braunes Wasser tropfte von seinen Fingerspitzen auf den Küchenboden. Die Jacke hing offen, und sein weißes Hemd klebte an der Haut, durchtränkt von Blut.

Dort, wo Liams Kopf gelegen hatte, dachte Ralph. Und

dann: *Seine Maske. Seine Maske war voller Blut. Sein Gesicht war an den falschen Stellen ausgebeult.*

Er brachte nichts heraus. Schüttelte nur langsam den Kopf.

»Ralph!«

Sie rannte auf ihn zu.

»Ralph, was ist passiert? Du machst mir Angst! Sag etwas, verdammt!«

Er brach in Tränen aus.

Sie hielt ihn fest.

Er erzählte ihr alles.

LUANA

Der Entschluss. Ein nächtliches Videotelefonat.
Die Gestalt am Bett.

31. Oktober

Während ihrer siebzehn Jahre in der Bird Street war Luana zu der Überzeugung gelangt, dass es für die Biegsamkeit des menschlichen Geistes keine Grenzen gab. Im Gegenteil, je mehr schockierende Informationen er zu verdauen hatte, desto dehnbarer wurde er, und desto leichter fiel es ihm, die Schrecken, die das Leben mit sich brachte, zu akzeptieren. Doch heute Abend hatte all das ein jähes Ende gefunden. Ralphs Neuigkeiten hatten ihren Verstand auf einen Schlag weit über die Belastungsgrenze hinaus strapaziert, und nun war er wie eine Feder gesprungen. Die Zerstörung war enorm. Von Akzeptanz oder Verarbeitung konnte keine Rede mehr sein; was blieb, waren Ungläubigkeit,

(… nein, nein, nein, sag, dass es nicht wahr ist, Ralph …)

Wut

(… betrunken? Was zum Teufel fällt dir ein, …)

und blankes Entsetzen,

(… mitgenommen? Mein Gott! Ralph!)

die sie eine Zeit lang völlig lähmten.

»Luana …«

Seine Stimme. Ganz nahe.

Plötzlich kam sie zu sich, als wäre sie kurz aus ihrem Körper herausgetreten und nun wieder hineingestiegen. Sie stand in einer Pfütze aus Regenwasser in der hell erleuchteten Küche, die Arme um Ralph geschlungen. Widerwillen überkam sie. Konnte sie ihn unter diesen Umständen weiterhin umarmen? Aber warum eigentlich nicht? Er war ihr Mann. Sie liebte ihn; er stand unter Schock und brauchte sie. Es war keine freie Entscheidung: Liebe konnte man nicht regulieren. Selbst wenn er ruiniert war, selbst wenn er drohte, sie und die Kinder mit in den Abgrund zu ziehen (vielleicht war es schon zu spät, um das zu verhindern) – es änderte nichts daran, was sie in ihrem Herzen fühlte.

Ralph weinte unkontrolliert. »Es tut mir s-s-s-so … f-f-f-urchtbar l-l-leid …«

Sie spürte die durchnässte Kälte des Körpers, den sie immer geliebt hatte, und zog ihn fester an sich, roch dann jedoch auch den Alkohol in seinem Atem, und das brachte ihre Wut zurück. Und als sie den Blick senkte, sah sie den Blutfleck auf seinem Hemd, groß wie ein Essteller.

Die Küche wurde grau und schien sich von ihr wegzudrehen. Luana versuchte, sich aus seinen Armen zu winden, aber er klammerte sich an sie, und sie konnte nur mit Mühe seine Finger von ihren Armen lösen. Sie hatte plötzlich nicht mehr die Kraft, ihn zu berühren. Sie taumelte von ihm weg, warf die Hände in den Nacken und drückte fest zu, um nicht in Ohnmacht zu fallen. Während die Farben langsam verebbten, starrte Luana mit großen Augen auf dieselbe Kette an Konsequenzen, die Ralph vorhin gesehen hatte, und die ganze Wahrheit dämmerte ihr: dass dieser Abend in jeder Hinsicht nie mehr enden würde.

Da, plötzlich eine Idee. Eine verlockende Idee, an die sie sich mit aller Kraft klammern wollte. »Bist du dir ganz sicher?« Und mit Nachdruck: »Vielleicht lebt er noch. Vielleicht war er nur bewusstlos. Wir sollten …«

Er schüttelte langsam den Kopf. »Luana …«

»Hast du das überprüft? Hast du überprüft, ob er tot ist?« Er senkte den Kopf. »Er ist tot, Luana.«

»Aber woher weißt du das?« Sie merkte, dass sie hastig sprach und ihre Hände genauso zitterten wie Ralphs ganzer Körper, und sie zwang sich, mit beidem aufzuhören. Es war die Verleugnung, nach der sie sich sehnte. Nachvollziehbar, aber ausgesprochen kindisch und auch gefährlich, denn sie verloren wertvolle Zeit.

»Wie lange ist es her? Wie lange hast du dort gesessen?«

Ralph brachte kein Wort mehr über die Lippen und begann hilflos mit den Zähnen zu klappern. Sie ergriff seine Hand und fühlte seine schlaffen, kalten Finger. Er war in einem schlechten Zustand; der Schock hatte ihn unterkühlt.

Sie zog ihn ins Wohnzimmer. Nach ihrem Bad am frühen Abend hatte sie den Kamin und die Kerzen angezündet, und während es unten herrlich warm wurde, hatte sie die Spiegel in der Garage verstaut. Dann hatte sie es sich auf dem Sofa bequem gemacht, wo sie mit hochgezogenen Beinen unter der Decke gesessen und gelesen und auf Ralphs Heimkehr gewartet hatte. Der Geruch von leise brodelndem Tannenharz im Kamin und der abkühlende Apfelkuchen auf der Küchentheke hatten ihr ein wohltuendes Gefühl der Ruhe vermittelt. Nun begriff sie, dass es eine Farce gewesen war. Ein morbider Scherz der Dunklen Tage.

Ho-ho-ho, da sind wir wieder! Habt ihr uns vermisst? Das dachten wir uns schon, deshalb sind wir einen Tag früher gekommen! Wir *haben euch jedenfalls vermisst, das könnt ihr uns glauben!*

Luana schob den Teppich beiseite (es gab keinen Grund,

warum er ihn mit Schlamm oder Blut beflecken sollte, dachte sie kühl) und ließ Ralph vor dem Kamin zusammensacken, wo er unkontrolliert zu bibbern begann. Vor ihrem geistigen Auge sah sie, wie er nach seiner Tortur im Wald nach Hause gekommen war, letztes Jahr, am letzten Novembertag. Das hier war schlimmer. Viel schlimmer. Und diesmal war es seine Schuld.

»Mein Gott, Ralph. Wie konntest du nur so dumm sein?«

»Ich weiß es nicht«, sagte er, so leise, dass es fast ein Flüstern war. Er sah sie nicht an. »Ich weiß es wirklich nicht.«

»Wie viel hast du getrunken?«

»Ich weiß es nicht«, sagte er erneut.

»Und dann setzt du dich ans Steuer? Wie konntest du nur!«

Er sagte nichts.

»Verdammt noch mal, Ralph!« Ihre Stimme schwoll an. Sie hörte die Hysterie, die darin mitschwang, und merkte, dass sie Gefahr lief, die Beherrschung zu verlieren, konnte aber nichts dagegen tun. »Ich weiß, wie wenig Respekt du vor Betrunkenen hast, die so dumm sind, Auto zu fahren und die Kontrolle über das Lenkrad zu verlieren. Die unschuldige Menschen mit in den Tod reißen. Du weißt, wie wenig Respekt ich davor habe!«

»Ich weiß.«

»Warum hast du kein Uber genommen?«

Er blickte mit dunklen Augen in seinen Schoß. »Ich weiß es nicht.«

»Du weißt es nicht? Mehr hast du dazu nicht zu sagen?«

»Ich dachte, es würde gut gehen. Bei unserem Glück.«

»Es würde *gut gehen?« Reiß dich zusammen. Noch eine Stunde, dann ist November. Um Gottes willen, reiß dich zusammen, sonst ist alles verloren.* »Wir bringen unseren Kindern bei, dass wir Glück haben, nicht wahr? Nicht, dass wir Superhelden sind!«

»Wie kann das Glück sein, Luana?«, stieß er hervor. »Das hätte nie passieren dürfen!«

»Das ist Dummheit!« In einem Impuls schnappte sie sich etwas von der Anrichte und schleuderte es nach ihm. Es war der Holzrahmen mit dem Familienbild im Squamish Treehouse – mattiert und ohne Glasplatte davor, wegen der Spiegelung. Das Ding segelte gegen Ralphs Arm. Er machte sich nicht einmal die Mühe, ihm auszuweichen. »Du hast versprochen, nicht zu trinken! Du hast es versprochen, Ralph!«

»Es war noch nicht November. Ich dachte, das wäre drin.«

»Mein Gott!«

»Ich weiß.« Seine Augen waren blutunterlaufen, aber was sie darin sah, war aufrichtig und viel größer als Schuld oder Reue. Sie fragte sich, ob es dafür überhaupt ein Wort gab.

»Und dann nimmst du ihn einfach mit nach Hause?«

Erneut senkte er den Blick.

»Du hast Spuren beseitigt! Du hast ein Verbrechen vertuscht! Das macht alles nur noch viel schlimmer!«

»Ich weiß.«

Sie schlug die Faust gegen den Mund. Luanas Wut verflog augenblicklich, und sie dachte: *Liam. Liam ist tot*, und damit begann der ganze Kreislauf von Ungläubigkeit und Verleugnung wieder von vorne. Als sie sprach, war ihre Stimme schwach, fast weinerlich.

»Ist das nur ein Traum, Ralph? Ist das wirklich passiert?«

Er sah sie ausdruckslos an.

»Und jetzt liegt er in deinem Kofferraum?« Die Vorstellung war zu ungeheuerlich, sie konnte einfach nicht wahr sein. Ralph schauderte und blickte auf die Decke auf dem Sofa. Das brachte sie auf eine Idee.

»Daraus wird nichts, das ist mein bester Überwurf. Ich hole dir eine alte Decke aus der Garage.«

Mit einem Ruck setzte sie sich in Bewegung. Er rief ihr nach, konnte aber nicht mehr aufstehen. Oder vielleicht erkannte er, dass es keinen Sinn hatte.

Er hatte ihr etwas mitgebracht.

Warum sollte sie es sich nicht ansehen dürfen?

Im Dämmerlicht der Garage roch es nach geölten Gartenmöbeln. Man hörte das Prasseln des Regens und das Ticken des Motors des Forester (*Ralphs Forester*, dachte sie nun, nicht *DER Forester*), und doch herrschte die Illusion einer tiefen Stille. Das lag daran, dass sie wusste, was sich im Kofferraum befand. Etwas so Monumentales vertrieb sämtliche Geräusche und saugte alle Energie in sich hinein, wie ein kompaktes Schwarzes Loch. *Tu's nicht, Luana. Warum solltest du nachschauen? Nimm ihn doch beim Wort. Manchmal macht es das nicht besser, etwas mit eigenen Augen zu sehen, sondern nur viel schlimmer.*

Ein guter Rat, aber sie war schon zu weit, um ihn noch befolgen zu können. In Pantoffeln ging sie zur Rückseite des Wagens. Dort blieb sie stehen. Die Heckscheibe war nass vom Regen. Sie sah die Umrisse ihres Spiegelbildes in dem dunklen Glas, unmenschlich und verzerrt. Es war noch nicht November, aber wenn Liam in diesem Moment mit toten Augen hinausstarrte, wäre sie der Geist im Spiegel.

Sie tastete nach dem kleinen Knopf unter dem Logo. Die Heckklappe öffnete sich mit einem leisen Klicken, zu wenig, um etwas zu enthüllen. Mit beiden Händen hob sie die Klappe an, und nun konnte sie es im schwachen gelben Licht der Kofferraumbeleuchtung sehen. Ein Bündel, eingewickelt in eine braune Decke. Es sah aus wie ein aufgerollter Teppich, der in der Mitte geknickt war. Erst dann bemerkte sie den schlammigen Turnschuh, der links herausragte.

Ihr Herz wurde schwer, und sie schloss die Augen. Ein trauriges, schauerliches Miauen ließ sie hochschrecken, und sie erkannte, dass es aus ihrer eigenen Kehle kam.

Es war Liam, daran gab es keinen Zweifel. Sie erkannte die Turnschuhe, die er meistens trug, wenn er mit Django auf dem Spielplatz gegenüber Ball spielte. Moschino Kids: ein Beleg für den teuren Geschmack seiner Eltern. Sie sah den Saum seiner Jeans, der umgekrempelt war, als hätten gleichgültige Hände (*Ralphs Hände*) sie in den Kofferraum gestopft. Die schlammige, durchweichte Socke. Darüber die blasse nackte Haut an seinem Knöchel.

Oh Joyce, dachte sie. *Oh Marc. Es tut mir so, so, so leid.*

In ihrem Schock war Ralphs verworrene Schilderung weitgehend an ihr vorübergegangen, aber sie erinnerte sich daran, dass er gesagt hatte, die Wachowskis hatten wahrscheinlich keine Ahnung, dass ihr Sohn in diesem Moment nicht mit Django und Noah in Carnation war. Natürlich hätten sie ihm nie im Leben erlaubt, im Dunkeln allein nach Hause zu radeln. Um Django selbst machte sich Luana keine Sorgen, denn um zehn hatte er noch eine obligatorische *Nacht-Mom*-Nachricht geschrieben, was in Django-Sprache so viel bedeutete wie: bin beschäftigt, zocke gerade, bitte nicht stören. Kein Wort über Liam. Nichts, was erklären könnte, warum er gegangen war. Aber so sind Kinder nun mal.

Wenn Ralph recht hatte, waren Joyce und Marc wahrscheinlich gerade zu Hause. Vielleicht schauten sie sich einen spannenden Film zu Halloween an. Vielleicht schliefen sie miteinander, während ihr Sohn tot und schlammverschmiert im Kofferraum in der Garage ihrer Nachbarn lag.

Spontan streckte sie ihre Hand aus. Sie wollte ihn berühren. Er war allein gewesen. So wie er jetzt dalag, beiseitegeworfen wie ein Stück Dreck, war er immer noch allein.

Ihre zitternden Finger berührten den feuchten Saum seiner Jeans. Sie fühlte die Haut darunter. Sie legte ihre Hand um die dünne Wade des Jungen. Sie fühlte sich kalt an, aber noch nicht steif.

Das Deckenbündel bewegte sich.

Luana versteifte sich, spürte, wie ihre Kopfhaut kribbelte, und zog ihre Hand zurück. *Das habe ich nicht wirklich gesehen*, dachte sie. Sie wartete mit angehaltenem Atem darauf, dass es wieder passierte. Oder vielleicht darauf, dass eine Hand unter der Decke hervorkam, um anklagend mit den zerquetschten, gebrochenen Kinderfingern auf sie zu zeigen.

Es passierte nichts. Sie hatte es sich eingebildet. Er würde nicht wieder lebendig werden. Und so schloss sie die Heckklappe.

Sie schnappte sich die Decke von den abgestellten Spiegeln und verließ die Garage.

Luana betrat das Wohnzimmer, fest entschlossen, Ralph zu sagen, er solle die Polizei anrufen, es sei noch nicht viel Zeit verstrichen, aber schon auf der Schwelle erstarben ihr die Worte auf den Lippen.

Der Buchhalter war gekommen.

Er saß mit dem Rücken zu ihr vorm Feuer. Rauch qualmte aus den Schultern seines Anzugs. Er war gekommen, um sein Opfer einzufordern. Liam war das Opfer. Er würde ihn in den Wald mitnehmen, um ihn dort zu begraben und jeden November seine Seele zu jagen. Luana konnte seinen hungrigen heißen Atem hören. Sie unterdrückte einen Schrei, als er sich umzudrehen begann, denn sie wusste, dass sie hinter diesen schwarzen Augen sein wahres Wesen sehen würde: einen Hunger, der wie ein Atomofen brannte.

Erst im letzten Moment dämmerte ihr, dass es nicht der Buchhalter war. Es war Ralph. Wie hatte sie sich irren können? Aber da wurde es ihr schon klar: Sein nasser Anzug dampfte vor dem Feuer, und das hatte die Illusion von Rauch erzeugt.

Lieber Gott, sie war dabei, den Verstand zu verlieren.

»Geht's dir gut?«, fragte Ralph. »Hast du … ihn gesehen?«

Sie fing sich wieder, ging zu ihm hinüber und legte ihm die Decke um die Schultern. »Du musst die Polizei rufen. Es ist noch nicht zu spät. Du kannst sagen, du wolltest ihn nicht im Regen liegen lassen. Dass du nichts hattest, um ihn zuzudecken. Es ist verdammt noch mal ein Kind …«

Sie brach zusammen und begann zu weinen. Ralph war in seinem Zustand unfähig, ihr Trost zu spenden (und sie wusste nicht, ob sie seinen Trost hätte annehmen können, selbst wenn er gekonnt hätte), also musste sie das allein ertragen. Sie sah Liams reglosen Turnschuh vor sich, das Stück nackte Haut an seinem Knöchel, dann Joyce, und konnte nur denken: *Wie grauenvoll. Wie grausam.*

Als sie sich ein wenig beruhigt hatte, sah sie, dass Ralph sie mit demselben leeren, sonderbaren Blick ansah wie zuvor. Aber er war doch nicht ganz leer, wie sie sah. Eher nachdenklich. Später würde sie an diesen Moment zurückdenken und erkennen, dass er damals schon gewusst hatte, was sie tun würden. Und sie, tief in ihrem Inneren, auch.

»Luana«, sagte er leise. »Ich werde anrufen, wenn du das willst. Ich habe einen unverzeihlichen Fehler begangen und werde die Konsequenzen tragen. Das verspreche ich dir. Wenn ich das tue, hoffe ich, du kannst mir eines Tages verzeihen, aber ich weiß, das ist zu viel verlangt.«

»Oh, Ralph …«

Er hob seine Hand. »Aber bevor ich anrufe, denk bitte kurz

über die Konsequenzen nach. Wir haben nicht viel Zeit, aber wir können es uns nicht leisten, sie zu ignorieren.«

Das tat sie, und dadurch verstand sie, wie tief das Elend war, in das Ralph sie gestürzt hatte, ganz abgesehen von Liams tragischem Tod.

Erstens würde Ralph für Jahre, vielleicht für den Rest seines Lebens hinter Gittern verschwinden. Das würde mit ziemlicher Sicherheit das Ende ihrer Ehe bedeuten. Es gehörte zu den erwartbaren Konsequenzen, die Ralph als Folge seiner Tat hinnehmen musste, die aber auch sie betrafen. Und Ralph hatte recht: Sie glaubte nicht, dass sie ihm jemals verzeihen könnte.

Das bedeutete nicht, dass sie kein Mitgefühl mit ihm hatte. Ralph war Richter. In Gefängnissen wie Monroe und Walla Walla saßen Häftlinge, die Leute wie ihn nicht besonders mochten. Häftlinge, von denen er einige verurteilt hatte. Sie würden ihm das Leben alles andere als leicht machen. Vielleicht sogar unmöglich.

Und das war erst der Anfang. Welche Folgen würde das für Kaila haben? Übermorgen würden sie sie in einen Pakt einweihen, hinter dem sie niemals mit ganzem Herzen stehen würde. Widerstrebend hatte sie sich in ihr Schicksal ergeben, weil sie wusste, dass es das Beste vom Schlimmsten war. Und trotz ihrer Abneigung war ihr Vater dennoch Kailas moralischer Kompass bei dieser Entscheidung gewesen. Das würde nun auf einen Schlag enden. Würde sie diesen Schock verkraften können?

Unwillkürlich musste sie an Frank denken, Ralphs Bruder, dem Kaila in vielerlei Hinsicht ähnelte und der eine Woche nach seiner Initiation sein Leben beendet hatte.

Es war, als hätte Ralph ihre Gedanken gelesen, denn er sagte: »Kaila wird das nicht schaffen.«

Sie wusste es. Langsam, wie von Geisterhand, führte sie die Hand zum Mund.

»Und da ist noch etwas, wovor ich Angst habe. Wie wird der Rest der Straße reagieren? Ich mag im Knast sitzen, aber ist das Strafe genug? Werden sie noch mit einer Familie zusammenarbeiten wollen, die so etwas auf dem Gewissen hat?«

»Das ist doch nicht unsere Schuld?«, rief sie erstaunt aus.

»Nein. Aber jedes Mal, wenn sie dich oder die Kinder sehen, werden sie damit konfrontiert. Stell dir vor, das wäre Django passiert.«

»Sag so etwas nicht, Ralph!«

»Gut, aber dann verstehst du, was ich meine. Sie werden es nicht ertragen können.« Er sah sie weiter an. »Außerdem können sie mich härter bestrafen, wenn sie euch verbannen.«

Die Wahrheit drang zu ihr durch und packte sie an der Kehle. »Das würden sie doch nicht tun, oder?«

Aber sie zweifelte, und das war genug. Luana fühlte sich immer tiefer im Netz der Konsequenzen verstrickt. Das eine setzte das andere in Gang, und die Folgen waren kaum absehbar.

Zuletzt suchte ihr Geist nach einem Ausweg, auch wenn sie wusste, dass sie das Unvermeidliche hinauszögerte. Vielleicht könnte dies ein Ausweg sein. Endlich eine Möglichkeit für sie und die Kinder, ein normales Leben zu führen, weit weg von Lock Haven, Washington und dem Bird-Street-Pakt. Sie hatten immer geglaubt, dass so etwas unmöglich sei, aber wussten sie es wirklich sicher?

»Könnten wir nicht lernen, mit dem Exil zu leben? Ein normales Leben, ohne übermäßige Talente oder Glück … könnten die Kinder nicht auf Dauer damit leben?«

»Die Kinder vielleicht. Sie können gehen. Aber du nicht, Luana.«

»Aber woher wissen wir ...?«

»Die Nyholms. Das Glück, das dieser Ort dir gegeben hat, schwindet nach und nach. Du bist unfruchtbar, Luana. Willst du riskieren, dass Kaila und Django eines Tages so etwas zustößt, wie diesem zudringlichen Professor, der dich nach Amerika geholt hat? Dass sie krank werden und sterben? Oder dass du eines Tages aufwachst und sie einfach nicht mehr existieren?«

»Sie hätten sowieso nie existieren dürfen!«, schrie sie, und im Feuer knackte das Holz so laut, dass beide sich erschrocken umdrehten. Sie wusste nicht, woher dieser Ausbruch kam; sie dachte gar nicht so. Dann sah sie die kleine Uhr und verstand. Es war schon weit nach halb zwölf. Die Dunklen Tage standen vor der Tür ... aber natürlich hatten sie hier, im Hause Lewis da Silva, bereits begonnen.

»Wir haben noch nicht einmal an das Offensichtlichste gedacht«, sagte sie mit einer Stimme, die keinen Ton mehr hatte. »Die Dunklen Tage. Es wird in den nächsten Wochen keine Szenarien geben, in denen es gut läuft, Ralph. Für niemanden. Und es wird nur noch schlimmer werden. Selbst im besten Fall, wenn die Nachbarn Mitgefühl zeigen und wir hier wohnen bleiben – welche Auswirkungen werden die Dunklen Tage auf Marc und Joyce haben? Trauernde Eltern, voller Groll ...«

Plötzlich erinnerte sie sich daran, was Ralph ihr letztes Jahr nach der Schießerei auf der Alpakawiese erzählt hatte. Als er dahintergekommen war, dass sein Sohn die Waffe aus dem Safe genommen hatte, hatte Marc Liam so heftig geschlagen, dass dieser zu Boden gestürzt war.

Auch Ralph verstand. »Er wird Gleiches mit Gleichem vergelten wollen.«

»Und was jetzt, Ralph?«, fragte sie. »Was sollen wir tun?«

Er stand auf, ging zu ihr hinüber und nahm sie in die Arme, was sie durch und durch erzittern ließ.

Denn sie wussten es beide bereits.

Keiner von ihnen wagte es, es als Erster auszusprechen. Sie umkreisten es wie Fliegen eine Leiche in einem Kofferraum. Letztlich war es Luana, die genug hatte und es laut aussprach. »Du musst ihn in den Wald bringen. Es gibt keine andere Möglichkeit.«

Er sah sie schockiert an. »Was?«

»Wage nicht zu behaupten, dass du nicht auch daran gedacht hast, Ralph! Wage es ja nicht!«

»Das ist es nicht«, beruhigte er sie. »Ich hätte nur nicht gedacht, dass du zu demselben Schluss kommen würdest.«

»Uns bleibt keine andere Wahl, oder? Alles ist so furchtbar beschissen …« Sie trommelte gegen seine Brust, weil er es war, der das verursacht hatte, und es war leichter, in Schuldzuweisungen zurückzufallen, als die Realität zu akzeptieren. Wieder weinte sie, und diesmal war sie nicht in der Lage, seinen Trost abzulehnen. Als sie sich beruhigt hatte, sagte sie: »Begrab ihn. Begrab ihn und lass uns hoffen, dass er als Opfer zählt. Dann war sein Tod wenigstens nicht ganz umsonst.«

Nun, da das große Wort ausgesprochen war, schien sich eine seltsame Ruhe über Ralph zu legen, als hätte er zum ersten Mal wieder eine gewisse Kontrolle über die Situation erlangt. Er sah sie geduldig an. »Luana … er zählt nicht.«

»Warum nicht?«

»Er ist nicht im Wald gestorben.«

»Du hast gesagt, dass er … dass sein Kopf gegen einen Baum …«

»Du weißt doch, dass Frank …«

»Frank ist hier gestorben, in der Einfahrt! Liam buchstäblich am Waldrand. Du hast gesagt, er sei gegen den Zaun geflogen!«

»Ja. Auf dieser Seite des Zauns.«

Sie verstand, aber wollte es nicht verstehen. »Wir könnten es doch versuchen, oder? Wir würden damit die Dunklen Tage im Keim ersticken! Den Untergang, der uns erwartet, erträglich machen. Sein Tod kann doch nicht so sinnlos gewesen sein?«

»Luana, wir können froh sein, dass er nicht zählt. Du weißt, was mit denen passiert, die zählen, oder?«

Sie wusste es und schwieg. Es war schon schlimm genug, dass Liam tot war. Ihn auch noch zu verdammen, hätte es unsäglich gemacht.

»Außerdem können wir es den Nachbarn nicht sagen. Es muss sowieso noch jemand sterben.«

»Das verstehe ich«, sagte sie leise.

»Gut. Aber verstehst du auch, dass wir an einer Grenze stehen?« Er ergriff ihre Oberarme mit kalten, klammen Händen und sah sie eindringlich an. »Im Moment ist es noch ganz allein meine Schuld, und du kommst ungeschoren davon. Auch die Tatsache, dass wir nicht früher angerufen haben, ist damit zu erklären, dass wir Zeit brauchten, um den ersten Schock zu überwinden. Das ist menschlich, Schock lähmt. Jetzt kannst du immer noch sagen, dass du auf mich eingeredet hast, nachdem ich in einem Anfall von geistiger Umnachtung mit Liams Leiche nach Hause geflüchtet bin. Aber wenn wir das hier tun, wirst du ein Teil davon. Wenn es schiefgeht, werde ich sagen, dass ich allein gehandelt habe und du nichts davon wusstest. Vielleicht wird das funktionieren. Aber in deinem Herzen wirst du es mit dir herumtragen, und es gibt nichts, was ich tun kann, um das zu ändern. Du wirst dir selbst nicht verzeihen können.«

Nein, dachte sie. *Ich werde dir niemals verzeihen können. Ich glaube, das habe ich jetzt begriffen.*

Wenn sie sich darauf einließ, dann tat sie es um der Kinder willen. Ob ihre Ehe noch zu retten war, mussten sie zu einem späteren Zeitpunkt herausfinden.

Aber versetz dich mal in die Lage von Joyce! Was würdest du wollen, wenn du in ihrer Haut stecken würdest? Was würdest du wollen, wenn es Django gewesen wäre?

Gerechtigkeit. Wie jeder andere auch. Es spielte keine Rolle, dass sie nie Freunde gewesen waren: Joyce Wachowski war Mutter und ihr Kind tot.

Und dennoch … was auch immer sie tun würden, es würde Liam nicht zurückbringen.

Gerechtigkeit würde Leben kosten.

Angefangen bei den Kindern.

Lange Zeit blieb sie stumm. Schließlich sah sie auf. »Sind wir Monster, Ralph?«

»Ich glaube schon.«

Er beugte sich zu ihr hinab, aber sie wand sich aus seinen Armen, da seine Umarmung mehr und mehr einem Würgegriff ähnelte. Es erfüllte sie mit Entsetzen. Doch als sie sich von seiner Berührung befreit hatte, zeichneten sich bereits neue Bedenken ab.

»Worauf lassen wir uns da ein? Gott steh uns bei, das wird immer über unseren Köpfen schweben.«

»Ich weiß. Ich meine, wie kann ich Joyce und Marc je wieder gegenübertreten? Sie werden denken, dass Liam verschwunden ist! Und ich weiß es! Ich *weiß* es!«

»Das müssen wir sorgfältig absprechen. Und ich schätze, dass wir dafür bis morgen Mittag Zeit haben, wenn die Schule die Wachowskis anruft und fragt, wo Liam steckt. Aber jetzt müssen wir erst einmal …«

»Niemand darf je davon erfahren.« Sie flüsterte es ihm heiser ins Gesicht. »Niemand darf je erfahren, was wir getan haben.«

»Keiner wird es je erfahren. *Dort* wird ihn niemand finden. Aber deshalb muss ich mich jetzt beeilen, um …«

»Nein, das kommt nicht in die Tüte. Du gehst nirgendwo hin, bevor du nicht die Fensterläden geschlossen hast. Sieh nur, wie spät es ist.«

Er sah es. Es war Mitternacht.

Ihr Telefon klingelte.

1. November

Joyce oder Marc, schoss es ihr durch den Kopf. Sie hatten gehört, dass ihr Sohn nicht mehr bei den Stones war. Oder es war Django, der sich Sorgen machte, weil Liam nicht zurückgeschrieben hatte. Schon brach der Sturm los, auf den sie nicht vorbereitet waren. Wer auch immer anrief und welche Nachricht sie erwarten mochte – gute Nachrichten klingelten nie um Mitternacht.

Aber es waren nicht die Wachowskis, und es war auch nicht Django. Es war Kaila. Sie zeigte Ralph das Display, streckte den Rücken durch und nahm ab. »Kaila! Alles in Ordnung?«

»Ja.« Im Hintergrund ertönte gedämpfte Musik. Immer noch auf der Party, wie es sich anhörte. »Ich dachte, du wärst noch wach, also habe ich es einfach mal probiert.«

»Was gibt's?«

»Nichts, wirklich. Aber es hat angefangen. Du weißt schon. Und ich hatte ein komisches Gefühl. Ich wollte nur hören, ob es euch gut geht.«

Sie schloss die Augen und tastete mit der freien Hand nach

ihrer Stirn. »Ach Schatz, wie lieb von dir.« Die erste Lüge: »Mach dir um uns keine Sorgen.« Dann die zweite: »Bei uns ist alles gut.«

Es hat begonnen. Das große Schauspiel. Jetzt gibt es kein Zurück mehr.

»Du klingst nicht so, als ob alles in Ordnung wäre«, sagte Kaila. »Deine Stimme ist seltsam.«

»Nein, gar nicht, wieso?« Es folgte eine Stille, die sich länger anfühlte, als sie tatsächlich war. In dieser Stille hörte sie das Knistern des Feuers im Kamin, den anhaltenden Regen auf dem Dach und das Klopfen ihres Herzens, das nicht aus ihrer Brust, sondern aus dem Inneren ihrer Augäpfel zu kommen schien. Kailas reife Besorgnis rührte sie, und sie schämte sich wegen der Lügen, die sie erzählt hatte. Aber vor allem hatte sie Angst. Angst, dass sie dem Blick ihrer Tochter nie wieder standhalten würde.

»Als ob du geweint hättest«, sagte Kaila schließlich. »Ist was passiert?«

»Nein, aber du hast recht«, hörte sie sich sagen. »Ich bin auch ein bisschen von der Rolle. Ich glaube, wir fühlen uns heute Abend alle ein wenig merkwürdig.«

»Ist Dad schon nach Hause gekommen?«

»Ja, ja«, sagte sie und blickte auf Ralphs blutgetränktes Hemd. Mit einer unwirschen Geste forderte sie ihn auf, sich in Gang zu setzen. »Er hat gerade die Fensterläden geschlossen und steht jetzt unter der Dusche.«

Er verstand den Wink und ging. Kaila erzählte von dem Kostümwettbewerb auf der Halloween-Party, dem Live-Action-Murder-Mystery-Spiel und dem soeben laufenden Horrorfilm-Marathon. Es klang, als würde sie sich amüsieren. Luana verstand nicht, wieso sie dann das Bedürfnis verspürte, so ausgiebig mit ihr zu telefonieren.

»Macht nicht zu lange, okay, Schatz?«

»Nein, nur noch ein bisschen, wir fahren bald zurück zu Jax.«

»Und du hast nicht getrunken?«

»Nur Punsch, Mom.«

»Ja, klar.«

»Ernsthaft!«

»Alles in Ordnung, ich wollte dich nur ärgern.«

»Hey, ich habe mich gefragt, ob ich nicht lieber nach Hause kommen sollte. Jax könnte mich mitnehmen.«

Nein!, hätte sie fast geschrien, konnte den Impuls aber gerade noch unterdrücken. »Schatz, das ist wirklich nicht nötig. Amüsiere dich noch ein bisschen und hab Spaß mit Jax. Du wirst in den nächsten Wochen oft genug zu Hause sein.« Sie wartete kurz und fügte hinzu: »Außer natürlich, du möchtest lieber heimkommen.«

Das war ein Volltreffer. »Na gut, dann bleibe ich bei Jax. Wir sehen uns dann morgen nach der Schule.«

»Ich liebe dich, mein Schatz. Ruf mich an, wenn etwas nicht in Ordnung ist, ja?«

»Mache ich. Ich liebe dich auch.«

Sie legte auf. Luana weinte schon, bevor das Lächeln aus ihrem Gesicht verschwunden war.

Zwanzig Minuten später waren alle Bretterverschläge vor den Fenstern und die Fensterläden im Obergeschoss geschlossen. Ralph hatte sich seine regenabweisende Skijacke angezogen. Luana hatte Tee für sich und für Ralph einen dreifachen Espresso gekocht. Sie musste den wahnsinnigen Drang unterdrücken zu lachen: Sie waren dabei, etwas Schreckliches zu tun, und tranken Tee und Kaffee. Dann dachte sie an das, was sich in der Garage befand, und der Drang verschwand sofort.

Sie hatte nicht dabei sein wollen, als Ralph Liams Leiche mit der Schaufel in die Decke gerollt hatte, die er sich zuvor am Kamin noch umgehängt hatte, aber jetzt stand sie neben ihm in der Garage. Mit Panzertape hatte er ein festes Bündel daraus gemacht, an das er ein dickes, oranges Seil aus dem Arbeitsschrank gebunden hatte. Luana verstand mit einem mulmigen Gefühl im Bauch, wozu es diente. Das Gelände stieg steil an, und vielleicht wäre Ralph gezwungen, Liam auf bestimmten Abschnitten hinter sich herzuziehen.

»Ich wünschte, das alles wäre nur ein Traum«, sagte sie. »Ein Albtraum. Meinst du nicht, dass es so sein könnte?«

»So fühlt es sich vielleicht später an, wenn alles vorbei ist.« Bis zu einem gewissen Grad hatte er recht, vermutete sie, und das war das Schlimmste daran. Wenn sie die Dunklen Tage überstanden hatten, würde die Zeit alles von selbst regeln. Daran wollte sie jetzt nicht denken. Es war zu widerlich.

Ralph klemmte sich seine Taschenlampe unter die Achselhöhle, bückte sich und stand mit dem Bündel in den Armen auf. Der Blick in seinen Augen war grimmig, ängstlich, voller Widerwillen. »Ich nehme die Leiter und klettere aufs Scheunendach. Ich glaube, ich kann ihn über den Zaun auf der anderen Seite hinunterlassen. Und dann lasse ich die Leiter auf dieser Seite stehen. Für den Rückweg.«

»Ich habe solche Angst. Im November geht man nicht in den Wald. Was, wenn du nicht zurückkommst?«

»Dann habe ich das wohl verdient.«

»Wage es ja nicht. Ich schaffe es nicht, die kommende Zeit ohne dich zu durchzustehen.«

»Ich komme wieder, Luana. Mach dir keine Sorgen.«

Doch genau das tat er selbst: Sie waren lange genug verheiratet, dass seine Augen keine Geheimnisse vor ihr verbargen.

»Ist dein Handy aufgeladen?«, fragte sie.

»Ich hatte es auf dem Heimweg ans Ladekabel gehängt.«

»Ruf mich an. Ruf mich an, sobald du über den Zaun bist. Ein Videoanruf. Wir haben die Entscheidung gemeinsam getroffen. Wir machen das gemeinsam.«

»Aber du wirst nichts sehen.«

»Ich werde dich hören. Ich will wissen, dass dir nichts zustößt. Und …« Sie zögerte. »Ich will wissen, falls dir doch etwas zustößt.«

Er nickte, und sie sah seine Erleichterung. Auch er würde sich eindeutig wohler fühlen, wenn ihre Stimme in der Nähe war, um ihn von der Tatsache abzulenken, dass er mit der Leiche des Nachbarsjungen in den Wald ging. »Ich rufe dich an. Nicht über Vember, denn ich vermute, dass Gray auf private Gespräche zugreifen kann. Sondern FaceTime.«

Sie öffnete die Tür zum Garten hinterm Haus und erschauderte angesichts des kühlen Windstoßes, der in die Garage fegte.

Ein weiteres Mal hielt sie ihn auf. »Wird er uns verraten?« Er drehte sich um. »Was meinst du?«

»In den Spiegeln.«

»Nein. Er ist doch nicht dort gestorben?«

»Dann ist es auch kein Opfer«, flüsterte sie.

Er eilte hinaus in den Regen.

Sie ging ins Badezimmer, benutzte die Toilette und putzte sich die Zähne. Ihre Zunge klebte an ihrem Gaumen wie ein saurer Schwamm, und sie hatte einen üblen Geschmack im Mund, fast so, als könnte sie seinen Alkohol schmecken. Vielleicht konnte sie das auch. Sein Verbrechen war zu ihrem Verbrechen geworden. Schuld konnte wie ein Virus übertragen werden. Sie spuckte aus, stellte ihre Zahnbürste zurück in den Becher und schaute auf, halb in der Erwartung, die schuldige Frau aus dem Spiegel zurückstarren zu sehen, zu der sie geworden war, aber natürlich hatte sie ihn schon früher am Abend entfernt. Zum Glück. Sie wollte keinesfalls sehen, dass ihr die Schuld wie angegossen passte.

Sie spritzte sich Wasser ins Gesicht, das sich geschwollen und entzündet anfühlte, und wollte sich die Hände an ihrem Bademantel abtrocknen, sah jedoch, dass sich ein mattes Aquarell aus Blutflecken auf dem Revers befand. *Liams Blut*, dachte sie. Sie riss sich den Bademantel vom Leib, warf ihn neben Ralphs nasser Kleidung auf den Boden, ging ins Schlafzimmer und zog einen dicken Rollkragenpullover und eine Pyjamahose an. Dann hob sie alle Kleidungsstücke vom Badezimmerboden auf, knüllte sie zu einem Ball zusammen und ging damit ins Erdgeschoss.

Im Kamin glühten noch die Kohlen. Luana warf drei Holzscheite darauf und besprühte sie mit Lampenöl. Bald loderte das Feuer auf.

Sie begann mit ihrem Bademantel, denn sie wollte das Ding nie wieder sehen.

Als die Flammen den Satin verzehrt hatten, folgte Ralphs nasses, blutgetränktes Hemd. Es begann stark zu rauchen und drohte, die Flammen zu ersticken, aber mit etwas zusätzlichem Öl fing es schließlich doch Feuer.

Sie schaute erschrocken auf, als hätte sie hinter sich ein Geräusch gehört. Das Wohnzimmer sah aus wie immer, und doch schien es, als hätte sich alles unmerklich verändert. Es war nicht nur die Gewissheit, dass jetzt der 1. November oder sie in der Mitternachtsstille allein im Haus war. Was Ralph im Wald tat, lastete wie eine bleierne Bürde auf ihr. Eine unbekannte Gefahr lauerte: nicht nur dort, sondern auch hier, im Inneren des Hauses.

Warum hatte er noch nicht angerufen?

Was, wenn er nicht anrief? Was, wenn sie nichts mehr von ihm hören würde? Nie mehr?

Unsinn. Er konzentrierte sich auf seine Aufgabe. Wenn es noch länger dauerte, würde sie selbst anrufen.

Von Ralphs Hemd war nur noch ein Stück des Ärmels übrig. Mit der Zange stieß sie es in die Flammen.

Gut gemacht, Mrs. Perreira da Silva. Die Vernichtung von Beweismitteln geht Ihnen leicht von der Hand. Ich habe den Eindruck, dass Sie damit bereits Erfahrung haben, nicht wahr?

Sie unterdrückte diese Stimme. Ralphs Pullover und Hose waren nicht günstig gewesen und konnten in der Waschmaschine vielleicht gerettet werden, aber Luana war nicht in der Stimmung, ihm einen Gefallen zu tun. Sie war gerade dabei, die Jacke über den brennenden Holzscheiten auszubreiten, als Ralph endlich anrief.

»Warum hat das so lange gedauert?«

»Es war nicht einfach«, sagte er und beließ es dabei. Das Rascheln von Kleidung und Wind waren zu hören, und auf dem Display war nichts als spiegelndes Schwarz zu sehen. Sie stellte ihr Handy auf Lautsprecher. Das Rascheln wurde zu einem Trommeln, und als Ralph wieder sprach, klang seine Stimme erstaunlich nahe, fast so, als stünde er neben ihr im Raum. »Kannst du mich gut hören?«

»Bestens.«

»Okay, ich dich auch. Ich habe mein Handy in meinen Kapuzenpulli gesteckt. Man sieht sowieso nichts, und so wird es nicht nass.«

Jetzt verstand sie, was das Trommeln war: der Regen, der auf seine Goretex-Kapuze prasselte.

»Wo bist du?«, fragte sie.

»Immer noch dahinter. Ich gehe so dicht wie möglich am

Zaun entlang, bis ich auf den Pfad bei den McKinleys stoße. Auf diese Weise komme ich am schnellsten vorwärts.«

Weiteres Rascheln und ein Stöhnen. Ein kurzer Lichtblitz, in dem sie Ralphs Wange und den roten Rand seiner Kapuze sah. Dann wieder Dunkelheit. Er hatte Liam hochgenommen, schlussfolgerte sie. Dann folgte das gleichmäßige Keuchen seines Atems. Er war losgegangen.

»Wie fühlst du dich jetzt?«, fragte einer von ihnen nach einer Weile.

»Schlecht.«

»Und du?«

»Ich auch.«

Keiner von ihnen hatte das Bedürfnis, etwas zu sagen, also schwiegen sie. Luana machte sich daran, die restliche Kleidung zu verbrennen. Als nur noch Fetzen übrig waren, die über Nacht in der schwelenden Asche zerfallen würden (*Ich darf nicht vergessen, morgen die Knöpfe auszusieben, dachte sie, nur zur Sicherheit*), ging sie in die Garage. Auch dort warteten die notwendigen Aufräumarbeiten. Doch schon bald sank ihr das Herz in die Hose. Blut im Kofferraum (sie hatte es auf der schwarzen Verkleidung nicht sehen können und mit den Fingern abgetupft, was sie sofort bereute), Liams Mountainbike auf dem Rücksitz und das Schlimmste: seine Baby-Yoda-Maske, in der Haare klebten. Sie stieß einen Schrei des Entsetzens aus und ließ sie hinter den Beifahrersitz fallen. Viel zu schnell zog sie sich von der Rückbank zurück und schlug sich den Kopf an.

»Was ist los?«, fragte Ralph erschrocken.

»Das Auto!«, jammerte sie. »Ich schaffe das nicht! Es gibt so viel aufzuräumen, und ich schaffe das nicht!«

»Schatz, das musst du auch nicht! Überlass das mir. Ich kümmere mich morgen früh darum.«

»Der Küchenboden muss gewischt werden. Und was, wenn die Kinder in die Garage gehen?«

»Die Kinder kommen erst morgen Mittag nach der Schule nach Hause.«

»Ich habe Blut an mir, Ralph! Liams Blut!«

»Ich weiß. Ich weiß. Es tut mir leid. Geh da weg. Du musst dich ausruhen.«

»Aber was ist mit seinem Fahrrad? Und mit deinem Auto? Da ist eine große Delle drin, und wenn Liam vermisst wird und sie sehen, dass dein Auto beschädigt ist ... Was für ein Schlamassel, wir haben das überhaupt nicht durchdacht!«

»Doch, das habe ich. Schau genau hin, es sind nur geringfügige Schäden. Das Glas ist zerbrochen, aber der Scheinwerfer funktioniert noch. Und die Stoßstange kann man ersetzen. Hör mir gut zu. Marc hat eine Außenkamera, mit der man bis zu unserer Einfahrt sehen kann. Aber der Schaden ist auf der rechten Seite, also war er auf den Videos nicht zu sehen. Solange wir an der Vorderseite des Hauses nichts Verdächtiges tun, gibt es für sie keinen Grund, bei uns nachzuschauen. Es gibt keinen Verdacht gegen uns. Verstehst du das?«

»Ralph, sei nicht naiv! Die Polizei wird doch sicher ermitteln?«

»Überleg mal. Die Polizei durchsucht immer zuerst die unmittelbare Umgebung, wenn ein Kind vermisst wird. Glaubst du wirklich, dass die Nachbarn die Polizei einschalten werden, bei dem, was wir all die Jahre im Wald getrieben haben? Noch dazu jetzt, im November?«

»Aber ... aber ...«

»Und wir haben mehr Zeit, als du denkst. Morgen früh fahre ich deinen Optima zur Müllkippe in Kirkland. Dort haben sie eine Eisenpresse, und ich kann dafür sorgen, dass sein Mountainbike zerstört wird. Den Forester lassen wir ein paar Tage in der Garage stehen. Wir werden sehen, wie sich die Dinge entwickeln, und nächste Woche bringe ich ihn morgens, wenn es noch dunkel ist, über die Tolt River Road zu einer Werkstatt weit weg von hier.«

Luana hatte ihm zugehört, das Gesicht in ihrem Ellenbogen verborgen, aber jetzt drehte sie sich um und trat immer wieder gegen das Hinterrad des Forester. Sie tat sich am Zeh weh, aber sie konnte nicht anders.

»Luana.« Leise. Zu nahe, zu real. »Luana, hör zu. Geh ins Bad. In Kailas Schränkchen liegt ein Streifen Seroquel. Nimm eine, das wird dich beruhigen. Es sollte nicht zur Gewohnheit werden, aber du brauchst jetzt etwas. Und pass auf, dass du nicht das Lithium nimmst.«

Sie folgte seinen Anweisungen und legte sich dann aufs Bett. Sie konnte sich nicht erinnern, sich jemals so erschöpft gefühlt zu haben. Ihre Stirn drückte auf ihre Augenlider, und sie merkte bald, dass sie allmählich in ein Delirium abdriftete. Das Handy lehnte neben ihr an Ralphs Kopfkissen. Jedes Mal, wenn er etwas sagte oder der Wind seine Kapuze erfasste, schreckte sie aus unangenehmen Gedankenfetzen auf, die der Anfang von Albträumen waren. Ralph sagte etwas über Levi, dass er seine Anwesenheit in der Dunkelheit spüren könne, und so kam Levi in ihrem Traum vor. Er sprach über Lichter, also sah sie Lichter. So glitt sie durch dieses verwirrte, halb geträumte Denken, und jedes Mal wurde ihr mit einem Ruck bewusst, dass sie in dem wahren Albtraum aufwachte: Er schwebte um sie herum und hatte kein Gesicht, außer vielleicht ihrem eigenen.

»Luana«, ertönte es irgendwann.

»Hm?«

»Wir müssen jede Menge besprechen. Morgen. Was wir sagen.«

»Ich weiß.«

»Unsere Geschichte muss wasserdicht sein.«

»Ralph.«

Schweigen.

»Erzählst du mir von unserem Urlaub in Italien?«

Wieder Schweigen. Dann: »Was willst du hören?«

»Alles. Alles, woran du dich erinnerst.«

Er tat es. Er erzählte von den besten Linguine der Welt, die sie in einem kleinen Familienrestaurant in Cortona gegessen hatten, wo die Köchin, eine stämmige, zahnlose Frau in einer schmutzigen Schürze, immer wieder rief: »*Solo quattro ingredienti!*« Wie Django die ganze Bootsfahrt in den Cinque Terre über eine leuchtend grüne Riesenheuschrecke zwischen den gewölbten Händen gehalten hatte, weil er Angst hatte, sie würde ins Wasser fallen. Ralph erzählte von einer Weinprobe in einem Renaissancepalast in Montepulciano, vom Geruch gepresster Heuballen in einer Hügellandschaft und wie sie Todesängste ausgestanden hatten, als Kaila in Arezzo ein Fahrrad gestohlen hatte, um mit Django auf dem Lenker *Das Leben ist schön* nachzuspielen. Als er erzählte, wie sie sich auf einem Liegestuhl unter dem umbrischen Sternenhimmel geliebt hatten, zog sie schniefend die Nase hoch.

»Das war schön«, sagte sie mit gelöster Stimme. »Ich war glücklich, weißt du? Ich war wirklich glücklich.«

»Ich weiß, Liebling. Das war ich auch.«

»Wir hatten nie ein Anrecht auf dieses Glück.«

Eine Zeit lang lauschte sie seinem schweren Atem. Schließlich sagte er: »Weiß nicht. Glück ist nichts, worauf man Anspruch hat. Glück ist etwas, das man hat. Oder eben nicht.«

»Dann hoffe ich, dass wir nie mehr Glück haben. Wir haben es nicht verdient. Am liebsten würde ich rückwirkend alles zurückgeben.«

»Wir können es in Ehren halten«, sagte er. »Was gewesen ist.«

Aber in Anbetracht dieser Nacht war das ein so grundlegender und unversöhnlicher Widerspruch, dass sie nicht wusste, ob sie dem jemals Raum geben könnte.

Einige Zeit später wachte sie auf und hörte ihn sagen, er sei da. Wo? Am Moorteich. Der Begräbnisstätte. Luana war vor Jahren einmal an diesem belasteten Ort gewesen, aber danach hatte Ralph es ihr stets ersparen wollen, die Leichen zu begraben. Hier würde er eine Grube für Liam ausheben. Hier würde er die Totenwache abhalten.

Zum ersten Mal nahm er sein Handy aus der Kapuze, und sie sah im strömenden Regen, wohin er mit seiner Taschenlampe leuchtete. Sie sah Asthaufen. Überall. Sie sah Moorland, sie sah die Schaufel, die aufrecht in der Erde steckte, und dann, eine Sekunde lang, sah sie Liam. Die Decke zurückgeschlagen, dem Regen ausgesetzt. Es war nicht Ralphs Absicht gewesen, und er schob sein Handy von sich weg, aber in diesem einen Augenblick war es passiert. *Sie hatte Liam gesehen.*

Das war zu viel gewesen. Auf einmal interessierte es sie nicht mehr, welche Gefahren in den Wäldern lauerten und ob Ralph heute Nacht nach Hause kommen würde. Was auch immer geschah, es würde ihm widerfahren.

»Viel Glück«, murmelte sie unwirsch und legte auf.

Ralph verstand es. Oder auch nicht. Aber er rief nicht zurück.

Später, viel später erwachte sie halb aus einer tiefen, traumlosen Bewusstlosigkeit. Desorientiert bemerkte sie die Anwesenheit eines Schattens im Zimmer, aber nicht neben ihr im Bett. Er stand regungslos in der Dunkelheit am Fußende des Bettes. Und einen Moment lang hatte sie den Eindruck, als stünden dort zwei Schatten, der hintere etwas kleiner als der vordere. Es alarmierte sie, aber bevor sie wach genug für einen beschleunigten Herzschlag war, roch Luana Ralphs Körpergeruch, der sie nach siebzehn Jahren Ehe nicht täuschen konnte. *Er ist nach Hause gekommen*, dachte sie gleichgültig.

Der Schatten begann sich zu bewegen, und sollte es einen zweiten gegeben haben, so waren sie jetzt miteinander verschmolzen. Doch sie nahm noch etwas anderes wahr: einen unbekannten Geruch, unangenehm, eigentlich eher Gestank. Sie wandte den Kopf ab.

Sie war sich vage bewusst, dass sie die Matratze unter seinem Gewicht einsinken spürte, aber sie war bereits wieder eingeschlafen, als er lustlos den Wecker auf seinem Handy stellte. Sie bekam nicht mit, wie er sein Telefon auf das Kissen fallen ließ, und sie bekam auch nicht mit, dass es ein paar Minuten später, als seine Atmung langsam und regelmäßig geworden war, vom Kissen rutschte.

Daher sah sie nicht, wie sich die leuchtenden Zahlen der Uhr auf seinem Nachttisch auf dem Display spiegelten: 4:53 Uhr. Und genauso wenig sah sie die dunkle, schlammige Gestalt, die sich in dieser Reflexion bewegte.

RALPH

Panik bei den Nachbarn. Überwachungsbilder vom Camp Heron Market. Das Glück des Teufels.

1. November

Ralph erwachte kurz vor Sonnenaufgang und war überzeugt, den Wecker gehört zu haben. Er stand auf und verzog angesichts heftig stechender Schmerzen das Gesicht, im Rücken und hinter seiner Stirn. Gott, das konnte ja was werden.

Luana bewegte sich unruhig unter der Decke. Die Digitaluhr zeigte 7:41, was ihn verwirrte. Hatte er sein Handy nicht auf 8:00 Uhr eingestellt, damit er wenigstens einen dreistündigen Schlafzyklus vollenden würde, ehe er rausgehen musste, um seine Spuren zu verwischen?

Das war nicht der Wecker, das war die Klingel. Das sind die Dunklen Tage, die vor der Tür stehen.

Wie zur Bestätigung läutete es erneut. Ralph flog aus dem Bett und stolperte durchs Zimmer. Himmel, es fühlte sich an, als wäre sein Körper durch die Mangel gedreht worden. In seinem Alter gab Ralph Lewis nicht mehr vor, jung zu sein, aber er war stolz darauf, in Form zu bleiben und einen gesunden Lebensstil zu führen. Aber was er gestern Abend getan hatte, überstieg jedes Training.

Er schnappte sich eine Jeans und einen Pullover aus dem Schrank, zog sie an und knetete sein Gesicht.

Polizei, dachte er, als die Klingel auf der Treppe erneut ertönte. *Jemand hat dich gesehen. Du dachtest, du wärst unbemerkt geblieben, aber was weißt du schon? Irgendwo hast du dich geirrt. Und jetzt kommen sie, um dich zu verhaften.*

Aber durch das Fenster in der Eingangstür sah er, dass es noch schlimmer war – viel schlimmer. Es war Marc Wachowski, der dort im trüben Licht stand. Sofort spürte Ralph, wie ihm das Herz bis zum Hals schlug und die Adern an seinen Schläfen pochten.

Reiß dich zusammen. Das ist deine erste Fehleinschätzung, du dachtest, du hättest noch Zeit, aber das kriegst du auf die Reihe. Reiß dich verdammt noch mal zusammen!

Aber wie sollte er es anstellen? Ralph war als Richter dazu ausgebildet worden, beim Verkünden von Urteilen und in Situationen, in denen viel auf dem Spiel stand, seine Emotionen unter Kontrolle zu halten, aber es war nie er selbst gewesen, der auf dem Spiel stand. Jetzt durchliefen seine Gefühle das gesamte Spektrum und kehrten jedes Mal zu blanker Angst zurück.

Er leckte sich über die Lippen, entriegelte die Tür, drehte den Schlüssel um und öffnete die Haustür. »Hey, Marc. Tut mir leid, dass es so lange gedauert hat, aber ich musste erst mal aus dem Bett kommen. Du bist früh wach.«

»Liam ist verschwunden.«

Ralph kratzte sich am Hinterkopf und spähte an Marc vorbei die Einfahrt hinab. In den Regenrinnen glitzerten stille Pfützen. In den letzten Stunden hatte es offenbar aufgehört zu regnen.

»Liam … ist bei den Stones, oder?«

»Felicia Stone hat gerade angerufen. Liam scheint gestern Abend aufgebrochen zu sein, aber er ist nie zu Hause angekommen.«

Die Stones. Dieses Szenario ist dir nicht einmal in den Sinn gekommen.

»Was?« Kam sein Schock glaubwürdig rüber? Nicht übertrieben? Gerade noch rechtzeitig kam ihm eine Idee. »Und Django?«

»Ja, er war dort. Noah und er sagten, sie hätten sich gestritten, und dann sei Liam gegangen. Aber Felicia und Bill wussten nichts davon, sie haben erst beim Frühstück entdeckt, dass er weg war. Deshalb haben sie angerufen. Joyce telefoniert jetzt all seine Freunde in Carnation ab. Wir denken, dass er zu jemand anderem gegangen sein muss, weil es gestern Abend so stark geregnet hat ...«

»Aber er hat sich nicht gemeldet?«

»Nein.«

»Und sein Handy?«

»Das hat er bei den Stones liegen gelassen. Haben wir gerade mit ›Mein iPhone suchen‹ rausgefunden.« Marc blickte nachdenklich auf das Telefon in seiner Hand, als ob er jeden Moment damit rechnete, dass es klingeln würde. Er schien nicht in Panik zu sein, noch nicht, aber es war klar, dass er völlig durcheinander war. »Hat Django nichts zu euch gesagt?«

»Nicht, dass ich wüsste, aber ich war gestern erst spät zu Hause. Ich hatte einen Empfang bei Gericht. Ich werde Luana fragen.«

»Würdest du das tun, ja? Und könntest du Django anrufen und ihn befragen? Joyce hat vorhin schon kurz mit ihm und Noah gesprochen, aber vielleicht haben sie sich unter Druck gesetzt gefühlt, und er erzählt euch mehr.«

»Ja, natürlich, ich werde sofort anrufen. Mein Gott, Marc, ich hoffe, du kommst klar?«

»Wahrscheinlich nur eine leichtsinnige Aktion. Aber es ist

der 1. November, und ich fühle mich nicht wohl, solange ich nicht weiß, wo er ist. Danke für deine Hilfe, Ralph. Ich bin daheim, die Haustür steht offen. Wir sehen uns, ja?«

»Ja, klar.«

Ohne sich zu verabschieden, ging Marc die Einfahrt hinunter, aber als er die Straße erreichte, rannte er los. *Er glaubt gar nicht daran, dass es sich nur um eine leichtsinnige Aktion handelt.* Ralph machte die Tür zu und schlug die Hände vor die Augen. *Danke für deine Hilfe, Ralph. Netter Kerl bist du.*

Aber jetzt war nicht der richtige Zeitpunkt für moralische Krisen. Er ließ die Hände sinken und wollte gerade die Treppe raufgehen, als er einen Schock bekam.

Seine Hände. Die Linien und Rillen zeichneten sich scharf vom Schmutz ab. Dunkle Erde und getrocknetes Blut. Unter seinen Nägeln schwarze und dunkelbraune Halbmonde. Schnell und mit hervorquellenden Augen klopfte er sie ab, was natürlich nicht half; die schnelle Dusche in den frühen Morgenstunden hatte nicht geholfen.

Mein Gott. Hat Marc etwas gesehen?

Er konnte sich nicht erinnern, dass er auf seine Hände geschaut hätte. Aber falls doch, könnte er natürlich sagen, dass er im Garten gearbeitet hatte. Was allerdings unsinnig wäre: Er hatte gesagt, er sei spät von einem Empfang nach Hause gekommen. *Du bist aus dem falschen Holz geschnitzt. Beeil dich, du Trottel, und wasch dir die Hände.*

Mit zwei Schritten auf einmal rannte er die Treppe hinauf und ins Schlafzimmer, wo Luana aufrecht mitten auf dem Bett saß, die Decke lose um ihre Taille. »War das …?«

»Ja, die Stones haben angerufen. Ich dachte, wir hätten noch ein paar Stunden Zeit, aber der Zirkus hat schon begonnen. Bist du bereit?«

»Habe ich eine Wahl?«

»Nein. Hat Django sich gestern Abend gemeldet?«

Sie zeigte ihm seine WhatsApp: *Nacht, Mom.* Mehr nicht, das war gut. »Okay. Geh dich frisch machen, du wirst gebraucht. Ich muss Django anrufen und dann rübergehen.«

Sie nickte. Er konnte an ihrem Gesicht sehen, dass sie lauter Fragen hatte. Über die vergangene Nacht (*Und du willst ihr doch nicht sagen, was genau passiert ist, oder? Nein, das solltest du ihr besser nicht erzählen*), darüber, was genau sie sagen sollten und über ihre Rolle in all dem, falls es schiefgehen sollte. Aber sie stellte sie nicht. Stattdessen ging sie, ohne ihm Kraft zu wünschen oder einen liebevollen Blick zuzuwerfen, ins Bad. Ihm wurde klar, dass er so etwas wahrscheinlich auch nicht verdient hatte, und doch war er überrascht, wie sehr ihn das traf.

Er ging nach unten und rief Django an. Als er die Stimme seines Sohnes hörte, stiegen ihm Tränen in die Augen. Er schluckte sie hinunter. »Django, hier ist Dad. Du weißt doch, was los ist, oder?«

»Ja. Es tut mir so leid. Ich verstehe es einfach nicht.«

»Was ist gestern Abend passiert?«

»Liam wollte unbedingt auf Süßes-oder-Saures-Tour gehen. Aber es war so mieses Wetter, und Mr. Stone sagte, dass man unter den Ponchos nicht einmal die Kostüme sehen könne. Aber Liam hat weiter gemeckert, da hat Mr. Stone gesagt, wir dürften nicht raus. Er und Mrs. Stone hatten sich eine Schnitzeljagd durchs Haus ausgedacht, aber Noah und ich fanden uns eigentlich zu alt dafür, und da haben wir die Süßigkeiten einfach so bekommen und sind zocken gegangen.«

»Und Liam? Habt ihr euch geprügelt?«

»Nein. Liam war nur die ganze Zeit sauer, das war ziemlich nervig. Wir haben ihn immer abwechselnd spielen lassen, aber das hat nichts geholfen. Und plötzlich hat er den Controller weggeworfen und gesagt, er will nach Hause.«

»Ohne Grund?«

»Er ist gestorben«, sagte Django. Ralph klappte die Kinnlade runter, doch dann fügte der Junge hinzu: »In *Avengers*.«

Langsam hob Ralph die Hand und strich sich durch die Haare. »Und er hat ausdrücklich gesagt, dass er nach Hause geht? Nicht zu einem anderen Freund oder so?«

»Nein, nach Hause. Wir haben noch versucht, ihn zu überreden, aber er ist wütend aus Noahs Zimmer gestürmt. Und weil es so stark geregnet hat, dachten wir, Mr. oder Mrs. Stone würden ihn heimfahren. Aber sie haben nichts gehört.«

Wenn es nur nicht geregnet hätte, dachte Ralph, *wenn Bill Stone ihnen nur erlaubt hätte, auf Süßes-oder-Saures-Tour zu gehen, wenn er nur dieses blöde Spiel gewonnen hätte, dann wäre all das nicht passiert.*

Die Ergänzung folgte auf dem Fuße: *Wenn du nicht getrunken hättest, auch nicht.*

»Dad, ich mache mir Sorgen. Ist mit Liam alles okay?«

Ralph spürte, wie ihm das Herz schwer wurde. »Na ja, er ist nicht nach Hause gekommen«, sagte er heiser. »Die Wachowskis rufen alle an, um zu sehen, wohin er gegangen sein könnte. Gehst du jetzt zur Schule?«

»Ja.«

»Gut, schreibst du mir eine WhatsApp, ob Liam in der Schule ist? Sobald du dort bist?«

»Mach ich.« Django zögerte einen Moment und fragte dann: »Hätte ich Bescheid sagen müssen? Dass Liam gegangen ist, meine ich. Hätte ich euch schreiben sollen, oder vielleicht Mrs. Wachowski?«

Lieber Gott. Django fühlte sich schuldig. Ralph hatte geglaubt, dass sein Herz bereits den Tiefpunkt erreicht hatte, aber es stellte sich heraus, dass das nicht der Fall war. »Es ist nicht deine Schuld, Django, merk dir das gut. Aber das wäre besser gewesen, ja.« *Und wenn du das getan hättest*, fügte er in Gedanken hinzu, *wäre ich gehängt worden, und es wäre wahrscheinlich dein Todesurteil gewesen, also danke Gott für diesen Fehler.* »Ich muss jetzt rübergehen. Schreib mir, sobald du in der Schule bist, okay?«

»Okay.« Ralph wollte auflegen, als Django sagte: »Was, wenn Liam von einem Fremden entführt wurde?« *Nicht von einem Fremden*, dachte Ralph und schloss die Augen. »So solltest du nicht denken, Django. Schreib mir.«

Er legte auf.

Nachdem er mit seinem Sohn gesprochen hatte, schrubbte er sich den Schmutz von den Fingernägeln. Er benutzte die Bürste dafür und ging so grob vor, dass die Haut unter dem Nagel seines linken Ringfingers aufplatzte. Mit Taschentüchern und einer verkrampften Grimasse stillte er die Blutung. Als er fertig war und seine Hände betrachtete, sah er, dass sie zitterten. Konzentriert versuchte er, sie ruhig zu halten, aber es klappte nicht. Erst als er mit einer Hand die andere ergriff, hörte das Zittern auf.

Ralph zog seinen Mantel an und schritt mit hochgezogenen Schultern die Einfahrt hinab. Er hatte das Gefühl, von hinten angestarrt zu werden. Es stimmte, was man sagte: Jedes Geheimnis, das ein Mann herumtrug, stand in großen, leuchtenden Neonbuchstaben auf seiner Stirn geschrieben. Kein Wunder, dass es Leute gab, die gutes Geld damit verdienten, die Lügen von Verdächtigen auffliegen zu lassen; er hatte in seinem Beruf täglich damit zu tun.

Er bereitete sich darauf vor, die Straße zu überqueren, überlegte es sich aber anders und nahm Kurs auf den Bungalow der Aikmans. Er brauchte einen Blitzableiter. Jemanden, der eine eigene Dynamik besaß und die Aufmerksamkeit von seinen nervösen Verrenkungen ablenken würde. Harry konnte dieser Blitzableiter sein.

Sobald er geklingelt hatte – wieder dieser zitternde Zeigefinger –, bedauerte er, Harry nicht auf dem Handy angerufen zu haben. Wenn es jemanden gab, den er heute Morgen nicht brauchte, dann war es Elizabeth mit ihrem gierigen Adlerblick. Seit dem Drama im letzten Jahr konnte er sie nicht mehr ertragen. In den letzten Wochen, während der Vorbereitung auf die Dunklen Tage, hatte er dafür gesorgt, dass er nichts mit ihr zu tun haben musste. Wie Harry das verkraftet hatte, wusste er nicht, und es war ihm auch egal. Aber jedes Mal, wenn Ralph ihr begegnete, sah er sie wieder vor sich, wie sie wie eine verrückte Marionette auf und ab sprang, sich das Gesicht aufkratzte und schrie: »*Tu es! Tu es, du wertlose Schwuchtel!*«

Und natürlich machte Elizabeth auf. »Ralph! Guten Morgen, mit dir hatte ich nicht gerechnet.«

»Wir haben womöglich ein Problem«, fiel er mit der Tür ins Haus. Ihr Blick wurde sofort schärfer. Elizabeth brüstete sich ihrer Probleme. Sie verfügte außerdem über eine unfehlbare Intuition, wie Ralph wusste, und das konnte gefährlich werden. »Das heißt, streich das ›womöglich‹. Die Kacke ist am Dampfen. Liam ist verschwunden.«

Elizabeth erschrak, und er erklärte ihr, was geschehen war. Als er fragte, ob sie und Harry mit ihm zu den Wachowskis kommen könnten, um die Situation unter Kontrolle zu bringen, sagte sie, sie würde Harry sofort holen. Was auch immer er von Elizabeth halten mochte, sie kannte die Interessen der Bird Street wie keine andere, und in dieser Hinsicht konnte er sich auf sie verlassen.

Ralph eilte über die Straße. Die Haustür stand tatsächlich offen, aber sobald er eintrat, war es, als würde er in eine Giftgaswolke treten. Die Luft war dick, die Atmosphäre geladen; im Haus herrschte eine fast greifbare nervöse Anspannung.

»Liam ist weggelaufen«, ertönte eine schmächtige Stimme, und Ralph sah erschrocken auf. Harper saß auf halber Höhe der Treppe und hatte ein Buch im Schoß. *Dragons in a Bag* von Zetta Elliott, las er auf dem Umschlag.

»So was in der Richtung habe ich gehört«, sagte Ralph. »Wir werden …« *ihn finden*, wäre ihm fast rausgerutscht, aber er konnte sich nicht überwinden, sie anzulügen. »Wir werden ihn suchen, Harper.«

Sie nickte und wandte sich wieder ihrem Buch zu. Ralph ging ins Wohnzimmer und sah sofort, dass seine Sorge, augenblicklich durchschaut zu werden, unbegründet war. Die Wachowskis waren zu sehr mit ihren eigenen Problemen beschäftigt, um auf ihn zu achten. Joyce telefonierte und hatte ihren Kalender und Laptop offen vor sich auf dem Esstisch, und Marc wuselte um sie herum wie ein nervöser Hund. Vorhin an der Tür hatte er noch eine gewisse Selbstbeherrschung an den Tag gelegt. Jetzt war er immer noch nicht in Panik verfallen, aber es machte keinen großen Unterschied. Ethan war nirgendwo zu sehen. Wie Kaila besuchte er die Cedarcrest High in Duvall und war wahrscheinlich schon unterwegs gewesen, als der Anruf von Felicia Stone eingegangen war.

Er hustete, um seine Anwesenheit kundzutun, und Marc lief auf ihn zu. Die Hoffnung in seinem Gesicht war fast unerträglich. »Was hat Django gesagt?«

Ralph wiederholte das Telefongespräch in allen Einzelheiten, und die Enttäuschung auf Marcs Gesicht war noch unerträglicher. »Sie haben sich also nicht gestritten? Bist du dir sicher?«

»Laut Django war Liam vor allem sauer, weil die Süßes-oder-Saures-Aktion nicht stattfand.«

»Er hatte sich auch schon so lange darauf gefreut … Und sonst hat er nichts gesagt? Irgendwas darüber, wo er hingegangen sein könnte?«

»Laut Django hat Liam gesagt, er würde nach Hause gehen.«

»Verdammt!« Marc ballte unwillkürlich die Fäuste. »Warum haben Noah und er den Stones nichts davon erzählt? So verdammt unverantwortlich!«

Ralph hob die Hände, verschränkte sie aber schnell wieder, da sie noch immer heftig zitterten. »Es sind Kinder. Liam ist im Dunkeln mit dem Rad losgefahren und hat auch nicht Bescheid gesagt.«

»Ich weiß. Ich sollte ihm den Hintern versohlen, aber im Moment wäre ich vor allem froh, wenn er wieder auftauchen würde. Sorry, Ralph, ich bin etwas durch den Wind …«

»Schon verstanden. Hat das Herumtelefonieren nichts gebracht?«

Marc schüttelte den Kopf. »Ich verstehe das nicht. Niemand weiß etwas. Er wird doch wohl nicht mit dem Rad nach Hause gefahren sein? Es sind acht Kilometer! Bei diesem Scheißwetter ist er bestimmt in Carnation geblieben.«

Elizabeth betrat mit Harry im Schlepptau den Raum, aber Marc nahm kaum Notiz von ihnen. Harry nickte kurz und senkte den Blick, während Elizabeth durchs Zimmer eilte.

»Ich kann verstehen, dass er wütend war«, fuhr Marc fort, »aber sobald er gemerkt hätte, dass er sein Handy vergessen hat, wäre er doch zurückgekommen, um es zu holen, oder? Er ist süchtig nach diesem Ding!«

»Django und Noah sind jetzt auf dem Weg zur Schule«, sagte Ralph. »Django wird mir schreiben, sobald er weiß, ob Liam dort auftaucht.«

»Das ist schön«, sagte Elizabeth.

Joyce hatte ihr Telefonat beendet und legte ihr Telefon auf den Tisch. »Auch nichts. Hi.« Sie setzte eine kurze, schmerzhafte Grimasse gegenüber ihren Nachbarn auf, was unter diesen Umständen einem Lächeln am nächsten kam. Ihre Mundwinkel zuckten, aber Ralph fand, dass sie sich bemerkenswert tapfer hielt. »Ich habe alle angerufen. Schulfreunde, seine Mannschaftskameraden von Redmond Ridge, aber niemand hat etwas von ihm gehört.«

»*Scheiße!*«, schrie Marc, der sich alles andere als tapfer hielt. An Harrys Hals zuckte ein Muskel.

»Gibt es noch jemanden, zu dem er gegangen sein könnte?«, fragte Elizabeth. »Jemand weniger Offensichtliches vielleicht? Ein Freund der Familie?«

»Oder ein Junge, mit dem sie manchmal im Dorf rumhängen?«, fügte Harry hinzu.

Joyce sah sie mit traurigen Augen an. »Ich wüsste nicht, wer.«

»Wir hätten ihnen niemals erlauben dürfen, dort Halloween zu feiern«, platzte Marc heraus. »Wie konnten wir nur so blöd sein?«

Elizabeth legte gekonnt einen Arm um seine Schulter – sie musste dafür nach oben greifen – und kniff ihm ins Fleisch. »Jetzt wollen wir mal nicht das Schlimmste annehmen. Du weißt doch, wie Kinder sind. Vielleicht hat er nur vergessen, Bescheid zu sagen, und taucht gleich in der Schule auf. Und vergiss nicht, es wird nichts Schlimmes passiert sein, gestern war noch nicht einmal November.«

»Heute schon«, sagte Joyce.

»Dennoch. Der Schreck sitzt tief, aber das wird sich alles auflösen. Wir haben einen Pakt. Glaub mir, er würde nie zulassen, dass Liam etwas Schlimmes zustößt.«

Darauf habe ich auch vertraut, dachte Ralph. Niemand fragte Elizabeth, wen sie mit »er« meinte, und niemand reagierte auf das, was sie als vollkommene Tatsache darstellte … denn niemand konnte es in aller Ehrlichkeit ausschließen.

Joyce schnappte sich ihre Schlüssel vom Tisch. »Ich kann hier nicht einfach rumsitzen und warten. Ich bringe Harper zur Schule. Vielleicht hast du recht, Elizabeth. Ich werde dort nach ihm suchen.«

»Ich komme mit«, sagte Marc entschlossen.

Wieder schaltete sich Elizabeth subtil, aber geschickt ein. »Lass mich mit Joyce fahren. Einer von euch sollte hier sein, falls er nach Hause kommt. Wenn er da ist, finden wir ihn. Du kannst in der Zwischenzeit mit Ralph und Harry über andere Möglichkeiten nachdenken.« Das stimmte vielleicht, aber das Wichtigste hatte sie nicht ausgesprochen: Marc hatte sich nicht unter Kontrolle. Elizabeth erwog ernsthaft die Möglichkeit, über die die Wachowskis noch nicht nachdenken wollten: dass Liam nicht in der Schule war. Wenn ein Elternteil in Panik geriete, würden sie Liams Verschwinden an die große Glocke hängen. Viel zu viele Eltern in Carnation und Lock Haven wussten zu diesem Zeitpunkt bereits, dass etwas nicht stimmte, weil Joyce herumtelefonierte, aber das ließ sich mit einer guten Geschichte eindämmen. Zumindest noch.

Marc nickte mit der verwirrten Miene eines Mannes, der halb träumte. Ralph wechselte einen verständnisvollen Blick mit Elizabeth, die grimmig nickte.

»Harper, bist du bereit, zur Schule zu gehen?«, rief Joyce.

»Schon längst!«, hallte es aus dem Flur.

»Ruf an, sobald du was weißt«, sagte Marc. Joyce nickte und lief Elizabeth voran aus dem Zimmer.

Kurz darauf sahen sie sie durch das Fenster die Einfahrt hinunterfahren.

»Das wird wieder«, sagte Harry zu Marc, um das Schweigen zu brechen. »Ich denke, er wird in der Schule sein. Heute Nachmittag kannst du ihm eine Standpauke halten. Elizabeth hat recht: Vertrau auf den Pakt.«

Aber das tat Marc nicht. Und als Django eine knappe Viertelstunde später schrieb, Liams Tisch sei leer, glaubte niemand mehr daran, dass es schon werden würde. Ein Schauer durchlief Marc, eine rein körperliche Reaktion der Verzweiflung, und Ralph musste ihn zu einem Stuhl geleiten, weil ihn jegliche Kraft verlassen hatte. Er suchte Hilfe bei Harry, denn jetzt würde es darauf ankommen. Ralph wusste, wie Verzweiflung funktionierte: Solange sie mit Hoffnung gefüttert wurde, bekam sie etwas, an das sie sich klammern konnte, auch wenn diese Hoffnung noch so klein war.

Gott sei Dank rief Elizabeth genau in diesem Moment an. Marc sprang auf, und seine Augen wurden so groß, dass sie ihm aus dem Kopf zu springen schienen. So entsetzlich es auch war, Ralph musste diese vergebliche Hoffnung nun nutzen. Ein Mann in Panik war kein Vergnügen. Marc Wachowski in Panik war ein Knallfrosch, der in einem Pulverfass umherschoss.

Harry stellte sein Handy auf Lautsprecher. »Er ist nicht da, Marc!«, erklang Joyces Stimme unter Tränen. »Ich konnte ihn nirgends finden!«

»Schatz …« Marcs Stimme überschlug sich. »Ich weiß. Django hat uns gerade eine WhatsApp geschrieben.«

»Wir sind jetzt im Auto auf dem Parkplatz«, sagte Elizabeth, die durchscheinen ließ, dass sie die Führung übernommen hatte. »Wir warten noch kurz … für den Fall, dass er sich verspätet hat. Wir können von hier aus den Eingang gut sehen.«

»Habt ihr Mrs. Hewitt schon informiert?«, fragte Marc.

Ein kurzes Stocken. Mrs. Hewitt war Liams und Djangos Lehrerin. »Nein, Marc. Wir müssen jetzt sehr vorsichtig sein, was wir wem gegenüber sagen. Joyce hat Harper eingeschärft, dass alles in Ordnung ist, und sie gebeten, mit niemandem darüber zu sprechen.«

»Alles in Ordnung?« Marcs Gesicht war rot angelaufen. »Liam ist schon die ganze Nacht verschwunden!«

»Marc …«

»Ich rufe die Polizei.«

Jetzt sprach Joyce durch ihre Tränen hindurch. »Das geht nicht so einfach, Marc. Elizabeth hat recht.«

»Joyce, das ist nicht dein Ernst! Es kann alles Mögliche passiert sein!«

»Du weißt ganz genau, warum das nicht möglich ist«, platzte Joyce heraus.

Marcs Unterlippe zitterte. Er war verwirrt. Harry legte ihm unbeholfen eine Hand auf die Schulter, die Marc wütend abschüttelte. Er stand unter Hochspannung, doch in diesem Moment erklang ein Geräusch, und Ralph drehte sich um. Graham McKinley Senior betrat das Wohnzimmer, dicht gefolgt von Laura, der Senatorin in spe (*Vaccarelli 2024*, hatte Ralph, darauf aufmerksam gemacht von Luana, Anfang des Monats auf einem Plakat gelesen, neben dem Elefantenlogo der Republikaner. Sie hatten sich über mögliche Slogans lustig gemacht, wobei ihnen »Aufgeschlossener für Sterbehilfe, als Gott und Sie ahnen« bei Weitem der beste schien). Ungeachtet der politischen Ansichten war die Ankunft von zwei Mitgliedern des McKinley-Clans ein weiterer Impuls, der Marc ablenken konnte. Elizabeth musste eine Nachricht auf

Vember abgesetzt haben, bevor sie Harry angerufen hatte. Er begann tatsächlich, sie zu respektieren.

Aber ist das wirklich Elizabeths Werk?, schoss es Ralph durch den Kopf. *Bis jetzt läuft es sehr gut für dich. Als ob du das Glück des Teufels auf deiner Seite hättest. Wirst du vielleicht … entschädigt?*

Bei diesem Gedanken wurde ihm kalt.

»Wir sind sofort gekommen«, sagte Laura. Sie ging geradewegs auf Marc zu und legte ihm ebenfalls den Arm um die Schulter, aber etwas an ihrer selbstbewussten Art hielt Marc davon ab, ihn abzuschütteln. Der alte McKinley suchte unterdessen Ralphs Blick, und seine Besorgnis war offenkundig. Das war etwas Neues, und es schien, als wollte er sagen: *Und das schon am Ersten. Wie ist das möglich?*

»Laura, bist du das?«, ertönte Elizabeths Stimme aus Harrys Telefon.

»Ja, ich bin's. Graham ist auch da. Mein Schwiegervater, meine ich. Gray war schon auf dem Weg ins Büro, aber er ist gleich umgedreht und müsste jeden Moment hier sein.«

»Rekapitulieren wir«, sagte Graham mit einer gewissen Autorität. »Womit haben wir es hier zu tun? Er ist also im Regen losgeradelt und nicht nach Hause gekommen. Um welche Uhrzeit?«

»Gegen neun«, mischte sich Joyce ein. »Das meinten zumindest Django und Noah.« Marc suchte Bestätigung bei Ralph, der nickte. Er hatte Django nicht einmal danach gefragt, stellte er fest.

»Und ihr habt alle möglichen Adressen abtelefoniert, die er hätte ansteuern können?«

Joyce bejahte.

»Ist irgendetwas vorgefallen, das dazu geführt haben könnte?«, fragte Graham.

Marc sah ihn verständnislos an, und Laura ergänzte ihren Schwiegervater. »Dass Liam weglaufen wollte.«

»Ausgeschlossen«, sagte Joyce. »Unmöglich«, kam gleichzeitig Marcs Antwort.

»Nicht Liam«, fügte Joyce hinzu. »Nicht mein Sohn.«

»Aber was könnte passiert sein?«, fragte Graham.

»Woher sollen wir das wissen?«, sagte Marc. »Er könnte in die Hände eines Perversen geraten sein! Bitte, lasst uns keine Zeit verlieren und die Polizei benachrichtigen!«

»Was, wenn er von der Straße abgekommen ist?«, jammerte Joyce am Telefon. »Nachts ist es immer finster auf dem Two Rivers Hill und der Forststraße! Und bei dem Regen muss es glatt gewesen sein. Vielleicht liegt er irgendwo mit einer gebrochenen Hüfte an einem Hang!«

»Aber dann hätte er doch um Hilfe gerufen, oder?«, bemerkte Harry.

»Ja, was weiß ich!«, knurrte sie. »Vielleicht ist er bewusstlos. Wir müssen anfangen zu suchen!«

»Moment«, beruhigte Graham. »Ich verstehe den Impuls, wie ein kopfloses Huhn herumzulaufen, aber denkt mal logisch. Was auch immer passiert ist, es kann nichts allzu Ernstes sein. Es war noch nicht November.«

»Das habe ich auch gesagt«, ertönte die pedantische Stimme von Elizabeth.

»Was macht dieser eine Tag für einen Unterschied?«, bellte Marc. »Dieser eine Abend, verflucht? Wer sagt, dass es nicht schon angefangen hatte?«

»Der November hat noch nie zu früh begonnen«, sagte Graham zitternd. Die Sache ging ihm sichtlich nahe.

»Letzten Sommer«, sagte Harry. »Als die Kinder in den Wald gelaufen sind. Da haben Liam und Django uns die vage Geschichte vom Sturz in einen Brunnen erzählt, womit sie wahrscheinlich eines unserer Gräber meinten. Stellt euch das mal vor. Und Harper haben wir gerade noch rechtzeitig gefunden, bevor sie sich unterkühlt hatte. Damals hatten wir derlei auch für unmöglich gehalten.«

»Was willst du damit sagen?«, fragte Graham.

»Dass Glück einen nicht vor dummen Entscheidungen schützt. Letzte Nacht ist Halloween ins Wasser gefallen. Wenn Liam mit seinem Mountainbike losgefahren ist, ohne jemandem Bescheid zu geben, war das ziemlich unverantwortlich von ihm. Wer weiß, was da alles passiert sein kann.«

Am Telefon hörten sie plötzlich, wie Joyce pfeifend die Luft einsog. »Was, wenn er wieder in den Wald gegangen ist?«

»Warum sollte er das tun?«, fragte Marc. »Er meidet ihn seit letztem Sommer wie die Pest.«

»Und was, wenn er es sich nicht selbst ausgesucht hat?«

Einen Moment lang sagte niemand etwas. Ralph sah seine Nachbarn einen nach dem anderen an. Er hatte sich aus allen Spekulationen so weit wie möglich rausgehalten, aber gewusst, dass sie irgendwann auf diese Fährte führen würden. Wenn alle vergänglichen, weltlichen Erklärungen verworfen worden waren, blieb nur noch eine Möglichkeit: das Übernatürliche. Nicht unter gewöhnlichen, normal denkenden Menschen. Aber hier. Denn diese Wälder waren anders.

Es war klar, dass noch keiner von ihnen diese Möglichkeit in den Raum stellen wollte. Denn bei einem Unfall oder einem Perversen konnte man immer noch auf ein Happy End hoffen.

»Es wird doch nicht etwa …?«, sagte Laura leise.

»Oh, tun wir doch nicht so, als wäre das normal!«, rief Joyce. »Wir alle wissen, was dort herumspukt!«

»Wir haben immer gesagt: Wenn man einmal Irrlichter sieht, ist man gezeichnet«, ertönte plötzlich eine neue Stimme: die von Gray Junior. Alle drehten sich erschrocken um, aber Laura hielt schuldbewusst ihr Handy in die Höhe. Offenbar hatte er schon eine Weile mitgehört. »Und dass sie dich eines Tages holen, um dich in den Sumpf zu führen.«

»Ach komm, das sind doch nur Spukgeschichten!«, wetterte Marc.

»Wir leben in einer Spukgeschichte, hast du das noch nicht gemerkt?«, platzte der alte McKinley heraus.

Das Schweigen, das folgte, war kurz, aber geladen.

Laura wandte sich an Ralph. »Haben sie im Sommer Irrlichter gesehen?«

Er zuckte mit den Achseln. »Ich kann mich nicht erinnern, dass Django davon gesprochen hat.«

»Harper schon ...«, stöhnte Joyce.

»Hört zu, ihr vergeudet nur Zeit, verflucht!« Marc fühlte in seiner Hosentasche nach seinem Handy. »Mein Sohn ist weg, und ich will jetzt endlich die Polizei anrufen!«

»Und das werden wir«, log Graham mit erhobener Hand, »vorausgesetzt, er ist in Carnation oder unten in Lock Haven verschwunden und nicht auf der Forststraße. Das müssen wir so schnell wie möglich herausfinden. Die Frage ist nur, wie.«

»Ganz einfach«, schlug Gray von Lauras Handy aus vor. »Der Camp Heron Market. Die müssen Sicherheitskameras haben. Mit etwas Glück gibt es eine, die auf die Straße gerichtet ist. Wenn Liam darauf zu sehen ist, wissen wir Bescheid.«

Ralph spürte, wie sein Inneres zu kribbeln begann. Wenn sie das taten, wäre nicht nur Liam zu sehen, sondern auch er. Das war an sich keine Katastrophe, aber wenn sie die Zeit, zu der er dort vorbeigefahren war, mit der viel späteren Zeit, zu der er in die Einfahrt eingebogen war, abglichen, wie es die

Außenkamera der Wachowskis aufgezeichnet haben musste, dann würden sich Fragen ergeben. Eine Menge Fragen.

»Gute Idee«, sagte Senior inzwischen. »Kannst du dich aus der Ferne ins System hacken und die Bilder einsehen?«

Gray grinste süffisant. »So einfach geht das nicht. Die Bilder der Überwachungskameras sind in geschlossenen Systemen gespeichert, da kommt man nicht ohne Weiteres ran. Es läuft viel einfacher und schneller, wenn man darum bittet, die Bilder ansehen zu dürfen.«

»Das werden sie nie zulassen, oder?«, sagte Ralph, der husten musste, um seine Stimme fester klingen zu lassen. Er hatte seine Hände krampfartig verschränkt, damit niemand sehen konnte, wie heftig sie zitterten. »Ich meine, wir können nicht sagen, dass ein Kind vermisst wird.«

»Letztes Jahr ist Helmut aus seinem Gehege entkommen«, sagte Gray. »Wir haben ihn weit hinter der Goat Mountain Road gefunden. Wir könnten einfach behaupten, wir hätten den Zwinger letzte Nacht nicht richtig verschlossen und der Hund wäre abgehauen. Und dass wir herausfinden wollen, ob er in Richtung Lock Haven oder in die andere Richtung gelaufen ist, bevor wir uns totsuchen.«

»Clever!«, sagte Graham, und Ralph fluchte innerlich. »Okay, dann wollen wir loslegen. Wer fährt zum Camp Heron?«

»Ich«, sagte Ralph, ein wenig zu eifrig. Wenn es auf diesen Bildern etwas zu sehen gab, musste er es wissen. »Ich übernehme das. Und ich werde Luana bitten, Django aus der Klasse zu holen. Er wird genau wissen, welchen Weg sie immer von Noah nach Hause nehmen. Es wäre vielleicht gut, das im Voraus zu berücksichtigen.« *Und damit gewinne ich etwas Zeit*, dachte er.

»Ich komme mit«, sagte Marc.

»Nein«, sagte Graham.

»Er ist verdammt noch mal mein Sohn!«

»Und genau deshalb ist es eine furchtbar schlechte Idee. Du hast deine Gefühle nicht unter Kontrolle, Marc. Niemand kann dir das vorwerfen. Was auch immer du auf den Videos sehen wirst, du wirst darauf reagieren und dich verplappern. Harry geht mit Ralph. Einverstanden, Harry?«

»Natürlich.«

»Und wir beide suchen gemeinsam die Forststraße ab. Wenn er über den Zaun gestiegen ist, müssten wir eigentlich sein Fahrrad finden.«

Und wieder hätte Ralph sich ohrfeigen können. Liams Mountainbike! Es lag auf dem verdammten Rücksitz seines Forester. Es hätte eine so tragische, so naheliegende Geschichte sein können: dass Liam in den Snoqualmie Woods herumgeirrt und verschwunden war. Aber sein Fahrrad war das fehlende Bindeglied. Warum in aller Welt hatte er nicht daran gedacht?

»Joyce und Elizabeth«, fuhr McKinley fort, »ihr fahrt über Two Rivers Hill nach Carnation und sucht dort, um Zeit zu gewinnen. Denn Ralph könnte recht haben. Luana wird euch die Route telefonisch durchgeben, sobald sie Django abgeholt hat. Haltet auch Ausschau nach Geschäften und Häusern, an denen Überwachungskameras hängen, denn das könnte später noch wichtig sein. Haben alle verstanden?«

»Ja!«

»Ich bin in fünfzehn Minuten da«, sagte Gray am Telefon. »Dann kann ich auch helfen.«

»Ich warte bei Joyce und Marc auf dich«, sagte Laura, »für den Fall, dass Liam nach Hause kommt. Ricky ist gerade eingeschlafen, ich lege ihn hier in seinen Buggy.«

»Und bitte kommuniziert untereinander«, sagte Graham

Senior, »wir sprechen nur noch über Vember. Sobald jemand Neuigkeiten hat, soll er sie melden, dann legen wir die nächsten Schritte fest.«

Alle setzten sich in Bewegung. Laura und Harry legten auf, Marc warf sich seinen Mantel über, Harry ging zu Ralph. »Nehmen wir dein Auto?«, fragte er.

»Fahr du doch schon mal mit deinem vor, dann sparen wir Zeit. Ich muss noch kurz bei Luana vorbeischauen, um sie zu informieren.«

»Auch gut.«

Jeder ging seines Weges. Gerade noch rechtzeitig, denn Ralph glaubte nicht, dass er noch eine Sekunde länger imstande gewesen wäre, seine Hände, ja seinen gesamten Körper vom Zittern abzuhalten.

Er schaffte es bis zur Haustür, aber sobald er sie hinter sich zugezogen hatte, brach er zusammen, als hätten sich seine Sehnen in schlaffe Elastikbänder verwandelt. Die Panik traf ihn mit dröhnenden Donnerschlägen, als würde ihm ein mentaler Wirbelwind die Trümmer seines zuvor gefassten Plans wie entwurzelte Bäume entgegenschleudern. Im Nu war seine Annahme, das Glück des Teufels auf seiner Seite zu haben, dahin, und Ralph spürte, wie ihm sein Leben und das seiner Kinder durch die Finger glitt. Und er hatte es nicht einmal bemerkt.

Das Fahrrad war der endgültige Schlag ins Gesicht gewesen. Die Aussicht auf die Überwachungsbilder des Camp Heron war furchtbar, aber vielleicht konnte er sich dafür eine logische Erklärung einfallen lassen, sobald er sich beruhigte. Aber das Fahrrad hatte ein Loch in das einfachste Entlastungsszenario gerissen. Und es wäre so teuflisch perfekt gewesen, denn Liams Fahrrad war unbeschädigt geblieben.

Liams Fahrrad hatte er nicht getroffen. Er hörte, wie ein langer, zittriger Laut über seine Lippen drang.

»Ralph, bist du das?«, rief Luana von oben.

Okay, aufrappeln und weitermachen. Die Chance war vertan – dann der ursprüngliche Plan. Den Ball flach halten. Liam war verschwunden. Ralph, wie alle anderen Nachbarn auch, wusste von nichts. Vielleicht konnte er Harry irgendwie ablenken. Offiziell suchten sie nach einem Hund, verdammt.

Und wie stellst du dir das vor, Schlaumeier? Wenn Liam zu sehen ist und sie wissen, dass er raufgefahren ist, will Harry zuallererst wissen, ob noch mehr Verkehr vorbeigekommen ist. Und dann spielt natürlich die Tageszeit eine Rolle.

»Ralph?« Noch näher. Sie kam die Treppe herunter, und ihre Augen wurden groß. »Oh nein, du wirst nicht zusammenbrechen, hörst du mich? Nicht jetzt!«

Sie packte sein Handgelenk und zog fest daran, sodass sie fast über ihn gestolpert wäre. Er hielt sich an ihren Schultern fest und stand unbeholfen auf. »Du hast recht«, sagte er. »Ich werde nicht zusammenbrechen. Versprochen.«

Sie schaute ihn aus fiebrigen Augen an, die Pupillen groß und schwarz. Sie hatte sich inzwischen angezogen, sah aber todmüde aus. »Ich konnte es nicht, Ralph. Ich konnte nicht kommen.«

»Das ist nicht weiter schlimm. Es waren nicht alle Nachbarn da. Geh später, wenn dir danach ist.« Er erzählte ihr kurz, was besprochen worden war. Als er von den Überwachungsvideos des Supermarktes anfing, wurde sie blass.

»Können sie daraus etwas ableiten?«

»Ich weiß es nicht. Deshalb will ich ja mitgehen. Hör zu, wir haben jetzt keine Zeit. Du musst Django von der Schule abholen und ihn nach dem Weg fragen, den sie normalerweise von Noah nach Hause radeln.«

»Und der ganze Kram in der Garage?«

»Dafür ist jetzt keine Zeit. Lass das Garagentor verschlossen. Und wenn du mit Django nach Hause kommst, parke den Optima in der Einfahrt. Es gibt vorerst keine andere Möglichkeit.«

Sie nickte. »Gut. Ich würde mich sowieso wohler fühlen, wenn er bei mir wäre. Normaler.« Aber er konnte sehen, dass sie das selbst nicht glaubte. »In der Küche steht Kaffee. Trink was davon. Du siehst so aus, wie ich mich fühle.«

Er nickte dankbar, ging in die Küche und kippte eine Tasse hinunter. Als er Harrys Explorer hörte, der mit laufendem Motor wartete, hielt Luana ihn zurück. »Ralph ... wird es schlimmer?«

»Was meinst du?«

»Letztes Jahr. So schlimm ist es noch nie gewesen. Und jetzt passiert so etwas, noch bevor es richtig angefangen hat. Ich habe das Gefühl, dass wir in eine Stromschnelle geraten sind. Dass wir uns an nichts mehr festhalten können und einen riesigen Wasserfall hinabgerissen werden.«

Zwei Sekunden lang war er zu verblüfft, um etwas zu erwidern. Dann drückte er sanft ihre Hand. »Das ist Unsinn, Liebling. Es war ein Unfall. Ein furchtbarer Unfall, weil ich ein dämlicher Idiot bin. Nichts weiter.«

Aber auch das konnte sie offenkundig nicht glauben.

»Was für ein verdammtes Chaos«, sagte Harry, als sie aus der Bird Street fuhren. Ein Stück weiter voraus liefen Marc und Graham, jeder auf seiner Straßenseite, und spähten auf den Randstreifen. Als sie an ihnen vorbeikamen, hoben sie grüßend die Hand.

»Was meinst du? Werden wir ihn finden?«

Ralph schaute ihn von der Seite an. »Warum nicht?«

»Ich weiß nicht. Mir bereitet das Kopfzerbrechen, Ralph.«

»Ich habe auch kein gutes Gefühl dabei. Aber wir können zumindest hoffen.«

»Die Logik geht nicht auf. Was Elizabeth sagt, meine ich. Gestern mögen die Dunklen Tage noch nicht begonnen haben, aber heute haben sie begonnen. Von heute an haben wir Pech. Und der Junge ist immer noch nicht aufgetaucht.«

Ralph war einen Augenblick lang still. »Was glaubst du, was passiert ist?«

Harry deutete mit der Hand nach links. »Wenn er über den Zaun geklettert ist, wenn sie ihn erwischt haben, ist er weg. Schärft ihr das den Kindern nicht von klein auf ein?«

Ralph nickte abwesend. Es war wertvoll, Harrys Meinung dazu zu hören, aber er konnte sich nicht darauf konzentrieren. Alles, was ihn beschäftigte, war das, was auf den Bildern zu sehen sein würde. Und hier, weiter die Straße hinab. Ralph hatte sein ganzes Leben in der Bird Street verbracht und kannte die Forststraße wie seine Westentasche: jede Kurve, jede Stelle, an der sie direkt am Zaun vorbeiführte oder sich von ihm entfernte. Die Sitka-Fichten und Hemlocktannen, die dicht an dicht am Wegesrand standen. Er wusste genau, in welcher Kurve der Unfall passiert war, könnte wahrscheinlich sogar den Baum identifizieren, gegen den Liams Schädel geprallt war, obwohl es stockdunkel gewesen war. Er war fast zu Hause gewesen, höchstens ein paar Hundert Meter entfernt. Sein Herz begann in seiner Kehle zu pochen, als er sich der Kurve näherte. Graham und Marc waren nicht mehr im Rückspiegel zu sehen, aber in Kürze würden auch sie hier vorbeikommen.

»Ich mache mir außerdem Sorgen über die Auswirkungen«, fuhr Harry fort. »Wenn Liam nicht bald gefunden wird, ist jeder hier mit ganz anderen Dingen beschäftigt. Es scheint mir enorm wichtig zu sein, das Opfer schnell zu bringen und …«

Einer Eingebung folgend unterbrach ihn Ralph. »Warte, halt!«

Harry bremste sofort. »Was ist los?«

»Ich dachte, ich hätte etwas gesehen.« Er spähte aus dem Fenster und sah zum Zaun. Der Explorer kam zum Stehen, und Ralph stieg aus. Bewusst ging er hinten am Auto herum, um nicht in Harrys Blickfeld zu stehen. Vielleicht ging er ein zu großes Risiko ein, wenn er hier an der Unfallstelle anhielt. Aber das Risiko, dass Graham und Marc auf mögliche Beweise stießen, war noch größer.

Da war der Baum. Der Baumstamm, gegen den es Liam geschmettert hatte.

Und siehe da. Glas auf der Fahrbahn. Glas aus dem Gehäuse seines Scheinwerfers. Ralph tat so, als würde er schlendern, den Blick hinter den Waldrand gerichtet, aber in Wirklichkeit kickte er die größten Scherben in eine schlammige Pfütze am Straßenrand. Harry hatte sein Fenster heruntergelassen, sodass Ralph sich nicht auffällig bewegen konnte, aber das meiste hatte er erwischt, oder? Ja. Das musste reichen.

»Was siehst du?«, fragte Harry. Er sah ihn direkt an.

»Ich dachte, ich hätte etwas glitzern sehen. Vielleicht sein Fahrrad.« Er ging zum Seitenstreifen und blickte seitwärts, um nachzuschauen, ob irgendwo Blut war. Nichts zu sehen. Der heftige Regen schien damit kurzen Prozess gemacht zu haben.

Achselzuckend ging er zurück. »Nichts. Muss ein nasser Stumpf gewesen sein, der in der Sonne geglitzert hat.«

»Komm, Ralph. Wir haben keine Zeit zu verlieren.«

»Nein.« Aber hatte Harry ihn den Bruchteil einer Sekunde lang neugierig beäugt, oder hatte er sich das nur eingebildet?

»Seht ihr, mit unserem CCTV-System können wir auswählen, was wir aufzeichnen wollen«, sagte Ollie Brinks, der Manager des Camp Heron. Sie blickten auf einen großen Bildschirm im kleinen Büro hinter dem Supermarkt, das man durch eine Tür bei den Kühlregalen betrat. »Tagsüber ist auf dem Parkplatz so viel los, dass es keinen Sinn hat, etwas an den Standardeinstellungen zu ändern, aber wenn wir geschlossen haben, ist ein Bewegungsmelder eingebaut. Dann zeichnet die Kamera nur auf, wenn sich irgendwo was rührt. Das spart eine Menge Speicherplatz, und man kann viel einfacher suchen. Man kann einstellen, wie empfindlich sie reagiert, alles enorm clever. Um welche Uhrzeit ist euer Hund stiften gegangen?«

»Puh, was hat Gray gesagt? Um neun Uhr hatten sie ihn in den Zwinger gesperrt, richtig?« Harry kratzte sich am Hinterkopf. Hut ab vor dem Versuch, aber als Schauspieler machte sich sein Nachbar nicht besonders gut, dachte Ralph. »Das könnte jederzeit zwischen gestern Abend neun Uhr und heute bei Sonnenaufgang gewesen sein. Eher früher als später, denke ich, denn sie haben das Schloss offen gelassen.«

»Dann wollen wir mal schauen.«

Ollie beugte sich über die Tastatur. Brinks war ein gutmütiger Manager, der sich an diesem Morgen nicht lumpen ließ, seiner treuen Kundschaft zu helfen. Er fand es sogar amüsant; er kannte Gray und seine Windhunde mit den seltsamen deutschen Namen natürlich, und ein ausgebrochenes Haustier war die größte Aufregung, die er seinen Videobändern in einem verschlafenen Städtchen wie Lock Haven entlocken konnte.

»Hier sind die Dateien der Außenkameras von letzter Nacht, alle hintereinander, mit Zeitstempeln. Ihr könnt mit dem Cursor zwischen ihnen hin- und herspringen. Aber macht euch wenig Hoffnung, Leute. Seht ihr, wie sie eingestellt ist? Man kann eigentlich nur den Parkplatz sehen. Wenn der Mistköter an den Containern herumgeschnüffelt hat, habt ihr Glück; das machen Waschbären nachts auch. Aber wenn er auf der Straße geblieben ist, seid ihr genauso schlau wie vorher.«

Ralph sah es: Das Bild war gestochen scharf und in Farbe, aber es reichte nur bis zum Erdwall zwischen dem Parkplatz und der Forststraße. Von der Einfahrt an der Kreuzung verlief diese in einer Kurve nach Norden um den Camp Heron herum, wo sich die zweite Einfahrt befand. Auch diese befand sich außerhalb des Kamerabereichs. Das gab Ralph einen kleinen Hoffnungsschimmer.

»Schauen wir es uns trotzdem an«, sagte Harry, »nur um sicherzugehen. Seine Herrchen sind furchtbar besorgt.«

»Wo ist Gray überhaupt?«, fragte Ollie.

»Suchen«, sagte Ralph prompt. »Mit Schwarzwald. Und Laura.«

»Schön, dass ihr helft. Hier, das ist das erste Video von nach neun Uhr. Wir haben wegen Halloween schon um sechs Uhr zugemacht, und ihr seht ja, wie leer der Parkplatz ist.« Was die Kamera um 21:07 Uhr auslöste, war ein Pappkarton, der von rechts nach links durchs Bild purzelte. Tiefe Pfützen kräuselten sich im Wind und reflektierten das gelbe Licht der Laternen.

»Bei dem Sauwetter gestern Abend wird es häufig zu solchen Störungen kommen. Es ist schwer, es so einzustellen, dass es sich nicht wegen des Regens einschaltet. Seht ihr, das ist es, was ich meine.«

Das nächste Bild war in der Tat wetterbedingt, ebenso wie die Bilder, die danach folgten: horizontale Regenböen, Tannenzweige, die am Rande des Geländes wedelten oder kurz den Schein der Laternen verdeckten. Aber um 21:46 Uhr stießen sie auf einen Treffer.

»Hey, schau dir das an«, sagte Harry und beugte sich vor.

Ralph erkannte die Gestalt, die von der Kreuzung aus auf den Parkplatz radelte, sofort an seinem Baby-Yoda-Kostüm: Liam. Das Bild ließ ihm den Atem stocken. Liam beugte sich gegen den strömenden Regen vornüber, fuhr aber trotzdem scheinbar sorglos durch einen imaginären Parcours. Also doch. Er hatte die Abkürzung über den Parkplatz genommen. Wie Kinder nun mal so sind.

»Das sieht aus wie E.T. auf seinem Fahrrad«, sagte Ollie. »Ist das ein Kind?«

»Ich finde, es sieht eher wie ein Gremlin aus«, murmelte Harry.

In diesem Moment bäumte sich Liam auf dem Hinterrad auf, und jetzt gab es keinen Zweifel mehr. »Das ist der Sohn der Wachowskis«, sagte Ralph. »Liam. Er ist bei uns auch immer so tollkühn auf dem Fahrrad unterwegs.«

»Meine Fresse«, sagte Ollie. »Dass sie die so spät noch allein auf die Straße lassen.«

»Viertel vor zehn«, bestätigte Harry sich selbst und der Form halber: »Wem sagst du das.« Er wechselte einen Blick mit Ralph, der die Verzweiflung in seinem Gesicht sah. Harry wusste, was das bedeutete.

Liam beendete seinen Stunt und cruiste auf den Pedalen stehend zur höher gelegenen Einfahrt, wo er aus dem Blickfeld verschwand. Ralph verspürte den fast unwiderstehlichen Drang, ins Bild zu greifen und ihn am Kragen zurückzuhalten, aber das dramatische Schicksal, das ihn anderthalb Kilometer später erwartete, war bereits eingetreten und konnte nicht mehr rückgängig gemacht werden. Kurz darauf musste er sich einen Platten zugezogen haben. Mit zweifellos einigem

Widerstreben hatte er sein Fahrrad die letzten Meter zu Fuß schieben müssen. Aber hier, auf den Überwachungsbildern des Camp Heron Market, war er zum letzten Mal festgehalten worden, und elf Stunden später war Ralph der Einzige, der wusste, dass sie ihn soeben zum letzten Mal lebendig gesehen hatten. Denn danach war er nicht mehr gewesen als ein Blitz in der Windschutzscheibe. *Ein Blitz, ja, aber vergiss vor allem nicht den roten Schleim, der einen Augenblick lang sichtbar gewesen war, bevor die Scheibenwischer ihn weggewischt hatten.*

Und außerdem: Ist Blut eigentlich, physiologisch gesehen, noch lebendig, wenn es warm aus einem Körper herausspritzt? Mit aller Kraft drückte er die Nägel seiner Zeigefinger in das Fleisch seiner Daumen und unterdrückte diesen Gedanken. »Okay, ein Kind, kein Hund«, sagte Ollie und sprang zur nächsten Aufnahme weiter. Das nächste Bild war wieder ein Regenbild, ebenso wie das darauffolgende, aber Harry hob die Hand. »Was ist das?«

Das bin ich, dachte Ralph. *Jetzt geht's los.*

»Das ist ja interessant. Siehst du, wie sich der Lichtblitz über den Erdwall und die Baumstämme auf dieser Seite bewegt? Das scheinen die Scheinwerfer eines Autos zu sein. Aber das ist schwer zu sagen. Genauso gut könnten das Äste sein, die vor den Straßenlaternen herumwedeln.«

Aber dafür war es zu künstlich, dachte Ralph … und Harry musste das auch erkennen. »Bist du nicht um diese Zeit nach Hause gekommen?«

Dem Zeitstempel zufolge war es 22:03 Uhr. Ralph öffnete den Mund, musste aber noch mal von vorne anfangen, da nur ein heiserer Ton rauskam. »Ich weiß es nicht mehr genau. Es könnte später gewesen sein.«

Lieber Gott. Wenn du nicht weißt, was du sagen sollst, dann sag lieber gar nichts!

»Und du hast dort keinen Hund gesehen?«, fragte Ollie.

»Nein, das wäre mir aufgefallen.«

Es folgten weitere Störungen, und Ralph sah, dass Harry die Bilder genau im Auge behielt. Keine Lichtblitze mehr, die Scheinwerfer hätten sein können. Ralph fühlte sich völlig hilflos, aber was konnte er tun? Einfach versuchen, keine weitere Aufmerksamkeit auf sich zu lenken.

»Meinst du, es könnte noch später gewesen sein?«, schlug er vor, als die Zeitstempel sich der Mitternacht näherten.

»Scheint mir unwahrscheinlich«, sagte Harry. »Aber vielleicht noch kurz sicherheitshalber weiterschauen?«

Aber sie sahen nichts mehr, das von Interesse war. Am meisten Aufsehen erregten drei Maultierhirsche, die um 2:41 Uhr eine Weile auf dem Parkplatz umherstreiften.

»Es tut mir leid, Leute«, sagte Ollie und klickte das Programm weg. »Ich wünschte, ich könnte mehr für euch tun. Aber das ist ein auffälliger Hund. Der taucht bestimmt irgendwo wieder auf, oder?«

»Das denke ich auch«, sagte Harry.

»Sagt Gray, er kann gerne ein Plakat hier am Eingang aufhängen.«

Sie dankten Brinks für seine Mühe und gingen hinaus. Sobald sie allein waren, blieb Harry stehen. »Geht es dir gut, Ralph? Du scheinst nicht ganz bei der Sache zu sein.«

Sein erster Impuls bestand darin, ihm zu versichern, dass alles in Ordnung wäre, aber er überlegte es sich anders. »Ehrlich gesagt, nicht ganz. Ich war es vorher schon nicht, mit Kailas Initiation und allem. Und jetzt das …«

»Das verstehe ich, Kumpel. Bleib stark, es gibt noch viel zu tun.«

Er fühlte sich dreckig dabei, aber er wusste, dass er noch eine Schippe drauflegen musste. »Ich stelle mir immer wieder vor, was ich tun würde, wenn ich an Marcs Stelle wäre. Wenn es Django gewesen wäre, weißt du. Ich wüsste nicht, was ich machen würde.«

Harry nickte. »Sei einfach froh. Hey, was ich dich fragen wollte …« Er wies mit einer ausladenden Geste zum Parkplatz. »Liam kam hier um 21:46 Uhr vorbei. Du siebzehn Minuten später. Hast du wirklich gar nichts Auffälliges gesehen?«

»Wie ich schon zu Ollie sagte: Wenn da etwas gewesen wäre, hätte ich's bemerkt.«

»Es liegt nur eine kurze Zeitspanne dazwischen. Und du bist mit dem Auto viel schneller als er mit dem Fahrrad. In diesen paar Minuten muss es passiert sein.«

Ralph nickte und zuckte mit den Achseln.

»Wenn du doch nur ein bisschen früher gekommen wärst.«

»Warum?«

»Dann hättest du ihn vielleicht getroffen und ihm angeboten, ihn mitzunehmen.«

»Ach so.« Ralph seufzte, was, wie er hoffte, seine Frustration verdeutlichte. »Wir wissen natürlich nicht ganz sicher, ob ich das war. Es kann gut sein, dass ich einer dieser schwachen Lichtblitze danach gewesen bin.«

»Danach habe ich keine Lichtblitze mehr gesehen«, sagte Harry.

»Ach ja, wie heißt das gleich? Diese Interferenzbilder. Ich weiß es auch nicht, es war alles so undeutlich. Wenn die Scheinwerfer ein klein wenig anders eingestellt sind, sieht man vielleicht gar nichts. Ich dachte nur, ich wäre ein bisschen später dran gewesen. Ich werde Luana fragen.«

Harry verzog den Mund und gab keine weitere Antwort. Das war in Ordnung … für den Moment. Er nickte zum Explorer rüber. »Komm, wir müssen sie anrufen.«

Um 9:30 Uhr an diesem Morgen war die Panik im Hause Wachowski auf dem Siedepunkt, angeheizt durch einen hysterischen Marc, der drohte, den Pakt aufzukündigen, wenn nicht sofort die Polizei eingeschaltet würde. Die McKinley-Brüder mussten ihn energisch zurückhalten, als er versuchte, ihren Vater anzugreifen, der ihm dies strikt untersagte. Schließlich gelang es nur Joyce – die zwar verängstigt, aber bewundernswert ruhig war –, zu ihm durchzudringen.

»Hör auf damit«, sagte sie mit zitternder Stimme und ergriff Marcs Handgelenke, »und sei der Vater, den Liam braucht. Es liegt jetzt an uns, ihn zu finden, und wage es nicht, uns dabei zur Last zu fallen!«

»Aber die Polizei hat Hunde …«

»… und die werden in diesen Wäldern noch viel mehr finden als Liam, geht das endlich in dein Spatzenhirn? Es wird Liam nicht helfen, wenn es uns allen an den Kragen geht. Also hör auf damit und hilf lieber!«

Nachdem die Videoaufnahmen eindeutig bewiesen hatten, dass Liam irgendwo zwischen Camp Heron und Bird Street wie vom Erdboden verschluckt worden war, kamen sie alle zu dem Schluss, dass Liam aus irgendeinem Grund in den Wald hinter dem Zaun gegangen war.

Natürlich fragten Joyce und Marc, ob kurz vor oder kurz nach Liam noch andere Verkehrsteilnehmer gesichtet worden waren (es gab keinen, bis auf einen, bei dem es sich möglicherweise um Ralph gehandelt hatte), und um auf Nummer sicher zu gehen, sahen sich Marc und Gray in der App auf ihren Handys ihre eigenen Überwachungsaufnahmen an. Ralph wurde fast sauer, als Gray kurzerhand in die Gruppe einwarf: »Hier, schau mal, da kommst du nach Hause, aber erst viel später. Fast eine Stunde, nachdem ihr Liam gesehen habt, wie er am Camp Heron vorbeigeradelt ist.«

Ralph hatte keine Ahnung, was er sagen würde, bis er es ruhig aus seinem Mund kommen hörte: »Ach, siehst du, Harry, es war also doch später.«

»Was meinst du?«, fragte Joyce hellwach.

»Na ja, um kurz nach zehn hat die Kamera einen Lichtblitz eingefangen, und Ollie sagte, dass er von Scheinwerfern stammen könnte. Aber es könnte genauso gut ein Tannenzweig gewesen sein, der vor die Straßenlaternen geweht wurde. Die Straße war nicht zu sehen, das ist echt scheiße.«

»Nehmen wir an, es war ein Auto«, sagte Harry, »dann hätte jemand anderes hinter Liam herfahren und ihm etwas antun können, bevor du dort langgekommen bist.«

Aber Elizabeth sagte: »Das ist unlogisch. Der Blitz war ungefähr eine Viertelstunde später, da hätte Liam schon längst zu Hause ankommen müssen. Wenn ihn jemand im Visier gehabt hätte, wäre er ihm schneller gefolgt. Es muss sich um reinen Zufall gehandelt haben. Okay, es war Halloween, aber wie groß ist die Wahrscheinlichkeit, dass ein potenzieller Kinderschänder um zehn Uhr nachts im strömenden Regen auf einer verlassenen Waldstraße auf Jagd geht, die zu fünf Häusern und dem Tolt Reservoir führt?«

Ralph schüttelte den Kopf. »Nein, dann muss es wirklich etwas anderes gewesen sein.«

»Bist du sicher, dass du es nicht gewesen sein kannst?«, beharrte Harry. »Wir haben doch keinen anderen Blitz gesehen, oder?«

»Das kann nicht sein«, sagte Marc, »Ralph ist erst um 22:39 Uhr nach Hause gekommen.«

»Das stimmt«, sagte Luana, die sich zum ersten Mal in das Gespräch einmischte. »Ich erinnere mich, dass es schon spät war. Ich habe noch gesagt, dass wir nicht mehr viel Zeit für die Fensterläden haben, weißt du noch?«

Ralph nickte und berührte dankbar ihr Bein.

»Dann muss es tatsächlich Spielraum gegeben haben«, entschied Harry.

»Jungs, wir verschwenden unsere Zeit«, flehte Joyce. »Können wir uns endlich auf die Suche machen?«

»Natürlich«, sagte Graham. »Aber es ist gut, wenn man so viel wie möglich ausschließen kann.«

Verwundert betrachtete Ralph seine Nachbarn. Er begriff, wieso es niemandem auffiel: Niemand glaubte mehr wirklich an eine andere Möglichkeit als den Wald. Nicht einmal Harry. Und wieder beschlich ihn das Gefühl, dass er außerordentliches Glück hatte.

Außerdem hatte es bereits eine Suchaktion am Straßenrand gegeben, wenn auch keine systematische. Django wurde für die Fahrradroute nicht mehr gebraucht; umso mehr interessierten sie sich für den Weg, den die Jungs letzten August in den Wald genommen hatten. Aber Django konnte kaum mehr Informationen liefern als die Stelle hinter dem Bungalow der Aikmans, wo sie damals ein Loch unter dem Zaun gegraben hatten, weil der Wald ihnen wie ein »Labyrinth« vorgekommen war und sie scheinbar wie von selbst zum Moor mit »all den Asthaufen« geführt hatte. Die flache Grube hatten die Väter bereits im letzten Sommer geschlossen, und eine weitere Inspektion ergab, dass dort kein neuer Durchgang angelegt worden war. Die etwa anderthalb Kilometer zwischen der Bird Street und der Stelle, an der der Zaun von der Forststraße nach Osten abzweigte, mussten Meter für Meter auf Löcher untersucht werden. War Liam darüber geklettert – was bei einem sportlichen Jungen nicht unmöglich war –, hätte es an jeder beliebigen Stelle passieren können.

Noch vor zehn Uhr waren alle Nachbarn der Bird Street im Wald hinter ihrem Haus.

Sie hatten sich aufgeteilt. Die Strategie bestand darin, das gesamte Gelände vom Maschendrahtzaun aus methodisch zu durchkämmen, aber es galt auch keine Zeit zu verlieren, damit sie einen Blick ins Moor werfen konnten. Graham hatte nicht vor, mit seinen zweiundachtzig Jahren Däumchen zu drehen, und so schlug er vor, den South Sunday Trail zur Begräbnisstätte zu nehmen, um nicht zu riskieren, auf unwirtlichem Terrain zu stürzen. Ralph hatte keine andere Wahl, als mit ihm zu gehen; Luana und Harry schlossen sich ihnen an. Elizabeth, Joyce, Marc, Gray, Laura, Juliette und Maurice begannen mit dem kolossalen Unterfangen der Suche am Zaun.

Kurz bevor sie gingen, hatte Maurice vorgeschlagen, er könnte zu Ace Hardware rennen, um zwei Megafone zu kaufen, ein überraschend selbstloses Angebot für den jüngsten McKinley-Sprössling ... bis er Joyce nach ihrer Kreditkarte gefragt hatte.

Sie durften sich im Wald unter keinen Umständen aus den Augen verlieren. Außerdem sollten sie wachsam sein. Es war November, und die unausgesprochene Folgerung lautete, dass die Wälder erwacht waren. Die Luft schien mit statischer Elektrizität geladen zu sein, und was sich hier herumtrieb, war nichts Gutes, nichts Lebendiges.

McKinley ging mit seinem Gehstock den Weg entlang, die knochige Faust um den Steinbockknauf aus Nickel geballt. Luana und Harry stapften jeweils zehn Meter zu beiden Seiten des Weges und Ralph wiederum zehn Meter links von Luana durchs Gestrüpp. Ab und zu rief Harry etwas wie: »LIAM! LIAM, WENN DU UNS HÖRST, GIB UNS EIN ZEICHEN!«

Und dann warteten sie auf eine Antwort, die nicht kam. Anfänglich hörten sie noch Joyces Megafonstimme in der Ferne, aber bald waren sie außer Hörweite. Ralph war mit seinen Gedanken allein und fühlte sich unwohl. Der große Betrug lastete wie eine bleierne Bürde auf seinem Gewissen, und obwohl er bisher ungeschoren davongekommen war, war heute der erste Morgen vom Rest seines Lebens. Aber noch schlimmer war das Déjà-vu, das hier unter dem Nadeldach spürbar war und ihn unerbittlich in die vergangene Nacht zurückdrängte.

Weißt du noch, wie schwer er war? Wie sich deine Arme und dein Rücken unter seinem Totgewicht verkrampften? Aber du brachtest es nicht übers Herz, ihn hinter dir her zu schleifen, nicht wahr? Nein, denn dich beschlich die irrationale Vorstellung, dass Liam schon seit Monaten tot war und ein schwerer Baumstumpf oder ein Felsbrocken seine Sehnen abscheuern und seinen Körper zerfetzen würde. Was für ein trauriger Anblick das wäre! Aber das war nicht alles. Dieses Seil, dieses orangefarbene Polypropylenseil, mit dem du die Decke zusammengebunden hast, das erinnerte dich an etwas anderes hier im Wald. Denn du wusstest genau, was mit dem anderen Ende passiert war.

Er versuchte, den Gedanken aus seinem Kopf zu verbannen, aber es war zu spät.

Levi.

Levi war ganz in der Nähe gewesen, letzte Nacht. Das hatte er gespürt. Sein rationaler Verstand sagte, dass es logisch erklärbar und die Parallelen unverkennbar waren, aber es war mehr als das. Der Tod des Jungen hatte ihn im letzten Jahr nie ganz losgelassen, als hätte er immer einen Teil von ihm mit sich herumgetragen. Manchmal hatte er das Gefühl gehabt, Levis kalten Atem im Nacken zu spüren, wenn er im Gerichtssaal oder auf dem Heimweg im Auto saß, und die Härchen auf seinem Rücken hatten sich aufgestellt. Und letzte Nacht hatte er es definitiv gewusst: Aus der Dunkelheit hatte der tote Junge ihn angestarrt. Daran hatte auch die vertraute Stimme von Luana beim Videoanruf nichts geändert.

Und dann passierte es, nicht wahr? Du hörtest das seltsame Quietschen der Baumstämme im Wind, das so klang, wie Levi geklungen hatte, als er sich hatte fallen lassen. Und plötzlich fragtest du dich, ob du seine Augen geschlossen hattest. Du liefst mit Liams Leiche durch den Wald und konntest dich nicht mehr erinnern, ob du Levis Augen geschlossen hattest. Und vielleicht, dachtest du, ließ er dich deshalb nicht in Ruhe.

»LIAM!«, brüllte Harry durchs Megafon, und Ralph schreckte aus seinen Gedanken auf. »LIAM! LIAM, HÖRST DU UNS?«

Er musste es ausblenden. Die letzte Nacht war furchtbar gewesen, aber er würde seine volle Aufmerksamkeit brauchen, um das, was sie jetzt taten, in gute Bahnen zu lenken.

Wenig später erreichten sie die Lichtung und versammelten sich. Letzte Nacht hatte Ralph an dieser Stelle seinen Blick im Schein der Taschenlampe fest nach vorne gerichtet.

(*Weil du nicht nach oben schauen wolltest, stimmt's? Nein, du hattest Angst, dass du ihn dann dort baumeln sehen würdest, als hättest du ihn nie runtergeholt. Du hattest Angst, dass er dann mit diesen hervortretenden, glasigen Augen auf dich herabblicken würde …*)

Jetzt sah er den Ahornbaum, der mit seinen waagerechten Ästen bedrohlich über der Hinrichtungsstätte aufragte. Ralph leckte sich über die Lippen, die sich knochentrocken anfühlten. Heute und morgen sollten sie sich eigentlich auf die Ankunft von Bill Nielsen vorbereiten, den Mann, der am dritten November eingeschläfert werden sollte. Harry hatte recht: Sie wären mit ganz anderen Dingen beschäftigt und mussten alle Hebel in Bewegung setzen, um das frühe Opfer nicht zu gefährden.

Luana sah sich aschfahl um. Er fragte, ob es ihr gut ginge. »Ja. Mir geht's gut.« Sie schaute auf ihr Handy. Django saß allein zu Hause, und sie hatten vereinbart, sich jede Viertelstunde per WhatsApp zu melden.

In den letzten Minuten hatte Harry das Megafon immer sporadischer benutzt; jetzt hing es schlaff an seinem Körper herunter, als sei sein Vertrauen in seine Nützlichkeit geschwunden. »Dieses Fahrrad«, sinnierte er. »Das gefällt mir nicht.«

Graham fragte, was er meinte, aber Ralph wusste es bereits. »Wenn Liam über den Zaun geklettert ist, warum haben wir dann sein Fahrrad nicht gefunden? Drüber zu klettern ist an sich schon eine Leistung. Du willst mir doch nicht erzählen, dass er sein Fahrrad auch noch hinterhergeschleift hat?«

McKinley sah ihn beherrscht an. »Harry, ein Kind geht während der Dunklen Tage nicht freiwillig in diese Wälder. Die Angst davor wurde ihm sein ganzes Leben eingeimpft. Wenn er hier ist, dann hat ihn etwas geholt.«

»Und dieses Etwas braucht zufällig auch ein neues Schwinn-Rad?«, schimpfte Harry. »Hier sind Kräfte am Werk, die unsere Vorstellungskraft übersteigen.«

»Du hast selbst gesagt, dass der November nie zu früh beginnt.«

»Das weiß ich, aber vielleicht sollte ich das zurücknehmen. Nach allem, was wir wissen, kann es gut sein, dass Liam mitsamt seinem Fahrrad auf dieselbe Astralebene geschickt wurde, wo all dieser unheimliche Kram herkommt!«

»Das hört sich für mich ein bisschen zu sehr nach *Stranger Things* an.«

»Ich weiß nicht, was das ist, aber ich weiß, dass wir noch nicht einmal einen Bruchteil dessen begreifen, was bei uns vor sich geht. Nehmen wir den Buchhalter. Woher kommt er?

Wohin geht er, wenn es Dezember wird? Nach dem Energieerhaltungssatz muss er irgendwo sein. Aber vielleicht unterliegt er nicht den uns bekannten Naturgesetzen! Der Schacht unter dem Asthaufen, in den die Jungs letzten Sommer gefallen sind, hört sich an wie etwas aus *Alice im Wunderland*. Die Menschen, die hier ihr Leben lassen, sehen wir in Spiegeln wieder. All diese Dinge sollten nicht möglich sein, aber wir nehmen sie hin.« Seine bis dahin kraftvolle Stimme begann zu bröckeln, und zum ersten Mal klang Verzweiflung durch. »Vielleicht werden Marc und Joyce ihren Sohn schon bald in einem Spiegel wiedersehen. Davor habe ich furchtbare Angst.«

Harry seufzte. »Dann ist Suchen sowieso sinnlos. Dessen bin ich mir bewusst. Aber wir müssen ihnen doch helfen, nicht wahr?« Er wandte sich an Luana. »Du bist so still. Geht es dir gut?«

Sie erschrak sichtlich über seine Frage. »Dieser Ort ist mir unheimlich. All die Dinge, über die ihr redet, sind mir unheimlich.«

»Dann lass uns weitergehen.«

Auf der anderen Seite der Hinrichtungsstätte verengte sich der Pfad zu einer schmalen Spur, aber bevor sie erneut ausschwärmten, fragte Harry: »Könnte es der Buchhalter gewesen sein?«

»Das kann ich mir nicht vorstellen«, sagte Graham. »Er hat nie selbst gehandelt.«

»Was dann? Rachegeister? Irrlichter? Glauben wir auch an die?«

»Django nennt sie Jibblymowers«, sagte Ralph.

»Ein Name, der so gut wie jeder andere ist«, sagte Graham. »Was zählt, ist, dass wir genau wissen, wer sie sind.«

Harry schwieg. Ralph fühlte sich an das Gespräch erinnert, das sie im November letzten Jahres geführt hatten, als er wegen Kaila ausgeflippt war. Die Tatsache, dass die Toten Ruhe suchten, sie aber in diesen Wäldern nicht fanden, war eine wesentliche moralische Implikation dessen, was sie taten, und damals war Harry genauso wenig näher darauf eingegangen wie jetzt. Vielleicht hatte er auf diese Weise mit Elizabeth weiterleben können, nach der Sache mit Levi. Und vielleicht würde er, Ralph, auch auf diese Weise lernen, mit seinem Gewissen zu leben: indem er schwieg.

Doch kaum hatten sie ihren Weg fortgesetzt, ertönte die leise Stimme wieder.

Ja, du kannst schweigen. Du kannst es mit ins Grab nehmen, aber apropos Grab: Du weißt, was du gestern Abend getan hast, oder? Es schien so logisch. Das ganze Jahr über hast du ihn aufgesucht. In deinen Gedanken, in Oregon, in seinen sozialen Netzwerken, aber nie hast du es gewagt, ihm so nahe zu kommen. Heute Nacht warst du dazu gezwungen, und seine Augen ließen dich nicht mehr los. Wenn du tatsächlich vergessen hast, seine Augen zu schließen, konntest du dann nicht etwas dagegen tun?

Diese Augen. Diese schrecklichen toten Augen. Er hatte gespürt, wie sich sein Blick in der Dunkelheit auf ihn heftete. Luana war weggedöst und hatte nicht bemerkt, dass sich die Panik wie rasiermesserscharfe Eisenspäne durch sein Gehirn fräste. Und jeder neue Schnitt hatte einen Blitz mit sich gebracht: Levi auf dem Sofa bei den Aikmans, wie er mit stumpfen Augen die baumelnde Schlinge des Stricks betrachtete. Levi auf dem dicken Ast des Ahornbaums. Die Angst des Jungen, die sich im Schein von Harrys Krypton-Stablampe spiegelte. Und Levis strampelnde Beine …

»Hör auf«, knurrte er zehn Stunden später durch die Zähne. »Mach dich nicht verrückt …«

Aber Levi kannte keine Gnade, denn Ralph hatte sie im letzten Jahr vor Levi auch nicht gekannt.

Du konntest Liam nicht einfach entsorgen, als wäre er ein altes Stück Dreck. Liam verdiente denselben Respekt wie jeder andere, der an diesem Ort gestorben ist. Vielleicht würde der Buchhalter ihn dann als Opfer akzeptieren. Oder vielleicht besser nicht. Vielleicht würde er dann trotz seines unglücklichen, verfrühten Todes in Frieden ruhen. Vielleicht würde Liam dann in seinem Grab bleiben.

Habe ich keinen Respekt verdient? Plötzlich war eine Stimme zu hören gewesen, sehr real und sehr nahe, und Ralph hatte seine Lunge mit Luft vollgesogen, die keinen Sauerstoff zu enthalten schien. Hektisch hatte er in alle Richtungen geleuchtet. Tropfnasse Baumstämme, so weit der Strahl reichte.

Und dann hast du seinen Namen gerufen, nicht wahr? Oh ja, du hast laut den Namen eines Toten gerufen, und Luana schlief, Luana wachte nicht auf, und deine Angst wurde zu einem Würgegriff, denn du warst allein im Wald mit den Toten. Sie waren wach, und fast wäre dir das Bündel aus den Händen geglitten, das Bündel, das Liam war, denn nein, die Toten fanden hier keine Ruhe, vielleicht war Liam auch aufgewacht …

Er hatte Liam nicht fallen gelassen. Aber dann hatte der Regen zu ihm gesprochen.

Komm, Ralph, hatte er geflüstert. *Hier bin ich, ich habe auf dich gewartet. Ich wollte nicht, aber du hast weitergemacht. Es ist deine Schuld, dass ich tot bin. Es ist deine Schuld, dass ich meine Augen nicht mehr schließen kann.*

Wie gelähmt hatte er in die Dunkelheit gestarrt, die Finger in die nasse Decke gekrallt.

Du willst mir nahe sein, nicht wahr? Dann komm her und umarme mich. Ich binde das Seil um uns und werde dich für immer umarmen …

Und jetzt, zehn Stunden später, wurde ihm klar, dass er in diesem Moment den Verstand verloren hatte.

Selbst jetzt versuchte der rationale Teil seines Bewusstseins noch, alle möglichen Gründe heraufzubeschwören, warum er es getan hatte. Liam hatte ein Grab verdient. Levis Augen hatten es verdient, geschlossen zu werden. Beide verdienten jemanden, der über sie wachte. Aber letzte Nacht hatte zumindest ein Teil von ihm gewusst, dass es Wahnsinn war, purer Wahnsinn, denn er hatte immer noch im Kopf, wie seine Gedanken geschrien hatten, bis er, auf dem freien Feld von Wind und Regen bedrängt, Levis Asthaufen mit seiner Schaufel auseinandergerissen hatte: *Lieber Gott, was mache ich nur, um Himmels willen, WAS MACHE ICH NUR!!!???*

Es war ihm nicht gelungen, Levis Augen zu schließen. Es hatte keine Augen mehr gegeben.

Zehn Minuten später erreichten sie die Begräbnisstätte. Ralph starrte ungläubig auf die Landschaft.

Gestern Nacht war der Platz noch mit Asthaufen übersät gewesen. Jetzt sah er, so weit das Auge reichte, keinen einzigen.

»Die Jagdsaison ist eröffnet«, sagte McKinley heiser. »Sie sind auf der Flucht …«

Es hätte ihn nicht überraschen dürfen, aber das tat es, und der gewaltige Kontrast zu dem, was er nur wenige Stunden zuvor gesehen hatte, erweckte eine tiefe, fast religiöse Ehrfurcht vor dem übermenschlichen Spiel, das gerade seinen Lauf nahm. Langsam glitt sein Blick über die leere Ebene, das stille Moor und die Berge im Osten, die in stahlgrauen Wolken verborgen waren.

»So viel zu dieser Theorie«, murmelte Harry. Sie hatten gehofft, den Asthaufen zu finden, in dem Liam und Django letzten August gefangen gewesen waren, denn es war nicht ausgeschlossen, dass Liam dorthin gelockt worden war. Als Anknüpfungspunkt war es bestenfalls ein Schuss ins Blaue, aber es war alles, was sie hatten. Nun war auch das verschwunden, ebenso wie das Grab, in dem sie ihn hätten finden können. Wäre es noch da gewesen, hätten sie mit ziemlicher Sicherheit gesehen, dass die Zweige erst kürzlich bewegt worden waren – eine weitere Sache, an die er gestern Nacht nicht einen Moment lang gedacht hatte.

Luana suchte seinen Blick. Schlagartig verstand er, dass sie aus seiner Verwirrung die Wahrheit ableiten konnte: dass die Erde den Beweis einfach verschluckt hatte.

Wenn du immer noch nicht glaubst, dass das Glück auf deiner Seite ist, Junge, dann bist du zu dumm, um für den Teufel zu tanzen.

»Komm«, sagte Graham. »Lasst uns am Ufer nachsehen. Gott, ich kann nur hoffen, dass er nicht dort liegt.«

Den ganzen Nachmittag durchkämmten sie vergeblich den Wald. Gegen drei begann es aufs Neue zu regnen, und Ralph kam gegen seine Müdigkeit kaum noch an, aber Joyce und Marc weigerten sich in ihrer endlos quälenden Hoffnung aufzugeben. Als es um halb sechs zu dämmern begann und sie nur einen Bruchteil des eingezäunten Reservats durchkämmt hatten, ohne auch nur eine Spur von Liam oder die Asthaufen gefunden zu haben, wurde auch ihnen klar, dass es hoffnungslos war.

Der Ruf nach der Polizei kam erneut, dieses Mal von Joyce. »Wir haben einen ganzen Tag verloren! Mein Junge ist weg, und ihr habt gesagt, wir würden ihn finden!«

Jeder wusste, dass die ersten vierundzwanzig Stunden nach einem Verschwinden entscheidend waren und die Chancen, ein Kind danach noch lebend zu finden, rapide sanken. Jeder wusste, dass die Polizei mit K9-Einheiten und Infrarot-Hubschraubern in einer Stunde viel mehr hätte erreichen können als sie alle zusammen in einer ganzen Woche. Aber jeder wusste auch, dass dies kein gewöhnlicher Vermisstenfall war. Sogar Marc wusste das. Er war leichenblass und außergewöhnlich still.

Während die Nachbarn versuchten, auf Joyce einzureden, sonderte Graham sich ab und rief jemanden an. Augenblicke später kam er zurück. »Das war Orville Cooder, ein alter Freund aus meinem Jagdclub in Maple Valley. Er hat drei Spürhunde. Normalerweise weicht Orville ihnen nicht von der Seite, aber ich habe ihm eine Kleinigkeit versprochen, und morgen früh kann Gray sie abholen.« Er zwinkerte beinahe unsichtbar. *Keine Kleinigkeit*, dachte Ralph. »Bei Sonnenaufgang kommen wir wieder hierher, Joyce, und dann werden wir noch viel gezielter suchen. Ich verspreche dir, dass diese Hunde der K9 in nichts nachstehen.«

»Und heute Nacht?«, bat sie. »Bald wird es dunkel …«

»Es tut mir schrecklich leid für euch«, sagte Elizabeth mit der distanzierten Gelassenheit eines Menschen, der sich mit schlechten Nachrichten auskennt, »aber es gibt so viel zu tun. Harper muss abgeholt werden, irgendjemand muss es Ethan schonend beibringen, die Familie Stone und all die Eltern von den Telefonanrufen müssen per App informiert werden, dass Liam wieder da ist und es falscher Alarm war, bevor sich die Sache verselbstständigt. Und Joyce, du hast dringend Ruhe nötig, sonst bist du morgen zu nichts zu gebrauchen. Wir werden Liam hier im Dunkeln nicht finden.« Joyce drehte sich um und stolperte von der Gruppe weg. »Liam!«, schrie sie in den Wald. »Liam, komm zurück! Gib ihn mir zurück, du Arschloch! Gib mir mein Baby zurück!« Und sie schrie weiter. Alle blickten gespannt zu Marc, aber er starrte ausdruckslos vor sich hin, als könne er nicht recht begreifen, was um ihn herum geschah. Und so eilten Juliette und Elizabeth herbei, legten ihre Arme um die weinende Frau und trösteten sie, so gut sie konnten. Ralph sah die Tränen in Luanas Augen und spürte, wie sie auch in seinen brannten. Er nahm an, dass es ihnen freistand, Mitgefühl zu haben, weil Menschen und Monster so ziemlich dasselbe waren.

Um Viertel nach sechs, als die Dämmerung in Dunkelheit übergegangen war, kamen sie zu Hause an, körperlich und seelisch gebrochen, aber mit dem Gedanken, dass zumindest für heute das Elend vorbei war.

Das war nicht der Fall, denn um halb zehn klingelte Harry an der Tür.

Kaila hatte etwas zu essen bestellt. Anstelle des normalen Beisammenseins zu Beginn der Dunklen Tage stand an diesem Abend alles im Zeichen von Liams Verschwinden. Die Kinder reagierten unterschiedlich darauf: Django in sich gekehrt, Kaila kämpferisch. Sie meinte, sie wolle sich an der Suche im Wald beteiligen, da sie morgen ohnehin Teil des Paktes werden würde. Ralph fühlte sich dafür verantwortlich, sich um das Wohlergehen seiner Familie zu kümmern, aber Luana sah, wie verzweifelt er war, und schickte ihn gleich nach dem Abendessen ins Bett. »Ich werde mit ihnen etwas anschauen«, sagte sie. »Bitte ruh dich aus.«

Das tat er nicht, denn im Schlaf hatten die Schrecken, die er den ganzen Tag aus seinem Kopf zu drängen versuchte, endlich freie Bahn. Er war sich vage eines Gestanks bewusst, derselbe Gestank, den er gerochen hatte, als er letzte Nacht die Zweige aus Levis Grab geschaufelt hatte. Es war nicht der Geruch von frischer Verwesung, sondern von älterer, tieferer

Fäulnis, denn das, was dort gelegen hatte, war schon fast ein Jahr lang verwest. In seinem Schlafzimmer stöhnte Ralph auf, als er sich davon wegdrehte, aber es ging nicht, denn er war überall, schien sogar von ihm selbst auszugehen. Der Gestank wurde zu einer Präsenz, er drehte sich erneut davon weg, fand sich aber in einem Seil verheddert und stöhnte laut auf, denn in diesem Moment, in seinem Traum, sperrte er die Augen auf und sah ihn. Er sah, was von Levi übrig war.

Er wurde von der Klingel aufgeschreckt, hatte abermals ein Déjà-vu und wusste nicht, wo er war. Dumpf hörte er, wie Luana öffnete, und war nicht überrascht, als sie ihn einen Moment später holen kam. »Wer ist es?«, fragte er.

»Harry. Django ist schon oben, und ich bin bei Kaila. Sei bitte leise, okay?« Ralph nickte. Er war in seinen Klamotten ins Bett gegangen, deshalb brauchte er sich nicht anzuziehen, bevor er ihr nach unten folgte. Er sah, dass Harry draußen gewartet hatte, nervös, einen Regenschirm in der Hand, mit der Haltung eines Mannes, der überglücklich war, an etwas herumfummeln zu können.

»Hey, Harry. Was kann ich für dich tun?«

»Joyce ist durchgedreht.«

»Oh?« Ralph fuhr sich mit der Hand durchs Gesicht.

»Hast du es in Vember noch nicht gelesen?«

»Nein, ich war im Bett. Ich war völlig fertig.«

»Elizabeth war bei ihnen. Sie und Juliette haben abwechselnd auf sie aufgepasst. Joyce ist überzeugt, dass der Buchhalter Liam hat.«

»O...*kayyy.*«

»Elizabeth meinte zu ihr, sie könne sich das nur schwer vorstellen, aber sie solle ihn morgen beim Abendessen fragen. Gott, ich weiß nicht mal, ob es unter diesen Umständen überhaupt stattfindet. Aber gut, jedenfalls ging sie los, um

Harper ein Buch vorzulesen, denn Marc und Joyce haben im Moment keinen Blick für ihre anderen Kinder übrig. Als sie wieder runterkam, hatte Joyce das Wohnzimmer in einen halben Schrein verwandelt. Kerzen, Salbei zum Räuchern, Pentagramme, alles Mögliche. Eine Art Do-it-yourself-Séance zur Beschwörung des Teufels.«

»Grundgütiger.«

»Der Buchhalter hat sich noch nie anrufen lassen, aber das will Joyce nicht wahrhaben.« Er sah Ralph durchdringend an. »Sie hat Elizabeth gekratzt, als diese versuchte, sie aufzuhalten. Sie hat sie angeknurrt und die Zähne gefletscht. Soweit ich weiß, macht sie diesen Unsinn jetzt immer noch.«

»Junge, Junge. Und Marc?«

»Er tut nichts. Er hat den ganzen Abend nichts gesagt. Er hat ein paar Beruhigungstabletten geschluckt und liegt jetzt im Bett.«

»Was für ein Schlamassel.«

»Ja.« Harry schwieg und blickte unbehaglich auf den Regen, der von den Rippen seines Schirms tropfte.

»Bist du gekommen, um mir das zu sagen?«

»Nein. Da ist noch etwas anderes.« Er schien seinen Mut zusammenzunehmen und sah ihn dann direkt an. »Ralph … gibt es etwas, das ich wissen sollte?«

»Wieso?«, fragte er nach kurzem Zögern tonlos.

»Ich wollte es nicht vor der ganzen Gruppe erwähnen, aber es lässt mich nicht los. Und je mehr ich darüber nachdenke, desto weniger lässt es mich los.«

»Was meinst du, Harry?«

»Der Lichtblitz auf dem Videomaterial vom Camp Heron. Ich bin mir sicher, dass es Scheinwerfer waren. Es bewegte sich zu gleichmäßig für irgendwas anders. Und wir haben nur einen gesehen, um 22:03 Uhr, also musst du das gewesen sein. Und laut Marcs Kamera bist du erst um 22:39 Uhr nach Hause gekommen. Sechsunddreißig Minuten für zwei Kilometer. Das haut vorne und hinten nicht hin, Ralph.«

Ralph öffnete den Mund, doch Harry kam ihm zuvor.

»Ist in der Zwischenzeit etwas passiert? Ich kenne dich seit Jahren als guten Anwohner, du bist der zuverlässigste Nachbar, wage ich zu behaupten. Ich will dich nicht beschuldigen, aber wenn etwas passiert ist, das unsere Lage gefährdet, möchte ich es wissen.«

»Harry ... Ich war es nicht.« Seine Hände zitterten wieder, und er versteckte sie hinter den Hüften. »Ich hatte vor, gegen zehn nach Hause zu kommen, aber es wurde später, und ich weiß auch noch, warum. Ich hatte mich schon an der Rezeption verabschiedet, aber am Aufzug wurde ich dann von meiner Kollegin Miriam Weinberg aufgehalten, mit der ich noch fast eine halbe Stunde lang dagestanden und über einen Fall geplaudert habe. Auf dem Heimweg wurde ich dann müde und habe an der Shell-Tankstelle in Sammamish gehalten, um einen Kaffee zu trinken. Ich wünschte wirklich, ich könnte dir mehr erzählen, dass ich etwas Mysteriöses oder so gesehen habe, aber da gibt es nichts. Tut mir leid.«

Er hoffte, dass die Lüge ankam. Lügen brachte man am glaubhaftesten rüber, wenn sie der Wahrheit nahekamen, und Ralph fand, dass seine Stimme nicht seltsam geklungen hatte, aber trotzdem sah Harry ihn weiterhin fragend an. Schließlich sagte er: »Das glaube ich dir nicht.«

Hinter ihnen ertönte ein Geräusch. Luana war im Gang erschienen. »Was wirfst du meinem Mann vor, Harry?«

»Luana, ich will nicht ...«

»Haben wir nicht schon genug Kummer? Müssen wir jetzt auch noch Zwietracht untereinander säen? Fängt der Ärger jetzt schon an?«

»Luana …«

»Nein, nichts Luana!« Vielleicht war sie aus einem anderen Grund wütend als dem, den Harry vermutete, aber ihr Zorn war nicht gespielt. »Was willst du damit andeuten? Dass Ralph etwas mit Liam angestellt hat? Ist das dein Ernst? So etwas würde ich von jedem erwarten, aber von dir?«

»Ich hätte nicht kommen sollen«, murmelte Harry.

»Nein, das stimmt. Ich bin maßlos enttäuscht von dir.«

»Harry, du siehst Gespenster«, versuchte Ralph es noch einmal, ruhiger diesmal. »Ich verstehe, dass du nach einer Erklärung für sein Verschwinden suchst, aber diese Bilder waren zu vage, das musst du selbst zugeben.«

Harry brummte etwas.

»Schlaf dich aus. Ich hoffe, die Hunde schlagen morgen an. Ich hoffe, wir finden ihn, verdammt noch mal.«

Harry nickte und zog ohne ein weiteres Wort ab. Ralph schloss die Tür, aber erst, nachdem er gesehen hatte, wie sein Nachbar einen kurzen Blick auf das Garagentor warf. Nicht gut.

»Was für ein elender Mist«, stöhnte Luana. »Wird das jemals einfacher werden?«

»Glaube ich nicht. Aber du warst großartig.«

»Bitte sag das nicht. Ich fühle mich schrecklich.«

Er lächelte sie traurig an. Schließlich lächelte sie ebenso traurig zurück. Das war doch wenigstens etwas.

DJANGO

Devotionalien. Für immer beste Freunde.
Kailas Zimmer. Tote zum Leben erwecken.

1. November

Es waren die Abzeichen, die Liam und ihn wieder einander nähergebracht hatten. Die Abzeichen mit den Hakenkreuzen darauf. An Halloween hatten sie sie noch heimlich unter ihrem Kostüm getragen.

Liam hatte sie ein paar Wochen zuvor auf einer Auktionsseite für Souvenirs aus dem Dritten Reich entdeckt. Die ganze Website war bizarrerweise schwarz, denn in den Kommentaren trieben sich meist eine Menge *White Supremacists* herum. Und Judenhasser. Die angebotenen Devotionalien, wie sie es nannten, reichten von Granatsplittern bis zu Gürtelschnallen und von Barettabzeichen bis zu Naziflaggen. Fälschungen, sagte Liam, vor allem, als sie Flaggen mit dem Buchstaben Q sowie einem auf einem Velociraptor reitenden Donald Trump fanden, aber er hielt es trotzdem für cool, etwas davon zu haben. Nur zum »so tun als ob«. Seit Mr. Hendrickx' Tod war Djangos Interesse am Krieg in den Hintergrund getreten, aber als er die Abzeichen sah, hatte es ihn plötzlich wieder in der Stirn gejuckt. Sie wirkten nämlich superecht. Ihre Schlichtheit verriet ein altes, effizientes Handwerk. Und es konnte natürlich auch echt sein. Etwas so Wertvolles konnte dem Auge der Historiker entgangen sein und nach all den Jahren auf einer Auktionswebsite auftauchen. Bei seinem Glück hielt Django es sogar für möglich, dass es von der Uniform des toten Heinrich Himmler stammte und noch immer nach Zyankali stank.

Liam hatte fünfundachtzig Dollar dafür geboten. Django hatte gefragt, ob er keinen Ärger kriegen würde.

»Nee, ich bestelle so oft mit Dads Kreditkarte bei K'nex, dass sie das nie überprüfen. Sie wollen meiner ›kreativen Entwicklung‹ nicht im Weg stehen.«

Sie waren einmal überboten worden (um zehn Dollar), woraufhin Liam hundertfünfundachtzig geboten hatte, nicht wirklich das, was man bei Monopoly lernt, aber okay, denn zwei Wochen später hatte er ein anonymes Päckchen vom UPS-Lieferanten entgegengenommen. Doch kaum hatten sie es geöffnet, war Djangos Aufregung in dumpfes Entsetzen umgeschlagen.

Sie waren echt, daran gab es keinen Zweifel. Sie lagen kalt und schwer in seiner Hand, und eine unheilvolle Energie ging von ihnen aus. Der Mann, dem sie gehört hatten, war durch und durch böse gewesen, das spürte er. Und auch das Symbol, das vorher so mystisch gewirkt hatte, stand für das pure Böse. Django konnte nichts damit anfangen, aber wegen Liam hatte er so getan, als ob. Liam hatte sie gekauft, um zu kitten, was zwischen ihnen zerbrochen war. Wie eine Art Freundschaftsarmbänder.

»Du bekommst eins und ich bekomme eins«, hatte er gesagt. »Jetzt haben wir ein Geheimnis, das wir niemals mit jemandem teilen dürfen. Und du musst es immer bei dir tragen, ja?«

»Gut.«

Liam hatte sein Abzeichen hochgehalten. »Für immer beste Freunde?«

»Für immer beste Freunde«, hatte Django bestätigt. Und als sie die Hakenkreuze gegeneinandergestoßen hatten, war es, als ob ein Funke zwischen ihnen übergesprungen wäre.

Nur war jetzt alles anders.

Liam war weg, und es war seine Schuld. Django hatte sich nicht an ihre Abmachung gehalten. Erst an Halloween hatte er zum ersten Mal sein Abzeichen unter seiner Mandalorian-Rüstung angelegt. Vorher hatte er es nicht gekonnt, es hatte sich falsch angefühlt. Er hatte die Abmachung mit seinem besten Freund gebrochen, und jetzt war Liam weg.

Allein und in seinem Zimmer ließ er das Abzeichen durch seine Finger gleiten. Wenn es die Magie eines Freundschaftsarmbandes besäße, müsste er Liams Anwesenheit spüren können, aber er spürte gar nichts, und Django wusste, warum: Liam war tot. Das wusste er so sicher, wie er gewusst hatte, dass die Abzeichen echt waren. Die Jibblymowers hatten ihn in ihre Gewalt gebracht. Logisch, das war zu erwarten gewesen, nach dem, was letzten Sommer in der Grube passiert war. Liam war gezeichnet worden. All diese Hände, die über seinen Körper geglitten waren …

Ein stechender Schmerz schoss durch seine Finger, und das Abzeichen fiel auf die Matratze. Warum musste es schon wieder November sein? Django hatte das Gefühl, dass die Dunklen Tage dieses Mal mit voller Wucht gekommen waren. Er konnte spüren, wie sie durch seine Knochen und Glieder krochen. Die Würmer waren wach.

Warum hatte er nichts gesagt? Dad hat gesagt, es sei nicht seine Schuld, aber wenn er die Stones gewarnt hätte, hätten sie Liam nie allein durch den Wald fahren lassen. Dann hätten die Jibblymowers ihn nicht erwischt.

Es hätte keinen Unterschied gemacht. Sie hätten ihn sowieso gefunden. Wenn nicht gestern, dann heute oder morgen.

Aber traf das nicht auch auf Django zu? Auch er war in dieser Grube gefangen gewesen. Auch er hatte ihre Hände auf seinem Körper gespürt. Nicht so sehr wie Liam, denn Liam war tiefer hineingeraten. Aber Django würde nie vergessen, wie seine Haut zu kribbeln begonnen hatte, wie früher, wenn Mom ihn gekitzelt hatte, nur so, als wäre Moms Hand aus einem Grab gekrochen und hätte sich nach der Berührung von etwas Lebendigem gesehnt.

Wenn Liam gezeichnet war, war er es auch. Dieser Gedanke hatte den ganzen Tag über gelauert, und nun kam er endlich ans Licht: Dann würde auch er bald sterben. Django stand auf und duckte sich unter den blauen Vorhang. Einst war ihm die Welt der Bird Street so grenzenlos geheimnisvoll und vertraut erschienen, und er hatte sich ihr zugehörig gefühlt, aber das war nicht mehr der Fall. Jetzt kam sie ihm alt und gefährlich vor. Er sagte sich, dass er sich nicht so anstellen sollte, dass eine Straße nicht gefährlich sein konnte, aber es war so.

Am Hauseingang von Liams Haus war das Licht angelassen worden. Vielleicht dachten Joyce und Marc, dass Liam den Weg zu seiner eigenen Haustür ohne Licht nicht finden würde, wenn er nach Hause käme. Ein Irrlicht, das in der Dunkelheit vom Weg abgekommen war.

Django leckte sich über die Lippen, aber seine Zunge fühlte sich an wie ein totes Stück Fleisch. Ja, die Bird Street sah aus wie ein altes und seniles Ding. Eine uralte, sterbende Hexe, die auf den richtigen Moment wartete, um noch einen alles vernichtenden Zauberspruch aufzusagen, der mit ihrem letzten stinkenden Atemzug über ihre Lippen kommen würde. Aber wann war der richtige Zeitpunkt?

Morgen Abend um Punkt zehn Uhr.

Dieser Gedanke kam aus heiterem Himmel, und Django

sah sich erschrocken um. Der Vorhang ruhte auf seinen Schultern. Es juckte ihn, und er schüttelte ihn ab.

Wo war das auf einmal hergekommen?

Er blickte auf das Abzeichen auf seinem Kopfkissen und stellte fest, dass er Angst hatte, furchtbare Angst. Sein Zimmer schien immer noch dasselbe zu sein, aber wie der Zauber einer Hexe waren auch die Dunklen Tage unsichtbar, und Django spürte ihren Einfluss wie einen Tintenklecks näher kriechen. Über die Wände. Über die Laken. Durch seine Finger. Er verspürte den fast unbändigen Wunsch zu fliehen, aus seinem Zimmer, notfalls die Treppe hinunter, aber es war sinnlos, denn auch dort war November.

Auch in Dad. Auch in Mom.

Vom Dachboden ertönte ein dumpfes Poltern. Djangos Blick flog ruckartig nach oben.

Es hatte geklungen wie eine Kuh im Stall, die mit dem Huf kräftig auf dem Holz aufstampft, weil sie Gefahr wittert. Es folgte ein langes, tiefes Knarren. Es hörte nicht auf. Wie man es hätte beschreiben sollen, wusste Django nicht. Das Bild, das ihm in den Sinn kam, war das von Holzdielen, die von schweren Maschinen unter Spannung gesetzt wurden.

Schließlich wurde es still.

Kaila war unten bei Mom.

Was war dann oben auf dem Dachboden?

Die Antwort kam fast umgehend: *Liam*.

Nach oben. Zum Dachboden. Er wollte gar nicht, aber es war, als würden seine Beine einem Befehl folgen. Seine Hände auf dem Treppengeländer schienen zu weit über ihn hinauszureichen. Seine Arme schienen aus Gummi zu sein.

In Kailas Zimmer war das Licht aus, aber als er seinen Kopf durch die Luke steckte, sah er es.

In der Mitte des Holzbodens lag ein Asthaufen. Er lag da wie das Nest eines prähistorischen Monstervogels. Teilweise auf dem fußwarmen Teppich am Ende des Bettes und teilweise auf den Dielen daneben, weil es so groß war. Oder nein, nicht *auf* dem Boden, wie Django erkannte, sondern *in* ihm. Es gab ein Loch, das mit Ästen gefüllt war, und Django wusste, was sich darunter befand.

Nicht sein Zimmer.

Lange, lange Zeit stand Django reglos auf der Treppe, mit einem Gesichtsausdruck, der als ruhig und geistesabwesend hätte durchgehen können. In Wirklichkeit war er damit beschäftigt, seine Todesangst zu bezwingen. Der Dachboden war verschwunden; vor seinem geistigen Auge sah er ein altes Klavier. Gebrochenes Elfenbein auf alten Tasten. Er setzte sich hin, drückte das Pedal und lauschte dem vertrauten Nachhall der Saiten. Offen lagen sie da und warteten darauf, dass er ihnen ein Signal geben würde. Würde es dieses Mal Count Basie sein, oder Cab Calloway oder Duke Ellington? Oder doch etwas Moderneres, The Weeknd oder BTS oder Lil Nas X, im Stil von Mr. Djangoman? In seinem Gedächtnis war all diese Musik gespeichert, bereit, gespielt zu werden, wenn er sich langweilte oder Trost suchte oder sie ihm das Leben retten sollte, so wie jetzt.

Er dachte an Mr. Hendrickx.

Er dachte an seinen guten Freund Jerry Lee Lewis.

Er dachte: *Music, Maestro!*

Seine Hände senkten sich, und ein Akkord erklang, mit tief nachklingenden Saiten. Zögernd legte seine rechte Hand eine Melodie darüber. Am Rande der Treppe taten seine Finger genau dasselbe, und Django spürte keinen Schmerz. Die Melodie war seltsam und schön, weder traurig noch fröhlich, und er ließ sich von ihr leiten. Warum spielte er genau das?

Er wusste es nicht. Rollende Schultern, als der Rhythmus die Melodie hinauftrieb – eine, zwei, drei Oktaven höher, die sich über den Dachboden ausbreiteten. Der Wind rüttelte am Haus und ließ irgendwo einen Fensterladen klappern, aber Django hörte es nicht. Die Türklingel hörte er hingegen, zumindest ein gewisser Teil seines Unterbewusstseins; Dad war da und Mom auch, und ihre Stimmen klangen wütend, und er dachte: *Nachbar Harry. Sie streiten sich.* Aber es ließ ihn kalt, denn für Django existierte nur die Bewegung des Liedes in seinem Kopf.

Als er fertig war, kletterte Django leise nach oben. Endlich konnte er wieder atmen. Sein Herzschlag hatte sich beruhigt. Der Asthaufen war immer noch da, aber Django hatte keine Angst mehr vor ihm.

Wenn Liam gekommen war, dann wollte er ihm etwas sagen.

Er ließ sich auf Hände und Knie fallen und kroch vorsichtig näher.

Ihr könnt mir nichts antun. Ihr seid nur Äste. Äste können nichts tun.

Was sich darin befand, sehr wohl, aber dazu musste es erst einmal rauskommen.

Er spähte hinein. Mit seiner rechten Hand zog er die Äste ein wenig auseinander. Sie waren alt und trocken und mit Flechten bedeckt. Dann spähte er wieder hinein und flüsterte: »Liam. Liam, bist du da?«

Es war tief und dunkel dort drin. Es stank nach Grab, und Django hörte einen alten Bekannten in seinem Kopf: *Die Zeit der Verwesung ist angebrochen.*

Wie tief reichte der Brunnen? Vielleicht geradewegs durch sein Zimmer hindurch, bis ins Erdgeschoss. Oder noch weiter, bis in den Boden. Er zog noch mehr Äste weg, achtete aber darauf, nicht hineinzufallen.

»Liam, ich möchte mit dir reden«, rief Django leise.

Aber Liam antwortete nicht, und nach einer Weile verstand Django, dass es mehr brauchte, um die Toten zu beschwören.

Die Tür zwischen der Küche und der Garage war verschlossen. Das war seltsam, denn sie war nie verschlossen, nicht einmal in den Dunklen Tagen.

Er war auf Zehenspitzen die Treppe hinabgeschlichen. Jetzt musste er wieder den ganzen Weg nach oben gehen, um den Schlüssel zu holen. Aus dem Wohnzimmer war der Fernseher zu hören. Mom und Kaila schauten einen Film und bemerkten ihn nicht, als er sich vorbeischlich.

Oben kam er an Moms und Dads Schlafzimmer vorbei. Hinter dem Spalt in der Tür ertönten rasselnde Atemgeräusche. Ihm blieb keine Zeit, um Angst zu haben; weiter zu Dads Arbeitszimmer. Im hinteren Teil des Schranks hing das Gestell mit Dads geheimen Schlüsseln. Django wusste nicht, welcher zur Garagentür gehörte, also nahm er alle mit.

Was war eigentlich in der Garage, das er nicht sehen durfte? Django hatte nicht die leiseste Idee. Und was wussten Mom und Dad? Wenn sie sehen würden, was sich in Kailas Zimmer befand, wäre wohl auch der Dachboden tabu. Wenn das so weiterging, würde bald kein Raum im Haus mehr übrig bleiben.

So geräuschlos wie möglich probierte er die Schlüssel aus. Der dritte funktionierte. Django schlüpfte in die Garage und schloss die Tür hinter sich. Es dauerte eine Weile, bis sich seine Augen an die Dunkelheit gewöhnt hatten, und die ganze Zeit über hielt er den Türgriff fest, falls er plötzlich fliehen musste.

Was, wenn das oben gar nicht Dad gewesen war, sondern ein Monster? Was, wenn Dad hier ist und geheime Dinge tut, wie zum Beispiel eine Grube graben, und dann bekommt er Angst vor mir und dreht sich um und schlägt mir mit einem Spaten den Kopf ein?

Oder was, wenn er es mit seinem Richterhammer macht?

Aber Dad war nicht da. In der Garage war alles still. Django sah den dunklen Umriss von Dads Forester und merkte, wie seine Beine ihn in diese Richtung trugen. Alle spiegelnden Oberflächen im Haus waren entfernt worden. Deshalb fielen ihm jetzt die Autoscheiben auf, schwarz glänzend im schwachen Licht, das durch den Türspalt drang. Darin bewegten sich Formen, und Django erkannte, dass es sein eigenes Spiegelbild war, das sich näherte.

Er berührte das kalte Glas mit den Fingerspitzen, und es war, als würde eine Hand aus dem Inneren die Geste erwidern und seiner begegnen. »Tut mir leid, dass du jetzt dort wohnen musst«, murmelte er. »Aber das will ich noch nicht. Ich will noch nicht sterben.«

Plötzlich bekam er Gänsehaut am ganzen Körper. Die Jibblymowers waren ganz nahe, er schien ihre grapschenden Hände auf seiner Haut spüren zu können. Django riss sich los und rannte schnell nach links, wo die Spiegel aufbewahrt wurden, durch Handtücher getrennt. Der Spiegel vom Waschbecken über der Toilette war klein und nicht zu schwer. Er sollte ausreichen. Er klemmte ihn sich unter den Arm und verließ die Garage.

Zehn Minuten später hatte er alles vorbereitet und saß im Schneidersitz mit dem Rücken zum Asthaufen. Direkt vor ihm, an Kailas Bett gelehnt, befand sich der Spiegel, sodass er zuerst sich selbst und dahinter den Asthaufen reflektiert sah. Auf dem Boden aufgehäuft lagen fünf magische Gegenstände. Das Foto von Liam und ihm, Arm in Arm beim Sommergrillfest der Carnation Elementary, damit es keine Missverständnisse gab, um wen es sich handelte. Der Mandalorian-Helm, den er an Halloween getragen hatte, als jüngste Erinnerung. Der von J. P. Crawford signierte Baseball, den Liam ihm geschenkt hatte, weil Baseball in Liams Leben stets wichtig gewesen war. Das Abzeichen, als Symbol ihrer Freundschaft. Und eine brennende Kerze, weil das nun einmal dazugehörte. Vielleicht wäre es besser gewesen, wenn er auch den Schwanz einer toten Katze oder einen Sturmwurm in einem mit Salzwasser gefüllten Marmeladenglas gehabt hätte, aber fürs Erste musste er sich damit begnügen.

Und jetzt?

Jetzt wusste er eigentlich nicht so genau weiter.

»Liam Wachowski«, sprach er feierlich, »ich befehle dir, nach oben zu kommen. Zeig dich mir, aber bitte tu mir nichts an. Ich bin dein bester Freund.«

Der Asthaufen lag stumm und still hinter ihm.

Django kannte sich mit Nekromantie nicht aus, aber so ungefähr musste es wohl ablaufen.

»Liam Wachowski, stehe auf von den Toten. Gib ein Zeichen, wenn du da bist. Aber bitte nicht zu laut, denn das würde mich erschrecken, oder Mom und Dad würden es hören. Mach einfach die Nachttischlampe an oder so.«

Die Nachttischlampe blieb aus. Der Asthaufen bewegte sich nicht.

Django schaute durch den Spiegel in alle dunklen Ecken von Kailas Zimmer, aber alles war noch genauso wie vorher. Es wäre typisch Liam, wenn er sich im Dunkeln unter dem Schreibtisch verstecken und ihn erschrecken würde. Aber auch davon war nichts zu sehen.

Sein Herz klopfte seltsam.

Er nahm das Hakenkreuz in die Hand und spürte die stille Macht, die es ausstrahlte. »Hey, Liam, Kumpel, antworte doch …«

Django probierte alles Mögliche aus. Er bot ihm seine Comics an. Er sagte, es täte ihm leid, dass er sich wegen des Abzeichens so unwohl gefühlt habe, und versprach, es den Rest seines Lebens bei sich zu tragen. Er sagte, er würde jeden Tag zum Zaun hinter dem Bungalow der Aikmans kommen, um sein lebender Kamerad zu sein; er auf dieser Seite des Zauns, Liam auf der anderen. Er bot an, als Beweis seiner Freundschaft einen Ziegelstein durch das Fenster im Haus der McKinleys zu werfen. Er setzte sogar kurz den Mandalorian-Helm auf, aber es fühlte sich albern an, und der eingeschränkte Blick in den Spiegel ließ ihn sofort in Panik geraten, sodass er ihn schnell wieder abnahm.

Warum ist der Asthaufen überhaupt in Kailas Zimmer aufgetaucht? Wenn Liam mit mir reden will, warum ist er dann nicht in mein Zimmer gekommen?

Django lauschte dem Regen auf dem Dach und musste unwillkürlich an das Licht denken, das am Eingang der Wachowskis brannte.

Weil es nicht Liam ist, sagte eine Stimme.

Es war, als ob sein Herz mit einem Schlag von der Brust in sein Becken rutschte.

Und in diesem Moment hörte er ein Geräusch aus dem Brunnen unter dem Asthaufen.

Als hätte es tief im Inneren eine Verschiebung gegeben.

Äste, die vermischt wurden. Äste, die gleichzeitig brachen und wieder zum Stillstand kamen.

Als ob sich dort unten etwas bewegt hätte.

Aber wenn es nicht Liam war, wer war es dann?

Etwas anderes.

Die Musik hatte seine Todesangst bezwungen, aber ein Geräusch, ein Gedanke genügte, und sie war wieder da. Django nahm seinen Mandalorian-Helm, stand auf, ging barfuß zur Luke und stieg die halbe Treppe hinunter. Dort setzte er den Helm auf, setzte sich schweigend auf eine Stufe und wartete. Er saß immer noch da, als Mom fünfzehn Minuten später nach oben kam, um sich bettfertig zu machen. Sie bemerkte ihn nicht einmal, als sie ins Bad ging. Und er saß immer noch da, als vierzig Minuten später endlich Kaila kam. In der Dunkelheit stieß sie fast mit ihm zusammen. »Verdammt, du hast mich zu Tode erschreckt! Was machst du hier?«

»Wir müssen reden«, flüsterte Django.

KAILA

Merkwürdiger Bruder. Was der tote Junge erzählen wollte. Besuch in der Nacht.

1. November

Was ihr kleiner Bruder ihr erzählte, war erschreckend, aber eigentlich hatte Kaila so etwas schon kommen sehen.

In den letzten Wochen war sie immer mehr zu der Überzeugung gelangt, an der Schwelle zu einer gewaltigen Veränderung zu stehen. Einer richtungsweisenden Veränderung, wie man sie vielleicht nur einmal erlebt. Und als sie an diesem Mittag im Bus nach Hause gesessen hatte, hatte sie es in allem gespürt: Diese Veränderung war nun beängstigend nahe. Dass sie darüber nicht mit Jax reden konnte, machte es zu einer beklemmenden Erfahrung, aber in gewisser Weise fühlte es sich auch erwachsen an. Sie nahm an, dass die meisten Übergänge zum Erwachsensein einsam waren.

Natürlich hatte sie seit Wochen daran gedacht: die morgige Versammlung, ihre Einweihung, die damit verbundenen Rituale und die Opferung. Wie bereitete man sich darauf vor, dass man übermorgen jemanden beim Sterben helfen würde? Jetzt, da es so weit war, fand sie keine Ruhe mehr. Man ging solch eine Sache nicht unvorbereitet an, schon gar nicht sie, die wusste, was es hieß, einen Todeswunsch zu hegen. Das Thema war zu komplex, es gab zu viele Schattenseiten. Sie hasste diese Unsicherheiten, und sie hasste es, dass sie gezwungen war, sich mit ihnen auseinandersetzen zu müssen, aber sie hasste nicht ihre Eltern, denn sie hatten früher dasselbe durchgemacht. Sie hatten entschieden, dass sie zu jung war, um sie in den Wald zu begleiten, und insgeheim war sie dankbar dafür. Aber jetzt war sie ein Teil davon, und das machte sie mitverantwortlich. Ja, es war unvermeidlich; klar, sie verhinderten Schlimmeres, das redeten sie sich jedenfalls ein … die Wahrheit aber war, dass auch dieser Mensch für ihr Glück sterben würde.

Dennoch gab es eine Sache, die sie mehr als alles andere beschäftigte. Nicht ganz zufällig war es auch die Sache, über die sie nicht mit ihren Eltern sprechen konnte. Und das war die Ankunft des Buchhalters. Seit dem Tag im Oktober, an dem ihr Vater ihr die erste Dosis Lithium verabreicht hatte, spukte es ihr durch den Kopf.

»Mach dir keine Sorgen«, hatte er gesagt. »Du weißt, dass wir es dieses Mal schnell zurückdrängen werden.«

Er hatte gedacht, sie mache sich Sorgen wegen ihrer Novemberdepression. In gewisser Weise stimmte das auch, aber das Lithium war nicht das, was sie davon abhalten würde. Sobald ihr Vater gegangen war, hatte sie die Pille unter ihrer Zunge hervorgeholt und im Waschbecken runtergespült. Dann hatte sie aus ihrem Schmuckkästchen den schwarzen Stein hervorgeholt.

Ich möchte dir etwas geben. Den Willen zu leben.

Nicht ihr Vater, sondern der Buchhalter hatte ihr den Stein gegeben. Und Kaila wollte ihn auf die Probe stellen. Was ihre Eltern nicht wussten, war, dass sie jetzt, drei Wochen später, kein einziges Milligramm Lithium im Blut hatte. Und doch hatte sie sich zum ersten Mal seit Jahren nicht ein einziges Mal bei einem Selbstmordgedanken ertappt. Gab es trübe

Gedanken? Sicher, ein bisschen düster waren ihre Gedanken zu Beginn der Dunklen Tage immer. Aber nicht so wie in den vergangenen Jahren.

Bewahre ihn gut auf. Er gehört nur dir.

Was machte sie so besonders, dass er sie vor sich selbst schützen wollte? Der Buchhalter war ein Monster, und die Dinge, die er tat, waren schrecklich, aber dennoch sah sie dem Treffen mit nervöser Aufregung entgegen. Vielleicht würde sie endlich eine Antwort auf ihre drängendste Frage bekommen.

Nur war jetzt Liam verschwunden und das Chaos in der Bird Street perfekt. Auch das war etwas Schreckliches, besonders für Django und noch mehr für ihre Nachbarn von gegenüber. Dass in den nächsten Tagen nur noch mehr Unheil über sie hereinbrechen würde, bot wenig Hoffnung auf ein Happy End. Darüber musste unbedingt nachgedacht werden – waren ihre Eltern und Nachbarn womöglich selbst schuld daran? –, aber Kaila ertappte sich dabei, dass sie dafür im Moment keinen Raum hatte. Vielleicht war das egoistisch und pubertär, aber das hätten *ihre* Dunklen Tage werden sollen. Wenn Liam nicht bis morgen zurück war, würde ihre gesamte Initiation davon in den Hintergrund gedrängt werden.

Natürlich konnte sie so etwas nicht laut aussprechen, und daher brodelten all diese Sorgen im Garkochtopf ihres Kopfes, als sie abends um elf im Treppenhaus auf Django stieß. »Jetzt?«, fragte sie. »Du solltest längst im Bett sein.«

Er nahm seinen Mandalorian-Helm ab und sagte: »Es geht um Leben und Tod.«

»Drama-Queen.« Es rutschte ihr raus, aber sie bedauerte es sofort. Ihr kleiner Bruder war eindeutig durcheinander. Wegen Liam, natürlich. »Warte, komm mit nach oben, da kann man besser reden.«

Sie wies ihm mit einem sanften Schubs den Weg zur Treppe,

aber Django sträubte sich. »Du kannst nicht nach oben gehen. Dort ist es nicht sicher.«

»Nicht sicher?«

»Pssst, leiser, sonst hören dich Mom und Dad. Sie dürfen nichts davon wissen.«

»Aber was ist dort?«

»In deinem Zimmer liegt ein Asthaufen.«

»Ein Asthaufen?«

»Ja. Neben deinem Bett. Und ich dachte, Liam könnte ...«

»Weißt du, wo Liam ist?«, fragte sie. Ihr pubertärer Instinkt hatte den Drang, sofort hinterherzurufen: *Warte mal, warst du etwa in meinem Zimmer?* Aber sie riss sich zusammen, denn in diesem Moment dämmerte ihr erst, was er gesagt hatte.

»Nein, also ich dachte, er wäre drin, weil die Jibblymowers ihn markiert und ausgeweidet haben. Aber es ist nicht Liam. Es ist etwas anderes, und ich glaube, es ist wegen mir gekommen. Denn sie haben mich auch markiert.«

Er nahm ihren Arm, drückte sein Gesicht dagegen und begann zu weinen.

Sie brachte ihn in sein eigenes Zimmer, jedoch nicht, ohne zuvor den Kopf durch die Luke gesteckt zu haben, um kurz auf den Dachboden zu schauen. Ein Blick genügte, um zu verstehen. Nicht alles, aber eine Menge. Zu viel, um genau zu sein.

Jetzt saßen sie sich auf Djangos Bett gegenüber. Ihr kleiner Bruder hatte sich beruhigt, hielt aber seinen Mandalorian-Helm fest an sich gepresst. »Und wie kommst du darauf, dass es Liam ist?«, fragte sie und umklammerte seine Knöchel.

»Weil die Jibblymowers ihn überall berührt haben. Unter so einem Asthaufen befinden sich ihre Höhlen, und die sind ganz tief. Als wir letzten Sommer darin stecken geblieben sind, kamen ihre Hände aus den Wänden. Sie haben mich auch angefasst, aber nicht so sehr wie Liam. Deshalb lebe ich auch länger, glaube ich.«

Auf jeden dieser Sätze passte eigentlich ein explodierendes Gehirn-Emoji, doch stattdessen sagte sie: »Liam wird vermisst. Das heißt nicht, dass er tot ist.«

»Doch«, sagte Django, »ist er aber.«

»Wieso denkst du das?«

»Das denke ich nicht nur. Das weiß ich. Und ich wollte ihn heraufbeschwören, damit er mir sagen kann, was ich tun soll.«

Ein weiteres Emoji. »Du weißt, wie man Geister beschwört?«

Django sah sie ungläubig an. »Du nicht?«

»Ähm … nein?«

Er verdrehte die Augen, als hätte sie ihm gesagt, dass sie nicht Fahrrad fahren kann. »Die Spiegel, Dummerchen. Und man braucht ein paar magische Dinge und Zaubersprüche und so. Aber egal, es war nicht Liam. Es war etwas Böses. Und es ist wegen mir gekommen.«

Dann dämmerte es ihr endlich. Kaila drückte sanft die Knöchel ihres kleinen Bruders. »Hör mal, wir machen Folgendes. Du bleibst hier. Ich lasse mir derweil etwas einfallen und …«

»Ich will mitkommen!«

»Du bleibst in deinem Zimmer, Django. Ganz im Ernst. Du machst viel zu viel Lärm, dann hören dich Mom und Dad.«

»Ja, aber, aber …«

»Kein Aber! Tu, was ich dir sage. ›Ja große Schwester, verstanden, große Schwester‹, prima, danke. Hier wird dir nichts passieren. Ich glaube, ich weiß, was los ist, und wenn es das ist, was ich denke, brauche ich dich noch, also schlaf bitte nicht ein.« Sie zögerte. »Ich sorge dafür, dass dir nichts passiert, in Ordnung?«

Er schaute sie mit großen, schwermütigen Augen an. »Ich wünschte, das könntest du.«

Kaila schloss Djangos Tür hinter sich und lauschte einen Moment lang, um zu sehen, ob sie Geräusche aus dem Schlafzimmer ihrer Eltern hörte.

Zumindest in einer Hinsicht hatte ihr kleiner Bruder recht gehabt, denn der Asthaufen auf dem Dachboden konnte nichts mit Liam zu tun haben. Sie wusste, dass die Asthaufen die Gräber derjenigen bedeckten, die ihre Eltern und Nachbarn im Wald eingeschläfert hatten. Liam mochte zwar verschwunden sein, aber die Vorstellung, dass sie ihn dort oben geopfert haben könnten, war lächerlich. Das hätte sie Django natürlich nicht sagen können.

Was sie auch nicht sagen konnte, war, dass sie eine starke Vermutung hatte, wessen Grab es sein könnte.

Bei ihren Grübeleien über das Opfer hatte Kaila in den letzten Wochen immer öfter an den Jungen auf den Fotos zurückdenken müssen, mit denen sie Dad Anfang des Jahres in seinem Arbeitszimmer erwischt hatte. Der Manga-Junge, wie sie ihn in Ermangelung eines Namens genannt hatte.

Natürlich war sie schockiert gewesen, als sie erfuhr, dass sie einen Minderjährigen, der kaum älter war als sie, mit in den Wald genommen hatten. Laut Dad war es eine Notlösung gewesen. Trotzdem hatte Kaila Mitgefühl aufbringen können. Sie wusste, wie furchtbar, furchtbar einsam es war, wenn niemand den eigenen Todeswunsch respektierte. Dad hatte es getan, vielleicht weil sie ihm klargemacht hatte, wie wichtig es ihr war.

Aber in letzter Zeit hatte sie angefangen, an dieser Lesart zu zweifeln, wenn sie das ungeschliffene Vulkanglas auf dem Bett durch ihre Hände gleiten ließ. Der Manga-Junge faszinierte sie. Sie spürte eine Verwandtschaft mit ihm, die über das Alter allein hinausreichte. Hätte er, wenn die Dinge anders gelaufen wären und sie sich getroffen und miteinander geredet hätten, womöglich auch seinen Lebenswillen wiedergefunden?

Dad verfolgte die Sache immer noch, so viel war klar. Er hatte sich verändert. War trübsinniger. Kaila war sich fast sicher, dass es damit zu tun hatte. Sie wollte wissen, was letztes Jahr passiert war.

Und jetzt war plötzlich dieser Asthaufen aufgetaucht. In ihrem Zimmer.

Sie wusste natürlich, dass sie überall auftauchen konnten, aber sie waren noch nie ins Haus gekommen. Man sah die Toten in Spiegeln aufblitzen, aber das hier war anders.

Was, wenn er es war?

Was, wenn er ihr etwas klarmachen wollte?

Dann musste sie zuhören. Und die Tatsache, dass er gleich zu Beginn der Dunklen Tage gekommen war, am Tag, bevor sie eingeweiht werden sollte, bedeutete, dass es dringend war.

Deshalb: sein Name.

Kaila durchquerte den Flur und schlich sich in das Arbeitszimmer ihres Vaters.

Über das Jahr hinweg hatten ihre Eltern ihr verzweifelt zeigen wollen, wie sehr sie ihr vertrauten. Sie befände sich »in einer Übergangsphase«, wäre »jetzt wirklich erwachsen« und könne »vernünftig mit Verantwortung umgehen« – was, ernsthaft? Wenn man sie unbedingt für den Pakt ködern wollte, konnte man das auch einfach sagen.

»Im Safe«, hatte Dad ihr in der Woche nach ihrem sechzehnten Geburtstag verkündet, »sind all unsere wichtigen Unterlagen. Unsere Testamente, Bankdaten, die Besitzurkunden für das Haus, alles. Wenn uns jemals etwas zustößt, möchte ich, dass du Zugang dazu hast. Du bist jetzt alt genug dafür.«

Und dann hatte er ihr den Code genannt: 040269, Franks Geburtsdatum.

Voll dumm, dachte sie jetzt, als sie die Zahlen eingab. Kaila hatte nicht erwartet, zu finden, wonach sie suchte. Dad hatte fast ein Jahr Zeit gehabt, das Zeug loszuwerden. Das wäre die logische Entscheidung gewesen. Aber ihre Hoffnungen ruhten auf seiner Unfähigkeit, sich davon zu trennen, und sie wurde nicht enttäuscht.

Es befand sich in einem anonymen weißen Umschlag. Beinahe hätte sie es zwischen den anderen Mappen und Postsendungen, die sie auf dem Boden vor sich ausgebreitet hatte, übersehen. Aber da war eine seltsame Ausbuchtung, die ihre Aufmerksamkeit erregte, und als sie den Umschlag öffnete, rutschten die beiden Fotos heraus.

Eigentlich sah er nicht wie ein Manga-Junge aus, obwohl sein Haar halblang und zerzaust war. Er sah aus wie ein gewöhnlicher amerikanischer Junge von sechzehn Jahren, obwohl Kaila, im Lichtschein ihres Handys, sofort die Leere in seinem Blick erkannte.

»Hallo«, sagte sie leise.

Sie schaute in den Umschlag und drehte ihn auf den Kopf. Heraus kam ein geflochtenes Lederarmband mit einem Metallverschluss. Keine Marke, aber ein eingravierter Löwe. Das hatte die Ausbeulung verursacht.

Das Artefakt, dachte sie. *Schlug dein Herz noch, als sie es dir abgenommen haben?*

Ihre Eltern hatten ihr von dem Ritual des Verbrennens während des Umtrunks erzählt, und sie hatte es für selbstverständlich gehalten, aber jetzt machte es sie plötzlich wütend.

In dem Umschlag befand sich außerdem ein gefaltetes Blatt Papier, das Kaila herauszog. Als sie es entfaltete und sah, dass es ein handgeschriebener Abschiedsbrief war, wuchs ihr Zorn. Sie hatten ihn nie abgeschickt.

Bist du sicher, dass du das lesen willst? Manchmal ist es besser, etwas nicht zu wissen. Manche Brücken sollte man nicht überqueren.

Aber sie war schon zu weit vorangeschritten und konnte jetzt nicht mehr zurück.

Gestern wachte ich auf und fühlte mich wie die Sonne
Aber die Erde war fort
Und ich stand gefangen im Dunkeln
Und strahlte vor mich hin.

Was nützt einem das Leben, wenn niemand einen sieht? Mom, Dad, ihr hättet einen besseren Sohn verdient, aber ich hasse mich mehr, als ich euch liebe.

Bitte sorgt dafür, dass an der McKay High niemand erfährt, woran und wie ich gestorben bin. Auf Instagram gibt es ein Mädchen namens Ava Torres. Bitte richtet ihr aus, dass es mir leidtut.

Sorry, aber es ist besser so.
Ich hoffe, dass es nicht wehtun wird.

Levi
PS: Unten stehen meine Passwörter.

»Levi«, murmelte sie. »So hießt du also.«

Kaila wischte sich je eine Träne aus den Augenwinkeln, öffnete Instagram, loggte sich aus und meldete sich mit Levis Daten an. Jetzt sah sie seinen vollen Namen: Levi Llewellyn. Sein Profil sah aus wie das ihrer Klassenkameraden: stinknormale Fotos von Schuhen unter Jeans, Salami-Pizzen, ein Golden Retriever, der laut Bildunterschrift Max hieß. Keine Selfies; Levis Markenzeichen war es gewesen, sich von schräg hinten zu fotografieren, sodass man nur Haare und ein Ohr, aber kein Gesicht sehen konnte.

Sie fragte sich, ob Ava Torres womöglich seine heimliche Online-Flamme gewesen war.

Nein, dachte sie, als sie seinen *Für dich*-Feed öffnete. Måneskin. Twenty One Pilots. Igel und Stachelschweine, die Möhren essen. Und Male Models oben ohne.

So konnte sie sich seine Geschichte zusammenreimen. Sie sah sich seine Chats an. Die letzten fünfundzwanzig bis dreißig waren allesamt ungeöffnet; gebrochene Herzen und weinende Emojis, die meisten von vor fünfundvierzig oder mehr Wochen.

Du hattest also Menschen, die sich für dich interessierten. Aber die oberste war gelesen worden, und ihr Herz setzte einen Schlag aus. Ava Torres.

Dad, dachte sie.

Sie öffnete den Chat. Scrollte mit zunehmender Verwirrung zurück, da Ava zahlreiche Nachrichten geschickt hatte. Im August: *Levi, ich vermisse dich, bitte antworte*. Im Juli: *Wer öffnet immer wieder diese Konversation?* Im Mai: *Ich sehe, du hast es gelesen*. April: *OMG, das ist irre, ich werde noch verrückt*. Februar: *Du bist online!!! Wo zum Teufel steckst du????*

Und zwischendurch immer wieder: *Levi?*

Levi, bitte …

Levi?

Kaila spürte, wie sich Bitterkeit wie eine eiskalte Nadel in ihr Herz bohrte.

Du hast ihn gestalkt, Dad, und konntest ihm nicht einmal seinen letzten Wunsch erfüllen.

Noch weiter zurück, im November letzten Jahres, stolperte sie über ausgedehnte Chats – sogar über ganze Romane. Es hätte sie eigentlich nicht verwundern dürfen, tat es aber trotzdem: Es hatte einen Moment gegeben, in dem Levi lebendig gewesen war. Trotzdem scrollte sie schnell wieder nach oben. Sie konnte sich nicht mit dem Gedanken anfreunden, konnte es nicht ertragen, nach seinem Tod seine Privatgespräche zu lesen.

Sie überlegte gerade, was sie als Nächstes tun sollte, als eine neue Nachricht erschien.

Du bist wieder online, wie ich sehe. Ich weiß nicht, ob ich mit dir rede oder mit dem Perversen, der dir etwas angetan hat, denn wenn du jemand wärst, der nur sein Telefon geklaut hat, hättest du es längst zurückgesetzt. REDE MIT MIR. Oder ich gehe zur Polizei.

Lange Zeit starrte Kaila darauf. Dann tippte sie: *Es tut mir leid*. Sie tippte weiter: *Das wollte ich dir schon immer sagen* und: *Bitte mach dir keine Hoffnungen mehr* und: *Mach weiter mit deinem Leben, ich komme nicht zurück*, aber nichts davon fühlte sich echt an, nichts fühlte sich nach ihm an, und so beließ sie es bei dem, worum Levi in seinem Abschiedsbrief gebeten hatte. Ihr Finger zögerte immer wieder bei »Senden«. Sollte sie das tun? Würde sie ihre Eltern und Nachbarn damit nicht in große Schwierigkeiten bringen?

Die Antwort kam ebenso schnell wie kühl: *Kann dir das nicht egal sein?*

Sie tippte auf »Senden«. Dann loggte sie sich aus. Sie wollte nicht auf eine Antwort warten.

Wenn ihr Vater sich so obsessiv in Levis soziale Netzwerke eingeloggt hatte, wie ein Pyromane, der immer wieder zum Brandherd zurückkehrt, was hatte er dann noch zu verbergen? *Sein Handy.*

Die Idee kam fast zwangsläufig, wie von unsichtbarer Hand gelenkt. Und war das nicht auch so? Wenn sie glauben konnte, dass der tote Junge dabei war, sich unter einem Asthaufen auf dem Dachboden zu manifestieren, dann konnte sie auch glauben, dass er ihr zeigen würde, was er ihr zeigen wollte.

Kaila überquerte den Treppenabsatz. Das Licht war aus, also konnte sie die Schlafzimmertür ihrer Eltern gefahrlos öffnen, solange sie kein Geräusch verursachte. Das tat sie nicht: Die Scharniere bewegten sich lautlos. Trotzdem regte sich einer der beiden Schemen im Bett. Rechts. Also Mom. Sie blieb stehen und hielt den Atem an. Ihre Mutter lag wieder still. Kaila schlich langsam um das Bett herum, damit ihre Gelenke nicht knackten, und griff nach dem iPhone ihres Vaters auf dem Nachttisch. Als sie das Ladekabel herauszog, leuchtete der Bildschirm hell auf, und innerlich fluchend schaltete sie es aus.

Dad schlief auf dem Bauch. Sie sah ihn an. Kaila hätte nie gedacht, dass sie ihre Eltern hassen könnte, und sie hoffte, nein, betete, dass es so bleiben würde.

Wieder im Flur entsperrte sie sein Telefon und öffnete Vember. Wider besseres Wissen legte sie ihren Zeigefinger auf das Feld für den Fingerscan, aber sie bekam die Fehlermeldung »Anmeldung fehlgeschlagen«.

Öffne seine Anrufliste.

Sie sah es sofort. Ein FaceTime-Video-Gespräch mit ihrer

Mutter, heute um 00:26 Uhr. Dauer: 1 Stunde 34 Minuten. Lange Zeit sah Kaila es an und versuchte sich einen Reim darauf zu machen. Sie war mit Jax auf der Halloween-Party bei Vicky Partridge gewesen und hatte Mom um Mitternacht angerufen.

Ja, ja, hatte sie gesagt, als sie gefragt hatte, ob Dad schon heimgekommen sei. *Er hat gerade die Fensterläden geschlossen und steht jetzt unter der Dusche.*

Ihre Stimme hatte seltsam geklungen. Und jetzt, wo sie sah, dass ihre Eltern kurz danach fast anderthalb Stunden lang miteinander telefoniert hatten, begriff sie, dass sie sich das nicht nur eingebildet hatte. Was es zu bedeuten hatte, wusste sie nicht, aber sie wusste, dass es mit allem anderen zu tun hatte.

Und jetzt schau bei WhatsApp nach.

Das tat sie. Hier musste sie länger stöbern, bevor sie fand, was sie suchte.

Ihr Vater gehörte zu den Menschen, die nie etwas löschten. Sie scrollte zurück zu vergangenen Chats mit Kollegen, Freunden und unzähligen nicht abgespeicherten Nummern. Unendlich chaotisch.

Am 27. März fand sie eine WhatsApp-Nachricht, bei der die Nummer fehlte, weshalb sie auffiel. Darin stand: *Das Seil hätte länger sein müssen. Sie sagten, es sei lang genug, es würde schnell gehen, aber das hat nicht gestimmt.*

Kaila fand Django dort vor, wo sie ihn zurückgelassen hatte: in seinem Zimmer. Er saß auf seinem Bett, mit dem Rücken zur Wand, und trug nicht nur seinen Mandalorian-Helm, sondern die komplette Rüstung.

»Das wird dich nicht schützen«, sagte sie. »Und es sind nicht die Jibblymowers, vor denen du Angst haben solltest.«

Nervös zog er den Helm ab. »Wovor dann?«

»Vor allem anderen.« Sie leckte sich über die Lippen, beugte sich zu ihm und brachte ihr Gesicht nahe an seins.

»Django, du musst mir ganz genau zuhören. Vertraust du mir?«

»Ja, natürlich.«

»Und vertraust du darauf, dass ich dich immer beschützen werde?«

»Ja, aber …«

»Dann pack deinen Rucksack, nimm nur deine wichtigsten Sachen mit und ein paar Klamotten. Vielleicht müssen wir fliehen.«

»Fliehen? Wohin?«

»Darüber habe ich noch nicht nachgedacht. Wir nehmen den Forester von Dad, und wenn wir unterwegs sind, sehen wir weiter.«

»Was ist mit Mom und Dad?«

»Wir laufen ja gerade vor Mom und Dad weg!« Es kam schriller heraus, als sie beabsichtigt hatte. Aber sie hatte sich einfach nicht unter Kontrolle.

»Kaila, du machst mir Angst! Was ist hier los?«

Sie haben ihn aufgehängt. Sie setzen keine Injektionen, sondern haben ihn gehängt, und es ist furchtbar schiefgelaufen.

»Keine Zeit jetzt. Ich werde dir sagen, was du wissen musst, aber der Rest kommt später.« Sie sah ihn ernst an. »Was den Asthaufen auf dem Dachboden betrifft: Du hattest recht, es war ein Grab. Aber nicht das von Liam. Sondern das eines anderen Jungen. Eines älteren Jungen.«

»Welcher Junge?«

»Du weißt doch auch, dass die Dunklen Tage nichts Normales sind, oder? Und dass dir alles zufällt, mit deinem Klavier, deiner Klugscheißerei … dass Kinder, die woanders wohnen, das nicht haben?«

»Ich bin kein Klugscheißer!«

»Doch, das bist du, und tu nicht so, als wüsstest du das nicht. Mir fällt auch alles zu. Und Liam. Wir sind alle Glückspilze in der Bird Street. Das weißt du doch, oder?«

Er nickte unsicher.

»Das ist kein Zufall, sondern etwas Unnatürliches. Und es liegt daran, dass Mom und Dad einen Deal gemacht haben. Alle Nachbarn sind Teil des Deals. Wir haben Glück, verdammt viel Glück, aber dafür müssen wir jeden November ein Opfer bringen. Ich bin letztes Jahr dahintergekommen. Zu früh, denn eigentlich sollte ich erst dieses Jahr dazugehören. Wenn man sechzehn ist, muss man beitreten. Du darfst also gar nichts davon wissen, und wenn die Nachbarn erfahren, dass ich es dir erzählt habe, werden sie mich verprügeln oder vielleicht noch Schlimmeres, denn dazu sind sie fähig. Also halt gegenüber Mom und Dad die Klappe.«

Django starrte sie an. Er war aschfahl und hatte Tränen in den Augen, aber sie sah weder Unverständnis noch Ungläubigkeit.

»Der Junge unter dem Asthaufen hieß Levi und wurde letztes Jahr geopfert. Mom und Dad sagen, sie suchen sich nur Leute aus, die nicht mehr leben wollen, weil sie beispielsweise sehr krank sind, und dann helfen sie ihnen. Zuerst dachte ich, sie würden damit etwas Gutes tun, aber das tun sie nicht. Diese Menschen kommen nicht zur Ruhe, denn sie werden zu Jibblymowers, wie du sie nennst. Und den Nachbarn ist es egal, ob die Leute leiden.«

Die Unterlippe ihres Bruders zitterte. »Hör auf damit. Ich will das nicht hören!«

»Es tut mir leid, aber du musst es wissen.« Kaila wollte

es ihm nicht sagen, wollte ihn vor der Wahrheit beschützen, aber das konnte sie nicht mehr. Jetzt, in letzter Minute, erkannte sie endlich, wer ihre Eltern und ihre Nachbarn wirklich waren, und sie wollte nichts damit zu tun haben. Und deshalb brauchte sie Django.

»Der Junge unter dem Asthaufen«, sagte sie, »ist gekommen, weil er gehört werden will. Ich will nicht denselben Fehler machen wie Mom und Dad, also will ich ihm zuhören. Django, wie beschwört man die Toten herauf?«

»Mit wem haben sie einen Deal?«, flüsterte er und zitterte wie ein verängstigtes Reh.

»Was sagst du da?«

»Mit wem haben sie einen Deal?«

Sie zögerte. »Das ist jetzt nicht wichtig, wir müssen uns beeilen.«

»Sag es mir, und ich sage dir, wie man die Toten beschwört.«

»Jemand Böses, okay? Eine Art Teufel. Ich glaube, dass er sich von den Menschen ernährt, die sie opfern.«

Und dass ich für ihn etwas Besonderes bin.

»Er, der immer hungrig ist«, murmelte Django, der jetzt eine Stimmung wie in *The Sixth Sense* verbreitete.

Das machte sie nervös. »Wovon redest du?«

»Die toten Dinge. Sie werden von Dem gejagt, der immer hungrig ist. Das hat mir jemand erzählt.«

»Wer?«

»Das würdest du ja doch nicht glauben.«

»Ernsthaft? Nach all dem hier?«

»Pulled Pork.«

Sie starrte ihn an. Django blickte erschrocken zurück, während eine Träne aus seinem Augenwinkel lief und an seiner Lippe hängen blieb.

»Wer?«

»Zu kompliziert.«

»Dann heb dir das für die Fahrt auf. Django, *wie rufe ich ihn an?*«

»Hast du etwas, das ihm gehört hat?«

»Und ob«, sagte sie. Sie zeigte ihm das Lederarmband an ihrem Handgelenk.

Nicht mehr mein Zimmer, dachte sie und blickte hinauf zu den ihr einst vertrauten Balken im Dachfirst, zu den Postern von Audrey Hepburn und Sophia Loren, von *Das Leben ist schön* und *Boulevard der Dämmerung*. Bradley Simpson war im letzten Jahr durch Kim Taehyung ersetzt worden, weil *eh klar*, aber selbst sein sexy Blick konnte nichts an der Gewissheit ändern, dass sie hier keine Nacht mehr verbringen würde.

Der ganze Raum wurde nun von dem Asthaufen dominiert. Er lag da wie ein lebendiges, atmendes Wesen, etwas aus einer anderen Dimension, das durch einen Raum-Zeit-Riss in unsere Welt gelangt war. Jetzt, wo sie ihn aus der Nähe sah, musste auch Kaila feststellen, dass er nicht auf dem Boden lag, sondern in ihn eingelassen war. In ihm schimmerte eine unergründliche, mit Ästen gefüllte Tiefe. Sie war sich bewusst, dass Django ihre Hand so fest drückte, dass es wehtat, aber das schien unwichtig zu sein. Sie dachte nur: *Wo befindet sich dieser inexistente Raum zwischen meinem Boden und Djangos Decke, in den dieser Schacht führt?*

»Ich will nicht«, flüsterte ihr kleiner Bruder. »Ich glaube nicht, dass das eine gute Idee ist.«

»Du hast doch damit angefangen«, sagte sie, entwand sich seinem Griff und kniete sich neben Liams Gegenstände. Im flackernden Kerzenlicht sah sie einen signierten Baseball, ein Bild von den beiden und einen Gegenstand, den sie nicht kannte: eine Art Anstecker, den man an seine Uniform heften konnte.

Mit einem verdammten Hakenkreuz darauf. Sie hielt es ihm hin. »*Was zum Teufel ist das?*«

»Das war von Liam und mir, damit wir besser Nazis spielen konnten.«

»Django, was soll der Scheiß?«

»Du hast dich geritzt!«

»Touché.«

Falls du nicht schon genug Gründe hattest, ihn von hier wegzubringen, dann hast du sie jetzt. Dieser Ort ist krank. Sie fegte die Gegenstände beiseite und stellte Levis Fotos, seinen Abschiedsbrief und das Lederarmband vor dem Spiegel auf. Von der Seite warf sie einen Blick hinein, aber sie sah nur Django, der sich dicht neben die Luke gestellt hatte und in einer Art verzweifelter *Eleven*-Imitation eine Hand vor sich ausstreckte, die Augen groß vor Entsetzen.

»Was, wenn du dich auch irrst?«, stöhnte er. »Was, wenn er wirklich hinter mir her ist?«

»Django, leiser! Denk an Mom und Dad!«

»Aber ich will das nicht …«

»Hör jetzt auf!«

Er war still. Sein Mund bebte, und sein Brustkorb hob und senkte sich, während er versuchte, die aufsteigende Panik unter Kontrolle zu halten.

»Okay, wie mache ich das?«

»Das sage ich dir nicht.«

»Django, wie mache ich es?«

»Sage ich nicht!!«

Aber das brauchte er auch nicht, denn in diesem Moment ertönte ein trockenes *KRACK*.

Ruckartig drehte sie sich zum Asthaufen um. Er lag immer noch still da. Aber das Geräusch wiederholte sich … noch einmal … und vervielfachte sich dann, als wäre der Holzstapel plötzlich voll wuselndem Leben.

»Oh Gott, Kaila, siehst du das? Siehst du das? Schau mal da!«

Django deutete nicht auf den Asthaufen. Sondern auf den Spiegel.

Sie schaute hin und sah es ebenfalls. Im Spiegel war der Haufen zum Leben erwacht. Von dort kam das Geräusch. Äste stürzten übereinander, splitterten, purzelten in die Grube oder rollten einfach heraus. Gebannt beobachtete sie die Szene, während ihr Gehirn damit kämpfte, ihre fehlerhafte Wahrnehmung in Einklang zu bringen: ein Spiegelbild, das nicht die Realität abbildete, sondern ein Eigenleben entwickelt hatte. Deshalb schrie sie fast auf, als Django so heftig an ihrem Pullover zerrte, dass sie aus dem Gleichgewicht geriet und nach hinten fiel. Das war auch gut so, denn eine Sekunde später bebte der Spiegel, einmal, zweimal, und zersprang in einem Schauer aus Splittern, der sie voll ins Gesicht getroffen hätte, wenn sie noch dort gesessen hätte.

Und damit spritzte auch das Spiegelbild in die Realität. Der Asthaufen erwachte zum Leben. Er wirbelte. Er taumelte. Er wurde von innen auseinandergedrückt, als ob sich etwas herausarbeiten würde.

»Mission abbrechen!«, schrie Django und zog sie am Arm. Er schrie jetzt wirklich, und sie dachte an ihre Eltern: Sie mussten ihn jetzt hören, aber ihre eigene Panik war zu groß, um sich lange damit aufzuhalten. Sie strampelte sich von dem Asthaufen weg, während Glassplitter aus den Falten ihrer Jeans klirrten.

Ein neues Geräusch, ein schreckliches Geräusch, ertönte

aus dem Brunnen. Es war das Geräusch von Wind, der durch ein enges Rohr strömt, von jemandem, der versucht, die Luft durch eine völlig kaputte Kehle einzusaugen.

Kaila hyperventilierte. Sie saßen nun direkt vor dem Treppenaufgang, und Django drückte sich an sie, als ob er in sie hineinkriechen wollte. Der Wind aus dem Brunnen erklang: »Kaaaaaaaai… laaaaahhhhhh…«

Es war ein Wort, das *falsch herum* ausgesprochen wurde, denn die Luft wurde eingesaugt statt ausgestoßen. Als ob sich die Lunge desjenigen, der es produzierte, nur nach mehr, mehr, immer mehr Sauerstoff sehnte.

»Levi?«, murmelte sie.

»Kaila, mach, dass es aufhört!«

Aber das konnte sie nicht. Was auch immer aus dem Brunnen unter dem Asthaufen hochgekrochen war, führte nun ein Eigenleben. Auf allen vieren kam sie voran, suchte zwischen den Glassplittern nach dem Lederarmband und hielt es hoch. »Levi, wenn du da bist, wir sind für dich da. Wir wollen dir zuhören …«

»Nein, nein, nein, wir müssen weg, weg, weg!«

Noch mehr Äste, die zum Vorschein kamen. Levis Atmung klang keuchend, als würde er beim Sprechen ersticken. *»Kaaai … laahhhh … komm her … wir teilen … das Seil … wir teilen … den Schmerz … wir teilen … den Tod …«*

Und schlagartig wurde es ihr klar.

Schneide das nächste Mal ein wenig tiefer. Schneide ein schönes, tiefes, dunkles Loch in deinen Bauch, und dann kriechst du hinein und kannst bei uns wohnen.

Was da hochkam, war Levi, aber es war auch nicht Levi. Es war eine niedrigere Form von Levi, etwas, das sich kaum noch erinnerte, was es einmal gewesen und das verängstigt und blind durch die Novemberdunkelheit der Snoqualmie Woods geirrt war, gejagt und entmenschlicht von Dem, der immer hungrig ist. Django hatte recht gehabt. Vielleicht wollte sein letzter Rest Menschlichkeit sie warnen … aber der Rest von ihm wollte ihnen schaden.

»Kaaai … laahhhh … du bist … so warm …!«

»Oh Kaila, mach, dass es aufhört!« Ihr kleiner Bruder krallte jetzt seine Finger in sein Gesicht, krallte sie in sein Haar und klammerte sich an sie. Aber sie war erstarrt und konnte nur zusehen. »Kaila, es kommt, ES KOMMT!«

RUMMS.

Mit einem dumpfen Schlag fiel ein Knäuel oranges Seil neben den Asthaufen. Wie eine Trosse, die von einem Schiff auf den Kai geworfen wurde.

Eine bleiche Hand erschien über dem Rand. Spinnenfinger krabbelten auf einen dürren Ast zu, der unter ihrem Griff zersplitterte. Django schrie auf. Vor lauter Panik sprang er nach vorne, riss die Decke von ihrem Bett und ließ sie über den Asthaufen segeln.

Die Bettdecke lag regungslos da.

Und wölbte sich.

Etwas hob sich darunter und nahm die Bettdecke mit.

Déjà-vu, dachte Kaila, die plötzlich den Drang verspürte, hysterisch zu lachen. *Ich werde verdammt noch mal verrückt.*

Mitten auf dem Dachboden stand ein Geist. Und neben ihr ertönte ein dumpfer Knall. Sie bemerkte, dass Django in Ohnmacht gefallen war, und auch das weckte bei ihr das Bedürfnis, vor Lachen zu kreischen. Es war zu komisch, wenn man es genauer betrachtete. Ihre Lippen verzogen sich zu einem Grinsen, oder vielleicht war es auch ein Schrei, aber es kam kein Ton heraus. Ihre Augen weiteten sich und vergossen Tränen vom angestrengten Starren.

»*Sie haben mich getötet*«, tönte es erstickt unter der Bettdecke hervor. Und in ihrem Kopf schrie dieselbe Stimme: *Sie haben mich getötet, sie haben mich getötet, SIE HABEN MICH GETÖTET, UND JETZT WERDE ICH DICH TÖTEN!*

Es kam auf sie zu. Mit jedem dröhnenden Schritt trat es auf die Decke und zog sie weiter von sich runter.

Endlich sah sie ihn.

Jetzt verstand sie, warum er kaum sprechen konnte. Das Ende des orangefarbenen Seils war um seinen Hals gebunden und hatte seinen Kehlkopf zerstört. Die Haut an seinem Hals war bis über den Kiefer hochgestülpt und aufgerissen. Sein Gesicht war lila.

Er rannte, und sie sah ihn kommen. Sein Mund öffnete sich, und seine Zähne standen in einem wuchernden Bett aus glänzendem Zahnfleisch. Sie zuckte zusammen …

… und verstand nicht ganz, was geschah. Sie nahm nur den dunklen Blitz wahr, wie der Schatten eines Raubvogels, der den Dachboden verdunkelte. Die Überreste des Asthaufens brachen auseinander. Eine riesige Gestalt stürzte sich wie ein Raubtier auf Levi und schleuderte ihn zu Boden. Ein Knall, als der Lederkoffer, den die Gestalt bei sich trug, gegen das Holz geschleudert wurde.

Der Teufel war gekommen.

Nein, der Buchhalter.

»*Da bist du ja*«, zischte er der sich windenden Gestalt unter ihm zu, und ja, sie hörte seine Stimme auch in ihrem Kopf. »*Du bist über den Zaun getreten. Du hast hier nichts zu suchen, häng-häng-häng-HÄNG-DICH-AUF!*«

Er stülpte sein Maul über Levis Gesicht und begann mit der Geschwindigkeit eines kleinen Kindes oder eines wilden Tieres zu fressen. Mit stoßartigen Bewegungen saugte er Levi förmlich in sich hinein, als ob er den Jungen inhalieren würde. Sie sah, wie sich seine Arme und Beine verkrampften. Sie sah, wie sein Fleisch schrumpfte. Schwarzer Rauch stieg von den Schultern der Kreatur auf, und draußen schwoll der Regen an, draußen heulte der Wind.

Als er fertig war, war Levi verschwunden, und der Buchhalter sah zu ihr hoch. Seine Fliege saß leicht schief. Schaumiger Sabber tropfte von den zu einem Grinsen gespaltenen Lippen und bildete brodelnde Pfützen auf den Dielen.

»*Und jetzt zu dir und mir, Mädchen*«, sagte er. »*Wir müssen reden.*«

LUANA

Die McKinley-Hunde. Ein geheimer Kauf.

2. November

Liam wurde auch am nächsten Tag nicht gefunden, aber Luana hatte den Eindruck, dass damit auch niemand gerechnet hatte. Das Aufrechterhalten der Maskerade brachte sie derweil gefährlich nahe an ihre Belastungsgrenze. Die ständige Angst, erwischt zu werden, gab ihr den Rest.

Diese Befürchtung hatte sich nach Harrys Besuch am Abend zuvor vollends verstärkt. Bis dahin hatte sie glauben wollen, dass Ralph alles einigermaßen unter Kontrolle hatte, aber Harrys Verdacht hatte das Gegenteil bewiesen. Und das jetzt schon! Das konnten sie doch nicht durchhalten? Sie hatte darauf bestanden, dass Ralph sofort das Chaos im Forester beseitigte, aber er hatte ihr versichert, dass es einen falschen Eindruck erwecken würde, wenn sie irgendwelche Nacht-und-Nebel-Aktionen unternahmen. Und angesichts der bald eintreffenden Spürhunde war das Letzte, was er wollte, Liams Fahrrad anzufassen.

Vielleicht hättest du darüber nachdenken sollen, bevor du dich betrunken hinters Steuer gesetzt hast, hatte sie ihn anschreien wollen, aber sie hatten nun mal diesen Weg gewählt – sie hatten sich verdammt noch mal dafür entschieden –, und sie wusste, dass er recht hatte.

Die Kinder. Macht weiter für die Kinder. Wage es bloß nicht, jetzt zusammenzubrechen!

Sie genehmigte sich ein paar Stunden Schlaf, geplagt von schrecklichen Träumen: Gepolter auf dem Dachboden, Djangos Schreie, Flügelschläge wie von einer riesigen, blinden Fledermaus. Sie hatte den irrationalen Eindruck, im Schlaf gehalten zu werden, denn sie konnte einfach nicht daraus aufwachen, selbst als ihre Panik am größten und ihr Mutterinstinkt, Django sehen zu wollen, unbändig war. Als sie um halb fünf plötzlich aufrecht im Bett saß und endlich nachsah, schlief er seelenruhig. In seiner Halloween-Rüstung und mit einem Bild von ihm und Liam neben sich auf dem Kopfkissen, das ihr das Herz brach. Und damit brodelte auch der Selbsthass wieder auf, der in den letzten vierundzwanzig Stunden so bösartig in ihr gewuchert war. Es war ein Teufelskreis, aus dem es kein Entrinnen zu geben schien.

Im Morgengrauen versammelten sich die Nachbarn vor dem Haus der Wachowskis. Es war ein düsterer Morgen, und keiner von ihnen sah auch nur um ein Haar ausgeruhter aus als sie selbst. Joyce war blass und schien verwirrt, Marc war still und verschlossen. Der November zeichnete sich auf all ihren Gesichtern ab.

McKinley und seine Söhne waren schon seit mehreren Stunden unterwegs und hatten die drei versprochenen Hunde mitgenommen.

»Das sind München, Frankfurt und Sauerkraut«, scherzte Maurice, aber niemand lachte. Es waren drei melancholisch aussehende Bluthunde mit langen Ohren und labbrigen Hautlappen, die ruhig am Straßenrand lagen, mit heraushängender Zunge und hechelnd wie alte Dampflokomotiven.

»Diese Köter sollen meinen Sohn finden?«, rief Joyce aus.

»Täusch dich nicht«, sagte Gray. »Sie sehen vielleicht nicht besonders schlau aus, aber jeder von ihnen besitzt über dreihundert Millionen Geruchsrezeptoren.«

Graham nickte. »Der Regen der letzten Tage ist nicht gerade förderlich für uns, und natürlich haben wir viel zu wenig trainiert, aber Orville sagt, dass es das Beste ist, was man ohne Einschalten der Behörden kriegen kann. Und wir haben noch etwas.«

Dieses Etwas entpuppte sich als eine hochentwickelte Drohne mit Infrarotkamera, die ein Spezialist in Bellevue verkaufte. Während sich Gray, Maurice und Marc mit den Hunden auf den Weg machten, würden Juliette und ihr Vater einen Ausflug nach Westen unternehmen, damit sie sich noch vor zehn Uhr mit annähernd militärischer Ausrüstung auf die Suche nach Liam begeben konnten.

Graham sah die Wachowskis entschlossen an. »Wenn er in diesem Wald ist, werden wir ihn finden, Joyce.«

»Wenn er noch lebt«, fügte Maurice hinzu. »Ich meine, wenn nicht, spüren ihn die Hunde trotzdem auf, aber die Drohne natürlich nicht.«

Sein Bruder sah ihn erstaunt an.

»Ja, was denn, stimmt das etwa nicht? Ich meine, wenn er ausgekühlt ist ...«

»Alter, hör einfach auf zu labern!«

Sie machten sich auf den Weg, aber es lief anders als geplant. Die Details erfuhr Luana erst hinterher, weil sie und Ralph mit Joyce, Laura und den Aikmans an einem anderen Ort in den Wald gingen, um den Hunden nicht in die Quere zu kommen. Es war nervenaufreibend gewesen, nicht zu wissen, was die Tiere womöglich entdeckten ... und noch nervenaufreibender, als plötzlich Schüsse in der Ferne ertönten und sie keine Verbindung zum anderen Team herstellen konnten. Die Mission wurde abgebrochen, und Laura begann zu schreien, als sie Marc im Hauptquartier vorfanden, mit blutverschmiertem Mantel, aber ohne Gray und Maurice.

Was war passiert? Sauerkraut hatte, nachdem er an Liams Kissenbezug geschnüffelt hatte, anscheinend auf der Forststraße eine Fährte aufgenommen und etwa eine halbe Meile vom Bungalow der Aikmans entfernt am Zaun angeschlagen (ein einziger Blick zu Ralph, und Luana wusste, was das bedeutete). Die Männer hatten den Maschendraht aufgeschnitten, aber sobald sie den Wald betreten hatten, waren die Hunde völlig außer Rand und Band geraten. Wildes Gebell, Knurren, aufgestellte Schwänze, Schnappen nach den Pfoten der anderen Hunde – oder wie Marc es zusammenfasste: »Sie sind durchgedreht. Sie sind völlig durchgedreht wegen der ganzen Scheiße, die sie im Wald gespürt haben.«

Maurice (wer sonst) hatte ihnen daraufhin aggressiv zugesetzt. Sie mit ihrer Leine geschlagen. Und so hatten sie ihn angegriffen. Alle drei gleichzeitig. Die Nachbarn hörten schockiert zu, als Marc erzählte, wie die Hunde ihn buchstäblich in Stücke gerissen hatten. Es war wohl mehr Zufall als Glück gewesen, dass sie ihm noch nicht die Kehle durchgebissen hatten, als Marc seine Ruger zog und dreimal in die Luft schoss. Er sagte, er hätte es nicht übers Herz gebracht, auf die Hunde zu schießen, wie Gray geschrien hatte, denn die Hunde waren ihre letzte Hoffnung, Liam zu finden. Die Tiere waren geflohen. Marc und Gray hatten Maurice zurück zur Straße geschleppt, und Gray war mit seinem Bruder wie der Teufel ins Krankenhaus gefahren. Er hatte viel Blut verloren und wahrscheinlich den größten Teil seiner rechten Hand. Und die Hunde? Sie waren verschwunden.

Graham McKinley, inzwischen aus Bellevue zurückgekehrt, war leichenblass, und seine Lippen zitterten. So außer sich hatte Luana den alten Patriarchen noch nie gesehen. Vielleicht ärgerte ihn die Dummheit seines Sohnes, die diesen fast das Leben gekostet hätte, oder die Überzeugung, dass sie die Hunde in diesen Wäldern niemals wiederfinden würden, oder die Tatsache, dass ihm ein schwieriges Gespräch mit seinem alten Jagdfreund in Maple Valley bevorstand. Doch Luana glaubte, es war noch etwas anderes im Spiel. Sie hatten die Kontrolle verloren. Die Dunklen Tage hatten begonnen, und trotz ihrer gründlichen Vorbereitung und ihrer guten Absichten verlief nichts nach Plan.

Marc wollte keine Zeit verlieren und machte sich mit Graham und Joyce mit der Drohne an die Arbeit, während die anderen sechs wieder mit Megafonen in den Wald zogen. Luana konnte sich kaum noch auf den Beinen halten, aber sie zwang sich, es trotzdem durchzustehen. Jedes Mal, wenn sie wieder mit dem Fuß im Schlamm stecken blieb oder sich an einem Ast aufschürfte, fragte sie sich, wozu all das gut sein sollte. Es fehlte nicht nur an Kooperation und Koordination, sondern auch an Vertrauen. Die Rückschläge hatten nicht gerade zu einer Atmosphäre des Friedens und des Miteinanders beigetragen, ganz im Gegenteil. Gegen Mittag waren Juliette und Laura wegen einer Meinungsverschiedenheit beinahe aufeinander losgegangen, und zwischen Harry und Ralph herrschte dicke Luft, was inzwischen auch die anderen bemerkt hatten. Und was bereits bei Joyce Wachowski passiert war, passierte nun auch bei den anderen Nachbarn: Ihre letzte Hoffnung richtete sich auf die Ankunft des Buchhalters.

Elizabeth war die Erste, die laut darüber nachdachte. Ob er ihnen heute Abend mehr sagen könnte?

Diese Frage ging Luana nicht mehr aus dem Kopf: *Ja, würde er etwas sagen?*

Ralph hatte Liam wohlbemerkt direkt in seine Höhle gebracht. In jenem Moment war es so logisch erschienen, damit sein Tod nicht umsonst gewesen wäre. Sie hatten es nicht durchdacht. Und jetzt …

PATSCH!

Als hätte genau das den Bogen überspannt, fuhr ein stechender Schmerz durch ihren Fuß. Luana sah, wie ihr das Megafon – sie war mit dem Rufen an der Reihe gewesen – aus der Hand fiel. Der Schweiß auf ihrer Stirn wurde plötzlich kalt. Die Geräusche in ihren Ohren begannen zu rauschen und wurden dann dumpf. Kahle Novemberzweige wirbelten um sie herum, ihre Knie gaben nach, und sie stürzte ins Unterholz.

Schritte kamen näher. Hände griffen nach ihr.

»Ach je, Luana, was ist mit dir?« Nicht Ralph. Elizabeth. Da kam Ralph. Er stieß Elizabeth von ihr weg. Es folgte ein Wortwechsel.

»Komm, Schatz«, sagte Ralph plötzlich in ihrer Nähe, während er sie sanft aufrichtete. »Ich bringe dich nach Hause.«

Sie begann zu protestieren, aber ihr Gaumen fühlte sich zu dick an, ihre Zunge tat nicht, was sie wollte. »Mnee, wir mmmüssen ssuuchn …«

»Du bist durch. Das war's für heute.«

Juliette bekräftigte es, und sie wurde vorsichtig nach Hause begleitet. Als Ralph sie ins Bett brachte, protestierte sie erneut, aber er duldete keinen Widerspruch. Luana befürchtete, dass sie in ihrem hypernervösen Zustand keinen Schlaf finden würde, aber noch mehr fürchtete sie sich vor dem, was sie erwartete, wenn sie es täte.

Im strömenden Regen lief sie über die Forststraße nach Hause. Der Wald auf der anderen Seite des Zauns war stockdunkel. Da war eine unsichtbare Bedrohung.

Du musst weg von hier. Du musst schleunigst machen, dass du nach Hause kommst, bevor es zu spät ist.

Aber zu spät für was? Und wo war sie zu Hause? Das waren Fragen, auf die sie keine Antwort wusste. Sie waren doch im Wald gewesen, um zu suchen? Um nach Liam zu suchen, den sie (*tot*) den sie dort nicht (*Liam ist tot, und es ist deine Schuld*) den sie dort nicht finden würden?

Plötzlich waren da Lichter. Scheinwerfer. Sie drehte sich um, und ein Auto kam mit aufheulendem Motor aus der Kurve geschossen. Im Bruchteil einer Sekunde sah sie Ralphs entsetzten Blick durch die Windschutzscheibe, aber es war nicht Ralphs Forester, der auf sie zukam, sondern ein alter Chevrolet mit brasilianischem Nummernschild. Sie wandte sich ab, aber es war zu spät, um ihm auszuweichen, und dann folgte diese erschütternde Explosion aus Chrom und Regen und grellem, weißem Licht. Ihr Schädel prallte gegen den Baum, und Luana gingen die Lichter aus.

Sie öffnete die Augen und stellte fest, dass sie im hellen Sonnenlicht auf der Avenida Rebouças in São Paulo lag. Ihr Genick war gebrochen, aber sie war noch am Leben. Der Geruch von Mangos, tropischer Feuchtigkeit und des verschmutzten Flusses Tietê trieb ihr die Tränen in die Augen. Sie war nie wieder hierher zurückgekehrt, aber jetzt dachte sie an früher, und ihre Lippen versuchten, sich zu einem Lächeln zu verziehen. Atmen konnte sie nicht mehr, ihr Mund war voller Blut und Klumpen, die vermutlich ihre Zähne gewesen waren, aber wenn man mit einem Lächeln auf den Lippen starb, dachte sie bei sich, dann war der Rest nicht so wichtig.

Die Autotür ging auf, und Ralph stieg aus, aber als sie die Schritte hörte, die näher kamen, erkannte sie, dass es nicht Ralph war, sondern der Buchhalter. Er kniete auf dem Asphalt nieder, stellte seinen Koffer neben sie und beugte sich über sie. Die Hand, die er nach ihr ausstreckte, war nicht blass, wie sie erwartet hatte, sondern farbig. Sie spürte eine plötzliche, heftige Angst, aber sie konnte ihn nicht davon abhalten, ihre Augen zu schließen.

»Schlaf schön, Mom«, hörte sie Kaila flüstern, und Luana schrie förmlich auf, als sie hochschnellte …

… und mit Entsetzen feststellte, dass sie in der Garage stand.

Völlig desorientiert sah sie sich um, aber ein schneidender Schmerz fuhr ihr ins Becken, und sie brach mit einem Schrei zusammen. Er war wieder da. Der alte Schmerz von dem Unfall, der jeden November wieder aufflammte. Aber so schlimm wie jetzt hatte sie ihn noch nie erlebt. Sie rang nach Atem und klammerte sich an den Vorratsschrank, um nicht zu fallen. Es war, als sei ihr der Schmerz aus dem Traum gefolgt. Und was machte sie hier überhaupt?

Langsam, ganz langsam ebbte der Schmerz auf ein erträgliches Maß ab, während sie mit klopfendem Herzen versuchte, sich von dem schrecklichen Traum zu erholen. Er hatte so echt gewirkt. Sie konnte immer noch die Mangos riechen. Die Mangos und die tropische Hitze und den Schweiß von Mosquito und die Schwere der Luft am Rande des Regenwaldes …

Setz dich hinters Steuer, hörte sie ihn auf Portugiesisch sagen, *damit du wegfahren kannst, falls es schiefgeht.*

Luana schlug sich die Hand vor den Mund und riss die Augen weit auf. »*Como é que vai dar merda?*«, murmelte sie – *wie kann etwas schiefgehen?*

Links, wo die Gartenmöbel und Spiegel gelagert wurden, befand sich jetzt ein Garten mit Bananenstauden, die leise im Abendwind raschelten. Die Werkbank hinter ihrem Optima und Ralphs Forester war noch da, aber das Garagentor rechts hatte sich in die Wellblechwand einer baufälligen Baracke verwandelt. Und durch alles hindurch roch sie Schießpulverdampf und hörte das schnelle *i-a-i-a-i-a* eines quietschenden Scharniers, ein Geräusch, das sie nur allzu gut kannte.

Sie taumelte einen Schritt vorwärts und sah zu ihrem eigenen Schrecken, dass sie eine Pistole vor sich ausgestreckt hielt. Dort, durch die zerschossene Scheibe des Forester, sah sie ihn: den Ja-Sager auf dem Armaturenbrett. Den Plastik-Jesus im Hemd der Canarinhos. Und da war noch etwas. Nicht Liams Fahrrad, sondern …

Sie war es selbst. Sie blickte in ihre eigenen großen, verängstigten, viel jüngeren Augen.

Und ein drittes Auge, ein schwarzes Auge: der Lauf einer Pistole, die aus dem Auto auf sie gerichtet war.

Da bin ich, dachte sie auf Portugiesisch. *Endlich, nach all diesen Jahren.*

Der Schuss traf sie direkt ins Herz, und als sie dieses Mal hochschnellte, lag sie in ihrem Bett, in Todesangst, und das Blut rauschte in ihren Schläfen.

»*Porra* …«, stammelte sie, ein alter Fluch in ihrer Muttersprache, der ihr seit mindestens zwei Jahrzehnten nicht mehr über die Lippen gekommen war. Sie starrte in das stille Schlafzimmer. In ihrem Becken pochte noch immer der dumpfe Schmerz des Unfalls. In ihrem Herzen der des Schusses.

Jetzt begriff sie es endlich. All die Jahre hatte sie mit geliehener Zeit gelebt. Zweimal wäre sie fast gestorben, und ihr Tod wäre umsonst gewesen. Sie hatte sich einen Grund gewünscht, für den es sich zu leben lohnte, und ihn bekommen.

Wenn heute Abend rauskam, was Ralph und sie getan hatten – und die Chance wurde in ihren Augen immer größer, da sie spürte, wie die Zeit zu ihren Ungunsten verstrich –, blieb ihr nur noch eines übrig.

Dann musste sie ihre Kinder befreien.

Ihnen ein Leben außerhalb der Bird Street ermöglichen.

Luana stand auf und wusste, was sie zu tun hatte.

Auf dem Weg zur Garage begegnete sie Kaila und Django nicht, und das erleichterte sie, weil sie befürchtete, dass sie sonst etwas in ihrem Gesicht ablesen würden. Sie waren auf ihren Zimmern, denn Ralph und sie hatten es für keine gute Idee gehalten, sie heute zur Schule zu schicken. Am Frühstückstisch hatte sich Django still und abwesend gezeigt. Kaila war gar nicht erst aufgetaucht.

Die Initiation. Wir haben Kaila überhaupt keine Beachtung geschenkt. Mein Gott, was für ein Chaos!

Dafür war es jetzt zu spät. Vielleicht gäbe es bald einen passenden Moment.

Sie nahm den Optima. Als sie sich mit weißen Fingerknöcheln am Lenkrad der Stelle mit dem Loch im Zaun näherte, beschlich sie das Gefühl, dass man sie aufhalten würde, dass die Nachbarn sie zwingen würden, auszusteigen und bei der Suche zu helfen, aber natürlich geschah nichts dergleichen. Sie sah Marc Wachowski, der eine futuristisch wirkende Brille trug und etwas in seinen Händen hielt, das wie eine von Djangos Spielkonsolen aussah. McKinley starrte auf ein iPad. Er winkte ihr kurz zu, und sie winkte mit einem blassen Lächeln zurück, bevor sie sich wieder auf die Straße konzentrierte.

Sie hielt weder in Lock Haven, wo man sie kannte, noch in Carnation, sondern fuhr weiter nach Duvall. Sie parkte und rief Ralph an, der fast sofort ranging. Ob es ihr gut ginge – ja, es ging ihr gut.

»Bist du am Autotelefon? Warum bist du nicht zu Hause geblieben?«

»Ich bin zur Drogerie im Dorf gefahren, um eine Gelenksalbe zu kaufen. Meine alten Schmerzen machen mir wieder zu schaffen. Und ja, die Garage ist abgeschlossen. Auf beiden Seiten.«

»Gut.«

Sie seien immer noch auf der Suche, erzählte er, aber die Drohne habe bisher wenig gebracht. Es war ein fantastisches Gerät mit enormer Reichweite, aber nach einer halben Stunde Flug war der Akku leer, und sie mussten ihn eine Stunde lang aufladen. Sie hatten erwartet, allerlei Leben in den Wäldern vorzufinden, aber sie hatten nicht mehr als einen Schneeschuhhasen angetroffen, der aus seiner Höhle geschossen kam. Keine Rehe, Füchse, Stinktiere oder Bären. Und natürlich auch keine Spur von Liam oder den Hunden. Joyce und Marc waren der Verzweiflung nahe.

»Es gab jedoch ein Bild, bei dem sie Gänsehaut bekamen. Ich habe es noch nicht gesehen, aber Graham sagt, er habe es aufgenommen. Darauf waren leuchtende Kugeln, nicht auf dem normalen Bild, sondern dem Infrarotbild. Man konnte sie also nicht mit bloßem Auge sehen. Graham sagt, sie hätten sich alle im Unterholz versammelt, aber plötzlich schossen sie davon, in sämtliche Richtungen. Als hätte irgendetwas sie aufgeschreckt, verstehst du?«

»Hm«, sagte Luana.

»Ich dachte, das könnte vielleicht interessant sein. So etwas haben wir noch nie mit der Kamera festgehalten.«

»Was ist für heute Abend vereinbart?«, fragte sie.

»Es geht ganz normal bei den McKinleys weiter. Wir hoffen, dass der Buchhalter uns etwas dazu sagen kann.«

»Verstehe, du kannst gerade nicht frei sprechen ... Was ist mit den Kindern?«

»Sie bleiben hier. Keiner traut sich mehr, sie zum Übernachten woanders hinzuschicken. Sie wollen Grahams Bibliothek zum Übernachten herrichten. Django wird sich freuen, denn Ethan ist der Babysitter.«

»Ethan?«

»Sie mussten natürlich erklären, warum wir wegen Liam nicht die Polizei eingeschaltet haben, also haben sie ihm ein paar Dinge erzählt. Nicht alles, nur die Version, die wir Kaila letztes Jahr andrehen wollten, bevor sie es selbst herausfand, mehr oder minder.«

Sie verstand. »Ralph? Komm nach Hause. Kaila braucht uns. Das hätte eigentlich ihr Tag sein sollen.«

»Ich weiß, Liebling. Ich versuche es.«

Sie verabschiedeten sich, und sie legte auf.

Links war die Drogerie Walgreens. Rechts war das Waffengeschäft Duvall Firearms.

Luana stieg aus und ging hinein.

DJANGO

Zombie-Kaila. Das McKinley-Haus. Schlag zehn Uhr.

2. *November*

Es versprach, ein Scheißtag zu werden.

Im wahrscheinlichsten Szenario für dessen Ende würden Kaila und er von zu Hause weggelaufen sein und durch ein dunkles Land voller Gefahren und Abenteuer streifen, nur dass es sich nicht um Narnia handelte, sondern um Tacoma. In einem anderen möglichen Szenario würden ihn die Jibblymowers schnappen, und er läge wie Liam tot und vergessen in einem Loch im Wald. Und dann gab es noch das Szenario, in dem Mom und Dad herausfanden, was sie wussten, und dann würde die Hölle losbrechen.

Wie man es auch drehte und wendete: ein Scheißtag.

Das Letzte, woran sich Django erinnern konnte, war das Grauen, das aus dem Asthaufen in Kailas Zimmer gekrochen war. Dann war er in seinem eigenen Bett aufgewacht, in der deprimierenden grauen Morgendämmerung. Wie war er dort hingekommen? Neben seinem Bett stand sein Rucksack mit T-Shirts und Hosen; das Foto von Dad, Mom, Kaila und ihm an diesem See in Italien, als alles noch normal gewesen war; und Gorgonzola, sein Teddybär. Für das Weglaufszenario.

Das hieß, dass all diese Dinge letzte Nacht wirklich passiert waren. Und das hieß, dass der geopferte Junge Kaila womöglich geschnappt haben könnte.

Er schlich sich in den Flur, wo er niemanden sah. Am Fuß der Treppe blieb er stehen und lauschte. Das Haus bebte im Novemberwind und knarrte wie ein altes Orakelschiff bei schwerem Seegang. Alt und am Ende seiner letzten Reise.

Django stieg so leise wie möglich die Stufen hinauf, stützte sich ab und steckte den Kopf durch die Luke.

Der Asthaufen war verschwunden. Der Boden war wieder ganz. Die Kerze stand noch da, halb abgebrannt. Dad saß auf der Bettkante und strich Kaila über das Haar. Es war nicht zu erkennen, ob Kaila schlief oder wach oder tot war.

Etwas knackte unter seinem rechten Fuß und verriet seine Anwesenheit. Dad schaute ihn an, aber seine Augen blieben stumpf und ausdruckslos, als ob sie ihn gar nicht wahrnehmen würden.

Papokalypse.

Er fuhr fort, Kailas Haar mit langen, langsamen Bewegungen zu streicheln.

Django verzog den Mund, tauchte schweigend wieder ab, ging zurück zu seinem Zimmer und dann hinunter.

Er fand Mom in der Küche vor, wo sie mit einem großen Holzlöffel in einem Topf auf dem Herd rührte. Sie führte den Löffel zum Mund, pustete hinein, kostete und fügte eine Prise Gewürze aus einem Glas hinzu. Sie schaltete den Herd aus. Dann wandte sie sich ihm zu und sah ihn an. Sie war bleich, und ihre Haut schien fast durchsichtig zu sein. »Warum trägst du deine Rüstung, Django? Hier gibt es doch keine Sith-Lords, oder?«

»Man weiß nie, welchen Gefahren man unterwegs begegnet.«

»Guter Punkt. Ich habe Muffins für dich, Muffin. Iss.«

Mom nannte ihn nie Muffin. Das hier war die Andere Mom. Mit einem mulmigen Gefühl im Magen setzte er sich und begann widerstrebend zu essen. Auch die Andere Mom setzte sich an den Tisch und stellte ihre Schüssel mit Suppe ab. Sie war rot und klebrig, und allerlei ekelige Dinge schwammen darin. Sie steckte ihren Löffel hinein und führte ihn zum Mund. Schlürfte.

Keiner von beiden sagte etwas.

Nicht nur Mom war aus dem Lot. Die Küche war auch aus den Fugen geraten. Das Erdgeschoss und der peitschende Wind draußen und alles, was er dachte, was er wusste und was er fühlte. Und es war mehr als nur der November. Er musste dringend mit Kaila sprechen, aber Papokalypse war da, insofern war es nicht sicher.

»Ich finde es blöd, dass die Dunklen Tage wieder da sind«, versuchte er, das Eis zu brechen.

Sie streckte die Hand aus und legte sie auf seine. Ihre Hand fühlte sich kalt an. »Das weiß ich, Django. Wir werden es überstehen. Genau wie letztes Jahr.«

Er ging ein Risiko ein. »Wir könnten auch umziehen. Ich hätte nichts gegen ein bisschen weniger Glück, wenn das bedeuten würde, dass wir keine Dunklen Tage mehr hätten.«

»Aber was würden wir dann mit deinen schönen Klavierhänden machen?«, sagte die Andere Mom und kniff in seine Finger, sodass Django vor Schmerz zusammenzuckte. »Dann müssten wir eine andere Verwendung für sie finden.«

Sie wird sie abhacken. In die Suppe werfen. Sie wird mich opfern.

»Ich kann damit sehr gut das hier machen«, sagte er und musste Kraft aufwenden, um seine Hand aus ihrem Griff zu befreien. Ein glitschiges *Flupp* ertönte, als es ihm gelang. Vorsichtig, aber rasch verschränkte er seine Finger ineinander und biss die Zähne vor Schmerz zusammen, als er die Handflächen nach außen bog und mit den Daumen wackelte.

»Wunderbar«, sagte die Andere Mom. »Aber ich bezweifle, dass das reicht. Iss deinen Muffin, Django.«

Er aß. Sie schwieg. Nach einer Weile versuchte er es aus einer anderen Richtung. »Hey, Mom. Ich habe letztens zufällig ein Buch gelesen, in dem Hexen irgendwelche Leute in einen großen Kochtopf gesteckt und dann gegessen haben.«

»Ach ja, zufällig?«

»Jaaa«, grinste er. »Echt krass.«

Sie sagte nichts. Aß von ihrer Suppe. Etwas tropfte ihr Kinn herab. Sie tupfte es sich mit ihrer Serviette ab.

»Ich hätte lieber Liam zurück als Glück«, sagte er nach einer Weile und wappnete sich für einen möglichen Wutausbruch.

»Sag keine komischen Sachen und lass Mom essen«, schnauzte sie ihn an, aber einen Moment später legte sie den Löffel weg. »Entschuldige. Ich bin etwas durch den Wind. Ich sollte es nicht an dir auslassen.«

»Nicht schlimm, Mom.« Nur um sicherzugehen, fragte er: »Das ist doch Tomatensuppe, oder?«

»Was sollte es sonst sein, Django?« Sie sah ihn lange und durchdringend an.

Er duckte sich in seiner Rüstung ab. »Weiß nicht.«

Papokalypse kam die Treppe hinunter. Er ähnelte zwar Dad, aber Django war auf der Hut. Er war sogar so sehr auf der Hut, dass er spürte, wie ihm die Nerven über den Rücken krabbelten wie kleine Käfer.

»Wir gehen wieder nach Liam suchen«, sagte Papokalypse mit Dads Stimme.

»Okay.«

»Ich hoffe wirklich, dass wir ihn heute finden werden.«

Die Andere Mom ließ ihren Löffel fallen und schob die Schüssel von sich. Django blickte rasch von ihr zu Papokalypse. Er vermutete, dass er inzwischen in Lebensgefahr schwebte. »Okay«, sagte er wieder.

»Du bleibst heute zu Hause, Django. Ich habe mein altes Keyboard aus dem Abstellraum geholt und in dein Zimmer gestellt. Dann kannst du trotzdem ein wenig üben. Die Finger in Bewegung halten, das ist wichtig.«

Damit sie für die Suppe zart bleiben.

»Okay. Ja. Sehr schön, Dad. Vielen Dank.«

Schlagartig verweilte sein Blick auf Django. »Ist alles in Ordnung mit dir?«

»Was soll denn nicht in Ordnung sein?«

Die Andere Mom stand auf und stellte sich neben ihn. »Hast du etwa Fieber? Lass mich mal deine Stirn fühlen.«

»Nein, nein, ganz sicher nicht«, sagte er schnell und zuckte zusammen. Das Letzte, was er wollte, war, dass sie ihn wieder mit diesen kalten Händen berührte.

»Ich bin nur traurig. Wegen Liam. Und weil die Dunklen Tage wieder da sind.«

Sie kniete vor ihm nieder, und es geschah, was er befürchtet hatte: Sie packte ihn. Papokalypse tat das Gleiche von der anderen Seite. »Das verstehen wir, mein Schatz. Es ist alles ein Elend. Nur noch ein wenig durchhalten, und es wird wieder besser. Wir sorgen dafür.«

Das ist genau das, wovor ich mich fürchte, dachte er, aber sagte es nicht. Sie drückten ihm einen Kuss auf die Stirn, ließen ihn los und gingen.

Ihm entfuhr ein langsamer, zittriger Seufzer. Django starrte vor sich hin. Er saß immer noch da, als kurz darauf zwei Hände auf seine Schultern fielen. Er stieß einen Schrei aus.

»Sie sind weg«, sagte Kaila. »Komm, lass uns abhauen.«

Kaila trug ihren Rucksack über der Schulter. Sie sah zerzaust aus, aber lebendig und einigermaßen normal, und das war besser als alles andere, was er an diesem Morgen gesehen hatte.

»Kaila … dir geht's gut!«

Aber stimmte das? Selbst wenn sie okay aussah, hieß das nicht, dass es ihr auch okay ging.

»Hol deinen Rucksack«, sagte sie und trieb ihn an. »Das ist unsere Chance.«

»Aber was ist passiert?«

»Hopp, hopp, Django. Ich erzähle dir alles gleich im Auto. Wir haben keine Zeit zu verlieren.«

»O-okay …«, stotterte er. Und er rannte. Die Treppe rauf, in sein Zimmer. Konnte es wirklich sein, dass er zum letzten Mal hier war? Einen Moment lang blieb er stehen und sah sich um. Der beruhigende blaue Vorhang. Sein Bett, das genau die richtige Größe hatte. Der Ausblick auf die Bird Street, wo man einfach durch das offene Fenster hinausklettern und in sein eigenes geheimes Leben treten konnte. Aber Django hatte genug von geheimen Leben. Von Monstern, menschlichen und sonstigen, die sich hier während der Dunklen Tage versteckten. Zwei Sekunden lang fragte er sich, ob auch er sein Klavierspiel gegen ein normales Leben eintauschen wollte, und stellte fest, dass die Antwort »ja« lautete. *Wenn sie dir nicht zuhören, musst du eine Ansage machen*, hatte Mr. Hendrickx gesagt. Wenn etwas eine Ansage war, dann das hier.

Er warf sich den Rucksack über die Schulter und rannte die Treppe runter. Vielleicht würden Mom und Dad mit der Zeit auch einsehen, dass es besser war, ein Leben ohne übermäßiges Glück zu führen, wenn das hieß, dass man dafür keine Menschen töten musste. Wenn sie aufhörten, Monster zu sein, könnten sie vielleicht irgendwo anders ein normales Leben führen, wie eine normale Familie.

Kaila war nicht in der Küche. Die Tür zur Garage stand offen.

Django rannte darauf zu und öffnete bereits den Mund, um sie auf sich aufmerksam zu machen, doch plötzlich wurde die Tür der Garage zugeschlagen. So plötzlich, dass er mit voller Wucht dagegen prallte. Sein Rucksack rutschte ihm von der Schulter.

»Bleib weg«, knurrte Kaila gedämpft.

Er versuchte die Klinke zu drücken, aber sie drückte dagegen. »Kaila, ich bin hier, ich habe alles …«

»Geh weg!«, schrie sie.

Die Tür wurde abgeschlossen. Verwirrt blickte Django auf die geschlossene Tür.

»Kaila, was ist los?«

Stille. Er rüttelte an der Klinke, aber das war dumm, denn natürlich ging die Tür nicht auf. Er klopfte dreimal.

»Hey, lass mich rein!«

Er lauschte. Nichts.

»Kaila!«

Was war geschehen? Django stellte sich alle möglichen Szenarien vor. Sie hatte das Stanley-Messer aus Dads Werkzeugkasten genommen und sich mit der scharfen Klinge die Finger abgeschnitten. Papokalypse und die Andere Mom hatten sich heimlich in die Garage geschlichen und ihr einen Jutesack über den Kopf gestülpt. Der geopferte Junge namens Levi war aus den Spiegeln herausgekrochen und hatte ihr die Augen ausgesaugt, sodass Kailas Seele wie Licht aus den leeren Augenhöhlen entfleucht war. *Plopp*, mit dem hübschen, sanften Geräusch eines knallenden Sektkorkens.

Die Panik überfiel ihn von allen Seiten, lautlos, blitzschnell, wie ein Rudel Hyänen, das ein Reh angreift. Auf einmal überkam ihn ein entsetzliches Gefühl. Alle Härchen in seinem Nacken stellten sich auf. Etwas war nahe, sehr nahe. Ruckartig drehte er sich um. Die Küche war leer. Doch er wusste, dass er nicht mehr allein war. Er konnte es jetzt auch riechen: die Fäulnis des Waldes und der unverwechselbare Geruch eines großen Raubtieres.

Mit wem haben sie einen Deal?, hörte er sich wieder fragen. *Jemand Böses, okay? Eine Art Teufel. Ich glaube, dass er sich von den Menschen ernährt, die sie opfern.*

Eine Art Teufel.

Mom und Dad hatten einen Pakt mit dem Teufel geschlossen.

Und plötzlich, aus dem Nichts, Pulled Pork: *Er, der tote Dinge jagt, hat ein Auge auf den Schwestermenschen geworfen. In seinen Augen ist sie etwas Besonderes. Sie schwebt in großer Gefahr. Ihr alle.*

Er verstand plötzlich. Er verstand alles.

»Kaila!«, rief er. »Mach die Tür auf! Lass mich hier nicht allein! Mach die Tür auf!«

Er warf sich mit der Schulter dagegen, rüttelte an der Klinke, rüttelte mit aller Kraft an dem Holz, konnte sich nicht mehr zurückhalten. Tränen der Angst strömten ihm jetzt über die Wangen, denn Kaila war dort drin und dieses andere Ding auch. Sie schwebte in großer Gefahr, sie schwebten alle in großer Gefahr, und die Tatsache, dass er keine Stimmen hörte, dass er überhaupt nichts hörte, hieß womöglich, dass dem letzten Menschen auf der Welt, dem er vertrauen konnte, etwas Schreckliches zugestoßen war. Und falls ja, was sollte er dann nur machen?

Es geschah nichts.

Und als auch weiterhin nichts geschah, wurde Django schließlich müde und gab auf.

Er setzte sich an den Küchentisch. Erst jetzt dachte er an sein Handy. Wenn sie doch nur abnehmen würde. Das tat sie nicht. Wenn nur Liam drangehen würde. Er tat es ebenfalls nicht. Wenn er nur wüsste, was er der Notrufzentrale sagen sollte. Ihm fiel nichts ein.

Die Uhr vom Herd zeigte 08:49 Uhr an, als sich die Tür zur Garage öffnete. Kaila schlüpfte hinaus und drehte sich sofort um, um die Tür hinter sich abzuschließen. Dann steckte sie den Schlüssel in ihre Hosentasche.

»Kaila … was ist passiert?«

Jetzt wandte sie sich ihm zu, und ihn verließ der Mut. Zombie-Kaila. Die Dunklen Tage oder die Monster, die sie mit sich brachten, hatten sie in ihrem Bann. Ihre Augen waren aalartig und leer. Ihr Gesicht sah aus wie Moms Brownie-Teig, wenn man ihn gegen die Küchenwand werfen und zusehen würde, wie er langsam hinabrutschte. In ihrer Hand hielt sie Dads Vorschlaghammer aus Stahl, mit dem man große Steine in kleine Kiesel zerschlagen konnte.

»Geh auf dein Zimmer, Django«, sagte sie mit fester Stimme.

»Aber wir wollten doch fliehen?«

»Ich sage, geh auf dein Zimmer.«

»Was ist denn los?«

»Die Pläne haben sich geändert.«

»Aber was …«

»*Auf dein Zimmer!*« Sie rannte auf ihn zu, den Vorschlaghammer erhoben. Django flog nach hinten, und der Stuhl krachte gegen die Küchenfliesen. Er rannte in den Flur, bog um die Ecke, donnerte die Treppe hinauf, aber auf halber Höhe schrie er in ihre Richtung: »Wenn du wüsstest, wie verdammt schizophren du bist!«

Er schlug die Tür zu seinem Zimmer mit einem Knall zu und sah sich um.

»Hi«, murmelte er.

Also doch nicht zum letzten Mal.

Es war kein Scheißtag geworden. Sondern eine Katastrophe.

Django war ratlos. Die Dunklen Tage bildeten eine perfekte, geschlossene Front, und er stand dieser Front allein und machtlos gegenüber. Nicht lange nach dem Vorfall in der Küche hörte er Kailas Schritte auf der Treppe zum Dachboden und das leise, unverwechselbare *BONK-BONK* des Vorschlaghammers, der gegen die Stufen schlug. Danach nur noch das Ticken des Heizkessels und den Wind, der alles noch schlimmer machte. Die Tasten des Keyboards starrten ihn an wie die Zähne eines künstlichen Gebisses. Er wollte nicht darauf spielen. Eigentlich musste er pinkeln, aber er traute sich nicht in den Flur. Er hielt es so lange an, wie er konnte. Dann pinkelte er ins Waschbecken.

Gegen Mittag hatte er genug Mut gesammelt, um sich nach unten zu schleichen. Eine Zeit lang stand er unschlüssig in der offenen Haustür, den Rucksack über den Schultern. Kein einziger Vogel sang, kein einziges Insekt summte. Sein Fahrrad aus der Garage holen ging nicht, aber er konnte laufen. Die Forststraße runter, bis nach Lock Haven. Und dann trampen. Egal, wohin.

Er traute sich nicht.

Er würde am Maschendrahtzaun vorbeigehen müssen. Auch Liam wurde am Maschendrahtzaun erwischt.

Django sah hoch und kniff die Augen gegen das fahle Licht zusammen. Er brauchte eigentlich einen Heißluftballon. Dann könnte er fliegen, ganz hoch, über den Wald hinweg, an einen anderen Ort. Aber er hatte keinen Heißluftballon.

Er ging wieder nach oben.

Wenig später kamen Mom und Dad nach Hause. Mom legte sich ins Bett, Dad verschwand wieder. Dann auch Mom. Keiner von ihnen war gekommen, um nach ihm zu schauen. Als ob es ihn nicht mehr gäbe. Vielleicht waren sie ohne ihn glücklicher. Vielleicht wollten sie ihn deshalb opfern.

Dann noch mal bei Kaila probieren.

Schon am Fuß der Treppe sah er, dass sie die große Platte über die Dachbodenöffnung geschoben hatte. Das tat sie nur, wenn sie ihre Ruhe haben wollte, etwa wenn sie mit Jax schmutzigen Kram machte (als ob er das nicht wüsste, *bäh*). Er ging die Treppe hinauf. Mit dem Mund knapp unterhalb der Platte rief er leise ihren Namen. Es kam keine Antwort. Vielleicht schlief sie. Django spreizte seine Finger gegen das Holz und drückte, aber die Platte gab nicht nach. Noch mal.

Sie hatte etwas Schweres draufgestellt. Den Schreibtisch. Oder den großen roten Plüschsessel.

Wen wollte sie fernhalten? Ihn? Mom und Dad? Oder vielleicht alle?

Er klopfte gegen die Platte. Es klang gedämpft. »Kaila, ich bin's. Tut mir leid, was ich gesagt habe, dass du schizophren bist. Das bist du nicht.«

Ich weiß, dass das Monster bei dir ist, wollte er eigentlich sagen. *Vielleicht können wir es gemeinsam bekämpfen*. Aber das sagte er nicht. Sondern nur: »Ich möchte mit dir reden.« Und nach kurzem Zögern: »Ich habe Angst.«

Vielleicht wollte das Monster, dass Kaila nie wieder jemanden sah, und deshalb hatte sie die Luke zugenagelt. Mit dem Vorschlaghammer. Aber er schloss diese Möglichkeit sofort aus, denn er hatte kein Hämmern gehört.

Vielleicht ist es nicht der Schreibtisch oder der Sessel, der die Platte fixiert. Vielleicht sitzt das Monster drauf. Vielleicht sitzt es nur eine Atemlänge von dir entfernt, nur durch eine dünne Holzplatte von dir getrennt. Vielleicht riecht es dich, weil du so nahe bist …

Mit angehaltenem Atem, verkrampftem Gesicht und Beinen, die sich wie Wackelpudding anfühlten, tastete sich Django so schnell es ging die Treppe hinab. Zurück in sein Zimmer. Legte sich aufs Bett. Wartete darauf, dass der Zitteranfall vorüberging.

Er ging nicht vorüber.

Er fühlte sich elend. Er vermisste Mom und Dad, seine echten Eltern. Er vermisste Kaila. Er vermisste den Frühling und den Sommer und den Herbst und den Winter, er vermisste das Licht und sogar die Dunkelheit, solange es nicht die Dunklen Tage waren. Er sehnte sich inbrünstig nach all diesen Dingen. Mit zunehmender Gewissheit wusste er, dass sie der Vergangenheit angehörten.

Schließlich schlief er ein. Als er aufwachte, wurde es gerade dunkel. Laut seinem Handy war es 17:39 Uhr.

Er hatte eine Nachricht von Kaila. Sie lautete: *Egal, was heute Nacht passiert, du bist in Sicherheit. Das verspreche ich dir.* Dahinter ein Zombie-Emoji.

Zombie-Kaila besaß keinen Humor. Das kam von der echten Kaila.

Aber es beruhigte ihn nicht. Im Gegenteil.

Was genau sollte eigentlich heute Abend passieren? Und worauf warteten alle?

Schlag zehn, dachte er.

Papokalypse holte ihn ab, um ihm zu sagen, dass er zum Haus der McKinleys mitkommen musste. »Wir hätten heute eigentlich unser jährliches Dinner. Aber jetzt müssen wir die Sache mit Liam besprechen. Du kannst derweil mit Ethan und den Mädchen oben spielen.«

Sofort läuteten alle Alarmglocken. »Aber ich gehe doch sonst immer zu Noah?«, fragte er, während er ihm in die Küche folgte. Die Andere Mom und Kaila waren auch da.

»Nicht nach dem, was vorgefallen ist, Django«, sagte die Andere Mom. »Wir können die Verantwortung für dich nicht an die Stones abgeben. Was, wenn wieder etwas Schlimmes passiert?«

Er sagte, er wolle nicht, er sei alt genug, um allein zu Hause zu bleiben, aber Papokalypses Blick verfinsterte sich. »Ich möchte, dass du zu jammern aufhörst. Keiner der Nachbarn lässt seine Kinder mehr allein zu Hause. Du bist doch nicht so dumm, dass du das nicht verstehst, oder?«

»Und es wird bestimmt nett«, sagte die Andere Mom mit einem liebevollen Lächeln, das noch viel gruseliger war als Dads Wut. »Es wird eine Pyjamaparty. Du bekommst ein eigenes Zimmer mit einem Bildschirm, auf dem du Netflix schauen kannst, und lauter ungesunden Naschkram.«

Eine Blutorgie, dachte Django. *Sie werden uns mästen. Und dann rufen: Es lebe der Satan!*

»Aber Mom, bitte, Aurora ist doof und …«

»Django, hör auf zu meckern und tu, was Mom und Dad dir sagen«, knurrte Kaila. Bis jetzt war sie still gewesen, auch Mom und Dad gegenüber, aber jetzt starrte sie ihn an. Irgendetwas stimmte eindeutig nicht mit ihr, mehr als gewöhnlich. Aber sie war nicht Zombie-Kaila. Das hier war etwas anderes. Er hatte keine andere Wahl, als auf ihre WhatsApp-Nachricht zu vertrauen.

Aber als sie alle zum Haus der McKinleys gingen, fühlte er sich wie ein Lamm, das zur Schlachtbank geführt wird. Es lag dort am Ende der Einfahrt, grimmig, überwuchert, etwas, das ein geheimes Eigenleben führte. Es hing ein verfaulter Geruch in der Luft, den der raue Wind nicht vertreiben konnte, und Django sah überall kleine Pilze. Sie wuchsen zwischen den nassen Blättern entlang des Weges, an den Stufen unter der Veranda und unter dem Dachvorsprung.

Sie kamen gleichzeitig mit den Wachowskis an, die allesamt Grabesstimmung ausstrahlten, mit blauen, zusammengepressten Lippen und bleicher Haut. Harper winkte ihm zu, aber sie sagte nichts.

Die Empfangshalle sah aus wie ein Ballsaal aus einem Schauermärchen. »Kommt rein«, sagte Gray Junior leise. »Die anderen sind schon da.«

Der alte Mr. McKinley trat unter einem riesigen Hirschgeweih hervor und klatschte in die Hände. »Kinder, wie schön, euch in meinem Haus begrüßen zu dürfen. Auch wenn wir alle wünschten, dass die Umstände andere wären. Kaila … schön, dass auch du gekommen bist.«

Kein Wunder, dass er sie extra nennt, dachte Django. *Sie wird ab heute dazugehören.* Kaila nickte und wandte ihren Blick ab. »Gray wird euch nach oben bringen. Ich wünsche euch allen einen schönen Abend.«

»Geh nur«, sagte Mom. »Versuch, dich zu amüsieren. Wir kommen ab und zu nach dir schauen. Und iss genug.«

Er ließ ihre Hand los und folgte Gray, Ethan und Harper eine breite Marmortreppe hinauf. Oben war ein langer Gang, und eine der Türen führte in eine Bibliothek, die bis zum Rand mit Büchern gefüllt war und nach Zauberteppich roch. Es gab einen großen steinernen Kaminsims mit dem Gemälde eines Mannes, der dem alten Mr. McKinley zum Verwechseln ähnlich sah, und einen Kamin, in dem kein Feuer brannte. Laura fütterte Baby Ricky mit Reis und roter Soße. »Schön, dass du da bist, Ethan. Unser kleines Dickerchen hier ist pflegeleicht. Ich lege ihn in sein Reisebett, dann schläft er ganz von selbst ein. Du brauchst dir keine Sorgen zu machen.«

Ethan sah Baby Ricky an, als würde er ein misslungenes wissenschaftliches Experiment beobachten. »Es gab doch auch ein Babyfon, oder?«

»Ja«, sagte Gray und deutete auf den Kaminsims. »Wir schalten den Ton ab, damit ihr euch einen Film ansehen könnt, aber schaut alle fünf Minuten nach. Wenn irgendetwas ist, dann ruft oder winkt einfach. Wir können alles hören und sehen, was hier passiert.«

Das klang weniger beruhigend als vielmehr nach einer Drohung. Aurora saß auf dem Teppich und spielte mit Barbies. Harper kniete sich neben sie. In der Tat war eine Filmleinwand ausgerollt worden, und es gab einen Laptop mit Beamer sowie eine Playstation. Die farbenfrohen Sitzsäcke passten nicht zur Einrichtung, ebenso wenig wie die ausgelegten Matratzen und Decken. Auf dem altmodischen Schreibtisch aus Holz und Leder standen Flaschen mit Gatorade, Mountain Dew und Cherry Coke. Gläser, Teller, Besteck und Servietten. Und TakeAway von Sam's Noodle Town, das ihm trotz allem das Wasser im Mund zusammenlaufen ließ. Seit dem halben Muffin zum Frühstück hatte er nichts mehr gegessen.

Marc Wachowski kam herein und sagte: »Handys, bitte.«

»Oh, Dad, ernsthaft?«, seufzte Ethan. »Ich stecke schon mit diesen Kleinkindern fest.«

»Ethan, wage es nicht, dich jetzt zu widersetzen.« Seine Lippen zuckten. Tatsächlich zuckte sein ganzes Gesicht. »Wir hatten es besprochen. Her damit.«

Mit unterdrücktem Murren nahm Ethan sein Handy aus der Tasche und reichte es seinem Vater. »Django, du auch. Ich werde es deinen Eltern geben.«

»Aber warum?«, fragte er, in der Hoffnung, dass er keinen Anpfiff dafür kriegen würde.

»Wegen der Spiegelung. Es ist nicht sicher. Ihr seid allein hier.«

Django glaubte nicht, dass die Spiegelung des Displays der Grund dafür war, denn er hatte seinen Bildschirmschutz, und außerdem waren das Besteck aus Silber und die Lampenschirme aus Glas. Aber er verstand nur zu gut, dass dies nicht der richtige Moment war, sich Marc gegenüber aufmüpfig zu verhalten. Was auch immer die Erwachsenen vorhatten, Liams Vater war ein Teil davon. Widerstrebend reichte er ihm sein Handy. Laura war mit Klein Ricky fertig und hatte ihn in sein Reisebett gelegt. Jetzt gurrte er zufrieden. »Schönen Abend, meine Lieben«, sagte sie. »Und nicht vergessen – amüsiert euch!«

Einer nach dem anderen gingen die Erwachsenen zur Tür hinaus. Gray war der letzte und zog die Tür hinter sich zu. Sie hörten, wie ein Schlüssel gedreht wurde, und Ethans Augen wurden groß. »Hey … hey!« Er sprang zur Tür und rüttelte an der Klinke. »Warum schließt ihr uns ein?«

Sie erhielten keine Antwort. Plötzlich wurden sie von dem schweren *DONG … DONG …* der Standuhr in der Ecke aufgeschreckt. Alle drehten sich um, außer Ethan. »Und was, wenn einer von diesen Knirpsen aufs Klo muss?«

Nichts.

»Das Babyfon«, sagte Django leise.

Ethan drehte sich zu ihm um. »Heilige Scheiße.«

Django zählte sieben Schläge. Das hieß, dass sie noch drei Stunden hatten. Drei Stunden bis Schlag zehn.

Aurora übergab Ken an Harper. »Dein Bruder ist weggelaufen«, sagte sie. Dann wandte sie sich verwirrt an die Jungen. »Und wer trägt jetzt auf meinen Teller auf?«

Ethan übernahm das. Sie aßen, und plötzlich stand Mrs. Aikman in der Tür, mit einem breiten Lächeln auf den Lippen, aber mit kalten stahlgrauen Augen. Sie sagten, alles sei in Ordnung, und sie ging wieder. Dann schaute Laura nach dem kleinen Ricky. Sie wiegte ihn in einer Art seltsamem Tanz und summte dazu ein bizarres Lied, bis er eingeschlafen war. Beide schlossen die Tür hinter sich ab.

Die Mädchen schauten, was auf Netflix Kids lief, und Django wusste, dass er keine Zeit zu verlieren hatte. Er zog Ethan am Ärmel in die Ecke der Bibliothek, die am weitesten von der Babyfon-Kamera entfernt war, direkt vor die antike Uhr. »Alter, was machst du da?«

»Tu so, als würdest du dir Bücher ansehen«, sagte er mit gedämpfter Stimme. Er selbst zog ein dickes, verstaubtes Hardcover aus dem Regal.

»Spionieren uns die Chinesen aus, oder was? Ich habe TikTok, die wissen sowieso schon alles über mich.«

»Wir sind hier nicht sicher.«

»Was meinst du mit ›nicht sicher‹?«

»Wie ich schon sagte. Es wird etwas geschehen. Etwas sehr Schlimmes. Heute Abend um Punkt zehn. Und ich glaube, Liams Verschwinden hat etwas damit zu tun.«

»Alter, wovon redest du?«

»Alter, schnapp dir ein Buch!«

Das Problem mit Ethan bestand darin, dass er Liams großer Bruder war und er, Django, der kleine Bruder von Kaila. Und dass sie sich nur so kannten und nicht anders. Und dass jetzt keine Zeit war, sich das Vertrauen einer Freundschaft von null an zu erarbeiten. Erschwerend kam hinzu, dass Ethan ihn aufgrund seines Alters für einen mickrigen Wurm hielt. Aber unter den gegebenen Umständen war Ethan auch seine letzte Hoffnung, also musste er sich damit abfinden.

Ethan nahm seinerseits ein Buch aus dem Regal. »*Sketches of the Characters, Manners, and Present State of the Highlanders of Scotland*«, las er laut vor, »von Colonel David Stewart von 1822. Geil!«

»Hör zu! Deine Eltern und meine Eltern. Und alle Nachbarn. Sie bringen die Menschen während der Dunklen Tage in den Wald.«

Ethan sah ihn scharf an. »Du *weißt* davon?«

»*Du* weißt davon?«, echote Django, ebenso verwundert.

»Dad und die fiese Hexe von gegenüber haben es mir gestern erzählt.«

»Mrs. Aikman?«

»Brrr, ja, genau die. Eigentlich sollte ich es nicht erfahren, aber wegen Liam ging es nicht anders. Weil sie nicht die Polizei rufen können. Totale Scheiße, oder? Da versuchen sie, Gutes zu tun, und jetzt ist Liam am Arsch.«

»Was haben sie dir erzählt?«

»Dass sie Menschen helfen, die nicht mehr leben wollen. Sterbehilfe, du weißt schon, was in zivilisierten Ländern erlaubt ist.«

»Nee, nee«, sagte Django. »Die lügen. Sie helfen diesen Leuten nicht. Sie opfern sie.«

»Opfern? Alter, wovon redest du da?«

»Denk mal nach.« Das sollte Ethan nicht schwerfallen. Er hatte einen IQ von 163, hatte Liam mal geprahlt, und bereits ein Stipendium für Angewandte Physik sowie Computerwissenschaften und Ingenieurwesen in Harvard in der Tasche. »Liam mit seinem Baseball. Mit seinen Konstruktionen. Kaila mit ihrem Kunstspringen. Ich mit meinem Klavier. Deine Mom, die Bestseller schreibt. Du weißt, dass all diese Dinge nicht normal sind, oder?« Er sah ihn eindringlich an. »Du bist nicht ohne Grund ein Wunderkind.«

Ethan klappte den Mund zu. Und ließ ihn geschlossen. Sein Gesicht nahm den Ausdruck von jemandem an, der damit beschäftigt ist, eine sehr schwierige Rechenaufgabe zu lösen. Schließlich sagte er: »Nein, ich weiß auch, dass wir hier in einer beschissenen Situation leben, aber …«

»Und was ist mit den Dunklen Tagen? Und den Spiegeln? Und warum ist im Dezember plötzlich alles wieder gut? Ich habe auch nie darüber nachgedacht, aber so führen sie einen hinters Licht. Weil es einem normal vorkommt, wenn man hier lebt. Aber das ist es nicht. Ganz und gar nicht.«

Ethans Hände erschlafften plötzlich, und das Buch sackte ab. »Wer hat dir das erzählt?«

»Kaila. Die Leute in dieser Straße sind eine Art Sekte. Sie bekommen Glück, aber dafür müssen sie Opfer bringen. Das sind die Menschen, die sie in den Wald bringen. Die töten sie und machen sie zu Jibblymowers.«

»Django, die Jibblymowers, das ist nur ein Märchen.«

»*Alles* hier ist ein Märchen! Ein schlimmes und finsteres. Liam und ich haben sie letzten Sommer im Wald gesehen. Und gestern war einer auf unserem Dachboden.«

»Wowowowowowow, jetzt mal langsam!« Ethan fuhr sich durchs Haar. »Du sagst, Kaila hat dir das alles erzählt?«

»Sie ist sechzehn«, nickte er. »Wenn du sechzehn wirst, musst du dem Pakt beitreten.«

»Ich bin fünfzehn …«

»Und deshalb müssen wir weg von hier. So schnell wie möglich.«

»Was ist gestern passiert?«

Django erzählte es ihm. Auch über den letzten Sommer in der Grube. Darüber, wie seltsam sich heute alle benommen hatten, und über Den, der tote Dinge jagte, der heute in Kailas Garage gewesen war.

Als er fertig war, stellte Ethan das Buch zurück ins Regal und schaute zur Standuhr. Es war jetzt fast Viertel vor acht.

»Und was passiert heute Abend um zehn?«

»Ich weiß es nicht. Etwas sehr Schlimmes, glaube ich. Willst du wissen, was ich glaube?«

»Eigentlich nicht.«

Django sah ihn an. »Alter.«

»Okay, erzähl.«

»Ich glaube, sie werden uns töten. Uns alle.«

»Sei kein Idiot!«

»Liam ist verschwunden, und sie wollen nicht, dass die Polizei kommt. Vielleicht wollten sie sehen, ob sie damit durchkommen. Und noch etwas. Haben sich deine Eltern dir gegenüber in den letzten Tagen normal verhalten?«

»Nein, aber Liam ist verschwunden …« Sein Gesicht klärte sich, als habe er eine Erkenntnis. »Und Mom hat gestern Abend eine Séance im Wohnzimmer abgehalten, um den Teufel zu beschwören.«

»Siehst du! Das ist es, was ich meine. Kaila hat mir zwar versichert, dass ich in Sicherheit bin, was auch immer heute Nacht passiert, aber ich weiß nicht, ob sie ganz sie selbst war, als sie das schrieb. Ich weiß nicht, ob sie nicht auch unter dem Einfluss des Teufels steht. Aber um zehn Uhr sollten wir besser nicht mehr hier sein.«

Ethan nickte. »Okay. Ich weiß nicht, wie viel davon ich glauben soll, wahrscheinlich nicht mal die Hälfte. Aber ich bin fertig mit dieser Scheiße.« Er drehte sich um und ging entschlossen zum Kaminsims, wo er das Babyfon umdrehte.

»Was hast du vor?«, rief Django.

»Ausbrechen.«

Ethan rüttelte an der Tür. Er schob einen Stuhl davor, stellte sich darauf und tastete auf dem Türrahmen, ob dort ein Schlüssel lag. Dann zog er eine Karte aus seinem Portemonnaie durch den Spalt. Er ließ sie fallen. Fluchte. Und die ganze Zeit über hüpfte Django von einem Bein auf das andere. »Schneller«, sagte er heiser. »Bald wird jemand hochkommen.«

»Ich kann nicht hexen!«

»Ich meine ja nur.«

»Wir brauchen etwas anderes, das funktioniert nicht.« Er schaute sich um und sah die Mädchen, die *Finger weg!* eingeschaltet hatten. Er ging auf seine Schwester zu. »Harper. Gib mir deine Haarnadel.«

»Auf keinen Fall.«

»Zehn Dollar.«

»Zwanzig. Morgen. In bar.«

»Abgemacht.«

Django schaute ungläubig von einem zum anderen, aber Harper zog bereits den Stift aus ihrem Pferdeschwanz und reichte ihn ihrem Bruder. Dieser bog das Ende zu einem Haken und schob ihn ins Schlüsselloch. Nach einer Weile fragte Django, ob er das schon einmal gemacht habe.

»Sieht es danach aus?«

»Darf ich mal?«

»Nur zu, Maestro.«

Django versuchte es, aber eigentlich fummelte er nur herum. So etwas hätte er üben sollen. Man musste auf jeden Notfall vorbereitet sein.

Beide wurden von Harpers Stimme aufgeschreckt. »Was macht ihr da?«

»Hochseefischen«, sagte Ethan.

Sie stand direkt hinter ihnen. »Ich muss pinkeln.«

»Ich auch«, rief Aurora, die aufstand und sich ungeniert mit den Händen im Schritt rieb.

»Erschießt mich bitte jemand?«, seufzte Ethan. »Okay. Klappe, ihr beiden. Ich werde jemanden rufen.«

Er ging zum Kaminsims, drehte das Babyfon wieder um und begann zu winken. »Juhu. Pinkelpause!«

Django zog ihn aus dem Bild und flüsterte: »Warte mal! Was glaubst du, wer kommt?«

»Laura. Oder vielleicht wieder diese Aikman.«

»Wir können sie überwältigen. Wir können uns mit einem Schürhaken aus dem Kamin neben die Tür stellen.«

Ethan sah ihn mit einem Blick an, der alles bedeuten konnte. Dann machte er erneut über das Babyfon auf sich aufmerksam. »Hey, einige hier müssen auf die Toilette!«

»Ethan …«

»Halt die Klappe«, zischte er und beugte sich aus dem Blickfeld. »Wir werden keine Frauen schlagen. Du und ich, wir gehen mit. Und an der Treppe rennen wir los.«

»Und dann?«

»Zur Tür raus.«

»Und was ist mit ihr? Und mit Kaila? Und Baby Ricky?«

»Wir werden die Polizei rufen. Scheiß drauf, was die hier aushecken. Ich will Liam finden.« Er wandte sich wieder dem Babyfon zu. »Hallooo-ho!«

»Ich muss ganz dringend«, stöhnte Aurora.

»Sag das mal deiner Mutter des Jahres«, knurrte Ethan.

»Hey, ihr Penner! Eure Kinder brauchen Hilfe!«

Aber egal, was er tat, egal, wie sehr er auch winkte und rief, es kam niemand. Nicht einmal, als die Uhr acht schlug. Aurora und Harper mussten immer dringender, und schließlich schlug Django vor, dass sie in ein Glas pinkeln sollten, in der hintersten Ecke der Bibliothek. Das wurde ein ziemliches

Drama, weil Harper nicht wollte. Aber Django sagte, das sei doch lustig, ein richtiges Abenteuer, und schließlich überwog das natürliche Bedürfnis. Und so mussten Ethan und Django auf der entgegengesetzten Seite stehen, mit dem Rücken zu ihnen. Und als man hörte, wie ihr Pipi in die Gläser sprudelte, verzog Ethan das Gesicht und rief: »Iiiih ... gitt!«

Um Viertel nach acht begann Aurora zu weinen, weil sie ihre Mutter sehen wollte. Es wurde immer schlimmer; irgendwann fing sie an zu kreischen und erschreckte Harper. Ethan hämmerte an die Tür und schrie um Hilfe. Django winkte in die Kamera des Babyfons, aber es kam niemand. Und ein Gedanke ging ihm immer wieder durch den Kopf: Wie verzweifelt war ihre Lage? Wie verzweifelt war die Situation wirklich? Ethans bohrender, wilder Blick und sein seltsam verzogener Mund gefielen ihm ganz und gar nicht. Selbst für jemanden, der nur halb glaubte, was vor sich ging, war es zu viel. Djangos eigene Angst schwoll unter seiner Bauchdecke an wie eine stinkende Wucherung.

Um halb neun hatte Aurora sich müde geschrien und sich still und fiebrig rot unter eine Decke gelegt. Baby Ricky hatte den ganzen Lärm verschlafen.

»Das hier ist ein altes Haus«, sagte Harper. »Alte Häuser haben immer Geheimgänge. Ich wette, eines der Bücherregale lässt sich drehen, und dann kommt man in einen Geheimgang.«

Ethan und Django sahen sich gegenseitig an. »Vielleicht gibt es irgendwo ein lockeres Holzpanel ...«

»Oder ein Buch, das eigentlich ein Hebel ist ...«

Sie machten sich an die Arbeit. Sie zogen ein Buch nach dem anderen aus den Regalen und stapelten sie auf dem Boden. Harper half bei den unteren Regalen. Das war ein Segen, denn es war beinahe schwindelerregend, so viele Bücher gab es. Django sah zu, wie sich die Zeiger der Standuhr auf neun Uhr zubewegten. Daran vorbei. Dann Richtung halb zehn. Er arbeitete noch schneller, die Zunge hing ihm aus dem Mund. Die Regale wurden leerer. Die Stapel höher.

Nirgendwo gab es einen Hebel. Nirgendwo einen Geheimgang.

Schließlich, als auch das letzte Buch herausgezogen war und sie gegen die Rückwand gedrückt hatten, sah Ethan sich geschlagen um. »Mr. McKinley wird uns umbringen.«

»Hundertprozentig«, flüsterte Django.

»Hey!«, rief Ethan in die Kamera. »Wir haben deine Bibliothek zerstört, du Wichser! Komm und hol uns!«

Warum kam niemand? Wo waren sie, die Erwachsenen? Und warum war es so still im Haus?

»Jungs«, ertönte Harpers dünne Stimme hinter einer Wand aus Büchern. »Ich habe euch doch gesagt, dass es einen Geheimgang gibt, stimmt's?«

Sie manövrierten zwischen den Stapeln auf sie zu, als irrten sie durch ein Labyrinth, und fanden sie auf der Steinkante vor dem Kamin. Der Anbau war breit. Links befand sich der Raum für das Feuer, voll mit Asche. Rechts, durch dicke Natursteine getrennt, befand sich ein weiterer Raum, in dem Holzscheite gelagert wurden. An der Wand daneben befand sich ein eisernes Rad.

»Dreh daran«, sagte Harper.

Ethan tat es. Es erklang ein tiefes Rasseln von Ketten. Ein schrilles Quietschen von Flaschenzügen. Die Holzscheite sanken ein wenig. Django und Ethan wechselten einen Blick. Schnell packten sie die Holzscheite und warfen sie in den Kamin nebenan, sodass eine an Eisenketten hängende Plattform zum Vorschein kam.

»Es ist ein Aufzug«, murmelte Ethan.

»Wow … wo der wohl hinführt?«

Darunter befand sich ein tiefer Schacht.

»Er muss zu einer Art Keller führen. Wo sie Holz gelagert haben.«

»Meinst du …?«

»Da passt du niemals rein. Und Harper auch nicht.«

Sie drehten sich gleichzeitig um. »Aurora …«

»Ich will das nicht!«

»Du musst! Du bist unsere letzte Chance, hier rauszukommen!« Sie saß vornübergebeugt auf der Plattform, die Knie hochgezogen, die Arme darum geschlungen. Es passte gerade so. Es hatte sie einige Mühe gekostet, sie dazu zu bringen. Ihre Stirn und ihre Strickjacke waren mit schwarzem Ruß verschmiert.

»Aber ich finde es unheimlich!«

»Es ist nicht unheimlich«, sagte Django. »Es ist nur ein kleines Stück.«

»Und was, wenn es dort Spinnen gibt?«

»Die mögen keine kleinen, dunklen Räume. Die mögen offene, helle Räume, wie die Zimmerdecke.« Er war sich sicher, dass das Gegenteil der Fall war, aber natürlich liefen Spinnen auch an der Decke entlang – vielleicht fiel sie darauf rein.

»Hör zu, wenn du im Keller bist, kriechst du raus und rennst zur Treppe«, sagte Ethan. »Aber niemand darf dich sehen, verstanden? Niemand, auch nicht deine Mom und dein Dad. Dann schleichst du dich hoch zu uns. Ich bin mir sicher, dass sie den Schlüssel im Schloss stecken gelassen haben. Und dann befreist du uns, okay?«

Große, ängstliche Augen blickten sie aus der Dunkelheit an. Ethan drehte das Rad. Aurora stieß einen Schrei aus und griff nach den Eisenketten. Ihre kleinen blassen Hände wurden ebenfalls mit Ruß beschmutzt. Langsam, aber sicher sank sie. »Es ist stockdunkel hier!«, schrie sie, und dann: »Nein, nein, nein, nein, ich will nicht, ich habe Angst, lass mich raus, lass mich hoch!«

Harper sah mit Tränen in den Augen zu, wie Aurora verschwand. Das war der Moment, in dem auch Django in Panik geriet. Er war sich sicher: Sie würde herunterfallen und sich das Genick brechen. Sie würde eingeklemmt sein und sich weder vorwärts noch rückwärts bewegen können, und dort würde sie sterben und zu einem Geist werden, der in kalten Nächten, wenn der Kamin brannte, Aschéflecken auf den Spiegeln hinterlassen würde. Er wollte Ethan anschreien, dass er aufhören und sie hochholen sollte, aber kein Laut kam über seine Lippen, und Ethan drehte einfach weiter, und sie schrie einfach weiter, und *tick-tack, tick-tack*, die Zeit tickte weiter, nur noch ein kurzer Augenblick, und die Uhr würde zehn schlagen … Mit einem lauten Knall kam der Aufzug zum Stillstand. Plötzlich hörten auch das Weinen und Schreien auf, und es wurde still.

»Aurora!«, rief Ethan. »Hast du es geschafft?«

Aus dem Schacht kam keine Antwort.

»Aurora!«

»Warum antwortet sie nicht … Ethan, warum antwortet sie nicht?«

Nun begann Ethan, ebenfalls mit panischer Angst in den Augen, das Rad in die andere Richtung zu drehen. Erst ganz zum Schluss sahen sie die Plattform oben auftauchen. Von Aurora fehlte jede Spur.

»Glaubst du, sie …?«

»Sie muss doch …«

»Es kann doch nicht …«

Alle drei schlängelten sich um die Büchertürme herum und blieben vor dem Schlüsselloch stehen, um auf Geräusche aus dem Haus zu lauschen. Es kamen keine. Und als sie nach mindestens zehn Minuten immer noch nichts von Aurora gehört hatten, wurde ihnen klar, dass sie nichts mehr erwarten sollten.

»Laura und Gray werden uns umbringen«, sagte Ethan leise. Django nickte. Etwas in seinem Magen wollte raus, aber es kam nicht. Selbst die Tränen blieben aus. Er konnte nur auf die geschlossene Tür starren.

»Django«, flüsterte Ethan. Er nickte zu der Standuhr in der Ecke. Es war eine Minute vor zehn. Sie kamen zu spät. Django dachte: *Dies sind die Dunklen Tage. Dies ist die Zeit der Fäulnis. Ich bin Django »Lee« Lewis da Silva und wohne in der Bird Street in Lock Haven, Washington, in den Vereinigten Staaten von Amerika. Dies ist, wer ich bin.* Seine rechte Hand ergriff die von Ethan. Seine linke die von Harper.

Die Uhr schlug zehn.

Nach dem dritten Schlag ertönte unten ein massives Klopfen an der Haustür.

Zweimal.

Django sagte nichts, aber er hatte das Gefühl, dass nichts auf der Welt ihn dazu bringen konnte, die Hände seiner Freunde loszulassen.

Unten hörte man langsame Schritte.

Dann begannen die Schreie.

RALPH

Die Zusammenkunft. »Ihr vergesst eine Sache.« Die Ankunft des Buchhalters.

2. November

Zum ersten Mal seit Generationen trafen sich die Nachbarn an diesem zweiten November nicht im Jagdzimmer, sondern im Salon des Nordflügels des McKinley-Hauses. Und zum ersten Mal gab es nicht das traditionelle Fünf-Gänge-Menü, sondern geliefertes Essen von Sam's Noodle Town.

Den Salon hatte man wegen Maurice ausgewählt. Er war am späten Nachmittag aus dem Snoqualmie Valley Hospital zurückgekehrt, obwohl die Krankenschwestern ihn eigentlich über Nacht zur Beobachtung dabehalten wollten. Ralph war froh, dass er nicht in der Haut desjenigen steckte, der Maurice diese Nachricht überbracht hatte. Nachdem beide Brüder einen Aufstand gemacht hatten, hatte man schließlich beschlossen, ihn gehen zu lassen. Seine rechte Hand war in dicke Bandagen eingewickelt, aber an der Form war zu erkennen, dass es sich nicht um die *ganze* Hand handelte. Sein linkes Bein steckte in einem Kompressionsverband, und er war, gestützt durch Gray und Krücken, hereingehumpelt. Jetzt lag er schlaff auf einem Diwan, mit verklebtem, verschwitztem Haar, das wie eine Palme über dem Verband abstand, und Morphiumaugen, die stumpf und mörderisch in die Welt blickten. Auf viele Menschen hatte Morphium eine besänftigende Wirkung, wusste Ralph. Auf Maurice McKinley hatte es die Wirkung, dass er ganz und gar Maurice war, nur noch schlimmer.

Der Salon unterschied sich nicht sonderlich vom Jagdzimmer. Sie hatten auf Schafsledersofas um einen Salontisch Platz genommen. Luana saß links neben ihm, was lieb von ihr war, aber nach einer Weile machte ihn ihre Nervosität wahnsinnig. Rechts wäre Platz für Kaila gewesen, aber sie hatte sich demonstrativ für einen Sessel am Kopfende entschieden, und Elizabeth und Harry saßen auf zusammengestellten Stühlen zwischen ihnen. Es war Juliette, die sich mit einem obligatorischen Nicken neben Ralph gesetzt hatte. Gray Junior und Laura sowie Joyce und Marc saßen jeweils auf Zweisitzern am gegenüberliegenden Ende, vor einem wohlig brennenden Kamin. Und schließlich saß der alte Graham mit schmerzverzerrtem Gesicht auf der anderen Seite der Doppeltür zusammengesunken in seinem Chesterfield.

Um die Ähnlichkeit mit dem Jagdzimmer zu vervollständigen, befand sich am Kaminsims, gegenüber einer Wand voller Hirschgeweihe, nicht der Kopf eines Wildschweins, sondern der eines grinsenden Timberwolfs.

Ralph war hundemüde, sowohl körperlich als auch geistig. Nachdem die Suche im Wald beendet worden war, hatte er geduscht und war ins Bett gegangen, aber mehr als ein zwanzigminütiges Nickerchen war nicht drin gewesen, zu wenig, um wirklich fit zu sein. Er würde bei klarem Verstand sein müssen, denn heute Abend würde er wieder die moralische Messlatte ihrer Nachbarschaft hochhalten. Er konnte die damit verbundene Heuchelei kaum noch ertragen, und in seinem Zustand fühlte er sich dazu auch nicht in der Lage. Aber das war seine Aufgabe, und jetzt war nicht die Zeit, um nachzugeben. Wenn sie heute Abend durchstanden, hatten sie eine Chance. Davon war er inzwischen überzeugt. Natürlich hatten sie noch den ganzen November vor sich, und trotz Luanas erster zaghafter Annäherungsversuche fürchtete er immer noch langfristig um ihre Ehe … aber dennoch, heute Abend kam der Lackmustest.

Der Buchhalter.

Alle anderen Nachbarn setzten ihre Hoffnungen in ihn, aber Ralph befürchtete das Schlimmste. Warum zum Teufel hatte er nicht an den Buchhalter gedacht?

Die quälende Wahrheit war, dass Ralph nicht wusste, was er sagen würde. *Ob* er etwas sagen würde. Aber je näher die Zusammenkunft rückte, desto mehr nistete sich die Angst vor der Wahrheit in seiner Brust ein, eine Angst, die seine Luftröhre so sehr zuschnürte, dass er Atemprobleme bekam.

Ralph hatte wenig mit Aberglauben am Hut, aber seit dem Unfall hatte er es nicht mehr gewagt, das Bild von Samuel und Amelia Lewis auf der Anrichte anzusehen. Richter Lewis war ein rechtschaffener Mann gewesen, und Ralph fühlte etwas viel Tieferes als Scham, weil er wusste, dass sein Handeln seinem Vater das Herz gebrochen hätte.

Doch an diesem Abend, als sie mit der ganzen Familie zum Haus der McKinleys gingen, hörte er plötzlich die Stimme seines Vaters, ganz nahe und überraschend nüchtern: *Wäre es wirklich so schlimm, Ralph, wenn die Wahrheit herauskäme? Wäre es so schlimm, wenn du dein Gewissen beruhigen könntest?*

Er war stehen geblieben und hatte sich umgesehen. Laub war durch die Regenrinne gewirbelt. Auf der anderen Seite der Straße kamen die restlichen Wachowskis angelaufen, obwohl Joyce eher taumelte, gestützt vom schützenden Arm ihres Mannes. Sie hielt ihre Tasche umklammert wie ein Ertrinkender eine Boje. Als sein Blick den von Marc gekreuzt hatte, hatte Ralph einen kurzen Schock erlitten: Nicht nur sah er in diesem Blick keine Spur von Wiedererkennen – Marc Wachowski sah wie ein Mann aus, der glaubte, dass die letzten Tage gar nicht wirklich passiert waren.

Sag es ihnen, Junge. Verschaff ihnen Klarheit.

Aber er musste an Kaila und Django denken. Er konnte es jetzt nicht mehr herauskommen lassen, er war schon zu tief verstrickt. *Gib nur den heutigen Abend*, hatte er gedacht. *Bitte, ich will das Richtige tun, wirklich. Aber gib mir den heutigen Abend.*

Es war keine Antwort gekommen.

»Gut«, sagte Graham McKinley, als alle fertig gegessen hatten. Keiner der Teller war leer. Die Gläser dafür umso mehr. »Das läuft alles nicht so, wie wir es uns gewünscht hätten, und ich will ehrlich sein: Ich verabscheue es.«

»Wir finden es alle furchtbar, Graham«, sagte Elizabeth. Der Patriarch beachtete sie nicht. Seine Unterlippe zitterte, als er auf die halb leeren Packungen mit vietnamesischem Essen auf dem Salontisch hinabblickte. »Traditionen und wiederkehrende Rituale bilden die Grundlage dessen, was wir sind. Sie verbinden uns miteinander und mit unserer Vergangenheit. Sie verhindern, dass wir in Gleichgültigkeit abgleiten. Sie sind angesichts der Schwere der anstehenden Aufgabe von größter Bedeutung. Aber es gibt keinen anderen Weg. Die Umstände sind so, wie sie sind.«

Zustimmendes Gemurmel.

»Und so bitte ich euch, für unser aller Wohl, um unseres Überlebens willen ... heute Abend ... nicht ... abtrünnig zu werden!«

»Gott, Dad, seinichso dramatisch«, krächzte Maurice mit

belegter Stimme. Die Augen seines Vaters, die früher bei einer solchen Gelegenheit feurige Pfeile verschossen hätten, blinzelten und fielen zu. Einen Moment lang sagte niemand etwas, und es war nur das leise Schluchzen von Joyce zu hören, die während des Essens angefangen hatte zu weinen, und nicht mehr aufhören konnte.

Im Vergleich zum letzten Jahr, dachte Ralph, *als er Dorothy noch an seiner Seite hatte, ist er wirklich alt geworden. Hier sitzt ein Mann, der in die letzte Phase seines Lebens eingetreten ist und feststellt, dass er versagt hat.*

Ralph meinte zu verstehen, woher Grahams tief sitzende Ängste kamen. Es fehlte der Zusammenhalt. Die Gruppe zerfiel, nicht einmal in Paare, sondern in Einzelne, die jeder für sich durch die Dunkelheit irrten, und McKinley, der in seinem Leben genug gesehen hatte, spürte dies instinktiv. Der Prozess hatte im letzten Jahr begonnen, und vielleicht hatte der Patriarch gehofft, dass das Verstreichen der Zeit den Zusammenhalt stärken würde, aber das Gegenteil war der Fall. Ralph hatte in den letzten Tagen viele beängstigende Dinge gesehen, aber die niedergeschlagenen Augen von McKinley führten die Liste an, denn in ihnen lag eine fatalistische Kapitulation, die besagte, dass all das keine Rolle mehr spielte.

»Dann lasst uns einen Plan überlegen«, sagte Elizabeth, und Ralph dachte: *Welch eine Ironie, dass ausgerechnet sie noch immer versucht, den Untergang der Zivilisation zu verhindern.* »Wir alle wollen nichts dringlicher, als Liam zu finden. Und wir sind uns alle einig, dass es wichtiger denn je ist, dass unsere Wintergabe an den Buchhalter morgen gelingt.«

»Wintergabe?«, prustete Maurice. »Dassich nich lache!«

»Maurice, warum hältst du nicht einfach die Klappe?«, fragte Gray.

»Wieso? Wiesso mussie Alte einn Eufe-eufe-missmus benutzen, wennes doch einffach ein Opffer iss?«

»Nenn meine Frau noch einmal so, und all deine Verbände nützen dir nichts mehr«, sagte Harry leise.

»Wass? Alte?«

»Du hast mich verstanden.«

Juliette hob ihre Hände in einem halbherzigen Versuch, die gereizte Stimmung zu beruhigen. »Elizabeth hat recht. Wir müssen das im Keim ersticken, bevor es noch schlimmer wird.«

»Wie kann es noch schlimmer werden?«, platzte Joyce heraus. In ihrer Stimme lag Fassungslosigkeit. »Wie? Mein Kind ist weg, und wir können nichts tun!«

Elizabeth nickte. »Ich weiß, Liebes. Lass mich eine Frage einwerfen, die du und Marc mir gestellt habt.« Sie wandte sich an die anderen. »Was meint ihr, was weiß der Buchhalter? Glauben wir, dass er uns etwas über Liam sagen kann?«

Marc stellte sein Whiskyglas mit einem Klirren auf den Couchtisch. »Wenn Liam in den Wald gegangen ist, weiß er es. Es sind seine Jagdgründe.«

Ralph spürte, wie sich Luana neben ihm versteifte, und wollte ihre Hand drücken, aber er konnte sich nicht dazu überwinden.

»Und selbst wenn nicht«, sagte Laura, »muss er doch etwas wissen, oder? Er weiß alles über uns. Er kennt unsere Sehnsüchte. Unsere Wünsche. Unsere intimsten Gedanken. Natürlich weiß er etwas.«

Das hatte Ralph sich auch überlegt. Die entscheidende Frage war nur: Würde er sich einmischen? Er musste heute immer wieder an die Geschichte denken, die Graham Kaila letztes Jahr über seinen Großvater James erzählt hatte, der geglaubt hatte, er könne den Teufel überlisten, indem er eine

Kuh im Wald erschoss. Es hatte nicht als Opfer gegolten, aber das hatte James McKinley erst verstanden, als seine geliebte Catherine an Komplikationen bei der Geburt seines Sohnes gestorben war. Der Buchhalter hatte kein Wort darüber verloren. Vielleicht, weil er das menschliche Leiden während der Dunklen Tage genoss? Vielleicht, weil er es zum Weiterleben brauchte, so wie er jeden November eine neue Seele zum Weiterleben brauchte? Ralph wusste es nicht. Aber es war die letzte Hoffnung, an die er sich klammern konnte.

»Gut«, sagte Elizabeth. »Ich glaube, diesbezüglich sind wir uns alle einig. Aber Joyce und Marc haben mich zu Recht gefragt: Was ist, wenn er es nicht sagen will?«

»Dann werden wir diesen Wichser zum Reden bringen«, sagte Marc. »Keine Informationen, kein Opfer.«

»Blasphemie!«, brüllte Graham, und Luanas Bein verkrampfte sich. Harry stieß sein Glas um. Kaila saß totenstill in ihrem Sessel. Es stellte sich heraus, dass Grahams Augen doch noch feurige Pfeile verschießen konnten.

»Wie kannst du es wagen? Wie kannst du es wagen?«

»Aber Graham …«, flehte Joyce. »Wir haben einen verdammten Deal! Und das ist … das ist Vertragsbruch!«

Graham starrte sie entgeistert an.

»Wie kann das Glück sein? Mein Kind ist fort! Und das noch vor den Dunklen Tagen! Das ist kein Glück, das ist die Hölle. Das hätte uns nie passieren dürfen, wenn er sich an die Regeln gehalten hätte!«

»Aber Joyce …«

»Wir halten immer unseren Teil der Abmachung ein. Wir bringen ihm jedes Jahr Nahrung, wie furchtbar das auch sein mag. Dafür sollten wir Glück bekommen. Aber das ist kein Glück!«

Maurice sah sie amüsiert an.

»Wir setzen ihn unter Druck«, sagte Marc, »er wird uns Liam gesund und munter zurückgeben. Sonst gibt es kein Opfer. Wenn wir alle Stellung beziehen, hat er keine andere Wahl.«

»Und was, wenn Liam tot ist?«, fragte Gray Junior.

»Sag so etwas nicht!«, schrie Joyce. »Sag das nie wieder!«

»Joyce, du musst bedenken …«

»Ich muss überhaupt nichts bedenken!«

»Mann, höör dochh maa auff mmit deinnm Kind immer!«, rief Maurice, den Kopf im Nacken. »Ich mein, alles gansschlimm unso mmit deimm Kind, buhu, aber sei dochh maa realissisch!«

»Oh, und du mach bitte erst wieder den Mund auf, wenn du den Rest deiner Hand gefunden hast«, fauchte Joyce. »Ich habe gehört, dass ein gewisser Hund sie gerade verdaut und sich die Lefzen nach dir leckt.«

»Ja, unnich hab gehört, dassu dich von Hunnen an der Fozze lecknn lässt …«

Marc flog auf ihn zu und wäre ihm garantiert zu Leibe gerückt, wenn Graham nicht in diesem Moment seinen Spazierstock gegriffen und mit dem Steinbockkopf auf den Salontisch geschlagen hätte. Alle waren augenblicklich still.

Grahams ohnehin graues Gesicht war totenbleich geworden. »Was ist nur in euch gefahren? Seht nur!« Er deutete mit dem Stock hinüber zu Kaila, die erschrocken aufblickte. »Wir haben einen Gast. Wollen wir uns so zeigen? Ist das eure Definition von Höflichkeit?«

Keiner sagte etwas.

»Kaila, ich bitte das unziemliche Verhalten deiner Nachbarn zu verzeihen. So sind wir nicht.«

Kaila, die rot geworden war, rutschte unbehaglich auf ihrem Stuhl herum. »Nicht schlimm. Alle sind ein bisschen gereizt. Kann ich gut verstehen.«

»Das ist sehr verständnisvoll von dir, aber das ist keine Entschuldigung. Leute, wir können den Buchhalter um Informationen bitten. Aber wir werden den Teufel nicht herausfordern. Wir werden ihn nicht erpressen!« Joyce wollte etwas darauf erwidern, aber Graham hob die Hand. Ralph versuchte unterdessen, Kailas Blick zu erhaschen, um ihr ein Zeichen der Anerkennung zu geben, aber sie blickte wieder streng auf ihre Hände. »Joyce, du hast recht. Das ist kein Glück. Doch eine Eskalation ist nur dadurch zu verhindern, morgen jemanden in den Wald zu bringen und das Blatt zu wenden. Und dann hoffen wir, nein, beten wir für ein Happy End.«

»Du sprichst über das Leben meines Sohnes«, sagte Marc eisig. »Und dafür willst du beten? Wir haben ein Recht auf Glück.«

»Was, wenn er wirklich tot ist, Marc?« Joyce ergriff den Arm ihres Mannes. »Oh Gott, was, wenn Liam wirklich tot ist?« Sie brach wieder in Schluchzen aus, aber Marc war zu sehr mit sich selbst beschäftigt, um sie zu trösten.

»Wir haben kein Recht auf Glück, Marc«, sagte Graham. »Uns wurde Glück versprochen, aber von wem?« Er schaute sich in der Runde um, und sein Blick blieb bei Ralph hängen, dem sich prompt der Magen umdrehte. »Ralph, was sagst du dazu?«

»Ich, ähm …« Er musste sich räuspern. »Nun, das würde natürlich niemals vor Gericht Bestand haben. Selbst im schlimmsten Fall kann man nicht von Vertragsbruch sprechen. Niemand hat uns irgendwelche Garantien gegeben. Nicht für Unsterblichkeit, nicht einmal für Unverletzlichkeit.«

»Warum bist du plötzlich der Anwalt des Teufels?«

»Marc, es steht nicht im Pakt, dass kein Mensch sterben darf.« Erneut wurde er heiser. Erneut räusperte er sich. »Auch Dorothy hat uns dieses Jahr verlassen.«

»Sie war alt!«, rief Joyce unter Tränen. »Sie hat ein langes, glückliches Leben geführt!«

»Mein Bruder hat sich das Leben genommen, als er sechzehn war. Glaubst du, meine Eltern hätten sich nicht gefragt, wie das Glück sein kann? Wie um alles in der Welt so etwas möglich war?«

Und die furchtbare Wahrheit ist, dass sie gelernt hatten, trotzdem glücklich zu sein, dachte er, sagte es aber nicht. So würde die Zukunft von Joyce und Marc Wachowski aussehen: Liams Verschwinden würde unheimlich schnell aufhören, Teil ihrer größten Trauer zu sein. Sie würden es nicht verarbeiten, das nicht, sondern es abspalten. Sie würden sich dafür schämen, dass es erträglich genug geworden war, um damit zu leben, aber auch das würde nachlassen, da sie einfach in Glücksgefühlen aufgehen würden. Und dann würde Liams Verschwinden für immer etwas sein, das in den letzten Tagen des Jahres 2023 geschehen war.

»Ralph hat recht«, sagte Graham. »Hoffen wir, dass der Buchhalter uns wohlgesinnt ist. Hoffnung schafft Leben. Aber jetzt können wir nichts weiter tun als warten.«

Die Uhr schlug acht.

Es folgte eine kurze Pause, in der sich die meisten Nachbarn der Bird Street dankbar in ihre eigenen Gedanken zurückzogen. Juliette holte Getränke. Maurice war in seinen Morphiumrausch abgeglitten und merkte nicht, dass eine Fliege immer wieder auf den Blutkrusten zwischen seinen Haaren landete. Laura erschrak, als sie sich an das Babyfon erinnerte, sah sich um und schaltete schnell Bild und Ton ein. Wenigstens eine Erleichterung: Offenbar spielten die Kinder *Wer hat Angst vorm Schwarzen Mann?*, wobei die Jungen und Mädchen getrennt zu beiden Seiten der Bibliothek standen.

Ralph war mit den Nerven am Ende. Der Druck in seiner Brust hatte sich in seinen Magen verlagert und war in einen Krampf übergegangen. Die Stille beunruhigte ihn mehr als das Gespräch, denn in ihr würde er zermahlen werden. Waren die Dinge, die er gesagt hatte, die Dinge, die er auch normalerweise sagen würde? Hatte die Art und Weise, wie er es gesagt hatte, das Misstrauen seiner Nachbarn geweckt?

»Geht es dir gut?«, fragte Juliette. Sie kam und brachte ihm ein Mineralwasser, und mit zitternder Hand nahm er das Glas entgegen. »Du schwitzt stark.«

»Oh, ähm, ja.« Er strich sich mit der Hand über den Nacken und spürte, dass sie nass von Schweiß war. »Na ja … dir geht's wahrscheinlich ähnlich.«

Sie nickte mit einem Ausdruck, der alles Mögliche bedeuten konnte, und ging zurück zur Bar. Ralph kippte das Mineralwasser hinunter. Als er sich die Tränen aus den Augen wischte, sah er, wie Harry ihn anstarrte.

Er weiß es.

Ralph tat so, als würde er es nicht bemerken, aber Harry schaute einfach nicht weg.

Er weiß es, er zweifelt nicht einmal mehr daran. Vielleicht hat er an diesem Abend etwas gesehen. Vielleicht stand er am Fenster und hat einen kaputten Scheinwerfer gesehen. Vielleicht spielt er diesen Trumpf im richtigen Moment aus.

Aber das war Blödsinn. Wenn Harrys Verdacht über einen Verdacht hinausginge, hätte er ihn bereits aufs Tableau gebracht. Sein Nachbar mochte ihn, aber das Gleichgewicht in der Bird Street war zu empfindlich, um von einer Person gestört zu werden. Andererseits war ihm klar: Wenn Harry wirklich davon überzeugt war, dass er etwas mit Liams Verschwinden zu tun hatte, würde Ralph wahrscheinlich nichts einfallen, das ihn vom Gegenteil überzeugen konnte.

Das machte seinen Nachbarn gefährlich, auch wenn er sich gestern Abend hatte abwimmeln lassen.

Er versuchte, seine Aufmerksamkeit auf etwas anderes zu richten. Auf Kaila. Wenn er sie ansah, überfiel ihn eine ganz andere, aber nicht weniger beunruhigende Vorahnung. Erst als er von der Suche nach Hause kam, hatte er sie heute zum ersten Mal gesehen. Sie war still und distanziert gewesen, mit einem dunklen Blick, den er nur zu gut kannte. Zuvor waren Luana und er davon überzeugt gewesen, dass sie Kailas Auftakt zu den Dunklen Tagen und ihre Initiation in gute Bahnen geleitet hatten, aber dann war der Unfall passiert. In letzter Minute hatten sie sie aus den Augen verloren. Und irgendwie verspürte Ralph das ungute Gefühl, dass es mehr Schaden angerichtet hatte, als in so kurzer Zeit möglich schien. Kailas Novemberdepression konnte sich wie ein aufgemotzter Motor verhalten: Mit den Dunklen Tagen als Zünder und dem aktuellen Chaos als Katalysator konnte ihr geistiger Zustand blitzschnell entgleisen. Sie hatten die Erfahrung und auch die Anhaltspunkte, um es zu erkennen, aber das machte es nicht weniger unheimlich.

Sie spürte seinen Blick, und ihre Augen trafen kurz seine, lange genug, dass seine Lippen Worte formten: »Alles in Ordnung?«

Sie nickte schnell. Schlug die Augen wieder nieder. Also nichts in Ordnung. Ab morgen würde er für sie da sein, nahm sich Ralph vor. Mehr Lithium. Mehr Aufmerksamkeit. Brettspiele, wenn sie wollte, und aufhören, sein eigenes Elend in den Mittelpunkt zu stellen.

Juliette hatte alle Getränke nachgefüllt, und Graham hielt die Zeit für reif, um über den nächsten Tag zu sprechen. »Wie wir bezüglich der Suche nach Liam vorgehen, sollten wir davon abhängig machen, was wir heute Abend erfahren.

Aber wir haben auch eine Verabredung mit einem Patienten. Elizabeth, ich hoffe, der Termin steht noch?«

»Ja, ich habe ihn heute Nachmittag angerufen, und es geht voran. Natürlich konnte ich ihn nicht so begleiten, wie ich es gerne getan hätte, aber ich habe den Eindruck, dass das bei diesem Mann auch nicht nötig ist. Er ist sich seiner Sache sehr sicher.«

»Wie heißt er doch gleich?«

»Bill Nielsen.«

»Ah ja, Mr. Nielsen. Ehemaliger Uhrmacher, wenn ich mich recht erinnere. Was haben wir für ihn organisieren können?« Diese letzte Frage richtete er an seinen ältesten Sohn, der ihn verlegen ansah. »In Bezug auf ein würdiges Ende, meine ich.«

»Ach so. Na ja, wir hatten keine Zeit dafür, weil so viel los war. Wir könnten morgen einen Stuhl zur Hinrichtungsstätte bringen oder so was. Aber den Strom anzuschließen, klappt jetzt nicht mehr.«

»Kommer aufm elektrischn Stuhl oder wass?«, gluckste Maurice, der offenbar doch nicht ohnmächtig war.

»Erstick an deinem Zäpfchen. Für die Deko, meine ich. Vielleicht können wir eine Propangaslampe aufstellen. Und eine Uhr mitnehmen.«

»Uuuh, gemüddlich! Und vergissen Grill nichh!«

»Verdammt!« Grahams Lippen zuckten erneut. »Dieser Mann gibt sein Leben für uns. Ist das wirklich das Beste, was wir für ihn tun können?«

»Es wird recht nüchtern, Graham«, sagte Harry. »Aber Nielsen verlangt nicht mehr. Das Wichtigste ist jetzt, dass es gelingt. Der Rest ist nebensächlich.«

»Der Tod eines Menschen ist nicht nebensächlich!«

»Dad, konzentrier dich auf das, was wichtig ist.« Gray

sah seinen Vater an und wandte erstmals seinen Blick nicht ab. »Wir wissen, wie du dazu stehst. Du hast dich geäußert.«

»Und was, wenn er es sich in letzter Minute doch anders überlegt?«, fragte Joyce, die ihre Verzweiflung nicht verbergen konnte. »Ich meine, es darf nicht scheitern, nicht jetzt ...«

»Er überlegt es sich nicht anders, Joyce«, sagte Elizabeth. »Dafür garantiere ich.«

»Aber was, wenn doch?«

»Wir haben noch andere Kandidaten, wie immer«, begann Graham, aber Marc ignorierte ihn – ignorierte ihn mit unverhohlener Verachtung – und wandte sich an Elizabeth. »Wer geht morgen mit ihm hinauf?«

»Harry, ich und Gray.«

»Okay.« Er sah sie grimmig an. »Dann sorgt dafür, dass er seine Meinung nicht ändert. Für Liam.«

Graham öffnete den Mund, aber Marc hob den Saum seines Hemdes, und der Patriarch klappte ihn wieder zu. Hinter Marcs Gürtel sahen sie alle den Kolben seiner Pistole.

Es wurde neun Uhr. Als Elizabeth vorsichtig das Thema ansprach, wie sie in den kommenden Tagen und Wochen damit umgehen sollten, wenn Liam vermisst bliebe, drohte der schwelende Konflikt auszubrechen, denn die Wachowskis waren noch nicht bereit, diese Möglichkeit in Betracht zu ziehen. Als Maurice das Thema Entschädigung ansprach – schließlich hatte er bei der Suche nach ihrem Kind seine Hand verloren, argumentierte er –, brach der Konflikt tatsächlich aus. Diesmal wurde nicht rechtzeitig eingegriffen, als Marc ihm an den Kragen ging. Graham, Luana, Kaila und Ralph waren zu fassungslos oder zu verwirrt. Alle anderen waren einfach zu spät dran oder rochen Blut. Es gab Schläge, Gray und Elizabeth eilten herbei, aber Letztere wurde in dem Getümmel von einem Arm von Marc mit einem Schrei über den Salontisch geschleudert, was für Harry das Signal war, seinen Ellenbogen um die Kehle seines Gegenübers zu legen und zuzudrücken. Am Ende waren es Laura und Juliette, die es schafften, die Männer wieder auf ihre Stühle zurückzuverweisen; verschwitzt, keuchend, kaum besänftigt, aber zumindest für den Moment gesättigt. Joyce hatte die ganze Zeit über geschrien, wie ein Soundtrack zum Wahnsinn. Danach wurde nicht mehr gesprochen.

Alle waren nur noch mit einer Sache beschäftigt.

Alle warteten.

All diese Menschen hassen sich gegenseitig. Keiner kann den anderen ausstehen. Und doch können wir einander nicht loslassen. Wir halten uns gegenseitig im Würgegriff, und niemand ist der Erste, der sagt: Es reicht.

Graham saß stumm in seinem Chesterfield-Sessel hinter einem unangetasteten Glas Gin. Er sah nicht einmal auf, als ein plötzlicher, heulender Windstoß das Dach krachen ließ.

Auch Luana rührte sich nicht mehr. Ihr Gesicht hatte die Farbe einer Mondfinsternis angenommen. Und Kaila …

Was war eigentlich mit Kaila los?

Er konnte sie nicht deuten. Ihr Schweigen beängstigte ihn. Das hier war ein anderes Schweigen als sonst. Natürlich war es denkbar, dass sie unter Schock stand, weil der Abend so grässlich verlaufen war, aber es steckte mehr dahinter. Immer wieder schob sie ihre rechte Hand unter den linken Ärmel ihres Pullovers und zupfte nervös an ihrem Handgelenk herum. Warum hatte er sie zu Hause nicht zur Seite genommen, als er es hätte tun können?

Ralph bekam eine Gänsehaut. Er wurde das Gefühl nicht los, von allen Seiten angestarrt zu werden. Als er es nicht mehr aushielt, stand er auf und ging zur Bar.

Smirnoff Gold. Puh. Selbst jetzt sehnte er sich danach. Er ekelte sich vor sich selbst, aber es stimmte. Das Verlangen war fast unwiderstehlich.

Er brach Eiswürfel aus der Form und erschrak von dem lauten Geräusch. Harry stand neben ihm. Ralph hatte ihn nicht kommen hören. Sein Nachbar schaute ihn mit neugieriger, fast erstaunter Abneigung an.

»Was tust du da eigentlich?«, fragte er so leise, dass nur Ralph es hören konnte. »Du weißt doch, dass es um zehn Uhr rauskommt. Wenn du etwas getan hast, kannst du jetzt noch reinen Tisch machen.«

Ralph spürte, wie sich sein Kiefer verkrampfte. Seine Nackenwirbel sich zusammendrückten. Seine Kopfhaut sich zusammenzog. Er war sich all dieser Dinge schmerzlich bewusst, konnte aber nichts dagegen tun. Was über seine Lippen kam, war ein heiseres: »Es gibt nichts, worüber man reinen Tisch machen müsste.«

Er schnappte sich sein Glas von der Theke – nur Eiswürfel – und ging zur restlichen Gesellschaft zurück. Er schloss die Augen und musste seine Knie zusammenpressen, damit er nicht am ganzen Körper zitterte.

Die Minuten schlichen dahin. Es war zwanzig vor zehn. Das war der Moment, in dem Kaila aufstand.

»Ihr vergesst eine Sache«, sagte sie. Alle schraken auf. Alle sahen sie an. »Ihr vergesst mich.«

»Ich sollte heute Abend eingeweiht werden«, sagte Kaila, während sie in die Runde blickte. »Ich verstehe, dass dieses Jahr alles anders läuft, und finde es genauso schrecklich wie alle anderen, was passiert ist, aber für mich hätte das heute ein besonderer Abend sein sollen. Es sollte mein Übergangsritual sein. So nennen es Mom und Dad. Mein Erwachsenwerden.«

In Luanas Blick drückten sich ihre Schuldgefühle aus, und sie musste sich sichtlich zurückhalten, um nicht zu ihrer Tochter zu gehen. Ralph saß regungslos da und konnte nur denken: *Was passiert hier?* Aber es war Graham McKinley, der das Wort ergriff. »Ich verstehe das sehr gut, Kaila. Und es tut mir furchtbar leid. Unter den gegebenen Umständen kann es kein festlicher Anlass sein.«

»Nein, das verstehe ich. Und bald, wenn der Buchhalter kommt, wird jeder mit ganz anderen Dingen beschäftigt sein. Und das verstehe ich auch. Wirklich.«

»Du wirst deinen Namen in seinem Buch verewigen. Das wird ein besonderer Moment sein.«

»Ja, das weiß ich. Aber ich habe nachgedacht. Sie haben recht. Mit zwei Dingen. Traditionen sind wichtig, und der Tod eines Menschen ist nicht nebensächlich. Wir müssen uns an die Person erinnern, die letztes Jahr in den Wald gebracht wurde und der wir ein ganzes Jahr Wohlergehen verdanken.«

Zustimmendes Murmeln.

»Es ist keine Kleinigkeit, wenn jemand freiwillig sein Leben gibt. Ich meine, ich weiß, dass die Menschen es nicht wissen, und ich weiß, dass wir ihnen tatsächlich helfen … aber trotzdem.« Sie blickte wieder in die Runde. »Ich meine, das stimmt doch, oder?«

Die meisten nickten. Ralph sah aus den Augenwinkeln, dass Elizabeths Knöchel schneeweiß waren. Er selbst war sprachlos und konnte die neue Situation kaum verarbeiten.

»Also dachte ich mir, wir könnten den zeremoniellen Kram jetzt erledigen. Dann haben wir nachher um zehn Uhr genug Zeit für Liam.«

»Sie hat recht«, sagte Laura nach kurzem Schweigen.

Gray nickte, zögerte aber. »Können wir das ohne den Buchhalter durchziehen?«

Darauf hatte niemand eine Antwort. Graham wandte sich an Ralph. »Du hast das Artefakt vom letzten Jahr, nicht wahr?«

Und das holte ihn endlich aus seiner Starre. »Ja, aber es gibt da ein kleines Problem«, sagte er. »Ich habe es das ganze Jahr über im Safe aufbewahrt. Dessen bin ich mir sicher, denn ich habe regelmäßig nachgeschaut.« Das war eine gewaltige Untertreibung. Levis Lederarmband war für ihn zu einem Talisman geworden, und er hatte es unzählige Male aus dem Safe genommen, wenn ihm das Bedürfnis kam, dem Jungen nahe zu sein. Aber das brauchten die anderen nicht zu wissen. »Ich bin einfach noch nicht dazu gekommen, ihn hier abzugeben. Und als ich nachsehen wollte, bevor wir herkamen, war es nicht mehr da.«

»Du hast das Artefakt verloren?«, fragte McKinley leise.

»Ich verstehe es selbst nicht. Es hat die ganze Zeit über im Safe gelegen. Ich habe noch mal alles abgesucht. Es ist nicht mehr da.«

»Wie zum Teufel ist das möglich, Ralph?«

Vor ein paar Wochen hatte er das Armband das letzte Mal aus dem Safe genommen. Er hatte es eine Zeit lang getragen, aber danach? Er konnte sich nicht erinnern. Er musste vergessen haben, es zurückzulegen; eine andere Erklärung gab es nicht. Aber wo war es dann?

»Ich weiß es nicht«, sagte er nur. »Es tut mir leid.«

Wieder sah er den Zorn von McKinley, doch bevor dieser etwas sagen konnte, tat es Kaila. »Nun, wir können ihm auch ohne dieses Artedings, oder wie das heißt, Tribut zollen, oder? Wie genau läuft das Ritual normalerweise ab?«

Elizabeth drehte sich zu den dreizehn Kristallkelchen um, die auf der Anrichte standen. »Hör zu, Kaila, das ist eine schöne Idee, aber der Buchhalter führt den Umtrunk an, wir können nicht einfach …«

»Leute, seht nur …« Juliette war aufgestanden und zeigte auf den Kamin. Alle folgten ihrem Finger.

Niemand hatte in der letzten Stunde neue Holzscheite auf das Feuer gelegt, und unter der Wölbung des Steinbogens war es zu schwelenden Kohlen erloschen. In seiner Mitte stand ein Kupferkrug. Ralph stockte der Atem, als er erkannte, dass es sich um den Krug handelte, den der Buchhalter normalerweise seinem Aktenkoffer entnahm. Ein roter Schimmer spiegelte sich in der polierten Oberfläche.

»O… kayyyyyy«, sagte Maurice, in die hinterste Ecke seines Diwans gedrängt, als erwartete er, der Krug würde jeden Moment auf ihn losgehen. »Der stand nochhnie da. Oder binnich schon völlichh meschugge?«

Marc sah Graham an und murmelte: »Offenbar steht es uns frei.«

Auf einmal war Ralph alarmiert. »Wartet. Ich weiß nicht, ob …«

Aber seine Worte wurden von Graham übertönt, der Kaila zunickte und sagte: »Es scheint ein gutes Zeichen zu sein. Willst du die Zeremonie leiten, Mädchen?«

Kaila war bereits um Maurices Diwan herum zum Kamin gelaufen. Wie hypnotisiert starrte sie in die geisterhafte Glut. Sie streckte die Hände aus.

»Schatz, pass auf …«, begann Luana, aber genau wie Ralph war sie wie erstarrt.

Kailas Hände schwebten dicht über dem Krug und schlossen sich dann darum. Ein Raunen ging durch den Raum. »Er ist nicht heiß«, sagte sie erstaunt. Als sie sich zu den anderen umdrehte, hielt sie den Krug in den Händen und lächelte erfreut. »Er ist warm, aber nicht heiß …«

Graham kreiste mit dem Finger, das war das Signal für Juliette und Elizabeth, zur Anrichte zu eilen und die Kelche herumzureichen. Zwölf Stück, denn der dreizehnte Gast war natürlich noch nicht anwesend. Ralph sah seine Tochter mit halb geöffnetem Mund an und war plötzlich von tiefem, liebevollem Respekt überwältigt. Offensichtlich hatte er ihre Zurückhaltung völlig falsch eingeschätzt. Inmitten der gegenseitigen Feindseligkeit, in die ihre Nachbarn verfallen waren, hatte sie geschafft, was Graham und alle anderen nicht geschafft hatten: einen Moment der Einheit zwischen ihnen zu schaffen.

»Großvater wäre stolz auf dich gewesen, Kaila«, sagte er mit einem Kloß im Hals.

»Das denke ich auch«, sagte McKinley. »Richter Lewis war ein angesehener Mann.«

Kaila schürzte die Lippen, schaute aber keinen von ihnen an, während sie die gravierten Kelche ihrer Nachbarn einen nach dem anderen mit dem dampfenden, blutroten Wein füllte, den sie so gut kannten. Wie immer schüttete der Krug weiter, auch wenn er nach vier oder fünf Kelchen hätte leer sein müssen. Nur beim letzten, ihrem eigenen, kam kein einziger Tropfen mehr heraus. Sie schaute in die Öffnung und schüttelte ihn vorsichtig mit beiden Händen.

»Er ist leer«, sagte sie.

Es erklang ein gurgelndes Geräusch, wie Wasser, das aus einem Abfluss sprudelt. Ihr Kelch begann sich von selbst zu füllen.

»Woah, abgefahren«, flüsterte Maurice.

Als er bis zum Rand gefüllt war, hörte es auf. Kaila stellte den Krug auf der Schiefertafel vor dem Kamin ab und nahm ihren Kelch in die Hand. »Okay. Ich kenne es nur vom Hörensagen, aber ich glaube, wir sollten alle aufstehen, oder?«

Irgendetwas stimmt nicht, dachte Ralph, als alle aufstanden. *Irgendetwas ist schrecklich falsch*.

Selbst Maurice schaffte es, sich auf einen Hocker gestützt aufzurichten. Unter dem grinsenden Wolfskopf hob Kaila ihren Kelch. Zum ersten und zum letzten Mal an diesem Abend sah sie Ralph direkt an. »Also auf den Jungen vom letzten Jahr. In Wohlstand leben. Freiwillig gegeben.«

Der Patriarch hob sein Glas und rief vollmundig: »Ja!«

»Ja«, sagte auch Juliette.

»Ja«, hörte Ralph sich flüstern. Er konnte sich nicht zurückhalten.

»Ja, Liebling«, sagte Luana und nickte Kaila mit einer Miene zu, in deren Ausdruck alle Emotionen der letzten Tage vereint waren.

»Ja«, sagten Elizabeth und Harry gleichzeitig.

»Prost«, sagte Maurice und begann zum Entsetzen aller zu trinken. Tatsächlich kippte er seinen Kelch in einem Zug hinunter. Als er leer war, ließ er sich seufzend auf den Diwan fallen, leckte sich über die blutroten Lippen und grinste: »Daddy braucht seine Medizin.«

Kaila ließ sich nicht aus der Ruhe bringen und sah Joyce erwartungsvoll an.

»Ja«, sagte diese, mit Tränen in der Stimme. »Und auch auf Liam. Auf ein glückliches Ende.«

Marc nickte. »Ja, darauf trinke ich.«

»Gut gemacht, Liebes«, nickte Laura ermutigend. »Ja.«

»Ja«, sagte auch Gray.

Kaila richtete die Augen zum Himmel. »Auf dich, Levi«, sagte sie leise. Und sie trank.

Sie tranken alle. Und während Ralph spürte, wie das warme, bittere Getränk durch sein Inneres wirbelte wie ein lebendiges Wesen oder ein Sternennebel oder wie Schwefel und Feuer, dämmerte ihm, dass Kaila den Namen des Jungen genannt hatte.

Sie stand vor dem Kamin, und hinter ihr loderten die Flammen auf. Der Ärmel an ihrer linken Hand, mit der sie den Kelch hielt, rutschte herab, und jetzt sah er, was sie am Handgelenk trug.

Es war Levis Armband.

Ralph dachte: *Kaila?*

In diesem Moment schlug die Uhr zehn.

Alle hatten durch den Umtrunk das Zeitgefühl verloren. Alle blickten mit einem Ruck zurück zur Doppeltür. Elizabeth stieß einen Schrei aus. Joyce schnappte nach Luft. Ralph spürte, wie sein Mund trocken wurde.

Nach dem dritten Schlag ertönte vom Flur her das massive Klopfen des Türklopfers.

Zweimal. Der Teufel klopft immer zweimal an.

Totenstill setzten sich alle wieder auf ihre Plätze. Die Kelche wurden abgestellt. Der Salon des Nordflügels war weiter von der Empfangshalle entfernt als das Jagdzimmer und war mit dieser durch einen langen Flur mit Mahagonitäfelung verbunden, aber dennoch hörten sie alle den Knall, als der Riegel aus dem Schloss sprang. Das Quietschen der aufschwingenden Eingangstür.

Mit einer Mischung aus Unverständnis und – viel schlimmer – Verständnis sah Ralph Kaila an. Sie hatte sich wieder in ihren Sessel gesetzt und starrte auf ihre Hände. Er versuchte, ihren Namen auszusprechen, aber er brachte keinen Ton heraus. Was auch immer er ihr hatte sagen wollen, jetzt war es zu spät.

Die Tür schlug zu. Endlich, verzögert durch den Verbindungsflur, erreichte der Luftzug den Salon. Die Kerzenflammen erloschen. Sie hörten das ruhige *Klack-Klack* von Lackschuhen auf Marmor, gefolgt von einem trägen, schleppenden Geräusch. Grahams Atem stockte, und Ralph verstand, warum: Er hatte ein allzu lebhaftes Déjà-vu. Letztes Jahr war die von Parkinson gezeichnete Dorothy in das Jagdzimmer gestolpert, über ihren Rollator gebeugt und einen leblosen Fuß hinter sich herziehend.

Die Schritte kamen näher. Gefolgt von einem Schleifgeräusch.

Ralph dachte: *Wenn ich mich jetzt freiwillig von meinem Leben verabschieden könnte, würde ich das wahrscheinlich tun.*

Eine Illusion aus wirbelnden Novemberblättern, aus sich windenden Ästen, Raureif und schwarzem Nebel strömte in den Salon, und Ralph spürte sofort, wie die Temperatur seines Blutes sank. Es schien keine Illusion zu sein, dass es finsterer im Raum wurde: Die Dunkelheit kroch über ihre Gesichter. Hielt sich daran fest. Und wenn sie alle dieser Dunkelheit zum Opfer fielen, wer in aller Welt würde dann zu behaupten wagen, dass sie nicht wirklich existierte?

Aus den Schatten löste sich ein weiterer Schatten, der einen üblen Gestank verbreitete. Der Buchhalter trat ein, gekleidet in seinen schwarzen Anzug, im weißen Hemd mit Rüschen und seiner schwarzen Fliege. Mit ruhigen, bedächtigen Schritten kam er auf sie zu. Zuerst sah Ralph nicht, was er an seinem unheimlich langen Arm hinter sich herschleppte, denn McKinleys Sessel versperrte ihm die Sicht. Aber dann sah er es doch.

In einer behandschuhten Hand trug er seinen Aktenkoffer. Die andere hielt ein Büschel blutiges blondes Haar gepackt. Mit einer Marionettenbewegung, die zu schnell und zu unmöglich war, um den Gesetzen der Physik und Anatomie zu folgen, beugte sich der Buchhalter zur Seite, hob auf, was er hinter sich hergeschleppt hatte, und schlug es mit einem lauten Knall auf den Salontisch. Kelche zersprangen in Scherben. Nachbarn flogen gegen ihre Rückenlehnen, die Hände in blankem Entsetzen vor den Mund geschlagen.

Vor ihnen lag die elendig verstümmelte Leiche von Liam Wachowski.

Es gab einen Moment, in dem Ralphs Schock so tief saß, dass er den Eindruck hatte, buchstäblich aus seinem Körper herauszutreten. Es dämmerte vor seinen Augen, und er spürte, wie sich sein Geist kurz von seinem Leib entfernte. Und tatsächlich bettelte er darum, dass dies das Ende sein würde. Dass die Finsternis gnädig genug sein würde, sein Leben jetzt zu verschlingen. Aber der Moment währte nur unbarmherzig kurz, und der Salon materialisierte sich nur allzu deutlich vor seinen Augen. Ralph Lewis begriff, dass von ihm erwartet wurde, dass er dies bei vollem Bewusstsein erlebte.

Joyce und Marc begannen zu schreien und stürzten sich auf ihren Sohn, der mit Erde aus der Grube beschmiert war, in der er zwei Tage lang begraben gewesen war. Der Buchhalter drehte seinen Kopf zu Ralph und zischte: »Der hier zählt nicht, *Vater*.«

Aber war es wirklich das, was er sagte? Statt »Vater« klang in diesem letzten Wort noch etwas anderes mit, etwas Verballhorntes aus einer alten Sprache, das Ralph dennoch einwandfrei verstand: Der Buchhalter nannte ihn »Betrüger« und spuckte dieses Wort mit einem schwarzen Dunst voll triefendem Hass aus.

Während Joyce immer wieder den Namen ihres Sohnes schrie und Marc immer noch unartikulierte Laute von sich gab, saßen alle anderen Nachbarn totenstill da. Die meisten hatten zwar gehört, was der Buchhalter gesagt hatte, aber die Bedeutung seiner Worte war ihnen noch nicht klar geworden. Juliette kratzte sich Striemen ins Gesicht. Elizabeths Augen quollen hervor und tränten, ohne zu blinzeln. Auf Grahams vergilbter Netzhaut waren Adern geplatzt, und seine Augen liefen mit Blut voll. Luana hyperventilierte wie eine wild gewordene Pumpe. Selbst Maurice war verstummt. Und Ralph? Er konnte nur auf Liams schlammiges Halloween-Kostüm starren, das nass und mit Algen bedeckt war. Ein Geruch, den Django sehr gut erkannt hätte, drang tief in seine Nasenlöcher. Es war der Gestank von Fäulnis und Verwesung, der nun den ganzen Salon erfüllte und sich in jedermanns Lunge festsetzte.

Nur einer betrachtete die Leiche nicht: Harry. Stattdessen sah er Ralph direkt an. »Wirst du jetzt reden?«, fragte er leise.

Alle Nachbarn starrten ihn mit offenen Mündern an.

Ralph versuchte, etwas zu sagen. Konnte es aber nicht.

Luana sprach es schließlich aus. »Wir waren es.« Die Worte kamen in Stößen. »Oh Gott, wir waren es. Es tut mir so leid … so schrecklich leid …«

Er sah seine Frau an. Tränen liefen ihm aus den Augenwinkeln. Luana erwiderte seinen Blick nicht, sie hatte sich Joyce zugewandt.

»Es war ein Unfall … Ralph hat ihn angefahren. Er war auf dem Heimweg, er hatte getrunken … wir gerieten in Panik …« Sie schien nach Worten zu suchen, die erklären konnten, was sie getan hatten, aber all die Gründe, die vorher so unbestreitbar schienen, waren ihr jetzt offenbar entfallen. Und Ralph wusste es. Es gab keine Gründe. Keine Ausreden. Nur Rechenschaft.

Endlich hatte er seine Stimme wiedergefunden. »Es tut mir leid«, sagte er zu Joyce und Marc, »ich war so furchtbar dumm.«

»Nein!«, kreischte Joyce. Sie ließ Liam los und stürzte sich auf ihn. »DU DRECKIGES SCHWEIN!« Im nächsten

Moment spürte er kratzende, krallende Nägel und in blinder Wut geballte Fäuste. Ralph hatte nicht die Kraft, sie von sich zu stoßen, und hätte es auch nicht getan, denn er hatte es verdient. Und was noch wichtiger war: Sie hatte es verdient. Er hob nur die Unterarme, um sein Gesicht zu schützen, denn Joyces Mordlust überfiel ihn mit der Präzision eines Falken, und ihre langen Nägel zielten ohne Unterlass auf seine Augen.

»Möööörder!«, schrie sie wieder und wieder. »Möööörder! Mööööörder!« Joyce wurde weggezogen, und hinter dem Ledersofa erschien das Gesicht von Gray Junior. »Gut gemacht, du Wichser«, sagte er. »Jetzt sind wir alle am Arsch.«

Es gab einen weißen Blitz, als seine Faust ihn von oben direkt gegen seinen Wangenknochen traf. Der Schaden, den Joyce angerichtet hatte, beschränkte sich auf Schnitte, Striemen und blaue Flecken, aber das hier war viel schlimmer. Ralphs Kopf wurde nach hinten gerissen, alles verschwamm, und ein schriller Piepton erklang. Er hatte das beunruhigende Gefühl, dass das Fleisch seiner Wange in sein rechtes Auge gerutscht war und nicht mehr dorthin zurückkonnte, wo es hingehörte. Er tupfte mit den Fingern darauf, spürte Blut und einen heftigen Schmerz in der darunter liegenden Knochenstruktur seines Gesichts.

Als sich sein Blick wieder schärfte, sah er Marc, der seine Ruger gezogen hatte und sie auf ihn richtete. »Steh auf«, sagte er und gestikulierte mit dem Lauf. »Sofort.«

Ralph kam langsam taumelnd auf die Beine. Hinter Marc hing Joyce vornüber im Griff von Laura und Elizabeth, ihr Gesicht gefleckt und mit Rotz bedeckt. Während des Handgemenges waren die Knöpfe ihrer Weste geplatzt, und ihr Kleid war zerrissen. Eine ihrer Brüste hing blass aus ihrem BH heraus. Sie hatte es nicht bemerkt, aber Maurice hatte es gesehen. Er deutete fassungslos darauf und sagte, der intellektuelle Leuchtturm, der er war: »Tiette …«

»Du und ich gehen spazieren«, sagte Marc, »in den Wald.«

Ralph hob seine Handflächen. »Marc, es war ein Unfall.«

»Es war kein Unfall, ihn in den Wald zu bringen. Und, wie hat sich das angefühlt? Wie hat sich das angefühlt, schon wieder ein Kind dort zurückzulassen?«

»Marc, lass uns vernünftig sein. Es ist noch nicht zu spät.«

Sein Nachbar lachte, freudlos, aber aufrichtig überrascht. »Oh, aber es ist schon viel zu spät. Weißt du das denn nicht?«

Ralph schaute sich in der Runde um und sah, dass es so war. In den Gesichtern von Harry und Elizabeth, von Juliette, Maurice, Gray und Laura und natürlich in dem von Joyce sah er nicht nur Verurteilung. Er sah den Willen zur Vergeltung, den Anschein von Blutrausch. Dies würde in Selbstjustiz münden. Juliette war aufgestanden und hatte sich demonstrativ zu den anderen gesellt. Luana saß allein in einer Ecke des Sofas. Ihre Augen waren leer und starrten in einen Albtraum, der bereits verbannt war.

Nur Graham McKinley trug noch den Schleier der Zivilisation über seinem Gesicht. »Marc, ich bitte dich, es nicht zu tun«, sagte der alte Mann. »Es gibt andere Wege.«

»Die gibt es tatsächlich«, sagte Joyce. Mit einer Drehung ihres Körpers riss sie sich los und stand nun vor Ralph, genau in der Schusslinie. In ihrem jetzigen Zustand sah sie aus wie eine Frau, die aus dem Irrenhaus ausgebrochen war. Ihre Lippen verzogen sich zu einem grausamen Grinsen. »So leicht lassen wir ihn nicht davonkommen. Er hat meinen Sohn ermordet. Wir werden Django von oben holen, und du wirst ihn in den Wald bringen.«

»Nein!«, rief Luana. »Nein, nein, nein, das tust du nicht!«

Sehe ich richtig?, dachte Ralph. Luana, die Schusswaffen

schon so lange verabscheute, wie er mit ihr verheiratet war, hatte sich erhoben und hielt mit zitternden Händen eine Pistole auf Marc gerichtet. Es war offensichtlich, dass sie sie aus ihrer Handtasche genommen hatte, aber wie sie an sie herangekommen war, war ihm ein Rätsel.

Alle starrten nun auf die zwei Schusswaffen, aber Ralph spürte, wie sein Blick wie von einem Magneten nach links gezogen wurde. Die Einzige, die sich seit der Ankunft des Buchhalters nicht gerührt hatte, war Kaila. Sie saß immer noch totenstill auf ihrem Stuhl und starrte mit großen, dunklen Augen vor sich hin, scheinbar ohne zu bemerken, was um sie herum geschah. Selbst die Leiche auf dem Salontisch schien ihr entgangen zu sein. Der Buchhalter stand hinter ihr, und vielleicht war es eine optische Täuschung, aber er schien größer zu sein als zuvor. Er hatte die Arme ausgebreitet, die Handflächen nach außen, den Kopf in den Nacken geworfen.

Und er inhalierte.

Er saugte sie alle ein.

Ralph spürte es. Wie an seinem Verstand gezerrt wurde. Wie die Membran seines gesunden Menschenverstandes zerriss und die Kreatur ihn dessen beraubte, was ihn zum Menschen machte. Er durchlebte es bewusst und sah auch, was dahinter gähnte: die dunkle, glatte Oberfläche eines Spiegels. Darin sah er den reinen, barbarischen Wahnsinn.

Graham McKinley fiel auf die Knie und schrie: »Wir sind keine Ungeheuer! Wir sind keine Ungeheuer! Wir sind keine Ungeheuer!« Doch während er dies tat, verzerrte sich sein Gesicht auf monströse Weise, und die Wut sprang auch auf den Patriarchen über: ein primitives Urgefühl, die einzig angemessene Reaktion auf die Erkenntnis, was sie die ganze Zeit über gewesen waren.

»Du lässt meine Kinder in Ruhe, du Schlampe«, knurrte Luana Joyce an.

»Du hättest mein Kind in Ruhe lassen sollen, Fotze«, schrie Joyce zurück. Sie fletschte die Zähne, sah sich hungrig, mordlustig um, erkannte, dass Django außer Reichweite war, und rannte stattdessen mit ausgestreckten Händen auf Kaila zu.

Luana zielte mit der Waffe und drückte ab. Die Kugel traf Joyce mitten ins Gesicht. Während sie nach hinten kippte, schwangen ihre Arme nach oben, als ob sie ein Tor bejubeln wollte, nur hatte sie keinen Mund mehr, um das zu tun. Auch ihre Beine flogen in die Höhe. Dann schlug ihr Kopf mit einem dumpfen Schlag auf die Kante von Maurices Diwan auf.

»*Então é assim que pode dar merda*«, flüsterte Luana. Und obwohl Ralph nur ein paar Worte Portugiesisch sprach, verstand er, dass sie sagte: *So kann es also schiefgehen.* Alle schrien jetzt. Alle dachten an Mord. Schwarzer Dampf stieg aus dem Anzug des Buchhalters, und inzwischen war nicht mehr zu leugnen, dass er gewachsen war; seine Erscheinung erfüllte fast den ganzen Salon. Schwarze, vergiftete Adern krochen unter die bereifte Haut seines Halses, als wären sie nicht mit Blut, sondern mit Tinte gefüllt. Sein Mund war aufgerissen, und Sabber tropfte in Strömen von seinen Lippen. Ralph hörte das lüsterne *hòòòòòhhhh* des Atems, den er einatmete – ein Atem, der natürlich kein Sauerstoff war, sondern der Treibstoff, mit dem sie ihn all die Jahre gefüttert hatten. Er fraß ihre Menschlichkeit und saugte ihre letzten Reste in sich auf.

Marc starrte ungläubig auf den reglosen Körper von Joyce. In diesem kurzen Moment wurde ihm bewusst, dass er sowohl seinen jüngsten Sohn als auch seine Frau verloren hatte, und er richtete die Ruger, die er in all dem Chaos gesenkt hatte, mit neuer Präzision auf Ralph. Zweifellos hätte er den Abzug betätigt, wenn Maurice in diesem Moment nicht einen lang gezogenen röchelnden Schrei ausgestoßen hätte. Sein Blick schnellte in die entsprechende Richtung.

Der jüngste McKinley-Sprössling saß aufrecht auf dem Diwan. Seine gesunde Hand umklammerte seine Kehle, der Rest der anderen presste sich dagegen. Er öffnete den Mund, als wollte er etwas sagen, aber es kam nur ein Schwall Schaum heraus, der mit einem feuchten Klatschen in seinem Schoß landete. Das meiste davon glänzte rot von Blut und zermalmten Herbstblättern. Der Rest war knochenweiß.

Ralph betrachtete die Scherben der Kelche, die überall auf dem Boden lagen, und die beiden verbliebenen Kelche, die – unglaublich, aber wahr – neben Liams Leiche auf dem Salontisch noch intakt waren.

Sie hatten getrunken. Sie hatten alle getrunken.

Ein Lächeln zeichnete sich auf seinen Lippen ab. Ralph hörte Maurice gurgeln. Er sah, dass die Hornhäute seiner Augen rissen, seine Füße strampelten, seine Kiefer sich verkrampften und seine Zähne die Unterlippe zerfleischten, weil er nicht mehr wusste, wie er den Mund schließen sollte. Doch all diese Dinge waren jetzt egal, denn zum letzten Mal sah Ralph Kaila an.

Und dachte: *Gut gemacht, Mädchen.*

KAILA

Was erzählt wurde. Kailas Entschluss.

2. November

Während der Abend im Salon des McKinley-Hauses seinen schrecklichen Verlauf nahm, saß Kaila inmitten des Geschehens in einer Trance der vollkommenen Beherrschung. Sie kannte das Gefühl, das sie ergriffen hatte, nur von einer anderen Gelegenheit: Wenn sie sprang und spürte, wie die Welt um sie herum in den Himmel verflog, hatte sie ihr Leben und ihren Platz darin unter Kontrolle. Dann flog sie in einem Kokon ihres eigenen Bewusstseins, schnell genug, um ihre Krankheit und den Ballast, den andere Menschen bildeten, hinter sich zu lassen. Und wenn ihre Hände dann die Wasseroberfläche spalteten, schlug sie ein Loch durch die Welten und öffnete die Tür zu einem Bereich, in dem nichts von alldem sie finden konnte. Hatte sie sich nicht immer danach gesehnt?

Eigentlich war es gar nicht so schlecht, in diesem Moment allein zu sein. Ihr Kopf füllte sich mit Musik: Jax, der während des Karaoke-Abends eine überschwängliche Version von »Bohemian Rhapsody« für ihre Freunde sang. Django, der mit James Corden »Great Balls of Fire« spielen durfte und das Publikum in Ekstase versetzte. BTS mit »Dynamite« über Spotify in ihren Ohrstöpseln. Die Musik füllte ihren Kopf mit Träumen und Erinnerungen, die ihr ein wunderbares warmes

Gefühl vermittelten und die Geräusche des Pandämoniums in den Hintergrund drängten.

Und ganz allein war sie natürlich nicht, oder? Nein, der Buchhalter stand hinter ihr. Körperlich, aber auch an jenem introspektiven Ort, an dem sich ihr Geist befand. Sie spürte ein sanftes Klopfen, das geistige Äquivalent einer Hand, die auf ihre Schulter gelegt wurde. Und in ihrem Kopf hörte sie seine Stimme: *Gut gemacht, Mädchen.*

Siehst du jetzt, was für widerwärtige Monster sie sind?

Du bist es auch nicht gerade subtil angegangen. Wie Jax sagen würde: Ganz ruhig, Kumpel …

Haben sie etwas Besseres verdient? Erst, wenn man ihnen die Wahrheit vor die Nase klatscht und das Ungeziefer herausholt, erkennen sie, was sie getan haben.

Auch Kaila sah nun die Konsequenzen und hatte kein Mitleid mehr mit den Menschen, die sie einst als ihre Eltern und Nachbarn gekannt hatte. Menschlichkeit und Mitgefühl verschwinden, wenn man lange genug die Bestialität anderer beobachtet. Das hieß nicht, dass ihre Fassade völlig abgebröckelt war: Ihre Moral war nur fester als die der anderen.

Ist das den anderen gegenüber fair? Nicht alle haben solche Dinge getan.

Oh, aber du kennst ihre Geschichten nicht, Kaila. Ich schon. Ich kenne all ihre Geschichten. Selbst mir waren sie zu kalt, um mich daran zu erwärmen. Glaub mir, sie alle haben es verdient.

Sie dachte darüber nach und glaubte, dass er die Wahrheit sagte. Und dachte dann daran, dass sie fast ein Teil davon geworden war. Es ließ sie erschaudern.

Es ist fast an der Zeit, Kaila. Die alten Verträge laufen aus. Neue müssen geschmiedet werden.

Nein, natürlich würde sie sich nicht ihren Eltern und Nachbarn anschließen. Von dem Moment an, als sie entdeckt hatte, was sie jeden November taten und zu welchem Zweck, war sie von diesem Prinzip angewidert gewesen. Aus Prinzip hatte sie sich weigern wollen mitzumachen. Sie konnte es nicht mit dem vereinbaren, was sie für richtig hielt. Und doch war es ihnen, listig, wie sie waren, allmählich gelungen, sie zu einem falschen Gefühl der Zustimmung zu verführen. Vor allem Dad. Gerade er, mit seiner Moral hier, seiner Moral da, hatte ihr unter Vorspiegelung falscher Tatsachen vorgegaukelt, dass diese trübe Suppe das Beste vom Schlechten sei.

Doch heute Abend hatte all das ein endgültiges Ende gefunden. Mit dem Mord an Levi hatten sie eine Grenze überschritten, von der es kein Zurück mehr gab. Sie wusste das, denn Levi hatte es ihr selbst gesagt.

Und der Buchhalter?

Der hatte ihr neue Einsichten verschafft.

»Was hast du mit ihm gemacht?«, hatte sie mühsam hervorgebracht, als er sich an der Stelle auf dem Dachboden aufgerichtet hatte, wo kurz zuvor noch das traurige Ding gelegen hatte, das einmal Levi gewesen war, und wo jetzt nur noch Rußpartikel herumwirbelten.

Zurückgeschickt in die Dunkelheit. Er ist ein hübsches, schwaches Licht geworden, das anmutig zwischen den Toten Dingen im Unterholz leuchtet. Dort verharrt er still. Aber keine Bange, es ist noch genug für später übrig.

Eine lange, schwarze Zunge schlängelte sich über seine Lippen; er schien sich nicht beherrschen zu können. Die Rußpartikel verwehten. Der Asthaufen implodierte, Äste purzelten übereinander in das Loch, der Boden schloss sich.

Django lag neben ihr, ohnmächtig, aber unüberhörbar atmend. Sie stellte sich vor ihn, um ihn vor der Kreatur abzuschirmen. Aber nun, wo er endlich aufgetaucht war, war sie auch neugierig. Einen Tag zu früh. Und wieder war er ihr allein erschienen.

»Du hast ziemlich viel Lärm veranstaltet«, sagte sie. »Mom und Dad werden sich freuen.«

Die? Die sind eingeschlafen. Ich habe sie schlafen lassen. Ich kann ihre Träume sehen. Nicht angenehm, nicht angenehm …

»Warum bist du hier?«

Ich bin gekommen, um dich vor den Monstern zu retten.

»Monstern? Welche Monster?«

Den Elternmenschen.

Sie schüttelte entschlossen den Kopf. »Meine Mutter ist kein Monster. Mein Vater vielleicht, aber nicht meine Mutter.«

Der Muttermensch ist ein gemeines, boshaftes Geschöpf, das mein Geschenk nie zu schätzen wusste.

Sie schaute ihn an, schockiert von dem Gift in seiner Stimme.

Es ist die Wahrheit. Du warst ihr Wunschkind, aber selbst ihr Körper hat sich gegen dich gewehrt.

Er hob seine in einem Samthandschuh steckende Hand, und durch einen schwarzen Rauchschleier sah sie es: Wie sie blau auf die Welt gekommen war, die Nabelschnur so fest um ihren Hals gewickelt, dass es den Ärzten gerade noch rechtzeitig gelungen war, sie zu lösen, um den befreienden Schrei nach Sauerstoff zu hören.

Sie wollte dein schönes, zerbrechliches Köpfchen zu Faserbrei zerquetschen.

Und sie sah es: Wie ihre Mutter über ihre Wiege gebeugt stand, ihr Gesicht eine Maske des Hasses, ihre juckenden Finger auf ihre Fontanellen gelegt.

Sie hat dir den Lebenswillen genommen.

Und nun sah sie es nicht, sondern hörte es. Das Schlaflied ihrer Mutter, das sie erst jüngst im vergangenen November vernommen hatte: *boi boi boi, boi da cara preta*. Und am nächsten Morgen war sie ohne ihren schwarzen Stein aufgewacht.

Eilmeldung, sagte der Buchhalter, als sich der Rauch lichtete und der Dachboden vor ihren Augen Gestalt annahm. *Du warst die Wunschtochter des Muttermenschen. Mehr nicht. Und warum?*

Plötzlich war es ihr klar geworden. »Sie war unfruchtbar.« *Wer, glaubst du, hat dich gezeugt? Der Vatermensch?* Der Buchhalter lachte höhnisch. *Sein Samen war zu langsam. Es hätte dich nie geben dürfen, und Django auch nicht. Aber hier bist du.* Mit einer Art, die plötzlich etwas Unsicheres an sich hatte, strich er seinen Anzug glatt. Als er sie ansah, sah sie hingebungsvolle Ehrfurcht in seinem Gesicht. Und Liebe? Soweit dieses Wesen Liebe empfinden konnte: Ja. *Du bist die Erstgeborene, Kaila.*

PAMMM.

Dieses Wort hatte in ihrem Kopf nachgehallt wie eine Uhr, die zehn schlug.

Sie konnte es nicht glauben.

Sie. Nicht Damien Thorn aus *Das Omen*. Nicht Adrian aus *Rosemaries Baby*. Kaila Lewis da Silva.

Die Tochter des Teufels.

Der Pakt mit den Elternmenschen und ihren Freunden ist endlich, war der Buchhalter unbeirrt fortgefahren. *Das war er schon immer, denn Menschen haben ein Verfallsdatum. Sie verrotten. Dein schlafender Bruder weiß das alles, Kaila. Schöner, schlafender Bruder. Ihre Schlechtigkeit kennt keine Grenzen. Ich habe ihre Menschlichkeit nicht geraubt, das haben sie selbst getan. Menschen sind Kannibalen, die trotz eines Überangebots nicht widerstehen können, sich selbst zu zerfleischen. Njam-njam! So wie die Hunde heute auf Maurices Arm losgehen werden, njam-njam …*

Er steckte seine Hand weit in sein Maul, viel zu weit, und begann gierig daran zu knabbern. Als er sie wieder herauszog, schüttelte er den Sabber ab, der gegen ihr Poster von Sophia Loren spritzte.

Natürlich ist es endlich, Kaila. Und ich, ich bin auch endlich. Ihre Bosheit hat mich gesättigt, und jetzt ist es genug. Das Ende ist gekommen.

Er hatte ihr geradewegs in die Augen geschaut.

Ich möchte dir einen Deal vorschlagen.

Die ganze Nacht hatte sie dagelegen und gegrübelt. *Erstgeborene.* Das Wort ging ihr nicht mehr aus dem Kopf. Und doch hatte es sie nicht überrascht, nicht wirklich. Sie war kein übernatürliches Wesen, sie war ein Mensch aus Fleisch und Blut und glich körperlich in jeder Hinsicht ihren beiden Eltern. Sie hatte die Haut ihrer Mutter und den nachdenklichen Blick ihres Vaters. Aber hatte ihr Geist nicht schon immer etwas Zwiespältiges gehabt? Sie war bipolar, ihre dunkle Seite hatte seit ihrer Kindheit dicht unter der Oberfläche geschlummert. Sie war in ihr, und manchmal kam sie zum Vorschein. Zu früh und zu heftig, sie war nicht darauf vorbereitet gewesen.

Die Besuche beim Krisendienst.

Das Messer. Der Verband.

Und wer hatte sie letztlich vor sich selbst geschützt? Sicher nicht ihre Eltern mit ihren dämlichen Medikamenten. Nicht einmal Jax mit seinem geflochtenen Fußbändchen. ER hatte das getan. Als wäre sie von Anfang an für eine besondere Aufgabe auserwählt gewesen, hätte aber angesichts ihrer bipolaren Natur zunächst diese ungestümen, gefährlichen Teenagerjahre durchstehen müssen, bevor sie erkennen würde, wie wertvoll sie war.

Mit wem war sie eigentlich enger verwandt?

Du hast die Wahl, hatte der Buchhalter ihr versichert. *Ich habe noch nie jemanden zur Unterschrift gezwungen. Aber du wirst sehen, Kaila. Dieser Vertrag ist dir auf den Leib geschneidert.*

Irgendwann war sie dann doch in einen unruhigen Schlaf gesunken und hatte geträumt, dass sich Mom wieder über ihre Wiege beugte. Aber als sie ihr dieses Mal über die Schulter schaute, sah sie, dass die Wiege voller Blut war. Beim ersten Morgengrauen hatte sie gewusst: Sie würde fliehen. Die Angst beherrschte sie. Angst vor ihren Eltern, Angst vor der Korruption in der Bird Street, Angst vor dem Buchhalter und Angst vor der Unausweichlichkeit ihres Schicksals, das sie in diesem Moment zwar spürte, aber nie, nie, nie würde akzeptieren können. Django war der ausschlaggebende Faktor. Django war der Unschuldige in all dem, und ihn wollte sie hier rausholen. Den Forester ihres Vaters stehlen und wegfahren, so weit weg von hier wie möglich.

Aber dann hatte sie diese letzte, schockierende Entdeckung gemacht.

Hoppla, zischte der Buchhalter vom Beifahrersitz aus, als sie wie erstarrt in der offenen Tür gestanden hatte. *Nein, nimm nicht das Auto, das schöne Auto ist besudelt.*

Der Rücksitz war mit Blut bespritzt. Der penetrante Rostgeruch übermannte sie und brachte sie zum Würgen. Liams Baby-Yoda-Maske auf dem Rücksitz war blutig. Und da lag auch sein Mountainbike.

Es war ihr schwarz vor den Augen geworden. Als sie wieder

zu sich kam, stand der Buchhalter seltsam geknickt vor Dads Werkbank. Sein Kopf hing nach vorne, seine langen Raubtierarme reichten fast bis zum Boden.

Es tut mir leid, dass du das sehen musstest, Mädchen. Verstehst du es jetzt?

Sie hatte verstanden. Alles, was er gesagt hatte, war die Wahrheit gewesen. Ihre Eltern waren Monster. Dad hatte Liam totgefahren und die Wahrheit verheimlicht, während er jetzt mit den anderen auf einer verdammten Suchaktion durch den Wald war. Und Mom war Teil der Lüge, denn Mom wusste davon. Der mitternächtliche FaceTime-Anruf auf Dads Telefon hatte das bewiesen.

Kaila hatte gespürt, wie ihre Knie weich wurden. Der Buchhalter hatte sie gerade noch rechtzeitig an den Schultern gepackt. Sie dachte: *Lieber Gott, ich möchte so gerne zurück zum letzten Sommer, nach Italien. Letztes Jahr, als ich von alldem noch nichts wusste.*

Bei diesem Gedanken brach sie zusammen. Sie schlug die Hände vors Gesicht und begann zu weinen. Sie spürte, wie sich der Buchhalter geräuschlos über sie beugte, sie roch sein Moschusparfüm und den Regen und den Wald. Sie hörte das zischende *hòhhòhhòhhhhh*, als er ihre Gefühle inhalierte, aber das war ihr egal. Es war zu viel. Es kümmerte sie nicht mehr.

Als das Schlimmste vorbei war, blickte sie zu ihm auf.

Bist du das?, zischte er und deutete auf den Forester.

Sie schüttelte langsam den Kopf.

Ein Wolfsgrinsen spaltete sein Gesicht in zwei Hälften. *Dann lass sie los, Kaila. Sie sollen verdammt sein. Du hast nichts mehr mit ihnen zu schaffen.*

»Aber wieso ist das, was du tust, besser? Ich habe gesehen, was du letzte Nacht mit Levi gemacht hast. Du frisst die Seelen von Unschuldigen. Wie lässt sich das rechtfertigen?«

Oh, aber wir müssen essen! Essen, um aufzuräumen, jawohl. Und im November sind wir hungrig, so hungrig!

»Das macht es nicht besser.«

Aber sie stellte sich vor, wie ein Löwe in der Serengeti das schwächste Zebra der Herde angreift. War das nicht die Natur? Grausam vielleicht, aber essen mussten alle Wesen. In der Natur gab es kein Richtig oder Falsch, die Natur war im Gleichgewicht. War es nicht das, was der Buchhalter tat – eine Bestandsaufnahme? Und da war noch etwas anderes. Levi, Liam, all die anderen: das waren Übel, die ihre Eltern und ihre Nachbarn auf dem Gewissen hatten, nicht der Buchhalter. Waren diese Menschen also vom Teufel korrumpiert, oder hatte der Teufel dafür gesorgt, dass ihre Bosheit wenigstens noch in geregelten Bahnen ablief, damit sie nicht weiter in die Finsternis abgleiten konnten?

Ihre Eltern trieben unter dem Deckmantel der Wohltätigkeit etwas Teuflisches. Zumindest war diese Kreatur eindeutig und auffallend zuverlässig. Er nahm sich eine Seele pro Jahr. So monströs er auch war, dafür hielt er die Bird Street in einem unbestreitbaren Gleichgewicht. Elf Monate im Jahr waren die Menschen hier glücklich und gut. War er also so schlecht?

Der Buchhalter beobachtete sie und ließ ihr Raum, um über all diese Dinge nachzudenken und ihre eigenen Schlüsse zu ziehen.

»Okay«, sagte sie schließlich und wischte sich die Tränen weg. »Mach, dass es aufhört. Mach mit ihnen, was du willst, aber bitte sorg dafür, dass es aufhört.«

Du bist der Schlüssel dazu, Kaila. Du bist mein Vermächtnis. Es steht dir frei, zu gehen, aber die Aussichten sind nicht schön.

Er hatte seine Arme um sie gelegt, und etwas Seltsames war geschehen: Alles war dunkel geworden, schwarzer Rauch umgab sie, und plötzlich hatte sie alles verstanden. Er hatte ihr einen Blick in ihre Zukunft gewährt, die Zukunft, die sie erwartete, wenn sie vor ihrer Verantwortung davonlief. Und was sie sah, war eine Aufführung des Drehbuchs, das sie zu Beginn des Herbstes für ihre Zulassung an der USC geschrieben hatte. Darin flohen sie und Django nach Kalifornien, wo sie ein elendes Leben führen würden, das von einem miesen Job zum nächsten führte und sie unweigerlich auf der Straße landen ließ. In ihrer Verzweiflung, ihren kleinen Bruder zu unterstützen, machte sie sich aller möglichen Vergehen schuldig, immer auf der Flucht vor der Polizei, immer im Verborgenen lebend, bis sie eines Nachts zu sehr vom Heroin berauscht war, um sich noch um ihn zu kümmern. Django irrte auf der Suche nach Nahrung zwischen den Mülltonnen umher, wo plötzlich ein schwer kranker Fuchs vorsprang und ihn biss. Aber der Fuchs war nicht an Tollwut erkrankt. Nein, der Fuchs war ein Totemtier, und auch ihm war sie schon einmal begegnet. Durch die Dunkelheit streifend hatte er den ganzen Weg von Washington zurückgelegt und sie gefunden. Und während sie am nächsten Tag im Delirium auf einer schmutzigen Matratze liegen und sich vor lauter Elend die Pulsadern aufschneiden würde, würde Django seine Reise zurück in den Norden allein antreten. Seine Augen wären voller Feuer, sein Haar voller Novemberblätter … und er würde einen Lederkoffer tragen. Schließlich war Django der Zweitgeborene. Sein Schicksal war untrennbar mit ihrer Entscheidung verbunden. Sie sah all diese Dinge, und sie wusste, dass sie wahr werden würden. Außer …

»Also gut«, sagte sie. Der schwarze Rauch löste sich auf. Sie waren wieder in der Garage. Sie hatten sie nie wirklich verlassen, vermutete sie. »Da ist nur noch eine Sache.«

Eine Sache, sag schon …

»Ich möchte dir einen Deal vorschlagen.«

Und so war alles auf diesen Moment zugesteuert, als der Bird-Street-Pakt im Salon des McKinley-Hauses aufgekündigt wurde. Aber es würde einen neuen Pakt geben. Das war immer so.

Kaila stand auf, während ihre ehemaligen Nachbarn um sie herum auf dem Boden in ihren eigenen Körperflüssigkeiten und den letzten Zuckungen lagen. Das heute war ihr letzter Umtrunk gewesen, und er hatte mehr enthalten als nur Wein. Kaila kniete neben ihren Eltern nieder. In ihrem Todeskampf hatten sie sich aneinandergeklammert, in einer Position, die ebenso gut eine Umarmung wie ein Würgegriff sein konnte. Und obwohl sie sie nicht sahen – sie konnten es nicht mehr –, schienen sie die Anwesenheit ihrer Tochter zu spüren, denn sie streckten ihre verkrampften Hände nach ihr aus und starrten in die sonnenlose Dunkelheit ihrer eigenen Köpfe.

»Ciao, Dad«, sagte sie leise. »Ciao, Mom.«

Sie stand auf und drehte sich zum Buchhalter um, der mit dem Inhalieren des Lebens fertig war.

»Wo sind Django und die anderen Kinder?«, fragte sie.

Oben. Waren den ganzen Abend behütet außer Sichtweite der Elternmenschen. Eine ist leider in die Dunkelheit gefallen, sie konnte ich nicht vor den hübschen Lichtern retten, nein. Die anderen sind in Sicherheit. Django auch.

»Und sie kommen frei.«

Erledigt.

»Ich möchte, dass sie keine Erinnerungen daran zurückbehalten.«

Erledigt.

»Django bekommt ein normales Leben. Ein gutes Leben. Er spielt immer noch Klavier.«

Erledigt, erledigt, erledigt!

»Und ich will, dass Jax mich vergisst. Dass er glücklich wird.«

Jungen vergessen in diesem Alter schnell, Kaila. Dafür brauchen sie mich nicht.

Das war deprimierend, aber sie nahm es hin.

Der Buchhalter nahm sein Buch aus dem Koffer. Er begann, die Seiten mit den Namen ihrer Eltern und Nachbarn herauszureißen und ließ sie eine nach der anderen in den Kamin flattern, um Platz für neue Namen zu schaffen.

Als er damit fertig war, fragte Kaila: »Wo soll ich unterschreiben?«

Er klappte das Buch zu. *Aber Kaila, das hast du doch schon getan.*

Sie spürte ein Stechen in der Magengegend und hob ihren Pullover und ihr Hemd an. Die alten Narben vom Kartoffelmesser, die heute Morgen nicht mehr als verblassende, helle Striemen gewesen waren, bluteten und hatten gezackte Worte gebildet. Dort stand:

Kaila Lewis da Silva

Er stellte sich vor sie. Er schien etwas sagen zu wollen, aber seine Lippen zitterten zu sehr. Sie streckte ihre Hände aus und zupfte sanft an seiner Fliege. »Ist schon okay«, sagte sie und lächelte ihn an. »Wirklich, es ist okay.«

Der Buchhalter nickte. Zum letzten Mal dampfte schwarzer Rauch aus seinem Anzug und seinen Haaren, und es dämmerte vor ihren Augen. In diesem Rauch sah sie sein Leben: seine Vergangenheit und seine Zukunft, seine Träume und seinen Hunger, zeitlos mit den Jahreszeiten verstreichend und immer auf den November wartend. Sie akzeptierte es, und er begann, sie mit seinem Leben zu füttern.

Als es vorbei war, war der Buchhalter verschwunden.

Kaila schaute sich um. Es war still im Salon, doch sie konnte jetzt Geräusche hören: das aufgeregte Hecheln des Timberwolfs, dessen Kopf am Kaminsims hing, seit er vor Jahren Wapiti gejagt hatte. Das Röhren des Elchs in der Brunftzeit, dessen Geweih über der Tür prangte. Das köstliche Kochen des saftigen Kiefernharzes in den Ascheresten im Kamin und das Ächzen des jungen Baumes, von dem der Holzscheit stammte.

Merkwürdig.

Ihr Pullover saß ein wenig schief, deshalb zog sie ihn zurecht.

Dann hob sie den Aktenkoffer auf.

Sie wusste, dass der Buchhalter Wort gehalten hatte, was ihre Wünsche für Django anging, denn sie konnte nun selbst seine Zukunft sehen. Sie lächelte.

Vorsichtig, um nicht über die Leichen der Elternmenschen zu stolpern, ging sie aus dem Salon. Zuerst war ihr Gang ungewohnt, wie der eines jungen Tieres, das zum ersten Mal lernt, auf eigenen Beinen zu stehen, aber bald wurde sie sicherer.

Sie sog die Zukunft in sich auf. Ihr Lächeln wurde breiter, größer.

Es wartete alles Mögliche auf sie.

Sie hörte es bereits durch das Unterholz huschen.

Kaila verließ das Haus der McKinleys und ging in den Wald dahinter.

Irrlichter im Dunkel

In *November* geht es um einige sehr düstere Themen, wie Depressionen, Todessehnsucht und Selbstmord bei jungen Menschen. Sollten Ihnen diese Themen nahegehen, vielleicht weil Sie selbst damit zu tun haben oder derlei in Ihrem Umfeld erlebt haben, dann sollen Sie wissen, dass Sie nicht damit allein sind. Sie haben viele Weggefährten – ich sage bewusst nicht »Schicksalsgenossen«, denn es muss gar nicht Ihr Schicksal sein. So aussichtslos alles auch manchmal erscheinen mag, es muss Sie nicht definieren. Deshalb: Sprechen Sie darüber. Auch ich habe aus nächster Nähe erlebt, wie dunkel das Leben für manche Menschen sein kann. Sobald wir darüber geredet haben, war das stets ein Lichtblick. Manchmal nur für einen kurzen Moment. Aber mit der Zeit wurde es immer heller, und schließlich fanden wir einen Weg aus der Dunkelheit. Sprechen Sie also darüber. Wenn Sie nicht wissen, mit wem, dann scheuen Sie sich nicht, professionellen Beistand zu suchen.

Die Idee zu *November* kam mir vor einigen Jahren, kurz nachdem ich *Hex* geschrieben hatte. Ich war fasziniert von der Frage, wie weit wir für unser eigenes Glück zu gehen bereit sind. Wie wir uns verbiegen, nur um nicht sehen zu müssen, was nicht gut ist. Was mich begeistert hat, war die Idee eines jahreszeitlich bedingten Bösen … und ein äußerst pragmatischer Umgang mit dem Übernatürlichen.

Ich habe mehrere Anläufe unternommen, *November* zu

schreiben. In diesen früheren Versionen spielte die Geschichte noch in den Wäldern bei Vught, nicht in Seattle. Es gab auch noch keinen Buchhalter, und die Dunklen Tage hießen noch Schwarzer Winter (was ein guter Name war, bis mich jemand darauf hinwies, dass im November gar nicht Winter ist). Unweigerlich gab ich auf. Es dämmerte mir, dass ich noch nicht bereit war für die Komplexität und die Feinheiten, die *November* erforderte. Im Januar 2022, zwei Romane und jede Menge Lebenserfahrung später, war ich es dann. Es war, als hätte die Geschichte die ganze Zeit ungeduldig darauf gewartet, erzählt zu werden, denn als sie herauskam, tat sie das mit einer Explosion kreativer Energie und mit einer spielerischen Leichtigkeit, wie ich sie selten erlebt habe. Manchmal muss eine Geschichte reifen. *November* war bereit, geerntet zu werden.

Ich habe dieses Buch daheim auf der Mookerheide geschrieben, aber auch im Schweizer Chalet eines befreundeten Ehepaares und in unserem Sommerhaus auf den Hängen oberhalb von Nizza in Frankreich. Ich möchte den Besitzern beider Häuser für ihre Gastfreundschaft danken.

Mein tiefer Dank gilt allen, die dieses Buch besser gemacht haben. Diana Sno, Hajnalka Bata und Vince Docherty für die höchst wertvollen Gespräche über die Geschichte und das Vertrauen, das sie mir entgegengebracht haben. Francine Olde Heuvelt und John Pomeranz für ihre Ratschläge, wenn es um Brasilien und US-Gerichte ging (etwaige Fehler sind meine). Ingrid Hendriks, Rob Steijger, Sophie van Hellenberg Hubar, Nils von der Assen und natürlich Hajnalka Bata für ihre fantastische redaktionelle Arbeit.

Dank an Davy van der Elsken und Pier Post, die dieses Buch so wahnsinnig gut aussehen ließen.

Danke auch an alle, mit denen ich sehr gerne zusammenarbeite. Meine Literaturagentin Marianne Schönbach und mein Team in Übersee: Sally Harding, Ron Eckel und Hana El Niwairi. Alle bei Meulenhoff Boekerij: Maaike le Noble, Marc van Biezen, Juul Josselet, Thomas Meerlo, Peter van den Bogaert, Jill Luites, Eva Lemmers, Suzanne Plug, Petra van Ee, Elisa Ros Villarte und Roselinde Bouman. Dominique Lap und das Team von FS Agency. Die vielen Buchhändlerinnen und Buchhändler in großen und kleinen Buchhandlungen in den Niederlanden und Flandern und natürlich das gesamte Bibliothekspersonal – sie sind für mich von unschätzbarem Wert.

Danke an meine geliebte Familie und an Finn, Wes, Vince und Rod, für eure Geduld mit mir und dafür, dass ihr immer für mich da seid. Das gilt auch für meinen lieben David, der mich so akzeptiert, wie ich bin, und jeden Tag stolz und dankbar macht. Ohne ihn und unsere mittlerweile dreizehn Haustiere wäre das Leben ziemlich farblos.

Einer hat die Entstehung dieses Buches hautnah und intensiv miterlebt, und das ist Siep Hendriks, seinerseits ein begnadetes und aufstrebendes Schreibtalent. Für all die Momente, in denen du dich gegen meine Launen gewehrt hast: Erstick an deinem Zäpfchen. Für alles andere: Danke (und natürlich auch dafür, dass du dich gegen meine Launen gewehrt hast). Ohne dich wäre dieses Buch nicht das geworden, was es heute ist. Du warst im letzten Jahr das hellste Irrlicht in der Dunkelheit, und deshalb widme ich es dir.

Zum Schluss möchte ich mich bei Ihnen, lieber Leser, liebe Leserin, bedanken. Ohne Sie gäbe es keine Geschichten. Wie immer kann ich es kaum erwarten, endlich zu hören, wie Ihnen *November* gefallen hat.